王水照　朱剛　主編

# 新宋學

選堂

第九輯

復旦大學出版社

顧　問：曾棗莊　陶文鵬　楊海明

主　編：王水照　朱　剛

編　委（按姓氏筆畫排序）：
　　　　王兆鵬　沈松勤　　周裕鍇　莫礪鋒
　　　　張　劍　諸葛憶兵　鍾振振　蕭瑞峰

執行編輯：侯體健


主辦單位：復旦大學中文系
　　　　　中國宋代文學學會

# 目錄

宋龍舒本《王文公文集》影印的出版史料　盧康華　…………… 1

論《全宋文》及宋代遺文的搜集和整理　李偉國　……………… 5
宋代川陝驛路及其文學意義　李德輝　…………………………… 18
宋代"櫽括"、"禁體物"與科舉——科舉訓練與詩文寫作關聯的兩個案例
　　史偉　………………………………………………………… 26
辨析幾微：道論與曾鞏古文風格的形成　成瑋　………………… 42
王十朋的唐宋經典作家論　陳元鋒　……………………………… 54
北美宋代文學研究現狀　[美]田安　……………………………… 68

烏臺詩案前後的蘇轍　[日]原田愛　……………………………… 75
《江西詩社宗派圖》的流傳與《百家注東坡詩》的成書　靳曉岳　…… 89
關於陸游詩與自注的構造關係　[日]甲斐雄一　………………… 102
楊萬里對蘇軾詩的學習——以次韻和櫽括爲中心　[日]阪井多穗子　…… 113
"詩可弄萬象"——以詩歌爲中心的周必大文學成就論　王瑞來　…… 135
論宋僧居簡《大雅堂詩》及其文化意義　張碩　………………… 147
《漂游江湖》述要　[美]傅君勱（Michael A. Fuller）……………… 163
宋代詩人"廬山夢"的四重維度及成因探析　黄毅　……………… 175

聆聽東京興亡聲——宋人筆記中的東京聲景書寫　梁一粟　…… 189
書寫與形塑：論《西園雅集圖記》及其文學史意義　陳琳琳　…… 202
宋南渡詩話編撰初探　唐玲　……………………………………… 219
南宋雅詞之典範選本——《絶妙好詞》述略　聶安福　………… 231

北宋禁軍兵力分布研究——以神宗朝爲中心　尤東進　………… 247
王安石與孟子　張鈺翰　…………………………………………… 302
英雄無奈小蟲何：遭污名化的抗金將領吴玠死因　陶喻之　…… 315
從"内外異觀"到"全體大用"：朱子所面對的時代困境與聖人之學的
　　構成方式　許浒　…………………………………………… 326
孫何、孫僅、孫侑行年考　黄俊傑　……………………………… 366
陸佃年譜　朱剛　張弛　…………………………………………… 405

中國宋代文學學會理事會名單（2019年第十一届）……………… 462

稿約　………………………………………………………………… 463

# 宋龍舒本《王文公文集》影印的出版史料

盧康華

在王安石詩文集版本系統中，龍舒本是極爲重要的版本。此本遞傳至今，僅存兩個殘本，其一原爲清內閣大庫藏書，光緒間流入劉啓瑞食舊德齋，後歸上海博物館；另一殘本原爲日本金澤文庫藏書，現藏日本宮內廳書陵部圖書寮文庫。兩個殘本所存各卷互有重疊，除去重複者，可合而得一完本。

1962年，中華書局上海編輯所（今上海古籍出版社）以傅增湘生前所攝食舊德齋藏本玻璃片曬藍製版爲基礎，缺卷則以北京圖書館從日本東洋文庫得到的宮內省圖書寮藏本照片補足，影印出版，延津劍合，化身千百，使衆多學者得睹宋本真面。1974年，上海人民出版社推出唐武點校的《王文公文集》，即以此"龍舒本"爲底本，參校其他版本而成。因是排印本，印量又多，是更爲通行的本子。不過，從版本角度看，1962年的影印本無疑具有無可替代的地位。而且特別有意義的是，龍舒本用紙背面存有三百餘通宋人函札及五十餘件公牘，洵可謂稀世之珍。該影印本卷末即附錄了一小部分函牘影印圖片，以達嘗鼎一臠之效，可想而知，對研究者當具何等吸引力。直至1990年，全部函札公牘纔以《宋人佚簡》爲題由上海古籍出版社影印出版。

據趙萬里所撰《宋龍舒本〈王文公文集〉題記》可知，影印事宜是"1959年中華書局上海編輯所根據徐森玉先生倡議"而提上日程，最終於1962年得以實現。而事實上，早在傅增湘生前，他即有意從中撮合，將國內藏本與日本藏本合印，"以盡珠聯璧合之美，無使盈盈一水，終古相望，使後人撫卷而增歎也"（傅增湘《藏園群書經眼錄》）。據柳向春《宋龍舒郡本〈王文公文集〉珍賞》（載《收藏家》2012年第3期）稱，傅氏曾就此事與當時的商務印書館董事長張元濟反復通函商討，只是後來此書被劉啓瑞售出，遂不得不中斷。但幸好在此之前，傅增湘已將劉氏藏本全部攝影，這就爲後來的影印工作奠定了基礎。

關於1962年影印本，筆者藏有一份中華書局上海編輯所的出版史料，可以具體反映1959年爲影印事宜所作的聯絡與商議過程。這份資料共四葉，左側以漿糊粘著，并穿兩孔，顯是裝訂歸檔的痕迹。四頁從上到下反著時間順序排列，也即最後的一葉便條是伊見思於1959年11月14日所寫;倒數第二葉是標題爲"請瞭解'王文公集'有多少玻璃片、拍小片價格由"的公函,寫在"中華書局上海編輯所"專用信箋上,時間爲1959年11月14日,下端有"達人"款於11月17日的批覆,以及"犖人"款11月19日批覆;最上兩葉是連續的一份檔案,寫在"中華書局發文稿紙"上,"擬稿人"欄署"犖人"11月23日款,"簽發"欄署"達人"11月23日款,"事由"欄寫"爲復告王文公集製版曬藍由","主送"欄寫"本局上海編輯所","打字"欄署"劉"11月24日款,"校對"欄署"吳"11月24日款,"封發"欄署"崔"1959年12月23日款。

按,檔案中提及的伊見思,是商務印書館重要人物,1949年前曾任商務印書館北平分館經理之職,而從這份出版史料中的措辭"我處派伊見思同志與忠謨先生聯繫"云云,可知是他代表中華書局負責與傅增湘之子傅忠謨聯絡商借《王文公文集》玻璃片,這應該是1954年商務印書館與中華書局等出版機構公私合營之後帶來的人事結果。"達人"爲潘達人,其名潘大年,江蘇宜興人,曾任中華書局董事會秘書長、董事、常務董事、經理、出版部主任等職,主持《册府元龜》《永樂大典》《文苑英華》等書的影印工作。"犖人"爲孫犖人,原爲文明書局員工,1923年轉入中華書局,長期從事印刷工作,《古今圖書集成》的描修工作即由其主持完成。一事之成,衆緣所聚,人際關係極其重要。從該份史料還可知文獻學家趙萬里起到了介紹人的作用,是他爲中華書局上海編輯所與玻璃片的擁有者傅忠謨搭橋牽綫,促成此書順利影印,而他最後受托撰寫"題記",大概也正緣於此。

這份出版史料,涉及諸多具體細節,不僅反映《王文公文集》影印本這樣一部重要圖書的出版過程,也有助於我們瞭解過去圖書出版的操作流程與檔案制度。而那些爲珍本影印作出貢獻的出版界人物,由於隱身書後,今俱聲名不顯,表而出之,庶發潛德幽光於萬一。

爲存史料,不敢藏私,特予整理,以享同道。

庚子夏五月記於滬寓

## (一)

傅忠謨先生談
此王文公集,原缺一册。對玻璃片,請注意保存,不要損壞。
玻璃片如另裝存,可將原裝鐵皮全份交還,因家中尚有需用。
出版後,對藏者如何待遇,請照中華辦法,如給版稅等,請提出協商。

伊見思 59/11/14

## (二)

| 收文 | 1959年11月17日<br>(59)經字號710號 |

**中華書局上海編輯所**
請了解"王文公集"有多少玻璃片、拍小片價格由

(59)華滬編字第2940號

經理部：

11月10日經字第769號函洽悉。京華膠印廠對《王文公集》所提出的用原玻璃版複製一份照相的辦法，是很好的，我們同意這樣做。但是照原樣大小複製，還是縮小複製，須請你們先了解兩個情況，即告我們，以便研究以采用那種爲宜，然後請你們代辦。這兩個情況是：(1)《王文公集》全部玻璃片有多少塊？(2)如複製品縮小至版框高五英寸半，照相(包括曬藍、剝皮)的費用，每塊是多少錢？煩即了解示知爲感。

1959年11月14日
(鈐印：中華書局上海編輯所)

玻璃片數據已開一箱估算一下，縮照價格與京華廠聯繫，請犖人同志處理擬復。(并將傅忠謨先生意見轉告上編)

達人 17/11

京華膠印廠電話通知：
照5英寸半尺寸，每頁剝皮及曬藍二份製版費3.50元，全書作1000頁計算，開始製版後，一個月交件。

犖人 19/11
(鈐印：中華書局上海編輯所文書校對章)

## (三)

**中華書局發文稿紙**

(59)華滬編字第2940號函收到。關於"王文公集"玻璃存版數量和複製價格等所了解的情況，條復如下：

(1)"王文公集"現存玻璃片，據北京圖書館查稱，有19匣，每匣約計50多塊(已借到

的1匣有56塊),共約1 000塊左右,如以每匣56塊計,全數有1 064塊,即1064頁。

（2）用原玻璃片複製縮小版框爲5英寸半,經京華廠估價,每頁照相剥片和曬藍製版費3.50元,自校玻璃片開始工作後一個月内交件。

（3）原大複製曬藍,京華已試製2頁,根據曬藍樣子,質量尚佳,如果縮小複製,質量當然更佳。曬藍一份附請詧收。但此項複製品剥皮曬藍均係陰圖,和"大典"用膠卷翻製的相同,剥皮曬版須采取和"大典"同樣方法。

（4）趙萬里同志見告：這批玻璃片是傅增湘後裔傅忠謨先生所有。經趙同志介紹,我處派伊見思同志與忠謨先生聯繫結果,傅同意玻璃存片借給我局印刷出版,由他備具書面給北京圖書館請將存片交我局；同時,他對我局提出四點意見：（一）此王文公集原缺一册；（二）對玻璃片請注意保存,不要損壞；（三）玻璃片如另加包裝,可將原裝鐵皮匣子全份交還,因家中尚有需用；（四）出版後對藏者如何待遇,如給版税或贈書等,請中華提出協商。我處認爲傅忠謨先生既已提出意見,主要是對他的酬報問題,我局如何提出協商辦法,請你處考慮見告,以便答復前途。至於聯繫工廠複製剥皮曬藍,隨時可以進行,不過時間上稍有快慢而已。

如何請惠復。

經理部

（作者單位：復旦大學中文系）

# 論《全宋文》及宋代遺文的搜集和整理

李偉國

## 一

從清代以來,搜集一代詩文,標以"全"字的大書的編纂代不乏人。康熙時彭定求等編《全唐詩》900卷,共收唐、五代詩歌近5萬首,作者2837人,系有小傳;嘉慶時董誥、徐松等編《全唐文》,收唐五代作家3035人,附有小傳,文20025篇。嚴可均編《全上古三代秦漢三國六朝文》,746卷,起上古,迄隋代,收作者3400餘人,每人均有小傳。

當代盛世修典,唐圭璋先生開風氣之先,編《全宋詞》,錄1330餘家,19900餘首,殘篇530餘首,後來則又有《全宋詩》《全元文》等問世。《全宋文》,則此類大書中之尤大者也。

上海辭書出版社和安徽教育出版社2006年聯合出版的由四川大學古籍研究所曾棗莊教授和劉琳教授主編的《全宋文》,是我國古代文化發展水準較高的宋代文學創作成果的總匯,也是歷史、哲學、經濟、軍事、科技等方面資料的寶庫,包含整個宋朝320年間9179位作者的172456篇文章,編爲8345卷,總字數達到1.1億。在《全宋文》的編纂過程中,除了搜訪存世宋人文集以外,還曾普查了浩如烟海的經、史、子各類古籍和金石、方志、譜錄等資料,獲取了一大批前此不易見到的集外佚文。

此類大書,窮搜旁采,精心校訂,囊括一代或數代作家之詩、詞、文,標準分明,次序井然,用功極深,功能亦巨。今試舉其犖犖大者兩端言之。

若欲研究一代、數代乃至通代之文學,從中看到全貌、趨勢,研究流派,研究作家及其相互之間的關係,研究一代文體之嬗變等,此時起作用的是其搜羅之全、其體系之完整、其次序之恰當,以及其一代作品本身、其一派作品本身、其一家作品本身……其閱讀使用之方式則是瀏覽、通讀、細讀、反覆研讀。曾棗莊先生之《宋文通論》,既是其早就立志研究的大課題,也是在編輯《全宋文》的過程中時時得益并得以最後完成的。

更有一項大功用,即所謂"無順序閱讀"。如《全宋文》這樣的一代文章總集,同時也是一份大型文獻庫。作爲一座庫藏,裏面所有的藏品,固然需要安放得井井有條,否則沒法登錄和取用。但有許多取用其庫藏者,他們只需要瞭解此庫藏的大體性質,以便知道其中的藏品是否會有他所需要的東西,至於裏面的東西具體是如何安放的,他不瞭解也沒有多大關係。也就是說,對他們來說,只要能取得需要的東西就好,并且越快越好。不過,如果沒有人幫助調取,也没有一個庫藏查檢系統,他還得親自入門查看。這種使用方式,往往不是指定的或定向的,也就是說,在搜尋到某一條或某一些庫藏資料之前,使用者并不知道這些資料的具體内容,但在他的研究項目或著作中是用得到這些資料的,他可能會因爲得到這些資料而大喜、驚喜。在這種情況下,使用《全宋文》一類的大書,只是在需要的時候調取其中的一部分内容與其他相關資料一起成爲排比研究的物件。這些資料出於哪一篇文章、哪一部集子、哪一位元作家,在這些資料被搜尋出來之前,搜尋者并不知曉,也不需要知曉,但在得到這些資料以後,就一定要顧及它的出處和作者了,是誰提供了這些資料,用什麽方式提供的,對於研究一個課題來說是十分重要的。

换句話説,《全宋文》對於宋代文學的研究者,可能在大部分情况下是第一種功能比較重要,也有使用其第二種功能的,比如研究作家生平;對於爲數更多的歷史、語言、哲學、經濟、軍事等研究者,以及其他在研究中需要查檢古代文獻資料的研究者來說,第二功能更爲重要。一代文章資料的集中給了他們以極大的方便,在此之前,他們可能也會使用文章資料,但因爲分散,專題指向不明確,不便於獲取,這種使用是極不充分的,《全宋文》一類大書的編成給他們提供了極大的方便,無異於將一座富礦呈現在了他們的眼前。隨著相關全文數據庫特别是智能數據庫的編纂和普遍使用,此項功能的作用將越來越大。

正是由於以上兩種功能,《全宋文》的出版,有力地推動了宋代文史學術研究的發展,出版後獲得首届出版政府獎。

## 二

如《全宋文》這樣的大書,編撰至爲繁難。由於其書編成於 20 世紀 90 年代之前,除了不可避免地存在一些遺漏,如南宋參知政事葛洪的《蟠室老人文集》,由於未能與藏家談妥條件而未收入[①],除未收作者不明的文章等以外,更未及利用編成後新出現的大量圖書資料、數字出版物和出土文獻。

而海内外學術界在廣泛使用《全宋文》的同時,在各種學術刊物和學術專著中提出了許多有價值的意見,據初步統計分析,此類論文有論述《全宋文》這樣的大型歷史文獻的價值和編纂方式的,有爲《全宋文》所收文的整理和作者小傳糾錯的,如谷海林《全宋文編年補正》(西北大學 2008 年碩士論文)、丁喜霞《全宋文誤收同姓名唐人文舉正》(《民俗典籍文字研究》2013 年 9 月),有對《全宋文》所收文的標點提出異議的,而更多的則是爲《全宋文》進行一篇、數篇乃至一位作者數十篇文章的補遺的,如鄭利峰《全宋文補遺》(《中州學刊》2013 年 9 月、2015 年 4 月)、羅昌繁《全宋文碑誌文補遺七篇》(《古籍整理研究學刊》2012 年 12 月)等,這些文章已有數百篇。此類文章雖多,大多爲偶然發現或一得之功,就

"增補"本身來説,只是提供了諸多綫索,總量畢竟有限。至今尚無關於此課題的較系統的研究和增補成果的出現。歷代詩文總集的編纂,既是意義重大、價值極高的課題,也是難以畢其功於一役的課題,在一書出版以後,陸續補正,是題中應有之義。所以在這方面進一步挖掘、搜集、整理和研究仍有巨大的空間。

## 三

作爲一名宋史研究者,筆者很早就注意到了《全宋文》的編纂,與川大古籍研究所的曾棗莊教授、劉琳教授、舒大剛教授,以及各位同仁,都保持著良好的師友關係,關注著他們的學術活動,時時請益。當年由巴蜀書社出版的前五十册《全宋文》,即曾第一時間予以購置并使用。

2002年,承蒙老友方健先生告知,編纂多年的《全宋文》遇到了出版方面的困難,當時我在上海辭書出版社擔任社長兼總編輯,在與主編曾棗莊教授多次通話以後,經過社内討論和評估,毅然隻身赴成都與曾、劉等先生商談,同年請曾先生和劉琳先生等來滬簽訂出版合同。

2004年,我離開上海辭書出版社,其時《全宋文》書稿的編輯校對工作尚未完成,我的後任張曉明社長繼續予以推展,并聯合安徽教育出版社共同以頗爲大氣的格局推出全書。在《全宋文》出版之際,2006年8月16日,我在成都召開的會議上有幸發言并留下了這樣幾句話:"群賢埋首成都府,窮搜精理廿載苦。有宋一代文章在,書墻巍巍人争睹。"

在我離開出版工作的職業崗位以後,即立志在有生之年爲宋代文獻的搜集整理工作貢獻綿薄之力,并開始多方訪求《全宋文》尚未收録的宋人遺文。經過多年的努力,小有所成,已經有約三百萬字可以奉獻給學界。

## 四

在這逐步積累的數百萬字資料中,比較大的收穫有以下幾個方面。

第一是宋人文集的再次挖掘。上海古籍出版社2014年版《重修金華叢書》收録不少從金華地區和其他藏家新獲的金華人士著作,其中有藏於東陽市而爲《全宋文》所失收的南宋葛洪的《蟠室老人文集》和其他多部宋人著作,可以爲本項目所取資。在整部據舊刻殘本重刻的《蟠室老人文集》中,除了詩歌以外,其涉史隨筆及序27篇、表狀奏劄47篇、書啓雜著銘志等79篇,全數整理收録在内,一舉增加了一整部文集。《文津閣四庫全書》所收宋人文集的版本,與過去比較容易見到的版本時有不同,所收詩文互有差異,特別是宋庠、宋祁兄弟的《元憲集》和《景文集》,此次輯出的宋祁佚文,即有六卷之譜。日本學者東英壽從日本天理大學附屬天理圖書館藏南宋本《歐陽文忠公集》中輯出書簡九十六篇,應爲文集重印時所增補,此次亦全部予以收入。承粟品孝教授撰文提示,從《中華再造善本叢書》中的宋本《元公周先生濂溪集》中輯得南宋學人理學軼文數十篇,其中有魏了翁的《留題書堂》《道州建濂溪書院記》(此文《全宋文》卷七一〇三據《四部叢刊》本《鶴山先生大全文集》錄入,缺其前半),有傅伯崧的《希濂説》、余宋傑的《太極圖説》、劉元龍的《請御書濂溪書院四大字奏狀》和《謝賜御書表》、饒魯的《金陵記聞注辯》等。

　　第二是從前人未加充分注意的宋代重要史書中搜求。如朱熹的《五朝名臣言行録》《三朝名臣言行録》,從宋末以後,一直至清末,原本罕爲人知,僅有在原本基礎上删削而成的簡本流傳,簡本的篇幅僅爲原本的一半多一些,幸運的是原本在清末民初重現於世。原本《五朝名臣言行録》《三朝名臣言行録》不僅是一部重要的歷史著作,還由於其編成於當朝,所引文獻後世頗有不見或難見者,因而具有較高的文獻獨有性。《全宋文》彙集了全部宋人別集和見之於經史子各部的單篇宋人文章,於朱熹《名臣言行録》,亦已注意利用,從中輯出奏狀若干篇,但由於《全宋文》出於衆手,以作家分工,參加工作的學者,對於朱熹《名臣言行録》,有的使用,有的未使用,而使用者時或用原本,時或用節本。初步檢閲全書,仍有遺漏之文章二十餘篇可以輯出。

　　如《五朝名臣言行録》卷第一之二"曹彬"引"李宗諤撰《行狀》"9條,與《全宋文》卷198據《琬琰集》所收曹彬行狀多所不同;同上卷第四之二"寇準"引劉貢父撰《萊公傳》5條,爲《全宋文》所無;同上卷第五之一"王曾"引"杜杞書"1條,考宋陳振孫《直齋書録解題》卷七《沂公言行録一卷》:"天章閣待制王皡子融撰。沂公之弟也。前有葉清臣序文,後有晏殊、杜杞答書。"此"杜杞書"應即杜杞答書,《全宋文》中收有杜杞文四篇,而未及此;同上卷第六之一"吕夷簡"引"李宗諤撰《行狀》"30條,爲《全宋文》所無;同上卷第七之二"范仲淹"引《遺事》10條,爲《全宋文》所無。

　　又如《三朝名臣言行録》卷第一之一"韓琦"引《家傳》27條,爲《全宋文》所無,《全宋文》收有家傳類的文章或其跋文40篇,如程頤的《先公太中家傳》《上谷郡君家傳》、蔣靜的《吕惠卿家傳》等,故依例可收;同上第四之一"胡宿"引"胡宗愈撰行狀"9條,爲《全宋文》所無;同上卷第八之一"吕公著"引"吕汲公撰神道碑"18條,《全宋文》卷一五七三(第72册214頁)有《吕公著神道碑》,題注曰"原碑文已佚,此系節文",其文據《續資治通鑑長編》卷394輯出,僅5行。又卷四〇八五(第186册,58頁)吕聰問有《上吕大防所撰吕公著神道碑奏》云:"臣猶記憶少時,親見大防取索當時詔本、日曆、時政記,以爲案據,撰成此文。由是觀之,先皇與子之志,蓋已定於一年之前,豈容中間更有異議?其所以召臣祖輔嗣君,欲更革之意,亦皆出於神宗皇帝之本心。後來臣祖與司馬光乃是推原美意,尊奉初詔,即非輒詆先帝,輕變舊章。當時若使更俟年歲,神宗皇帝當自更之,豈待元祐?臣竊聞聖詔欲改修二史,所系之大者,無出於此。或恐有補遺闕,謹以投進,乞俟御覽畢,宣付三省,史館録白,以爲案底。"其文輯自《建炎以來繫年要録》卷七七,可見此神道碑在當時即已難見;又《家傳》53條,爲《全宋文》所無,《全宋文》已從中輯出《經傳所載逆亂事奏》,而《家傳》本身未被輯出;同上第十之二"韓維"引《行狀》19條,《全宋文》93册卷二〇二八鮮于綽

《韓維行狀》據《文淵閣四庫全書》本《南陽集》附錄而有缺文,與此相較,又多有異文,卷五一四六周必大133(第231冊185頁)《東宮故事十五首·二月十二日》引《實錄韓維傳》一段,全文無,《琬琰集》有《實錄韓侍郎維傳》,《全宋文》或因其缺作者名而尚未錄入,內容頗與此相同;又,《全宋文》已從此行狀中輯出奏狀數篇,而行狀本身沒有輯出;同上第十之三"傅堯俞"引"范忠宣公撰墓記"1條,"墓誌"17條,行狀4條,爲《全宋文》所無;同上第十二之一"劉摯"引"門人劉仿、王知常撰次行實"15條,《全宋文》所無;同上第十二之二"王巖叟"引"張芸叟撰墓誌"22條,全宋文卷一八一九張舜民7(第83冊360頁)有《王巖叟墓誌》,僅兩行,從《續資治通鑑長編》卷445輯出;同上第十三之一"范祖禹"引家傳31條,遺事13條,爲《全宋文》所無;同上第十三之三"陳瓘"引遺事36條,"范太史遺事"(是否即"范祖禹遺事"?)1條,爲《全宋文》所無。

  第三是從宋代以後的地方志中搜求所得。如今藏日本的《(嘉靖)湖廣圖經志書》所錄爲《全宋文》未收的宋人文章即有七十七篇:論其內容頗有重要者,論其作者亦有少數名家之遺文,有三十四位作者爲《全宋文》所未收,有一人多篇者。尤可珍視者,其中半數以上不見於其他文獻。尚有一些文章,《全宋文》雖已據其他文獻輯入,但非全文,此處可予替補。如《全宋文》卷六八七四龔蓋卿《昭武侯德政碑》,據《(光緒)湖南通志》卷二七〇、《(嘉靖)衡州府志》卷八、《(同治)常寧縣誌》卷一二等錄,僅一百三十餘字,而《(嘉靖)湖廣圖經志書》卷十二衡州常寧縣錄龔蓋卿《惠政碑》則有三百六十字。顯然以後者爲完整。作者之姓實當作龔,爲朱熹弟子,各書中均有記載,多作龔蓋卿,僅少數圖書作龔蓋卿,《南宋館閣錄續錄》卷七:"龔蓋卿,字夢錫,衡州常寧人。淳熙十四年王容榜同進士出身,治易。"

  又如,《全宋文》卷六四五九李誦《平蠻記略》,據《(光緒)湖南通志》卷八三錄出,而《(嘉靖)湖廣圖經志書》卷一九靖州常寧縣錄李誦《平蠻碑》則在其文前後均有一大段文字,全文爲其兩倍以上。尚有多篇文章,《全宋文》雖已據其他文獻輯入,但《(嘉靖)湖廣圖經志書》所錄可以進行重要校補。其中滕宗諒的兩篇文章,對於范仲淹的千古名篇《岳陽樓記》的理解和研究關係重大。《(嘉靖)湖廣圖經志書》中的《求岳陽樓記書》更爲完整,如《全宋文》:

  今古東南郡邑,當山水間者比比,而名與天壤同者則有豫章之滕閣,九江之庾樓,吳興之消暑,宣城之叠嶂,此外無過二三所而已。

《(嘉靖)湖廣圖經志書》作:

  今古東南郡邑,富山水者比比是焉,因山水作樓觀者處處有焉,莫不興於仁智之心,廢於愚俗之手,其不可廢而名與天壤齊固者,則有……(此下同《全宋文》)

顯然，這是原來應該有的文字。

又如《全宋文》"巴陵西，跨城闉，揭飛觀，署之曰'岳陽樓'，不知俶落於何人"，"何人"，《（嘉靖）湖廣圖經志書》所引作"何代何人"，較勝。又《全宋文》"君山洞庭，傑然爲天下之最勝"，《（嘉靖）湖廣圖經志書》所引作"君山洞庭，傑傑爲天下之特勝"，宋抄本《輿地紀勝》卷六九引作"君山洞庭，傑傑然爲天下之特勝"，可見以《輿地紀勝》所引爲勝，《（嘉靖）湖廣圖經志書》次之。又"豈不攄遐想於素尚"，《（嘉靖）湖廣圖經志書》所引作"豈不欲攄遐想於素尚"，均較勝。

至於《岳陽樓詩集序》，除了異文以外，《（嘉靖）湖廣圖經志書》所引文末多一段落款云：

  時慶曆六年七月十五日，尚書祠部員外郎、天章閣待制、知岳州軍州事南陽滕宗諒謹序。

滕宗諒的《求記書》寫於"六月十五日"。但因文中又有"去秋以罪得茲郡"之語，於是有人認爲既然滕宗諒於慶曆四年到岳州，則《求記書》應寫於慶曆五年，范仲淹的《岳陽樓記》寫於慶曆六年九月十五日，離開《求記書》的時間居然有一年零三個月。我曾經在《岳陽樓記事考》中考證了這一問題，認爲《求記書》應寫於慶曆六年六月十五日。如今《（嘉靖）湖廣圖經志書》所引《岳陽樓詩集序》文末落款明書慶曆六年七月十五日，事出於一時，我的考證又得到了一條有力的佐證。

需要説明的是，《全宋文》中張栻的《郴州學記》等五篇文章和文天祥的《武岡軍學奎文閣記》一篇文章，明注利用了《（嘉靖）湖廣圖經志書》，則整理張栻和文天祥兩位文集的先生是使用了《（嘉靖）湖廣圖經志書》的。

又如《宋江陰志輯佚》，將目前所見散佚在宋《輿地紀勝》、《方輿勝覽》、《重修琴川志》、明《永樂大典》現存殘卷、《（永樂）常州府志》、《（弘治）江陰縣志》、《（嘉靖）江陰縣志》等多種文獻中的宋《江陰志》史料進行輯佚，并作整理、標點和校勘，本著求全的原則，盡最大努力恢復南宋《江陰志》原有面貌。其中上海圖書館所藏清嘉慶間抄本《常州府志》是輯佚主要用書，所得資料約占全書的75％以上，據王繼宗考證，此書應爲《永樂大典》卷六四〇〇—六四一八"常州府一至十九"的抄本（參見氏著《〈永樂大典〉十九卷内容之失而復得——[洪武]〈常州府志〉來源考》，載《文獻》2014年第3期）②。《永樂大典》的這十九卷内容，不在已經出版的《永樂大典》殘本之中，特別珍貴。據楊印民先生查考，《宋江陰志輯佚》可補《全宋文》失收者49篇，《全宋文》不全而本書全者14篇，此次除大部分公文以外，已收入本書44篇。

第四是宋人法帖。其中收獲最豐的是黄庭堅和米芾。此次收錄黄庭堅文章三十一篇，其中除從《類編增廣黄先生大全文集》《香譜》等處所獲以外，有十幾篇由金傳道輯自

《古書畫過眼要録(晉隋唐五代宋書法)》《中國書法全集·宋遼金編·黃庭堅卷》《鳳墅帖》等。所收米芾的文章五十多篇,則均由金傳道輯自宋拓《紹興米帖》殘册、《寶晉齋法帖》、《中國書法全集·宋遼金編·米芾卷》、《古書畫過眼要録(晉隋唐五代宋書法)》等。這些材料無疑是很重要的。今後還將從宋代畫題中輯出成句的短文。

第五是《宋人佚簡》和《武義南宋徐謂禮文書》。藏於上海博物館的宋刻龍舒本《王文公(王安石)文集》,是利用舒州地方政府機構的公文紙紙背刷印的,其紙正面載有大量宋人墨迹,時間爲南宋紹興三十二年至隆興元年,1990 年由上海市文管會、上海博物館合編,上海古籍出版社影印出版,名爲《宋人佚簡》。筆者當時在上海古籍出版社擔任編輯室主任,責任編輯是徐小蠻女史,我們均曾撰文推介這部極其珍貴的圖書。1991 年,我攜論文《紹興末隆興初舒州酒務公文研究(之一)》參加國際宋史研討會,得到前輩學者鄧廣銘教授、漆俠教授等與會大家的充分肯定③,較早參與了對《宋人佚簡》的研究。此後研究者越來越多,研究也越來越深入,特別是以孫繼民先生爲首的學術團隊,已取得一批系統性的成果。《宋人佚簡》全書分爲五卷,一至四卷爲宋人書簡,計三百餘通,有"名宦、將士、文人、學者",涉及六十二人;第五卷爲公牘,包括官文書和酒務帳。其内容豐富,涉及政治、經濟、軍事及書儀和公文程式等,是十分珍貴的宋代實物文獻資料。在《全宋文》中,已經整理收入了其中的部分書簡,此次汲取相關研究成果整理録入沈庠、周彦、洪适、許尹、楊倓、葉梃、管鎮、劉唐褒、鍾世明等十九人的書簡一百餘通。另有大量公文,須盡量確定作者并給以準確定名,正在整理中。

《武義南宋徐謂禮文書》所收手抄文書出自徐謂禮墓葬,內容爲徐謂禮一生歷官的官文書④。文書共計十五卷,三種文書類型,即告身、敕黄與印紙,包含告身十道,敕黄十一道,其中一道係誤録於告身卷帙之末的殘文,以及印紙批書八十則,共約計四萬字,其中傳遞的歷史信息極爲豐富。宋代的寄禄官階决定官員的級别地位,至少從形式上講,它是官員最重要的身份標識,告身爲朝廷授予官員寄禄官階的身份證書。授予差遣的敕黄就比告身要簡單得多。在徐謂禮文書中,録白印紙占篇幅最多,其所包含的信息也最爲豐富。這些印紙批書的内容可分爲不同的類型,共計關於擬注差遣一則,轉官十則,保狀三十三則,到任、交割、解任、幫放請給等等十六則,考課十九則,服闋從吉一則,合計八十則,絶大多數批書,則僅摘録官員提請批書的申狀而已。以上三類文書,形成過程繁瑣,很難找到一個自始至終的起草人,而告身和敕黄,從理論上講,反映了皇帝和朝廷的决定,此次收入,歸於宋寧宗和宋理宗名下,印紙的主題内容,顯然是由徐謂禮本人提供填寫的,雖然最後形成了公文,此次録入,歸於徐謂禮名下。

第六是宋人墓誌銘。對於宋代遺文中的墓誌銘部分,研究和搜集的途徑是:第一,宋以來數千種金石圖書和有金石部分的圖書(如地方誌)中據石刻記録的宋代石刻文獻。第二,國家圖書館、上海圖書館、北京大學圖書館等海内外公私藏家的館藏宋代石刻拓本,有出版物者利用出版物,無出版物者進行訪求,各家所藏拓本多有重合者,宜以較易得者爲基礎,再搜訪與其不重合者,注意拓本時代(不同時代的拓本各有其價值),現存石刻拓本與金石圖書所録石刻文獻定會有所重合,搜集時不可遺漏,整理時再行處理,一般説來,既見於金石圖書、又有拓片者,以收拓片爲主,如金石圖書所載有優於後來之拓本者,兩種可并存。第三,從近現代有關出土石刻的記載和研究論文中取出石刻文獻原文和圖片,并注意對其考釋和研究成果的驗證。第四,實地考察搜集資料,新出土的宋代石刻資料,除已見於圖書報刊者以外,須一地一地細細搜訪。在目前已經初步整理的宋代遺文三百萬字成果中,約有一半爲宋代墓誌銘,其主要來源爲:《新中國出土墓誌》諸分册,《宋代墓誌輯釋》,《成都出土歷代墓銘券文圖録綜釋》,《寧波歷代碑碣墓誌彙編》,《麗水宋元墓誌集録》,《武義宋元墓誌集録》,《韓琦家族墓地》,紹興張笑榮會稽金石博物館藏碑,見之於學術期刊的相關論文,以及由筆者主持的上海市哲學社會科學規劃重大課題《全宋石刻文獻(墓誌銘之部)》所得拓本等。

## 五

搜訪和整理《全宋文》以外的宋代遺文的工作是難度很高、相當艱苦的。

第一,辨析材料的真僞,前人編纂地方誌和家譜族譜等文獻的時候,出於榮耀鄉土和光宗耀祖的心理,往往會不加考證,將一些來源不明、疑似之間的文章率爾收録,有的甚至僞造歷史名人的文章,近年來也有一些人出於牟利的目的僞造石刻或拓片,對於這些材料,一定要細心辨析,如確定系僞造,應予剔除,如一時不能確定,應在收入時加以説明;

第二,石刻文字和手寫文書的釋讀。石刻文字如碑記、題名、摩崖石刻、墓誌、地券等等,其書寫出於各色人等之手,字體真草隸篆均有,字形俗體異體兼備;手寫文書,常見行草,且書者習慣各異,常常不易辨認。宋代遺文中這類文獻占有不小的比例,釋讀這類文獻,必須具備較高的書法和文字素養,還要善於根據上下文和同類文獻進行比對識別,當然,如果一時無法確定,只能付諸闕如,以待高明;

第三,標點整理,《全宋文》所收宋人文章,大部分有文集傳世,其中諸多名人的文集,原已有一種乃至數種整理本,可以參考,而《宋文遺録》所收,絶大部分尚未經標點整理,且有不少屬於民間文本,與水準較高、較講究文法的文人文本不同,對其進行準確斷句,難度較大。

以下按工序先後予以簡述。

輯録。搜訪與整理宋代遺文與已有傳世成書古籍的整理不同,其材料是一篇篇、一批批從各種文獻資源中搜輯而得的。前已述及,學界已有衆多同好撰文公布了自己的《全宋文》增補成果或建議,筆者對此一直跟蹤關注,并予以吸取。但大部分的輯佚工作,仍是自己進行的。搜集的過程艱苦而繁瑣,每尋找一篇佚文,都要花費不少時間。找到了可能的佚文以後,還要進行查證,是否確實爲宋人文章,《全宋文》是否確實未收。有時僅用文章作者、標題或首句進行核查,因其間有作者異名,有篇名詳略,有正文刪改等多種情況,往往會發生差錯。比如日本藏中國稀見方志《(嘉靖)湖廣圖經志書》,經過逐卷翻閱查證,初步發現有近九十篇文章爲《全宋文》所無,後又用多個主題詞反覆查對,剔除了十幾篇。如《(嘉靖)湖廣圖經志書》中有宋字《魁星樓記》,《全宋文》無宋字之文,本擬收入,後來發現《全宋文》已收有宋渤《魁星樓記》,爲同一篇文章,只是作者名寫法不同,即予割愛。

校勘。搜輯所得的大部分文章,比如出土墓誌銘拓本、《文津閣四庫全書》宋人文集所溢出的篇章等,均無其他版本可校,而地方志中所收的文章,則時有兩種以上文獻同時收錄,前述《元公周先生濂溪集》和《(嘉靖)湖廣圖經志書》所得佚文,也有個別同時被收錄者,可資校勘。如葉重開《道州學希賢閣記》,既見於中華再造善本叢書《元公周先生濂溪集》卷一〇,又見於《(嘉靖)湖廣圖經志書》卷一三,兩處文字頗有異同,收入時予以比勘,撰寫校記六條。當然,在無本可校的情況下,遇有疑問,亦可采用他校或理校的方法。書中所收墓誌一類的文章,凡原碑出土地、收藏處所、形態、有無志蓋、志蓋文字等情況,有資料可稽者,均在校記中加以說明。蓋此類信息極有助於研究也。

標點。此項工作分爲兩種,第一種是已由學術界同仁搜輯整理發表者,筆者逐字通讀,偶見有疑或疏誤之處,即盡力核查,試予改進。如取自《宋代墓誌輯釋》之孫延郃墓誌,其首段原作:

公諱延郃,字慕膺,其先樂安人,因利徙家于鄴,今爲館陶人焉。周武王封母弟康叔于衛,至武公子惠□而爲上卿,後之子孫以字爲氏。生類未析同宗,后稷爲先,源流既分,遂出衛侯之胤。天台構賦文以擅名,吳宮教戰,武以自許。有後之慶,于今可稱。

其中之缺字據拓本圖可辨認爲"孫",兩處駢句應予以標清,今改爲:

公諱延郃,字慕膺,其先樂安人,因利徙家于鄴,今爲館陶人焉。周武王封母弟康叔于衛,至武公子惠孫而爲上卿,後之子孫以字爲氏。生類未析,同宗后稷爲先;源流既分,遂出衛侯之胤。天台構賦,文以擅名;吳宮教戰,武以自許。有後之慶,于今可稱。

又如吳延祚墓誌,中兩段原作:

秩滿三事,方煥於登庸,任重十連,俄□於命師,乃授公持節秦州,諸軍□□州刺史、□武軍節度,秦、成、階等州觀察處置押藩□使,逾年,授京兆尹,充永興軍節度、管内觀察處置等使,將□□□斯爲盛故階。自銀青至特進官,自右僕射至太尉,爵自開國男至開國公,功臣自四字至八字,食邑自三百戶至三千七百戶,實封自貳佰戶至壹仟貳佰户,前後司留務者,三知軍府者,四除昏□之患,再治堤防,修職貢之□,兩睹郊祀,嘗出鎮於天水也,會獯戒效,逆爲邊鄙之愛。公樹之以威,柔之以德,則沂□之右,致其□□,……

其中録文"戒"應作"戎","愛"應作"憂",而有關歷官的叙述,碑文階、官、爵、功臣、食邑、實封及差遣(實際任職)甚分明,書中斷句多誤,今改作:

秩滿三事,方焕於登庸;任重十連,俄□於命師。乃授公持節秦州,請軍□□州刺史、□武軍節度,秦、成、階等州觀察處置押藩□使。逾年,授京兆尹,充永興軍節度、管内觀察處置等使,將□□□斯爲盛。故階自銀青至特進,官自右僕射至太尉,爵自開國男至開國公,功臣自四字至八字,食邑自三百户至三千七百户,實封自貳佰户至壹仟貳佰户。

前後司留務者三,知軍府者四。除昏□之患,再治堤防;修職貢之□,兩睹郊祀。嘗出鎮於天水也,會獯戒效逆,爲邊鄙之憂。公樹之以威,柔之以德,則沂□之右,致其□□。……

如采自《上海佛教碑刻文獻集》的陳林《隆平寺經藏記》有:"以余之淺陋,何以語此,而行清數來,請文所願,贊其成也,於是乎書。"其間斷句有不順處,今改爲:"以余之淺陋,何以語此,而行清數來請文,所願贊其成也,於是乎書。"

如采自《宋江陰志輯佚》的趙孟奎《便民浚河庫記》"咸淳乙丑"段"越明年春,條奏郡事,便宜思爲經久可行之策","便宜"二字當屬上讀,又下文"首以前政交承帳有管芝楮貳萬七千七百有奇,撥貳萬貫置便民庫,取其恩以庚費,旨振可","恩"疑當作"息","振"疑當作"報"。莫伯鎔《乾道修學記》"示教之有所本也,教成則無餘事矣。是謂治出於一世,衰先王之治具日廢,長人者各以其意爲治,治術益龐","世衰"二字似當連讀,"一"下或當有"也"字,"世衰"以下可另作一段。

第二種是前人未加標點的文獻,如《成都出土歷代墓銘券文圖録綜釋》和《韓琦家族墓地》是兩部編得很好的學術文獻著作,但編者出於謹慎的態度,只對所收録的墓誌文獻作了録文,而未加標點,筆者對照書中的碑石拓本照片,反覆閲讀,施以標點,偶亦有改其録文者。至於由筆者自行搜輯的大量佚文,如取自《(嘉靖)湖廣圖經志書》《元公周先生濂溪集》等處的數百篇佚文,均只能自行録文標點。還有大量只見拓本者,如友人提供的紹興出土宋人墓誌、筆者搜求所得之洛陽等地出土墓誌、江西撫州出土的壙志墓券等,則根據拓本加以録文,并施以標點。輯録時所用文獻,時有漫漶不清,無本可核,部分墓誌地券甚而行草難辨,俗字連篇的情形,則只能耐心識讀,不計時日。

分段。《全宋文》所收文章,大多未作分段。此次整理宋代遺文的另一項重要工作爲根據各種文章的特點和不同撰寫者的撰寫方式及起承轉合的語境,全部予以分段,以清眉目,便於閱讀研究。儘管在筆者的心目中,大體有一個分段體例,然而數目巨大的宋代遺文寫法多樣,文風多變,有時亦不得不有所變通。

所收墓誌文的墓主標注。除了部分傳世墓誌已由後人標出墓主姓名以外,多數傳世墓誌和全部出土墓誌從標題到正文均不會有完整的墓主姓名出現,而這對於習慣於用人物姓名作爲主題詞查檢的使用者來説,會造成很大的信息缺失,爲了彌補此缺失,在此次整理中,盡力提取或確定志主姓名,加括弧置於墓誌標題之下,即使在標題中已有墓主之姓出現,仍標姓名全稱,以利於查檢。如志主爲女性,依其在查檢中的重要程度,依次標出其丈夫、其本人、其父親、其兒子的姓名并標示其關係。如志主爲僧道人士,標出其法號和俗家姓氏。凡墓主經考證得出者,出校予以説明。

文章的時間標注。在各種宋代遺文中,只有極少數會在標題後署上寫作時間。而文章的寫作時間不僅對於本書的排序至關重要,對於本書使用者的學術研究,也有重要參考價值。爲此筆者在整理過程中盡量提取文章中的時間信息標注於其標題之後。需要説明的是,本書中數量衆多的墓誌類文章,絶大多數未明書寫作時間,則只能以下葬時間標注之,大多數墓誌會叙述志主的下葬時間,這個時間是一篇墓誌成爲"埋銘"的時刻,也是死者被蓋棺論定的時刻。寫作與下葬的時間一般相差不會太遠,如葉適撰《姚君俞墓誌銘》,文中曰:"卒之六十二日,慶元二年十月辛酉,葬於西山。"文末署:慶元二年九月。撰文與下葬相差一月。如無確切的寫作和下葬時間,而有誌主的死亡時間,則暫以其當年或第二年標示之,蓋因大多數死者會在當年或第二年下葬,死者也有在死後多年纔下葬的,在墓誌中一般會有説明。如墓誌文中以上三種時間叙述均無,則根據文中所提供的作者歷官時間、志主子孫歷官時間等等各種綫索,加以考證,給出大體的時間。凡通過考證得出的或以相鄰近的文章時間暫作標注的,均以校記簡要説明。

作者小傳。按照《全宋文》的體例,凡所收録的文章的作者,均撰有小傳。此次所輯録文章的作者,一部分已見之於《全宋文》,筆者僅作少量改動,并標出其文章在《全宋文》卷數(或首見卷數)。如張笑榮會稽金石博物館藏碑《宋宣教郎吴炎之妻李妙緣墓誌》,末署"宣教郎、主管台州崇道觀吴炎志",劉克莊《後村大全集》卷一五四有《太學博士吴公墓誌銘》,墓主吴炎,中有"改宣教郎……請台州崇道觀以歸"等語,與《宋宣教郎吴炎之妻李妙緣墓誌》之作者自署官銜合,即定爲其人。吴炎亦有文章收入《全宋文》,今據其小傳略作補充。至於在本書中居於多數的《全宋文》未收之作者,則努力搜集資料,自撰小傳。壙志撰寫者大多爲志主之子或其他親屬,原志如無署名,即暫標志主之長子,佚名者逕標"佚名"。出土墓誌之作者,大多據史傳撰寫,暫無其他資料者,即據其所撰墓誌略作叙述,佚名者亦據其所撰文略述之。小傳體例不甚嚴格,凡史傳少有記載,生平事迹不甚詳之人物,搜集資料不易,盡力勾稽,點滴記載,亦予寫入,且或直接引述原始文獻,雖似與原體例稍有變化,但有利於研究,學界諸公幸不以爲贅也。

這項工作有時亦甚不易。如從《洛陽新獲墓誌續編》采獲《先太夫人萬年縣君安祔誌》，作者爲墓主之子，自稱"孤雲卿"而無姓，又從《宋代墓誌輯釋》采獲《宋故奉議郎權通判石州軍州事輕車都尉賜緋魚袋劉君墓誌銘》，作者自署"秦州真陽縣尉、充陳州州學教授張雲卿"，遂查考諸多史料定爲一人，作小傳：

> 張雲卿，神宗、哲宗時河南（今河南洛陽）人。元祐六年爲秦州真陽縣尉、充陳州州學教授。文彦博《舉張雲卿劄子》有云："臣切見蔡州真陽縣尉張雲卿素有學行，清介自守，安貧守道，未嘗苟求。應進士舉，晚霑一命，士人惜之。兼雲卿通經博古，欲望特除一西京學官，必能表帥諸生，亦可敦勸薄俗。"或即其人。又范祖禹《大理寺丞張君墓誌銘（張淮）熙寧八年（1075）九月二十四日》有"將葬，弟涇以河南張君雲卿之狀來謁銘"等語。見《先太夫人萬年縣君安祔誌》《宋故奉議郎權通判石州軍州事輕車都尉賜緋魚袋劉君墓誌銘（劉□【劉元瑜子】）》。

其中文彦博所述與張雲卿自署合，范祖禹稱其爲"河南張君雲卿"，而《先太夫人萬年縣君安祔誌》有"太夫人攜幼孤歸居西京……合葬先君太夫人於河南杜澤原"云云，亦相合。

又如見於所撰墓誌銘之許光疑，傳世文獻多作許光凝，考疑一音凝，定也，《詩·大雅》"靡所止疑，云徂何在"，傳"疑，定也"，疏，正義曰"疑音凝，疑者安静之義，故爲定也"，《莊子·達生》"用志不分，乃疑于神"，據此及所署官銜等定許光疑、許光凝爲一人，并在其小傳中加上"許光疑，'疑'一作'凝'，字通，所撰碑銘多作'疑'，詩書筆記多作'凝'"一句。

又如趙元傑墓誌銘之作者，原碑殘損，今據其官銜考爲朱巽，因證據尚不充分，在其小傳前略作說明。按：碑中撰者名殘缺，自署朝散大夫、行右正言、知制誥兼群牧使、騎都尉、沛縣開國男、食邑三百户、賜紫金魚袋，查《續資治通鑑長編》卷八一真宗大中祥符六年九月"癸卯，知荆南府朱巽罰銅二十斤，荆湖北路轉運使梅詢，削一任，通判襄州。坐擅發驛馬與知廣州邵曄子，令省親疾而馬死故也。先是，巽以知制誥兼群牧使，出守藩郡，兼領如故，於是始解使職。自是，不復有外任兼領者矣"，暫據以標其名。

又如《處州摩崖石刻研究》宋師禹等石門洞殘刻（紹興十六年），考宋師禹即宋汝爲，後變姓名爲趙復，《全宋文》卷四一五〇有其文，遂據以立其小傳。

又如從《新中國出土墓誌·河南〔貳〕》采獲之劉兼濟墓誌，碑中撰者名原殘作"范□"，自署"朝散大夫、守尚書□□□□知制誥、充□□殿修撰、糾察在京刑獄兼權判尚書兵部兼充宗正寺修玉牒官、騎都尉、高平縣開國男、食邑三百户、加紫金魚袋"，查《宋史》范鎮傳，嘉祐中"乃罷知諫院，改集賢殿修撰，糾察在京刑獄，同修起居注，遂知制誥"，與此碑所署合，今定爲范鎮。

文章排序。本書仍按《全宋文》原例，主要以作者生年排序。然本書所收，均爲積少成多之軼文，大多數作者僅有一兩篇文章被收入，又大多生平事迹不詳，更難考其生年，這就給排序帶來了困難。爲此在整理每一篇文章時，都要盡量給出作者生活的時代或文章寫作的時間，哪怕是時間段或模糊時間。排序的第一依據仍然是作者生年，如無作者生年而此作者的文章已有被收入《全宋文》者，大體參考其在《全宋文》中的卷目先後排入，以上兩者均無者按作品寫作時間或作者生活時代酌情排序，兩者的結合部一般相差三十到五十年。但這樣一定還會帶來矛盾。一位作者如果長壽至八十歲，那麼其文章的寫作時間可能跨五六十年，按照排序的第一依據，這位作者的全部文章一定是集中在一處的。那麼那些只有一篇文被收入且生卒年不詳的作者的文章，在與其時代相近的情況下，是置於其前還是其後呢？在這種情況下，只能求得盡量合理的方案了。儘管筆者已反復斟酌，仍不能盡如人意。

## 六

《全宋文》以後宋人文章搜集整理的成果，書名不擬用《全宋文補編》，而可用《宋文遺錄》。此乃出於三點考慮：第一，可以收入一些《全宋文》已收而內容有較大差異的文章（如滕宗諒的《求岳陽樓記文》及少量《全宋文》已據傳世總集、別集等文獻收入的出土墓誌等）；第二，佚名作者的文章也加以收入，并在作者小傳中盡量給出其相關信息，以利區分；第三，編排體例也可稍作變通，如擬收之陝縣漏澤園墓誌（正在整理中），對墓主的身份介紹內容十分簡略，但總體研究價值較大，故不宜按其每一通墓誌的時間分散編排；第四，宋代遺文的搜集，特別是出土文獻，在三五年乃至十年內是不可能窮盡的，尚有一大批已經初步采集或已經求得綫索的文獻，如筆者已收集在手的墓誌拓本，陸續出版或在相關論文中予以披露的各地新出墓誌，《永樂大典常州府抄本》中的宋代遺文，宋元明方志中的宋文遺珠，《宋人佚簡》和《宋江陰志輯佚》中的大量公文，《參天台五臺山記》中的百餘通公文，抄本宋嘉定間乞頒賜程靈洗廟號封爵等文書等，正在努力整理之中。爲了讓學界同仁得以及時使用新材料，《全宋文》以外的宋代遺文，可以分編出版。

儘管筆者浸潤於此十五年，不可謂不努力，但因爲此事之繁難實超乎尋常，又限於本人水平，在搜集、整理和研究中時感力有不逮。

（作者單位：上海人民出版社）

---

① 《全宋文》卷六六〇一葛洪小傳有云：“《蟠室老人文集》二十二卷，今有光緒六年活字印本，殘存十卷，藏南京圖書館。因複製索價太昂，無力獲致，今先就諸書輯錄遺文數篇，續補有待於他日。”上海辭書出版社、安徽教育出版社，2006年。
② 楊印民輯校《宋江陰志輯佚》整理說明，天津古籍出版社，2016年，第13—14頁。
③ 文載《國際宋史研討會論文選集》，河北大學出版社，1992年。
④ 包偉民、鄭嘉勵編《武義南宋徐謂禮文書》，中華書局，2012年。

# 宋代川陝驛路及其文學意義

李德輝

宋以汴州爲東京,洛陽爲西京。這種建都中原的政治格局,給宋代交通地理與文學帶來了深刻變化,唐代因定都關中而在行旅文學上繁盛了三百年的那些道路,到五代北宋,多數就隨著都城東移而盛況不再。但也有唐宋相沿,前後一致的一面,例如宋代川陝驛路及其文學,就是對唐代的延續。由於宋人的努力,唐世川陝驛路上演繹的文學圖景,在宋代不僅没有消歇,反而更加繁榮,南宋時還餘波未歇,直到元代定都大都纔徹底終結。可以説,川陝驛路是北宋文學最重要的通路之一,自五代成形到南宋初終止,兩百多年,産生和傳播了衆多詩文,展現出宋人紀行詩不同於唐的新面貌,具有"交通與文學"的整體性,同時也是山水文學、行旅文學發展史上的新界標。本文的作意在於論證這條路的存在及其文學價值。

## 一、宋代川陝驛路的形成、路綫、文人行旅

西南的中心自古以來就在四川,四川的根本在成都。自北方來的人士要入川,必經關隴、漢中,因而關隴、漢中、巴蜀在古代往往是一體的。但在唐代,因爲都城長安的存在,從中原入川的道路被阻隔成兩段,多數人行至長安即止步不西進。宋代則不然,隨著都城東移,原來被阻斷的驛路連成一體,唐代的兩京驛路,宋代的兩京驛路,自關隴入川的驛路,被一體化,全長三千七百里,明文記載於《元豐九域志》卷七成都府。《續資治通鑑長編》卷三六載,宋太宗淳熙五年七月己巳,户部員外郎魏廷式自成都入朝奏事曰:"臣三千七百里外乘驛而至,以機事上聞,願取宸斷。"①即以實例表明里數之可信。這個長度,較之《元和郡縣圖志》《太平寰宇記》有增加,原因一是《元和志》《寰宇記》所載里數本來就不准確,二則宋代還改建了驛路,爲避開山路險阻而選擇了迂迴曲折的路綫,因而里數增多。其中在鳳州兩當縣有驛,曰兩當驛,"東京、西蜀,至此各三十(六)程,故名兩當。宋趙抃自成都被召,還朝,宿廣鄉驛,有詩云:被召趨都景物疏,兩當中夜宿中途。注引《圖經》云:東京、西

---

\* 教育部青年基金項目"清代湖湘文人社群研究"(編號:18YJC751018)成果。

蜀,至此道里均焉"。②《方輿勝覽》卷六九鳳州·館驛更曰:"兩當驛,兩當縣東抵京都,西抵益州,皆三十六程,故曰兩當。"③表明宋代入川驛路無論從路段構成還是行旅實際看,都是一個整體。因爲由此既可入陝,亦可入川,故總稱川陝驛路。《雞肋編》卷上:"鄭州去京師兩程,當川陝驛路,有紀事詩十餘韻。"④所舉即是宋人對這條路的一般稱謂。

宋代川陝驛路,由汴京—洛陽—長安—漢中—成都四段組成。其中第一段汴京至洛陽爲宋代兩京驛路,446里。第二段洛陽至長安爲唐代兩京驛路,850里。這兩條路的路綫走向,王文楚先生有專文考證⑤。第三段長安至漢中1 450里,第四段漢中至成都1 000里,合計3 746里。宋人詩文對這四個路段都有記載,而以汴京至洛陽及鳳翔、漢中、成都路段記載更多。因是通往西邊最重要戰略方向的道路,故沿途置驛,驛邊有旅舍。爲便於文書傳遞,兩驛之間還置有遞鋪。南宋更增置斥堠遞,川陝山路每九里一遞,密度加大,而平原地區則二十五里一遞。這是宋代川陝交通主綫情況。其餘像褒斜道、儻駱道、子午道雖有行旅,但都山徑險僻,僅爲間道,宋人寫到的不多,可以忽略。

這條路早在五代即已成形。五代後梁定都洛陽,長安淪爲天下一郡,文人經過這裏,跟經過普通州郡無別。梁唐晉漢周五朝與關隴、漢中、巴蜀、滇黔交通,都要經此路,其中文士尤多,并有紀行詩文和筆記小説。五代王仁裕就曾多次在這條路上往返,留下詩文小説。《太平廣記》就引有《玉堂閑話》四條佚文,描繪沿途風光,其中卷三九七引記麥積山一條,气象尤爲雄奇:"麥積山者,北跨清渭,南漸兩當,五百里岡巒……其青雲之半,峭壁之間,鐫石成佛,萬龕千室……於此下顧,其群山皆如培塿。王仁裕時獨能登之,仍題詩於天堂西壁上……時前唐末辛未年,登此留題,于今三十九載矣。"⑥宋人詩文所寫與此略同,只是筆觸稍顯平淡。由於道路過長,加上山路險惡,多有虎豹危及生命,故在宋代,川陝驛路也是行旅最艱辛的一段,常有士人作詩反映,朝廷爲此制定政策,給予照顧。《續資治通鑑長編》卷九七,宋真宗天禧五年八月"壬子,詔先減省諸州縣官送還公人,令并依舊。時有州縣官任西蜀,路乏騶從,經涉艱難,題詩驛舍,詠其事。承受使臣錄以奏,故有是命"⑦。在官員赴任路途,令沿途州縣派遣夫役幫助官員搬運物資,背負行旅,并發給路費。這樣的詔命還不止一條,照顧對象主要是入川赴任的官員和自巴蜀入京的舉子。有了這樣的政策照顧,宋人赴任自然要輕鬆許多,他們的注意力,也就自然而然地由對個人前途命運的擔憂,旅途勞頓的傾訴,轉變爲對山川、風土、人情之美的發掘和表現。

川陝驛路和宋代文學的關係,建立在兩個基礎上:

首先是川陝二地在宋代政治經濟版圖中的地位和作用。大西南是宋室倚重的經濟重地,陝西路則爲宋之西北邊境,嚴兵戍守,并列雄鎮,以爲西屏。由于地位重要,故朝廷高度重視,總是派遣重臣出鎮,精選文官佐幕,川陝遂爲重臣名流任職較爲集中的兩個地域。其出入川陝動輒累月經年,旅途勞頓,曉行夜宿,寫作的詩文往往也多,且是較見情性和才氣的部分。再則宋朝在川陝設置的行政區也要比唐代多。唐關中僅關內道一道,宋代却分化爲秦鳳、涇原、環慶、鄜延四路,見《宋史》卷八七《地理志三》,這還是慶曆元年陝西的行政劃分。到熙寧五年,又分爲永興、鄜延、環慶、秦鳳、涇原、熙河六路,各置經略安撫司,每個司都用人數百。四川在唐代不過劍南一道,宋代則有成都府、梓州、利州、夔州等四路。僅川陝二地就多出六個政區,政區的增加意味著用人的增多。而且宋代職官設置遠比唐代繁雜,同一政區,用人比唐代多出不少。兩個因素叠加,導致宋代川陝文人任職是唐代的數倍。在北宋,沒有在川陝任過職的文人不多。據《文昌雜録》卷五,天下諸路文武職事官總4 018員,其中陝西路522員,成都府路158員,梓州路150員,利州路142員,夔州路約111員,合計1 083員,幕職判司簿尉尚在其外,在天下諸路中所占比重是較大的。有了數量龐大的刺史、郡佐、幕僚群體,川陝驛路上的文學創作就能長盛不衰,常寫常新。

其次是道上往來的不同文人群體。作者身份不同,作品内容風格就不同。唐都關中,長安洛陽爲兩京驛路,由此入京的各色人員都有。從關中到山劍滇黔的,除了官員外,主體就是求名的舉子。《唐摭言》卷一三載:"蜀路有飛泉亭,亭中詩板百餘,然非作者所爲。"⑧這百餘篇題詩,作者多數就是未入仕者。官員主要是赴任、遷謫、出使的。到了宋代,情況大變。無論到巴蜀還是陝西,主要都是地方官和幕職。陝西路由於接近邊地,多是一些政治經濟軍事往來,文學只能存在於這些制度的夾縫中。在陝西路充任要職的,稱爲邊臣,更受重視,帝王賜宴。派遣巡按的也多於其他路。由於宋代科舉制度較之唐代寬鬆,川陝舉子不需要爲一第而辛勤數十年,像唐代那樣負有文名而艱於一第的文士大減。因而在宋代,舉子下第,到處客遊也基本絕迹,宋代文官的一生行迹,主要就是應舉入仕,而在唐代,下第遊蜀或遊江南,却是多數舉子都有的事情。宋代也不像唐代,把巴蜀滇黔當成官員貶放重地,官員得罪一般貶嶺南,不入巴蜀。去掉遷客和舉子這兩大群體,剩下的就只有地方官和奉使者了,這樣作品内容就要單調許多。舉子進士和遷客流人,恰恰是文學創作精彩動人的作者群,沒有了這兩類作者,宋代川陝驛路的詩歌情采也要平淡許多,這是不容回避的事實。但由於宋代川陝用人較多,任職文官總量大,加上宋人作詩又注重創新,力避重複,故而其紀行詩還是内容豐富,異彩紛呈,淡化掉了由於作者類群少而帶來的内容的單調和重複。

## 二、宋人對川陝驛路題材的經營和表達

漫長的道路、艱辛的行旅雖然給人帶來困苦,但却爲文學創作提供了豐富素材,大量的川陝紀行詩由此而出。據宋人記載,川陝驛路全長3 700餘里,沿途置驛五十餘座,另有遞鋪、旅館數百以爲輔佐,還有寺廟村店、古迹名勝、故事傳聞,可以書寫的對象是很多的,加上道路相連,并未間斷,這就爲詩歌創作和傳播提供了良機。宋人充分利用這個機會,寫出不少有新意的好詩,成爲一筆寶貴的文學遺産,更是今日研究川陝驛路交通與文學最重要的資料。僅以汴京至長安這一路段爲考察點,即可發現好詩真有不少,沿途地名如中牟、氾水關、鞏縣、偃師、洛陽、潼關、陝郊等,都是詩中常見的關鍵詞。僅寫潼關以東

路段的,就有張詠《過華山懷白雲陳先生》《途中》《驪山感事》、宋庠《赴洛經鄭馬上偶成》《次鞏縣》、楊傑《過鴻溝》、韓維《孝義橋》《行慶關》、文彥博《題紀太尉廟》《過氾水關》、韓琦《硤石道中》《澠池道中》《題溫湯》《題朝元閣》、劉敞《氾水關》《潼關》《雨中過氾水關入鞏縣》《出氾水關》《入氾水寄仲馮》、强至《過潼關》、王安石《氾水寄和甫》《出鞏縣》《書任村馬鋪》、晁補之《守蒲次新安先寄府教授之道弟》《澠池道中寄福昌令張景良通直》《游華嶽歸道中望仙掌》《潼關道中》。川陝驛路全程通寫的有石介《過潼關》《初過潼關值雨》、宋祁《去鄭暮次中牟》《廢鄭河》《宛丘作》《望漢江》《次劍門》《隴州魚龍川石魚》《次梓潼》、韋驤《過朝天嶺》《三盤閣》《玉枕驛》《過故平》《回宿故縣驛》《文劍道中》《自劍還道中寄同事蘇進之》《宿上亭驛》《謁梓潼廟》《城固道中先寄》等。這些詩并非寫於一次路途,而是不同時期所作。由於經行人數較多,宋代川陝驛路更像是一條文學生産之路,不同詩人風格個性的表演場。在宋代,甚至出現了文人創作蜀道紀行詩而成集的現象,《宋史·藝文志七》別集類就有吳栻《蜀道紀行詩》三卷,這樣的書還不止一種,這是唐五代所没有的。其中一些詩,達到了相當高的水準。如宋庠《過行慶關》:"洛鄭東西接,山河表裏雄。嶺回千樹出,天轉兩厓通。虎圈周原緑,敖倉漢粟紅。今無楊樸耻,四海是關中。"《再經行慶》:"行李纔逾鄭,關門已及周。山支抱鞏合,洛尾貫河流。驛騎迎朱轂,封人訝白頭。余頃守洛,未有白髮,今則衰矣。迎者憫焉。往來何太數,慚恨見嵩丘。"讀之竟有初唐詩風味,對仗之工穩,氣象之雄傑,令人驚異,即使放在唐詩中亦不失爲好詩,而難以辨別。

宋人對於道路紀行一事特别重視,從題材獲取到主題開掘、作品布局,都體現出一種有意識的藝術經營。一些官員受命出京即開始有詩。例如趙抃,嘉祐三年出任梓州轉運使,受命之日,即作《再有蜀命别王居卿》。即將抵達成都,又有《入蜀先寄青城張邈先生》。到達成都後,又有《至成都有作二首》,對自己的過往稍作回顧。沿途則有《過鐵山鋪寄交代吳龍圖》《過左緜偶成》。這些詩,很少針對某個景觀作細部描寫,作者的著力點在於整個旅行生活,結合朝廷任職,身負王命,出入蜀中等事作思考和追述,理性的沉思遠多於感情的抒發,旅途實況只是作爲細節穿插到詩句中,等於在紀行寫實之上建立了一個立足於反省和審視的藝術空間,這就跟唐詩有明顯的不同。

比趙抃時代更早的石介有川陝紀行詩16首,也表現出經營題材和主題開掘的特點,不少詩都有新意。如《初過大散關馬上作》:"奈何山色牽吟思,旋被江聲破睡魔。吟思睡魔兩相戰,誰知馬上有干戈。"《過飛仙嶺二首》:"入蜀牽吟景象濃,雲山萬叠與千重。痴巖頑壑無奇觀,不似飛仙數朶峰。"《蜀道中念親有作》:"東望庭幃魂欲銷,層層雲棧上岧嶢。江聲山色情多少,相伴西來慰寂寥。"《泥溪驛中作嘉陵江自大散與予相伴二十餘程。至泥溪,背予去,因有是作》:"山驛蕭條酒倦傾,嘉陵相背去無情。臨流不忍輕相别,吟聽潺湲坐到明。"在這些詩中,山色、江聲、地名都成了觸發靈感的憑借,乃至蕭條的山驛、潺潺的江水這樣的無情之物,都被人格化,内化爲詩中含有思想感情的文學形象。每一首在寫景抒情上都有獨到之處,避免了寫法的單調和重複,意興不同,逗人喜愛,在宋詩中爲上乘之作。

石介的雄豪詩風，就是在這種山水行邁中形成的。他最出名的詩《籌筆驛》及其中名聯"意中流水遠，愁外舊山青"即成於蜀道紀行，當時即十分出名，到處流傳。其同時代人劉攽《中山詩話》稱"最爲佳句"⑨。宋劉昌詩《蘆浦筆記》云："驛在蜀中綿州，石曼卿爲諸葛武侯賦也。寶元二年，大書以遺朱復之。後二年，朱爲四明節度推官，遂刻石於廳事。中更兵火，碑仆於榛莽間，凡百餘年。劉偉至，出而函置南堂壁間，且以名其堂，闕一角，失十五字。紹熙元年，守林采得《曼卿集》而補之，且舉范文正公《誄石學士書》於後，云'曼卿之詩，氣雄而奇。大愛杜甫，酷能似之。曼卿之筆，顏筋柳骨。散落人間，實爲神物'。今觀此詩此字，則所謂實爲神物，非虛器也。"⑩朱熹曰："曼卿詩極雄豪，而縝密方嚴，極好。如《籌筆驛詩》：'意中流水遠，愁外舊山青。'又'樂意相關禽對語，生香不斷樹交花'之句，極佳，可惜不見其全集，多於小説、詩話中略見一二爾。曼卿胸次極高，非諸公所及。其爲人豪放，而詩詞乃方嚴縝密，此便是他好處，可惜不曾得用。"⑪朱熹所説的爲詩"方嚴縝密"，恰恰是一種入宋以後纔有的新詩風，在石介紀行詩中表現尤爲突出，前此未見，得自山川行旅。前人説詩人賦物，必得江山之助，而後方能平中見奇，這一創作規律，在石介這裏表現得格外鮮明。

　　石介的事例在宋代決不是特例，而是普遍現象，反映出宋人在紀行詩上的新特點和新進益——總是力求意新語工，互不重複，彰顯個性。在題材取向和作品類型上更加多樣化，紀行之外，還有很多別的意思。詩型上，紀行、寄贈、次韻、題壁等常見的宋詩類型都有。主題思想上不像唐人，多數著力於旅況的書寫，羈旅窮愁，山川險惡占據了很大篇幅，寫景造句也不像中晚唐詩，流于形容刻畫之工，雖然對偶工整，措辭精當，但是氣格卑陋，情懷落寞，意藴悲涼，注意力集中於個人悲歡窮泰，而很少慮及其他方面。宋代川陝紀行詩不是這樣的。作者隊伍的主體由唐代的小官吏、不第進士、客遊舉子、遷客流人轉變爲宋代蒙受國家恩典的朝廷命官，受命之際，責任感和使命感充溢於心胸。赴川陝任職之時，早就出入中外，歷官數任，沒有了唐人體驗的下第的辛勤，加上行旅路途還有地方政府派出的公人接濟，唐代舉子、卑官川陝紀行詩中的那種焦灼感、挫敗感在宋詩中完全消失，取而代之的是對自己任職之事的思考，對山川風物的審視。整個看，是一種宦途＋旅況的複合，叙事議論成分增多，描寫形容部分則相應減少，主體性增強。我們注意到，不少作者都把赴任、貶官等遠行當成了一次山水勝遊，并無哀苦怨恨情調，較之唐人心態要平靜安和得多。王禹偁謫官商州路上所作的《聽泉》"平生詩句多山水，謫宦誰知是勝遊。南下閬鄉三百里，泉聲相送到商州"，即反映出宋人的這種心態，這就跟唐代很不一樣。由於創作心態改變，作者就能夠以平靜客觀的心態審視山水，發掘題材，捕捉靈感，寫出不一樣的詩篇。整個來看，行旅生活都被宋人當成萬卷圖書，隨取隨有，愈出愈巧，愈出愈奇，不必資於檢閲，而自然有詩。黄山谷言："詩意無窮，而人才有限，以有限之才，追無窮之意，雖淵明、少陵不得工也。"⑫雖然如此，但宋人偏能以人力奪天工，在山水行邁中體驗生活，發掘詩意，愈寫愈有，争奇鬥豔。這個創作特點，在宋人川陝紀行詩這一題材領域表現得格外鮮明。

## 三、宋代川陝驛路的文學價值

這條路的文學價值在於三個方面。

首先，由於道路較長，作者衆多，實際上已經成爲一條宋詩創作之路，産生的行旅詩既多又好，體現出宋人紀行詩的成就、水平和風範。僅張方平一人首次入蜀赴任，路上就作詩二十六首，見其《樂全集》卷三第一首《赴益部途中》題下自注："此下二十六首，赴益州路中作。"其餘二十五首爲《行次岐山》《過灞橋長安道上作》《青泥嶺》《華州西溪》《過長安至岐山作》《過張真人洞兩當驛西亂竹谷口張果真人所隱處》《籌筆驛》《雨中登籌筆驛後懷古亭》《興州長舉縣西二十里閣道立表曰飛石閣告往來者急度勿停予赴益部興州將吏來迎皆至長舉因訪老吏飛石之狀云昔嘗有之亦飄風暴雨之時也予望山頂皆已墾耕而行人熟虛名至是皆馳過因成一絶》《劍門關》《華山雲臺觀題希夷先生陳摶影堂》《上亭驛在劍州武連縣西四十里傳云唐明皇西幸到此雨中聞鈴聲感懷命伶人寫之樂府名雨淋鈴》《散水巖漱玉亭在嘉川驛西水從峰頂迸落三節而緣崖爲瀑布入澗合于江》《泥溪驛》《杜鵑》《過嘉川驛》《飛仙嶺閣》《亂石溪武興郡西飛仙嶺迸流而下》《嶓冢漢江之源所出蜀道金牛驛西七里有嶓冢神祠……思頃年泝漢嘗值風波之險遂留題一絶》等。這一紀行詩組，顯然是他系統規劃過的，在路上就積極謀劃，後來又收入文集。成書之前，已有自行編次之功，多首詩中還有自注，交代創作背景，以便讀者瞭解。這種情形，跟白居易貶江州，路上紀行詩皆當時積極創作，自爲注解，事後收集編次相同，都是一種有意爲之的創作行爲，背後有作者的創作謀劃，體現出一種整體構思。他的事例頗有代表性，宋人的基本做法就是一路征行一路詩，一則發抒性靈，滿足創作欲望，二則緩解旅途勞頓。三百年下來，寫出的詩篇之多，可以想見。由于道路較長，經過的地區較多，整體看，是不同地域、路段紀行詩的集中展現。每經一地，都會有不同方向的文人加入進來，然後又會有不同的行人輾轉到另一方向，鄭州、洛陽、陝州、長安、鳳翔、興元、利州、劍州，都是這樣的處所。其中第一段——汴京至洛陽兩京驛路，行旅尤多，部分人過洛陽後繼續西進，前往川陝，部分人則自洛陽、陝州或其他州郡南下北上。王禹偁貶商州，就是自汴京西出，循兩京驛路抵達陝州，然後自閿鄉縣南下。其《小畜集》卷八第一首題下自注"已下謫商於作"，詩篇有《初出京過瓊林苑》《中牟縣旅舍喜同年高紳著作見訪》《鄭州與張秉監察聯句》《滎陽懷古》《過鴻溝》《旅次新安》《硤石縣旅舍》《稠桑坡車覆》《閿鄉旅夜》九首。《閿鄉旅夜》云："行盡兩京路，將登六里山。全家空灑淚，知是幾時還。"表明他到達閿鄉以後，纔離開兩京路，折而南下，走山路到達商州貶所。王禹偁是貶官而經行此路，此外還有遊邊、入幕的。多個不同身份、不同背景人員的加入，豐富了川陝驛路紀行詩的種類和內容，也從不同角度維繫了這條路上詩文創作的繁榮。

第二，一些作者及其創作，還體現出宋代行旅文學的整體觀，前此所無，是獨屬於宋代的新特點。這個特點，在自京入川赴任的石介、張方平、趙抃身上表現尤爲明顯。石介《入蜀至左綿路次水軒暫憩》:"水軒聊得恣吟哦,拂拭衣裳塵土多。蜀道三千里巇險,宦途五十驛風波。暫休又作故山夢,閑唱還成勞者歌。幾斗米牽歸未得,空憐滿眼是烟蘿。"《柳池驛中作》:"二十二餘程鳥道,一千一百里江聲。江聲聽盡行未盡,西去出山猶七程。至羅江,出山。"將"蜀道三千里巇險,宦途五十驛風波"、"二十二餘程鳥道,一千一百里江聲"當成一種詩料和吟資來對待。身在某驛,詩篇也成於驛館宿泊,但寫的却不是該驛,而是整個行程所見所聞。詩中沒有對景觀環境的精緻描寫,只有對旅途生活見聞的整體審視,這就特別新鮮少見。這個特點,我們在張方平、趙抃的詩中也多次看到。張方平《赴益部途中此下二十六首,赴益州路中作》云:"中臺分虎節,全蜀領龜城。山色二千里,水聲三十程。烟村深谷火,雲棧半空鈴。野館無鐘漏,猿吟曉月明。"首聯交代背景,頷聯概括行程,頸聯、尾聯泛寫沿途風光,屬於虛擬之筆。真正有意義的重點,恰恰是"山色二千里,水聲三十程"兩句,這纔是他的著眼點。趙抃《熙寧壬子至節夕宿兩當驛》:"里數三千七百餘,兩當冬夜宿中途。舉朝五往東西蜀,還有區區似我無。"《乙巳歲渡關》:"誰云蜀道上天難,險棧排雲徹萬山。我愧於時無所補,十年三出劍門關。"兩首詩的吟詠對象,都是他的西蜀之行。前詩雖作於兩當驛,内容却與該驛無關,而是在思考自己出入蜀中這件事,説整個朝官中,唯有他一人五次往返西蜀,除了他再無第二個。後詩雖作於劍門關,但也沒有寫到該關,而在自我陳述,説自己身負王命,冒越險阻。雖然蜀道艱難,但能克服困難,勇敢前行。古云蜀道難,自己却"十年三出劍門關",感慨頗深。兩首詩都超越了具體景物和地點,而進入了對整個旅程的理性思考,對行旅生活的客觀審視,立意很高。像這樣超越具體事象,不寫具體景物和瑣碎事情,而致力於將整個旅途生活作爲吟詠對象,不寫某個具體景點,而寫川陝驛路全程,甚至不是寫出入蜀中的某一次,而是多次,將其視爲寫作對象,加以品題,即是"行旅文學的整體觀"。這種文學的出現,是到宋代纔有的事情,是行旅文學的新進境,新意十足,拓展了行旅文學的題材和表現領域。在宋代其他方向道路紀行詩中應該也有,只是較早地在川陝紀行詩中得到反映,體現出川陝紀行詩的獨到價值。

　　第三,是一條宋代詩文傳播通路,有較高的文學傳播價值。《雞肋編》卷上引北宋川陝驛路紀事詩,《墨客揮犀》卷四所載蜀路泥溪驛天聖中女郎盧氏題《鳳棲梧》詞,《中山詩話》所載景祐中士人關西驛舍題詩,都是著名的事例,產生於這條驛路。其中題壁詩更是文學傳播的重要對象。如石介《劍門讀賈公疏詩石》、趙抃《留題劍門東園》《題三泉縣龍洞》,就是蜀路上的題壁詩。此外還出現了前後相續的題壁詩,韋驤《題岑巖起劍門詩刻後》就是讀了岑象求的劍門關題詩以後的續作。羅隱《綿谷回寄蔡氏昆仲》與陸游《綿州魏成縣驛有羅江東詩云芳草有情皆礙馬好雲無處不遮樓戲用其韻》也有前後相續的關係。羅隱詩作於咸通中遊蜀期間,後來題寫在綿州魏成縣驛壁,得以流傳到南宋,爲陸游所見,因而繼作。張詠《再任益州回留題劍門石壁》與趙抃《再得成都過華陰》,也是有前後關係的兩首詩。趙抃詩末句下自注:"乖崖云:回頭羞見華山雲。"表明是其赴任成都途中行至華山,想到張詠此詩,因而繼作。張詠詩題曰《過華山懷白雲陳先生》:"性愚不肯林泉住,强要清流擬致君。今日星馳劍南去,回頭慚愧華山雲。"⑬爲趙抃所知見,因有此作。

  這類作品的產生和存在,充分體現出驛路詩歌的特色與優勢:作品内容與題寫對象都與驛路、驛站有關,而其傳播也得通過驛路。宋代川陝驛路全長3 700餘里,沿途置驛五十多座,還有百餘座遞鋪,數百家私營旅舍,傳遞各種公私文書、物資,相當方便。朝廷政令、臣僚表疏、私人書信、文人詩章,都通過驛路遞送,文學傳播效能通過官營的交通體系得以實現。這是這條文學之路的另一價值所在。

  (作者單位:湖南科技大學中國古代文學與社會文化研究基地)

---

① 李燾《續資治通鑑長編》卷三六,中華書局,2004年,第790頁。
② 仇兆鰲《杜詩詳注》卷八,中華書局,1979年,第669頁。
③ 祝穆《方輿勝覽》卷六九,中華書局,2003年,第1214頁。
④ 莊綽《雞肋編》卷上,《宋元筆記小説大觀》,上海古籍出版社,2001年,第3988頁。
⑤ 參見王文楚《古代交通地理叢考·唐代兩京驛路考》,中華書局,1996年,第46—81頁。王文楚《北宋東西兩京驛路考》,《中華文史論叢》2008年第4期。
⑥ 李昉等《太平廣記》卷三九七,中華書局,1961年,第3181頁。
⑦ 李燾《續資治通鑑長編》卷九七,中華書局,2004年,第2251—2252頁。
⑧ 王定保《唐摭言》卷一三,《唐五代筆記小説大觀》,上海古籍出版社,2000年,第1695頁。
⑨ 劉攽《中山詩話》,何文焕《歷代詩話》,中華書局,1981年,第295頁。
⑩ 劉昌詩《蘆浦筆記》卷一〇,中華書局,1986年,第73頁。
⑪ 黎靖德《朱子語類》卷一四,中華書局,1986年,第3329頁。
⑫ 魏慶之《詩人玉屑》卷八,中華書局,2007年,第265頁。
⑬ 張詠《張乖崖集》卷八,中華書局,2000年,第43頁。

# 宋代"檃括"、"禁體物"與科舉

## ——科舉訓練與詩文寫作關聯的兩個案例

史　偉

　　作爲科舉考試的一部分,科舉訓練首先當然關乎科舉中舉的士人階層,但由於科舉考試和科舉教育覆蓋面之大,科舉訓練在事實上會波及所有參與科舉考試或科舉教育的士人。這種訓練因其根深蒂固,必然會多方影響一般詩文寫作,其中"檃括"、"禁體物"是較爲典型和較受學界關注者,但目前研究尚有可做申論的餘地,本文即側重其與科舉和科舉訓練相關聯的部分,作進一步的探討。

## 一、"檃括"與科舉

　　"檃括"寫作方式的研究,集中於"檃括詞",較早的如羅忼烈先生《宋詞雜體》"隱括體"一節,其將"檃括詞"的首創者歸於蘇軾,稱:"正名定義、起帶頭作用的,仍推東坡。"[①]涉及括賦爲詞、括詩爲詞、括文爲詞、括詞等多種檃括方式。[②]此後,内山精也先生[③]和吳承學先生[④]均有論列,吳承學《論宋代檃括詞》一文將"檃括"推至唐代,認爲:"《全唐詩》所收同谷子《五子之歌》,檃括自《尚書·夏書·五子之歌》。"[⑤]并將"檃括"與科舉聯繫起來,具有啓發意義。

　　但上舉諸文觀點和材料運用上亦有未及之處,主要涉及兩方面內容,一是"檃括"的界定,二是檃括與科舉、科舉訓練的關係。

　　關於"檃括"的界定,羅忼烈《宋詞雜體》認爲:"隱括是矯正曲木的工具。引伸其義,把整篇文學作品加工炮製,使成爲詞,叫做隱括。"[⑥]吳文與之相似,該文援引《荀子·性惡篇》:"故枸木必將待檃栝、烝、矯,然後直。"[⑦]《荀子·大略篇》:"乘輿之輪,太山之木也,示諸檃栝。"[⑧]及《大戴禮記·衛將軍文子》:"外寬而內直,自設于檃栝之中,直己而不直于人,以善存。"[⑨]認爲:"隱栝或隱括原意指矯揉彎曲竹木,使之平直或成形的工具。"吳文并據此進一步指出:"在文學批評史上,最早使用'檃括'一詞的是劉勰。"吳文引《文心雕龍·熔裁篇》所謂"蹊要所司,職在熔裁;檃括情理,矯揉文采也",認爲:"這裏的'檃括情理'是指矯正情理方面的不當,這是對'檃括'矯正曲木工具原義的引申。"不過吳文仍審慎地指出:"作爲矯正含義的櫽括與櫽括詞的本質特徵還是不同的,所以,我懷疑宋代詞所謂的'櫽括'或'括',其名稱的淵源可能受到其他文化因素的影響而另有所本。"⑩

上述論述的問題在於,論者由於受限於先秦或漢代"櫽括"的用例和詁解,均以"矯正"解"櫽括"。但我們不妨在一個較爲寬泛或彈性的義界上,將"櫽括"理解爲"賦予素材或內容以某種形式",或"改變以前的形式賦予新的形式"之義。準此,則《文心雕龍・熔裁》以"熔裁"釋"櫽括"正是正解,即賦予"情理"以"形式"之義。這種義界在宋代依然存在,如《朱子語類》云:"譚兄問作時文,曰:'略用體式,而隱括以至理。'"⑪這裏的"隱括"就是將"至理""熔裁"入特定的"體式"中。楊萬里《黃御史集序》論及宋體詩於晚唐詩之詆訶,云:

> 詩至唐而盛,至晚唐而工。蓋當時以此設科而取士,士皆争竭其心思而爲之,故其工,後無及焉。時之所尚,而患無其才者,非也。詩非文比也,必詩人爲之。如攻玉者必得玉工焉,使攻金之工代之琢,則窳矣。而或者挾其深博之學,雄雋之文,于是櫽括其偉辭以爲詩,五七其句讀,而平上其音節,夫豈爲詩哉?至于晚唐之詩,則瘝而誹之曰:鍛練之工不如流出之自然也,誰敢違之乎?⑫

所謂"挾其深博之學,雄雋之文,於是櫽括其偉辭以爲詩"就是將"深博之學,雄雋之文"賦予"詩"的形式之義。因此,"櫽括詞"就是將其他文類或文體的內容賦予詞的形式,或將一種詞牌之詞賦予另一種詞牌之形式之義。

關於"櫽括"與科舉的關係,前已言之,吳承學已經與將櫽括與科舉帖括聯繫起來,這是一個很重要的揭示。商衍鎏《清代科舉考試述録》云:"八股文有謂仿於唐之帖括者,是以亦有帖括之稱,帖括即帖經,唐制取《易》《詩》《書》《禮記》《周禮》《儀禮》《春秋左氏》《公羊》《穀梁》諸經中,或《孝經》《論語》《老子》等,隨其所習出題若干道,令試者賅括而帖之。"⑬科舉之"策括"等,有類於現在中小學教育的改寫或縮寫、擴寫,也就是將原有內容,按照策、論或經義的問題要求進行改寫,即所謂"賅括而帖之","賅括"即"櫽括"。商氏所言雖然是明清八股及唐代帖括,但由於科舉體式要求頑強的延續性,故大致也符合宋代科舉的實際情況。這裏想要補充一些相關材料,以見出何以科舉訓練影響於詩文寫作會產生如此巨大的普遍性。南宋陳模《懷古録》云:

> 文字不可使古書全句,須著與他添減,或轉幾字方是。賈誼《新書》四十餘篇,被司馬遷紐聚意思,自做一篇括了。王(禹偶)[稱]作《東都事略》,每于傳中只詳叙官爵,歷任官無發越,惟于《東坡傳》,把《萬言書》融減,自作一段,不用其辭,而用其意,却得作史之法。馬遷(十)[八]《書》筆力非細,動是下一字,三五板方照應,且是文勢趕到處,一氣不歇減,内中不可添減一段。東坡《萬言書》似覺中間文氣略索處了。

據此可析出如下幾個要點,其一,"紐聚意思,自做一篇括了"即"櫽括"。其二,不只是司馬遷《史記》,如班固《漢書》寫作中也存在"櫽括"前人文字的情況,陳模云:"班固《贊》引《過秦論》,馬遷亦引。但是班固内中略改了數字,皆不及馬遷者。優劣只此亦可見。"⑭這在先秦兩漢時寫作中并不鮮見。

這就涉及另外一個重要問題,就是"櫽括"的源起。"櫽括"之外,漢代及漢代之前還有其他類似於"櫽括"的寫作手法,如"梗概"。揚雄就《方言》寫作《答劉歆書》云:"獨蜀人有嚴君平、臨邛林閭翁孺者,深好訓詁,猶見輶軒之使所奏言。翁孺與雄外家牽連之親,又君平過誤有以私遇,少而與雄也。君平財有千言耳,翁孺梗概之法略有。"⑮所謂"梗概"就是粗略記其大意,區別於"櫽括"者在於其不涉及文體形式的改變,只是内容詳略的不同。而按照宋人的標準,這也應該歸入"櫽括"之列。陳模所論當然是以科舉時文的手法來衡量秦漢古文。但由此也可以看到,所謂"古文"寫作確實存在"櫽括"或"梗概"的寫作手法,這為我們理解科舉"櫽括"之法的合理性,提供了史的背景或依據。事實上,在文章學的意義上,筆者認爲相較於所謂《荀子》所謂"櫽括","梗概"與後世科舉之"櫽括"有著更爲直接的關聯。

## 二、"禁體物"、"著題詩"、"省題詩"與科舉

"禁體物詩"或"禁體物語"又稱"白戰",如周裕鍇先生所説:"'白戰'就是赤手空拳的肉搏戰,戰鬥不許使用兵器,用以比喻寫'體物詩'不能用'體物語'。"⑯因此,"禁體物"是由"體物"而來的,《文心雕龍·物色篇》論劉宋到齊梁山水詩云:"文貴形似,窺情風景之上,鑽貌草木之中,吟詠所發,志惟深遠;體物爲妙,功在密附。故巧言切狀,如印之印泥。"物就是"物色","體物詩"就是山水景物詩,此後的"體物"詩總體就是按照"文貴形似"的傳統演進的,直到杜甫、韓愈做出反撥,至北宋歐陽修倡詆晚唐詩、倡"禁體物","禁體物詩"或"白戰詩"蔚成風氣。學者於此已做出很好的探討,⑰故這裹不擬在詩歌演進史的角度續作探討,而集中在宋代"禁體物"寫作制度層面的因素,涉及三方面的問題:一是"禁體物詩"與"著題詩"的關係,二是"禁體物詩"與科舉及科舉"省題詩"的關係,三是"禁體物"在其他文體主要是詞中的延伸。

先討論第一個問題。"著題詩"大多爲描摹"物色"之詩,其核心是以賦的方式寫詩,方回《瀛奎律髓》卷二七爲"著題類",其小序云:

> 著題詩,即六義之所謂賦而有比焉,極天下之難。石曼卿《紅梅》詩有曰:"認桃無綠葉,辨杏有青枝。"不爲東坡所取,故曰:"題詩必此詩,定知非詩人。"然不切題,又落汗漫。今除梅花、雪、月、晴雨爲專類外,凡雜賦體物肖形,語意精到者,選諸此。⑱

除"著題類"之外,方回《瀛奎律髓》所選著題詩頗夥,有些類目雖無著題詩之名,但有著題

詩之實,《律髓》卷二〇"梅花類"小序云:

> 沿唐及宋,則梅花詩殆不止千首,而一聯一句之佳者無數矣。今摘其尤異者,尾于所賦著題詩之後。而雪也、月也(按《瀛奎律髓》卷二二爲"月類"詩)、晴也、雨也(按:《瀛奎律髓》卷一七爲晴雨類),亦著題詩,又尾于後。⑲

根據上引兩段文字可知,其一,"著題詩"多爲描摹"物色"之詩。⑳其二,"著題詩"的寫作方式主要是賦、比、興之"賦",所謂"著題詩,即六義之所謂賦而有比焉,極天下之難","今摘其尤異者,尾于所賦著題詩之後",都是立意於"賦"談著題詩。

這一點,早於方回,同樣與江西詩派關係密切的楊萬里已經認識得很清楚,其《答建康府大軍庫監門徐達書》云:

> 詩甚清新,第賦興二體自己出者不加多,而賡和一體不加少,何也?大抵詩之作也,興上也,賦次也,賡和不得已也。我初無意于作是詩,而是物適然觸乎我,我之意亦適然感乎物。是事觸先焉感隨焉,而是詩出焉,我何與哉?天也,斯之謂興。或屬意一花,或分題一草,指某物,課一詠,立某題,徵一篇是已,非天矣。然猶專乎我也,斯之謂賦。至于賡和,則孰觸之,孰感之,孰題之哉?人而已矣。出乎天,猶懼戕乎天,專乎我,猶懼强乎我,今牽乎人而已矣,尚冀有一銖之天、一黍之我乎?蓋我嘗睹是物,而逆追彼之睹。我不欲用是韻,而抑從彼之用,雖李、杜能之乎?而李、杜之不爲也。是故李、杜之集無牽率之句,而元、白有和韻之作。詩至和韻,而詩始大壞矣。故韓子蒼以和韻爲詩之大戒也。㉑

《書》中楊萬里將詩分爲三種類型:興、賦和賡和。所謂"賦":"或屬意一花,或分題一草,指某物,課一詠,立某題,徵一篇是已,非天矣。然猶專乎我也,斯之謂賦。"就其"或屬意一花,或分題一草,指某物"的方面而言,楊萬里所言"賦"詩,也包括"著題詩"。

"禁體物詩"屬"著題詩"。方回在《瀛奎律髓》卷二一"雪類"詩小序述其選詩標準云:

> 《文選》以二謝《雪賦》《月賦》入"物色類"。雪于諸物色中最難賦。今選詩家巨擘,一句及雪而全篇見雪意、雪景者亦取之?雖不專用禁體,然用事淺近者皆不取。㉒

紀昀評之云:"禁體亦一時之律令,未可概以繩古今。"㉓可見"禁體物詩"與"著題詩"的關聯,或者說"著題詩"至於宋代總體向著"禁體物"的方向轉化了。這就是方回所說的"雖不專用禁體,然用事淺近者皆不取",它也是以"賦"的方式寫詩,只不過是其中在寫作條件上做特別設定的詩,而歐陽修以下之所以熱衷於以"雪"爲題寫"禁體物詩",原因在於雪詩寫作的難度特別大。其所以難度特別大則可能是因爲用以描摹雪景的詞匯較少,而可資獵祭的典故又極爲有限,謝道蘊以撒鹽喻雪的典故被一再提及即爲顯例。紀昀於方回詩學雖取批評的態度,但其以"禁體"爲"物色類"(即"著題詩")之一種,與方回是一致的。

歐陽修以下以"禁體物"的方式寫作"著題詩",是爲了糾正前面提到的陳陳相因的"形似"之言。前引蘇軾之所以無取於石曼卿《紅梅》詩,就是因爲其詠物而太重形似,而"禁體物詩"就是要矯枉過正,因難見巧,開拓出新的寫作和審美方式。雖然方回強調其選"著題詩"的標準是"不專用禁體","凡雜賦體物肖形,語意精到者"皆在選列,但其審美取向是趨於"禁體物詩"的,這從他的詩評中可以看得很清楚。如《瀛奎律髓》卷二一"雪類"詩選陳師道《雪中寄魏衍》云"薄薄初經眼,輝輝已映空。融泥還結凍,落木復沾叢。意在千山表,情生一念中。遥知吟榻上,不道絮因風。"方回評曰:"'遥知吟榻上,不道絮因風。'此教人作詩之法也。'撒鹽空中差可擬',此固謝家子弟之拙,'未若柳絮因風起',未可謂謝夫人此句冠古也。想魏衍此時作詩,必不用此等陳言,乃後山意也。然則詩家有翻案法,又在乎人。《晋書》郭文曰:'情由憶生,不憶,故無情。'"用典翻案,務去陳言,正是"禁體物詩"的高境。紀昀評曰:"前四句純用禁體,妙于寫照。五、六全不著題,而確是雪天獨坐神理。此可意會而不可言傳。"㉔説的正是這層意思。

需要強調的是,既然"禁體物詩"的作用是因難見巧,而"難"與"巧"的標準和範圍不同時代并不相同,歐陽修時代,"雪"詩常用的"體物"語爲玉、月、梨、梅、練、絮、白、舞、鵝、鶴,但是隨著"禁體物詩"寫作的日益常態化,此前之新巧同樣會成爲陳腐,因此所禁之"體物"語就越來越多。楊萬里《次東坡先生用六一先生雪詩律令龜字二十韻。舊禁玉、月、梨、梅、練、絮、白、舞、鵝、鶴等字,新添訪戴、映雪、高臥、嚙氈之類,一切禁之》云:

病身柴立手亦龜,不要人憐天得知。一寒度夕抵度歲,惡風更將乾雨吹。作祥只解誰飢腹,催老偏工欺短髭。透屋旋生衾裹鐵,隔窗也送硯中澌。攬衣起看端不惡,兩耳已作凍菌危。似明還暗静復響,索我黄絹揮烏絲。誤喜家貧屋驟富,不道天巧人能爲。忽思句來旅京國,瘦馬斷鞭包袖持。紅金何曾夢得見,繭生脚底粟生肌。殘杯冷炙自無分,不是不肯叩富兒。獨立西湖望東海,海神駕雪初來時。眼花只怪失天地,風横并作翻簾幃。飛來峰在水仙國,九里松無塵土姿。只欠杖頭聘歡伯,安得醉倒衣淋漓。猶遭天子呼野客,催班聲裏趨丹墀。如今四壁一破褐,雪花密密巾披披。詩肩渾作遠嶺瘦,詩思浪與春江馳。茅柴乞暖却得冷,聊復爾耳三兩卮。東坡逸足電毫去,天馬肯放牦牛隨。君不見溧陽縣裏一老尉,一句曾饒韓退之。㉕

楊萬里此詩所禁不限於用字,也包括"訪戴、映雪、高臥、嚙氈之類"習見的用典,全詩之所以能够翻空出奇,還不在於措辭、用典上的不落俗套,而在於立意上的不落俗套,就是説其詩不在"雪"上立意,而是在雪中人之"病"、"瘦"上立意,故此前所禁之"體物"語因立意之變得以完全避開。

"禁體物詩"在内容上和寫作方式同於"著題詩",但其一味翻空出奇,一方面固然有文學新變自身的要求,但也有制度上的因素。質言之,"禁體物詩"很大程度上可以看作是科舉訓練向詩歌寫作的一種影響或滲透。方回《瀛奎律髓》"著題類"選録了白居易兩首科舉省題詩習作《賦得古原草送別》和《賦得邊角城》,㉖就很能説明問題;而如前文所言,"禁體物詩"與著題詩有著密切的關聯。與方回同時,且在詩學旨趣上極爲相近的劉壎《禁題絶句序》(至元二十一年)於此所論最爲詳切:

> 有律詩而後有絶句,絶句至宋而後尚禁體,其法以不露題字爲工,以能融題意爲妙,蓋舉子業之餘習也。于是搜幽抉秘,窮極鍛煉。其天巧所到,精工敏妙,有令人賞好不倦者,真文人樂事也歟!舊時編率至多,亂離之後,頗多散逸。乃日隨所有,選其佳者,時課一題,以訓吾兒。由是精思,倘能觸類而長,則通一畢萬,寧不愈于飽食終日,無所用心者邪?㉗

"禁體物詩"的核心在於"其法以不露題字爲工,以能融題意爲妙",此"蓋舉子業之餘習也",這就把"禁體物詩"與科舉的關係表述得十分明確。

宋代科舉考試於"省題詩"的内容、形式都有嚴格的規定,不僅要求講平仄、粘對、拗救、避重韻、忌複字等,還有不同於律詩的程式,即起承轉合,這種程式化沿自唐代。阮閲《詩話總龜》引《韻語陽秋》卷三載《丹陽集》云:"省題詩自成一家,非他詩比也。音韻拘于見題,則易于牽合;中聯縛于法律,則易于駢對……王昌齡、錢起、孟浩然、李商隱輩,皆有詩名,至于作省題詩則疏矣。……此等句[與]兒童無異。以此知省題詩自成一家也。"㉘楊萬里嘗言省試詩當"以騷人之情性,寓舉子之刀尺",㉙其"自成一家"或舉子"刀尺"有以體現之處,除了限韻數、限韻字之外,體貼題意是最重要的要求,"禁體物"很大程度就是以間接的而不是直接的方式"體貼"題意。㉚

宋代省題詩存世不多,除劉辰翁《須溪四景詩集》4卷共有151題167首、林希逸《省題詩》2卷共有135題138首詩,及《選編省監新奇萬寶詩山》36卷16 000餘首外,多散見於宋人別集。㉛這些材料爲我們瞭解宋代省題詩的特點及其與當時詩風之關聯,提供了重要綫索。我們看兩組北宋同題省題詩:

> 蘇軾《豐年有高廩》:頌聲歌盛旦,多黍樂豐年。近見藏高廩,遙知熟大田。在疇紛已獲,如阜隱相連。魯史詳而記,神倉賦且全。春人洪蓄積,祖廟享恭虔。聖後憂農切,宜哉報自天。

> 曾鞏《豐年有高廩》:盛德臨昭旦,多祥獲有年。嘉禾登羨溢,高廩積連延。田入豐維億,倉收富且千。夢魚諧素兆,如櫛比前篇。瑞覬神之輿,休明頌所傳。粢盛縣

此備,清廟薦恭虔。

　　蘇軾《款塞來享》:蠢爾氐羌國,天誅亦久稽。既能知面内,不覆議征西。斥堠銷烽火,邊城息鼓鼙。輸忠修貢職,弃過爲黔黎。雪滿流沙静,雲沉太白低。巍巍二聖治,盛德古難齊。

　　黄庭堅《款塞來享》:前朝夏州守,來款塞門西。聖主敷文德,降書付狄鞮。氎裘瞻日月,髼面帶金犀。殿陛閑干羽,邊亭息鼓鼙。永輸量谷馬,不作觸藩羝。聲勢常相倚,今聞定五溪。㉜

上舉2組4首省題詩均爲五言6韻,在體例上,除前4句點題外,其餘8句均不出現詩題用字,這也近於"禁體物詩"的體例。形式上,4首詩偏於議論、用典,屬宋詩的典型特徵,與蘇軾、黄庭堅等人自身的詩風是一致的。前引劉壎《禁題絶句序》云:

　　夫束字二十有八,而景色彰表,律吕協和,局于摹擬而能超,疲于締構而能靈,殆亦難矣。雖然,是特兒童小技,而非詩之極至也。虞歌昉于舜廷,至三百篇以來,跨漢魏,歷晋唐,以沉于宋,以詩名家者亡慮千百。其正派單傳,上接《風》《雅》,下逮漢唐,宋惟涪翁,集厥大成,冠冕千古,而淵深廣博,自成一家。嗚呼,至是而後可言詩之極致矣。善乎,劉玉淵之言曰:淵明詩之佛,太白詩之仙,少陵仙佛備,山谷可仙可佛,而儼然以六經禮樂臨之。蓋論詩之極致矣。學詩不以杜、黄爲宗,豈所謂識其大者?且懼吾兒溺于末俗之淺陋以爲極致也,故因概舉其大者使進焉,甲申夏五序。

序中對"局于摹擬"、"疲于締構"的譏刺,對黄庭堅江西詩派"正派單傳"的推崇,均可與前引蘇、黄省試詩之詩風相對應。則劉壎選"禁體物詩"明顯"以杜、黄爲宗"之宗旨,也正是爲了使其子不溺於晚唐"末俗之淺陋",這一點與同時代的方回是一致的,其"禁體物"之選的標準和命意與方回《瀛奎律髓》"著題詩"之選也是一致的。

　　然而,這裏尚有兩個問題。其一,唐代即有詩賦取士,何以沒有"禁體物詩"的盛行,爲什麼要到宋代纔普遍出現這種現象,而宋代科舉中詩的地位遠不及唐代重要。相關聯的問題是,其二,究竟是省題詩受到了歐陽修以來所形成的區別於唐詩的宋詩寫法、風格的影響,還是宋詩寫法、風格的形成受到科舉省題詩的影響,頗不易確定。

　　第一個問題或可從唐宋科舉詩賦取士的命題的變化中找到答案。由唐及宋,省題詩的命題出現了很大變化,其中最重要的就是由唐代到宋代,科舉省題詩的命題越來越趨向於從經史之書特別是經書中取材命題,這與宋代論、策、經義在科舉考試中重要地位的加強有關。王應麟《困學紀聞》卷一八《評詩》云:"唐以詩取士,錢起之《鼓瑟》,李肱之《霓裳》是也,故詩人多。"㉝王應麟所列只有錢起《湘靈鼓瑟》、李肱《霓裳》兩首,唐玄宗開元年間所試詩題可考者有《古木卧平沙》《武庫》《明堂火珠》《美玉》《洛出書》,天寶元年(742)至十五年(756)所試詩題可考者有《湘靈鼓瑟》《東郊迎春》,㉞多利於鋪陳物色,所以纔會有錢起《湘靈鼓瑟詩》那樣的名作。商衍鎏《清代科舉考試述録》稱:"試律始于唐,《文苑英華》所載至四百五十八首,清乾隆間用以考試,尚沿律詩之稱,唯普通則稱之曰試貼詩。"㉟查商氏所言《文苑英華》所録詩,多爲《湘靈鼓瑟》《東郊迎春》之類適於物色描寫之詩題。而宋代省試詩如前面羅列的蘇、黄諸作,均不適合物色描摹,而更適合議論,所謂"賦"越來越以鋪陳典故的方式體現出來,這種特色及與之相應的科舉訓練不能不在平常的詩歌寫作中流露出來。楊萬里《周子益訓蒙省題詩序》很好地揭示了省試詩命題變化所帶來的詩風變化:

> 唐人未有不能詩者,能之矣,亦未有不工者,至李、杜極矣。後有作者,蔑以加矣。而晚唐諸子,雖乏二子之雄渾,然好色而不淫,怨誹而不亂,猶有《國風》《小雅》之遺音。無他,專門以詩賦取士而已,詩又其專門者也。故夫人而能工之也,自《日五色》之題,一變而爲《天地爲爐》,再變而爲《堯舜性仁》,于是始無賦矣。自《春草碧色》,一變而爲《四夷來王》,再變而爲《爲政以德》,于是始無詩矣。非無詩也,無題也。
> 吾倩陳履常,示予以其友周子益《訓蒙》之編,屬聯切而不束,詞氣肆而不蕩,婉而壯麗而不浮,騤騤乎晚唐之味矣。蓋以詩人之情性,而寓舉子之刀尺者歟?至《信府》之一題,獨非古題,而詩句亦不爲題所掣,可謂難矣。盍一嘗試爲我賦《爲政以德》之題乎?惟蟻對乃見子王子之馭。㊱

宋代也有詩賦取士,何以不及唐詩之盛呢?南宋文人一般將之歸於宋代科舉考試中詩歌地位較唐代爲低,如劉克莊《跋李耘子詩卷》比較唐、宋詩賦取士云:"唐世以賦詩設科,然去取予奪,一決于詩,故唐人詩工而賦拙,湘靈鼓瑟、精衛填海之類,雖小小皆含意義,有王回、曾鞏之不能道。本朝亦以詩賦設科,然去取予奪一決于賦,故本朝賦工而詩拙,今之律賦,往往造微入神,温飛卿、李義山之徒,未必能仿佛也。"㊲嚴羽、戴表元等一時詩論名家都有類似的言論。㊳此種言論甚至影響到明人詩論。㊴相較而言,楊萬里的看法更爲具體也更爲深入一些,他認爲唐詩之盛是由于唐詩之"專門",所謂"專門"就是説,唐代科舉之詩與唐詩風格本身是一致的,在命題上詩題并不與文題相混雜;相反地,宋詩低落的原因則在於,由唐至宋宋代科舉省題詩之命題愈來愈趨近於文題,"于是始無詩矣",他強調説:"非無詩也,無題也。"從科舉詩題的轉變理解唐代詩歌之"專門",又從詩之"專門"解釋詩之盛衰,這爲我們理解宋代詩風的轉變,提供了一個有益的視角。楊萬里與科舉省題詩和普通詩歌創作均極熟稔,其所論是值得重視的。而這也從一個側面證明了科舉對於詩歌寫作的影響。

需要強調的是,南宋至北宋,省題詩的風格也出現了一些變化,即在風格上接近了南宋中後期逐漸盛行的晚唐詩,這在楊萬里的序文中也能反映出來,所謂"周子益《訓蒙》之編,屬聯切而不束,詞氣肆而不蕩,婉而壯麗而不浮,駸駸乎晚唐之味矣"也。現存楊萬里詩集中也有一首省題詩,《擬吉州解試秋風楚竹吟詩》云:

> 客子正行日,偏逢楚水秋。一風來瑟瑟,萬竹冷修修。吹作清霜骨,聲酣古渡頭。班林寒欲裂,碧節爽還幽。不復披襟快,長懷落帽愁。少陵詩思苦,送別更冥搜。⑩

此詩詩題近於"《春草碧色》",詩中"不復披襟快,長懷落帽愁"用典翻案,仍是"禁體物"手段,但物色描摹的兩聯"一風來瑟瑟,萬竹冷修修。吹作清霜骨,聲酣古渡頭",頗類於前面引及的"詞氣肆而不蕩,婉而壯麗而不浮"的"晚唐之味",這與楊萬里自身的詩風是一致的。事實上,見於劉辰翁《須溪四景詩集》、林希逸《省題詩》,也有"駸駸乎晚唐之味矣"的特點。但是,假如將《擬吉州解試秋風楚竹吟詩》與前引楊萬里《次東坡先生用六一先生雪詩律令龜字二十韻。舊禁玉、月、梨、梅、練、絮、白、舞、鵝、鶴等字,新添訪戴、映雪、高卧、嚙氈之類,一切禁之》詩相比較,可說迥異其趣。就是說,受到歐陽修、蘇軾等北宋詩人影響而形成了"禁體物詩",雖然其與科舉省題詩有著重要的關聯,但"禁體物"的寫法既具備自身特點,則即使在科舉省題詩風格發生了重要變化後,"禁體物詩"仍然保留了原初的基本特點,這反映了文體發展的一種延續性。這是需要特別重視的。

目前對"禁體物"的研究集中於"禁體物"詩,但如前所述,由於宋代科舉詩歌作用的邊緣化,賦的地位日益提升。"禁體物"固然是省題詩的要求,也是科舉律賦的要求。

宋代沒有"禁體物賦"的名目,但有"體物"賦。范仲淹《賦林衡鑒序》按"體勢"將律賦分為"二十門":敘事、頌德、紀功、贊序、緣情、明道、祖述、論理、詠物、述詠、引類、指事、析微、體物、假像、旁喻、敘體、總數、雙關、變態,第 14 類為"體物":"取比象者謂之體物。"⑪《賦林衡鑒》全書已佚,但南宋鄭起潛《聲律關鍵》尚存,且於《賦林衡鑒》有一定繼承關係,所以這裏就結合兩種文獻就"體物"賦涉及的幾個關鍵問題作一梳理,其與"禁體物詩"的關係也由此可得厘清。

首先,《賦林衡鑒》及《聲律關鍵》的分類標準。詹杭倫認為范仲淹分類的依據主要有二:"一是按題材分類,前十類大致如此;一是按照寫作方法分類,後十類大致如此。"⑫這個說法有相當的合理性,但是我們仍然疑惑,如此分類豈不是有悖於現代邏輯分類中分類標準統一的原則嗎?這就涉及中國古代文論的分類研究中一個需要特別注意的重要前提,就是創作論的前提。王運熙先生強調,諸如《文心雕龍》等中國古代文論著述,從根本上講屬創作論,是用以指導創作的。立足於這個前提,許多古代文論著作看起來分類標準不一甚至混亂的情況,都可統一於指導創作這個前提之下。就《賦林衡鑒》而言,前十類是講不同題材的寫法,後十類則是直接結合案例講寫法,總之,是從不同的方面和角度談律賦寫作。

《聲律關鍵》也是如此,《聲律關鍵》首論律賦"五訣":"一認題、二命意、三擇事、四琢句、五押韻。”在“認題”中，鄭氏所列“題目”包括“體物”“譬喻”“過所喻”“比方”“鼎足”“兩脚”“獨角”“藏頭”“叙事”“方位”等，類型達 29 種。“名目”“數目”“方位”是從題目内容分類，“兩全”“交相”是從題目所涉範圍分類，表面看來極其龐雜。但如果從指導創作的角度，就會清楚，所謂“認題”就是辨别命題的設置方式及由之而來的寫作要求。而命題類型劃分，只針對實際寫作中碰到的問題，完全取實用的目的，分類標準在現代思維觀念看來相當混亂，但全部統一於指導創作的目的。如“脉絡”，《聲律關鍵》舉《舜畏天而愛民》《哲王建中陰陽合》爲例，就是説，這兩個題目“認題”的關鍵，是要看到它們是分别强調“畏天”與“愛民”、“建中”與“陰陽合”之間的脉絡關係，那麽具體的寫作中，就要著重於“脉絡”關係的方面。又如“兩全”，《聲律關鍵》舉《太宗功德兼隆》《漢文武相配》，命題方式上是强調“功”、“德”及“文”、“武”之“兩全”，那麽在寫作中就要突出這種兩全。又如“兩脚”和“獨脚”，所謂“兩脚”：“兩脚，如《上聖垂仁義之統》《聖王宣明典章》，只當平截，但隔聯須叫應，第三韻引下意，第四韻承上意，庶得貫通。”《上聖垂仁義之統》和《聖王宣明典章》在命題上其實是由兩部分組成，前者是“上聖”和“仁義之統”，後者是“聖王”和“宣明典章”，體現在寫作中，一方面要求同時將這兩者在平列的邏輯關係上分别闡述清楚，即所謂“平截”。另一方面還要將兩者銜接起來，即所謂“叫應”、“引下意”、“承上意”、“貫通”。這就是鄭起潜所説的：“何謂認題？凡見題目，先要認得其體不一。”㊸ 其要義在於指導“不一”之“體”的寫作，至於分類標準的統一，并不是他們要考慮的核心問題。㊹

其次，什麽是宋代律賦所謂“體物”。“體物”不只是賦中的一種文體，在宋人的語境中，更重要的是一種寫作方式。南宋鄭起潜《聲律關鍵》第一種就是“體物”，可見體物在律賦寫作中的重要性，其云：“體物，如《文德帝王之利器》《天子游六藝之圃》，取物之義，非譬喻也。”第二種就是“譬喻”：“如《天形如倚蓋》《高祖從諫若轉圜》。”第三種是“過所喻”：“如《人主之勢過萬鈞》《聽言樂于琴瑟》。”㊺ 比較可知，“體物”近於修辭格中的暗喻或隱喻，“譬喻”近於明喻，“過所喻”則近於誇張。“五訣”之後，《聲律關鍵》卷一論“句法”，其中涉及“物象”，即論“物象”寫作之句法，其所舉句例凡 14 例，於中可見，其一，這裏的“物象”即“體物”之“物”，從各文例看，“物象”不同於《文心雕龍》之“物色”，也不同於陸機《文賦》之“賦體物而瀏亮”，㊻ 所涵範圍極廣而以人文意象爲多；即使自然意象如日、月等，也都沾染極强的人文色彩。如《樂則韶舞》：“亦有琴瑟，以文羽旄之飾；非無鐘鼓，之聲管籥之音。”如“琴瑟”、“鐘鼓”均屬物象，又如《戒謹》：“舟不覆于龍門，而覆于夷壑；馬不蹶于羊腸，而蹶于坦途。”《刑賞忠厚之至論》：“思如可予，必審庶以錫馬；過若可宥，寧闊疏而漏魚。”㊼ 前者的“舟”、“馬”，後者的“馬”、“魚”亦屬“物象”。其二，文例中的物象多形成暗喻的關係，如“舟不覆于龍門，而覆于夷壑；馬不蹶于羊腸，而蹶于坦途”與“戒謹”即形成暗喻的關係。

《聲律關鍵》卷二起論“韻”，律賦有八韻，即以韻爲序論述每種“題目”的寫作要求。其卷五論“體物”云：“體物與譬喻不同，譬喻則措一物似一物，體物則暗體題字，不可如譬喻題對説。"⑱我們先談譬喻以爲比較。"對説"又稱"對講",以《賞罰無私如天地》(對起)爲例,此題目本身是一個明喻句,其正文云:

> 大抵王者于人,善惡付之公議;化工于物,生殺本乎自然。賞慶刑威,何有于我;春榮秋悴,各安所天。⑲

"對起",就是以對句開頭。第一句以"大抵王者于人,善惡付之公議"喻"化工于物,生殺本乎自然",第二句以"春榮秋悴,各安所天"喻"賞慶刑威,何有于我",喻體與本體兩兩相對,故稱"對講"或"對説"——所謂"措一物似一物"是也。"體物"與之不同,以《納言喉舌之官》爲例,該題是一個暗喻句,以喉舌喻納言,但喻詞沒有出現。如果按照"譬喻"的寫法,則需要納言、喉舌設喻,兩兩"對説"或"對講",但此種寫法用在這裏過於顯豁,不符合命題的命意和要求,這就需要瞭解"暗體題字"。如何"暗體題字"呢?其正文云:

> 大抵國體之重,視一體相若;王官之建,即五官而可推。關節或雍,身且告病;志意未孚,君當致思。是必遴選忠良之佐,恪恭夙之司。儻畢達其情,無所蔽也,則近取諸身,舉皆似之。所以職謹聽宣,舜舉咨龍之典;德無吐茹,周歌命甫之詩。⑳

文章從"國體之重,視一體相若;王官之建,即五官而可推"這個整體的論斷入手,漸及於"納言喉舌之官",這樣"納言喉舌之官"喻意的取得就不是來自納言、喉舌兩兩對舉的關係,而是來自"國體之重,視一體相若;王官之建,即五官而可推"這個大前提。因此,我們也可以設想,以下文章整個的行文也不會是納言、喉舌兩兩"對講",而是側重於納言這個喉舌之官在總體的官僚體制中的作用,這就是所謂"體物則暗體題字",與前引劉壎《禁題絕句序》"其法以不露題字爲工,以能融題意爲妙"是一樣的。

因此,宋代無"禁體物賦"之名,但這并不是説宋代律賦沒有"禁體物"的要求或趨向。宋代律賦雖以"體物"爲名,但在寫法要求上,却有類於"禁體物詩",而此種寫作方式也通於"禁體物詩"。但事實上,許多律賦都要托"物",都要達到一個"理",却并不都屬"體物"賦。因此,體物之所以爲體物,關鍵在一個"體"字。如《舜歌南風天下治》《復見天地之心》㉑這樣的"題目",從"認題"的角度講,就不適宜用"詠物"的方式,也不適宜用"譬喻"、"對説"的方式,而是要呈現出兩者内在的邏輯理路,將"題目"中所涉及的或隱含的喻體和本體的關係熔冶爲一個整體,這就是"暗體題字"或"以能融題意爲妙",就是"體"。

除寫作上的要求之外,由於古代避諱等規定,而宋代避諱漸嚴,科舉詩賦寫作確有嚴格的諱字要求,《四庫全書總目·大全賦會提要》云:

> 不著編輯者姓氏,皆南宋程式之文。案宋禮部科舉條例,凡賦限三百六十字以上

成。其官韻八字,一平一仄相間,即依次用。若官韻八字平仄不相間,即不依次用。其違式不考之目,有詩賦重疊用事,賦四句以下不見題。賦押官韻無來處,賦得一句末與第二句末用平聲不諧韻,賦側韻第三句末用平聲,貝二賦初入韻用隔句對,第二句無韻。拘忌宏多,頗爲煩碎。又淳熙重修文書式凡廟諱、御名本字外,同音之字應避者凡三百一十;又有舊諱濮王、秀王諸諱應避者二十一。是下筆之時,先有三四百字禁不得用,則其所作,苟合格式而已而已。其浮泛庸淺,千首一律,固亦不足怪矣。

《大全賦會》係四庫館臣由《永樂大典》輯錄收入《四庫全書》者,是研究南宋律賦的重要材料。《提要》語則摘抄自《附釋文互注禮部韻略》所附《韻略條制》相關內容。[52]所涉內容主要包括用韻、見題、避諱三個方面,其中"先有三四百字禁不得用"者雖爲諱字,但對某些字的限制使用,與禁體物是一致的。

"禁體"賦之稱見於清代,[53]清人林聯佳《見星廬賦話》云:

> 詩有禁體,如蘇東坡《聚星堂雪詩》之類是也。賦亦用禁體者,殆避俗取新、偏師制勝之一法也。如嘉慶戊寅大考,翰詹題是《澄海樓賦》,以"故觀于海者難爲水"爲韻,其時欽取一等一名者,則潘學使錫恩也。其賦仿歐陽禁體,凡字涉水部者概不用。蓋敬效高宗純皇帝登澄海樓時用禁體聯句之法也。其賦云……[54]

林氏謂:"賦亦用禁體者,殆避俗取新、偏師制勝之一法也。"正式對清代所謂"禁體"賦也就是宋代"體物"賦的最好解讀。林氏講禁體物詩與禁體賦連類而及,也正可見出,不只是省題詩的訓練會反映到詩歌寫作中,科舉律賦的訓練也會反映到詩歌寫作中。

宋代律賦寫作方式的變化、其特點的形成,也與唐宋律賦詩題的變化有關。大體而言,唐代的律賦命題的特點有類於唐代省題詩命題的特點,由唐到宋代律賦命題,也發生了類似於楊萬里所描述的省題詩中"自《春草碧色》,一變而爲《四夷來王》,再變而爲《爲政以德》,于是始無詩矣。非無詩也,無題也"的變化。商衍鎏《清代科舉考試述錄》一書於此一段變化有很好的概括,其云:"唐代以詩賦取士,非盡試詩,試律之面貌近于律賦,故論試律,不可不兼言律賦。凡詩賦理本相通,皆拘牽聲韻,束縛韻調,共相遵守,不許泛濫,詩較賦之段落字句爲少,其律尤爲謹嚴。至詩賦出題,唐初不皆有出處也,考官或以己意立題,舉子于題意之不明者,許其進問,謂之上請。宋初亦循唐故事,仁宗景祐中,始詔出題必在經史,禁士子之上請題旨,後複推廣可兼取古人詩句以爲題。"[55]所謂"出題必在經史"可以概括宋代律賦的命題特點。今人輯注有《歷代律賦校注》,將唐宋律賦命題及相關的寫作方式稍加比較,即可明瞭楊萬里及商衍鎏所論之精確無誤。[56]宋代律賦此類詩題重"理",近於清人所謂"理境之題",[57]於是律賦寫作也就由"體物而瀏亮"之賦演至"取物之義"之賦。而"凡詩賦理本相通","取物之義"的寫作訓練又對"禁體物詩"的寫作形成一定影響。

至於禁體物詩與禁體物賦之間是否有相互影響的關係,尚不確定,但其均受影響於科舉風尚的變化,是可以肯定的。

最後一點,"禁體物詩"在詩中形成固定的格式風格後,也會向其他文類或文體傳導,其中最典型的就是詞,蘇軾《水龍吟·次韻章質夫楊花詞》:

> 似花還似非花,也無人惜從教墜。拋家傍路,思量却是,無情有思。縈損柔腸,困酣嬌眼,欲開還閉。夢隨風萬里,尋郎去處,又還被、鶯呼起。　不恨此花飛盡,恨西園、落紅難綴。曉來雨過,遺踪何在?一池萍碎。春色三分,二分塵土,一分流水。細看來,不是楊花,點點是離人淚。

鄭文焯評此詞云:"煞拍畫龍點睛,詞亦詞中一格。"㊽這首詞除結尾外,通篇詠"楊花"而不言"楊花",正是"禁體物詩"的特點和要求。

蘇軾《水龍吟·次韻章質夫楊花詞》這樣的詠物方式演至南宋,就形成了如姜夔《暗香》《疏影》等詠物詞的寫作。陳匪石《宋詞舉》卷上評《暗香》云:"蓋此章立言,以賞梅之人爲主,而言其經歷、述其感想,就梅花之盛時、衰時、開時、落時,反復論叙,無限情事,即寓其中。……特其旨隱微,其詞渾脱,不見寄托之迹,只運化梅花故實,説看梅者之心事。陳氏稱白石'感慨全在虛處,無迹可尋',蓋如此乃真能'以寄托入、無寄托出'者。"㊾文中"陳氏"即清末詞人陳廷焯。那麽姜夔《暗香》《疏影》是怎樣做到陳匪石所説的"其旨隱微,其詞渾脱,不見寄托之迹"或陳廷焯所説的"以寄托入、無寄托出"呢?劉永濟《唐五代兩宋詞簡析》云:"詞雖詠梅而非敷衍梅花故實,蓋寄身世之感于梅花,故其辭雖不離梅而又不粘著于梅。"所以,姜夔詠物詞的就關鍵在於"其辭雖不離梅而又不粘著于梅",更具體地説:

> 此種寫法,在技術上,似詠梅而實非詠梅,非詠梅又句句與梅有關,用意空靈,此石湖所以"把玩不已"也。㊿

這種寫法,在吳世昌《詞林新話》評來就是:"白石《暗香》《疏影》二首,游戲之作耳。雖藝術性强,實無甚深意。乍看似新穎可喜,細接則勉强做作,不耐咬嚼。此本擬人格之通病。……白石自寫情詞,與時事無關。所謂沉鬱忠厚,意凡詞叫人看不懂就好,就有寄托。"㉛這其實是王國維《人間詞話》、胡適《詞選》對姜夔詞評價的延伸。上舉數例,雖然個人立場不同,觀點也有巨大差異,但實際上都指向了姜夔"其辭雖不離梅而又不粘著于梅"或"似詠梅而實非詠梅,非詠梅又句句與梅有關"的寫法,而這種寫法與禁體物詩的要求是一致的,與前面提到的"暗體題字"或"以能融題意爲妙"的要求也相類似。雖然姜夔蹭蹬科舉,但他畢竟經受過科舉訓練;更重要的是,在蘇軾《水龍吟》開拓了新的詠物方式後,文學寫作就以其頑强的慣性延續下來了。後期的史達祖等的詠物詞皆承其續,這一類的詞雖無"禁體物"之名,實具"禁體物"之實也。而站在科舉訓練的角度,由兩個科舉訓練特別成功的二人——歐陽修和蘇軾——來開創"禁體物詩"和《水龍吟》那樣的"禁體物詞",本身已經揭示了此種寫法與科舉訓練的淵源。

(作者單位:上海外國語大學文學研究院)

---

① 《羅忼烈雜著集》,上海古籍出版社 2007 年版,第 292 頁。
② 同上書,第 292—296 頁。
③ 内山精也《蘇軾櫽括詞考》,内山精也著、朱剛等譯《傳媒與真相——蘇軾及其周圍士大夫》,上海古籍出版社,2005 年,第 388—429 頁。
④ 吳承學《論宋代櫽括詞》,《文學遺産》2000 年第 4 期。今據《中國古代文體形態研究》(第三版),北京大學出版社,2013 年。
⑤ 《中國古代文體形態研究》(第三版),第 435 頁。
⑥ 《羅忼烈雜著集》,第 292 頁。
⑦ 王先謙《荀子集解》卷一七,中華書局,1988 年,第 435 頁。
⑧ 《荀子集解》卷一九,第 502 頁。
⑨ 王聘珍撰、王文錦點校《大戴筆記解詁》,中華書局,1983 年,第 115 頁。
⑩ 吳承學《中國古代文體形態研究》(第三版),第 205 頁。
⑪ 黎靖德編《朱子語類》卷四三,第 1105 頁;卷七九,第 2062 頁;卷一二二,第 2953—2954 頁;卷一三三,第 3200 頁;卷一三五,第 3226 頁。
⑫ 辛更儒箋校《楊萬里集箋校》第 6 册,卷七九,中華書局,2007 年,第 3210 頁。
⑬ 商衍鎏《清代科舉考試述録》,故宮出版社,2014 年,第 257 頁。
⑭ 王水照編《歷代文話》第 1 册,復旦大學出版社,2007 年,第 520 頁。
⑮ 周祖謨校箋《方言校箋·附録》,中華書局,1993 年。
⑯ 周裕鍇《白戰體與禁體物語》,原載《古典文學知識》2010 年第 3 期;今據《語言的張力:中國古代文學的語言學批評論集》,中國社會科學出版社,2016 年,第 203 頁。
⑰ 程千帆、張宏生《"火"與"雪":從體物到禁體物——論"白戰體"及杜、韓對它的先導作用》,《中國社會科學》1987 年第 4 期。
⑱ 李慶甲集評校點《瀛奎律髓彙評》卷二七,上海古籍出版社,2005 年,第 1151 頁。
⑲ 同上書,卷二〇,第 745—746 頁。
⑳ 《著題詩》主要是描摹"物色"之詩,但其範圍很廣,有時描寫一般事物情狀之詩也涵蓋在内,如《瀛奎律髓》卷一八茶類、卷一九酒類也屬著題詩。
㉑ 辛更儒箋校《楊萬里集箋校》第六册,第 2841—2842 頁。
㉒ 《瀛奎律髓彙評》卷二一,第 855 頁。
㉓ 同上。
㉔ 同上書,第 865 頁。
㉕ 《楊萬里集箋校》第 1 册,卷三,第 165 頁。
㉖ 《瀛奎律髓彙評》卷二七,第 1159 頁。

㉗ 《全元文》第 10 册,卷三四四,第 300—301 頁。

㉘ 阮閲編著、周本淳校點《詩話總龜》(後集),人民文學出版社,1987 年,第 193 頁。

㉙ 韋居安《梅磵詩話》卷中,丁福保《歷代詩話續編》,中華書局,1983 年,第 567 頁。

㉚ 羅積勇、肖金雲《〈禮部韻略〉與宋代科舉》,武漢大學出版社,2015 年,第 97 頁。

㉛ 同上書,第 96—98 頁。

㉜ 同上。

㉝ 王應麟《困學紀聞》,上海古籍出版社,2008 年。

㉞ 楊春俏《詩賦取士背景下的詩國風貌》,光明日報出版社,2009 年,第 21—22 頁。

㉟ 商衍鎏《清代科舉考試述録》,故宫出版社,2014 年,第 276 頁。

㊱ 《楊萬里集箋校》第 6 册,卷八三,第 3338 頁。

㊲ 《後村先生大全集》卷九七。

㊳ 戴表元《陳晦父詩序》云:"世多言唐人能攻詩……至唐乃設此以備科目,人不能詩無以行其名,故不得不攻耳。"(《剡源文集》卷九)此外方大琮《送謝軒》亦云:"蓋詩至唐尤甚,人主以此拔士,得戴叔倫、韓翃之流焉;主司以此取士,得錢起、徐凝之之流焉;藩鎮以此取士,得李商隱、羊士諤之流焉。迨至本朝,文治過唐遠甚,經義詞賦之士悉尊崇用事,詩人遇合者少。鄉外而强大,諸侯窮貴極富,致士滿門,類多抵掌談功名,飛筆作箋記,未嘗容一詩人也。君爲一世所不好之學,挾背時難售之貨,僕饑驢瘦,道之雲遠,夜闌酒盡,相對太息,夫窮達有命,特未可料,君志氣甚壯,年未暮,安知異日不合熏風之琴而弦清廟之瑟乎?"(方大琮《鐵庵遺稿》卷九六,《文淵閣四庫全書》本)

㊴ 如胡震亨《唐音癸籤》卷二七《談叢三》云:"唐試士初重策,兼重經,後乃觭重詩賦。中葉後,人主至親爲披閱,翹足吟詠所撰,歎惜移時。或複微行,咨訪名譽,袖納行卷,予階緣。士益競趨名場,殫工韻律。詩之日盛,尤其一大關鍵。"

㊵ 《楊萬里集箋校》第 4 册,卷三七,第 1906 頁。

㊶ 范仲淹《范文正集・别集》卷四《賦林衡鑒序》,《文淵閣四庫全書》本。

㊷ 詹杭倫《范仲淹的賦論與賦作》,《唐宋賦學研究》,中國社會科學出版社、華齡出版社,2006 年,第 265 頁。

㊸ 鄭起潛《聲律關鍵》,收入詹杭倫、沈時蓉校注《歷代律賦校注》,武漢大學出版社,2009 年,第 537 頁。

㊹ 實際上,中國古代文論著述中的分類問題具有很大的普遍性,非常重要而長期爲學界所忽視。如宋末魏慶之《詩人玉屑》、方回《瀛奎律髓》既有登覽類、朝省類、懷古類、風土類、升平類、宦情類、風懷類、宴集類、老壽類、春日類、夏日類、秋日類、冬日類、晨朝類等按題材分類的,但也有如"變體類"、"拗體類"以詩歌體式作法分類的情況,但都統一於創作論的前提下。

㊺ 鄭起潛《聲律關鍵》,收入《歷代律賦校注》,第 537 頁。

㊻ 曹虹《陸機賦論探微》,《中國辭賦源流綜論》,中華書局 2005 年版,第 166—167 頁。

㊼ 鄭起潛《聲律關鍵》,收入《歷代律賦校注》,第 545 頁。

㊽ 同上書,第 649 頁。

㊾ 同上書,第 650 頁。

㊿ 同上書,第 649—650 頁。

(51) 同上書,第 648 頁。

(52) 李子君《宋代韻書史研究——〈禮部韻略〉的韻書源流考》,社會科學文獻出版社,2016 年,第 8 頁。

(53) 許結《清代賦論"禁體"説》專論"禁體"賦,頗有啓發意義,但許先生稱:"賦言'禁體',是反對寫賦'不得體',得體即尊體,因此清人倡述賦禁論,本質是尊體,以反彰正,而嚴其體制,標其高格。"(許結《賦學:制度與批評》,中華書局,2013 年,第 146 頁)但其實賦"禁體"與賦之文體或文類無關,只是禁止寫作中常用的、陳陳相因的描寫文字,因難見巧,這與"禁體物詩"本質上是一樣的。實際上,所謂"禁體賦"本就得名於"禁體物詩"。

㊴ 林聯佳撰,何新文、踪凡校證《見星廬賦話校證》卷四,上海古籍出版社,2013 年,第 46—47 頁。
㊵ 商衍鎏《清代科舉考試述録》,第 276 頁。
㊶ 唐代律賦命題泰半如《汾水行船賦》《灞橋賦》《開東閣賦》《南有嘉魚賦》《聽早蟬賦》等(《歷代律賦校注》,第 6—16 頁),適於"體物而瀏亮"的寫法,而宋代前期沿晚唐五代餘習,律賦尚有如田錫《群玉峰賦》《春色賦》等的命題(同上書,第 134—138 頁),仁宗朝後即多爲歐陽修《畏天者保其國》《應天以實不以名賦》等出於經史之題(同上書,第 176—180 頁)。
㊷ 《見星廬賦話校證》卷五,謂:"賦遇理境之題,更難工雅,須得躐根探窟之思,印泥劃沙之筆,語無理障,文即賦心,乃稱上乘。"(第 65 頁)
㊸ 龍榆生校箋《東坡樂府箋》引鄭文焯語,上海古籍出版社,2017 年,第 255 頁。
㊹ 陳書良箋注《姜白石詞箋注》引陳匪石語,中華書局,2018 年,第 91 頁。
㊺ 陳書良箋注《姜白石詞箋注》引劉永濟語,第 92 頁。
㊻ 陳書良箋注《姜白石詞箋注》引吴世昌語,第 93 頁。

# 辨析幾微：道論與曾鞏古文風格的形成

成 瑋

唐宋以降古文寫作，向與儒家之道有必然聯係，在曾鞏身上尤爲密切①。其道論有一特點：强調常與變的統一，"道"恒定而"法"則與時遷流。此點早經學者拈出②。但恒定之道如何推求；這種推求進入古文，又怎樣塑造了文章風格？這些問題，似尚少人探究。本文試加闡説，或可爲尋繹思想與文學結合點的嘗試，提供若干參考。

## 一、意："道"之内化

曾鞏《戰國策目録序》説："蓋法者所以迹變也，不必盡同；道者所以立本也，不可不一，此理之不易者也。"③這段話扼要表明其觀念：道與法乃本末、體用關係。一方面，"古今之變不同，而俗之便習亦異，則亦屢變其法以宜之，何必一二以追先王之迹哉"④？時移勢易，具體因應之"法"隨以變化。更准確講，是隨時間進化，愈晚愈詳盡，"聖人之法，至後世益備也"⑤。另一方面，萬變不離其宗，"法"背後的原理"道"，則恒久如是。《洪範傳》説："二帝三王之治天下，其道未嘗不同；其道未嘗不同者，萬世之所不能易，此'九疇'之所以爲大法也。"⑥自上古聖王以來，萬世一貫。這種"道"也稱爲"理"⑦。《王子直文集序》："言理者雖異人殊世，未嘗不同其指。何則？理當故無二也。"《思政堂記》："夫接於人無窮而使人善惑者，事也；推移無常而不可以拘者，時也；其應無方而不可以易者，理也。"⑧時世更迭而歸然不動之"理"，實即作爲價值本源的"道"。

這一思路，令人聯想到清代章學誠之論，二者略相近似，不妨作一比較。章氏談著述有言："夫道備於六經，義藴之匿於前者，章句訓詁足以發明之。事變之出於後者，六經不能言，固貴約六經之旨，而隨時撰述以究大道也。"⑨儒道自六經已然大備，後世無所增添；人事却逐時而變，多出於六經之外。這也是對常與變、體與用的分疏。然則其"道"底藴究竟爲何？質言之，專在整頓人間秩序。他説："天地生人，斯有道矣，而未形也；三人居室，而道形矣，猶未著也；人有什伍而至百千，一室所不能容，部別班分，而道著矣。"⑩起首一句值得注意。倘若儒道具現於個體心性之内，則是生人之初便即顯形。章學誠否定了這點，就與心性之學劃開了界限。在他看來，"道"只有隨著人類社會性的日益滋長，方得日益顯形。在現實中,從"三人居室","而均平秩序之義出矣",直至千百人共處,"而作君作師,畫野分州,井田封建學校之意著矣",儒道始終體現在社會秩序建構上,最後指向政府治理。"道"即儒家社會秩序原理。錢穆謂章氏"尊政事而薄心性"⑪,一語中的。

恰在這裏,曾鞏與之有別,其"道"首先呈現於心性。《梁書目錄序》說:

> 萬物之所不能累,故吾之所以盡其性也。能盡其性,則誠矣。誠者,成也,不惑也。既誠矣,必充之,使可大焉。既大矣,必推之,使可化焉。能化矣,則含智之民、肖翹之物有待於我者,莫不由之以全其性,遂其宜,而吾之用與天地參矣。德如此其至也,而應乎外者,未嘗不與人同,此吾之道所以爲天下之通道也。故與之爲衣冠飲食、冠婚喪祭之具,而由之以教,其爲君臣父子兄弟夫婦者,莫不一出乎人情;與之同其吉凶而防其憂患者,莫不一出乎人理。⑫

實踐"吾之道"在於盡己之性:脫去物累,便得天性之全。由是擴充,推及天下,便能化成萬民萬物,使之各全其性。這一外推過程,即是各類制度、規範的建立過程,從"衣冠飲食、冠婚喪祭之具"到"其爲君臣父子兄弟夫婦者"等,莫不如此。所以社會實踐,以洗滌心性爲其前提。一旦臻此境地,"可不謂聖矣乎"? 得全天性,已與聖人相去無幾,故後者並非無從測度。事實上,這篇文章就是"爲著聖人之所以得"而作。

"道"不可感,只能據外在現象隱約推求;推求至極,曾鞏所窺爲個體心性。對"道"的探索,應當落爲對心性的考察。不過他所言心性,異乎宋明理學,"并未加進多少思辨內容"⑬,內涵單薄,實則討論寥寥。同時,除自身以外,他人包括古聖之心性,也無法直接經驗到。所能經驗者,惟有心性的運用,即遇事所持處理原則,曾氏稱之爲"意"。《戰國策目錄序》說:"夫孔、孟之時,去周之初已數百歲,其舊法已亡,舊俗已熄久矣;二子乃獨明先王之道,以謂不可改者,豈將強天下之主以後世之所不可爲哉? 亦將因其所遇之時、所遭之變,而爲當世之法,使不失乎先王之意而已。"⑭持守"先王之道",究其底裏,無非不失先王立法化俗之意罷了。"法"因時變而更設,"道"與"意"則一以貫之。自"道"下降至"意",容易捫摸得多,後者係曾鞏主要入手處。

在縱向時間維度上,道與意皆亘久不變;在橫向事物維度上則不同,前者統攝萬事,渾然一體,故而謂之"天下之通道";後者可以細分,一事一意。茲舉兩例。曾鞏《說學》論學校,古時立於鄉黨,今日鄉黨既廢止,立學不得不別謀方案。但"古之制不必盡用也,其意不可改也"。立學之意,不在"課試文字之習否","其體惟以化民成俗爲教之意",這點古今一揆⑮。《答蔡正言》論士人進退,古時列國并峙,"以道事君者,不可則去之",由魯之衛,由衛之晋、之秦,靡所不適;今日天下一統,"以道事君者,不可則去而無所之",變通之法,是離開朝廷而就任州郡,"是亦自處之宜也"⑯。古今行事相異,而以道事君、不合則去之意無二。立學與立身兩事,各具其意,無分古今,彼此却不相掩襲。"道"單一而"意"繁多,區別顯然。

以學術授受言，曾鞏是歐陽修門下高弟，自慶曆元年（1041）相識後⑰，積年所獲教益匪淺。曾氏形容自己"戇冥不敏，早蒙振祓。言由公（歐陽修）歸，行由公率"⑱，幾於亦步亦趨。他在慶曆年間或稍晚，又可能一度問學於李覯⑲。歐陽修盡管表示，儒道一貫而古今事異，須因時制作，毋泥於古⑳，但未點出意、法等周邊概念，編織成語匯網絡。李覯著有《周禮致太平論》十卷，"雖是講《周禮》，其實是談當時的政治"㉑。但至少就表象看，是取周代制度範型當下，不僅"道"不變，"法"也不變。兩家似均非曾鞏道論之所出。而後者之父曾易占，慶曆四年撰《南豐縣興學記》，却明白寫道："古之意不可改也，古之制不必盡用也"，立場、用語和其子如出一轍。再看具體論説，此記勾勒背景，也是"自鄉黨之制廢"，學校制度隨之變易；而堅持立學之意仍當與古無殊，"本之導民成化"，反對"主於辭"㉒。凡此種種，都可在曾鞏《説學》一文覓得回響。觀上所述，曾鞏道論之形成，大抵還是家學淵源使然，且在早期應已輪廓完備，是相當穩定系統的一套想法。

在曾鞏那裏，上窺"道"之途徑，主要是返求於儒家經典。《宜黃縣學記》説："雖古之去今遠矣，然聖人之典籍皆在，其言可考，其法可求。使其相與學而明之，禮樂節文之詳，固有所不得爲者，若夫正心修身，爲國家天下之大務，則在其進之而已。"㉓此處"禮樂節文之詳"，即他所説可求之"法"，今昔不盡相同；其不變者，則以"正心"即心性修養爲出發點。這一切都自儒經得來，而落實在"意"，所謂"因先王之遺文以求其意"㉔。經文特點，見於《王容季文集序》："叙事莫如《書》。……其體至大，蓋一言而盡，可謂微矣。其言微，故學者所不得不盡心。能盡心，然後能自得之。此所以爲經而歷千餘年，蓋能得之者少也。《易》《詩》《禮》《春秋》《論語》皆然。其曰測之而益深，窮之而益遠，信也。"㉕經義精微，文辭簡略，千餘年來知者極罕，必須窮探力索，乃能得其仿佛。這種精微達至何等程度？可參《上歐陽舍人書》。慶曆四年（1044）范仲淹、歐陽修等人推行新政，議改科舉制度，曾鞏建言經義毋通考諸經，任選一經即可。理由是："夫經於天地人事，無不備者，患不能通，豈患通之而少耶？"㉖他認爲一部經籍，自身已備天地人事之意，無待外求；其他經籍亦然。所以儒經之間，本質是通流的。但經與經內容相去甚遠，這種通流，顯然不在字面意義層面。故從字裏行間探求經書未明言的意思，便成爲一個著力點。

窺"道"之人，心性有所主，足以應對萬事。《自福州召判太常寺上殿劄子》説："審能是，則存於心者，有以爲主於內；天下之事，雖其變無窮，而吾所以待之者，其應無方。"㉗對於處事，曾鞏特重隱微委曲之處。《上范資政書》説："夫學者之於道，非處其大要之難也。至其晦明消長、弛張用舍之際，而事之有委曲幾微，欲其取之於心而無疑，發之於行而無擇，推而通之，則萬變而不窮；合而言之，則一致而已。"㉘能否洞察幽微，知所取徑，是對行道的最大考驗。觀察他人合道與否，也要穿越表象，直探底裏。《邪正辨》提示"言者曰：'某正人也'，必考焉。其言與行果正也，猶曰無乃其迹然歟？必也本其情，情果正也，斯正人也"，判斷邪人同此㉙。言行不足爲憑，須推原背後的"情"，也即曾鞏平素所稱之"意"，無論古人抑或今人皆然。舉例言之,他說徐幹當漢魏之交,"獨能考六藝,推仲尼、孟軻之旨,述而論之。……其所得於内者,又能信(通"伸")而充之,逡巡濁世,有去就顯晦之大節",推挹備至。就六經求取古聖之意,重在書本;得之於内,重在心性;出以應務,身逢亂世而能全節始終,重在處理複雜事態的能力。其個人修養路徑及效果,完整體現了曾氏儒學理想。即使這樣一位人物,曾鞏還不由慨歎:"蓋迹其言行之所至,而以世俗好惡觀之,彼惡足以知其意哉?"㉚亂世言行,曲折難以遽曉,惟有透入一層,心知其"意",乃可剖別善惡。這是尚論古人。在另一處,他更暢言知人之難,羅列各種情形:"而人之行,有情善而迹非,有意奸而外淑,有善惡相懸而不可以實指,有實大於名,有名侈於實。猶之用人,非畜道德者惡能辨之不惑、議之不徇?"㉛行爲紛紜淆亂,惟有得道之士,乃可究明其人内心之"意"(又稱"情"),不爲外迹所惑,作出恰如其分的評述。這是談撰寫墓誌一般原則,兼包古今。

闡釋儒家經典,注重抉發言外之意;評述古今人事,注重辨析幾微,略迹原心。這兩點對曾鞏古文風格產生了深刻影響。

## 二、燭幽索隱:從思想到風格

朱熹有言:"東坡文說得透,南豐(曾鞏)亦說得透,如人會相論底,一齊指摘說盡了。"㉜議論透徹,是曾鞏古文重要長處之一。首先,"曾文多本經術"㉝,而在援據儒經發論時,如上所言,往往極深研幾,拓展經文詮釋空間,以爲立說之基。例如《爲人後議》,文中雖未揭明,意内必有"濮議"一事在。林希《墓誌》載:"治平中,大臣嘗議典禮,而言事者多異論。歐陽公(修)方執政,患之。公著議一篇,據經以斷衆惑,雖親戚莫知也"㉞,即指此篇。宋仁宗無嗣,身後由濮安懿王之子趙曙入繼大統,是爲英宗。治平元年(1064)詔議濮王典禮,韓琦、歐陽修等人主張稱之"皇考",依舊承認他與英宗的親生父子關係;司馬光、王珪等人主張稱之"皇伯",以英宗過繼後的身份相待,無復父子之禮。雙方爭執不下,綿延數年。曾鞏佚著《南豐雜識》有一則,從臺諫官角度回顧其事,明確表態"執政議稱王爲'考',是也"㉟,支持前一方立場。《爲人後議》"據經以斷衆惑",開篇就給出經典依據:"《禮》:大宗無子,則族子以支子爲之後。爲之後者,爲所後服斬衰三年,而降其父母期。"㊱按《儀禮·喪服》:"爲人後者爲其父母,報。"鄭玄注:"何以期也?不貳斬也。何以不貳斬也?持重於大宗者,降其小宗也。爲人後者孰後?後大宗也。曷爲後大宗?大宗者,尊之統也。……大宗者,收族者也,不可以絶,故族人以支子後大宗也,適子不得後大宗。"㊲曾文隱括自這一節經傳。《儀禮》所立喪服制度,繼子只爲入繼後的父親斬衰三年,盡父子之禮;對本生父母則降低規格,期服(齊衰中爲期一年的喪服)而已。這項制度,本意在推尊大宗。大宗不容絶嗣,因有過繼後代之舉。過繼子"不貳斬",單爲大宗一系服斬衰,目的便是"持重於大宗"。整段文字聚焦在此,至於本生父母,經文及注疏都一筆帶過。

曾肇却扣住"降其(本生)父母期"這點,努力發掘深意:"若當從所後者爲屬,則亦當從所後者爲服。從所後者爲服,則於其父母,有宜爲大功、爲小功、爲緦麻、爲袒免、爲無服者矣。而聖人制禮,皆爲其父母期,使足以明所後者重而已,非遂以謂當變其親也。"㊳倘若全從過繼關係著眼,則服生身父母之喪,規格當視過繼家庭與原生家庭親疏而定,不當一以期服爲准。由親至疏,規格逐步降低;如出於五服以外,甚至不宜服喪。《儀禮》不此之圖,而統一定爲期服,可證未絕本生父母之恩,并非只重過繼關係。於是證明入繼後仍稱生父爲"親",符合儒家理念。曾肇推崇曾鞏"於剖析微言,闡明疑義,卓然自得,足以發六藝之蘊,正百家之繆,破數千載之惑"㊴,誠非虛語。此例便足見其"剖析微言"、"發六藝之蘊"的功力,敏銳捕捉經籍中有利的蛛絲馬迹,推繹開去,另辟蹊徑,將這些蛛絲馬迹的論證力發揮到極致,同時也更新了讀者對經文的理解。這自然予人析理深銳之感。《爲人後議》既成,曾鞏秘不示人,至熙寧四年(1071)始寄呈歐陽修一閱。後者歎賞不置,"引經據古,明白詳盡……某亦有一二論述(按指《濮議》四卷),未能若斯文之曲盡"㊵,已然表出曾文推闡經義、說理盡致的優長。

其次,曾鞏評述人事,與其道論相關聯,每注目於曲折難曉處。依他之見,這正是文章職責所在。《南齊書目録序》説"古之所謂良史者,其明必足以周萬事之理,其道必足以適天下之用,其智必足以通難知之意,其文必足以發難顯之情";《謝中書舍人表》説"蓋聖君難諭之情,將欲施於號令,得當世能文之士,然後達於文辭";《移滄州過闕上殿劄子》説"至於尋類取稱,本隱以之顯,使莫不究悉,則今文學之臣,充於列位,惟陛下之所使"㊶,一再強調爲文上承儒道,功在闡幽發微,且不限於古文,史書以至四六亦復如是。而化隱爲顯之法,厥在於反復辨析,往來沖决。曾鞏爲其弟曾宰志墓,表彰後者飽讀詩書,"於其是非治亂之意既已通,至於法制度數、造物立器、解名釋象、聲音訓詁,纖悉委曲,貫穿旁羅,無不極其說。……其爲文馳騁反復,能傳其學"㊷,雖係形容他人,不妨視作自况。學術導源於"道"的投影——"是非治亂之意";面對具體事物,又力圖盡其委曲。文辭旨在暢發學術,因應於後者之曲折,而以往復馳騁爲其特色。思想與風格的連結,在此清晰呈現出來。

歷代論者描摹曾鞏文風,意見不一,久而久之,形成兩組對峙說法:一是陽剛與陰柔。例如姜洪說"其言之而爲文,亦雄偉奔放,不可究極",歸入陽剛一派。姚鼐說"宋朝歐陽(修)、曾公之文,其才皆偏於柔之美者也",又歸入陰柔一派㊸。今人或調停兩造,謂曾文早年追求陽剛之美,漸次轉向陰柔,有一演變過程㊹。二是矜重與馳騁。例如朱熹在慶元五年(1199)得見曾氏墨迹,說"簡嚴静重,蓋亦如其爲文也",歸入矜重一派。曾肇説"至其文章,上下馳騁,愈出而愈新,讀者不必能知,知者不必能言",又歸入馳騁一派㊺。以下著重討論後一組説法,尤偏於馳騁方面。

馳騁一面,多表現於是非難以遽斷之事。《答王深父論揚雄書》替揚雄辯護,謂其出仕王莽政權、奏上《劇秦美新》,不違士君子用舍之道;《徐孺子祠堂記》分析徐稚辭官不就,"此其意亦非自足於丘壑,遺世而不顧者也";《問堯》剖白堯未嘗"用九官、誅四罪",舜即位乃行之，并非前不如後；《說非異》批判佛徒情性修養，貌近儒家而彌失真；《書與客言》辨別孔、孟雖汲汲自售，卻仍中有所守[46]，均可示例。爲了曲徑通幽、探取真意，曾文經常采用人我問答方式，往來辯詰，逐迤深入。上舉五文，後三篇皆有之。再以《書魏鄭公傳》爲例。樓昉評此文："專是論後世削稿之失，反復攻擊，宛轉發明。後面三轉論難，每轉愈佳。"[47]唐初魏徵直言極諫，太宗從善如流，君臣相得。待魏氏亡故，小人進讒，"又言徵嘗錄前後諫爭語示史官褚遂良，帝滋不悦"[48]，恩禮遂衰。曾文首段概述事件，次段正面發論："夫以諫諍爲當掩，是以諫諍爲非美也，則後世誰復當諫諍乎？"諫章不必削去，交付史官，適得其所。又以太宗晚年兵敗遼東，歎息魏徵歿後無人規勸，反襯直諫之益。三段拓展到上古秦代，伊尹、周公諫言存世，愈見其君之聖明；而夏桀、商紂直至秦始皇，"諫諍之無傳，乃此數君之所以益暴其惡於後世而已矣"[49]。再度正反舉證，以見這一道理具普遍性，通用於各時代。前三段穩步推進，理由平實，尚不難擬想。接下來設爲主客對話，往復論析，便層折遞入了：

> 或曰："《春秋》之法，爲尊親賢者諱，與此其戾也。"夫《春秋》之所以諱者，惡也，納諫諍豈惡乎？"然則焚稿者非歟？"曰：焚稿者誰歟？非伊尹、周公爲之也，近世取區區之小亮者爲之耳，其事又未是也。何則？以焚其稿爲掩君之過，而使後世傳之，則是使後世不見稿之是非，而必其過常在於君，美常在於己也，豈愛其君之謂歟？孔光之去其稿之所言，其在正邪，未可知也，其焚之而惑後世，庸詎知非謀己之奸計乎？或曰："'造辟而言，詭辭而出'，異乎此。"曰：此非聖人之所曾言也。令萬一有是理，亦謂君臣之間，議論之際，不欲漏其言於一時之人耳，豈杜其告萬世也。[50]

這裏分三層論之：第一層對應經義。《公羊傳》閔公元年有"爲尊者諱"之說[51]。諫諍說明君主有失政，理當爲之遮掩，而非傳諸後人。曾鞏轉移焦點，舍失政而言納諫。存諫書即所以存帝王虛懷納諫之迹，後者屬於善政，何須避諱？第二層反駁俗習。"避人焚諫草"[52]的舉動，從來爲人稱道，莫非不妥？曾鞏以爲，這樣看似"掩君之過"，實則銷毀諫章，後代徒見臣下進諫，未知具體見解，反倒失去分辨是非的根據；君王失政的惡名，再無洗刷機會，不若留存爲愈。第三層復折回經義。《穀梁傳》文公六年："士造辟而言，詭辭而出。"范寧注："辟，君也。詭辭而出，不以實告人。"[53]明令禁止外泄與國君議政語，似乎更無轉圜餘地。曾鞏却剖分當時與後世，不外泄專指當時，以免債事；後人事過境遷，對之不必掩藏，因此諫書盡可傳世。經義與俗習都有權威性，曾文一一化解，縱橫博議，析理深曲，道人之所未道。

　　正如上述，毀去諫稿是公認良策，連曾鞏本人《隆平集》卷六《趙安仁傳》，也稱贊過傳主"有所獻納，退必焚稿"[54]。此書托體史著，立言較合乎世間共識。而提倡諫章傳後，則是一反常情，澄清模糊認識，非往復盤旋不足盡發其蘊。但這確係曾氏真實看法，《范貫之奏議集序》也説:"後世得公(范師道)之遺文,而論其本,見其上下之際相成如此,必將低回感慕,有不可及之歎,然後知其時之難得。"⑤奏議傳於後人,恰顯出范氏得逢明君之幸。這類説辭,《書魏鄭公傳》前三段已言之;後者下面三層論難,則多有序文所未及者。蔡世遠評《書魏鄭公傳》:"南豐此論屈折盡透,比《范貫之奏議序》更曲暢。"⑥有此效果,即得力於賓主問答部分的馳騁辯説。樓昉特賞此節,可謂具眼。

矜重一面,似與馳騁相反。曾鞏別有斂氣蓄勢之作⑦,當然可以説,不同篇章風格有異,并行不悖,從而輕鬆消解這一對峙。可縱然是馳騁往來之作,也有其藩籬在。宋濂説"曾氏之文如姬、孔之徒復生於今世,信口所談,無非三代禮樂";茅坤説"曾子固之才焰,雖不如韓退之、柳子厚、歐陽永叔及蘇氏父子兄弟,然其議論必本於六經,而其鼓鑄剪裁,必折衷之於古作者之旨"⑧。曾文内容尤顯雅正,《書魏鄭公傳》後半曲折反復,要未越出歸美君上、垂範後昆的範疇,便爲一例,因此給人觀感較自持。艾南英説"子固以六經之文,典重醇深,爲公(歐陽修)所推服"⑨,已揭出其古文内容("六經之文")和風格("典重醇深")的聯繫。故即馳騁之作,也不無矜重成分。

緊扣隻言片語,别開一途,推演至極,重詮儒經也好;致力於人事之疑難點,往復辨證,重勘是非也罷,曾鞏始終將目光投向幾微之際,抽繹闡揚,生出大段議論來。這已成爲他運思的常態。

## 三、文隨道變:在歐、蘇之間

古人曾經拈示,曾鞏文風與歐陽修、蘇軾各有近似。分别作一比較,或能對儒道與古文關係的普遍狀況多些體認。

吕本中説:"文章紆餘委曲,説盡事理,惟歐陽公爲得之。至曾子固,加之字字有法度。"陳模説:"曾南豐得歐文之反覆處,却無那雄健頓挫。"⑩褒貶有差,而皆指歐、曾古文喜用反復委曲之筆。兹舉歐文《縱囚論》爲樣本。此篇與曾鞏《書魏鄭公傳》同樣評議唐太宗事,同樣力翻舊案,同樣後半設爲問答。貞觀六年(632)末,太宗釋死囚還家,約定翌年秋季自來就刑。及期,無一人失信,世人美之⑪。歐陽修開篇直斥其非,死囚是"小人之尤甚者",視死如歸是"君子之尤難者",期望小人行君子之事,"此豈近於人情哉?"隨後兩番對話:一問這能否理解爲太宗恩德所感化?答説太宗行之,正爲求此美名。二問此舉既不合宜,"然則何爲而可?"答説若死囚守諾而仍誅之,下次放還,依然來投,則真可信爲恩德所致。太宗之舉,未堪懸爲常法,故不足取⑫。

細審問答部分,第一番與首段構成正反論證,前文廓清成説,問答正面抉出太宗真實動機。第二番所構想的情景,歐氏自知係"必無之事",孫琮謂其"末復設爲戲論"⑬,逸筆生姿,但也進一步反駁了恩德説;接著把堪作常法與否,立爲判斷標準。合不合乎人情較主觀,可不可爲常法則較客觀,能將"本於人情"的准則落到實處。次番對話逆卷而上,依次照應首番對話與開篇,鬥榫合縫。吕祖謙評此篇:"文最緊,曲折辨論,驚人險語。"⁶⁴運筆委曲往復,然而始終基於主旨變奏、延展,問題意識維持在同一層級,所以文脈嚴緊。反觀曾鞏《書魏鄭公傳》,題中雖無"論"字,却是正經論體文的寫法⁶⁵。三番主客問答,從納諫乃美名、存諫稿便於核證是非、論時政不防後人三個角度切入,是細分許多理由,共同支撐主論點,且皆著力於疑似難明之所。歐陽修只在主論點層次盤旋,步步逼入;曾鞏則下降到分論點層次,撫平每一疑難細節。張伯行形容曾文"透迤曲到"⁶⁶,相當恰切。

　　歐陽修論"道"取其簡質易曉,甚至一反言不盡意的主流論調,聲稱語言傳"道"綽有餘裕。進入現象層面,具體事物繁多,"道"體現於事物,也因之千變萬化。但是每一特定事物之"道",仍舊簡單明了,語言足敷使用⁶⁷。既如是,其文談說事理,便常直探主旨,不糾纏於枝節。即令曲筆流注,也是主旨自身的旋折推拓。曾鞏論"道"在現實世界的表現,認爲處其大要不難,難在委曲幾微之際。與此相應,行文也喜流連於細枝末節,由各個方向上窺主旨。道論與文風,在這裏顯示出某種同構性。

　　趙士麟評說兩宋雄於文者,"閎肆開闔則蘇子瞻、曾子固之文"⁶⁸,把曾鞏與蘇軾歸爲同類,重在開闔馳騁之風。開闔馳騁與委曲反復有剛柔之異,而就文章展開方式論,均屬往來旋宕一路。茲以曾氏《寄歐陽舍人書》與蘇氏《上劉侍讀書》對讀,兩篇皆爲後學投寄前輩。曾文感謝歐陽修爲祖父曾致堯撰神道碑銘,先言銘志功能,原在褒揚善人,不爲惡人而作;次言惟"畜道德而能文章者"乃優爲之;末言歐氏正是難得人選⁶⁹。首段以銘志今昔,正反相形。中段"能文章"僅作陪襯,以"畜道德"爲主。曾鞏構思出兩個分論點來支撐:有德者能不接受爲惡人撰銘,有德者能透過曖昧複雜的事象辨明善惡。尾段自一己之感激,延伸至天下人無不欲得歐氏手筆,由近及遠,推擴開來。全篇一脈蜿蜒,而三段筆法各不相襲,具"紆徐百折"之致⁷⁰。蘇文先論人能立事,不在於"才"而在於"氣",有"氣"則"天下環向而歸之";次論"夫天下有分,得其分則安",只有氣足以蓋人者例外,驟登高位而天下不以爲非;末便以是歸美劉敞⁷¹。與曾鞏相類,層層脱卸,結尾方托出上書對象。

　　孫琮評曾文:"韓、蘇諸書縱橫奇傑,似此辭致沉綿,筆情深曲,固似無多。"⁷²曾、蘇二書不乏共通點,何以觀感大相徑庭?這可從內容和寫法兩方面言之。在內容上,曾鞏談銘誌體裁特徵,旨在逼出對作者"畜道德而能文章"的要求;稱頌歐陽修,也以是爲準繩。七字實爲一篇之主。張英説:"以此一義回旋轉折,灑灑洋洋,極唱歎遊泳之致,想見行文樂事。"⁷³而曾鞏面對道德與文章兩端,又重前輕後,觀點十分正統。蘇軾之書,"氣之一字爲一篇命門"⁷⁴。談此氣之效應,專注於成事服人,純係身外事宜。此氣在身,"受之於天,得之於不可知之間",又絕無後天修養工夫。儒家論己身之氣,孟子爲備,"其爲氣也,至大至剛,以直養而無害,則塞於天地之間"⁷⁵,側重後天培植⁷⁶。蘇文與之異趣,遠逸出儒家矩矱以外,令人感到奇傑不常。在寫法上,曾文一意流轉,綿延不斷;蘇文爲突顯"氣"的關鍵性,橫插入"分"這一概念以爲襯托。此意非自前文演繹得來,而是另起頭緒。縱橫捭闔之幅度也大於曾鞏。

蘇軾之"道","大體上僅是概括一切存在,而没有太著力闡明這一切存在的根據",换言之,缺乏質的規定性。貫徹於現象世界,但求事物多元發展,"盡遂其自然之理",別無限制,"幾乎可以説是道家的"⑦。故而議論風發,因事制宜,不受儒學所羈勒,當時已有人譏其近於縱横家⑧。他又企盼事物各盡自身之理後,得所同安,是爲大道之全⑨。故而説一理每闌入其他道理,交相推轂,文勢特爲激蕩。曾鞏强調每一事物均映出"道"之全體,對於局部道理的相互關係殊少留意。諸多具體之理交互映發、六通四辟的寫法,遂罕見於筆下。道論與文風的同構性,在此也不無顯示。

　　儒道對古文不僅作用於内容,抑且作用於風格。如何疏通其間關係,是一項值得思索的課題。趙昌平先生研治唐詩的經驗可資借鑒。他有意在背景因素與詩作之間,建立一個中介環節,即"每一詩人的特定心態"。這是作者對背景"做個性化的建構"之産物,然後進入作品,"呈現爲特定的體德風貌"⑩。唐詩主要代表抒情之作,古文則有相當核心一部分,應歸入説理之作。對於前者,作家心態不失爲一恰當中介,因其偏於感性。後者偏於理性,自不宜以心態爲中介,應當去而之他。但别尋中介,還是要建基在作家個性之上。或許,勾勒每人獨特的思維方式,可以成爲一條路徑。

　　道論和時代背景不同,後者非人力所能左右,純然外在;前者是作者頭腦的構造物,思維方式對之已有所塑形。然而道入於文,未必便能直貫而下,依然有思維方式介乎其間,爲之斡旋。曾鞏古文"以説理爲主"⑪,適合作例。他觀摩"道"的具體顯現,區分表象之"法"與内裹之"意"。爲求得其深意,論事解經皆力透數層,此乃其道論的必然結果。可他論事,特重辨析幾微難明之所,這雖與穿透表象的思考相合,却非必須,只能歸結爲思維方式使然。由是進入文章,闡幽發微,自係題中應有之義。不過,采用往復辨正的論説形態,曲折馳騁,却非必須,也有思維方式的影響在内。上述風格,正構成曾氏古文的基本特色之一。倘使抽掉思維方式這中間一環,此種風格何以産生,便將難以解釋。立足於作者思維方式,上勾下連,或可在儒道與古文風格之間——擴而言之,思想與文學之間——稍通騎驛。這是本文的初步結論。

（作者單位：華東師範大學國際漢語文化學院）

---

① 參看于曉川《"道"：曾鞏文學思想的核心範疇》,《甘肅社會科學》2016年第3期。
② 例如羅根澤《中國文學批評史》第3册,中華書局,1961年,第85—86頁。
③ 陳杏珍、晁繼周點校《曾鞏集》,中華書局,1984年,第184頁。
④ 曾鞏《禮閣新儀目録序》,《曾鞏集》,第182頁。
⑤ 曾鞏《王容季文集序》,《曾鞏集》,第199頁。
⑥ 《曾鞏集》,第169頁。
⑦ 陳曉芬《傳統與個性：唐宋六大家與儒佛道》,上海古籍出版社,2002年,第134頁。

⑧ 曾鞏《曾鞏集》,第 197、288 頁。
⑨ 章學誠著、葉瑛校注《文史通義校注》卷二《原道下》,中華書局,1985 年,第 139 頁。
⑩ 同上書,卷二《原道上》,第 119 頁。
⑪ 錢穆《〈清儒學案〉序》,錢穆《中國學術思想史論叢》第八卷,安徽教育出版社,2004 年,第 373 頁。
⑫ 《曾鞏集》,第 178 頁。
⑬ 王水照《曾鞏及其散文的評價問題》,王水照《走馬塘集》,復旦大學出版社,2016 年,第 222 頁。
⑭ 《曾鞏集》,第 184 頁。
⑮ 同上書,第 737 頁。
⑯ 同上書,第 772—773 頁。
⑰ 參看李震《曾鞏年譜》,蘇州大學出版社,1997 年,第 46—47 頁。
⑱ 曾鞏《祭歐陽少師文》,《曾鞏集》,第 527 頁。"振祓",《集》原作"振拔",據陳樹《〈曾鞏集〉文字勘正》校改,《江海學刊》2019 年第 2 期。
⑲ 參看李才棟《曾鞏師承關係考》,《撫州師專學報》2003 年第 1 期;宋友賢《曾鞏實係旴江門下高弟——故宮博物院藏南宋稿本提供新證》,《東華理工大學學報(社會科學版)》2010 年第 2 期。
⑳ 參看拙文《"道"之二分與"文"之二分——歐陽修"文道關係"思想新論》,《古代文學理論研究》第 40 輯,華東師範大學出版社,2015 年,第 249 頁。
㉑ 胡適《記李覯的學說———一個不曾得君行道的王安石》,《胡適文存二集》,亞東圖書館,1924 年,第 50 頁。
㉒ 收在夏良勝纂修《建昌府志》,《天一閣藏明代方志選刊》第 34 冊,上海古籍書店,1964 年影印正德十二年(1517)刻本,卷七第 19 頁。
㉓ 《曾鞏集》,第 283 頁。
㉔ 曾鞏《王深父文集序》,《曾鞏集》,第 196 頁。
㉕ 《曾鞏集》,第 198—199 頁。
㉖ 同上書,第 236 頁。此書作年,參看李震《曾鞏年譜》,第 77—78 頁。
㉗ 《曾鞏集》,第 438 頁。
㉘ 同上書,第 243 頁。
㉙ 同上書,第 690 頁。
㉚ 曾鞏《徐幹中論目錄序》,《曾鞏集》,第 190 頁。
㉛ 曾鞏《寄歐陽舍人書》,《曾鞏集》,第 253 頁。
㉜ 黎靖德輯《朱子語類》卷一三九,朱傑人等主編《朱子全書》,上海古籍出版社、安徽教育出版社,2002 年,第 18 冊第 4304 頁。
㉝ 蔡世遠《古文雅正》卷一一評《宜黃縣學記》,《文淵閣四庫全書》本。
㉞ 《曾鞏集》附錄一,第 801 頁。
㉟ 王河《曾鞏佚著〈南豐雜識〉輯考》,《江西社會科學》1998 年第 7 期。
㊱ 《曾鞏集》,第 142 頁。
㊲ 鄭玄注、賈公彥疏《儀禮注疏》卷三〇,《十三經注疏》,上海古籍出版社,1997 年影印本,第 1106 頁上。
㊳ 《曾鞏集》,第 143 頁。
㊴ 《曾鞏集》附錄一,第 791 頁。
㊵ 歐陽修《與曾舍人》其四,李逸安點校《歐陽修全集》,中華書局,2001 年,第 2470 頁。
㊶ 《曾鞏集》,第 187、411、443 頁。
㊷ 曾鞏《亡弟湘潭縣主簿子翊墓誌銘》,《曾鞏集》,第 634 頁。

㊸ 姜洪《重刊元豐類稿序》,《曾鞏集》附録二,第 811—812 頁。姚鼐《復魯絜非書》,《惜抱軒詩文集》,上海古籍出版社,1992 年,第 94 頁。

㊹ 例如王琦珍《曾鞏評傳》,江西高校出版社,1990 年,第 64 頁。

㊺ 朱熹《跋曾南豐帖》,《朱子全書》,第 24 册第 3965 頁。曾肇《行狀》,《曾鞏集》附録一,第 791 頁。

㊻ 《曾鞏集》,第 265—267、312、692—693、697—699、734—735 頁。

㊼ 樓昉輯《迂齋先生標注崇古文訣》卷二七,《中華再造善本》影印中國國家圖書館藏元刻本,北京圖書館出版社,2005 年。

㊽ 歐陽修等《新唐書》卷九七《魏徵傳》,中華書局,1975 年,第 3881 頁。

㊾ 《曾鞏集》,第 702 頁。

㊿ 同上書,第 702—703 頁。

(51) 何休注、徐彦疏《春秋公羊傳注疏》,《十三經注疏》,第 2244 頁上。

(52) 杜甫《晚出左掖》,謝思煒《杜甫集校注》,上海古籍出版社,2015 年,第 1600 頁。

(53) 范寧注、楊士勛疏《春秋穀梁傳注疏》,《十三經注疏》,第 2406 頁中。

(54) 曾鞏撰、王瑞來校證《隆平集校證》,中華書局,2012 年,第 220 頁。《隆平集》是否出自曾鞏手筆,尚存争議,李俊標《曾鞏散文考論》認爲,僅傳記部分雜有曾氏文章,“此當爲後人依據曾鞏史館修撰諸史料,更胡亂掇拾各種《會要》《國史》《實録》《寶訓》等資料拼凑以成”。不過,其書至少頗能反映,宋人通行觀念爲何。江西人民出版社,2019 年,第 247 頁。

(55) 《曾鞏集》,第 200 頁。

(56) 蔡世遠《古文雅正》卷一一,《文淵閣四庫全書》本。

(57) 參看王水照《曾鞏及其散文的評價問題》,《走馬塘集》,第 224—226 頁。

(58) 宋濂《張侍講翠屏集序》,羅月霞主編《宋濂全集》,浙江古籍出版社,1999 年,第 2027 頁。茅坤《南豐文鈔引》,茅坤編、高海夫主編《唐宋八大家文鈔校注集評》,三秦出版社,1998 年,第 3627 頁。

(59) 艾南英《易三房同門稿序》,艾南英《天傭子集》(不分卷),上海圖書館藏明刻本。

(60) 吕本中《童蒙詩訓》,郭紹虞《宋詩話輯佚》,中華書局,1980 年,第 600—601 頁。據郭氏校記,這段話異文出入甚大,但宋元之交劉壎《隱居通議》卷一四“南豐先生學問”條説“先儒言歐公之文,紆餘曲折,説盡事情,南豐繼之,加以謹嚴,字字有法度”,即轉述吕氏此語。對勘可知,本文所引版本近是。商務印書館,1937 年,第 147 頁。陳模撰、鄭必俊校注《懷古録校注》卷下,中華書局,1993 年,第 73 頁。

(61) 參看《舊唐書》卷三《太宗本紀下》貞觀六年十二月辛未,中華書局,1975 年,第 42 頁;《新唐書》卷五六《刑法志》,第 1412—1413 頁。白居易《新樂府・七德舞》“死囚四百來歸獄”句及自注,即頌美其事。朱金城箋校《白居易集箋校》,上海古籍出版社,1988 年,第 140 頁。

(62) 洪本健校箋《歐陽修詩文集校箋》,上海古籍出版社,2009 年,第 562—563 頁。

(63) 孫琮《重刊山曉閣古文全集》卷二三,道光年間(1821—1850)遺經堂刻本。

(64) 吕祖謙《古文關鍵》卷一,商務印書館,1936 年,第 58 頁。

(65) 劉寧《漢語思想的文體形式》指出,論體文自先秦成立伊始,便以“辨析群言”爲特色之一;及至中唐柳宗元、劉禹錫以來,主題又從“側重理論性,轉向更爲實用和注重修辭”。華東師範大學出版社,2012 年,第 61—63、70 頁。曾鞏此篇聚焦於諫稿應否傳後這一實用性問題,耐心辨析各項反對意見,寫法與歐陽修《縱囚論》相類,完全符合“論”的體裁特徵。

(66) 張伯行《唐宋八大家文鈔》卷一七,商務印書館,1936 年,第 359 頁。

(67) 參看拙文《“道”之二分與“文”之二分——歐陽修“文道關係”思想新論》,《古代文學理論研究》第 40 輯,第 249—251 頁。

(68) 趙士麟《明文遠序》，趙士麟《讀書堂綵衣全集》卷一二，《清代詩文集匯編》，第 115 册第 287 頁下。

(69) 《曾鞏集》，第 253—254 頁。

(70) 《唐宋八大家文鈔校注集評》，第 3759 頁。

(71) 孔凡禮點校《蘇軾文集》，中華書局，1986 年，第 1386—1388 頁。

(72) 孫琮《重刊山曉閣古文全集》卷三一。

(73) 徐乾學等編注《古文淵鑒》卷五二引，康熙二十四年(1685)古香齋刻本。

(74) 《唐宋八大家文鈔校注集評》，第 4946 頁。

(75) 《孟子・公孫丑上》，焦循《孟子正義》，中華書局，1987 年，第 200 頁。

(76) 南宋黄震《黄氏日抄》卷六二讀蘇軾此書，説“氣者，人之所得以生……氣養以直，則所發剛大”，雜入孟子之意，乃原文所無。張偉、何忠禮主編《黄震全集》，浙江大學出版社，2013 年，第 1904 頁。

(77) 王水照、朱剛《蘇軾評傳》，南京大學出版社，2004 年，第 182、188、216 頁。

(78) 黄庭堅《跋劉敞侍讀帖》：“至近世俗子，亦多謗東坡師縱横説。”鄭永曉《黄庭堅全集輯校編年》，江西人民出版社，2011 年，第 1598 頁。

(79) 王水照、朱剛《蘇軾評傳》，第 218—219 頁。

(80) 《趙昌平自選集》，廣西師範大學出版社，1997 年，“自序”第 7 頁。

(81) 王水照《曾鞏及其散文的評價問題》，《走馬塘集》，第 231 頁。

# 王十朋的唐宋經典作家論

陳元鋒

宋代文學的發展是一個對文學典範不斷篩選、重建的動態進程。與北宋文學處在由學唐向變唐轉變階段不同的是，南宋文壇進入了文學經典化與理論總結的自覺階段。除了大量的詩話、文話外，文壇名家的集序題跋、賦詠品題都成爲促進經典流傳、典範定型的關鍵推手。王十朋(1112—1171)字龜齡，號梅溪，紹興二十七年(1157)狀元及第，作爲南宋高宗、孝宗兩朝文壇翹楚，他以自覺的典範意識和詩史觀念，標舉一系列文壇大家名家，建構了唐宋文學演進的人物譜系，尤其推進了以韓愈、歐陽修、蘇軾爲中心的文學經典化進程。他對唐宋文學發展進程中的關鍵節點和經典作家的爭議問題，如韓柳優劣、韓歐詩評價、蘇黃爭名等，褒貶抑揚，都作出鮮明的論斷。他所建構的典範論，以文統詩脈的傳承演進爲主綫，以文學的創造性爲基準，同時將作家的政治品格作爲重要的考量指標。其所提出的一些文學經典的命題與範疇，對於探討宋人文學史叙事的觀念與範式，是值得重視的理論資源。

## 一、唐宋詩文典範："三夫子"與"四子"

王十朋將唐宋詩歌的典範確立爲七家："唐宋詩人六七作，李、杜、韓、柳、歐、蘇、黃。"①七家中唐代占了四家。李白、杜甫在唐代詩壇的崇高地位無可替代，但除了在詩文中零星提及外，李、杜二人并非王十朋關注的重心。在進入宋代詩壇中心的人物中，他確立的是中唐韓愈與北宋歐、蘇三家，并尊稱之爲"三夫子"與"三大老"，評價之高無以復加，儼然視爲唐宋詩壇最高典範。

王十朋《讀東坡詩》爲七古長篇，詩序開宗明義："學江西詩者，謂蘇不如黃，又言韓、歐二公詩乃押韻文耳。予雖不曉詩，不敢以其説爲然。因讀坡詩感而有作。"説明作詩緣起，乃因兩段詩壇公案而發。

其一是所謂"蘇、黃爭名"。據吴坰《五總志》載："(黄庭堅)始受知于東坡先生，而名達夷夏，遂有蘇黃之稱。坡雖喜出我門下，然胸中似不能平也。故後之學者因生分别，師坡者萃於浙右，師谷者萃于江右。"②蘇、黄詩風不同，但二人却互相推重，門户之見實出於

"後之學者",對此,吳坰認爲"大非公論"。胡仔《苕溪漁隱叢話》載:"元祐文章,世稱蘇、黃,然二公當時爭名,互相譏誚。東坡嘗云:'黃魯直詩文,如蜻蜓江珧柱,格韻高絶,盤飧盡廢,然不可多食,多食則發風動氣。'山谷亦云:'蓋有文章妙一世,而詩句不逮古人者。'此指東坡而言也。二公文章,自今視之,世自有公論,豈至各如前言。蓋一時爭名之詞耳,俗人便以爲誠然,遂爲譏議,所謂'蚍蜉撼大樹,可笑不自量'者邪。"③客觀地說,蘇、黃之間存在善意的批評和良性的競爭,這種競爭是藝術上的公開"爭勝",而絶非狹隘的"意氣""名位"之爭。"爭名"之説多半出於後人的穿鑿附會之辭,因此,胡仔亦不以其説爲然。

其二是韓、歐詩歌的爭議。據《東軒筆録》載:"沈括存中、呂惠卿吉甫、王存正仲、李常公擇,治平中同在館下談詩。存中曰:'韓退之詩,乃押韻之文耳。雖健美富贍,而終不近古。'吉甫曰:'詩正當如是,我謂詩人以來,未有如退之也。'正仲是存中,公擇是吉甫,四人者交相詰難,久而不決。……余每評詩亦多與存中合。頃年嘗與王荆公評詩,余謂:'凡爲詩,當使挹之而源不窮,咀之而味愈長。至如歐陽永叔之詩,才力敏邁,句亦健美,但恨其少餘味耳。'荆公曰:'不然。如"行人仰頭飛鳥驚"之句,亦可謂有味矣。'然余至今思之,不見此句之佳,亦竟莫原荆公之意。信乎,所言之殊,不可强同也。"④兩派觀點尖鋭對立,莫衷一是,説明在北宋中期,對韓、歐詩歌的看法仍毀譽參半,難有定論。

針對這兩段公案,王十朋在詩中力排衆議,直抒己見:

> 東坡文章冠天下,日月爭光薄風雅。誰分宗派故謗傷,蚍蜉撼樹不自量。堂堂天人歐陽子,引鞭遜避門下士。天昌斯文大才出,先生弟子俱第一。天人詩如李謫仙,此論最公誰不然。詞無艱深非淺近,章成韻盡意不盡。味長何止飛鳥驚,臆説紛紛幾元稹。(自注:有言歐公詩味短者,王介甫云:行人舉頭飛鳥驚之句,味亦甚長。)渾然天成無斧鑿,二百年來無此作。誰與爭先惟大蘇,謫仙退之非過呼。胸中萬卷古今有,筆下一點塵埃無。武庫森然富摛掞,利鈍一從人點檢。莫年海上詩更高,和陶之詩又過陶。地辟天開含萬彙,少陵相逢亦應避。北斗以南能幾人,大江之西有異議。日光玉潔一退之,亦言能文不能詩。碑淮頌聖十琴操,生民清廟離騷詞。春容大篇騁豪怪,韻到窘束尤瑰奇。韓子于詩蓋餘事,詩至韓子將何譏。文章定價如金玉,口爲輕重專門學。向來學者尊西崑,詩無老杜文無韓。净掃書齋拂塵几,瓣香敬爲三夫子。⑤

他將歐陽修稱爲"天人",稱贊歐詩意味深長,渾然天成。將歐、蘇并推爲天下"第一",又將蘇軾與李白、韓愈相比擬,連杜甫亦當退避三舍,更遑論江西宗派。他把貶抑歐蘇、强分優劣者比作首倡李、杜優劣論的元稹,言外之意正如韓愈《調張籍》中所説:"李杜文章在,光焰萬丈長。不知群兒愚,那用故謗傷。"韓愈以古文名,而自稱"餘事作詩人"。但王十朋則高度肯定其"豪怪瑰奇"的藝術風格。而對蘇、黃爭名問題,他表現出明顯維護蘇軾而貶抑江西派的傾向,他明確説"學江西詩者謂蘇不如黄",對其"妄分宗派"的傾向頗不以爲然。

王十朋的這首詩馬上引起喻良能的積極呼應。喻良能(字叔奇)與王十朋有同年之誼,他作《次韻王待制讀東坡詩兼述韓歐之美一首》,先述韓、歐:"先唐詩人子韓子,落筆洗空千古士。篇章杼軸自己出,正派猶能傳六一。"將韓愈稱爲"詩仙",稱許其用韻之奇、"鈎章棘句"及"古諷新題",韓、歐"正派"相承,顯示了宋詩新變與中唐詩風的聯繫。次述歐、蘇:"皇朝天人歐與蘇,星鳳初見人驚呼。"他評價歐陽修的"醉翁句法"與詩風,或"紆餘條暢"、"鋪張揚厲",或"妙絶"、"清新",千彙萬狀;譏嘲妄生非議的時輩:"如何妄評味短長,自古群兒喜嘲議。"他稱讚蘇軾"平生古律三千首,無愧清風白雪詞。才如太白更無敵,文似子長兼愛奇"。歐、蘇前後相繼,凸顯了詩壇大家的地位。喻良能的次韻詩將"韓、歐、蘇"三人置於建安、齊梁、五代、宋初及西昆體、江西派的詩歌演進背景下,欣賞其詩之"美",表明"不須酬唱説西崑,宋有歐蘇唐有韓。二文(自注:謂文公、文忠也)邈乎其杖幾,一編且誦蘇夫子"。并附和王十朋貶抑江西派的態度:"江西宗派不足進,自鄶以下曾無譏。"⑥

其後,喻良能又作《懷東嘉先生因誦老坡"今誰主文字,公合把旌旄",作十小詩奉寄》,其五稱王十朋:"退之在元和,昌言在文字。揚鑣踵芳塵,公乎得無意。"其六稱:"作詩必坡老,作文必歐公。欲知鳴道心,端與二公同。"⑦王十朋則以《喻叔奇采坡詩一聯云"今誰主文字,公合把旌旄"爲韻,作十詩見寄,某懼不敢和酬以四十韻》回應,再次高度評價韓、歐、蘇"三大老":"斯文韓歐蘇,千載三大老。"并將蘇門六君子與韓門弟子相提并論,感慨於"諸公既九原,氣象日衰槁。山不見泰華,水但識行潦。詞人巧駢儷,義理失探討。書生蔽時文,習氣未易澡。著述豈無人,紛紛謾華藻。有如分裂時,僭僞各城堡。"⑧

王十朋的唐宋文典範所列爲韓、柳、歐、蘇四家,稱爲"四子"。《讀蘇文》説:"唐宋文章未可優劣,唐之韓、柳,宋之歐、蘇,使四子并駕而争馳,未知孰後而孰先,必有能辨之者。""不學文則已,學文而不韓、柳、歐、蘇,是觀誦讀雖博,著述雖多,未有不陋者也。"對"四子"未加軒輊,但指出其異同短長之處:"韓、歐之文粹然一出於正,柳與蘇好奇而失之駁。至論其文之工、才之美,是宜韓公欲推遜子厚,歐陽子欲避路放子瞻出一頭地也。"⑨"四子"中更偏愛柳、蘇之文。《雜説》更具體地辨析説:"柳子厚《平淮西》雅過韓退之,子厚自能知之。子厚之文温雅過班固,退之之文雄健過司馬子長。歐陽公得退之之純粹,而乏子厚之奇。東坡馳騁過諸公,簡嚴不及也。""唐宋之文可法者四:法古于韓,法奇于柳,法純粹于歐陽,法汗漫於東坡。餘文可以博觀,而無事乎取法也。"⑩分析各家風格,指示學習門徑,都極其細微到位。

上述作品是韓、柳、歐、蘇在南宋接受史的重要文獻。對韓、歐詩歌的評價問題是宋詩史的重要關節,反映了北宋前期詩風新變的主要趨向。蘇、黄之争雖是後起的門户之見,客觀上則反映了蘇、黄詩風之異同及不同影響。詩家"三夫子"中,宋代占了兩家,并非厚今薄古,而反映了王十朋詩史觀的當代視野。只是對江西詩人的態度未免顯得武斷和簡單化。一個值得注意的現象是,除了柳宗元,韓、歐、蘇作爲唐宋文章典範,同時也是詩歌典範"三夫子"之人物。這表明王十朋最爲推重的是詩文兼擅的複合型作家(柳宗元亦然),從"三夫子"與"四子"所處時代(元和到元祐),則反映了唐宋文學轉型之軌轍。

## 二、最尊韓愈及韓、柳異同論

將韓、柳、歐、蘇分別作爲唐宋詩歌與古文的典範性組合,是偏重於大判斷的文學叙事。在作家個體層面,王十朋也有重點評述。可以説,"三夫子"與"四子"説是總綱,個體論則是細目,兩者形成"互文"的批評話語。以下分述之。

王十朋于唐代作家中最爲推崇韓愈,他屢屢稱譽韓愈爲"泰山北斗":"太山北斗仰韓子,千態萬狀窮周情。群居涵養務深厚,藩籬衝破銷紛争。"[11]對韓愈作品孜孜研讀,《答毛唐卿虞卿借昌黎集》:"予少不知學古難,學古直欲學到韓。奈何韓實不易學,但覺晝夜心力殫。……學文要須學韓子,此外衆説徒曼曼。韓子皇皇慕仁義,力排佛老回狂瀾。三百年來道益貴,太山北斗世仰觀。我生於今望之遠,時時開卷相欣懽。豈惟廬陵惜舊本,我亦惜此祇自看。"[12]歐陽修《記舊本韓文後》曾自叙其年輕時在漢東發現韓愈文集殘本六卷,其後加以補綴的經過,是其天聖年間尊韓之始。王十朋對所藏韓愈文集也至爲愛惜,乃至拒絶出借,并成爲隨行的書籍。[13]

王十朋在詩中記録了他閲讀韓文的獨特體會。《賀何正言用蔡君謨韻》:"鱖生雅服陽公德,時把昌黎諫論看。"[14]他在隆興初任侍御史,曾上疏論宰相史浩罪,故推尊唐德宗時諫官陽城,并從韓愈諫疏(如《論佛骨表》)中汲取直言敢諫的精神。《予向年少不自量因讀韓詩輒和數篇未嘗以示人蓋二十年矣近因嘉叟見之不能自掩且贈以長篇蒙景盧繼和用韻以謝》:"大道窺五原,高論讀二過。"[15]指韓愈弘揚儒道的代表作《原道》《原性》《原毁》《原人》《原鬼》及應博學宏詞科之文《省試顔子不貳過論》。《小小園納涼》:"平生願學昌黎伯,宰相三書獨不能。"[16]則指韓愈貞元中所作《上宰相書》三篇,此三篇爲干謁之文,後世頗有訾議者。如張九成評第二篇:"退之平生木强人,而爲饑寒所迫,累數千言求官于宰相,亦可怪也。至第二書,乃復自比爲盜賊管庫,且云'大其聲而疾其呼',略不知耻。"[17]王十朋與張九成時代相近,他没有盲目崇拜這位文壇泰斗,而明確表示"獨不能"寫作此類文章,顯示了獨立的價值判斷和閲讀態度。王十朋曾任國子司業,故對韓愈名篇《進學解》尤多共鳴,《宿學呈同官》(自注:時爲司業,宿學私試):"進學思韓愈,同襟有鄭虔。諸生不待勸,忠孝素惓惓。"[18]又評論其文章曰:"賈誼《過秦論》、班固《公孫洪贊》、韓退之《進學解》,真文中之傑也。"[19]"韓退之《進學解》,蓋揚子雲《解嘲》、班孟堅《賓戲》之流也。然文詞雄偉,過班、揚遠矣。"[20]王十朋常能聯繫自己的職業經歷,從韓愈古文中研讀其學術思想,汲取其品格涵養,也取法其"雄偉"文風。

王十朋推崇韓愈詩歌，曾欲遍和韓詩。《予向年少不自量，因讀韓詩輒和數篇……》："光餘萬丈長，照我一牀臥。未終三百篇，正坐短檠課。"自注："韓古律詩共三百餘篇，初妄意欲盡和之，以方作舉業遂止。"㉑其友人曾欲將其和韓詩付梓刊刻，《曾潮州到郡未幾首修韓文公廟次建貢闈可謂知化本矣某因讀韓公別趙子詩用韻以寄》："繼坡當有作，大筆文辭騧。惡詩願勿刻，人方笑其愚。"自注："潮州書云：欲刊某和韓詩。"㉒他評價韓愈詩風"豪放"、"險怪"："來游蓮社有詩人，句比昌黎更豪放。"㉓"餘事以詩鳴，語險鬼膽破。波瀾高駕天，捷敏劇飛翰。騎龍歸帝旁，玉日人間墮。……我本齏鹽生，久供筆硯課。幽香摘天葩，光豔拾珠唾。後公三百年，杖屨無從荷。世無六一翁，孰知珍古貨。"㉔王十朋上承歐陽修對韓愈詩風的闡揚，進一步發揚傳承其雄健文風與豪放詩風，代表了中興詩壇上一派重要的審美趨向。

王十朋將"韓、柳"尊爲唐文典範："韓愈、柳宗元俱以文鳴于唐，世目曰'韓柳'，二人更相推遜，雖議者亦莫得而雌雄之。"稱二人爲"學者之所取法"的"文章宗匠"，㉕對韓、柳文章藝術亦有客觀公允評價，可謂韓、柳異同論。但在學術、道德與政治層面，却對柳宗元頗有微詞，透露了揚韓抑柳的傾向。其一，認爲二人"好惡議論之際，顧多不同者"，如對於佛教、師道、祥瑞、史官之態度及裴度、李愬平淮西之功的評價，均"指意不同"。其二，韓愈之名列於柳宗元《先君石表陰先友記》中，㉖其又年長於宗元，宗元理應以兄事韓愈，但韓愈每言及柳宗元總是以字稱之，柳宗元言及韓愈則直稱其名。因此判斷，"讀其文，切疑二人陽若更譽而陰相矛盾者"，㉗認爲柳宗元對韓愈不夠尊重。其三，柳宗元與王伾、王叔文結党，被視爲其一生重要的政治污點，王十朋深爲惋惜。《和韓永貞行》詩序稱："予少喜讀柳文，而不忍觀其傳。惜其名齊韓愈而党陷叔文也。……戊辰仲冬二十有二夜，讀韓詩《永貞行》至'予嘗同僚情可勝'之句，則知退之雖惡伾、文，亦未能忘情于劉、柳輩也。予既追和其韻，遂于八司馬中獨詳及柳，蓋惜其人而深責之也。"詩中也顯斥之："八州司馬才可稱，節已掃地誰復矜。子厚年少躁飛騰，身陷醜党羅薰蒸。著文擬騷愁思凝，欲自辨白終莫曾。王孫屍蟲托罵憎，色豈不愧明窗燈。所記先友時良肱，忍使柳氏家聲崩。吁嗟匪人何足憑，士勿妄進當戰兢。退之鯁直憤不勝，詩篇史筆兩可徵，永貞覆轍宜痛懲。"㉘詩序中"不忍觀其傳"，指新舊《唐書》柳宗元本傳，《舊唐書》評價柳宗元等人："蹈道不謹，昵比小人，自致遊離，遂隳素業，故君子群而不黨，戒懼慎獨，正爲此也。"㉙《新唐書》諸人傳記論贊曰："叔文沾沾小人，竊天下柄……宗元等橈節從之，徼幸一時，貪帝病昏，抑太子之明，規權遂私。"㉚可見史筆之誅伐。詩中"詩篇史筆兩可徵"分別指韓愈《永貞行》與《順宗實錄》。韓愈《永貞行》曰："君不見太皇諒陰未出令，小人乘時偷國柄。……狐鳴梟噪争署置，賜睒跳踉相嫵媚。……吾嘗同僚情可勝，具書目見非妄征，嗟爾既往宜爲懲。"王應麟認爲："昌黎善柳子厚，而《永貞行》一詩不爲之諱，公議之不可掩也如是。"㉛《順宗實錄》將柳宗元、劉禹錫稱爲"當時名欲僥幸而速進者"以及"主謀議唱和"者，㉜也未曾爲之回護。比之當事者韓愈及五代與北宋史官對柳宗元成敗功罪的論斷，王十朋詩中激烈的貶斥之辭有過之而無不及,他貶抑柳宗元謫居中所作《解祟賦》《懲咎賦》《閔生賦》《憎王孫文》《罵尸蟲文》等窮愁牢騷之作的價值,而更願意追隨韓愈:"願同韓愈頌元和,兼美武公歌綠竹。"㉝

由以上三點引發的"韓、柳邪正"之辯,其貶抑柳宗元的傾向性顯而易見。王十朋的揚韓抑柳論雖然未能擺脫來自公私兩面的"詩篇史筆"對柳宗元形象的污名化影響,但可貴的是,在政治與文學之間,他很好地把握了不爲尊者諱而又不以人廢文的批評尺度,仍然對柳宗元的散文藝術給予高度評價。

## 三、"大宗伯"歐陽修與"國朝文章"

宋代能與韓愈相提并論者無疑是一代文壇領袖歐陽修,王十朋稱之爲"大宗伯",對其文學功績不吝贊美之辭。首先是革除五代以來的衰弊文風,使宋代文章在仁宗朝達到繁榮高峰。

> 我國朝四葉文章最盛,議者皆歸功於仁祖文德之治與大宗伯歐陽公救弊之力。沉浸至今,文益粹美,遠出乎貞元、元和之上,而進乎成周之郁郁矣。㉞
> 國朝四葉人文最盛,歐陽、宋二公以巨儒修史,號爲得人。㉟

他將"國朝四葉"即太祖、太宗、真宗、仁宗四朝作爲一個歷史時段,體現了具有本朝視野的文學史觀;贊美宋代文章成就遠邁貞元、元和而上追周代,則反映了宋人對本朝文章事業的自信意識。

其所作《國朝名臣贊·歐陽文忠公贊》贊揚歐陽修:

> 賢哉文忠,直道大節。知進知退,既明且哲。陸贄議論,韓愈文章,李杜歌詩,公無不長。當世大儒,邦家之光。㊱

是對歐陽修政治品格與文學成就的全面評價。這一簡明而全面的贊語可以從蘇軾《六一居士文集叙》中找到最早的權威論斷:"歐陽子論大道似韓愈,論事似陸贄,記事似司馬遷,詩賦似李白。此非余言也,天下之言也。"㊲"論道"之文指其古文創作,"論事"之文包括其作爲臺諫詞臣時所作奏議詔誥等應用文章,文體則兼有駢體四六與散體文,"記事"之文包括其紀傳記序等文章。至於歐陽修詩歌,其在慶曆至嘉祐時期更多以古體詩擅場,在他的引領下,興起一股與古文相伴隨的古體歌詩風潮。前引喻良能詩中特別提及其"一篇妙絶廬山高",《廬山高》與另一篇《明妃曲》正是歐陽修自鳴得意的七言古詩。他自稱:"吾《廬山高》,今人莫能爲,惟李太白能之。《明妃曲》後篇,太白不能爲,惟杜子美能之;至於前篇,則子美亦不能爲,惟我能之也。"㊳語氣中明顯有與李、杜比肩爭勝的意識,透露了北宋詩歌由學唐走向變唐的消息。《廬山高》從命題與風格都顯然以李白《蜀道難》爲藍本,《明妃曲》數首亦爲七言古體詩。因此王十朋以"李杜歌詩"爲言而不是蘇軾所說"詩賦似李白",其說不爲無據。此外,歐陽修所創的"白戰體",經蘇軾做爲"汝南故事"發揚後,後來仿效者不絕如縷,王十朋亦屢屢仿此"故事"以詠雪。《泰之用歐蘇潁中故事再作五絕勉强繼韻》其一:"不許同僚持寸鐵,筆尖戰退老書生。"㊴《子應和詩再用前韻》詩:"江東臘雪爲誰多,清逼官梅興動何。……聽取金華新號令,要須白戰不持戈。"㊵《春雪》題注:"禁體物。"㊶表明其對歐詩藝術浸潤之深。

## 四、蘇軾及"元祐氣"與"江西語"

蘇軾是韓、歐文學事業最成功的繼承者。王十朋辨析歐陽修當年與王安石贈答詩云:"'翰林風月三千首,吏部文章二百年。老去自憐心尚在,後來誰與子爭先。'此歐公贈介甫詩也。介甫不肯爲退之,故答歐公詩云:'他日若能窺孟子,終身何敢望韓公。'由今日觀之,介甫之所成就,與退之孰優孰劣,必有能辨之者。予謂歐公此詩可移贈東坡,贈者不失言,當者無愧色。"㊷事實上,歐陽修確曾明確表示"老夫當避此人,放出一頭地",㊸向蘇軾托付斯文。王十朋認爲歐陽修詩轉贈蘇軾最爲恰當,暗含對歐、王、蘇三人的關係及其成就的評價,亦可視爲公論。

蘇軾與歐陽修均以道德文章爲一代宗師,領袖文壇,垂範後世。如果說歐陽修創造了仁宗朝"人文最盛"的輝煌成就,那麼蘇軾則是"元祐人才之盛"當之無愧的傑出代表。蘇軾始終處於新舊黨爭的漩渦,歷盡磨劫,其人格與文學以其獨特的魅力引起當世及後代的無限崇仰。王十朋曾在蘇軾的貶謫地黄州有一次文化訪古之旅,在其《遊東坡十一絕》組詩中詠歎道:"少年下筆已如神,文到黄州更絕塵。我宋人才盛元祐,玉堂人是雪堂人。"(其三)"再閏黄州正坐詩,詩因遷謫更瑰奇。讀公赤壁詞并賦,如見周郎破賊時。"(其六)"批風抹月五經年,吟盡淮南盡處天。獨與元之韓魏國,神交千古作三賢。"(其十)㊹東坡謫居黄州五年使其創作更加"絕塵"、"瑰奇"。他還將王禹偁、韓琦與蘇軾稱爲"三賢",凸顯了賢哲文化的文脈傳承。三人與黄州有特殊的聯繫,王禹偁、蘇軾皆因罪謫於黄州,是"風遺兩逐臣",㊺韓琦青年時期曾隨其兄在黄州讀書。蘇軾《書韓魏公黄州詩後》記述了與兩位前輩的"神交":

> 黄州山水清遠,士風厚善,其民寡求而不争,其士靜而文,樸而不陋。雖閭巷小民,知尊愛賢者曰:"吾州雖遠小,然王元之、韓魏公,嘗辱居焉。"以誇于四方之人。元之自黄遷蘄州,没於蘄,然世之稱元者,必曰黄州,而黄人亦曰"吾元之也"。魏公去黄四十餘年,而思之不忘,至以爲詩。夫賢人君子,天之所以遺斯民,天下之所共有,

而黃人獨私以爲寵,豈其尊德樂道,獨異於他邦也歟!抑二公與此州之人,有宿昔之契,不可知也。……而軾亦公之門人,謫居於黃五年,治東坡,築雪堂,蓋將老焉,則亦黃人也。於是相與摹公之詩而刻之石,以爲黃人無窮之思。㊻

惜韓琦黃州詩今不存。蘇軾自稱韓琦門人,緣於韓琦對蘇軾昆仲的知遇。據蘇軾記載,歐陽修、富弼、韓琦皆曾"以國士待軾"。㊼又據李廌《師友談記》:"東坡云:頃同黃門公初赴制舉之召,到都下,是時同召試者甚多。一日,相國韓公與客言曰:'二蘇在此,而諸人亦敢與之較試,何也?'此語既傳,於是不試而去者,十蓋八九矣。"又載:在制科考試日期臨近時,蘇轍忽然感疾卧病,"相國韓魏公知之,輒奏上,曰:'今歲召制科之士,惟蘇軾、蘇轍最有聲望。今聞蘇轍偶病未可試,如此人兄弟中一人不得就試,甚非衆望,欲展限以俟。'上許之"。韓琦還屢屢派人探望蘇轍病情,待其痊癒後方纔舉行考試。㊽二蘇均中賢良方正能直言極諫科,自應感念韓公在政治上給予的無私支援。王禹偁、韓琦、蘇軾在黃州的經歷,使黃州成爲具有紀念意義的文化勝迹。

王十朋《遊東坡》絶句其八曰:"三道策成名烜赫,萬言書就迹危疑。易書論語忘憂患,天下三經字說詩。"叙述蘇軾的科舉論策、朝堂奏議及學術著述,包括早年應進士試的《刑賞忠厚之至論》《重巽以申命論》,在開封府推官任的《上神宗皇帝書》以及在黃州時期所著《易傳》《論語說》《書傳》,而且有意與王安石新學即"三經新義"及《字說》相對照,不做判斷而褒貶自見。王十朋對元祐、紹聖黨争的叙事傾向與高宗朝的主流聲音一致,他說:"昔在元祐初,朝廷用老成。元惡首竄殛,賢雋皆彙征。……紹聖黨論起,宵人壞典刑。二蔡唱繼述,曲學尊金陵。忠良投海島,黨籍編姓名。春秋亦獲罪,學者專三經。心術遂大壞,風俗從此傾。養成前日禍,中原厭膻腥。……六賊未足罪,禍端首熙寧。"㊾王十朋所作《國朝名臣贊》,韓琦、范仲淹、歐陽修、富弼、司馬光等政壇名臣與蘇軾、蘇轍均在其列,他對蘇軾的評價歸結爲一段24字贊語:"東坡文章,百世之師。群邪所仇,斂不及施。萬里南遷,而氣不衰。"㊿

蘇軾在北宋詩壇與黃庭堅并稱,共同完成了北宋詩歌的轉型。但隨之產生"蘇、黃争名"之"異議"。因呂本中對"江西宗派"的命名,其聲勢在南北宋之際詩壇日盛。王十朋對江西詩風總體上持明顯的否定態度,而一旦涉及"蘇、黃争名"問題,他的態度尤爲鮮明,即在《讀東坡詩》中所表達的:"東坡文章冠天下,日月争光薄風雅。誰分宗派故謗傷,蚍蜉撼樹不自量。""北斗以南能幾人,大江之西有異議。"他特別貶抑"江西語",《送黃機宜遊四明》:"人如元祐氣尤直,詩不江西語自清。"㉛《送翁東叟教授》:"官于湖北况尤冷,詩不江西語自清。"㉜"元祐氣"當以蘇軾爲典型,其內涵即王十朋所推崇的"剛氣"(見下文)。"江西語"則指江西詩人而言,"詩不江西語自清"在其詩中出現兩次,"語不清"之弊,可以引游九言的批評:"近世以來,學江西詩不善其學,往往音節聱牙,意象迫切,且議論太多,失古詩吟詠性情之本意。"劉克莊認爲此評切中詩人之病。㉝因此,王十朋對"江西派"詩人韓駒的詩給予了肯定:"近來江西立宗派,妙句更推韓子蒼。非坡非谷自一家,鼎中一臠曾已嘗。……古詩三百未能學,句法且學今陵陽。"㉝就因爲他"非坡非谷"而能自成一家。

## 五、"剛氣":范、歐與慶曆臺諫館職之風采

文學典範的選擇具有普遍性和時代性。在宋人普遍的觀念中,"道德文章"足以領袖士林者可稱"宗師",文學成就一流者可爲"大家",引領風氣、開壇樹幟者可名"盟主",這些是成爲文學經典人物的基本條件。那麽,王十朋的典範觀是怎樣的?他所推舉爲經典系列的作家,除了道德文章和文學地位的要素外,是否還有其他重點考量的標準?這從《蔡端明文集序》中可以找到答案:

> 文以氣爲主,非天下之剛者莫能之。古今能文之士非不多,而能傑然自名於世者亡幾,非文不足也,無剛氣以主之也。孟子以浩然充塞天地之氣,而發爲七篇仁義之書,韓子以忠犯逆鱗、勇叱三軍之氣,而發爲日光玉絜、表裏六經之文。故孟子闢楊墨之功不在禹下,而韓子觝排異端、攘斥佛老之功又不在孟子下,皆氣使之然也。若二子者,非天下之至剛者歟?國朝四葉,文章尤盛,歐陽文忠公、徂徠先生石守道、河南尹公師魯、莆陽蔡公君謨,皆所謂傑然者。文忠之文,追配韓子,其剛氣所激,尤見於《責高司諫書》。徂徠之氣則見於《慶曆聖德頌》,師魯則見於《願與范文正同貶》之書,君謨則見於《四賢一不肖詩》。嗚呼!使四君子者生於吾夫子時,則必無未見剛之歎,而乃同出於吾仁祖治平醇厚之世,何其盛歟!夫以臺諫之風采,朝士莫不畏其筆端,自侍從而下,奔走伺候其門者,紛然也。文正鄱陽之貶,余、尹、歐既與之同罪矣,蔡公乃於四賢相繼黜謫之後,形於歌詩而斥爲不肖,羞其見搢紳之面,而辱甚市朝之撻,則公之剛又可知也。……然竊謂文以氣爲主,而公之詩文實出於氣之剛。入則爲謇諤之臣,出則爲神明之政,無非是氣之所寓。㉟

本序是體現王十朋文學經典觀的理論綱領。文章在"文以氣爲主"的命題基礎上提出了"剛氣"的範疇,認爲這是文章能夠"傑然自名"的前提。所謂"剛氣"即剛正浩然之氣,達到這一高度的古代作家是孟子、韓愈,當朝作家則是慶曆黨爭的參與者歐陽修、石介、尹洙、蔡襄等人。孔子曾慨歎:"吾未見剛者也。"(《論語·公冶長》)而慶曆年間却集中湧現出一個以氣節彪炳政壇的士大夫群體,起因便是景祐、慶曆年間因范仲淹被貶而引發的政治和文學事件。景祐三年(1036),權知開封府范仲淹進《百官圖》,忤宰相呂夷簡,貶知饒州。集賢校理余靖上書論救,尹洙上書請與同貶,館閣校勘歐陽修移書責司諫高若訥,三人均坐譴遭貶。時任秘閣校勘的蔡襄作《四賢一不肖詩》,以范、余、尹、歐爲四賢,高爲不肖,一時轟動朝野,所謂"一人去國,衆人譁然而爭之,章疏交於上,諷刺作於下"。㊱慶曆三年

(1043)三月,在景祐政争中遭貶的范、歐等人重新獲得重用,王素、歐陽修并知諫院,余靖爲右正言,蔡襄爲知諫院,石介作長詩《慶曆聖德頌》熱情歌頌。

王十朋對此事件關注的焦點之一是"慶曆新政"中堅人物的臺諫與館職身份。景祐中,范仲淹爲天章閣待制,余靖爲集賢校理,尹洙、歐陽修、蔡襄爲館閣校勘,石介任國子監直講、直集賢院。慶曆中,尹洙又任右司諫,王素、歐陽修、蔡襄并知諫院,余靖爲右正言。臺諫掌彈劾進諫,館職也有進言論事之責。歐陽修等人其時皆爲初入仕途的文學才俊,血氣方剛,直言敢諫,勇於議論,不畏遷謫,展現了館職臺諫的風采。王十朋贊揚他們:"崇文三館不浪開,端爲天下收奇瑰。平時論議即涵養,富貴豈似三緘媒。西京老儒作符命,蒼黃投閣良可哀。何如皇朝有歐范,開口不憚干霆雷。"自注:"文忠、文正二公皆以館職言事。"⑰又说:"館閣育人材,孰云專校讎。慷慨論世事,不見范尹歐。"⑱其次,王十朋重點評價了事件中產生的幾篇文學作品,即歐陽修《與高司諫書》、蔡襄《四賢一不肖詩》、石介《慶曆聖德頌》,此外還有歐陽修著名的《朋黨論》,均是在政治鬥爭中"風氣所激"的產物。除了《蔡端明文集序》外,王十朋對諸人作品仍三復其意,如評蔡襄:"四賢詩出人增氣,三諫章成國有光。"⑲"四賢詩"即《四賢一不肖詩》,"三諫"指蔡襄賀歐陽修、余靖、王素除諫官詩:"御筆新除三諫官,士民千口盡相歡。昔時流落丹心在,自古忠賢得路難。好竭謀猷居帝右,直須風采動朝端。人生萬事皆塵土,惟是功名永遠看。"⑳此詩在當時也引起轟動,蔡襄亦因此而被任命爲知諫院。又評歐陽修:"六一移書責司諫,聲隅聞命避徂徠。兹風不作已久矣,吾子所爲何壯哉。在列諸公顏有愧,附炎群小膽應摧。要須終始全名節,莫遣心隨利祿回。"㉑黃希號聲隅子,石介任國子監直講時曾加禮聘,固辭。將黃希拒絕禮聘之舉與歐陽修做《與高司諫書》并提,其意都在贊揚不趨附勢利的"名節"。對於石介,王十朋則引用了其《慶曆聖德頌》對韓琦的評價:"三朝社稷臣,勳業誰輩行。堂堂國伊周,勃輩安敢望。"自注云:"《慶曆聖德詩》:'可屬大事,重厚如勃。'"㉒而對景祐、慶曆黨議事件的中心人物范仲淹其人其文也未嘗不三致意焉:"平生敬慕范文正,遺像向來祠楚東。夢裏何人贈文集,見公端似見周公。"㉓"先憂後樂范文正,此志此言高孟軻。暇日登臨固宜樂,其如天下有憂何。"㉔

值得注意的是,王十朋所提到的這幾篇詩文作品,在當時及後世一直伴隨著爭議,褒貶毀譽,餘波未已。尤其是石介的《慶曆聖德頌》,當時范仲淹與韓琦即對石介此詩可能加劇黨爭矛盾的後果表示過擔憂,夏竦則在石介卒後更欲挾怨報復。㉕南宋羅從彥(1072—1135)對范仲淹的謹慎態度表示贊同:"仁宗時群賢在朝,石介作《慶曆聖德詩》以褒貶大臣,失之若此,此仲淹等之所以見忌,而太平之功不成,抑有由矣。嗚呼!仲淹可謂明也已。"㉖其次是蔡襄《四賢一不肖詩》與歐陽修《與高司諫書》。據王十朋在蔡襄集序中的記載,乾道四年(1168)冬他出守泉州途經莆田,曾憑吊蔡公故居,"裴回顧歎而不忍去"。其後泉州教授蔣雝校正鋟板蔡襄文集,以《四賢一不肖詩》置諸卷首。但今人吳以寧整理明本《蔡襄集》以《親祀南郊詩》《御筆賜字詩》置於卷首,《四賢一不肖》編在第三首,已非原貌。事過境遷,清代四庫館臣據這幾篇作品考察諸人當時之衝動行爲與心跡變化,推測文本去取始末。其評價石介:"至於賢奸黜陟,權在朝廷,非儒官所應議。且其人見在,非蓋棺論定之時,迹涉嫌疑,尤不當播諸簡牘,以分恩怨。厥後歐陽修、司馬光朋黨之禍屢興,蘇軾、黃庭堅文字之獄迭起,實介有以先導其波。""介傳孫復之學,毅然以天下是非爲己任,然客氣太深,名心太重,不免流於詭激。"⑥評價蔡襄:"作爲歌詩,使萬口流傳,貽侮鄰國,于事理尤爲不宜。襄平生著作確有可傳,惟此五篇(按指《四賢一不肖詩》)不可爲訓,歐陽修作襄《墓誌》,削此一事不書,其自編《居士集》亦削去《與高司諫書》不載,豈非晚年客氣漸平,知其過當歟?王十朋續收入集,殆非襄志。"⑥"客氣"是無法控制的意氣與情緒,館臣以此推測慶曆黨争中石介、蔡襄、歐陽修等人的言行矯激行爲,設身處地,不可謂無據。平心而論,這一事件中歐陽修等人的表現確有因意氣所激而不夠冷靜客觀的成分。但在時隔幾十年後,王十朋却能跳出黨争成敗的立場,從"剛氣"的角度高度贊揚歐陽修、石介、蔡襄等人詩文創作的積極意義,實爲呼唤慶曆時期那種鼓勵言事的輿論氣氛。由此可見,政治品格和氣節是王十朋經典觀的一個核心要素。所以他一再歌詠此類人物,如不辱使命、保持民族氣節的富弼:"堂堂漢使者,剛氣不可折。斯人嗟已亡,英風復誰接。銜命虜庭人,偷生真婢妾。"⑥上疏乞斬權臣秦檜而遭貶的胡銓:"今世汲長孺,廬陵胡侍郎。孤忠一封事,千載兩剛腸。"⑦"泉山久著痴頑老,漳浦新除正直人。"⑦他痛斥主和勢力對科場、庠序、朝堂之間議論的壓制:"逆胡殘喘仍跳梁,中興事業猶渺茫。當今取士異平日,非爲故事開科場。廟堂方諱口打賊,翻詆正論爲倡狂。紛紛兒輩苟富貴,妄引申伯深阿王。公孫老儒亦曲學,不敢正色言堯湯。徒令天下慷慨士,肝膽一劍生光芒。……誰能言事如靖康,陳東已死歐陽戮。國家養士恩至渥,千戈不廢菁莪育。諸公報國當何如,莫把剛腸慕粱肉。"⑦王十朋本人從取科第、入館閣、任臺諫,也屢屢因與主和勢力的矛盾而遭讒去國,"五年三郡厭驅馳",⑦他從慶曆名臣的風節中汲取了積極的精神力量,這成爲他宣揚"剛氣"的内在動因。

南渡以來,士人的民族文化意識高漲,家國情懷愈益深沉。王十朋如此歌詠山川社稷:"寺就已無陳日月,時清長是宋山川。"⑦"夔門社稷宋社稷,願與天地同無窮。"⑦自然地理也刻上了鮮明的國家印記。在政治文化上,他標榜"我宋人才",叙寫《觀國朝故事》《國朝名臣贊》,提出"國朝四葉文章尤盛"論,都貫穿著一種强烈的"本朝"觀念和熱切的中興情結。他冀望取法北宋慶曆至元祐以范、歐、蘇等爲代表的政治風範,再造"縉紳敢言似慶曆,風俗漸美如東京"的皇宋氣象。⑦與此同時,標舉韓、柳、歐、蘇和"國朝四葉文章"爲文學的最高典範,以實現"斯文天未喪,吾道聖相傳"、"文風暢蠻貊,士氣壓腥膻"⑦的理想願景。在這一背景下,王十朋所建構的唐宋經典作家譜系,通過文學與政治的雙重闡釋,突出了中唐至北宋文學發展的主綫,凸顯文壇大家的地位,提升其經典意義,也始終充滿立足當下的文化情懷。

(作者單位:山東師範大學文學院)

① 《陳郎中(公説)贈韓子蒼集》,《全宋詩》第 36 册,北京大學出版社,1998 年,第 22695 頁。
② 《全宋筆記》第五編第一册,大象出版社,2012 年,第 25 頁。
③ 《苕溪漁隱叢話》前集卷四九,人民文學出版社,1962 年,第 334 頁。"蘇黄争名"問題,可參見韓立平《南宋中興詩風演進研究》所論,華東師範大學出版社,2013 年,第 67 頁。
④ 魏泰《東軒筆録》卷一二,中華書局,1983 年,第 141 頁。
⑤ 《全宋詩》第 36 册,第 22856 頁。
⑥ 《全宋詩》第 43 册,第 26940 頁。按,韓立平較早注意到王十朋與喻良能上述兩首詩,并簡要分析了二人的詩學思想,參見前引《南宋中興詩風演進研究》第 66—68 頁。本文論題有所拓展,角度有所不同。
⑦ 《全宋詩》第 43 册,第 27025 頁。
⑧ 《全宋詩》第 36 册,第 22935 頁。
⑨ 《全宋文》第 209 册,上海辭書出版社、安徽教育出版社,2006 年,第 80 頁。
⑩ 同上書,第 85 頁。
⑪ 《再用前韻勉諸友》,《全宋詩》第 36 册,第 22662 頁。
⑫ 《全宋詩》第 36 册,第 22588 頁。
⑬ 參見《人日過電山隨行有昌黎集因讀城南登高詩遂次韻留别孫先覺》,《全宋詩》第 36 册,第 22677 頁。
⑭ 《全宋詩》第 36 册,第 22700 頁。
⑮ 同上書,第 22784 頁。
⑯ 同上書,第 22753 頁。
⑰ 馬其昶《韓昌黎文集校注》卷三引,上海古籍出版社,1987 年,第 159 頁。
⑱ 《全宋詩》第 36 册,第 22754 頁。
⑲ 《雜説》,《全宋文》第 209 册,第 84 頁。
⑳ 《讀進學解》,《全宋文》第 209 册,第 85 頁。
㉑ 《全宋詩》第 36 册,第 22784 頁。
㉒ 同上書,第 22937 頁。
㉓ 《寶印叔得小假山以長篇模寫進士欽逢辰和之某次韻并簡欽》,《全宋詩》第 36 册,第 22744 頁。
㉔ 《次韻嘉叟讀和韓詩》,《全宋詩》第 36 册,第 22779 頁。
㉕ 《策問》十二,《全宋文》第 209 册,第 70 頁。
㉖ 《柳宗元集》卷一二,中華書局,1979 年,第 298 頁。
㉗ 《策問》十二,《全宋文》第 209 册,第 70 頁。
㉘ 《全宋詩》第 36 册,第 22672 頁。
㉙ 《舊唐書》卷一六〇,中華書局,1975 年,第 4215 頁。
㉚ 《新唐書》卷一六八,中華書局,1975 年,第 5143 頁。
㉛ 錢仲聯《韓昌黎詩繫年集釋》卷三,上海古籍出版社,1984 年,第 333 頁。
㉜ 《順宗實録》,《韓昌黎文集校注》文外集下卷,第 721 頁。
㉝ 《次韻陳大監赴天申節宴》,《全宋詩》第 36 册,第 22695 頁。
㉞ 《策問》三,《全宋文》第 209 册,第 44 頁。
㉟ 《策問》十四,《全宋文》第 209 册,第 55 頁。
㊱ 《全宋文》第 209 册,第 153 頁。
㊲ 《蘇軾文集》卷一〇,中華書局,1986 年,第 316 頁。

㊳ 葉夢得《石林詩話》卷中,何文焕輯《歷代詩話》,中華書局,1984年,第424頁。
㊴ 《全宋詩》第36册,第22733頁。
㊵ 同上書,第22773頁。
㊶ 同上書,第22859頁。
㊷ 《書歐陽公贈至王介甫詩》,《全宋文》第209册,第86頁。
㊸ 蘇轍《亡兄子瞻端明墓誌銘》,《欒城後集》卷二二,《蘇轍集》,中華書局,1990年,第1117頁。
㊹ 《全宋詩》第36册,第22880頁。
㊺ 《黄州》,自注:"王元之,蘇東坡。"《全宋詩》第36册,第22879頁。
㊻ 《蘇軾文集》卷六八,第2155頁。
㊼ 《范文正公文集叙》,《蘇軾文集》卷一〇,第311頁。
㊽ 《師友談記》,中華書局,2002年,第22頁。
㊾ 《觀國朝故事》,《全宋詩》第36册,第22586頁。
㊿ 《蘇東坡贊》,《全宋文》第209册,第154頁。
(51) 《全宋詩》第36册,第22714頁。
(52) 同上書,第22777頁。
(53) 劉克莊《後村詩話》後集卷二引,中華書局,1983年,第70頁。
(54) 《陳郎中贈韓子蒼集》,《全宋詩》第36册,第22695頁。
(55) 《全宋文》第208册,第391頁。
(56) 《四庫全書總目·蔡忠襄集提要》,中華書局,1965年,第1312頁。
(57) 《送胡正字(憲)分韻得來字》,《全宋詩》第36册,第22735頁。
(58) 《送元章改漕成都》,《全宋詩》第36册,第22830頁。
(59) 《過蔡端明故居》,《全宋詩》第36册,第22903頁。
(60) 《喜歐陽修永叔余安道王仲儀除諫官》,明徐㶿等編、吴以寧點校《蔡襄集》卷四,上海古籍出版社,1996年,第74頁。
(61) 《寄黄簿(文昌)》,《全宋詩》第36册,第22722頁。
(62) 《六月二十五日會同官於貢院用前一絶分韻得相字》,《全宋詩》第36册,第22918頁。
(63) 《夢人贈范文正公集》,《全宋詩》第36册,第22854頁。
(64) 《讀岳陽樓記》,《全宋詩》第36册,第22876頁。
(65) 《宋大事記講義》卷一〇載:"慶曆三年四月,吕夷簡歸第,蔡襄論之,夷簡罷相,以樞密使召夏竦,尋代以杜衍。同時富弼、韓琦、范仲淹在二府,歐陽修等爲諫官,凡十八疏上,乃罷竦。石介作《慶曆聖德詩》……詩出,孫明復曰:子禍始於此矣!時仲淹、琦適在陝西,還朝道中得詩,仲淹撫股謂琦曰:'爲此怪兒壞于事。'琦曰:'天下事不可如此,如此必壞。'後石介卒,竦言不死,請發介棺。"上海人民出版社,2014年,第204頁。
(66) 《遵堯録》六,《豫章文集》卷七,《文淵閣四庫全書》本。
(67) 《四庫全書總目·徂徠集提要》,第1312頁。
(68) 《四庫全書總目·蔡忠襄集提要》,第1312頁。另可參見張興武《〈慶曆聖德詩〉與北宋中期政治文化的轉型》,《中華文史論叢》第85輯。
(69) 《觀國朝故事》,《全宋詩》第36册,第22586頁。
(70) 《懷胡侍郎邦衡》,《全宋詩》第36册,第22927頁。
(71) 《胡邦衡以集英殿修撰知漳州正人起廢有識相賀詩以志喜》,《全宋詩》第36册,第22934頁。

⑫ 《前詩送三鄉文行雖各獻芹然非所以勉子大夫茂明大對之意更爲古詩一章》,《全宋詩》第 36 册,第 22606 頁。
⑬ 《郡僚展餞席上賦詩》,《全宋詩》第 36 册,第 22897 頁。
⑭ 《題天台國清寺》,《全宋詩》第 36 册,第 22698 頁。
⑮ 《夔州祀社稷於州之西五里地不盈畝……》,《全宋詩》第 36 册,第 22827 頁。
⑯ 《送王嘉叟編修》,《全宋詩》第 36 册,第 22735 頁。
⑰ 《縣學落成百韻》,《全宋詩》第 36 册,第 22599 頁。

# 北美宋代文學研究現狀

[美]田　安

　　本文的緣起是 2019 年由復旦大學舉辦的第十一屆宋代文學年會上的主題發言，我再次感謝年會的主辦方，復旦大學的朱剛、侯體健老師，以及王水照先生、陳尚君和陳引馳教授，還有其他相關負責人員，我很榮幸能在會上與衆多傑出學者進行交流，并了解到更多、更廣泛的中國學術動態。在此必須先聲明，我本人在此次年會中更像是個"不請自來"的外人，因爲我并不是一個宋代文學研究專家，而是主攻唐五代文學。但我接下來的專著關乎北宋文化史與文學史，我將考察唐代文學在 10 至 11 世紀的受容。我也很樂意作爲北美研究學界與普林斯頓大學東亚系的代表，探討一下目前北美宋代文學的研究現狀。

　　儘管這個議題十分寬泛，我們依然能看出當下北美宋代文學研究的若干趨勢。首先，我想對海外漢學中的宋代文學研究進行歷史回顧，這些當前新熱點同樣可以在中國和日本學界找到共鳴。我們先要涉及西方文學研究的學術框架，或可把它稱之爲北美學術的社會學考察，也就是美國教育模式與學術訓練如何造就了當今的北美漢學家。這種教育模式使得專攻宋代文學的學者在北美大學中僅占很小的比例，但目前，在一些關鍵性的激勵因素推動下，這一領域的北美學者人數正在逐年增長。

　　在這種代際研究趨勢的大環境下，我們需要指出，北美與歐洲的宋代文學領域日益提倡跨學科研究，這從最近一些頗具影響力的學術會議、專著和研究項目中即可看出。這裏所謂的交叉學科領域包括文學史與思想史、寫本研究與文學審美、社會史與文化史，以及宗教與文學等。實際上，幾乎所有的北美宋代文學研究本質上都可以説是跨學科研究，而這種趨勢必將極大地改變這一研究領域本身。

　　第三點也許對於中國學者來説最爲陌生，但却對理解西方學術至關重要，那就是批判性理論的持續影響，以及"數字人文"（digital humanities methodologies）這一新興方法論。這兩者非常不同，但往往在中國古代文學，尤其是宋代文學的研究中被同時交叉使用。以上的思想實踐造就了新一代的宋代文史學者，并值得我們特別關注。

## 北美學術的社會學考察及其對宋代文學研究的影響

　　首先,我想給出近幾十年來北美中國文學研究的大背景,從而將如今的北美宋代文學研究也納入更寬泛的 20 世紀末至 21 世紀初的東亞研究史。北美東亞系的快速發展始於"二戰"後,當時的美國和加拿大斥巨資投入到州立大學的"區域研究"(area studies)項目——比如加州大學和華盛頓大學,而哈佛、耶魯和普林斯頓等私立大學同樣也開始投資類似的科研項目。我所在的普林斯頓大學東亞系在 2019 年舉辦了它的 50 周年系慶——它在 20 世紀 30 年代成立時被稱爲"東方學"(Oriental Studies),之後於 1969 年正式分爲近東系(Near Eastern Studies)和東亞系(East Asian Studies)。"二戰"後這些北美科研項目的重心在於東亞語言和歷史研究,這點并不令人意外,而中、日、韓等國的文學研究在日後纔逐漸受到重視。當東亞諸國在國際文化與全球經濟中的影響力與日俱增,許多北美學生開始努力研究當代東亞局勢,相關學者也遍布政治學、社會學、人類學和其他社會科學領域。簡言之,不同於北美大學中的其他外文專業——如英語系、法語系和德語系等都以教授"語言與文學"爲初衷,并以人文教育爲其關注焦點——絶大多數的"東亞系"始終在教學與學科研究優先性之間兩相權衡,而學習 2 500 年的中國文學史只是其中之一。我們這代人十分幸運,許多重要的中國古代文學研究者在 20 世紀 80 年代受聘於私立或公立機構,比如康達維(David Knechtges,華盛頓大學)、林順夫(密歇根大學)、宇文所安(Stephen Owen,哈佛大學)、艾朗諾(Ronald Egan,斯坦福大學)、柯睿(Paul Kroll,科羅拉多大學)、傅君勱(Michael Fuller,加州大學爾灣分校)和奚如谷(Stephen West,亚利桑那州立大學)教授,他們在各自所任教的機構中培養了至少兩代中國文學研究者。

　　但就像在中國一樣,北美漢學家在培養博士生時有他們各自的專攻領域,而過去幾十年所出版的學術著作中,六朝和唐代文學領域的成果最爲豐碩,這要歸功於康達維、宇文所安和柯睿教授的大力扶持。而在宋史研究領域,我們在過去五十年看到了長足的進步,在宋代社會史、思想史、宗教史、文化史、經濟史等各個方面都有相關的學術研究。許多宋史學者,比方説包弼德(Peter Bol,哈佛大學)、韓明士(Robert Hymes,哥倫比亞大學)、萬志英(Richard von Glahn,加州大學洛杉磯分校)和伊佩霞(Patricia Ebrey,華盛頓大學),都隸屬於中國文學研究十分强盛的學科機構,所以他們的學生同時受益於中古文學與歷史基礎教育,并廣泛涉獵藝術與宗教領域——這部分激發了跨學科研究的增長趨勢,也就是我想説的第二點。

## 宋代文史研究的跨學科性

　　北美的宋史研究受到唐宋變革論的極大影響,我們可以説,有兩個突出主題主導了近幾十年來的北美宋代學術界：一是唐代滅亡後精英階層的重組與變革這一社會歷史敘事，二是宋代思想史中道學的興起。如今，我們都承認，10至13世紀的社會、思想轉型與其他重大變革因素息息相關，包括印刷術的興起、商業化與貨幣化經濟、性別角色的社會轉變，以及其他諸多現象。從20世紀60、70年代開始，北美的宋史研究者便日益注重跨學科研究，他們廣泛徵引大量的宋代文獻，包括詩詞、文章、筆記、書信、宗教文獻和墓誌材料，并運用政治文檔、物質文化研究與經濟、社會量化分析模型來闡述自己的觀點。

我想要強調，跨學科研究趨勢并不僅僅是一種研究潮流，它也是由宋代文獻的兩大特點決定的：(1) 就存世的藝術作品、物質文化、量化數據和傳世文獻來看，宋代在中國歷史上第一次出現了如此複雜而豐富的文獻材料，從而足以讓學者進行跨學科研究；(2) 這些材料同樣揭示出，至少從宋代精英開始，他們便從社會、思想、經濟和文化等多重複合角度來看待和書寫自己，這種自我書寫的多維視角也極少保存在唐以前的文獻中——因此，對他們生平與作品的跨學科方法完全符合宋代精英的自我定位。歐陽修就是個極好的例子，他可謂宋代第一位百科全書式的士大夫，并代表著宋型文化的一種強大而有説服力的理想典範。

我再舉一些重要的跨學科研究著作。首先是包弼德的《斯文：唐宋思想的轉型》("This Culture of Ours"：Intellectual Transitions in Tang and Song China)，書中考察了社會變革視角下的思想轉型，以及關於文學與文化的全新定義；伊佩霞的《內闈：宋代的婚姻和婦女生活》(The Inner Quarters：Marriage and the Lives of Women in the Song Period)運用了大量文學、禮儀、法律及政治方面的文獻，從而反映宋代女性的生活變化。宋代研究學者同樣致力於舉辦學術會議促進跨學科交流——這裏我就提一本著名的會議論文集，它就是由歷史學家伊佩霞和藝術史學者畢嘉珍(Maggie Bickford)合編的《宋徽宗與晚期北宋：文化的政治與政治的文化》(Emperor Huizong and Late Northern Song China：The Politics of Culture and the Culture of Politics)，其中包括了13位學者的專題論文，內容涉及政治史、社會史、藝術史、詩歌、音樂與歷史編纂，他們都聚焦於宋徽宗一朝及其後續影響。其中，艾朗諾與奚如谷的文章分別討論宮詞創作與描寫徽宗北狩的南宋筆記，尤其值得一讀。的確，在過去的半個世紀，北美學界的宋代研究都秉持著彼此合作的研討精神，從而出現了從多種角度探討同一研究對象的跨學科學術會議，而會議論文也在日後結集出版。最近的一個絕佳的例子便是由林萃青(Joseph S. C. Lam，密歇根大學)、林順夫、斐志昂(Christian de Pee，密歇根大學)和包華石(Martin Powers，密歇根大學)合編的《都市烟火：杭州與南宋(1127—1279)的感官聲色》(Senses of the City：Perceptions of Hangzhou and Southern Song China，1127-1279)，而合編者分別是音樂、文學、歷史與藝術等領域的研究專家。

上述這些宋代研究者也鼓勵他們的博士生進行跨學科探索。比如包弼德的學生魏希德(Hilde De Weerdt，萊頓大學)，她已經出版了兩本專著，第一部《義旨之爭：南宋科舉規範之折衝》[Competition over Content: Negotiating Standards for the Civil Service Examination in Imperial China (1127-1279)]考察了科舉文化、社會變革與文學創作之間的關係，而第二本新著《信息、領土與社交網絡：宋帝國的危機及其維繫》(Information, Territory, and Networks: The Crisis and Maintenance of Empire in Song China)運用了宋代筆記，提出有關宋代社交關係網絡與文人身份的新論點。社會史學家譚凱(Nicolas Tackett, 加州大學伯克利分校)是韓明士的門生，他的新著《肇造區夏：宋代與東亞世界秩序的整合》(The Origins of the Chinese Nation: Song China and the Forging of an East Asian World Order)從種族話語、物質文化與外交辭令等角度，考察了宋代對"國家"概念的全新定義。

正如宋史研究者采取跨學科方法來處理社會、思想與文化變革等問題，宋代文學的北美研究者也不再局限於傳統的"純"文學研究，而采納了更廣泛的視角。艾朗諾教授著述甚多，儘管他早先對歐陽修和蘇軾的文學研究專著是他在北美的成名之作，他最近的兩部書却更有亮點：《美的焦慮》(The Problem of Beauty: Aesthetic Thought and Pursuits in Northern Song Dynasty China)討論宋代美學，而《才女之累》(The Burden of Female Talent: The Poet Li Qingzhao and her History in China)則專門研究李清照的詩詞和後世名聲，兩本書討論了諸如好古主義(antiquarianism)、藝術收藏、出版史，以及晚期帝制中理想女性行爲轉變等多個議題。林順夫教授在自己的專著、同他人合編的重要論文集和翻譯中，拓展了宋代文學研究的新方向。傅君勱教授的《漂遊江湖：南宋詩歌和作爲問題的文學史》(Drifting among Rivers and Lakes: Southern Song Dynasty Poetry and the Problem of Literary History)討論了南宋社會網絡生成、道學對文學的新見解以及詩歌風格變化之間的關聯。最後薩進德教授(Stuart Sargent)曾師從劉若愚(斯坦福大學)，他的著作《賀鑄的詩詞》[The Poetry of He Zhu (1052-1125)]內容極爲豐富，并寫有一篇專文討論蘇軾詩歌與音樂的關係("Music in the World of Su Shi")。

艾朗諾教授的跨學科研究同樣啓發了布朗大學的蒲傑聖(Jason Protass)教授，他是宋代佛教與詩歌方面的專家，2016年畢業於斯坦福大學，而他關於北宋禪僧詩的專著也將在2020年由夏威夷大學出版社出版發行。我們同樣需要提到楊曉山和王宇根所做的跨學科研究，兩位都是宇文所安教授的學生：楊曉山(聖母大學)的第一本著作《私人領域的變形：唐宋文學中的園林與玩好》(Metamorphosis of the Private Sphere: Gardens and Objects in Tang and Song Poetry)在白居易、歐陽修、司馬光、王安石等人的創作中發現了"私密"話語的全新表述；王宇根(俄勒岡大學)的《萬卷：黃庭堅和北宋晚期詩學中的閱讀與寫作》(Ten Thousand Scrolls: Reading and Writing in the Poetics of Huang Tingjian and the Late Northern Song)反思了出版史與書籍流通史視角下文學研究的關鍵性轉折，而我們在最近的全球漢學研究中都能找到這方面的影響。我的第一本書是關於《花間集》的研究[Crafting a Collection: The Cultural Contexts and Poetic Practice of the *Huajian ji*

(Collection from Among the Flowers)],同樣帶有明顯的跨學科痕迹,我在書中考察了五代時期蜀地精英接受詞體創作的文化基礎,以及早期詞作的詩學内涵。而我目前的新書項目則聚焦唐代文學在後代的知識組織形式,涉及北宋歷史編纂、選本與筆記軼事等多種體裁,同樣介乎文學史、文化史與思想史的交叉領域。最後,關於印刷技術對文學史的深遠影響,我想再舉出宇文所安教授幾個月前剛剛出版的新著:《唯歌一首:十一至十二世紀早期的詞體創作》(Just a Song: Chinese Lyrics from the Eleventh and Early Twelfth Centuries)。此書是對宋詞歷史寬廣而激動人心的探索,而宇文教授的一個貫穿始終的綫索正是詞作以寫本或刻本形式的傳播媒介促進了詞作這一體裁的"文學屬性"(literariness)。我相信中國讀者將會在未來的一兩年内見到此書中譯本的出版。

最後,我還想提及一些青年學者的名字。宇文教授的一些學生正在進行富有創造性的宋代文學研究,并將在未來的數年間問世,比如章琛(香港浸會大學)、劉晨(新加坡國立大學)、杜斐然和麥慧君。這些學生涉獵十分廣泛,包括研究南宋詩學與士人身份考察,以及宋代書籍文化中的頁邊批注等。陳威(Jack Chen,弗吉尼亞大學)的學生張藴爽(韋恩州立大學)在 2017 年完成了一本極爲出色的博士論文,考察了"書齋"對宋代文人文化與身份定位的生成所帶來的影響。而我藉此機會也想介紹一下在普林斯頓大學研究宋代文學的青年學者,比如前幾年畢業的陳珏(威斯康星大學密爾沃基分校)研究的是杜甫的北宋接受史以及禪僧詩的興盛,我自己的學生夏麗麗和張含若也正在東亞系就讀。看著這些宋代文學研究的新生代學者活躍在北美學界,我十分看好北美漢學研究的發展前景。

在跨學科研究的背景之下,一些重要的西方學術新態勢也促使著宋代文學研究與其他學科甚至異質文化進行十分有趣的交流與對話。在此我就舉三個例子:(1)首先是"中古"中國人文學術會議("Middle Period" China Humanities Conferences),它首先於 2014 年在哈佛大學舉辦,2017 年在荷蘭萊頓大學舉辦了第二次會議,而 2020 年的第三次會議將在耶魯大學舉行(https://ceas.yale.edu/3rd-Middle-Period-China-Humanities-Conference);(2)韓明士教授和我這四年來主持了一個跨學科性質的"唐宋變革工作坊",每年在哥倫比亞大學和普林斯頓大學之間輪流舉辦,而我們計劃將在 2021 年組織一次大型學術會議(https://tang-song-workshop.princeton.edu);(3)全新的"PAIXUE"中西文化比較學術論壇由愛丁堡大學主辦,致力於拜占庭古典學(Paideia)與唐宋之學(Xue)的跨文化比較(http://paixue.shca.ed.ac.uk)。

以上這些學術會議從不同角度囊括了宋代文學:"中古"學術會議試圖挑戰我們對將近 600 年中國歷史的傳統分期;"唐宋變革工作坊"則更狹義地從不同學科領域考慮唐代、五代十國至宋代的全方位變化;而"PAIXUE"論壇則想要比較 10 至 13 世紀中國與拜占庭的帝國制度,就古典學、文人身份、帝國官僚體制等方面提出新問題。衆多學者都置身於這些學術討論中,并引出了諸多全新的文章與觀點,從而使我們重新審視宋代在"中古史"與唐宋變革中的位置,以及中國文化中"文章"之定義的歷史性變化。即便這些學術活動大多在北美和歐洲舉辦,它們依然促進了全世界的漢學學者互相之間的多語言交流和啓發,并由此轉變未來學術共同體的社會網絡結構。我也期待中國的同仁能讀到相關研究并參與其中。

## 北美宋代文學研究中批判性理論的持續影響與數字人文的興起

我在上文已經提到,跨學科研究在北美宋代文學與文化研究領域是一個主導且適宜的研究範式,但它本身并不是一種方法論——我將以方法論議題結束此文,尤其想要強調批判性理論和數字人文工具的運用。作爲一名唐代文學研究者,當我處理宋代文學時,讓我感到激動也令人生畏的一點就是海量的傳世文獻,這當然要歸功於當時印刷技術的普及。這個時候研究方法就十分重要了。中國和日本學者在過去數十年創造了許多理解宋代文學的理論框架,比方說古文運動、江西詩派的來龍去脈,以及宋詞、筆記和詩話等體裁的興盛等。因爲這些前輩學者的努力,我們在21世紀對宋代文學有了一個較爲完整的文學史版圖。

北美宋代文學研究者正是在這個基礎上推進自己的研究,但我們也試圖貢獻自己的獨特見解,這就包括了借鑒西方文學、藝術、社會學與政治學的理論視角。但我們對理論的運用與幾十年前已大爲不同——我們在借用和采納相關概念時,更加具有篩選性,并從實際出發,很少有學者從始至終僅僅套用一種理論;相反,我們創造性地學習衆多理論思想,試圖以此解決特定歷史階段的特殊問題,而許多理論學說的影響,是以間接、隱性的方式,被吸收進我們的研究之中的。但我們大多數北美漢學家依然相信,理論視角能夠給出歷史語境本身所無法提供的有關宋代文學全新的知識論體系。我在此簡單舉一些例子,它們涉及宋代文學研究的關鍵問題:福柯(Michel Foucault)關於作者與權威的理論議題幫助我們理解杜甫在宋代文學中的接受與形象變化,以全新的姿態出現的杜甫形象,實際上是宋代讀者的"再創造"。米歇爾·德·塞爾托(Michel de Certeau)的空間理論以及人在城市中的遷徙體驗,啓發了學者從新的視角研究《東京夢華錄》等文獻所描述的南北宋新興的都市空間。皮埃爾·布迪厄(Pierre Bourdieu)的社會學理論幫助我們理解宋代興起的文人畫、藝術收藏和遊記出版等文化活動背後的社會與經濟激勵機制。而皮埃爾·諾拉(Pierre Nora)以及揚·阿斯曼(Jan Assmann)等人的文化記憶理論,揭示了南宋人對唐代與北宋歷史書寫的主觀動機。除此之外,當然還有許多其他的重要理論視角,而我相信這是未來北美漢學家所能做出貢獻的重要方面。

最後,數字人文的研究方法對包括宋代文學在內的中國古代學術研究同樣具有變革性影響。據我了解,許多中國學者也走在了數字人文研究的前沿,而北美研究中國文學的漢學家同樣對這一技術抱有濃厚興趣。比方說主題模型(topic modeling)和社交網絡分析（social network analysis）等數字人文技術，使我們能以前所未有的速度和精確性處理龐大的文獻數據，讓我們提出諸如"時空框架内的文學範式"這樣的宏觀問題——在此之前，這類問題無法在獨立學者的閱讀能力範圍内得到有效解決。在過去五年中，中國歷代人物傳記資料庫（China Biographical Database Project，CBDB）和中國地理信息系統（Chinese Geographic Information Systems）發展迅猛。魏希德教授是運用前沿數字人文方法的知名學者，她在自己的新著中考察了宋代文學的筆記體裁，挖掘出隱藏在筆記引用範式背後的社交關係網絡，從而解釋文人"共同體"及其身份建構，并通過宋代筆記這一體裁維繫其身份認同。另一個例子是我之前的學生、目前在加州大學聖塔芭芭拉分校任職的余泰明（Thomas Mazanec）所做的研究，他展示了如何運用詩集中的唱和詩材料重構五代十國時期的詩人地理分布與社交網絡〔參見他 2018 年發表在 Journal of Chinese Literature and Culture "數字人文方法與傳統中國文學研究"（Digital Methods and Traditional Chinese Literary Studies）專題的系列文章〕。我們都知道，數字人文工具無法替代文本細讀、文字學研究以及考據校勘等工作，但它能夠與這些傳統方法互相補充，從而幫助我們考察經典文本之外常被忽視的泛文本及其所代表的聲音。

## 結　　論

作爲小結，我必須表達對未來北美宋代文學研究喜憂參半的預測：由於北美學術社會生態的局限，以及長期以來學生對人文學科高等教育興趣低迷，我們無法對北美宋代文學研究的前景保持完全樂觀。但是，一些學術與思想動向無疑是積極向上的，比如我之前提到的青年學者與全新研究項目都釋放出有利信號。這一事實同樣提醒我們創造并維繫全球學者溝通網絡的重要性，此次宋代文學年會就是一個很好的平臺，而通過翻譯、網絡出版和交流訪學等方式達到學術研究的資源共享也十分有效。21 世紀中國乃至世界人文學科教育的命運依然是一個開放性命題——而宋代作家關於創新文化交流與融合所提出的問題與挑戰，以及在危機時刻對政治與"國際"動盪局勢的妥善處置，都與我們當下的社會現實休戚相關，也激勵著我們更有理由在此刻做出更出色的學術研究。

（夏麗麗　譯）

（作者單位：美國普林斯頓大學）

# 烏臺詩案前後的蘇轍<sup>\*</sup>

[日] 原田愛

## 一、序　　論

　　北宋中後期文人蘇軾(字子瞻,號東坡居士)克服了許多困難,到達了一個悠遠深厚的詩境。其弟蘇轍(字子由,號潁濱遺老)也伴隨着蘇軾經歷了種種人生變遷。蘇軾兄弟最初的挫折就是遭遇到了元豐二年(1079)八月到十二月發生的"烏臺詩案",蘇軾被下御史臺獄。蘇轍晚年撰寫的自傳中,對這一事件的經緯作了如下一段簡潔的回顧:

　　　　會張文定知淮陽,以學官見辟,從之三年,授齊州掌書記。復三年,改著作佐郎,
　　復從文定簽書南京判官。居二年,子瞻以詩得罪,轍從坐,謫監筠州鹽酒稅,五年不得
　　調。平生好讀《詩》《春秋》,病先儒多失其旨,欲更爲之傳。老子書與佛法大類,而世
　　不知,亦欲爲之注。司馬遷作《史記》,記五帝三代,不務推本《詩》《書》《春秋》,而以世
　　俗雜說亂之,記戰國事,多斷缺不完,欲更爲《古史》。功未及究,移知歙績溪,始至而
　　奉神宗遺制。居半年,除秘書省校書郎,明年至京師,除右司諫。①

熙寧三年(1070),蘇轍因受當時知陳州的張方平(字安道,號樂全居士)的提拔而出任陳州學官,熙寧六年(1073)又被任命齊州掌書記在職三年。熙寧十年(1077)提拔爲著作佐郎,應張方平招聘而出任南京簽書判官。元豐二年(1079)八月,"子瞻以詩得罪,轍從坐,謫監筠州鹽酒稅"。由知蘇轍亦受到"烏臺詩案"之連累,被左遷到筠州監酒稅,在筠州度過五年的歲月。也正是在筠州時代,蘇轍開始了其所言及的著作"蘇學"。要之,對於蘇轍來說,"烏臺詩案"也是影響到了其之後處世觀的一大人生變故。
　　"烏臺詩案"及此後的黃州流謫,由於成了蘇軾文學上的分水嶺而備受後人關注,已有

---

　　\*　本稿屬於平成 29 年度日本學術振興會科學研究補助金若手研究(B)"東アジアにおける蘇軾「和陶詩」の受容と發展に關する研究"(17K13430)研究成果的一部分。

不少論文論述了此事件在政治上、歷史上的意義及影響②,但大部分研究均忽視了也是這一事件當事人之一的蘇轍③。本稿將焦點匯聚到"烏臺詩案"對蘇轍所產生的影響,希望通過考察其詩風文格及思想之變遷,從一個新的角度來剖視"烏臺詩案"的經過及其所產生的影響。

## 二、寫於"烏臺詩案"中的蘇轍文——《爲兄軾下獄上書》始末

### 1. 從逮捕到下御史臺獄的蘇軾與蘇轍

元豐二年(1079)三月,被任命知湖州的蘇軾在赴任的路上,到南京見了蘇轍一面。已經有兩年時間沒有相見的兄弟再會,在此後的半個月時間一起談及了各種各樣的話題。其後,蘇軾在寫給新法黨人朋友章惇(字子厚)的書信上云:"軾所以得罪,其過惡未易以一二數也。平時惟子厚與子由極口見戒,反覆甚苦。而軾強狠自用,不以爲然"④,其實,早在熙寧九年(1076),就已經出現了預兆此後"詩案"之發生的種種流言⑤。而蘇轍、文同(字與可)和章惇等在詩文創作上也愈趨於慎重。在南京逗留半個月後,蘇軾重新踏上旅途,於四月二十日到達了湖州,四月二十九日遵照慣例而上表,也就是《湖州謝上表》⑥。其中説道:"知其愚不適時,難以追陪新進。察其老不生事,或能牧養小民",新黨成員認爲其言有辱朝廷,這句話就成了"烏臺詩案"的導火綫。這一事件之前後經過也反映在後來蘇轍所寫的《亡兄子瞻端明墓誌銘》中⑦。七月三日,神宗敕令開始調查,御史中丞李定派遣太常博士皇甫遵去逮捕蘇軾。

據孔平仲(字毅父)《孔氏談苑》所披露⑧,當時蘇轍提早於英宗的女婿、蘇軾信奉者王詵(字晋卿)處取得了相關情報,并向蘇軾派遣了密使予以告知。在七月二十八日皇甫遵到達之前,密使先到了湖州向蘇軾轉達了相關訊息(因隨行兒子突患急病,皇甫遵較預定日期晚到了幾天)。對於此事,《續資治通鑑長編》云"疏奏,詵等皆特責。獄事起,詵嘗屬轍密報軾,而轍不以告官,亦降黜焉",其注的《神宗實錄》云:"事發,(王)詵更遣人抵鞏、轍,諭使毁匿所謗訕文書。轍坐受詵指諭,鞏坐與詵、軾交通,而方平等亦并與軾往還,受其謗訕歌詩。"⑨可見當時王詵事發之後所檢舉的對象包括了蘇轍與王鞏(字定國),王鞏是蘇軾門人,亦是張方平女婿。此後,王詵、蘇轍、王鞏都被"降黜"。

蘇軾被逮捕之後,在長子蘇邁(字伯達,當時二十一歲)的陪伴下被押解到開封府。其他家屬則托付給門人王適(字子立,二十五歲)、王遹(字子敏)兄弟一起送到了南京。元祐七年(1092)十一月,蘇軾爲早逝的王適撰寫的《王子立墓誌銘》提及此事云:"余得罪於吳興。親戚故人皆驚散,獨兩王子不去,送余出郊,曰:'死生禍福天也,公其如天何。'返取余家,致之南都。"⑩王氏兄弟很可能還擔負了將蘇軾的決心轉達給蘇轍的任務,蘇軾在《杭州召還乞郡狀》中回顧往事云:"臣即與妻子訣別,留書與弟轍,處置後事,自期必死。"⑪文

中提到給蘇轍的這封書現已散佚,不過蘇轍的《爲兄軾下獄上書》中對此稍有提及:

> 軾之將就逮也,使謂臣曰:"軾早衰多病,必死於牢獄。死固分也。然所恨者,少抱有爲之志,而遇不世出之主,雖齟齬於當年,終欲效尺寸於晚節。今遇此禍,雖欲改過自新,洗心以事明主,其道無由。況立朝最孤,左右親近必無爲言者。惟兄弟之親,試求哀於陛下而已。"臣竊哀其志,不勝手足之情,故爲冒死一言。⑫

要之,蘇軾委托蘇轍所辯的"後事",也就是代替蘇軾向神宗訴說他的悔恨與忠義之念。

2. 蘇軾《獄中寄子由詩》與蘇轍《爲兄軾下獄上書》

元豐二年(1079)八月十八日,蘇軾被下開封御史臺之獄,之後遭受到了嚴厲的審訊。因此,蘇軾做好了冤死獄中的準備,他在寫給蘇轍的詩(簡稱爲《獄中寄子由詩》)中說到:

> 聖主如天萬物春,小臣愚暗自亡身。百年未滿先償債,十口無歸更累人。是處青山可埋骨,他年夜雨獨傷神。與君世世爲兄弟,又結來生未了因。
>
> 柏臺霜氣夜淒淒,風動琅璫月向低。夢繞雲山心似鹿,魂驚湯火命如雞。眼中犀角真吾子,身後牛衣愧老妻。百歲神游定何處,桐鄉知葬浙江西。
>
> 〔自注〕獄中聞杭湖間,民爲余作解厄道場累月,故有此句。⑬

在第一首詩中,蘇軾預測自己會被囚死,却没有悲歎命運,始終擔心尚有自由之身的蘇轍,并對自己不得不把十口家眷托付給蘇轍深感歉意。蘇軾、蘇轍在步入宦途的時候,曾希望有朝一日回故鄉隱居而實現"夜雨對牀",在詩中,蘇軾想象到了晚年蘇轍邊聽"夜雨"之音而"傷神"悲傷邊之孤零零的身影。

第二首詩,蘇軾提到了牢獄里降霜,西風吹琅璫而月亮西斜的情景,乃是隱喻地表示出自己夜里被逼供而不勝其寒的悲慘境遇。爲此我們可以參照蘇頌的一首詩。其時蘇頌因其他案件被下御史臺獄盤問,此年九月他所作的《元豐己未,三院東閣作十四首》其五有句云"却憐比户吳興守,詬辱通宵不忍聞",句下自注:"時蘇子瞻自湖守追赴臺劾。嘗爲歌詩,有非所宜言。頗聞鍛詰之語。"⑭蘇頌被拘留到十月中旬左右,而從八月中旬到十月上旬正是審訊蘇軾最爲嚴酷的時期。蘇軾《獄中寄子由詩》正是寫於這一時期的詩歌,其詩句之中隱晦地表現出了當時的蘇軾身心狀態都被逼得走投無路以至於"不能堪,死獄中,不得一别子由"。要之,蘇軾《獄中寄子由詩》,或就是傳遞給蘇轍的一組絶命詩。

有關《獄中寄子由詩》的傳遞經緯,現有幾種說法。一云:蘇轍接到了蘇軾《獄中寄子由詩》,但獄卒梁成也向上級作了報告(邵伯温《邵氏聞見録》卷一三、葉夢得《避暑録話》卷下等)。《邵氏聞見録》没有提到蘇軾寫這首詩時是否具有一定的策略性,不過《避暑録話》還提到蘇軾希望神宗也看到這首詩歌。根據《邵氏聞見録》以及曾敏行《獨醒雜志》卷四所載,神宗看蘇軾詩不由得行生憐意,最後給蘇軾予以了減刑⑮。另一種説法則是:盡管蘇軾懇切希望將這首詩傳遞出去,但是獄卒梁成把書信藏在了枕頭裏,蘇軾被釋放後之後獄卒將此詩還給蘇軾,最後蘇轍在看到《獄中寄子由詩》時情不自禁地嚎啕大哭(孔平仲《孔氏談苑》卷一等)。如依照後一種説法,蘇軾坐牢期間其實神宗、蘇轍都沒有看到蘇軾的這首詩。不過,後世的年譜一般還是根據詩題認爲蘇轍接到了此詩〔如果蘇轍沒有接到的話,元祐六年(1091)左右編輯《東坡集》時,蘇軾應該改寫詩題〕,而且根據蘇轍詩來看他也應該接到了這首詩,有關詳情,容待後述。

不過,不到十月中旬,形勢就開始有了轉機。不但有幾位朝中權貴爲蘇軾辯護,而且連太皇太后曹氏也在遺囑中爲蘇軾説情恕命。也因如此,曹氏去世後的恩赦成了蘇軾命運的轉折點(曹氏十月十五日不豫,二十日逝去)⑯,十二月二十八日,蘇軾被判處左遷黄州安置,二十九日出獄。至於此裁定之是非或輕重,諸説紛紜,本文此處就不再贅言了。

從上所述可知,蘇軾入獄之後將"後事"托付給了蘇轍。那麼,"烏臺詩案"期間蘇轍自己的處境又如何呢? 前文已經提到,九月左右蘇轍獻上了《爲兄軾下獄上書》,懇請免蘇軾一死,其文如下:

> 臣聞,困急而呼天,疾痛而呼父母者,人之至情也。臣雖草芥之微,而有危迫之懇。惟天地父母哀而憐之。
> 臣早失怙恃,惟兄軾一人,相須爲命。今者竊聞其得罪逮捕赴獄,舉家驚號,憂在不測。臣竊思念,軾居家在官,無大過惡,惟是賦性愚直,好談古今得失,前後上章論事,其言不一。陛下聖德廣大,不加譴責。軾狂狷寡慮,竊恃天地包含之恩,不自抑畏。頃年通判杭州及知密州日,每遇物托興作爲歌詩,語或輕發。向者曾經臣寮繳進,陛下置而不問。軾感荷恩貸,自此深自悔咎,不敢復有所爲。但其舊詩已自傳播。臣誠哀,軾愚於自信,不知文字輕易,迹涉不遜,雖改過自新,而已陷於刑辟,不可救止。
> ……
> 昔漢淳于公得罪,其女子緹縈,請没爲官婢,以贖其父。漢文因之,遂罷肉刑。今臣螻蟻之誠,雖萬萬不及緹縈,而陛下聰明仁聖,過於漢文遠甚。臣欲乞納在身官,以贖兄軾。非敢望末減其罪,但得免下獄死爲幸。兄軾所犯,若顯有文字,必不敢拒抗不承,以重得罪。若蒙陛下哀憐,赦其萬死,使得出於牢獄,則死而復生,宜何以報。臣願與兄軾洗心改過,粉骨報效,惟陛下所使,死而後已。臣不勝孤危迫切,無所告訴,歸誠陛下。惟寬其狂妄,特許所乞,臣無任祈請命,激切隕越之至。

這篇文章由序文及三大段本文所構成⑰,序文先闡述了《爲兄軾下獄上書》之寫作意旨,第一大段落叙述了被認爲是犯罪期間的蘇軾言行,第二大段落叙述了被逮捕以後蘇軾言行

（在上一章舉第二段落的文章）。雖然蘇轍替蘇軾認罪，但他又辯解此非"大過惡"而只不過是一種輕舉妄動——蘇軾并沒有持續寫作具有一貫性的詩文，不過因爲"其舊詩已自傳播"，所以蘇軾"雖改過自新，而已陷於刑辟"。文中還提到，被逮捕後，蘇軾還向蘇轍說到"今遇此禍，雖欲改過自新，洗心以事明主，其道無由"，希望蘇轍替自己闡明心中的反省及改悔之念。

在《爲兄軾下獄上書》中所轉述的蘇軾"改過自新"一語，本出自西漢淳于緹縈之言。在第三段落中蘇轍引用漢文帝爲緹縈忠孝所感動而免其父死罪的典故。緹縈的父親淳于意（太倉公）被下獄的時候，緹縈上書云"妾傷夫死者不可復生，刑者不可復屬。雖復欲改過自新，其道無由也"，請充自己爲官婢以贖父親之罪。看到其上書的漢文帝則引用"豈弟君子，民之父母"（《詩經 大雅 泂酌》）一語爲自己之無德感到慚愧，不但寬恕了淳于意之罪，而且還下命廢除了肉刑[13]。蘇轍把自己比作緹縈、把神宗比作漢文帝，寫道"今臣螻蟻之誠，雖萬萬不及緹縈，而陛下聰明仁聖，過於漢文遠甚"，希望能以奉還自己的官職來免蘇軾一死。

除了蘇轍以外，還有大概六位官員（張方平、范鎮、王安禮、吳充、章惇、王安石）爲蘇軾進行了辯護。有關他們辯護內容，內山精也先生曾精闢地指出[19]："因爲是對皇帝表達異議，自會有不同程度的委婉措辭，如果剝離這樣的虛飾成分，就各自的理論立場來看，則除了蘇轍外，其他六人大致都反對因詩歌或言論而處罰（投入監獄乃至誅殺）士大夫，而且都擔心'詩案'會否定詩歌具有諷諫功能的傳統，引起諫言即言論的封殺。"還說："當時的士大夫們決不將這一事件看作單由蘇軾的強烈個性引起的具有甚大個別性的案件，而看作與士大夫階層全體相關的，具有更廣泛的影響和更本質的意義的社會事件。"

蘇轍《爲兄軾下獄上書》有與其他六人之辯護具有一目了然的不同特徵。蘇轍從"臣聞，晲急而呼天，疾痛而呼父母者，人之至情也"開門見山，接著引用緹縈典故，由此可知道蘇轍重在突出"骨肉之情"，乞求得到爲民父母之天子的寬恕。從這個角度來看，這一時期獄內外蘇軾、蘇轍寫作的詩文均有某種內在的關聯，即我們可以推測蘇轍的上書是領會到了蘇軾的意圖的，因爲蘇軾寫給蘇轍的信中正是引用了緹縈之言而說："惟兄弟之親，試求哀於陛下而已。"蘇軾、蘇轍正是這樣用詩文聯接彼此的心願，由獄外的蘇轍上書企圖打動神宗的惻隱之心，最終達到了蘇軾減刑的效果。

3. 蘇轍《爲兄軾下獄上書》的內部情況與結果

"烏臺詩案"發生之時蘇轍還有幾個親信如王詵及王適、王遹兄弟、蘇邁等。我們可以推測蘇轍在寫作上書文時應當也通過這些人收集了相關訊息。除了上舉數人之外還有一個給予蘇轍許多幫助的人，此人就是張方平。張方平在世及後世時評價大致毀譽參半，然對於蘇軾、蘇轍兄弟來說他既是第一位推舉人，也是一直照顧自己的支持者。元豐二年（1079）三月蘇軾在南京逗留時，蘇軾跟蘇轍還一起去拜訪了張方平。其中，蘇轍也是應張方平之招聘而長期任官。元豐二年（1079）七月初八日張方平以七十三歲致仕，此後隱居南京。鑒於兩者之間的關係,蘇轍曾向張方平徵求過意見的可能性極大。元豐二年(1079)九月二十三日張方平生日,蘇轍寫詩祝云:

> 嗟我本俗士,從公十年遊。謬聞出世語,俛作籠中囚。俯仰迫憂患,欲去安自由。問公昔年樂,孰與今日優。㉑

蘇轍詩中錯聽"出世語"當導致"籠中囚",從此詩寫作時期來看,應該就是指身繫獄中的蘇軾。蘇轍十年來隨張方平當官,時時得以教誨。然蘇軾却因身邊無人勸導,最終陷入窘境。蘇轍向張方平如此傾訴自己的心情,顯然是希望得到張方平的協助。而張方平好像應此請求確實也曾有上書神宗,下引其上書文《論蘇内翰》一節如下:

> 伏惟英聖之主,方立非常之功,固在廣收材能,使之以器。若不棄瑕含垢,則人才有可惜者。昔季布親窘高祖,夏侯勝誹謗世宗,鮑永不從光武,陳琳毀訾魏武,魏徵謀危太宗,此五臣者罪至大而不可赦者也。遭遇明主,皆爲曲法而全之,卒爲忠臣,有補於世。自夫子删詩,取諸諷刺,以爲言之者無罪,聞之者足以戒。故詩人之作,其甚者以至指斥當世之事,語涉謗黷不恭,亦未聞見收而下獄也。唐韓愈上疏憲宗,以爲人主事佛則壽促。此言至不順,憲宗初大怒欲誅,其後思之曰:"愈亦是愛我。"今軾但以文辭爲罪,非大過惡。臣恐,付之狴牢,罪有不測。惟陛下聖度,免其禁繫,以全始終之賜,雖重加譴謫,敢不甘心。㉑

張方平舉例如使漢高祖(劉邦)陷入窘境的黥布、對漢武帝政策進行誹謗的夏侯勝、没有服從光武帝的鮑永、貶低魏武帝(曹操)的陳琳、策劃計謀陷害唐太宗的魏徵,説他們都被赦免大罪而終成一代忠臣。而且張方平還提到自孔子編《詩經》之後,創作諷刺社會之詩文就是詩人的一個傳統,不應成爲治罪之口實。詩人不但是無辜的,執政者更應引以爲鑒。張方平還引用了韓愈與唐憲宗的故事(韓愈《論佛骨表》),申訴云創作諷刺詩文而被問罪的蘇軾并没有犯什麽"大過惡",於此内山先生認爲張方平"反對因詩歌或言論而處罰(投入監獄乃至誅殺)士大夫",我們亦可以由此推知,張方平舉史例來看促使神宗留意自己的歷史評價,亦是其爲蘇軾脱罪之辯護的一個側面援助。

也有一種説法認爲,因張方平兒子張恕(字厚之)最終心存膽怯,上表文最終没有被提交給朝廷㉒。對於這一説法,《續資治通鑑長編》予以了存疑,然内山先生根據諸書推定上表最終没有被提交。不過,大觀二年(1108)蘇轍在追和張方平詩時,回顧張方平詩之創作經緯而提到:"元豐初,子瞻以詩獲罪,竄居黄州,予謫監筠州酒税。公悽然不樂,酌酒相命,手寫一詩爲別。"㉓由此可知,張方平不但爲蘇軾、蘇轍兄弟的不幸而倍感悲傷,而且竟其一生都給予蘇家兄弟很多支援,蘇轍對他表示深深的謝意。

然而,因爲上述之一系列的言行,讓蘇轍本人也成爲"烏臺詩案"的主要罪人之一。據《東坡烏臺詩案》的《供狀》可知,當初蘇轍僅名列蘇軾寄送詩的人中的第十一名,然而最終成却被判列序爲"王鞏、王詵、蘇轍……",這前三名連座者因罪情最嚴重而被處以"降黜"[24]。對於此,蘇軾在被釋放的十二月二十八日寫下和前《獄中寄子由詩》韻詩云:

　　平生文字爲吾累,此去聲名不厭低。塞上縱歸他日馬,城東不鬥少年雞。休官彭澤貧無酒,隱几維摩病有妻。堪笑睢陽老從事,爲余投檄向江西。
　　〔自注〕子由聞予下獄,乞以官爵贖予罪,貶筠州監酒。[25]

蘇軾説因蘇轍《爲兄軾下獄上書》而"乞以官爵贖予罪",導致蘇轍"貶筠州監酒"。實際上"降黜"的主要原因并非由於《爲兄軾下獄上書》,是蘇轍接到了被認爲是誹謗朝廷的蘇軾詩(在"烏臺詩案"中舉出《與子由》四首[26]),以及提早向蘇軾遞送了從王詵得到的機密情報并隱瞞此事而獲罪。

## 三、寫在"烏臺詩案"中蘇轍詩——
　　心憂"所思"而吟詠《式微》

### 1. 蘇轍與門人之交遊

很多先行研究着重考察了蘇軾的獄中詩,却忽略了同一時間段蘇轍所寫作的詩歌。其中比較重要的是蘇轍寫給王適、王遹兄弟、文同之子文務光(字逸民)、張耒(字文潛,二十六歲)等門弟的詩。元豐元年(1078)冬天文務光娶了蘇轍長女,王適也將迎娶蘇轍次女,他們都是蘇家姻戚。元豐二年(1079)九月,蘇轍賦詩如下:

　　幽憂隨秋至,秋去憂未已。城南試登望,百草枯且死。落葉投人懷,驚鴻四面起。所思不可見,欲往將安至。斯人定誰識,顧有二三子。清風皎冰玉,滄浪自湔洗。竊脂未嘗穀,南箕儻微似。網羅一張設,投足遂無寄。田深狡兔肥,霜降鱸魚美。造形悼前失,式微慚往士。憧憧畎丘道,歲晚嗟未止。西山有茅屋,鉏櫌本吾事。[27]

那年秋天發生的"幽憂",就是指"烏臺詩案"。蘇轍看到草木枯萎、鴻鳥飛去的秋景,爲"不可見"之"所思"的現狀而悲哀,詩語之中,真情流露。寒冷的秋風表示不遇,此時的"斯人"還過着一種清廉的生活,而"網羅"將他困住,使得他哪里也不能去了。如果可以歸隱故鄉的話,那里就有肥美的兔子、應時的鱸魚——蘇轍希望和蘇軾一起痛改前非,吟詠《式微》而希望效仿古人。對於詩中的"所思",曾棗莊先生、孔凡禮先生等都闡明其所指蘇軾[28]。十月,張耒出任壽安縣尉,順路造訪南京,步蘇轍詩韻云:

支離冒多福,嬋娟畏獨美。舉頭蒼天高,歎此青雲士。酌公芳尊酒,願公百憂止。履善神所勞,委置目前事。㉙

詩中"履善"意指蘇轍爲蘇軾求命,張耒目擊蘇轍的悲歎與心碎,所以提議蘇轍暫忘憂慮而飲酒。

元豐二年(1079)冬天,王適、王遹贈給文務光寫送別詩時,蘇轍也步其韻寫詩云:

三君皆親非復客,執手河梁我心惻。倚門耿耿夜不眠,挽袖忽忽有難色。君歸使我勞魂夢,落葉鳴堦自相擁。君家西歸在新歲,此行未遠心先恐。故山萬里知何許,我欲因君亦歸去。清江仿佛釣魚船,修竹平生讀書處。青衫白髮我當歸,咀嚼式微慚古詩。少年勿作老人調,被服榮名慰所思。㉚

蘇轍對真心地擔心自己的"三君"表示謝意及惜別之情。元豐二年(1079)正月二十一日文同在陳州不幸逝去,文務光去陳州領取先父棺槨,然後計劃回鄉服喪。文氏家族故鄉在梓州梓潼,跟蘇氏家族故鄉眉州眉山一樣屬於蜀地,詩云"我欲因君亦歸去",又云"青衫白髮我當歸",這都表現了蘇轍想歸隱故鄉的心願。又告誡年輕的門人要學習的不是像自己那樣"老人"般的基調,"被服榮名慰所思"。"所思"和"老人調",均暗示其指的是蘇軾和他自己的詩文。

如上所述,蘇轍詩均是因"所思"擔憂而提及《式微》。現存蘇轍詩中符合這種情況的只有在"烏臺詩案"時期給王適等人的詩歌㉛。"所思"之對象,一般來説大致爲樂府《有所思》一樣所指離散的情人或者家屬等,然而《楚辭·九歌·山鬼》説"折芳馨兮遺所思",王逸注云:"所思,謂清潔之士,若屈原也。"從《登南城有感示文務光、王遹秀才》詩之詩意來看,蘇轍極有可能從"所思"的蘇軾聯想起屈原,因爲屈原既是爲人清廉的忠臣,又是因佞臣的讒言蒙冤而悲慘致死的詩人㉜。

關於《詩經》中的《邶風·式微》詩序云"黎侯寓於衛,其臣勸以歸也",毛傳鄭箋的解釋如下:

| 式微式微 | 祖國逐漸衰微,逐漸衰微, |
| 胡不歸 | 可是我們的國君爲什麼不回去? |
| 微君之故 | 如果我們沒有爲國君著想, |
| 胡爲乎中露 | 我們爲什麼仍然流亡而霑雨? |
| 式微式微 | 祖國逐漸衰微,逐漸衰微, |
| 胡不歸 | 可是我們的國君爲什麼不回去? |
| 微君之躬 | 如果我們沒有擔心國君的是否平安, |

| 胡爲乎泥中 | 我們爲什麼仍然流亡而霑泥？ |

秋谷幸治先生認爲："呼籲君主、新妻、旅人及出征軍人歸鄉而歌唱的《式微》，以《渭川田家》詩爲嚆矢，受到《歸去來兮辭》之強烈的影響，從而演變成爲一首歸隱之歌而爲後人所受容。"㉝要之，《式微》從向催促對象"歸鄉"的詩歌，到唐朝變成爲一首希望"歸隱"的作品。上舉蘇轍詩也一樣，蘇轍在回顧兄弟的半生之後，特別擔憂蘇軾困境，切盼脫難"歸隱"，因此舉《式微》而抒發心機。

衆所周知，蘇轍年少之時便研究《詩經》，"烏臺詩案"後他"平生好讀《詩》《春秋》，病先儒多失其旨，欲更爲之傳"（《潁濱遺老傳 上》）。關於《式微》，他也有獨到之見解，其《詩集傳》卷二三解釋云㊲：

式，試也。狄人迫逐黎侯，黎侯寓於衛，衛不能納而不歸。其臣尤之，故曰："君子之所以觀其人者，於其微耳。是以試之於微，而不可，則止。今君之寓於衛久矣。而衛不吾勤，其不吾納者，可見矣，而胡爲不自歸乎。衛人非君之故之爲，而胡爲久於其地乎。"中露、泥中，言其暴露而無覆藉之者也。㉞

根據蘇轍所解，《式微》可作如下闡釋：

| 式微式微 | 我們看微小的迹象試探衛人的内心，試完了， |
| 胡不歸 | 可是我們的國君爲什麼不回去？ |
| 微君之故 | 衛人沒有盡力幫助國君， |
| 胡爲乎中露 | 要不然國君爲什麼仍然流亡而霑雨？ |
| 式微式微 | 我們看微小的迹象試探衛人的内心，試完了， |
| 胡不歸 | 可是我們的國君爲什麼不回去？ |
| 微君之躬 | 衛人沒有收容國君， |
| 胡爲乎泥中 | 要不然國君爲什麼仍然流亡而霑泥？ |

蘇轍之所以對《式微》作如此之解釋的背景或是其中蘊涵了"烏臺詩案"之影響。如上所述，蘇轍原來就請求蘇軾創作更加慎重，也就是蘇轍之所云"是以試之於微，而不可，則止"，由知，蘇轍因"烏臺詩案"而更加細心體會《式微》的蘊涵，同時以此警告門人，引以爲鑑。

而蘇轍給張耒詩亦云："到官惟有懶相宜，臥看南山春雨濕。"可以推測蘇轍寫此詩時是有把熱心批評新法的蘇軾放在心上的㉟。在形成尊蘇軾爲師的"蘇門"中，蘇轍也通過表示要以實際的處世方法來教門人如何發揚蘇學。據此，我們知道蘇轍不但慎重考慮到防止今後有前途的青年重蹈覆轍，而且對"烏臺詩案"及蘇軾的創作的態度抱有一種極爲複雜的心情。

2. 蘇轍的歲暮心情

十二月,蘇轍把元豐二年(1079)降臨的災患寄托於"雪"而寫成《臘雪五首》詩。其一、其二的内容是盼望下瑞雪,爲瑞雪而高興:

> 長恐冬無雪,今朝忽暗空。(蘇轍《臘雪五首》其一)
> 驕陽不能久,密雪自相催。(蘇轍《臘雪五首》其二)

蘇轍在第一首詩中擔心冬天還沒下雪,但是今天早晨突然天色昏暗,下起了雨夾雪,蘇轍爲此感到高興。第二首詩所詠的内容則是在白天變短的季節中大雪更加密集而下的樣子。因雪可以預防疾病,使得莊稼豐收,所以蘇轍想斟喜酒一杯,以等有"客"來訪。

第三首以後,蘇轍用其客暗指蘇軾,同時"雪"之寓意從自然之恩惠演變到了蘇氏兄弟之困境,其文如下:

> 久有歸耕意,西山百畝田。雪來殊不惡,酒熟自相便。一被簪裳裹,長遭羅網牽。飛霙迫殘臘,愁思渡今年。
> 憂愁不可緩,風雪故相撩。試問五斗米,能勝一束樵。耕耘終亦飽,哺啜定誰邀。寒暑不須避,傾危且自遥。
> 雪霜何與我,憂思自傷神。忠信亦何罪,才名空誤身。歸來聊且止,老去莫逢嗔。樽酒它年事,相看醉此晨。㊱

在第三首中蘇轍説原有"歸耕意",但是一旦步入宦途,碍於"羅網"而虛度歲月。用"羅網"來比喻政界障碍,意指新法的同時也令人聯想到坐牢的蘇軾,爲"飛霙"與"愁思"到歲末一直擔憂不止。第四首也描寫了令人悲痛的"憂愁"與"風雪"之嚴酷,如此情形之下蘇轍捫心自問自己真的是否有歸隱之意。第五首説"雪霜"冷淡,以致蘇轍操心過度,其因乃是因爲既有"忠信"又有"才名",反倒被問罪而瀕臨生命危機,這同時也暗示的是蘇軾,他因"忠信"之詩文而被論罪,因獲得的"才名"而被下獄㊲。蘇轍希望能與兄弟一起隱居,因爲如果那樣的話,就會消除他心中的憂思與蘇軾的危機。而且兄弟能如此年老下去,就一定不會惹上天之嗔怒了。蘇轍説實現此願望之日,兄弟對酌,相看宿醉未醒,悠然自在地生活。

從蘇轍"烏臺詩案"時期的詩歌來看,雖然沒有"子瞻"和"兄"等的詞句明示蘇軾,但《臘雪五首》也用一種委婉的説法表現蘇轍爲蘇軾的處境而悲傷擔憂的心情。尤其《臘雪五首》其五裏出現了蘇軾《獄中寄子由詩》的重要語詞之"傷神",而"誤身""它年"等詞語亦和《獄中寄子由詩》的"亡身"、"他年"相似。今存蘇軾詩中"傷神"一詞只見用於《獄中寄子由詩》,蘇轍詩則僅見用於《臘雪五首》,由此可見,蘇轍《臘雪五首》,乃是有意暗中酬答了

《獄中寄子由詩》㊳。

此年除夕蘇轍賦詩辭舊歲而總結經驗,迎新年而抱新理想:

> 小兒不知老人意,賀我明年四十二。人生三十百事衰,四十已過良可知。少年讀書不曉事,坐談王霸了不疑。脂車秣馬試長道,一日百里先自期。不知中途有陷穽,山高日莫多棘茨。長裾大袖足鈎挽,却行欲返筋力疲。蝮蛇當前猛虎後,脱身且免充朝飢。歸來掩卷淚如雨,平生讀書空自誤。山中故人一長笑,布衣脱粟何所苦。古人知非不嫌晚,朝來聞道行當返。四十一歲不可言,四十二歲聊自還。㊴

年幼的兒子們(當時蘇轍的次子蘇适十三歲,蘇軾次子蘇迨十歲,第三個兒子蘇過八歲)天真無邪地向蘇轍祝賀迎接四十二歲,蘇轍回顧自己的人生:年輕的時候,他只顧讀書論政,爲實現理想而步入宦途,走到半路而發現陷阱重重。加之高山昏暗、荆棘載途,只有越過前進。有的時候險些掉入陷阱,不得不往回走而導致疲勞不堪。這些詩句無疑可看作蘇轍之迄今爲止的官僚之路程和苦惱的比喻。蘇轍説眼前事:想要從等待在前後的"蝮蛇"和"猛虎"手中逃脱,但是最後却被正飢餓的蛇和虎喫了個飽,這就是"烏臺詩案"。因此蘇轍考慮停止讀書干政,遠邇故鄉。想像山中隱居的故人笑而自稱脱俗的人,無煩無惱。孔子云"朝聞道,夕死可矣",古人如果省悟前非立刻作出改變的話亦可謂爲時不晚,現在隱去還算及時。

如上所述,"烏臺詩案"時期蘇轍屢次創作了期盼"歸隱"的詩,《四十一歲歲莫日歌》詩也描寫自己的經歷及降臨在兄弟身上的災患,諷刺朝廷,以"古人"之"道"爲榜樣,"四十一歲不可言",即今年我當閉口不言事,但"四十二歲聊自還",即明年我打算表達意願而去隱居。從"烏臺詩案"發生到蘇轍被處罰左遷到筠州,在這一背景之下蘇轍所講的"歸隱"還不只是離開俗世而單純的隱居。鑒於蘇軾、蘇轍的處世思想,或許對於蘇轍來説,"歸隱"只是在不得已的暫時之舉,乃是一個爲再起政壇之臨時撤退。

## 四、結　論

"烏臺詩案"發生之前,蘇轍就敦促蘇軾要注意諷刺新法的詩歌寫作。蘇轍《亡兄子瞻端明墓誌銘》云:"初公既補外,見事有不便於民者,不敢言,亦不敢默視也。緣詩人之義,托事以諷,庶幾有補於國",蘇轍確信蘇軾的言行很合理,但是根據神宗的政治方針以及當時的政情來判斷,不得不提醒蘇軾要慎言慎行。最終蘇軾還是被卷入御史臺獄,蘇轍事前從王詵得到信息密告蘇軾。另外,關進監獄以後,蘇轍承擔了保護蘇軾家屬的重任,在翌年將他們平安送到了蘇軾身邊。在此期間,他爲給蘇軾求情免死而冒險上書,甚至拜托了已經致仕的老臣張方平幫忙,爲蘇軾的脱獄費盡了心力。

蘇轍如此費盡心機,也是爲了留在他身旁的是蘇氏門人王適、文務光等人的前途。蘇轍一邊毫不掩飾自己的憂心忡忡,一邊勉勵與指導年輕的弟子們。根據蘇轍寫給他們的詩,可以看出蘇轍爲蘇軾處境的擔憂、慎重且細緻的觀察力及教育門人的積極姿勢。尤其是在創作詩文的時候,他越加顯示出了慎重的態度。而且跟在寫給門人的詩歌中所用《式微》典故一樣,蘇轍爲解釋《詩經》而作《詩集傳》時,還鑒於自己的經驗及時代現象,給予了《詩經》具有歷史現實感的獨特詮釋。

　　"烏臺詩案"之後,蘇軾、蘇轍兄弟更加深了這種互爲犄角的關係。在舊法黨當政的元祐年間(1086—1193)黨派之爭最爲激烈的時期,蘇軾把在中央政界的大任托付給了弟弟而自己請求放知州事到地方工作。"元祐更化"終結之後,他們在左遷時寫作詩文編輯文稿,爲今後的東山再起相互鼓勵。這種對於政治及生活的態度,也許就是無法常聚的兄弟之於"烏臺詩案"得出的最好之結論吧。

(作者單位:日本金澤大學)

---

① 蘇轍《潁濱遺老傳 上》,《欒城後集》卷一二。本文所引蘇轍詩文均從《蘇轍集》,中華書局,1990 年。
② 著者參照的"烏臺詩案"的先行研究有如下幾種:(1)近藤一成《宋代中國科學社會の研究》第Ⅲ部《個人篇　文人官僚蘇東坡》(汲古書院,2009 年)所收《東坡の犯罪—〈烏臺詩案〉の基礎的考察—》(初出《東方學會創立五十周年記念　東方學論集》,東方學會,1997 年);(2)内山精也《蘇軾詩研究　宋代士大夫詩人の構造》第Ⅱ部《東坡烏臺詩案考》(研文出版,2010 年)所收《東坡烏臺詩案考(上)—北宋後期士大夫社會における文學とメディア—》(初出《橄欖》第七號,宋代詩文研究會,1998 年)及《東坡烏臺詩案考(下)—北宋後期士大夫社會における文學とメディア—》(初出《橄欖》第九號,宋代詩文研究會,2000 年),此兩文亦可參看中文版《傳媒與真相:蘇軾及其周圍士大夫的文學》(上海古籍出版社,2005 年)所收《"東坡烏臺詩案"考:北宋後期士大夫社會中的文學與傳媒》。
③ 關於蘇轍的思想與人生可參考如下論述:(1)曾棗莊《蘇轍評傳》(巴蜀書社,2018 年);(2)孔凡禮《蘇轍年譜》(學苑出版社,2001 年)。
④ 蘇軾《與章子厚參政書二首》其一,《蘇軾文集》卷四九。蘇軾的詩文從《蘇軾詩集》(中華書局,1982 年)、《蘇軾文集》(中華書局,1986 年)。
⑤ 保苅佳昭《蘇軾の超然臺の詩詞—熙寧九年に起こった詩禍事件—》(《日本中國學會報》第 51 集,日本中國學會,1999 年),可以看譯著《新興與傳統:蘇軾詞論述》(上海古籍出版社,2005 年)所收《"避謗詩尋醫":蘇軾關於超然臺的詞與詩》。
⑥ 蘇軾《湖州謝上表》,《蘇軾文集》卷二三。
⑦ 蘇轍《亡兄子瞻端明墓誌銘》,《欒城後集》卷二二。
⑧ 孔平仲《孔氏談苑》卷一,中華書局,2012 年。
⑨ 參照《續資治通鑑長編》卷三〇一,中華書局,1990 年。在《續資治通鑑長編》卷三〇一中"詵等皆特責"作"軾等皆特責",但據《續資治通鑑》卷七四來上下文脈可知此處極有可能乃後人之誤抄,拙文據此改。
⑩ 蘇軾《王子立墓誌銘》,《蘇軾文集》卷一五。蘇軾還說:"而子立又從子由謫於高安、績溪,同其有無,賦詩

⑪ 弦歌,講道著書於席門茅屋之下者五年,未嘗有慍色。"元祐四年(1089)王適卒,享年三十五。
⑪ 蘇軾《杭州召還乞郡狀》(《蘇軾文集》卷三二),寫於元祐六年(1091)五月。
⑫ 蘇轍《爲兄軾下獄上書》,《欒城集》卷三五。
⑬ 蘇軾《予以事繫御史臺獄,獄吏稍見侵。自度不能堪,死獄中,不得一別子由。故作二詩,授獄卒梁成,以遺子由二首》,《蘇軾詩集》卷一九。
⑭ 還有蘇頌《己未九月予赴鞫御史,聞子瞻先已被繫。予書居三院東閣,而子瞻在知雜南廡,纔隔一垣,不得通音息。因作詩四篇,以爲異日相遇一噱之資耳》。都是蘇頌《蘇魏公文集》卷一〇(中華書局,1988年)所收的。
⑮ 邵伯溫《邵氏聞見錄》(中華書局,1983年)、葉夢得《避暑錄話》(《全宋筆記》第2編第10冊,大象出版社,2006年)、曾敏行《獨醒雜志》(《文淵閣四庫全書》本)。林語堂《蘇東坡傳》[《林語堂小説集》之一,上海書店,1989年(初出 The Gay Genius: The Life and Times of Su Tungpo,1947年)]把兩説合并而主張:"他和獄卒商量,給弟弟寫了兩首訣別詩,措詞極爲悲慘,(中略)子由接到,感動萬分,竟伏案而泣,獄卒隨後把此詩携走。到後來蘇軾開釋時,獄卒將此詩退回,説他弟弟不肯收。我相信子由根本就知道這條計,故意把詩交還獄卒。因爲有這兩首詩在獄卒手中,會有很大用處。因爲獄卒按規矩必須把犯人寫的片紙隻字呈交監獄最高當局查閲。這個故事裏説,蘇東坡堅信這些詩會傳到皇帝手中。結果正如他所預料,皇帝看了,十分感動。這就是何以蘇東坡的案子雖有御史強大的壓力,最後却判得很輕的緣故。"
⑯ 參照内山精也《蘇軾詩研究 宋代士大夫詩人の構造》第Ⅱ部《東坡烏臺詩案考》。根据蘇軾《己未十月十五日,獄中恭聞太皇太后不豫,有赦,作詩》《十月二十日,恭聞太皇太后升遐,以軾罪人,不許成服,欲哭則不敢,欲泣則不可,故作挽詞二章》(《蘇軾詩集》卷一九),可見蘇軾的處境與心情的變化。
⑰ 關於蘇轍《爲兄軾下獄上書》的内容及結構,可參照清水茂《中国古典選38 唐宋八家文 四》(朝日新聞社,1979年),向島成美、高橋明郎《新釋漢文大系75 唐宋八大家文讀本 六》(明治書院,2016年)兩書之説明。
⑱ 緹縈故事見述於《史記》孝文本紀及扁鵲倉公列傳、《漢書》刑法志等。另,《史記》孝文本紀中文帝所詠的《詩經·大雅·泂酌》"豈弟"作"愷悌"。
⑲ 内山精也《蘇軾詩研究 宋代士大夫詩人的の構造》第Ⅱ部《東坡烏臺詩案考》。
⑳ 蘇轍《張公生日 是歲己未初致仕》,《欒城集》卷九。
㉑ 張方平《樂全集》(《文淵閣四庫全書》本)。《續資治通鑑長編》卷三〇一也有被引用。
㉒ 馬永卿輯、王崇慶解《元城語録解》卷下(《文淵閣四庫全書》本),劉安世云:"子弟固欲其佳,然不佳者,未必無用處也。元豐二年秋冬之交,東坡下御史獄,天下之士痛之,環視而不敢救。時張安道致仕在南京,乃憤然上書,欲附南京遞,府官不敢受,乃令其子恕持至登聞鼓院投進。恕素愚懦,徘徊不敢投,久之東坡出獄。……"劉安世是朔黨領袖,有時候跟蘇軾、蘇轍對立。參照西野貞治《蘇軾と元祐黨争渦中の人々》,《人文研究》23(3),大阪市立大學文學部,1972年。
㉓ 蘇轍《追和張公安道贈别絶句并引》,《欒城三集》卷一。張方平詩:"可憐萍梗飄浮客,自歎匏瓜老病身。從此空齋挂塵榻,不知重掃待何人。"别集《樂全集》没有收録。
㉔ 參照朋九萬撰《東坡烏臺詩案》,中華書局,1985年。《續資治通鑑長編》卷三〇一説:"祠部員外郎、直史館蘇軾,責授檢校水部員外郎、黃州團練副使、本州安置,不得簽書公事,令御史臺差人轉押前去。絳州團練使、駙馬都尉王詵,追兩官勒停。著作佐郎、簽書應天府判官蘇轍,監筠州鹽酒税務。正字王鞏,監賓州鹽酒税務,令開封府差人押出門,趣赴任。"
㉕ 蘇軾《十二月二十八日,蒙恩責授檢校水部員外郎、黃州團練副使,復用前韻二首》其二,《蘇軾詩集》卷一九。

㉖ “烏臺詩案”的《與子由四首》是《潁州初别子由二首》其一(《蘇軾詩集》卷六)、《捕蝗至浮雲嶺,山行疲苶,有懷子由弟二首》其二(《蘇軾詩集》卷一二)、《初到杭州寄子由二絶》其一(《蘇軾詩集》卷七)、《遊徑山》(《蘇軾詩集》卷七),但是另外也有詩文跟蘇轍不無關係(《戲子由》《水調頭歌》《次韻答邦直、子由五首》其五等)。

㉗ 蘇轍《登南城有感示文務光、王遹秀才》,《欒城集》卷九。

㉘ 曾棗莊《蘇轍評傳》第十三章説:“這裏‘所思’的‘斯人’正是蘇軾,他冰清玉沾,很少有人了解也。”孔凡禮《蘇轍年譜》卷七也引用蘇轍詩後説:“所思謂軾也。”

㉙ 張耒《和登城依子由韻》,《柯山集》卷九,《文淵閣四庫全書》本。

㉚ 蘇轍《次韻王適兄弟送文務光還陳》,《欒城集》卷九。

㉛ 元豐二年(1079)十二月作的蘇轍《次韻王適雪晴復雪二首》其一(《欒城集》卷九)也説:“人生但如此,富貴何用禱。所思獨未見,耿耿屬懷抱。”這個“所思”所指也是蘇軾。在元祐元年(1086)作的《次韻李曼朝散得郡西歸留别二首》其一(《欒城集》卷十五)、崇寧二年(1103)作的《九日三首》其二(《欒城後集》卷三)中蘇轍言及《式微》,但是前者正作爲歸隱之歌而跟《歸去來兮辭》一起被舉,後者在因元祐黨禁而從潁昌府到汝南遷居的其年重陽節説:“狂夫老無賴,見逐便忘歸。……憂患十年足,何時賦式微。”不過,這些詩歌都跟蘇軾、“烏臺詩案”和門人没有關係。

㉜ 蘇轍《登南城有感示文務光、王遹秀才》的第四句,根據《楚辭・離騷》所詠“恐鵜鴂之先鳴兮,使夫百草爲之不芳”、王逸所注“言我恐鵜鴂以先春分鳴,使百草華英摧落,芬芳不得成也。以喻讒言先至,使忠直之士蒙罪過也”而寫作的。第十二句也根據《楚辭・漁父》所説:“滄浪之水清兮,可以濯吾纓。滄浪之水濁兮,可以濯吾足。”石本道明《“烏臺詩案”前後の蘇軾の詩境—〈楚辭〉意識について》(《國學院雜誌》第九〇卷第二號,國學院大學出版部,1989年)論及當時的蘇軾所詠的屈原的變化。

㉝ 秋谷幸治《〈式微〉を歌う詩人—王維〈渭川田家〉詩の解釋を手がかりにして—》(《集刊東洋學》第113號,中國文史哲研究會,2015年)。關於蘇轍與《詩經》,可參照如下研究:(1)魯洪生主編《詩經集校集注集評》卷二,現代出版社、中華書局,2015年;(2)種村和史《詩經解釋學の繼承と變容　北宋詩經學を中心に據えて》第二部《北宋詩經學の創始と展開》,研文出版,2017年;(3)江口尚純《蘇轍の詩經學》,《静岡大學教育學部研究報告　　人文、社會科學篇》第44號,1994年;(4)石本道明《蘇轍〈詩集傳〉と朱熹〈詩集傳〉》,《國學院雜誌》第102卷第10號,國學院大學出版部,2001年。

㉞ 参照《兩蘇經解》第三册,同朋舍,1980年。

㉟ 蘇轍《次韻張耒見寄》(《欒城集》卷九),步張耒《自南京之陳宿柘城》的韻(《柯山集》卷一二)。

㊱ 蘇轍《臘雪五首》其三、其四、其五,《欒城集》卷九。

㊲ 孔凡禮《蘇轍年譜》卷七説:“其五中云:‘忠信亦何罪,才名空誤身。’直爲軾控訴。”

㊳ 江淹《别賦》(《文選》卷一六)云:“造分手而銜涕,感寂漠而傷神。”“神傷”一詞,見用於蘇軾《自普照游二庵》(《蘇軾詩集》卷九)及蘇轍《答文與可以六言詩相示,因道濟南事作十首》其六(《欒城集》卷六)、《孔毅父封君挽詞二首》其一(《欒城集》卷一二)。

㊴ 蘇轍《四十一歲歲莫日歌》,《欒城集》卷九。

# 《江西詩社宗派圖》的流傳與
# 《百家注東坡詩》的成書

靳曉岳

題名王十朋纂集的《王狀元集百家注分類東坡先生詩》卷首《百家注東坡先生詩序》後列有《百家注分類東坡先生詩姓氏》九十六人。將其與吕本中所作的《江西詩社宗派圖》（以下簡稱《宗派圖》）加以對照，我們就會注意到，《宗派圖》自黄庭堅以降，所列"以爲法嗣"的陳師道、潘大臨、謝逸、洪芻、饒節、祖可、徐俯、洪朋、林敏修、洪炎、汪革、李錞、韓駒、李彭、晁冲之、江端本、楊符、謝薖、夏倪、林敏功、潘大觀、何覬、王直方、善權、高荷，凡二十五人，無一例外，全部出現在《百家注姓氏》中。①而且，作爲江西詩派領袖的黄庭堅更是居於所列九十六家姓氏之首。這一現象顯然不能單純以偶然解釋，我們應該可以斷定蘇詩《百家注》的成書與吕本中《宗派圖》的流傳存在着必然的聯繫。

對於《宗派圖》與蘇詩《百家注》之間的關係，臺灣學者黄啓方先生《王十朋與〈百家注東坡詩〉》一文統計了《宗派圖》所列詩人及《宗派圖》中未列出的幾位江西派詩人所作注釋的數量及所在卷數；又以表格的形式歸納出其所作注釋徵引文獻的來源，并進行了四部分類。②受到黄先生的啓發，本文擬進一步探究《宗派圖》是以怎樣的方式在《百家注》的纂集中發揮作用的，以及這背後藴含的更值得深究的問題——正在興起的出版印刷業面對同樣正在興起的中下層文人，是如何利用一種詩學潮流的。

## 一、《江西詩社宗派圖》的面世、流傳與影響

關於《宗派圖》的寫定時間，學界存在一定的爭議，目前主要有四種觀點：早年説、政和元年（1111）説、建炎年間説、紹興三年（1133）説。

"早年説"最重要的依據是范季隨《陵陽先生室中語》記載了吕本中本人稱此圖爲"少時戲作"。莫礪鋒先生持此種觀點，認爲《宗派圖》當作於崇寧元年（1102）或崇寧二年（1103）初。③"政和元年説"爲謝思煒先生依據宗派詩人的活動情況所提出。④伍曉蔓先生亦大體認同此説，將《宗派圖》寫作年代定於大觀末、政和初。⑤"建炎年間説"綜合孫覿《鴻慶居士集》卷一二《與曾端伯書》和卷三〇《西山老文集序》，認爲《宗派圖》作於建炎元年

(1127)至建炎二年(1128)。⑥"紹興三年(1133)説"則直接依據吴曾《能改齋漫録》中對《宗派圖》寫作年份的記載:"已而居仁自嶺外寄居臨川,乃紹興癸丑之夏。因取近世以詩知名者二十五人,謂皆本于山谷,圖爲江西詩派,均父其一也。"⑦龔鵬程、黄寶華二位先生均認同此説。⑧但無論《宗派圖》具體於何時寫定,《百家注》的成書年代都在此之後,故本文在没有足夠有説服力的證據推翻吕本中本人的叙述之前,對《宗派圖》的寫定時間暫從"早年説"而不做更多討論。

《宗派圖》流傳開來後產生了很大的影響,其中直接反映在出版印刷業的一個重要方面就是相關總集的刊刻。南宋陳振孫《直齋書録解題》卷一五著録有"《江西詩派》一百三十七卷、《續派》十三卷",曰:"自黄山谷而下三十五家。又曾紘、曾思父子詩詳見詩集類。詩派之説本出於吕居仁,前輩多有異論,觀者當自得之。"⑨卷二〇又著録有林敏功《高隱集》七卷、林敏脩《無思集》五卷、潘大臨《柯山集》二卷、謝逸《溪堂集》五卷、謝薖《竹友集》五卷、李彭《日涉園集》十卷、洪朋《清虚集》一卷、洪芻《老圃集》一卷、洪炎《西渡集》一卷、韓駒《陽陵集》四卷、《别集》二卷、高荷《還還集》二卷、徐俯《東湖集》三卷、吕本中《東萊集》二十卷、《外集》二卷、晁沖之《具茨集》十卷、汪革《清溪集》一卷、饒節《倚松集》二卷、夏倪《遠遊堂集》二卷、王直方《歸叟集》一卷、李錞《李希聲集》一卷、楊符《楊信祖集》一卷、江端本《陳留集》一卷。又云:"以上至林子仁皆入詩派。"⑩此處著録了從林子仁到江端本,凡二十一家,其中除《宗派圖》作者吕本中本人外,其餘二十人皆名列圖中。

尤袤《遂初堂書目》也有《江西詩派》一書,《宋史·藝文志》亦著録"吕本中《江西宗派詩集》一百十五卷、曾紘《江西續宗派詩集》二卷"。⑪《宋史·藝文志》與《直齋書録解題》《遂初堂書目》所著録書名大同小異,應爲同一書;卷數不同則很可能單純是不同版本的緣故。這也正説明了《宗派圖》影響下相關總集編刊情況的非單一性,從一個側面顯示出《宗派圖》的面世與流傳對於南宋出版印刷業乃至整個社會激起的强烈反響。直到清代,朱彝尊《康熙重鐫裘司直詩序》仍稱"終宋之世,詩集流傳於今,惟江西最盛云"⑫。江西宗派總集的刊行在認同《宗派圖》基礎上進一步强化了"江西詩社"的詩學宗派性質,誠如《四庫全書總目·集部總叙》所言:"總集之作,多由論定。……已爲詩社標榜之先驅。其聲氣攀援,甚於别集。"⑬相關總集攀援吕本中《宗派圖》以爲標榜,壯大了江西宗派的"聲氣"。

此外,楊萬里於孝宗淳熙十一年(1184)應程叔達之請爲《江西宗派詩》所作序文中言"(程叔達)於是以謝幼槃之孫源所刻石本,自山谷外凡二十有五家,彙而刻之於學官"⑭。在《答盧誼伯書》中也稱"程帥來覓《江西宗派詩序》,蓋渠盡得派中二十六家全集,刻之豫章學官"⑮。這之後,劉克莊所作《江西詩派總序》也有"今取其全篇佳者,或一聯、一句可諷詠者,或對偶工者,各著于編,以便觀覽"⑯,可見同樣是爲江西詩派總集的刊刻所作。這又顯示出當時地方官員與文壇巨擘也在《宗派圖》影響下的總集刊刻活動中發揮着作用。不論是真心認可《宗派圖》而爲之揄揚,抑或是出於種種原因被裹挾進這場聲勢浩大的江西宗派推廣活動,他們都實實在在地通過與出版印刷業合作的方式爲《宗派圖》在南宋詩壇的可靠性與指導性代言,這反過來又必定會進一步強化《宗派圖》的影響力。

## 二、《百家注》對《江西詩社宗派圖》的利用

目前學界一般認爲,題名"狀元王公十朋龜齡纂集"的《王狀元集百家注分類東坡先生詩》雖然在《百家注姓氏》後附有"建安黃善夫刊于家塾之敬室"字樣的牌記,但實際上并非家刻,而仍是坊刻;只不過是保留了家刻的某些痕迹。之所以要先強調《百家注》的坊刻性質則是因爲這可能直接關係到本文所要探討的其對於《宗派圖》的利用問題。雖然家刻本也存在用於買賣的情況,但這并非主流;真正主要面向市場,以營利爲目的的坊刻本爲了争取消費者,較官刻本、家刻本更能敏鋭、及時地把握時下的詩學潮流及其中的相關事件;并能不受限於官刻與家刻所要求的學術性、準確性、教育性等要素,而能更加直露地對各種詩學事件作出最直接、劇烈的回應。基於這一點,我們認爲坊刻本雖然在學術性上較難與官刻本和家刻本相抗,但却往往最能反映出一時的詩學動態。

如前所述,《宗派圖》中所列黃庭堅以下(不包括黃庭堅)二十五人全部被列入《百家注姓氏》,而"豫章黃氏庭堅字魯直"雖僅有不足十條注釋歸於其名下,却列於全書九十六注家之首;這兩點顯然是編纂者的有意安排。進一步閱讀《百家注》正文,我們就會更明晰地見出《百家注》編者對於《宗派圖》的利用。

以全書首篇《壬寅二月有詔令郡吏分往屬縣减决囚禁自十三日受命出府至寶雞虢郿盩厔四縣既畢事因朝謁太平宫而宿於南溪溪堂遂并南山而西至樓觀大秦寺延生觀仙遊潭十九日乃歸作詩五百言以記凡所經歷者寄子由》爲例,列本篇注家與《宗派圖》相關人物注釋如下表:[17]

| 編號 | 注家 | 注家身份 | 注文(僅列《宗派圖》相關人物名下注文) |
|---|---|---|---|
| 1 | 黃庭堅 | 《宗派圖》相關人物 | 黃魯直曰:潘子真《詩話補遺》曰:杜詩"當知肘腋事,自及梟獍徒"。肘腋,是趙滅智伯事。("白刃俄生肘"句下) |
| 2 | 謝逸 | 《宗派圖》相關人物 | 謝無逸曰:唐柳宗元《太白山祠堂碑》云:"雍州西南界于梁,其山曰太白。"("平生聞太白"句下) |
| 3 | 洪芻 | 《宗派圖》相關人物 | 洪駒父曰:《三十六洞天記》第十一太白山:洞周回五百里,鬼谷子於此授蘇秦佐國之術。祠廟皆在長安。("平生聞太白"句下) |
| 4 | 洪朋 | 《宗派圖》相關人物 | 洪龜父曰:《莊·列禦寇篇》:河上有子得珠,其父曰:珠在驪龍頷下,子能得珠者,必遭其睡也。("蛟龍懶方睡,餅罐小容偷"句下) |

(續表)

| 編號 | 注家 | 注家身份 | 注文(僅列《宗派圖》相關人物名下注文) |
|---|---|---|---|
| 5 | 饒節 | 《宗派圖》相關人物 | 饒曰:《北夢瑣言》:江南沿江多蘆荻,冬月縱火焚,多燒起睡龍。("蛟龍懶方睡,缾罐小容偷"句下) |
| 6 | 陳師道 | 《宗派圖》相關人物 | 陳无己曰:許彥周云:箜篌狀如張箕,探手摘弦出聲。("女樂抱箜篌"句下) |
| 7 | 潘大臨 | 《宗派圖》相關人物 | 潘邠老曰:盧仝詩云:"捲却羅袖彈箜篌。"("女樂抱箜篌"句下) |
| 8 | 祖可 | 《宗派圖》相關人物 | 僧祖可曰:劉燾曰:"翊聖像皆被髮跣足,仗劍擾龍,相承舊矣。"("黑衣橫巨劍,被髮凜雙眸"句下) |
| 9 | 林敏功 | 《宗派圖》相關人物、五注本注家 | 林子仁曰:《青城山記》:"玉真公主,肅宗之姑也。築室丈人觀,玉真、金仙二公主真容見在。"("帝子傳聞李"句下) |
| 10 | 洪炎 | 《宗派圖》相關人物 | 洪玉父曰:唐王建《溫門山》詩云:"曉入溫門山,群峰亂如戟。"("亂峰巉似戟"句下) |
| 11 | 韓駒 | 《宗派圖》相關人物 | 韓曰:《東齋記事》:"道家有金龍。玉簡,學士院撰文具。一歲中,齋醮投於名山洞府。金龍以銅製,玉簡以階石制。"("金龍自古投"句下) |
| 12 | 謝薖 | 《宗派圖》相關人物 | 謝幼槃曰:黃魯直《豐南題名》云:"蝦蟇培從舟中望之,頤頷口吻甚類蝦蟇也。尋泉源入洞中,石氣清寒,流泉出石骨,若虬龍吼。"("忽憶尋蟇培"句下) |
| 13 | 王十朋 | 《百家注》"編者" | |
| 14 | 趙次公 | 四注本注家 | |
| 15 | 程縯 | 四注本注家 | |
| 16 | 李厚 | 四注本注家 | |
| 17 | 師尹 | 八注本注家 | |
| 18 | 趙夔 | 八注本注家 | |
| 19 | 任居實 | 八注本注家 | |
| 20 | 蘇軾(公自注) | 不在《百家注》姓氏之内 | |

如上表所示,此篇注釋從注家分類來看,包括在五注本中即已加入的林敏功和雖不屬於《宗派圖》所列二十五人却與之直接關聯的黃庭堅在内,凡十二家《宗派圖》相關人物列

名注者。除標示爲"公自注"者爲蘇軾自注,并不在《百家注姓氏》九十六家内,僅有七家與《宗派圖》没有直接關聯。宗派詩人占到了此篇注家人數的約三分之二。進一步來看,與《宗派圖》没有直接關聯的七家注者爲:王十朋、趙次公、趙夔、程縯、師尹、李厚、任居實。這七家中,趙次公、程縯、李厚三家在四注本中即已出現,師尹、趙夔、任居實三家均爲八注本注者。而王十朋則爲名義上的百家注編者,在注中出現自然没有疑問。其中任居實僅在"南山連大散"下有注一條:

　　　任曰:大散關,在寶雞縣南。

而這一條在《集注東坡先生詩前集》中却作:

　　　胡云:大散關,在寶雞縣南。⑱

兩者所屬注者不同而注文完全一致。再反過來看與《宗派圖》相關的十二家注文,全部都是十注本所没有、《百家注》新添的。而且,雖然林敏功也是此前的五注本注家之一,但《百家注》中繫於林子仁的這一條注釋却也是新出現的。

　　通過上述現象,我們可以清楚地看到,如果不包括署名爲纂集者的王十朋,單就此篇而言,《百家注》相較於十注本新增添的注家除任居實一家外全部與《宗派圖》有直接關聯;且增添的任居實注還算不上真正的新注,而只不過是一條舊注改换了注家姓氏而已。那麽也就是説,除題名爲編者的王十朋注外,此篇中《百家注》相較於十注本添加的全部内容均可歸屬於《宗派圖》相關人物名下。

　　此篇中與《宗派圖》直接相關的這十二家在《百家注姓氏》中出現的位置也值得我們注意。很容易發現,《百家注姓氏》是將同一姓氏的注家排列在一起的,而并非是按照其注釋出現的先後順序,但我們却注意到此篇中與《宗派圖》相關的注家在《百家注姓氏》中出現的位置十分靠近,其中的謝逸、謝薖、洪芻、洪朋、洪炎、饒節、潘大臨六人在《百家注姓氏》中甚至是完全相鄰排列的,潘大臨與饒節也只隔著潘大觀一人。再對比《百家注姓氏》與《宗派圖》,前者姓氏次序分别爲:黄、陳、潘、謝、洪、饒……與《苕溪漁隱叢話》"自豫章(黄庭堅)以降,列陳師道、潘大臨、謝逸、洪芻、饒節……"⑲的順序有很大程度的一致性。筆者據此推測:《百家注》的編者是利用《宗派圖》編成了《百家注姓氏》,而後便依據這份姓氏名單在舊有注本基礎上一定程度上就是按照其排列次序相當隨意地插入《宗派圖》相關人物的注釋。如果事實果真如此,那麽《百家注》的可信度是很值得我們懷疑的。

　　再從注文内容本身來看,《百家注》中署名《宗派圖》相關人物的注釋是否果真爲其所作也是值得懷疑的。如"白刃俄生肘"句下的黄庭堅注:

> 黄魯直曰：潘子真《詩話補遺》曰：杜詩："當知肘腋事，自及梟獍徒。"肘腋，是趙滅智伯事。

這條注釋是黄庭堅引用潘子真《詩話補遺》中對於杜詩"當知肘腋事，自及梟獍徒"一句典故出處的解釋來解釋蘇詩"白刃俄生肘"。潘子真《詩話補遺》提到了詩人潘大臨"年未五十以殁"。㉑則其《詩話補遺》成書自當在邠老殁後。據"以罪責黄州，與邠老爲鄰"的張耒所作《潘大臨文集序》，其"蒙恩去黄，居於淮陰，聞邠老客死蘄春"㉑的時間應是在崇寧五年（1106）之後，而黄庭堅崇寧四年（1105）即已下世，卒年早於潘大臨，不可能見到成書於潘大臨殁後的《詩話補遺》，更談不上引用此書來解釋蘇詩了。可見這是一條托名黄庭堅的僞注。㉒這條注釋還誤作杜詩"自及梟獍徒"中的"梟獍"爲"樂鏡"。而且此條注釋的加入對於理解蘇軾此句完全是畫蛇添足，從上下文來看，"東去過鄜塢，孤城象漢劉。誰言董公健，竟復伍孚讎。白刃俄生肘，黄金謾似丘"幾句皆是言董卓事，而與趙滅智伯并無關聯。本篇題目《壬寅二月有詔令郡吏分往屬縣減決囚禁自十三日受命出府至寶雞虢郿盩厔四縣既畢事因朝謁太平宫而宿於南溪溪堂遂并南山而西至樓觀大秦寺延生觀仙遊潭十九日乃歸作詩五百言以記凡所經歷者寄子由》明言寫作背景，"孤城象漢劉"下亦有東坡自注言"十五日至鄜縣有董卓城，象長安，俗謂之小長安"。則此數句當是東坡經行鄜縣，故述及董卓事。此句在這條注釋前還有兩條注文：

> 師曰：王允與吕布謀誅卓，令李肅以戟刺之，衷甲不入。卓驚呼布所在，布曰："有詔。"遂殺卓。次公曰㉓："生肘"字，諸葛亮所謂"變生於肘腋之下"，言布嘗與卓結爲父子，而卒殺卓也。

這兩條注釋已經依據史實解釋清楚了"生肘"的含義。《百家注》編者在此處爲了加入一條黄庭堅名下的注釋而杜撰了一條没有太大解釋效用且存在錯誤的注釋。再舉一例，"女樂抱箜篌"句下有陳師道和潘大臨的兩條注釋：

> 陳无己曰：許彦周云："箜篌狀如張箕，探手摘弦出聲。"潘邠老曰：盧仝詩云："捲却羅袖彈箜篌。"

檢《許彦周詩話》有：

> 箜篌狀如張箕，探手摘弦出聲。盧玉川詩云"捲却羅袖彈箜篌"，此語亦未可譏誚。司馬温公嘗語程正叔云："辨證古人誤處當兩存之，勿加詆訾也。"㉔

可以明顯看出這兩條注釋是幾乎未經改動地從許顗的這條詩話中割截出來并繫於陳師道和潘大臨二人名下的。另外《百川》本《許彥周詩話》開篇即言明"建炎戊申（1128）六月初吉日襄邑許顗撰"。㉕而陳師道、潘大臨皆亡於北宋，不可能見到《許彥周詩話》并引爲注文，證明二人名下這兩條注釋也應該是編者割截《許彥周詩話》僞造出來的。以上兩例足以印證上文的猜測：《百家注》是相當隨意地在原有注本基礎上插入《宗派圖》相關人物的注釋，注文的真實性是很值得懷疑的。

以上是針對《百家注》第一篇的分析，全書據黄啓方先生文章的統計，其中五注本注家之一的《宗派圖》詩人林子仁注釋條目超過了二百五十條，比其餘二十四位《宗派圖》詩人再加上與《宗派圖》直接關聯的黄庭堅、吕本中二人，共計二十六人注釋的總和還要多。㉖這二十六人名下的注釋，多者也不過二十餘條，十餘家注釋甚至還不足十條，與《宗派圖》相關人物名下的注釋在全書第一篇密集出現的情況形成了鮮明的反差。這也説明《百家注》的編纂者必定是有意識地在原有注本中加入《宗派圖》相關人物的注釋。而且，其操作應該并非是依據真實的注釋情況進行的，而是在全書開頭的部分集中插入其僞造的《宗派圖》人物注釋，後面則寥寥無幾；其目的大概是爲了吸引購書者，使他們在看過正文前的《百家注姓氏》并讀過數葉詩注之後相信這是一部《宗派圖》相關人物占重要地位的注本。這也印證了前面强調的黄善夫家塾本的坊刻性質，士大夫的官刻本和并不以銷售盈利爲主要目的的家刻本出現這種情況的可能性幾乎是没有的。

順便交代一下《百家注》集注與分類的先後問題，上述情況的出現説明《百家注》的成書過程更可能是先分類再集注。對照《集注東坡先生詩前集》卷一，十注本的首篇《辛丑十一月十九日既與子由别於鄭州西門之外馬上賦詩一篇寄之》在《百家注》中編入第十六卷"簡寄類"，一條《宗派圖》相關人物的注釋都没有加入；第二篇《和子由澠池懷舊》、第三篇《次韻劉京兆石林亭之作石本唐苑中物散流民間劉購得之》依然没有，這兩篇分别被編入第十六卷"懷舊類上"和第九卷"亭榭類"。直至十注本的第四篇《壬寅二月有詔令郡吏分往屬縣減决囚禁自十三日受命出府至寶雞虢郿盩厔四縣既畢事因朝謁太平宫而宿於南溪溪堂遂并南山而西至樓觀大秦寺延生觀仙遊潭十九日乃歸作詩五百言以記凡所經歷者寄子由》，被排在《百家注》首篇，《宗派圖》相關人物注釋纔大量加入。而且這幾首詩在各自所在類别中都是第一篇，十注本第五篇《太白山下早行至横渠鎮書崇壽院壁》也被歸入"紀行類"，位置則僅次於《壬寅二月有詔令郡吏分往屬縣減决囚禁自十三日受命出府至寶雞虢郿盩厔四縣既畢事因朝謁太平宫而宿於南溪溪堂遂并南山而西至樓觀大秦寺延生觀仙遊潭十九日乃歸作詩五百言以記凡所經歷者寄子由》，排在此類第二篇。據此，我們推斷十注本到《百家注》的成書過程應是分類在先、集注在後；這種編纂方式也是符合常理的。㉗

至此，我們可以較爲清晰地窺探出《百家注》纂集過程中對於《宗派圖》的利用情況：百家注編者應該是完全吸收《宗派圖》而形成了一份《百家注姓氏》，并在早期蘇詩集注本基礎上分類編排,繼而在相關人物名下僞造了一些注文插入其中,尤其是開頭的部分。整個過程雖是刻意爲之,但具體操作却比較隨意。

## 三、《江西詩社宗派圖》對《百家注》成書的促進

在確定了《百家注》編纂中對於《宗派圖》的利用過後,隨之而來的另一個問題也很值得我們思考,呈現在我們面前的現象是蘇詩十注本到《百家注》的成書過程有意識地,甚至可以説是極盡可能地利用着《宗派圖》,但假如没有《宗派圖》的面世,十注本又能否作爲一個被編纂者選中的底本而完成其到《百家注》的這一步跨越?《百家注》編者將黄庭堅置於《百家注姓氏》首位,又在注釋正文的開頭部分集中插入《宗派圖》相關人物的注釋,甚至不惜作僞,這顯然是將《宗派圖》作爲吸引讀者的一大賣點;而且全書首篇完全新加入的注釋除王十朋外無一不被歸於《宗派圖》人物名下,那麽如果没有《宗派圖》的面世,編者是否又不得不再加入其他可以吸引讀者的内容并凑足大致百家。果真如此的話,《百家注》又能否在較短的時間内成書,并收穫不錯的反響而被一再刊刻?

結合當時的詩學背景來看,保留在《苕溪漁隱叢話前集》中的吕本中爲《宗派圖》所作序文稱:

> 唐自李杜之出,焜燿一世,後之言詩者皆莫能及。至韓柳、孟郊、張籍諸人激昂奮厲,終不能與前作者并。元和以後至國朝,歌詩之作或傳者多依效舊文,未盡所趣。惟豫章始大出而力振之,抑揚反覆,盡兼衆體;而後學者同作并和,雖體制或異,要皆所傳者一,予故録其名字以遺來者。㉘

吕本中大致梳理了李杜以來三百餘年的詩歌史,結論是李杜之後獨有黄庭堅一人足以與之相并,而爲後學所共傳。大力標榜黄庭堅及其"傳者",言"以遺來者",更是透露出通過《宗派圖》樹立起江西詩派這一竿大旗,指引後來者宗法、追隨之意。元人袁桷也總結稱:

> 元祐之學鳴紹興,豫章太史詩行于天下。方是時,紛立角進,漫不知統緒。謹懦者循音節,宕跌者擇險固。獨東萊吕舍人,憫而憂之,定其派系,限截數百輩無以議,而宗豫章爲江西焉。㉙

指出《宗派圖》在派系未定、後學無所適從背景下的指導意義。作爲一個具有明確師法對象和派系源流的詩歌宗派,江西詩派給人以有法可循、示人門徑的印象,這對於詩歌創作初學者來説是很重要的。雖然"江西社裏人"大多是一些在後世看來成就并不那麽高的中小詩人,較高層次的文人想必并不能滿足於向他們取法,南宋的尤袤、楊萬里、范成大、陸

游等大家在創作初期雖都有習學江西派的經歷，但後來也都轉換取法對象，進而自成一家。《宗派圖》的指導意義更多的還應該是作用於初學者，或者那些較低層次的文人，甚至僅僅是具有一定文化修養的非士大夫階層；這與《百家注》所面向的讀者群體有很大範圍的重合，就這一點而言，《百家注》的編纂者將《宗派圖》吸收進來以爭取讀者也是非常合適的選擇。

即便不去深究《宗派圖》成員中占多數的中小詩人是否可以作爲學詩的師法對象，單單是"江西詩社宗派圖"這個名稱對那些渴望加入詩人行列的中下層文人已經足夠有吸引力。吕本中的"以遺來者"可以理解爲對於後學的一個積極暗示：遵循江西宗派的詩學路徑他們就成了江西派的"後來人"，或者説是"法嗣"，就可以接續《宗派圖》中所列二十五人，也就自然而然地被劃入了詩人的行列。就南宋的詩學環境而言，江西派在很長一段時間內代表着一種被廣泛認同的主流趣味，因而意圖迅速躋身詩壇的後學選擇江西派理論作爲"入流"的指引也存在某種必然性。

再就《百家注》注家身份構成來看，筆者將其大致分爲四部分：其一爲《宗派圖》相關人物；其二爲當時知名人物，如張栻、胡銓、劉珙、張孝祥等；其三爲王十朋的親故、同僚；其四爲十注本原有注家。㉞第四部分在《百家注》成書前即已存在，故暫不作討論。其餘三部分，如果在注文真實可信的前提下，《宗派圖》相關人物的注釋可能是最具學術價值的；因爲他們本身就是詩人，且生活年代與蘇軾基本同時或稍晚，其中的黄庭堅、陳師道、王直方、潘大臨等相當一部分人與蘇軾都有過直接的交往，對蘇軾經歷的種種事件，甚至生活、遊歷的細節都較其他三類注家更能準確把握；江西派詩人的身份也使得他們在讀者看來最能精準體會到蘇詩的典故使用、句法安排、意脈接續等詩學實際問題。假如歸入他們名下的注釋確是他們所作，那麼這些注釋的價值必定是最高的。換言之，如果要製造出一個理想的蘇詩注本，《宗派圖》相關人物的注釋應該是首選。

《宗派圖》對後學有着極强的指導性和吸引力，且《宗派圖》相關人物是注釋蘇詩的理想人選；這兩方面使得《宗派圖》成了《百家注》得以成書并發揮影響不可或缺的因素。基於這一點判斷，筆者認爲，《宗派圖》的面世與流傳爲十家注到《百家注》的成書提供了一個絶好的時機，或者説是很大程度上促成了《百家注》的成書。

## 四、早期蘇詩集注本與江西派詩學

被《百家注》編者加入《宗派圖》相關人物注釋前，早期蘇詩集注本就已經顯示出比較濃厚的江西派詩學色彩了。四注本中即已加入且注釋數量最多、價值最高的趙次公即稱："余喜本朝孫覺莘老之説，謂'杜子美詩無兩字無來處'。又王直方立之説，謂'不行一萬里，不讀萬卷書，不可看老杜詩'。"㉟孫莘老即孫覺，是黄庭堅的岳父；王直方本身即爲《宗派圖》成員，與黄庭堅多有交往；"無兩字無來處"、"讀萬卷書"也都是江西派詩學的經典理論。黃庭堅《答洪駒父書》稱:"自作語最難,老杜作詩,退之作文,無一字無來處,蓋後人讀書少,故謂韓、杜自作此語耳。"㉜強調的即是"無一字無來處"和多讀書兩點。黃庭堅對此所論不少,後學也多有承襲,這兩點在江西派詩學中占有很重要的位置。此處雖是針對杜詩而言,但也體現出其個人偏向江西派的詩學觀。趙次公在序言中繼而又對提出的觀點作出具體説明:

乃知非特兩字如此耳,往往一字緊切必有來處,皆從萬卷中來。……若論其所謂來處,則句中有字、有語、有勢、有事,凡四種。兩字而下爲字,三字而上爲語,擬似依倚爲勢。事則或專用,或借用,或直用,或翻用,或用其意不在字語中。於專用之外又有展用,有倒用,有抽摘參合而用。則李善所謂"文雖出彼而意殊,不以文害"也。又至用方言之穩熟,用當日之事實者,又有用事之祖,有用事之孫。何謂祖?其始出者是也。何謂孫?雖事有祖出,而後人有先拈用,或用之別有所主,而變化不同即爲孫矣。……又至於字語明熟,混成如自己出,則杜公所謂"水中著鹽,不飲不知"者。蓋言非讀書之多不能知覺。㉝

總結了詩中用"字"、"語"、"勢"、"事"的情況并強調多讀書,所作討論也并無超出江西派詩學框架的部分。其注杜甫《對雪》也有"要見其詩所謂'無一字無來處'"之語。蘇詩《和劉京兆石林亭之作石本唐苑中物散流民間劉購得之》"鴻毛於太山"句下"胡注"㉞亦云:"嘗喜本朝孫莘老之説,謂杜子美詩無兩字無來處,而僕意又謂非特兩字如此耳,往往一字緊切,必有來處。今句云'鴻毛於太山',其'於'字則孟子云'太山之於丘垤'也,可謂一字有來處。"足可見趙次公服膺於江西派之"無一字無來處",其注釋中對蘇詩的用字、用語、用勢、用事之法亦多有揭櫫。趙夔序體現出的詩學觀念亦與趙次公類似,言其注蘇讀書之多,并稱"一句一字,推究來歷,必欲見其用事之處。……句法明白而用意深遠,用字或有未穩,無一字無來歷"。甚至較趙次公更爲細緻地總結了蘇詩的用典之法。㉟其注釋具體内容及其他注家注釋中體現出的江西詩派理論前人已有論及,兹不贅述。㊱

如上所論,早期蘇詩集注本體現出的詩學觀念與江西派詩學多有契合之處,《百家注》的編纂者將其作爲底本加入《宗派圖》相關人物的注釋并無齟齬。

## 五、結　論

通過上述幾個方面的分析,我們看到《宗派圖》的面世引起了當時社會的強烈回應,日益勃興的宋代出版印刷業對此表現得尤爲明顯。出版者把握住這一重要詩學事件,以多種形式將《宗派圖》及其背後的詩學潮流作爲吸引讀者的一大賣點加以利用。《百家注》的編纂過程即體現了這一點:完全吸收《宗派圖》形成《百家注姓氏》,而後依此在十注本基礎上插入極可能是僞造的《宗派圖》相關人物注釋；而且是將總量并不多的這類注釋集中插入《百家注》的開頭部分，造成此注本中《宗派圖》人物注釋頗多的假象。考慮到當時詩禁初解，後學無所依從，吕本中創作《宗派圖》"以遺來者"的詩學背景，《宗派圖》相關人物就成了《百家注》收録的絶佳人選。另外，作爲《百家注》底本的早期蘇詩集注本即已經顯示出較强的江西詩學風貌，與《宗派圖》可以完美結合。這多方面的因素共同促成了《百家注》的成書；而其所共通的則是與《宗派圖》及江西派詩學的直接關聯。因此，筆者認爲：《百家注》編纂者極力利用《宗派圖》的影響力與吸引力以争取讀者；反過來看，《宗派圖》的面世與流傳很大程度上也是《百家注》得以成書的重要因素，兩者藉助日益勃興的出版印刷業統一於短暫詩學空白期過後南渡詩壇江西詩學的强大控制力之下。

《宗派圖》作者吕本中本人對蘇詩也是極爲推崇的，其《讀東坡詩》云："命代風騷第一功，斯文到底爲誰雄。太山北斗攀韓愈，琨玉秋霜敵孔融。"㊲ 將東坡置於詩壇的最高地位。吕氏在《與曾吉甫論詩第一帖》中又言："楚詞、杜、黄，固法度所在，然不若遍考精取，悉爲吾用，則姿態横出，不窘一律矣。如東坡、太白詩，雖規模廣大，學者難依；然讀之使人敢道，澡雪滯思，無窮苦艱難之狀，亦一助也。"㊳ 其《童蒙詩訓》亦稱："學詩須熟看老杜、蘇、黄，亦先見體式，然後遍考他作，自然功夫度越過人。"㊴ 張健先生據吕氏所言，指出吕本中反省陳師道以來專師一家的弊端，將蘇軾也加入到了江西詩派的核心師法名單中。㊵ 如此，則服膺江西詩學者亦應當同時以東坡爲師，而去閲讀、追摹蘇詩。因此，蘇詩《百家注》以《宗派圖》來吸引尊蘇、尊黄兩派讀者也是順理成章的事情。

當我們通過《百家注》看到蘇軾，這位有宋一代，乃至其後千年詩史上唯一能與黄庭堅分庭抗禮甚至更勝一籌的大家，其詩歌也在江西詩學的旗號下被理解、闡釋并推廣着，我們就更能理解《宗派圖》及其背後的江西派詩學的價值所在；進而超越單純意義上的南宋蘇黄優劣之争，去發掘蘇黄兩家詩學在其身後互動交融的微妙關係。

（作者單位：南京大學文學院）

---

① 題王十朋《王狀元集百家注分類東坡先生詩》卷首，《中華再造善本》據中國國家圖書館藏宋建安黄善夫家塾刻本影印本，國家圖書館出版社，2004 年。《百家注姓氏》中存在個别文字訛誤，如將江端本姓氏誤作"汪"、李錞姓氏誤作"季"，但這二十五人全部被收入應無疑問。

② 參黄啓方《王十朋與〈百家注東坡詩〉》，《東華漢學》第 10 期。黄啓方先生及其弟子們的歸納統計，爲我們接下來的研究免去了大量繁瑣的步驟、提供了重要的數據參考。但也不免存在一些疏失，如遺漏了《宗派圖》中的王直方；統計的注釋數量也有遺漏，如第一篇即遺漏了潘大臨、洪炎、祖可三家。而且黄先生文章得出的統計結論其文獻依據是《四部叢刊》所收元虞平齋務本堂本，與宋黄善夫家塾本在《宗派圖》詩人注釋上存在細微的偏差。但其對於蘇詩《百家注》整體的一些判斷還是可靠的。

③ 參莫礪鋒《江西詩派研究》附録三《吕本中〈江西詩社宗派圖〉考辨》，齊魯書社，1986 年，第 306—309 頁。

④ 參謝思煒《日本中與〈江西詩社宗派圖〉》,《文學遺產》1985 年第 3 期。
⑤ 參伍曉蔓《江西宗派研究》,巴蜀書社,2005 年,第 12—16 頁。
⑥ 參章海英《江西詩派諸家考論》附錄一《關於〈江西詩社宗派圖〉的寫成時間及次第問題》,北京大學出版社,2005 年,第 256—268 頁。
⑦ 吳曾《能改齋漫録》卷一〇,上海古籍出版社,1984 年,第 280 頁。
⑧ 參龔鵬程《江西詩社宗派研究》(臺灣文史哲出版社,1983 年版,第 264—265 頁)及黃寶華《〈江西詩社宗派圖〉的寫定與〈江西詩派〉總集的刊行》(《文學遺產》1999 年第 6 期)。
⑨ 陳振孫《直齋書録解題》卷一五,中華書局,2015 年,第 449 頁。
⑩ 《直齋書録解題》卷二〇,第 596—599 頁。
⑪ 脱脱等《宋史》卷二〇九,中華書局,1985 年,第 5403 頁。
⑫ 祝尚書《宋集序跋彙編》卷三八,中華書局,2010 年,第 1850 頁。
⑬ 永瑢等《四庫全書總目》卷一四八,中華書局,1965 年,第 1267 頁。
⑭ 辛更儒《楊萬里集箋校》卷七九,中華書局,2007 年,第 3232 頁。
⑮ 《楊萬里集箋校》卷六六,第 2805 頁。
⑯ 辛更儒《劉克莊集箋校》卷九五,中華書局,2011 年,第 4022 頁。
⑰ 國圖藏宋黃善夫家塾本《百家注》多有漫漶之處,故本文引用《百家注》,除序言外均依日本"宫内廳書陵部收藏漢籍集覽——書誌書影・全文影像データベース"公開之宋黃善夫家塾本卷一,下不一一注明。
⑱ 《集注東坡先生詩前集》卷一,中國國家圖書館藏宋刊本。本文所引《前集》均依此,下不一一注明。
⑲ 胡仔《苕溪漁隱叢話前集》卷四八,人民文學出版社,1981 年,第 327 頁。
⑳ 魏慶之《詩人玉屑》卷一八,中華書局,2007 年,第 592 頁。
㉑ 張耒《張耒集》卷四八,中華書局,1990 年,第 751 頁。
㉒ 已見有《蘇詩"百家注"非王十朋編纂考論》(知網未收,作者不詳,僅見於"數字期刊網")一文指出黃庭堅此條注釋可能爲僞,但並未坐實。
㉓ 《集注東坡先生詩前集》此處作"李云",《百家注》編者將其改換到趙次公名下。
㉔ 何文焕《歷代詩話》,中華書局,2004 年,第 379 頁。
㉕ 此處據郭紹虞《宋詩話考》,復旦大學出版社,2015 年,第 36 頁。
㉖ 《王十朋與〈百家注東坡詩〉》,第 77—149 頁。
㉗ 已有學者從其他方面指出了《百家注》編纂過程是分類在先,集注在後。如李曉黎根據"王十朋注中對可替換的他注的明確定位只有在分類已經完成的基礎上纔能出現"判定分類"應當出現在王十朋纂集《百家注》前"。詳參李曉黎《宋詩宋注考論》第二章第一節《〈王狀元集百家注分類東坡先生詩〉編者再考辨——以王十朋注爲中心》,中國社會科學出版社,2018 年,第 75—78 頁。
㉘ 《苕溪漁隱叢話前集》卷四八,第 327—328 頁。
㉙ 楊亮《袁桷集校注》卷四八,中華書局,2012 年,第 2125 頁。
㉚ 黃啓方先生也將百家注作者分爲四類,但與筆者劃分標準略有不同;黃先生所分四類爲:鄉人舊友、同年同官及各地僚屬詩友、《江西詩社宗派圖》中詩人、其他。詳參《王十朋與〈百家注東坡詩〉》。
㉛ 參林繼中《杜詩趙次公先後解輯校(修訂本)》,上海古籍出版社,2012 年,第 1 頁。
㉜ 黃庭堅《黃庭堅全集》,四川大學出版社,2001 年,第 475 頁。
㉝ 《杜詩趙次公先後解輯校(修訂本)》,第 1 頁。
㉞ 此"胡注"實際是趙次公注,劉尚榮、何澤棠兩位先生已經指出,參劉尚榮《宋刻集注本〈東坡前集〉考》(《蘇軾著作版本論叢》,巴蜀書社,1988 年版,第 46—47 頁)、何澤棠《蘇詩十注之傅、胡考》(《樂山師範學

院學報》2010 年第 3 期)。
㉟ 參馮應榴《蘇軾詩集合注》附録二,上海古籍出版社,2001 年,第 2694—2695 頁。
㊱ 關於《百家注》體現的江西詩派理論,可參見徐立昕《宋詩闡釋領域所體現的江西詩派理論——以蘇詩百家注爲例》,《信陽師範學院學報(哲學社會科學版)》2016 年第 1 期。
㊲ 韓酉山《吕本中詩集校注》外集卷三,中華書局,2017 年,第 1687 頁。
㊳ 《詩人玉屑》卷五,第 154 頁。
㊴ 《宋詩話輯佚》,第 603 頁。
㊵ 參張健《知識與抒情:宋代詩學研究》,北京大學出版社,2015 年,第 275—276 頁。

# 關於陸游詩與自注的構造關係

[日] 甲斐雄一

## 一、序　　論

　　一般而言,文學作品的注釋是爲了幫忙讀者理解作品而存在。而作者所作的"自注",則往往因爲反映了僅作者本人所知的知識或意圖,而成爲讀者不可輕易放過的信息。

　　謝靈運在《山居賦》等賦中所作的自注,可謂是中國文學當中自注的早期案例。① 至於對詩較成規模地作自注,則肇始於杜甫。② 杜甫以降,白居易、韓愈、歐陽修、王安石、蘇軾、黃庭堅等人的大量詩集當中,也均散見有自注。③ 從本文所關注的"詩中所體現的個人體驗"的角度來講,大部分自注都出現在詩人與友人或同僚離别、贈答、唱和(次韻)的作品當中。也就是説,在有關交友的詩當中出現的自注所承擔的任務,在於説明詩人與友人間不言自明,但對於第三者而言可能并不熟悉的背景狀況。④ 而本文所探討的陸游的詩,在并非交友的場合下所作的這點上,與上述作品則可謂有着不一樣的特徵。

　　對於陸游詩的自注,莫礪鋒已有所研究。⑤ 莫氏先指出詩集《劍南詩稿》是由陸游自身或者陸游的兒子們編修、刊刻而成⑥,由此確認《劍南詩稿》的注釋應爲陸游的自注。此外,莫氏還從以下的角度出發,對陸游詩中的自注所擁有的文獻價值作了分類、考察:

　　(一) 説明寫作背景,諸如寫作時間、地點、緣起等内容的注釋。
　　(二) 交代詩人生活經歷細節的注釋。
　　(三) 交代典故出處或模仿對象的注釋。
　　(四) 有關山陰的習俗與俗諺等有着獨立的資料價值的注釋。

　　在以上分析當中,莫氏指出"陸游詩歌的有些自注對我們理解作品是必不可少的,離開了它們往往會導致誤讀(第180頁)",且"如果没有自注,陸游某些作品的真實意藴恐怕會永久沉埋(第183頁)"。以下是其具體所舉的詩句:

　　　　蘭亭酒美逢人醉,花塢茶新滿市香。(自注:蘭亭,官酤名也。花塢,茶名。)⑦

這兩句開頭的"蘭亭"與"花塢"容易令人理解爲地名,但通過自注,我們得以知道陸游在此詠的是酒與茶的名字。此類自注的案例,確實散見於《劍南詩稿》當中。而這類案例背後的前提,是詩句的背後存在着需要被描繪的對象,而這兩者間有著一對一的對應關係。

對於詩句與其所描繪的對象間所存在的對應,陸游自身曾如此提及:

> 此圖吾家舊藏。予居成都七年,屢至漢昭烈惠陵,此柏在陵旁廟中忠武侯室之南,所謂"先主武侯同閟宮"⑧者,與此略無小異,則畫工亦當時名手也。淳熙六年龍集己亥六月一日陸某識。⑨
> 
> 杜少陵在成都有兩草堂,一在萬里橋之西,一在浣花,皆見於詩中。萬里橋故迹湮没不可見,或云房季可園是也。⑩

前者事關古柏的繪畫。陸游將自己在成都武侯祠所親眼見到的布局,與杜甫的《古柏行》中的詩句相對照,指出兩者一致。後者則與杜甫的草堂有關。陸游先從杜甫詩中確認萬里橋之西及浣花兩處地點,再提及自身在當時所見的遺迹狀況。在這裏我們也可以看到,陸游認爲杜甫的詩與其所描繪的對象(武侯祠的古柏,兩處草堂)兩者是嚴密對應的。

以下本文將討論的,即是在將陸游詩的本文與自注一同閱讀時,從詩句與注釋這兩者所引出的詩和其對象并不一定一一對應的例子。通過分析詩與自注所形成的構造關係,本文將對陸游這一詩人的特徵作出分析。

## 二、現在與過去的交叠

首先,我們將探討的,是兩個不同的時空交叠在詩所描繪的對象上的例子。

> 北窗看鏡意淒然,夢斷梁州已七年。獵獵綵旗春日晚,不堪花外見鞦韆。(自注:山南鞦韆最盛,巷陌處處有之。)⑪

這是淳熙六年(1179)春在建安(今福建省建甌市)的作品。⑫陸游在前年的冬天作爲提舉福建路常平茶事到任建安後,在所住的庭園中作此詩。⑬因此,這首詩所描繪的實際景色,確乎是淳熙六年時的建安。然而正如承句"夢斷梁州已七年"所透露的那樣,在陸游的腦中浮現的,乃是七年前(乾道八年,1172)在南鄭(今陝西省漢中市)時的記憶。⑭在綵旗飄揚的春日黃昏中,陸游爲何會不忍見花更遠處的鞦韆呢?那正是因爲如自注所言,庭園中的鞦韆會引發對於山南的聯想。

在繫年處我們已經確認,陸游眼前的鞦韆確乎是建安庭園之物,而陸游在此則將建安的鞦韆與過去在南鄭所見的鞦韆兩者相交叠。在這裏,自注并非在點明詩句所描繪的實際對象。毋寧説自注點明的,是詩人透過眼前存在的鞦韆所希望見到的,同時也是實際已經"見到"的存在。而這首詩當中,這一存在屬於過去的時空。由此我們可以看到,在陸游的詩當中,存在着這種將眼前的風景與過去的風景或經歷相交疊的例子。并且這兩種時空的交疊,是透過詩的自注來明確、點明的。

以下,讓我們再看一首陸游將兩種時空交疊在一起的例子:

> 羈愁酒病兩無聊,小篆吹香已半消。喚起十年閩嶺夢,頳桐花畔見紅蕉。(自注:頳桐,嘉州謂之百日紅。)⑮

這是乾道九年(1173)夏在嘉州(今四川省樂山市)的作品。承句的"小篆"指的是漩渦狀的香,抑或該香升騰的樣貌。在描寫"香已燃去一半"之後,陸游轉向了此時四十九歲的自身的過往經歷。所謂"十年閩嶺夢",指的是十五年前,也即紹興二十八年(1158)時作爲福州寧德縣(今福建省寧德市)主簿到福建赴任的經歷。⑯在對這一最初任官之地的回想中,全詩以"頳桐花畔見紅蕉"結束。正如自注"嘉州謂之百日紅"所言,"頳桐"是如今出現在陸游所在的嘉州思政堂前的植物。而從全詩的結構來看,"紅蕉"當指陸游過去在福建福州時所見的植物。⑰可見此處陸游在透過"紅"這一要素,將過去所見的"紅蕉"與眼前的"頳桐"相交疊。

在先前的例子中,現在與過去相交疊的對象是園中的鞦韆,也即,過往的記憶通過如今見到的鞦韆而復甦。因爲有着對七年前的鮮明記憶,陸游乃不忍見鞦韆。而在《思政堂東軒偶題》當中,過去的記憶已經不僅僅停留在"鮮明"的層面,而是與現在直接銜接了。正因如此,不知何時香已燃盡,而那十年間也已化爲幻夢。相較於眼前所見的花,陸游透過"紅"這一媒介,得以更爲直觀地來捕捉眼前的世界。⑱

衆所周知,描繪在長年居住的故鄉山陰(今浙江省紹興市)的閑適心境的作品,是陸游詩的一個重要組成部分。然而,當我們結合自注來讀這些閑適詩時,便會發現其與陸游在宋金前綫的南鄭時的記憶也出現了交疊的現象。

> 南國霜常晚,初冬葉始紅。曠懷牛屋下⑲,美睡雨聲中。沮水憶浮馬,(自注:西鄙軍行溪過澗,皆浮而濟。)嶓山思射熊。何由效唐將,八十下遼東。⑳

紹興四年(1193)冬,陸游正在故鄉食祠禄,過着悠閑自適的生活。在霜降葉紅的初冬時節,陸游到鄰村拜訪,旅途上見到的本應是山陰"使人應接不暇"㉑的山川景色。然而頸聯的"沮水"、"嶓山"乃是金牛(今陝西省漢中市西部)的地名,同時也是陸游在乾道八年(1172)從夔州(今重慶市奉節縣)到南鄭時所經由的地方。㉒從動詞"憶""思",我們可以知道這是追憶的情景,同時從自注中又可得知這與行軍的記憶有著聯繫。

在這首詩中,當下的山陰小旅行與過去的南鄭行軍產生關聯的契機并未被點明。然而從構成上來看,在簡陋的小屋內的過宿,以及外面傳來的雨聲,或許都勾起了作者的行軍記憶。若如此,則過去所見到的風景在這裏并未成爲連結現在與過去的媒介,導致陸游憶起過往的,乃是旅途中的遭遇本身。

　　路長憂炬盡,馬弱畏泥深。腸斷猿啼樹,魂驚鬼嘯林。艱危窮自慣,寒苦老難禁。回首金牛道,加鞭負壯心。(自注:頃自小益㉓還南鄭,夜宿金牛驛。時方大寒,人馬俱欲僵仆,今十二年矣。)㉔

這裏我們可以看到,南鄭的行旅經歷深深地印刻在了陸游的記憶當中㉕。本詩作於淳熙十年(1183)十月,此時陸游也在山陰領祠祿。在暗夜中燃燈,縱馬疾馳的不安心境,在這裏表現爲了猿啼鬼嘯的樹林。

在本詩中,令陸游憶起過往的,是第六句中所提到的寒冷。老去的自身在面對寒冷時,陸游回想起了"金牛道"。正如自注所言,那是十二年前,在回南鄭的路上夜宿金牛驛時,足以令人馬倒下的嚴寒。在本詩中,這種對於溫度的感知,成了連結起現在與未來的契機。

結句的"加鞭",意謂過去自己雖快馬加鞭疾馳至今,反而却背離了參與天下大事的志向。又或許,此中也包含着幾分"此番夜行不過是在故鄉的私人旅行而已"的自嘲之意吧。

陸游對前綫的記憶似乎與冬天的氣候有着很強的聯繫。在詠正月三日之雪的詩中,陸游還提到了南鄭的狼烟:

　　開歲尚殘冬,佳哉雪意濃。潤歸千里麥,聲亂五更鐘。簾隙收初密,墻隅積已重。龍團笑羔酒㉖,狐腋襲駝茸。危檻臨欹竹,幽窗聽墮松。忽思西戍日,憑堞待傳烽。(自注:予從戎日,嘗大雪中登興元城上高興亭,待平安火至。)㉗

這是淳熙十年(1183)正月在山陰的作品。夾在描繪積雪的諸對句中的第七、八句,大意謂"以用雪水泡龍團茶的風雅,來嘲笑喝羊羔酒後發狂的庸俗。在駱駝毛製成的衣服之上,再穿狐狸毛製成的皮衣"。陸家正月的祥和氣息由此宛然可見。儘管如此,看到雪的陸游想到的,仍是那大雪中登上瞭望臺,等待狼烟升起的南鄭記憶。在先前所舉的"夜行"詩中的"加鞭負壯心"一句中,對現實的不滿可謂是陸游跳躍回到過往時空的契機。然而本詩則是在正月的瑞雪中,跳回到了過往的前綫時空。因此本文希望強調的是,上文所舉的,陸游將現在的景物或體驗與過往的時空相疊合的諸多例子,并不能都簡單歸因於其對現實的不滿之情。

此外,我們也要注意到《夜行》《辛丑正月三日雪》這兩首詩的自注與詩題相近這一點。

這些內容正是對陸游腦中所展開的過往時空的敘述,通過自注對他們的詳細描述,詩作所營造的現在與過去的構造關係乃得以展現在讀者面前。

## 三、現實與夢境的交錯

到這裏爲止,本文探討了詩人在面對現實時,詩作跳躍到過往時空的例子。而如"夢斷梁州已七年"、"喚起十年閩嶺夢"二句所展現的那樣,這些例子中的過往時空常是透過夢這一詞語來表達。以下,本文擬進一步探討陸游詠夢的詩作。

關於陸游的詠夢詩,入谷仙介曾專門論述。[28]對於趙翼等人所提出的,陸游的詠夢詩乃是假托的説法,入谷氏舉出了陸游入睡時自身身體及周圍的狀況被反映到夢中,或是與夢相關的現象也出現在了詩中的例子,從而認爲陸游在有意識地記録自己見到的夢境,并在詩作中呈現。由此,入谷氏認爲"從自己的内心世界涌出的詩泉中汲取養分"的陸游,是"本質上有著孤獨内心的詩人"。

以下,本文即在入谷氏的見解上,就陸游詠夢詩中自注所發揮的作用繼續展開分析。首先來看思鄉以至夢見故鄉的例子:

> 期會文書日日忙,偷閑聊得卧方床。花藏密葉多時在,風度疏簾特地涼。野艇空懷菱蔓滑,冰盆誰弄藕絲長。角聲喚覺東歸夢,十里平湖一草堂。(自注:峽中絶無菱藕。)[29]

這是乾道七年(1171)在夔州的作品。在忙殺於行政文書的日常當中,陸游總算有了些許卧床休息的間歇。頷聯難以判斷是夢境抑或現實,但頸聯則毫無疑問的是夢境。第六句的"藕絲"則是繼承杜甫詩的表達。[30]第七句號角聲吹破的是"東歸夢",可見頸聯描繪的是在故鄉山陰的水邊情景。其後,自注乃點明"峽中絶無菱藕",説明如今寓居的夔州全然見不到菱藕。通過自注,夢境中所見的故鄉與當前現實間的斷絶,以及甜美的夢境破碎時的悲傷得以更爲增强。

在上一節舉出的例子中,陸游是將眼前所見的事物或正在經歷的情境,與過往的事物或情境相交叠。因此可以説,詩中呈現的兩者,都屬於陸游在現實世界中的體驗。與此相對,夢境則是睡眠時腦中產生的體驗(這裏先暫且不討論陸游如何認識夢境)。本詩中描寫了頸聯的情境後再點明其乃夢境的安排,有效地令讀者產生了錯覺,以爲頸聯描寫的是實景。由此來看,本來作爲字句的説明而言應當出現在頸聯的自注[31],如今却出現在了詩的末尾,或許也可説是陸游精心周到的安排。

以下讓我們再看一首在夢中歸鄉的例子。

兩鬢星星久倦遊，淒涼況復寓南州㉜。未甘蟋蟀專清夜，已歎梧桐報素秋。綺語安能敵生死，熱官正欲快恩讎。空堂飽作東歸夢，夢泊嚴灘月滿舟。（自注：舟行還山陰，道出七里灘。）㉝

這首與之前探討的"園中雜詩"一樣，都是淳熙六年（1179）在建安的作品。錢仲聯參考前後的詩定爲五月時的作品，但頷聯"蟋蟀專清夜"、"梧桐報素秋"都透露出了濃厚的秋季氣氛。或許此處秋季表現的是陸游自身的淒涼心境吧。頸聯"綺語安能敵生死，熱官正欲快恩讎"㉞體現了陸游在官界的不遇，而這種情緒又與以下的"空堂"相映襯，其後便轉入反映了其自身願望的歸鄉之夢。夢中的歸途裏寄宿的嚴州（今浙江省杭州市）的"嚴灘"，與自注所言"七里灘"在地理上頗近。㉟從夢中描繪的種種具體的乘船路徑中，我們也可看到陸游對於歸鄉切實的渴望之情。㊱

此外，與本詩一樣詠歸鄉之思的，尚有翌年（淳熙七年）七月所作的《秋夜》：

湖海秋初到，房櫳夜轉幽。露濃驚鶴夢，月冷伴蛩愁。生計依微禄，年光墮遠遊。嚴灘已在眼，早晚放孤舟。（自注：去年欲自三衢舟行泛七里瀨歸山陰，今竟當爲此行也。）㊲

陸游在前年秋季結束建安的任期回到衢州（今浙江省衢州市）時，又被任命爲提舉江南西路常平茶鹽公事而到了撫州（今江西省撫州市）。自注的"去年欲自三衢舟行泛七里瀨歸山陰"指的就是以上的事由。雖然與方繚探討的《客思》詩同樣詠的是秋季的到來，但與《客思》以"未甘"、"已歎"等動詞來與秋季的景物保持距離不同，本詩的筆致顯得更爲安穩平和。同樣是對官界的描寫，"生計依微禄，年光墮遠遊"一句也不如先前般激烈。儘管如此，從"嚴灘已在眼"，也即去年夢中的嚴灘已歷歷在目一句中，我們仍可讀出陸游的歸鄉之思已愈發強烈。

陸游踏上歸途實際在是年冬季，因此"嚴灘已在眼"也不過是想象之辭。然而可以指出的是，無論是過往的時空還是夢境，陸游在此詠的都是眼前所不存在的事物。也就是說，到這裏爲止本文所探討的例子，都是透過眼前的風景或現實中的體驗，跳躍到了過往的時空或夢境當中。而此時自注擔當的作用，即是作爲媒介來引出這一跳躍的目的地所在的時空。以下，讓我們再探討兩首作品。

（題下注：己未十二月五日夜作，所書皆夢中事也。）長隄行盡古河濱，小市人稀霧雨昏。櫪馬垂頭齧菅草，驛門移路避槐根。斷碑零落苔俱遍，漏壁微茫字半存。催喚廚人燎狐兔，强排旅思舉清樽。㊳

（題下注：十二月二十七日夜。）半生征袖厭風埃，又向關門把酒杯。車轍自隨芳

草遠,歲華無奈夕陽催。驛前歷歷堠雙隻,陌上悠悠人去來。不爲途窮身易老,百年回首總堪哀。㊴

這兩首是慶元五年(1199)十二月,即十年前的淳熙十六年(1189)受彈劾之後,陸游長期在家鄉生活期間的作品。讀者唯有通過"夢中作"、"夢題驛壁"兩則詩題,以及前者的自注"所書皆夢中事也"的説明,纔得以知道全詩描繪的均是夢中的世界。也就是説,詠夢這一事實只出現在了詩周邊的文本當中,而在詩的内部,即詩句當中并未被點明。本文先前所舉的入谷氏論文,曾反駁趙翼"即如紀夢詩,核計全集,共九十九首。人生安得有如許夢。此必有詩無題,遂托之於夢耳"的假托説㊵。但趙翼的分析,實則可謂準確地把握到了陸游詠夢詩的這一構造。

如同前一首詩從"長隄行盡古河濆"起始,以"催唤厨人燎狐兔,强排旅思舉清樽"作結,以及後一首詩以"半生征袖厭風埃"起始,又在第五句中繼承韓愈貶謫潮州時的詩那樣㊶,這兩首詩的主體都是懷有憂愁的旅人。而這對於現實中正在山陰隱居的陸游來講,或許未免有些跳躍太大。如果説到此爲止我們所探討的詩作中,詩人所描繪的對象都是在詩作内部(從現在到過去,或從現實到夢境)發生跳躍的話,那麽在這兩首詠夢詩中,詩内部的全部内容都已跳躍到了夢境當中。

在這裏,點破夢境的"詩題",以及記録下現實世界中的日期的"自注"二者所發揮的作用是巨大的。因爲這些文本,是連接詩内部的世界與陸游這一詩人的現實二者的窗口。如果像趙翼那樣,對詩人的現實予以過大評價的話,那當見到詩的内部屬於夢境這一曖昧而有着虚構性的世界時,自然會傾向於否定。然而如同本文所分析的那樣,可以説在一首詩當中包含此種飛躍,正是陸游詩的一個特徵。因此,自注可以説是我們理解陸游詩作的重要途徑。

## 四、結　語

以上結合自注,對陸游詩中將現在與過往相叠合,或是現實與夢境相交錯的例子展開了探討。總的來説,詩句所承擔的任務,在於描繪現實與過去、夢境與現實這兩者的曖昧交錯。而詩題與自注等副文本所承擔的則是理性的叙述。或許可以説,正是透過這些,詩句中的跳躍乃成爲可能,陸游詩中多見的立足於日常的表達也由此得以免於單調。

本文所設定的現在與過去、現實與夢境的對立軸,换個角度講也可以説是外界與内在的對立。也即,陸游的詩在與外界相對峙的同時,也在向詩人的内心潛入。同時,如同上一節最後所舉的詠夢詩那樣,如果對於内心的追求已經覆蓋了詩作整體,那麽它與外界的唯一接點,就只剩下了確保"詩的内容乃是詩人之夢"的詩題及注釋。此時,詩句本身已然成了一種虛構。

由此,本文最後希望討論的,便是陸游詩中所見的虛構化,以及對於微縮世界的表現。在這裏,現實與虛構相交錯的詩句,以及承擔解説任務的自注兩者建立起的關係構造,可以再次得到確認。

　　　客鬢新添幾縷絲,山城且付一官痴。空濛碧霭籠香岫,(自注:近得一石,穴達於背,出香如雲。)靉靆玄雲起墨池。㊷

這是淳熙十三年(1186)秋在嚴州的作品。因爲詩題中"焚香作墨瀋決訟"的説明,我們可以得知頷聯中縈繞在霧氣中的山峰,以及捲起厚重雲層的墨池,分別是與香、墨相關的表達。這裏"香岫"一詞的自注,説明了它是陸游新近入手的有洞的石頭。陸游手頭的石或硯臺,在詩中化爲了微縮的山或池水。

　　　朱擔長瓶列雲液,絳囊細字拆龍團。數峰移自侏儒國,一硏來從黯淡灘。(自注:雲液,揚州酒名,近淮帥餉數十尊。營道小山及劍硯,得自張季長、張仲欽,適在案間。)㊸

如詩題所透露,這是慶元四年(1198)冬季,陸游在家中即景所詠的連作。㊹其第一首的頸聯"數峰移自侏儒國,一硏來從黯淡灘"與上一首詩一樣,同樣是將書案上的器物看作是微縮的山水。自注也分別以"營道(今湖南省道縣)的小山"、"劍硯"説明了這些是實際出現在案上的文房用具。

　　　雪棘并棲雙鵲瞑,金環斜絆一猿愁。廉宣卧壑松楠老,王子穿林水石幽。(自注:唐希雅畫鵲,易元吉畫猿,廉宣仲老木,王仲信水石,皆庵中所挂小軸。)㊺

如自注所透露的那樣,接下來的第二首的兩聯,將繪畫描寫地宛如實景一般。頷聯分別詠的是唐希雅(五代南唐)所繪的鵲和易元吉(北宋)所繪的猿㊻,頸聯則分別詠的是廉布(字宣仲)筆下的老木和王廉清(字仲信)筆下的水石。㊼或許因爲畫家們都是陸游同時代人的緣故,在詩句中畫家自身是作爲主體出現的。

以上所舉的這幾首詩,和本文先前所探討的作品們一樣,都是在詩句中使用虛實不明的表達,而自注則發揮叙述或者點破的作用。㊽這些將室内看作一個微縮世界的表達,與將一個特定事物或體驗與過往相交叠,或者將現實與夢境相交錯的詩作相比,可以説更爲積極地(或者更有意地)在將詩人内心所涌現出的世界與現實中的外界相交叠。若考慮到這裏自注所發揮的作用仍然是建立起詩人的内心世界與外界的構造關係,那麽我們可以

説,自注已然不再停留爲詩的副文本,而是承擔起了在作品中呈現詩人奔放的想象力的重要作用。㊾

(廖嘉祈　譯)

(作者單位:日本明治大學文學部)

---

① 橘英範《謝靈運〈山居賦〉の自注について(謝靈運〈山居賦〉自注的考察)》(《中國中世文學研究》第 63、64 合并號,2014 年),對於賦以外的自注的早期案例,以及《山居賦》的前人研究都有詳細的論述。
② 有關杜甫的自注,參徐邁《杜甫詩歌自注略論》,《杜甫研究學刊》2010 年第 3 期;及《杜甫自注與詩歌境域的開拓》,《安徽大學學報(哲學社會科學版)》2010 年第 6 期。
③ 有關唐宋詩的自注,本文參考了以下前人研究。赤井益久《自注の文學——〈元氏長慶集〉を中心として》(《中國古典研究》第 47 號,2002 年,第 34—52 頁)、山口恵《蘇軾詩における自注》(《待兼山論叢(文學篇)》第 46 號,2012 年,第 33—48 頁)、寧雯《蘇軾詩歌中的自注與自我表達的强化》[《河北師大學學報(哲學社會科學版)》第 39 卷第 3 期,2016 年]、魏娜《回顧與思考——唐詩自注與唐詩研究境域的開拓》[《寧夏師範學院學報(社會科學版)》第 38 卷第 4 期,2017 年]、蘇碧銓《論王禹偁詩歌自注的文學功能與文獻價值》[《海南大學學報(人文社會科學版)》第 36 卷第 5 期,2018 年]。
④ 説明個人體驗的自注多涉及交遊這一點,參考馬强才《修辭技藝・信息傳遞・知識擴散:詩歌自注的多重功能——以王安石・蘇軾・黄庭堅爲例》中的"四、維護作者權威和擴散個人體驗",《杭州師範大學學報(社會科學版)》2017 年第 3 期。
⑤ 莫礪鋒《論陸游詩自注的價值》,《中華文史論叢》2012 年第 4 期。
⑥ 有關《劍南詩稿》的成書過程,參村上哲見《陸游〈劍南詩稿〉の構成とその成立過程》(《小尾博士古稀記念中國學論集》,汲古書院,1983 年)及《ふたたび陸游〈劍南詩稿〉について—附〈渭南文集〉雜記—》(《神田喜一郎博士追悼中國學論集》,二玄社,1986 年)。兩篇其後均收入《中國文人論》(汲古書院,1994 年)。
⑦ 陸游《蘭亭道上》四首之三,錢仲聯《劍南詩稿》卷八一,上海古籍出版社,1985 年,第 4391 頁。
⑧ 杜甫《古柏行》(《杜詩詳注》卷一五)中的詩句。
⑨ 陸游《跋古柏圖》(《渭南文集》卷二六,《陸放翁全集》(臺灣中華書局,1966 年)所收影印本,第八葉。
⑩ 陸游《老學庵筆記》卷一,中華書局,1979 年,第 12 頁。
⑪ 陸游《園中雜書》四首之二,《劍南詩稿》卷一一,第 855 頁。
⑫ 以下,陸游詩的繫年依據的是錢仲聯《劍南詩稿》的考證。
⑬ 同在《劍南詩稿》卷一一中,有題爲《雪晴至後園》《雨晴至園中》的詩作。
⑭ 如《晉書》"泰始三年,分益州,立梁州於漢中"的記載,詩中的"梁州"指南鄭(漢中)。此外自注所見"山南"指秦嶺山脈南側,唐代時南鄭屬山南西道。《園中雜書》連作的第一首中有"蕭蕭慈竹鳥呼風,宛似山光小閣東"句,其自注云"山光閣在潭毒關下"。從《予行蜀漢間道出潭毒關下,每憩羅漢院山光軒,今復過之悵然有感》(《劍南詩稿》卷三,第 264 頁)的詩題,可知《園中雜書》詩中與建安的庭園相交叠的具體地點即是山光閣(軒)。
⑮ 陸游《思政堂東軒偶題》,《劍南詩稿》卷三,第 304 頁。

⑯ 第二年的紹興二十九年(1159),陸游任福州決曹。
⑰ "紅蕉"與福建相關聯的用例,有杜荀鶴《閩中秋思》(《全唐詩》卷六九三,第 7978 頁)的"雨勻紫菊叢叢色,風弄紅蕉葉葉聲"。
⑱ 見花而跳躍到過往時空的例子,尚有《六日小飲園中,光景暄妍,紅梅已拆。恍記在果州時,偶得絶句》(《劍南詩稿》卷一二,第 941 頁)、《山中望離東楓樹,有懷成都》(《劍南詩稿》卷一三,第 1069 頁)等。尤其前者是在撫州(臨川,今江西省撫州市)見到紅梅後回想果州(今四川省南充市東北)之詩,其後半兩句云"風景不殊人自老,忽驚作夢到臨川",同樣是用"夢"字表達從過往時空到當下的跳躍。
⑲ 用《世説新語》雅量篇故事。東晉的褚裒在夜宿錢塘亭時,被不認識自己的亭吏轉到牛屋住宿後,仍舊泰然處之。
⑳ 陸游《初冬至近村》,《劍南詩稿》卷二八,第 1938 頁。用唐代老將李勣征高句麗立大功的故事。如錢仲聯注所指,征伐的第二年,即總章二年(669)李勣逝世,《舊唐書》李勣傳謂卒時七十六歲,《新唐書》李勣傳則謂卒時八十六歲。
㉑ 《世説新語》言語篇中王獻之之語。
㉒ 陸游《曉發金牛》(《劍南詩稿》卷三,第 231 頁)頸聯有"沮水春流緑,嶓山曉色蒼"句。
㉓ 利州(今四川省廣元市)的別稱。在南鄭西南。
㉔ 陸游《夜行》,《劍南詩稿》卷一五,第 1221 頁。
㉕ 有關陸游涉及這一經歷的詩文,參邱鳴皋《陸游評傳》第三章"生命之旅的里程碑"二"從戎南鄭",南京大學出版社,2002 年,第 116—146 頁。
㉖ 蘇軾《趙成伯家有麗人,僕忝鄉人,不肯開樽,徒吟春雪美句,次韻一笑》(《蘇軾詩集》卷四七,第 2526 頁)中"何如低唱兩三杯"句的注釋(馮應榴《蘇軾詩集合注》卷一二作蘇軾自注)中有"世傳陶穀學士買得黨太尉家故妓。遇雪,陶取雪水烹團茶,謂妓曰:'黨家應不識此。'妓曰:'彼粗人安有此景,但能於銷金煖帳下,淺斟低唱,喫羊羔兒酒耳。'陶默然愧其言"的記載。
㉗ 陸游《辛丑正月三日雪》,《劍南詩稿》卷一三,第 1031 頁。
㉘ 入谷仙介《陸游の夢の詩についての一考察》(《詩人の視綫と聽覺—王維と陸游》,研文出版,2011 年,第 129—149 頁。最初收録於《小尾博士古稀記念中國學論集》,汲古書院,1983 年)。
㉙ 陸游《林亭書事》二首之二,《劍南詩稿》卷二,第 197 頁。
㉚ 杜甫《陪諸貴公子丈八溝攜妓納涼,晚際遇雨二首》(二首之一,《杜詩詳注》卷三)中的"公子調冰水,佳人雪藕絲"句。
㉛ 檢陸游自身所編集,并在嚴州出版的《新刊劍南詩稿》(《中華再造善本》影印),也可見這一自注被附在了詩的末尾。
㉜ 杜甫《從人覓小胡孫,許寄》(《杜詩詳注》卷八)中有"人説南州路,山猿樹樹懸"句,仇兆鰲引顧宸注云"兩粵爲南州路"。兩粵泛指包含福建、廣東、廣西在内的南方。
㉝ 陸游《客思》二首之二,《劍南詩稿》卷一一,第 864 頁。
㉞ 北宋王令的《答王簿正叔》(《全宋詩》卷七〇三)中有"自有赤心包白日,竟無綺語敢青蠅"句。"青蠅"見於《詩經》小雅,比喻進讒言之佞臣。加之考慮到對句的構造,此處陸游的詩句應當也指在官界的敵對者而言。
㉟ 王象之《輿地紀勝》卷八"嚴州"記載"嚴瀨,子陵釣處爲名",又"七里灘,距州四十餘里,與嚴陵瀨相接"。
㊱ 陸游曾在紹興三十年(1160)時從福建(福州,參本文所引《思政堂東軒偶題》詩)到行在所,因此此處這一過去的經歷或許也與夢境存在聯繫。
㊲ 陸游《秋夜》,《劍南詩稿》卷一二,第 991 頁。

㊳ 陸游《夢中作》,《劍南詩稿》卷四二,第 2624 頁。
㊴ 陸游《夢題驛壁》,《劍南詩稿》卷四二,第 2632 頁。
㊵ 《甌北詩話》卷六(人民文學出版社,1963 年,第 80 頁)。
㊶ 用韓愈《路傍堠》(《韓昌黎詩繫年集釋》卷一一)"堆堆路傍堠,一雙復一隻……何當迎送歸,緣路高歷歷"句。"堠"指標示里程的土壘。
㊷ 陸游《焚香作墨瀋決訟。吏皆退立一丈外,戲作此詩》前半,《劍南詩稿》卷一八,第 1395 頁。
㊸ 陸游《庵中晨起書觸目》四首之一,頷聯、頸聯,《劍南詩稿》卷三八,第 2452 頁。
㊹ 關於此連作整體的解讀,參拙稿《連作詩の精讀—陸游〈庵中晨起書觸目〉四首の分析を通して—》,日本中國學會 2017 年度《研究集錄》,電子版見日本中國學會官網 http://nippon-chugoku-gakkai.org/?p＝441,2017 年 10 月 7 日發行。
㊺ 陸游《庵中晨起書觸目》四首之二,《劍南詩稿》卷三八,第 2453 頁。
㊻ 唐希雅有關鵲的畫作見陸游《唐希雅雪鵲》(《劍南詩稿》卷五八,第 3361 頁),易元吉有關猿的畫作見秦觀《觀易元吉獐猿圖歌》(徐培均箋注《淮海集箋注》卷二)。
㊼ 關於廉布,陸游《梅花》(五首之二,《劍南詩稿》卷四四,第 2726 頁)的自注記載"廉宣仲自言,以五年之功作竹梢,十年之功作梅枝"。關於王廉清,參《題王仲信畫水石橫幅》(《劍南詩稿》卷三八,第 2445 頁)以及《王仲信畫水石贊》(《渭南文集》卷二二,第二葉)。
㊽ 如同在《林亭書事》詩所確認的那樣,在《庵中晨起書觸目》當中,本當在對應字句處所作的注釋,也被集中到了全詩末尾。
㊾ 當考慮到詩的內容叙述化,散文化的文學史趨勢時,或許我們也可認爲,陸游對詩句過於傾向理性的風氣不滿,從而通過令注釋承擔叙述的功能,來加強詩的抒情性。詩的自注從杜甫發端,經中唐文壇而興盛於宋的現象,亦與文學史的潮流一致。參吉川幸次郎《宋詩概説》序章第三節"宋詩の叙述性"(巖波文庫,2006 年)。

# 楊萬里對蘇軾詩的學習

## ——以次韻和檃括爲中心

[日]阪井多穗子

## 前　　言

對南宋詩人們來説,北宋蘇軾(1037—1101)到底是一種什麽樣的存在呢？尤其是在呈現了中興盛世的南宋最具有代表性的士大夫們,他們對於北宋詩壇的頂點——蘇軾的詩歌,是如何面對、如何接受以及如何在自己的詩歌創作中援用或活用的呢？對這些問題的關注和討論,和討論他們與李、杜、韓、白的關係同樣重要,甚或有更深刻的意義。之所以這樣説,是因爲蘇軾與他們的曾祖父一代是同時代的人,對他們來説是一個離之不遠的典範;而且更重要的是,蘇軾是在他們所夢想的"一統之世"中切實活躍的文化偶像。他們將唐人置於傳統那個境界裏,而蘇軾却不是一個遥不可及、不可侵犯的存在。南宋第二代皇帝孝宗曾云：

> 讀之終日忘倦,謂爲文章之宗。(《宋史》卷三三八《蘇軾傳》)

對蘇軾集終日手不釋卷,謂其爲"文章之宗",還賜其"文忠"的謚號。當時,對蘇軾的愛好不僅限於皇帝,蘇軾集在上至士大夫、下至庶民之間,獲得了廣泛的讀者群。

本文以楊萬里(字廷秀,號誠齋,廬陵吉水[今江西吉水]人,1127—1206)爲討論對象。由於楊萬里和江西詩派關係深刻,在以往的研究中常論及他和黄庭堅的關係。但對於楊萬里與并稱"蘇黄"的另一位北宋詩人——蘇軾之間的關係,筆者目前還未曾發現有專門文章討論,因此這也是筆者試撰本文的緣起。

## 一、《延陵懷古》

淳熙四年(1177),時楊萬里五十一歲,赴任常州(今江蘇常州)知事,以楚辭體創作了

《延陵懷古》詩,吟詠了與常州有關的三位古人。

第一位是春秋末期的季札。季氏爲吴王壽夢的第四子,被封延陵(即常州一帶),亦稱"延陵季子",因德行高而得孔子敬慕,後有"南季北孔"之稱。第二位是戰國後期的荀子。荀子曾仕於楚國春申君門下,被任命爲蘭陵令,之後在蘭陵度過了他的晚年。此蘭陵指北宋時期的沂州承縣一帶(注:今山東蘭陵縣一帶),本來與常州毫無關係。東晋時期,常州置南蘭陵郡,南朝四朝亦皆沿襲此制,一段時期内,常州也被稱爲蘭陵。因此,這可能也是楊萬里産生誤解的原因。當然,因常州多少也與蘭陵産生了聯繫,故而從南朝以來此地或許也會有一直祭祀荀子的可能性。

第三位就是蘇軾。蘇軾曾在常州宜興購得莊園,且於建中靖國元年(1101)七月二十八日逝於此地,終年六十六歲。楊萬里在《延陵懷古》中追悼蘇軾,詩云:

> 吹赤壁之月笛兮,瞻黄州之雪堂。彈湘妃之玉瑟兮,織天孫之錦裳。招先生其來歸兮,何必懷眉山之故鄉。歷九州而猶隘兮,誕置之祝融之汪。酌乳泉以當醴兮,餐荔子以爲糧。葺榕葉以作屋兮,托桄榔之陰以爲堂。驅海濤以入硯滴兮,挽南斗文星于筆銛。昌黎兮歐陽,視先生兮雁行。韞不泄兮忠憤,炯不渀兮文章。乞鏡湖兮九關,營菟裘兮是邦。予之來兮雲暮,與先生兮相望。視履迹兮焉在,問故宫兮就荒。俯仰兮永懷,渺山川兮蒼蒼。①

在上述所引詩中,主要是稱頌蘇軾重要的人生經歷和文學功績。先緬懷他留在中國各地的足迹,開頭四句寫四十四歲時左遷的黄州,接著是他的故鄉眉山,第七句以下是晚年左遷的海南島,然後又贊美他的"文章"和"忠憤"與韓愈、歐陽修相比更略勝一籌。第十九句以下則場景轉到當地,歎惜蘇軾在常州的"履迹"和"故宫"已朽爛掉,無法訪尋,只能在悠久的"山川"前徒然"永懷"。

此詩雖題爲"懷古",但很明顯不是通常的懷古詩。詩中襲用《楚辭》的形式,多使用"兮"字,第五句中還暗示似乎要召唤和撫慰蘇軾的靈魂。在楊萬里的別集《誠齋集》中,此詩没有被收錄在知常州時期的《荆溪集》部分,而是特别歸屬于"辭"類。另外,明代楊慎認爲此詩爲模擬《大招》之作②。但《大招》不用"兮"字,而用"只"字,故筆者對楊慎之說難以贊同。召唤靈魂"來歸"的内容,使人會聯想到《招魂》,但《招魂》多使用的不是"兮"字,而是"些"字;又《招魂》歌詠四方危險,但此詩没有相關内容;因此我們難以認定此詩即是模擬了《招魂》。當然,如果只看語言表達,第十句以至第十三句描述蘇軾在南海的生活,稍似《九歌》中湘夫人與湘君相會的場景。楊萬里可能采用了《楚辭》的形式,但并没有模擬特定的某一篇章。昔日常州屬楚國,楊萬里作爲當地長官自然具有治理好此地的深刻覺悟,這可能就是他創作出這種具有獨特形式和内容的懷古詩的最大原因。無論如何,當時楊萬里創作此詩,無疑是對蘇軾給予了特別的注目和關心。

創作出此獨特的懷古詩的五年之後,即淳熙九年(1182),楊萬里時五十六歲,訪問了惠州豐湖和東坡白鶴峰故居。他在六十歲時曾説:"蘇東坡之車轍馬迹,予皆略至其地。"③此後他繼續尋找蘇軾足迹,於紹熙三年(1192)六十六歲時,訪問廬山和石鐘山。退休之後,於慶元二年(1196),遠遊儋耳(今海南儋州市中和鎮),賦詩於東坡故居。由此可知,楊萬里對蘇軾足迹的執著一直堅持到了晚年。

本文旨在從楊萬里的作品中尋找出其與蘇軾有特別聯繫的一些篇章,并通過分析這些篇章,對本文篇首提出的問題聊述淺見。

## 二、走近蘇軾——楊萬里與兩種《東坡集》

楊萬里到底是何時得到和閲讀蘇軾集的呢?楊萬里到底是如何感受和理解蘇軾呢?楊萬里在兩首詩中記載了他閲讀蘇軾集的事情。一首爲淳熙八年(1181)楊萬里五十五歲時所作的《謝福建茶使吴德華送東坡新集》一詩④。當時楊萬里居嶺南(廣東韶州),福建茶使吴德華遥寄奉上《東坡新集》,楊萬里在詩中表達了謝意。另,在此詩完成的第二年,楊萬里至惠州尋訪了蘇軾的足迹(豐湖和白鶴峰故居等)。現將此詩的一部分引述如下:

> 故人遠送東坡集,舊書避席皆讓渠。

詩中采用擬人手法,"舊書"(原來擁有的東坡集)客氣地給"新集"讓出位置。此時,楊萬里手中擁有了"舊書"和"新集"兩種蘇軾的集子。我們無法確知楊萬里是具體何時得到"舊書"的,但現存有他四十歲(乾道二年,1166)時所作的次韻蘇軾作品的詩(下面再論述),由此可推斷他在四十歲以前得到蘇軾集的可能性很大。關於"舊書"的記述,楊萬里詩中云:

> 病眼將奈故書何,故書一開一長嗟。東坡文集儂亦有,未及終篇已停手。

因"病眼"而難以看清文字,故"舊集"無法卒讀而擱置。恰在此時,吴德華送來了"新集",詩云:

> 富沙棗木新雕文,傳刻疏瘦不失真。紙如雪繭出玉盆,字如霜雁點秋雲。老來兩眼如隔霧,逢柳逢花不曾覰。只逢書册佳且新,把玩崇朝那肯去。

剛剛用"富沙"(屬福建)堅硬的棗木雕刻出的《東坡新集》,疏朗細瘦的字體并未失"真"。由於"新集"美觀而易讀,竟令因"病眼"連美景都無法欣賞的楊萬里手不釋卷。

楊萬里閱讀"新集"的感想,其在詩中有云:

> 東坡痴絶過于儂,不將一褐易三公。只將筆頭挂月脅,萬古凡馬不足空!

楊萬里認爲蘇軾比自己更爲"痴絶",亦即"痴"之"絶"(頂點)。其理由是"不將一褐易三公",即蘇軾不爲追求名利。"痴絶"是對蘇軾人品的評價。楊萬里性好嗜古,不媚俗,爲"直情徑行"之人,人謂"天下之痴絶"⑤。"只將"以下的詩句,是對蘇軾文學成就的贊美。"月脅",比喻險峻而深奥的意境。皇甫湜在形容顧況文章之高遠時曾有"往往若穿天心,出月脅"之説(《唐故著作佐郎顧況集序》)。在此詩中意思是説,蘇軾僅僅描寫月脅之境界,也能輕而易舉地將古來所描繪的馬都變成凡俗的馬。這裏化用杜甫"一洗萬古凡馬空"之句⑥,來描寫蘇軾具有超越"萬古"馬的文才。

八年以後,楊萬里在六十三歲時(淳熙十六年,1189)亦曾有翻閱蘇軾集之事。楊萬里有《與長孺子共讀東坡詩,前用唐律,後用進退格》詩二首(卷二七,《朝天續集》)。當時楊萬里被任命爲借焕章閣學士、接伴金國賀正旦使,至當時的邊境淮河畔迎接金國使者。這兩首詩正是他在前往淮河畔的船中所作。楊萬里在乘船途中,與其子楊長孺(三十三歲)共同翻閱和欣賞蘇軾的作品。

> 偶與兒曹翻故紙,共看詩句煮春蔬。問來却是東坡集,久別相逢味勝初。(其一)

偶然間與"兒曹"(晚輩)翻閱的"故紙",正是久違的東坡集。此次重讀,令楊萬里對蘇軾詩感受的"味"比八年前閱讀時更爲深刻。這種變化,是不是由楊萬里讀書方法的改變而帶來的呢?詩中云:

> 急性平生不少徐,讀書不喜喜觀書。(其一)
> 急讀何如徐讀妙,共看更勝獨看渠。曲生冷笑仍相勸,惜取殘零覓句須。(其二)

"急性"(急性子)的楊萬里讀書原本喜歡自己"急讀"(速讀),但在這裏却體會到了與兒子"共""徐讀"的"妙"處。

楊萬里在晚年的《誠齋詩話》⑦(卷一一四)中,頗爲深入地解釋了蘇軾的《汲江煎茶》詩,使清代翁方綱評論爲:"豈誠齋之于詩境未窺見深旨耶!"⑧

或許是這樣:楊萬里在與兒子一同閱讀蘇軾集時體驗到"徐讀"的"妙"處,之後還繼續保持這種"徐讀"的讀書方式,結果後來會達到被評爲"窺見深旨"的程度吧。另,楊萬里深切體會到了父子邊飲酒邊"讀書"、"覓句"(詩歌創作)的樂趣。也可以説,"讀"蘇軾集爲他"覓句"即詩歌創作,提供了靈感的契機。

## 三、次韻和檃括——楊萬里與蘇軾之間的聯繫

在楊萬里的詩作中,能進一步體現出其與蘇軾之間聯繫的範例,是那些對蘇軾作品的"次韻"和"檃括"的詩作。

所謂"次韻",通常是同時代的作家們在交往時用到的作詩技法,運用贈詩的韻脚進行唱和,屬"和韻"的一種形式。根據限制條件的不同,"和韻"分爲"依韻"、"用韻"以及"次韻"。所謂"依韻",是使用與原詩相同韻部的韻字來作詩的作詩技法,韻字不必相同。"用韻",指必須使用與原作相同的韻字,但使用先後次序可以有變化。"次韻",指與原作韻字相同,而且韻字使用次序也不能有變化的一種作詩技法。因此,"次韻"是"和韻"中難度最高的一種形式。

蘇軾尤其愛用次韻,在現存的詩作中有三分之一屬次韻詩[9]。另,在他的次韻詩中,并非次韻同時代作者的詩,而是次韻古代人的詩作,這可以《和陶詩》爲代表。此類作品在他的次韻詩中占有相當的數量,蘇軾也自認爲自己是此類次韻詩的開創者。

> 古之詩人有擬古之作矣、未有追和古人者也。追和古人,則始于東坡。(蘇轍《子瞻和陶淵明詩集引》中所引蘇軾之語,《欒城後集》卷二一)

次韻古人的作品,比蘇軾稍早的先例有王安石和郭祥正,因此蘇軾的話稍微不夠精確。不過,由於王安石的例作爲孤例,缺乏系統性,而郭祥正次韻李白的詩作雖有系統性,却又幾乎没有得到同時代人的關注,因此如果從形成文學傳統的角度來看,還是蘇軾爲開創者的説法較爲妥當。

以下所舉兩首次韻詩,即是楊萬里次韻蘇軾作品的詩作:

①《次東坡先生蠟梅韻》(《江湖集》卷三/乾道二年[1166],四十歲。)
②《次東坡先生用六一先生雪詩律令龜字二十韻。舊禁玉、月、梨、梅、練、絮、白、舞、鵝、鶴等字,新添訪戴、映雪、高卧、齧氈之類,一切禁之》(《江湖集》卷三/乾道二年[1166],四十歲)

當時楊萬里在學習王安石、陳師道等人及唐人作品,但在其現存作品中未見對他們作品的次韻之作。楊萬里雖有和陶淵明詩之作,但在本文中不作詳述。

使用由蘇軾實際開創的技法,并且以蘇軾詩爲次韻對象,從這一點能夠理解蘇軾對於當時的楊萬里來説到底有多大的存在感(關於次韻的具體内容在下一節會論及)。

另一個"檃括",是比"次韻"更能呈現出蘇軾影子的作詩技法。"檃括"作爲文論用語,

較早可見於《文心雕龍·熔裁第三十二》⑩,其意是指對文章進行加工修正。但蘇軾又爲"檃括"賦予了新的含義。元豐五年(1082),蘇軾被貶謫在黃州,他將陶淵明的《歸去來兮辭》改編成適合歌唱的《哨遍》詞,而且還增添了短序文。將這種增加新内容的改編稱爲"檃括"。當時很快就出現了很多的追隨模仿者。在南宋初期,將詞以外的作品加工改編成詞的行爲,通常被稱爲"檃括"。如果借用蘇軾自己的話來給"檃括"下一個稍微具體的定義的話,即:所謂"檃括",就是以詞以外的作品爲對象,"雖微改其詞而不改其意","加增損","使就聲律"(中華書局《蘇軾文集》卷五九《與朱康叔二十首》其十三),使之適合現有的詞調,可以用來歌唱的改編方法。

以下兩首即是楊萬里所作的"檃括"詩,即:

③《檃括東坡瓶笙詩序》(卷二七,《朝天續集》/淳熙十六年[1189]冬,六十三歲)
④《檃括東坡觀棋詩引并四言詩》(卷二七,《朝天續集》/淳熙十六年冬,六十三歲)

次韻詩和檃括詩在創作過程中各自有著顯著的偏重,這是一目了然的。楊萬里的次韻詩,大部分作於四十歲左右以前。楊萬里在三十六歲時告别了江西詩派,但在四十歲爲父居喪鄉里期間,學習王安石、陳師道等人的詩作。另一方面,檃括是楊萬里六十多歲以後纔積極采用的一種創作手法。楊萬里是在六十三歲時檃括蘇軾作品。當時正在前往邊境途中的船上,楊萬里對手邊蘇軾集中的詩作進行了檃括。楊萬里的兩首檃括詩,與前文所提到的《與長孺子共讀東坡詩,前用唐律,後用進退格》詩,大概作於相近的時間段内。次韻詩創作於鄉里居喪期間,檃括詩創作於赴宋金國境途中,在這兩段時期内,楊萬里都處於與外界接觸較少的環境中。由此我們可以推測,或許在現實中缺乏與有識之士的交往,因此楊萬里纔趨向於追求與前賢古人的作品進行"交流"。

總之,在上述①至④的例作中,楊萬里使用的皆是與蘇軾有密切關係的創作技法。這類例作的存在,完全可以説明楊萬里對蘇軾并非普通的思慕。

從後文第四節及以後部分,我們將分别探討楊萬里次韻詩和檃括詩的具體内容,希望能闡明其内在事實。

## 四、對蠟梅詩的次韻(次韻Ⅰ)

**《次東坡先生蠟梅韻》詩**

如前所述,楊萬里創作大量次韻詩,時間集中在四十歲左右,即乾道二年(1166)前後,其中兩首次韻蘇軾的詩也作於此段時間内⑪。在此之前的次韻詩或許被丢弃了,現存楊萬里詩中未曾得見。而在此之後於詩題中明確標明"次韻"字樣的詩也未曾被發現⑫。楊萬里的次韻詩的創作時間,主要集中的青壯年階段。雖然楊萬里次韻蘇軾的兩首詩皆屬乾道二年之作,但在楊萬里詩編年中,此詩(《次東坡先生蠟梅韻》詩)的創作時間早於另一首。

在進行分析楊萬里的次韻蠟梅詩之前,首先要厘清"蠟梅"這一名稱的來龍去脈。在元代方回的《瀛奎律髓》中,曾有以下這樣的説法:

> 熙寧五年壬子館中作。是時但題曰"黃梅花",未有"蠟梅"之號。至元祐蘇黄在朝,始定名曰蠟梅。(卷二〇《梅花類》王半山《黄梅花》詩後)

王半山,即王安石,曾作有《黄梅花》詩,作於熙寧五年(1072)。自此十餘年後,即元祐年間(1086—1194),蘇軾和黄庭堅將"黄梅花"命名爲"蠟梅"。楊萬里從蘇軾諸多詩中選擇"蠟梅"詩進行次韻,其原因之一或許就是因"蠟梅"是由蘇軾命名的吧。

另外,方回也記録了楊萬里的《蠟梅》詩(五律),且於詩後云:

> 范石湖《梅譜》謂蠟本非梅類,以其與梅同時,香又相近,色酷似蜜脾,故名蠟梅。……山谷、後山、簡齋三巨公,但爲五言小絶句。而東坡倡,後山和,亦有七言長篇。(卷二〇《梅花類》楊誠齋《蠟梅》詩後)

在這裏方回言之"七言長篇",即爲本節所討論的次韻詩。"東坡倡,後山和"之"七言長篇",楊萬里雖然也有次韻之作,但方回并未提及此事。

現將蘇軾原詩《蠟梅一首贈趙景貺詩》、陳師道次韻詩《次韻蘇公蠟梅》與楊萬里的次韻詩,皆列舉于下:

原唱 蘇軾《蠟梅一首贈趙景貺詩》(卷三四)
　　　天工點酥作梅花◎,此有蠟梅禪老家◎。
　　　蜜蜂采花作黄蠟●,取蠟爲花亦其物●。
　　　天工變化誰得知○,我亦兒嬉作小詩○。
　　　君不見,
　　　萬松嶺上黄千葉◆,玉蕊檀心兩奇絶◆。
　　　醉中不覺度千山△,夜聞梅香失醉眠△。
　　　歸來却夢尋花去▼,夢裏花仙覓奇句▼。
　　　此間風物屬詩人▽,我老不飲當付君▽。
　　　君行適吴我適越■,笑指西湖作衣鉢■。

次韻一 陳師道《次韻蘇公蠟梅》(《全宋詩》卷一一一七)
　　化人巧作裹樣花◎，何年落子空王家◎。
　　羽衣霓袖浣香蠟●，從此人間識尤物●。
　　青瑣諸郎却未知○，天公下取仙翁詩○。
　　烏丸雞距寫玉葉◆，却怪寒花未清絶◆。
　　北風驅雪度關山△，把燭看花夜不眠△。
　　明朝詩成公亦去▼，長使梅仙誦佳句▼。
　　湖山信美更須人▽，已覺西湖屬此君▽。
　　坐想明年吳與越■，行酒賦詩聽擊鉢■。

次韻二 楊萬里《次東坡先生蠟梅韻》
　　梅花已自不是花◎，冰魂謫墮玉皇家◎。
　　不餐烟火更餐蠟●，化作黃姑瞞造物●。
　　後山未覺坡先知○，東坡勾引後山詩○。
　　金花勸飲金荷葉◆，兩公醉吟許孤絶◆。
　　人間姚魏漫如山△，令人眼暗只欲眠△。
　　此花含香來又去▼，惱損詩人難覓句▼。
　　月兼花影恰三人▽，欠個文同作墨君▽。
　　吾詩無復古清越■，萬水千山一瓶鉢■。

首先我們來看蘇軾的原詩。此詩作于元祐六年(1091)十一月(孔凡禮《蘇軾年譜》卷一三，下册第1013頁)，當時在潁州(今安徽阜陽)知事任上，年五十六歲。詩贈之人趙景貺即指當時蘇軾之僚屬趙令畤(1064—1134)。趙氏位列宗室，爲宋太祖次子趙德昭之玄孫。任潁州知事期間，蘇軾與趙令畤頻繁詩酒往來。蘇軾將趙令畤的字改爲德麟，作有《趙德麟字説》一文(《蘇軾文集》卷一○)。

陳師道(1053—1101)爲蘇門六君子之一，當時在潁州任州學教授。陳師道作爲江西詩派的領袖之一，也是楊萬里學習的一位詩人典範。楊萬里詩中所云"後山"，即是陳師道之號。這一時期，楊萬里模仿學習陳師道的"五字律"。

首先我們對次韻詩的形式進行確認。陳師道與楊萬里的兩首次韻詩，皆不僅在偶數句句末，同時在全部句末也使用了蘇軾原詩所用的文字，且使用順序相同。依平水韻，如下所示：

　　第一聯："花"，"家"(下平六麻)
　　第二聯："蠟"(入十五合)，"物"(入五物)
　　第三聯："知"，"詩"(上平四支)

第四聯："葉"（入十六葉），"絕"（入九屑）
第五聯："山"（上平十五刪），"眠"（下平一先）
第六聯："去"（去六禦），"句"（去七遇）
第七聯："人"（上平十一真），"君"（上平十二文）
第八聯："越"，"鉢"（入七曷）

各聯內押韻，到下一聯就換韻[13]，而且交互使用平聲韻和仄聲韻，以使韻調有變化。這對士大夫們來說可能是很容易的事，但陳師道與楊萬里所作的次韻詩，全句末用字皆與蘇軾原詩完全保持一致，自覺遵守比普通次韻詩更加嚴格的規則。尤其是對後來的楊萬里來說，他必須呈現出既與蘇軾不同，也與陳師道相異的表現。可以說與只需考慮蘇詩即可的陳師道相比，楊萬里面臨著更加嚴格的創作要求。

從內容方面來比較，各自開頭兩聯都講到了"蠟梅"最初是如何產生以及在哪裏生長的事情。在蘇詩中，由"天工"將"酥"變成"蠟梅"，栽於"禪老家"。在陳詩中，"襄樣花"（襄州的漆）由"化人"（有道術的人）將其作成"蠟梅"，種子落在"空王家"而生根發芽。在楊詩中，"冰魂"流謫於"玉皇家"生根發芽，瞞著"造物"偷食"蠟"後，變成了"黃姑"（蠟梅）。在三首詩中，構成蠟梅的原料都是與"蠟"相似之物，質感艷麗。而且生長於與佛教、道教等關係密切的"禪老"、"空王"、"玉皇"之家。

不過，在蘇詩和陳詩中，"原料"（酥、漆）經由造物主之手，被加工變成了蠟梅，可以說蠟梅是被動誕生的。與之相對，在楊詩中，"原料"是擬人化了的冰"魂"，而非冰。楊萬里給我們創作了這樣一個故事：即具有靈性的"冰魂"，避開造物主的視綫，想辦法偷偷地自願食"蠟"而變成了蠟梅。這是一個自發主動的變身行爲。楊萬里使"冰魂"食"蠟"的說法，當然一定程度上受了"蠟梅"這個名字的啟發，爲蘇軾的"蠟梅"命名增添了更強的合理性。另外，由於不是單純採用一種物質，而是用"冰"與"蠟"相融合的意象來比喻蠟梅的質感，表現出蠟梅冰晶、透明，甚至光澤濃厚的多重形象。楊詩所描繪的《蠟梅誕生秘聞》，比蘇詩與陳詩更具有神秘的美感。

第三聯以下，描繪了發現蠟梅的詩人蘇軾吟詩歌詠蠟梅的事情。在陳詩中，只描寫了爲蠟梅取名字的人蘇軾一個人的事情。但與此相對，在楊詩中則讓蘇、陳二人登場，并以"兩公醉吟許孤絕"頌揚二人。另外，楊詩"欠個文同作墨君"中的"文同"，即指蘇軾的表兄——文人畫家文同。楊詩引出蘇軾、陳師道以至文同等人，描繪出了蘇軾及以蘇軾爲核心的北宋文人集團。而"吾詩無復古清越"句，則表達了對蘇軾等人詩作"古清越"之風格的敬意和憧憬。

楊萬里的蠟梅次韻詩的主要特徵總結如下：第一，與蘇軾原詩所有句末字都押韻，因此次韻的限制條件比一般的次韻詩更爲嚴格，此條件可能激發了次韻者的挑戰欲望；第二，由蘇軾命名的"蠟梅"一語展開聯想，描寫出一個"冰魂"食"蠟"後變化成"蠟梅"的故事；第三，不僅讓蘇軾登場，還令其弟子陳師道、表兄文同等人登場，描繪出自己對蘇軾及以其爲核心的文人集團的"古清越"之風的嚮往。另外,楊萬里所師事的陳師道曾次韻蘇軾《蠟梅》詩,楊萬里這次又次韻作出本詩,從中能看出來從蘇軾到陳師道,再從陳師道到楊萬里的一種師承延續的關係。而且還能夠發現弟子向老師學習,從老師作品中吸取營養的一種姿態。

## 五、對白戰體詩的次韻(次韻Ⅱ)

《次東坡先生用六一先生雪詩律令龜字二十韻。舊禁玉、月、梨、梅、練、絮、白、舞、鵝、鶴等字,新添訪戴、映雪、高卧、齾齦之類,一切禁之》詩

正如詩題所示,這是次韻蘇軾詩的一首次韻詩,而蘇軾詩中使用的是六一先生即歐陽修(1007—1072,字永叔,號六一居士)所規定的"律令"。確切來講,應該是蘇轍最先使用了歐陽修詩的"律令",然後蘇軾次韻其弟蘇轍之作,楊萬里又次韻了蘇軾之作(蘇轍詩先已散佚)。

蘇軾與楊萬里的作品都是七言古詩(二十韻),比歐陽修之作(七言十四韻)多六韻。現將各自的詩題列舉於下:

○歐陽修……《雪〔題下注云:時在潁州作。玉、月、梨、梅、練、絮、白、舞、鵝、鶴、銀等事,皆請勿用。〕》詩⑭(《居士外集》卷四,皇祐二年[1050],歐陽修四十四歲/下文稱之爲"歐陽修《雪》詩")

○蘇軾……《江上值雪,效歐陽體,限不以鹽、玉、鶴、鷺、絮、蝶、飛、舞之類爲比,仍不使皓、白、潔、素等字,次子由韻》⑮(《蘇軾詩集合注》卷一,嘉祐四年[1059],蘇軾二十四歲/下文稱之爲"蘇軾《雪》詩")

○楊萬里……《次東坡先生用六一先生雪詩律令龜字二十韻。舊禁玉、月、梨、梅、練、絮、白、舞、鵝、鶴等字,新添訪戴、映雪、高卧、齾齦之類,一切禁之》⑯(下文稱之爲"楊萬里《雪》詩")

蘇軾與楊萬里的《雪》詩皆押上平聲四支韻⑰,與歐陽修《雪》詩(入聲十藥韻)用韻不同。前文所提及的《蠟梅》次韻詩句末用韻全部相同,這首《雪》次韻詩只有第一句和偶數句用韻相同,因此其次韻難度應該在《蠟梅》詩之下。

歐陽修、蘇軾、楊萬里(甚至也包括蘇轍),他們都自我限制使用形容雪的常用語。也就是蘇軾詩題中所云"歐陽體"。所謂"歐陽體"⑱,只見於"雪"詩中的一種詩體,是由歐陽修開創的、通過禁止使用描寫雪的常用語來獲得新的表現方式的一種作詩手法。

歐陽修的"雪"詩,正如其在序中所言,禁止使用玉、月等十一種常用於形容或比喻雪的詞語。蘇軾在歐陽修的基礎上,又增加了禁止使用"鹽"、"玉"、"鶴"、"鷺"、"絮"、"蝶"、

"飛"、"舞"等描寫雪的表現的詞語以及"皓"、"白"、"潔"、"素"等形容詞。楊萬里又在歐陽修、蘇軾的基礎上,增加了禁止使用"訪戴"(《世説新語·任誕篇》)、"映雪"(《初學記》引《宋齊語》)、"高卧"[19]、"嚙氈"(《漢書·蘇武傳》)等與雪有關的典故。

雖然蘇軾追加的"皓"、"白"、"潔"、"素"等形容詞在歐陽修的作品中没有出現,楊萬里追加的"訪戴"、"映雪"、"高卧"、"嚙氈"等與雪有關的典故蘇軾并没有使用,那麽他們爲什麽還是要特地追加限制條件呢? 這恐怕是因爲本詩中還賦予了詠物、題詠的傳統這一意義吧。

六朝以來,詠物、題詠是詩人們在很多集會競爭創作時常使用的體裁,形成了以競巧爲首的傳統。因爲參加者全員必須吟詠同一個題材,在詠物、題詠作品中便會出現相似的表現方式。但是,次韻時由於有原作在前,因此除有特殊目的外,一般會回避使用與原作相同的表現方式。特别是在具有詠物、題詠性質的題材中,這種情況會更加顯著。綜上所述,既然必須探索前人未使用過的表現來作詩,那麽前人未使用過的表現即成了自己能够運用的表現。因此,蘇軾和楊萬里預先爲自己增添了限制條件。蘇軾增添禁用形容"白"的詞,代之而會將大量史書、詩賦等内的典故納入使用範圍。楊萬里禁止使用蘇軾未使用的典故,那麽就會自己强迫自己尋找不依賴典故的新的表現方式。

正如前文所述,蘇軾和楊萬里是在自我設置了次韻和"歐陽體"雙重約束條件下,創作出了《雪》次韻詩。

由於制約條件的增加,創作會變得更加困難。對於提議這種制約條件的歐陽修的意圖,作爲弟子的蘇軾在初次次韻"雪"詩約三十年後所作的《聚星堂雪》詩"引"中,曾回憶此事,現引述於下。另外,蘇軾的《聚星堂雪》詩,與前節所列舉的蠟梅詩大約是同一時期的作品,皆爲蘇軾任潁州知事期間的詩。

忽憶歐陽文忠公作守時,雪中約客賦詩,禁體物語,于艱難中特出奇麗。

歐陽修做潁州知事時,在雪中與客人同作詩,禁止"禁體物語,于艱難中特出奇麗"。雖然制約的增加可能并没有讓他們大詩人感到太大的"艱難",但其目的在於:排除襲用修辭,以便産生出前所未有的"奇麗"。

蘇軾在《聚星堂雪》末尾歌詠:

汝南先賢有故事,醉翁詩話誰續説。當時號令君聽取,白戰不許持寸鐵。

把"體物語"模擬成武器("寸鐵"),把限制那些詞作的歐陽修《雪》詩模擬成徒手戰鬥的"白戰"。歐陽體或稱呼"白戰體",就是根據蘇軾的這句話。

另外,其實,在製作此"雪"次韻詩的兩年以前(隆興二年[1164]),三十八歲的楊萬里已經用白戰體歌詠了三首雪詩。

《雪。用歐陽公白戰律,仍禁用映雪、訪戴等故事,賦三首示同社》詩(卷二,《江湖集》)

這樣,和兩年以後的《雪》詩一樣,加上禁止事項製作了五律三首。此詩沒有唱和蘇軾,似乎把重點專門放在"白戰體"的實踐上。另外,楊萬里在上面所引詩的前一年,即在三十七歲的冬天,接連創作了三首以雪爲題材和同時代人和韻的詩[20](但它們不是白戰體)。此三首的創作或許成爲第二年再挑戰"白戰體"的直接契機。

兩首白戰體,亦即三十八歲時作的《雪》詩和四十歲時作的《雪》詩,二者比較來看,前者一百二十字,後者二百八十字,其字數增加成兩倍半。在表現上也是,後者呈現出更加細緻和逼真地描寫。由此可以看出,楊萬里通過數次雪詩創作琢磨表現,提高了完成度。兩首末尾分別引述如下:

　　毛錐自堪戰,寸鐵亦何消?(《雪。用歐陽公白戰律、仍禁用映雪、訪戴等故事,賦三首示同社》詩其一。三十八歲)
　　東坡逸足電黽去,天馬肯放牦牛隨。君不見,溧陽縣裏一老尉,一句曾饒韓退之。(《次東坡先生用六一先生雪詩律令龜字二十韻。舊禁玉、月、梨、梅、練、絮、白、舞、鵝、鶴等字,新添訪戴、映雪、高卧、鬵甗之類,一切禁之》詩。四十歲)

在"白戰體"一詞所根據的蘇軾《聚星堂雪》(前已引)的基礎上,楊萬里在三十八歲的《雪》詩中,歌詠"毛錐"(毛筆)也可以當做好"寸鐵",似乎向"同社""示"出他親自"續"歐陽修的決意。他在四十歲的《雪》次韻詩中,提到原詩作者蘇軾,稱揚蘇軾"逸足"如"電黽"的詩才。結尾兩句歌詠"溧陽縣裏一老尉"(孟郊)的佳妙詩句跨越其師"韓退之"(韓愈),隱喻了蘇軾和楊萬里他自己。意思是説:沒有成功的孟郊還超出韓愈之上,怎麼能説我(楊萬里)不能超出東坡之上呢?從此二首中可以看出楊萬里繼承或跨越歐陽修和蘇軾的願望。

歐陽修《雪》詩,作於皇祐二年(1050),即四十四歲時在潁州作[21]。九年後,亦即嘉祐四年(1059)蘇軾所作的《雪》詩,是被收録在蘇軾《南行集》中的一首詩。《南行集》是二十四歲的蘇軾在服母喪後與父親蘇洵、弟弟蘇轍一起從他們故鄉眉山縣(四川省)前往首都汴京的船舶旅行中所作。《南行集》被看作"青年期習作"[22]。湯淺陽子認爲:包括此詩在內,《南行集》中的作品群是"預想讓其師歐陽修讀","沿襲北宋初期以來繼承白居易編纂下來的應酬詩集這一形式"編的[23]。在次韻蘇軾《雪》詩的楊萬里《雪》詩中,意識到"白戰體"從歐陽修到蘇軾的繼承關係,把自己排在了此系譜的延長綫上,且表露出想要跨越蘇軾的意願。如前一節所述,楊萬里在《次東坡先生蠟梅韻》中,也把蘇軾、陳師道的關係描寫成"後山未覺坡先知,東坡勾引後山詩",在末句"吾詩無復古清越,萬水千山一瓶鉢"中表達對"古"時"清越"的蘇軾、陳師道師徒的敬意和憧憬。次韻蘇軾詩,不僅代表緬懷蘇軾,還代表對其師歐陽修,其弟子陳師道,甚或其親屬蘇轍和文同等北宋文人集團懷有緬想之意。

另外,除上文引述以外,楊萬里次韻前人之作還有與次韻蘇軾詩二首同一時期所作的《次秦少游梅詩》(卷三)一首㉔。秦少游(秦觀)也是蘇軾弟子,爲蘇門四學士之一。楊萬里在此詩末尾歌詠曰:

> 秦七蘇二冰玉詞,絶唱寒盟幾秋草。梅邊尚有句可搜,更拈衰鬢仰青昊。

提秦觀和蘇軾的名字("秦七蘇二"),緬想著他們的"絶唱""搜"尋佳"句"。這段話令人聯想到在蠟梅次韻詩中關於蘇軾、陳師道之"兩公醉吟許孤絶"。從對秦觀的次韻詩也能看出對蘇門的敬意和憧憬。創作這些次韻詩,在楊萬里訣別江西詩派同時學習陳師道等前賢的那段時期。當時的楊萬里,失去了像陳師道與緣分深厚的歐門、蘇門那樣的,與同時代人之間的堅固的師徒關係。七年前給予楊萬里"正心誠意"之語的張浚,在創作此詩的兩年之前逝世㉕。現實中失去老師的不安情緒,以及追求獨立詩風的上進心,可能是使楊萬里次韻蘇軾和秦觀之作的原因吧?

加之,對于他們的思慕中還可能有對同鄉的親近感。這時,是楊萬里在鄉里服父喪第三年了。歐陽修是吉州廬陵(江西省吉安)人,與出身自吉州吉水的楊萬里正是同鄉。出身自眉州眉山(四川省眉山)的蘇軾、出身自彭城(江蘇省徐州)的陳師道和揚州高郵(江蘇省高郵)的秦觀雖然離得稍遠,但蘇門可以說是江西詩派的淵源人物。楊萬里雖說在四年前訣別江西詩派,但如錢鍾書所論,那并不是完全訣別。另外,從晚年的楊萬里讀《江西詩》的事實也能觀察到這種情況㉖。

## 六、楊萬里的檃括

如上所述,蘇軾所謂的"檃括"指的是,把特定個人的文學作品改變成"詞",保持其内容,使它能够符合曲子歌唱。㉗

另一方面,楊萬里的"檃括"和蘇軾所說的有所不同。題爲"檃括"的楊萬里之作有以下列五例:

A.《跋袁起巖所藏後湖帖并遺像一軸,詩中語皆檃括帖中語也》(卷二四,《朝天集》/淳熙十五年[1188],六十二歲)

B.《檃括東坡瓶笙詩序》(卷二七,《朝天續集》/淳熙十六年[1189],六十三歲)※第三節③

C.《檃括東坡觀棋詩引并四言詩》(卷二七,《朝天續集》/淳熙十六年[1189],六十三歲)※第三節④

D.《竹枝歌有序》(卷二八,《朝天續集》/淳熙十六年[1189],六十三歲)

E.《十山歌呈太守胡平一》(卷四二,《退休集》/嘉泰四年[1204],七十八歲)
　　※B、C是檃括蘇軾之作,與本文第三節所列舉之③④相同。

　　看一下它們的創作時間,除E《十山歌呈太守胡平一》以外的四首都作於六十二歲至六十三歲時。尤其是淳熙十六年十一月,楊萬里拜爲接伴金國賀正旦使,在宋金國界淮河一帶乘船往來約一個月。在五首檃括作品中,三首(B、C、D)正作於此旅途中。與兒子楊長孺一起翻閲蘇軾集,也屬同一時期(前述《與長孺子共讀東坡詩,前用唐律,後用進退格》詩)。楊萬里應該是在這段時期纔開始關注到"檃括"手法。他在旅途上試圖與蘇州的范成大及無錫的尤袤見面而未果,似乎是在船上封閉空間裏爲消閑翻開了手裏的蘇軾集,被其中的"檃括詞"啓發,對眼前的蘇軾作品與從外面聽到的船夫唱的歌做了檃括。

　　接著看檃括方式。A是檃括袁起巖所收藏的後湖(蘇庠)帖的"詩"。後湖帖的内容雖然没有傳下來,但楊萬里詩題中云"詩中語皆檃括帖中語也",因此兩者在内容上大概幾乎没有不同。B和C是檃括蘇軾作品的"詩"。D如其序中所説,是對丹陽船夫等所"唱和"之歌進行檃括的"詩"[㉘]。E之序説明,它是對贊頌太守胡元衡在螺岡排除盗賊的民間歌謡("塗歌野詠")進行"撫"取和檃括的"山歌"[㉙]。五首都不是"詞",而是"詩"。另外,D和E是把民歌變換成詩,也就是説,把可以歌唱的"歌"變換成不可歌唱的"詩",這與蘇軾所定義的"檃括"正相反。南宋時期的"檃括"一般采用的似乎是蘇軾式,然楊萬里可能逆時流而行,故意走向了蘇軾檃括的反方向。他實踐的是與以往不同文體的轉換,這更相近於《文心雕龍》中所定義的"檃括"。

　　在下節及以後,我們對楊萬里檃括蘇軾的作品(B、C)進行考察。

## 七、詩序之檃括(檃括Ⅰ)

　　楊萬里《檃括東坡瓶笙詩序》,是將蘇軾《瓶笙詩并引》之《引》(七十三字)檃括成七言九句的作品。下面列舉蘇軾的《引》以及楊萬里詩,另外還在蘇軾的《引》中,將被楊萬里汲取的部分標畫了雙重橫綫。

○蘇軾《瓶笙詩并引》
　　庚辰八月二十八日,劉幾仲餞飲東坡。中觴聞笙簫聲,杳杳若在雲霄間,抑揚往返,粗中音節。徐而察之,則出于雙缾,水火相得,自然吟嘯。蓋食頃乃已。坐客驚歎,得未曾有,請作《瓶笙》詩記之。
○楊萬里《檃括東坡瓶笙詩序》
　　餞飲東坡月三更○,中觴忽聞笙簫聲○。

杳杳若在雲霄間,抑揚往返中八音△。
徐而察之出雙缾○,水火相得自獻吟△。
食頃乃已不可尋△,坐客驚歎得未曾○。
<u>八月四七歲庚辰</u>

蘇軾的《引》記述,宴席上在火上燒的"瓶"沸騰而奏出像"笙"一樣的聲音,讓坐客吃驚。一目了然,楊萬里使用蘇軾用過的詞語幾乎保持原樣。兩者之間的差異微小,如《引》中的人名(劉幾仲)、虛字(則、于等)和部分説明字句("請作《瓶笙》詩記之"),在楊萬里詩中被省略;《引》開頭的日期("庚辰八月二十八日",畫横綫部分)在楊萬里詩中被移至末尾等。楊萬里的檃括詩幾乎全面地忠實描摹蘇軾《引》的語句。更準確地解釋的話,這可能是盡量保持原文,只在押韻上加以整理來作詩的一種嘗試。第一、二、五、八句通押㉝,又第四、六、七句也押韻(下平十二"侵")。《引》開頭的日期移至結句:一,可能是爲了使音調有變化;二,或許是押韻的便宜。使用原作的詞語的同時把散文換成詩,的確會是詩歌創作的一種練習方式吧。

　　應值得大書特書的是,儘管是檃括蘇軾的《引》,但楊萬里選擇了與蘇軾詩相同的形式(七古)。雖形式重複,但楊萬里的檃括詩忠實描摹,解釋狀況之始終。而蘇軾詩則花費不少筆墨來把"瓶笙"的音色形容成"女媧笙"或"蒼蠅聲"。兩首詩在內容上却不重複。兩位大詩人的共同作爲所作出來的這兩首詩,甚或可稱謂《瓶笙》詩二首)。雖然在上節論述過的次韻詩和本節所討論的檃括詩對原作繼承的東西不同,前者是繼承押韻,後者是繼承內容。但與前述次韻詩一樣,從中能看出楊萬里對前人蘇軾的敬意,以及通過學習其作品欲與其比肩的願望。

## 八、詩、引之檃括(檃括Ⅱ)

### 《檃括東坡觀棋詩引并四言詩》

　　如詩題中所言明,此詩與前作《檃括東坡瓶笙詩序》不同,對蘇軾的《引》及詩皆進行了檃括。楊萬里的《其一》與《其二》分別檃括蘇軾的《引》與四言二十句,各自換成一首七言絶句。四言古詩檃括成七言絶句,也就是古體詩檃括成近體詩。下面列舉蘇軾的《引》和楊萬里的《其一》:

○蘇軾《觀棋并引》
　　予素不解棋,嘗獨游廬山白鶴觀。觀中人皆闔户晝寢,獨聞棋聲,于古松流水之間,意欣然喜之。自爾欲學,然終不解也。兒子過乃粗能者,儋守張中日從之戲,予亦隅坐,竟日不以爲厭也。

○楊萬里《檃括東坡觀棋詩引并四言詩·其一》

老坡獨往到廬山,白鶴觀中俱晝眠。只有棋聲人不見,寂然流水古松間。

在蘇軾《引》中,描繪自身下午訪問"廬山白鶴觀",看到有兩個人在靜寂中下棋。楊萬里的詩,集中地檃括蘇軾《引》的前半部分。前半二句和後半二句分別描寫廬山白鶴觀的安靜境界,以及在見不到人影的靜寂中回響的棋聲,直接使用《引》中的詞來反復同一內容。另外,蘇軾之作描繪兒子蘇過和儋守張中愉快地下棋的場景,但在楊萬里詩中却被省略。午睡時間的道觀時時響起的棋聲點綴了靜寂,釀出了一股餘韻。《其二》也使用同樣的截取方式和步驟。他訪問的"五老峰"的院子充滿著舒適"風光"與"日華"但却空無一人,以描寫從何地聽到的棋聲作爲詩的結尾。蘇軾詩中還描寫了兩雙"屨"(棋聲的主人),但在楊萬里詩中却被删掉,只汲取山中沒有人的氣息的白鶴觀中響起的棋聲。蘇軾不懂下棋,棋聲的主人是蘇過和張中,蘇軾觀戰二人對局——這些事情被省略掉,其結果是加強了靜謐、風"雅"的趣味,描寫出遠離俗世的像仙境一般的小世界。

對楊萬里來説,檃括是往韻文的轉換,這一點與蘇軾無異。但他却意味著"往與原作不同的形式或文體的轉換"。另外,它也是根據選擇的形式或表現,來產生出與原作有某些不同點的,另一個作品的一個嘗試。在檃括作品中,雖然楊萬里自身的思想沒有直接表露出來,但可以看出楊萬里的嘗試或挑戰,亦即檃括原作和汲取其一部分,或與原作融合在一起并以創出趣味等。

在次韻詩的領域中,次韻詩人(楊萬里)沿襲押韻框架的同時,發揮創意,在其上增添了"奇麗"(《聚星堂》詩。前注)的表現。另一方面,檃括詩是將原作的內容與詞匯用另外的文體(形式)來再現的一個嘗試。次韻詩沿襲原作形式,檃括詩則沿襲原作內容(表現)。楊萬里用這兩種相反的手法,將蘇軾作品當成追求和琢磨自己詩歌創作時使用的,一種練習工具。他在檃括詩中省略原作中(他自認)多餘的因素,汲取和強調(他自認)優良的部分,和蘇軾詩并列加工在一起。從六十三歲的楊萬里這樣檃括的行爲中,可以看到他作爲一個文學家要求向上的意識。此意識與四十歲時爲從"艱難"中"出""奇麗"而挑戰"白戰體"的楊萬里無異。

## 九、楊萬里的轉機與次韻、檃括

楊萬里的詩以被稱爲"誠齋體"[31]的獨自風格而著名。他自己在他隨時自編的詩集的序中記載他獲得其獨自風格的原委:

予少作詩千餘篇,至紹興壬午七月皆焚之,大概江西體也。今所存曰江湖集者,

蓋學後山及半山及唐人者也。(卷八〇《誠齋江湖集序》)

予之詩,始學江西諸君子,既又學後山五字律,既又學半山老人七字絕句,晚乃學絕句于唐人。(卷八〇《誠齋荆溪集序》)

把兩文綜合起來就可以知道兩點:他年輕時向江西詩派學習,在"紹興壬午"(紹興三十二年[1162]),三十六歲的七月,燒毀"江西體"自作詩一千餘首,脱離江西派的詩風;之後向陳師道的五律、王安石的七絕和晚唐詩人的絕句學習。十六年之後他再次說道:

戊戌三朝時節,賜告少公事。是日即作詩,忽若有寤。于是辭謝唐人,及王、陳、江西諸君子皆不敢學,而後欣如也。……步後園,登古城,采擷杞菊,攀翻花竹,萬象畢來,獻余詩材。(卷八〇《誠齋荆溪集序》)

"戊戌"(淳熙五年[1178]),五十二歲的元旦早上,他忽然得到詩作之"寤",告别晚唐詩人("辭謝"),不再向陳師道及江西詩派學習了("不敢學")。他還記述,他開始感受,像所謂"萬象畢來、獻余詩材"那樣,自然界所有事物自己向他走來,給他提供詩材,不再在詩作上感到困難。

像錢鍾書從"江西派"、"晚唐詩"和"活法"三個側面分析并指出的那樣②,楊萬里雖然没有完全脱離這些影響,但他作爲詩人經歷過很大轉機,不止三十六歲和五十二歲兩次。在楊萬里自己的意識當中,除此之外至少還有兩次,即一共經歷了四次"變"。詩集的《序》中能看到有關那些"變"的記載。下面將該部分内容列舉於下,並在記載"變"的地方畫了雙重横綫。

予生好爲詩。初好之,既而厭之。至紹興壬午,予詩始變Ⅰ,予乃喜。既而又厭之,至乾道庚寅,予詩又變Ⅱ。至淳熙丁酉,予詩又變Ⅲ。(中略)嗟乎! 予老矣,未知繼今詩猶能變否。延之嘗云予詩每變每進。能變矣,未知猶進否。(《誠齋南海詩集序》,淳熙十三年[1186]六月十八日,六十歲)

如《渡揚子江》二詩,予大兒長孺舉似于范石湖、尤梁溪二公間,皆以爲予詩又變Ⅳ,余不自知也。既竣事歸報,得詩凡三百五十餘首,目之以朝天續集。(《誠齋朝天續集序》,紹熙元年[1190]四月九日,六十四歲)

上面所列舉的都是楊萬里六十四歲以前的"變"。關於六十四歲之後,《序》中看不到有關再新的"變"的記載。因此可以認爲,楊萬里的"詩"中發生的"變"在他一生中共有四次。在這些"變"中間,Ⅰ至Ⅲ都是楊萬里有自覺的"變",而對於Ⅳ他没有自覺,而是别人告之後纔知道的。楊萬里正如其自身在《誠齋南海集序》中所言,先"變",此後又"厭"的情況反復循環。另外他認爲"每變每進",渴望老了以後"詩"還能"變"而持續"進"化下去。

下面把這些"變"的時間整理起來。【 】内附記楊萬里在每段時期的主要行動。

Ⅰ 紹興三十二年(1162),三十六歲【脱離江西詩派】
Ⅱ 乾道六年(1170),四十四歲【任隆興府奉新縣(江西省)知縣,冬任國子博士】
Ⅲ 淳熙四年(1177),五十一歲【赴任常州。第二年元旦有"寤"】
Ⅳ 淳熙十六年(1189),六十三歲【拜接伴金國賀正旦使,接送金國使者】

首先,如所上述,第Ⅰ變是燒毁了受江西派影響的詩。第Ⅱ變發生的那一年,楊萬里在服完父喪後任奉新縣知縣,後來因推舉進京做國子博士。此"變"發生的具體日期雖然無法確定,但有一種可能性很值得考慮:即此年爲了應對江西及其周邊發生的大旱魃而東奔西跑的體驗,給知縣楊萬里的詩風帶來了"變"。第Ⅲ變是上述的元旦早上忽然所得之"寤"。作爲被兒子楊長孺等人認識到第Ⅳ變契機的《渡揚子江》詩,其正名爲《過揚子江》詩。此詩作於同楊長孺共讀蘇軾集、檃括蘇軾作品之前。接送金國使者、目睹國界狀況的體驗改變了楊萬里的詩風。

然而,這些變以何爲契機發生,楊萬里并没有説清楚。雖然我們可以猜測,Ⅱ和Ⅳ的契機,可能是由作爲官員目睹旱魃、邊境等苛酷、陌生情景的經歷引起的。但是Ⅰ和Ⅲ是否是因特定外部刺激爲直接誘因而帶來的,我們就不得而知了。或許是楊萬里内在忽然發生的變化。楊萬里的"變",有時候會由外部刺激引起,也有時候會像禪宗頓悟一樣,没有任何前兆,"忽若"到來。另外,有的變是楊萬里像Ⅲ那樣能意識到的"寤";也有的變,則像Ⅳ那樣,"余不自知也",是自己未曾注意到的變。因爲没有通過某種過程即可確定獲得"變"、"進"的明確方法,所以楊萬里纔愈發渴望它,并通過反復試驗的方式去尋找"變"和"進"。對蘇軾詩的次韻和檃括,是否是楊萬里對"變"和"進"的一種呼唤呢?

當然,他也可能會向他曾經學過的王安石等人的作品尋求"變"的契機。他在説"不敢學"王安石等人的第Ⅲ變十年餘年後,即1190年,也是第Ⅳ變的第二年,曾云"半山絶句當朝餐"㉝,描繪"讀書"的樂趣享受。雖説楊萬里會"讀"王安石等人的作品,可在筆者管見之内,找不到以那些作品爲基礎,并在詩題上説明的創作(詩句除外)㉞。當然也没有對王安石等人的次韻或檃括。

楊萬里次韻蘇軾詩,在第Ⅰ變之後,脱離江西詩派,向晚唐或北宋的文學家的時期;檃括蘇軾作品,時間則在被兒子楊長孺指出的第Ⅳ"變"之後。另外,第Ⅲ變之前創作《延陵懷古》以懷念蘇軾。就像他希望"每變每進"那樣,楊萬里的詩風變了好幾次。而且"誠齋體"是他脱離前人、自己特有而自由的詩風,因此它并不能説是對蘇軾的繼承。然而,也不能否定楊萬里在尋找和摸索新"變"時會向蘇軾尋求啓發。

通過與陸游、范成大等同時代人之間的比較,來討論上文所提的對蘇軾的看法,是否是楊萬里自己獨有的東西,將是筆者下一個研究課題。

## 結　語

到底楊萬里和蘇軾像不像呢?下面列舉後人詩話中的一些評論⑧:
○南宋韋居安《梅磵詩話》卷上

　　東坡過皇恐灘,有"山憶喜歡勞遠夢,灘名皇恐泣孤臣"之句。蜀中有喜歡山,坡公借此以對。胡澹庵《南遷行臨皋道中抵買愁村》詩:"北望長思聞喜縣,南來怕入買愁村。"楊廷秀《過瘦牛嶺》詩云:"平生豈願乘肥馬,臨老須教過瘦牛。"二公效坡體對俱的。

○元劉壎《隱居通議》卷四

　　誠齋先生楊文節公萬里嘗作古賦,然其天才宏縱,多欲出奇,亦間有以文爲戲者,故不錄。惟《浯溪賦》言唐明皇父子事體,厥論甚當,(中略)結語乃步驟《後赤壁賦》"開戶視之,不見其處",亦本唐人《湘靈鼓瑟詩》"曲終人不見,江上數峰青"。

○元盛如梓《庶齋老學叢談》卷中之下

　　楊誠齋"升平不在簫韶裏,只在諸村打稻聲",即東坡"吾君勤儉倡優拙,自是豐年歌笑聲"。

○明郎瑛《七修類稿》卷三○《詩文類》

　　楊誠齋贊張功父像云:"香火齋祓,伊蒲文物,一何佛也。襟帶詩書,步武瓊琚,又何儒也。門有珠履,坐有桃李,一何佳公子也。冰茹雪食,珊碎月魄,又何窮詩客也。約齋子方內歟,方外歟,風流歟,窮愁歟,老夫不知,君其問諸白鷗。"予觀此贊,似東坡贊王定國之作。

○清恒仁《月山詩話》

　　"畢竟西湖六月中,風光不與四時同。接天蓮葉無窮碧,映日荷花別樣紅。"此楊誠齋《晚出淨慈送林子方》詩,亦東坡《贈劉景文》"一年好景君須記,正是橙黄橘綠時"

之意。坊刻《千家詩》誤以爲東坡作。

總括這些詩話評論中所指出的内容,楊萬里在以下幾點上沿襲了蘇軾:
1. 使用當地地名(例如"瘦牛嶺"中的"瘦牛")作爲普通名詞,而不作爲專有名詞。
2. 在同一文類(贊、古賦等)中沿襲蘇軾的表現。
3. 用不同的詞來表現蘇軾的詩意。

這些都是兩者在詞語或表現等層次上的類似,未見到指出詩風上類似的評論⑧。也就是説,後人共同地認爲:楊萬里雖然沿襲(模仿)蘇軾的表現,但看不出對"誠齋體"的影響。有時候模仿手法,也有時候假借詩意來探求新的表現——這樣的態度和本文所提到的次韻及檃括會有互通的地方。

如果説楊萬里渴望獲得"變"和"進",在當時流行的蘇軾上尋求啓發的話,他著眼於蘇軾所創始的次韻前人的詩或者檃括詞,也就并非是不自然的事了。在次韻詩中,他自我要求每句押韻或白戰體等嚴格規則,而且向歐門、蘇門表達敬意,同時也流露出要跨越他們的意願。另外,在檃括詩中他或把詞"檃括"成詩,或用"檃括"的技巧和原詩作成一組詩,拆解蘇軾之作并像拼圖一樣組合起來,從中尋找一幅新畫。雖然楊萬里未曾説"學"過蘇軾,但這的確也是一種"學"習的形態。

(孫文秀 譯)

(作者單位: 日本東洋大學文學部)

---

① 卷四五《延陵懷古·東坡先生》。文本使用辛更儒箋校《楊萬里集箋校》,中華書局,2007年。另,作品的編年使用于北山《楊萬里年譜》,上海古籍出版社,2006年。
② 楊慎《升庵集》卷七七《祝融之汪》,《文淵閣四庫全書》本。
③ "蓋太史公、韓退之、柳子厚、蘇東坡之車轍馬迹,予皆略至其地。"(卷八一《誠齋朝天續集序》)
④ 卷一六《南海集》,淳熙八年。
⑤ 卷六四《見何德獻提舉書》。
⑥ 杜甫《丹青引》詩。
⑦ 于北山年譜没有特定製作時期,而《楊萬里集箋校》説"退休之後所作,完成于嘉泰間",認爲作於紹熙三年(1192,楊萬里六十六歲)歸鄉後,完成於最晚年的嘉泰年間(1201—1204)。
⑧ 《石洲詩話》卷三。
⑨ 關於蘇軾的次韻詩,有内山精也《蘇軾次韻詩考》(《中國詩文論叢》第七集,中國詩文研究會,1988年)等論文。
⑩ "蹊要所司,職在熔裁;檃括情理,矯揉文采也。"
⑪ 在現存楊萬里詩中,次韻詩共有十一首,其中有十首收録於卷三《江湖集》(另一首收録於卷二三《朝天

集》,次韻張俊曾孫張鎡)。在這段時期的次韻詩十首中,大部分次韻同族楊輔世(字昌英),另次韻北宋秦觀一首,次韻蘇軾二首。

⑫ 詩題中沒有明記"次韻"的"和詩"中也會存在次韻詩,而很多和詩的原詩沒有留存,無法確知是否"次韻"。另,楊萬里"和"蘇軾的詩只有此次韻詩二首。

⑬ 第二聯與第四聯雖然乍看不像在同一聯内押韻,但小川環樹《蘇東坡古詩用韻考》(《京都大學文學部研究紀要》第 4 號,1956 年)認爲,蘇軾的古詩,尤其是入聲的押韻頗爲自由且寬鬆,蘇軾"主要是根據口頭發音選擇押韻字"。與小川論文末尾《東坡詩詞用韻考·附表Ⅰ》對照,合韻與物韻通押,葉韻與屑韻亦通押。

⑭ 歐陽修《雪》詩如下:"新陽力微初破萼,客陰用壯猶相薄。朝寒楞楞鋒莫犯,暮雪縗縗止還作。驅馳風雲初慘淡,炫晃山川漸開廓。光芒可愛初日照,潤澤終爲和氣爍。美人高堂晨起驚,幽士虛窗靜聞落。酒壚成徑集瓶罌,獵騎尋踪得狐貉。龍蛇掃處斷復續,猊虎團成呀且攫。共貪終歲飽䅵麥,豈恤空林飢鳥雀。沙塍朝賀迷象笏,桑野行歌没芒屩。乃知一雪萬人喜,顧我不飲胡爲樂。坐看天地絶氛埃,使我胸襟如洗瀹。脱遺前言笑塵雜,搜索萬象窺冥漠。潁雖陋邦文士衆,巨筆人人把矛槊。自非我爲發其端,凍口何由開一噱。"(洪本健校箋《歐陽修詩文集校箋》,上海古籍出版社,2009 年)押入聲十"藥"韻。

⑮ 縮頸夜眠如凍龜,雪來惟有客先知。江邊曉起浩無際,樹杪風多寒更吹。青山有似少年子,一夕變盡滄浪髭。方知陽氣在流水,沙上盈尺江無澌。隨風顛倒紛不擇,下滿坑谷高陵危。江空野闊落不見,入户但覺輕絲絲。沾裳細看巧刻鏤,豈有一一天工爲。霍然一揮遍九野,籲此權柄誰執持。世間苦樂知有幾,今我幸免沾膚肌。山夫不見壓樵擔,豈知帶酒飄歌兒。天王臨軒喜有麥,宰相獻壽嘉及時。凍吟書生筆欲折,夜織貧女寒無幃。高人著屐踏冷冽,飄拂巾帽真仙姿。野僧斫路出門去,寒液滿鼻清淋漓。灑袍入袖濕靴底,亦有執板趨階墀。舟中行客何所愛,願得獵騎當風披。草中咻咻有寒兔,孤隼下擊千夫馳。敲冰煮鹿最可樂,我雖不飲强倒巵。楚人自古好弋獵,誰能往者我欲隨。紛紜旋轉從滿面,馬上操筆爲賦之。

⑯ 病身柴立手亦龜,不要人憐天得知。一寒度夕抵度歲,惡風更將乾雨吹。作祥只解誑飢腹,催老偏工欺短髭。透屋旋生衾裏鐵,隔窗也送硯中澌。攬衣起看端不惡,兩耳已作凍菌危。似明還暗静復響,索我黄絹揮烏絲。誤喜家貧屋驟富,不道天巧人能爲。忽思向來旅京國,瘦馬斷鞭袍袖持。紅金何曾夢得見,繭生脚底粟生肌。殘杯冷炙自無分,不是不肯叩富兒。獨立西湖望東海,海神駕雪初來時。眼花只怪失天地,風横并作翻簾幃。飛來峰在水仙國,九里松無麈土姿。只欠杖頭聘歡伯,安得醉倒衣淋漓。猶遭天子呼野客,催班聲裏趨丹墀。如今四壁一破褐,雪花密密中披披。詩肩渾作遠嶺瘦,詩思浪與春江馳。茅柴乞暖却得冷,聊復爾爾三兩巵。東坡逸足電電去,天馬肯放牦牛隨。君不見溧陽縣裏一老尉,一句曾饒韓退之。

⑰ 具體上"龜"、"知"、"吹"、"髭"、"澌"、"危"、"絲"、"爲"、"持"、"肌"、"兒"、"時"、"姿"、"漓"、"墀"、"披"、"馳"、"巵"、"隨"、"之"爲上平四"支"韻,"幃"爲上平五"微"韻,兩者通押。

⑱ 關於歐陽體,有湯淺陽子《〈南行集〉考》(《人文論叢》第 30 號,2013 年)等論文。

⑲ 在筆者對《藝文類聚》等類書進行調查的範圍内,没有找到聯繫"雪"與"高卧"的前例。

⑳ 《和湯叔度雪韻》《和馬公弼雪》《中書胡舍人玉堂夜直,用萬里所和湯君雪韻和寄逆旅,再和謝焉》(皆收録於卷二《江湖集》)。

㉑ 歐陽修詩編年,根據劉德清等箋注《歐陽修詩編年箋注》,中華書局,2012 年。

㉒ 小川環樹《蘇軾》,巖波書店,1962 年。

㉓ 依據湯淺陽子前揭論文。

㉔ 秦觀《和黄法曹憶建溪梅花詩》,《淮海集》卷四。

㉕ 隆興二年(1164)。楊萬里於《故少師張魏公挽詞三章》(卷二)哀悼其逝世。
㉖ 《足痛無聊塊坐,讀江西詩》詩(卷三九《退休集》)。
㉗ 關於宋代或蘇軾的櫽括,有内山精也《兩宋櫽括詞考》(《村山吉廣教授古稀記念中國古典學論集》,汲古書院,2000年)、《蘇軾櫽括詞考:陶淵明〈歸去來兮辭〉の改編をめぐって》(《中國文學研究》第24期,1998年)等論文。另外還有朱玲芝《櫽括詞概念辨析及其與音樂的關係探求》(《中國韻文學刊》第29卷第4期,2015年)等。
㉘ 序云:"晚發丹陽下,五更至丹陽縣。舟人及牽夫終夕有聲,蓋謳吟嘯謔,以相其勞者。辭亦略可辨,有云:'張哥哥,李哥哥,大家著力一齊拖。'又云:'一休休,二休休,月子彎彎照幾州?'其聲悽婉,一唱衆和,因櫽括之,爲竹枝歌云。"
㉙ 序云:"螺岡市上惡少爲群,剽掠行旅,民甚病之。太守寺正胡公命賊曹禽其魁,杖而屏之遠方。道路清夷,遂無豺虎。塗歌野詠,輒撫其詞,櫽括爲山歌十解,庶采詩者下轉而上聞云。"
㉚ 第一句"更"與第二句"聲"爲下平八"庚"。第五句"鈃"爲下平九"青",第八句"曾"爲下平十"蒸",皆通押。
㉛ 嚴羽《滄浪詩話》。
㉜ 《宋詩選注》,生活·讀書·新知三聯書店,2001年。
㉝ 紹熙元年(1190)末,楊萬里六十四歲時之《讀詩》(卷三一《江東集》)中,有"船中活計只詩篇,讀了唐詩讀半山。不是老夫朝不食,半山絕句當朝餐"之吟詠。
㉞ 可認定爲例外的就有杜甫。楊萬里《類試所戲集杜句跋杜詩,呈監試謝昌國察院》詩與《予因集杜句跋杜詩,呈監試謝昌國察院,謝丈得集杜句見贈,予以百家衣報之》詩(皆見於卷一九《朝天集》)是使用杜詩製作的集句詩。
㉟ 引自湛之編《楊萬里范成大資料彙編》,中華書局,1964年。
㊱ 不過,劉壎評論中"間有以文爲戲者"之語,也頻見於對蘇軾的評論中。兩者所共同的是,因詩中混雜"戲"的緣故被看做"俗",因此評價不佳。

# "詩可弄萬象"

## ——以詩歌爲中心的周必大文學成就論

王瑞來

## 引　言

　　《四庫提要》指出:"必大以文章受知孝宗,其制命温雅,文體昌博,爲南渡後臺閣之冠。考據亦極精審,巋然負一代重名。著作之富,自楊萬里、陸游以外,未有能及之者。"①然而位極人臣的周必大,儘管在當世頗富文名,在後世又有二百卷文集流傳,政名却幾乎掩蓋了文名。著述分量跟楊萬里、陸游相差無幾,其中寫作的詩詞有十二卷、幾百首之多,但當世列數南宋文壇大家,皆言尤、楊、陸、范,無人言及周必大。後世的文學史叙述,大多僅僅著墨在周必大的《二老堂詩話》,全然不談其文學成就。整理周必大文集,覺得周必大不僅擁有那一時代士大夫能詩善賦的基本素養,品讀其詩,也有不減唐人的光彩。不過,南宋詩壇群星閃爍,周必大就顯得不那麼引人注目。連跟周必大比較熟悉的朱熹對當世的文壇也如是評價:"于當世之文獨取周益公,于當世之詩獨取陸放翁。蓋二公詩文氣質渾厚故也。"②朱熹只是肯定了周必大的文章。陸游也對周必大的文字成就也有評價:"時固多豪雋不群之士,然落筆立論,傾動一座,無敢攖其鋒者,惟公一人。"③儘管這也是一種泛泛的贊揚,但在詩人陸游的意識中無疑是包含周必大的詩歌成就在内的。直接涉及周必大詩歌成就的,有宋人徐誼的言論:"詩賦銘贊,清新嫵麗。"④遺憾的是,環顧當代,關於周必大詩歌的研究寥寥無幾,⑤因此,藉整理文集,稍加梳理,略陳一得之見,以期以磚引玉。

## 一、"萬里立功圖不朽"

　　宋代是士大夫政治的一統天下,在科舉制的推動下,士大夫、士人得到普遍的尊敬,成爲效法的目標。因此,作爲社會精神貴族群體的四民之首,宋代知識人也擁有昂揚的自信。而周必大作爲士大夫的一員,這種自信所帶來的積極入世精神,也在詩中有所體現。《徐元敏察院翊頃和子中兄長篇語頗相屬今承出使交廣次韻送行兼簡經略劉文潛》寫道:

"三年執法念少休,萬里立功圖不朽。"⑥《奉常林黃中博士以黃柑食陸務觀司直陸賦長句林邀予次韻》以柑橘爲喻,表達了入世意識:"不使供王羞,何異棄道側。"⑦

宋代士大夫具有著強烈的功名心,范仲淹就曾豪邁地宣稱:"功名早晚就,裴度亦書生。"⑧立德、立功、立言古人所説的"三不朽",成爲宋代士大夫明確追求。卷七《龍圖閣直學士吳明可苫挽詞二首》之一寫道:"清風并亮節,付與汗青書。"⑨

文章爲時而用,不做出世之想,《陳平叔相從四年文行粹然臨分惠詩有立身行道之問敢用陽司業勉學者之意次韻爲贈》把司馬相如作爲了反面形象:"此外文章真小技,未應傾慕蜀相如。"⑩不想出世的原因,是自命爲帝王之師。《次韻張安國二首》之二就這樣説:"人言驥雖老,萬馬未易逐。方爲帝者師,敢請罷辟穀?"⑪

唐代圖寫功臣的凌烟閣,也成爲宋代士大夫立名的嚮往。《樂順之司理用楊韻贊予去歲江行游山之樂再次韻》寫道:"丘壑遂將從栗里,功名何敢夢凌烟?"⑫卷二《王季海正言父宣義師德挽詞》寫道:"三世儒科獨隱淪,功名豈必在吾身?"⑬都是用反問表達的肯定,其實是"夢凌烟",希望"功名在吾身"。

南宋再造宋朝,中興是那個時代的主旋律,周必大文集開卷第一首《送陸先生聖修府赴春闈》就以積極入世的姿態呼應了時代旋律:"好把嘉謀獻丹宸,中興天子急升平。"在呼應時代旋律的同時,還不忘強調北宋以來的士大夫政治傳統,《永新賀升卿携中原六圖相過其論古名將出師道路形勢可指諸掌爲賦此詩》就明確説:"取虢不應須假道,勝齊終恐用真儒。"⑭借古諷今,自信地宣示,中興還要依靠士大夫。

積極入世的士大夫大多有著憂國憂民的情懷。北宋的范仲淹"先憂後樂"的精神也影響了後世的士大夫。周必大在《致政楊圖南扶衾判惠園亭石刻來索惡語寄題四首》之二寫下的"主人久享園中樂,晚歲宜先天下憂"就是明證。⑮周必大還在詩中表達了不要竭澤而漁的愛民意識。《太和宰趙嘉言汝謨造大舟付諸渡又停鄉村酒坊代輸其課繪二圖各題小詩》寫道:"攤酒催錢吏打門,那堪嫁娶畫朱陳。稍捐官府秋毫利,散作鄉村浩蕩春。"⑯

周必大的筆下,還描述了在善法保障下官民閑適的生活。《送別邢懷正直閣赴江西提舉二首》之一寫道:"朝家法備農商信,臺府官閑案牘稀。"⑰卷一《送趙富文彦博倅洪州三首》之三寫道:"公庭吏散文書静,許我他時解榻無?"⑱卷四三《太和丞廳葺三亭一曰真清謂松竹一曰特秀謂江山一曰成蹊謂桃李又有讀書臺龍首池寄題三疊》之三寫道:"官已忘機民正樂,子今知我我知魚。"⑲上述這些詩,與其説是現實的描述,倒不如説是一種理想的期待。

## 二、"吟遍世間閑草木,何如江月詠沂歸?"

中國傳統士大夫的精神構成,既有儒學入世的一面,也有老莊思想出世的一面。兩者適成調節,所以傳統士大夫因精神崩潰而自殺者絶少。宋代士大夫的精神世界也具有同樣的特徵。對於士大夫來説,形成消極出世的因素,還有來自仕途的挫折。這就是周必大在《過鄔子湖》的借景抒發:"從來仕路風波惡,却是江神不世情。"[20]周必大在入仕之初和致仕之後,都遭受過沉重的政治挫折,所以政界的險惡讓像周必大這樣的入世士大夫又把名利看得很輕,通達世事。《送子開弟還江西二十韻》寫道:"言游冠蓋場,聚散靡自由。"[21]《送司農少卿杜起莘華出守遂寧》認爲人生歸宿并非仕途:"人生有聚散,安所非游宦。"[22]因此,對於游宦升遷也不措意,如卷二《送馮圓仲吏部出守邛州》所寫:"寸心懸日月,不爲去來移。"[23]

周必大的很多詩篇都折射了他的人生態度。《次韻溧水令李彦平清賞圖》寫道:"紛紛名利場,風俗日益蠹。"[24]《中奉大夫直徽猷閣致仕邵及之挽詞二首》之二寫道:"不殖千金産,惟求十畝園。"[25]《朝中措勸酒》詞云:"已謝浮名浮利,也知來日應長生。"[26]

參透世情之後的周必大并没有冷透心,而是以樂觀的態度面對人生。《李子權時中屢求所居江月亭浴沂齋詩老病未能作坐上示及花妃詩甚工即席次韻一首所謂一彩兩賽也》寫道:"吟遍世間閑草木,何如江月詠沂歸?"[27]《又次邦衡族姪長彦司户韻》寫道:"及時行樂君休厭,召驛相將項背望。"[28]《戊午仲春同甲小集次舊韻》寫道:"尊常有酒何妨醉,事每無心即是仙。"[29]《嘉泰癸亥元日口占寄呈永和乘成兄》寫道:"莫思樂事年年減,且喜春花日日開。"[30]

除了儒道的交互影響,周必大通達世事,還有來自佛教的影響。卷二《次韻鄒德章檥監簿官舍芙蓉芭蕉》寫道:"眼看紅緑意先眩,玩物固應爲物迷。豈知弱質甚蒲柳,成毁須臾翻覆手。春風秋露略紛敷,皓雪青霜已摧朽。主人學道窮三餘,俯視官舍真蘧廬。從渠草木榮與枯,只有此心常自如。水邊比色寧見素,隍中覆鹿初何據。似耶非耶誰與論,彼夢我夢隨所住。大篇字字皆披沙,清晨走送驚鄰家。鈍根也復發深省,世間何物非空花。"[31]味此詩,頗有禪意。

## 三、"酒杯容我醉,詩句味君醇"

飲酒高會不僅是宋代士大夫的交往方式,也是生活日常,周必大的詩中有很多描寫。《頃創棋色之論邦衡深然之明日府中花會戲成二絶》之一寫道:"局勢方迷棋有色,歌聲不發酒無歡。"[32]飲酒高會,多有歌姬伴舞佐興。同卷《胡邦衡生日以詩送北苑八銙日注二瓶》寫道:"賀客稱觴滿冠霞,懸知酒渴正思茶。"酒渴思茶,這是經常飲酒之人纔會有的體會。卷一《次韻沈世德作式撫幹川詠軒之又次韻二首》之一寫道:"酒杯容我醉,詩句味君醇。"[33]詩醇酒醇,交互品味,何者讓人陶醉,已不必區分。同卷與同一人的《又次韻醵飲》:"飲興江海窄,逸氣雲天薄。"暢飲如鯨,滔滔如江海,氣勢干雲,是何等的豪放。同卷《次韻趙公直賞心亭醵會古風》詩中還有這樣的詩句:"一醉儻可期,與君時倒載。"如果能夠醉倒更好,可以讓時光逆轉。

與分別多年的老友喝酒是這樣的情形:"別離雙鬢異,邂逅一尊同。"㉞祝壽離不開酒,周必大這樣寫祝壽飲酒:"載酒過門欲壽公,酒杯有限壽無窮。"㉟周必大形容喝酒的樣子:"脚踏軟紅塵,手把大白浮。"㊱周必大還寫到了與皇帝的喝酒:"玉觴未飲心先醉,寶墨遥瞻眼倍明。"㊲未飲心先醉,可以説是出於激動。無論失言與否,總之酒後話多。《中奉大夫直徽猷閣致仕邵及之挽詞二首》之二寫道:"曾是尊前客,常思醉後言。"㊳

周必大喜歡酒,幾乎無日不飲。《僕營小圃方兩月而張坦夫履示朕莊圖有起予之意輒成鄙句》寫道:"無問四時留客醉,何曾一日不花開。"㊴《朝中措·勸酒》詞中也寫道:"從此四時八節,弟兄常醉金觥。"㊵不過,周必大與人飲酒還是比較文明的:"飲隨人量陳三雅,興入詩懷詠四娘。"㊶

周必大的筆下,還出現過普通民衆的飲酒場面:"賣魚得錢沽美酒,翁媪兒孫交勸酬。"㊷翁媪兒孫勸酒,其樂融融。周必大甚至連勸慰病人的詩句中都出現了酒。《陸務觀病彌旬僕不知也佳篇謝鄰里次韻自解》寫道:"擲杯蛇自去,静耳蟻爲諒。"㊸大概詩人陸游對自己的生病過於敏感,所以周必大用到了"杯弓蛇影"的典故。

"李白斗酒詩百篇",周必大的許多詩大概也是在這種狀態下作成的。《胡氏逢慶堂詩用乘成兄韻》:"樂與鄉人傳盛事,老來醉筆任横縱。"㊹步入老年的周必大在晚年生病後已經不勝酒力,所以他這樣寫道:"老便佳節静,病幸緑樽空。"㊺《病中次務觀通判韻》寫道:"老眼亂蟬翼,樂事歎何有。經年不銜杯,更暇問濡首。"㊻雖不能飲,還是用想象中的豪飲來安慰自己:"老去猶思飲吸川,静中還喜日爲年。"㊼

## 四、"情多語反默,喜極涕翻流"

與飲酒有關,周必大還有不少表達親情友情的詩篇。寫與友人離別的情緒,有這樣的詩句:"珍重臨分白玉卮,醉中那暇説相思。天寒道遠酒醒處,始是憶君腸斷時。"㊽歡聚暢飲乃至醉酒之中都還顧不上傷感,天寒催酒醒,此刻便涌上了斷腸般的離恨別情。類似的表達還有《送劉公度縣丞赴江陵》:"送春慵斫句,惜别怕傳觴。"㊾可謂是送別必有酒,飲酒更傷情。宴罷人散,更傷離别。《送聞人茂德滋删定歸嘉禾》寫道:"别酒易闌情不盡,會憑清夢聽清談。"㊿

懷念去世的弟弟,自斟自飲:"自酌黄花酒,心酸苦淚零。常時愛鳴雁,從此不堪聽。"㊿魚雁傳書的故事,讓大雁也帶上了象徵意義。所以平素愛聽的雁鳴從此也不堪入耳。即使無酒,離别亦易傷情。卷一《抵蘇臺寄季懷》寫道:"吳雲目斷君思我,楚樹天遥我憶君。"㊿對仗工整,情真意切。《送沈世德撫幹還朝》"池有游鱗雲有雁,尺書能寄故人不"也是用的魚雁傳書的意象。㊿

《湯孺人挽詞》寫道:"西風看花淚,寂寞小窗紗。"㊿蕭瑟秋風,見花落淚,人去樓空,連舊主人房間的窗紗都彷佛感到了寂寞。"情多語反默,喜極涕翻流"㊿這兩句描述的場景,是幾乎人人都有過的經歷，但還沒人表達得如此貼切。把能夠意會却難以言傳的情緒或場景逼真地描摹出來，這正是詩人的高明之處。

與親情有關，周必大的悼亡詩寫的也很動人。比如《宣州蔡子平尚書淑人居氏挽詞二首》之一的"寂寞閨門政，淒凉兒女情"，⑮同詩之二的"只道身長健，那知生有涯"。還有同卷《兵部宋尚書延祖挽詞二首》之一的"桑榆初未逼，何乃露先晞"，同詩之二的"梅花佳句在，無復鐵心腸"。《淮東兵馬鈐轄趙公頤挽詞》不是直抒胸臆，而是融景入詩："翩翩雙旐餘杭路，細雨西風總斷魂。"⑰

各種詩篇都不乏自然景色的描寫，然而寫景入情，物我交融，纔是一種高層次的境界。周必大就認同這種境界。他在《寄題新居羅長卿觀瀾閣蘭堂二首》之二寫道："乃知草木本無取，必假人物始可珍。"⑱這也是周必大的追求。《次韻廷秀待制寄題李紀風月無邊樓》寫道："豈知風月不論錢，誰主誰賓眼爲界。"⑲誰主誰賓，物我難分。

## 五、"吟到雲山合暮烟"

寫景一定也要有情，周必大在《寄題新居羅長卿觀瀾閣蘭堂二首》之一就這樣主張："觀水必觀瀾，寓言見真情。"⑳《陸務觀編修以石芥送劉韶美禮部劉飲以勁酒二公皆舊鄰也因其有詩次韻二首》之一描寫冬季："屋角風號天欲雪，胸中浩浩正春生。"㉑上句是景，下句是情。《漁父四時歌》寫芳草："芳草從教天樣遠，都無閑恨可淒迷。"㉒同一首詩寫到夏季："覺來一觸仍起舞，未信人間有炎暑。"《草具屈邦衡侍郎蒙賦即事新詩次韻皆叙坐上語他時共發一笑也》也把人的感情與自然揉在了一起："情先春色動，節後歲寒凋。"㉓《次韻楊文發承議》寫道："坐觀林谷升初日，吟到雲山合暮烟。"㉔這種景色的描寫中，讀者可以真切地感到人的存在。這兩句詩跟周必大的同鄉後輩羅大經在《鶴林玉露》中描寫的"山靜日長"有著異曲同工的相似。㉕

即使是純粹寫景，我們可以感受到詩句背後的寓意，比如《重九竹園見梨花懷子中兄》寫道："春花著雨即塵埃，何似深秋耐久開。"㉖還有些詩，我們讀了，則會對詩中貼切的表達會心接受，比如《舟行憶永和兄弟》寫道："天寒有日雲猶凍，江闊無風浪自生。"㉗無風浪自生正是緣於江面寬闊。有的詩寫景，其實是寫詩人的心境，《留題文氏雙秀亭三首》之三："澄碧修眉固自奇，只愁門外苦喧卑。要知心迹雙清處，須待人稀月上時。"㉘陰晴雨雪往往會影響到人的心境，但周必大則有著樂觀的認識："陰晴及寒暑，每到皆勝日。"㉙詩如其人，達觀，正是周必大。

## 六、"讀書清净業"

宋詩與唐詩的不同之處，以議論入詩是其一，周必大的一些論學詩也有這樣的特徵。

《送光禄寺丞李德遠得請奉祠》具體描寫的是夜以繼日的切磋問學："扣門問道日不足，篝燈夜照論心曲。"⁷⁰《正月三日胡季亨及伯信仲威叔賢昆仲歐陽宅之李達可同自永和來雨中小集叠岫閣用金鼎玉舟勸酒下視梅林戲舉説命五説戲祝六君蒙次前韻賦佳篇各征舊事各以一篇爲謝》也寫的是徹夜論學："談鋒不怕通宵直，燕席寧辭逐日開。"⁷¹

《次折仲古樞密韻寄題萊陽曹欽臣彦若藏書室》的"讀書清净業，病亦與心違"，⁷²《魯季欽少卿安序堂次朱希真韻》的"至今編簡香，不謂室有蘭"，⁷³則都投射出對學問的喜愛。跟學問有關，我們來看周必大如何形容一個人的肥胖，《次韻楊文發承議》是這樣寫的："才思春江下瀨船，腹藏經史更便便。"⁷⁴滿腹經綸的形容，想必説胖也不惱。

與日常活動有關，周必大的詩中還有不少藏書與校書的描述。《凍頭王氏藝芳堂》寫道："一聞簡編香，如入芝蘭室。況將百尺樓，高貯三萬帙。"⁷⁵同卷《次韻孫從之侍郎寄題新喻周氏用德堂》寫道："安得同爲堂上客，共翻三萬軸牙籤。"

藏書往往與校書有關。周必大在晚年刊刻有北宋大型類書《文苑英華》和歐陽修文集，還用泥活字刊印過自己的文集，刻書、校書成就斐然，詩中對他所從事的校勘也有描述。《寄題新居羅長卿觀瀾閣蘭堂二首》之二寫道："堂奥藏書三萬軸，盡校魚魯分根銀。"⁷⁶"魚魯"和"根銀"字形相近，抄録刊刻常發生訛誤，于是這兩個詞就成爲校勘學上形近而誤的代名詞。在《恩許奉祠子中兄重寄臣字韻詩再次韻》中，周必大又用了"根銀"這個詞："此去讀書真事業，向來正字誤根銀。"⁷⁷《送沈世德撫幹還朝》還直接提及了校勘："槐庭袞綉行虞侍，芸閣鉛黄待校讎。"⁷⁸過去校勘一人爲校，二人爲讎，故曰校讎。而校書所用類似塗改液的就是鉛黄。

## 七、"詩可弄萬象"

詩中談詩，大概是古今寫詩之人的習慣和自然流出的筆觸。周必大不僅有《二老堂詩話》講述詩壇掌故，在他的詩中也有隨處可見的以詩論詩以及詩篇交流，值得摘出，以引起重視。

如果説《送洪景盧舍人北使》"由來筆下三千牘，可勝軍中十萬夫"是講文字的力量，⁷⁹那麽《兵部王仲行尚書惠詩叙近日直舍隔壁論詩説棋之戲次韻爲謝尚書近録舊詩一篇爲贈故并及之》就把詩的作用説到可以表現世間萬物的高度："詩可弄萬象，棋能消百憂。"⁸⁰

《次韻王仲謨仲寧唱酬二首》之二流露出周必大對好詩的喜愛程度："别日無多似隔年，每逢佳句輒欣然。"⁸¹《次韻章茂獻謝茶》以新茶形容剛讀到的好詩："新詩有味知何似，雙井春來試白芽。"⁸²《蕪湖宰沈約之端節惠詩編次韻爲謝》講修辭煉句："自古詩人貴磨琢，試看《淇澳》詠文章。"⁸³《送喻宫教良能出倅會稽》講行歷之於寫詩的重要："千山遍踏詩才富，萬壑臨觀史筆遒。"⁸⁴《同年楊謹仲示薌林諸帖皆以老杜相期惟童敏德謂不合學東坡殆非知詩者輒用此意成惡語一篇爲誕辰壽祝頌之意見于末章》則講也要有師承："常恐斯文無砥柱,獨推佳句有師承。"⑧

詩與畫關係密切,周必大也在詩中討論了詩畫。《和七兄秋浦韻》寫道:"句好那容畫,才高却道鹽。"⑧就是説,有些美妙的詩句是無法用形象的畫面來表達的。《題聳寒圖二絶》寫道:"今見畫圖寒乞甚,心聲心畫果難形。"⑧心聲心畫的確難以形諸筆端。《題劉訥畫趙韓王韓魏公文潞公司馬温公歐陽文忠公王荆公蘇文忠公黄太史像》寫道:"勛業文章各致身,精神未易寫丹青。"⑧形似易,神似難,人物的精神真髓畫筆難描,恐怕還是需要語言描述。

除了詩畫論,周必大的有些詩還反映了一些文學史上的現象以及對這些現象的認識。比如對北宋的西崑酬唱,在寫給西崑酬唱派主帥錢惟演的子孫時,屢屢提及。這是《錢文季舉狀元去春用楊吉州子直韻賦玉蕊詩老悖久稽奉酬今承秩滿還朝就以爲餞》中的"花來北固無新唱,詩到西崑有故家",⑧以及卷四《鹿鳴宴坐上次錢守韻》的"太平故事西崑體,指日皇都萬口傳"。⑧後一句可以説是對西崑體的正面肯定性評價。

詩中談詩,周必大不僅回顧歷史,還講述了當世詩社的交流。《胡季懷有詩約群從爲秋泉之集輒以山果助筵戲作二叠》寫道:"近詩通譜江西社,新釀纔先天下秋。"⑨由江西詩社所形成的江西詩派在南宋文學史上有著重要的影響,出現在周必大的筆下,從時期上説時代應當是比較早的。還有一首《劉仙才仲俊示其父醉庵詩集索鄙句》這樣寫道:"蹇步蹣珊到竹溪,病眸眩瞀刮金篦。清風滿座無塵事,遺墨盈編有舊題。久羡山人居水北,今知詩社續江西。醉吟跌宕誰能寫,仿佛琳琅識介圭。"⑨這裏周必大寫到江西詩社的傳承也值得注意。周必大跟江西詩社的關係,以及周必大論江西詩社作爲重要的文學史史料似乎尚未得到充分的注目。可以肯定的是,周必大晚年積極參與了江西詩社的活動。這從當時人這樣的評價中可以窺見:"公之清心寡欲若杜正獻,博記精識若蘇子容,至于幅巾杖履,保社鷗盟,則合置之洛陽之耆英。"⑨

周必大還在詩中言及作品通過商業媒介的傳播,《仲嘉致政敷學尚書汪兄寵和鄙句且寄適軒記詩銘等皆白樂天語也敬以來意盡用樂天事次韻》寫道:"近岸連檣多賈客,定攜新句海東傳。"⑨聯想到南宋初年建陽刊刻的《皇朝事實類苑》在刊行後四五年間便流傳到日本的事實,我有理由推測這裏的"海東"或許就是指日本。⑨當時書籍的傳播,發達的商品經濟起到重要推手作用,連檣的賈客便是傳播人。從這樣内容看,周必大的詩也有詩史的意義。

## 結　語

朱熹只看重周必大之文的言論,對後世認識周必大的文學成就會産生一些誤導,讓人們認爲周必大的詩不如文。其實周必大對詩也很有造詣,他對詩歌創作的見解,除了比較集中見於《二老堂詩話》之外,在他的文集中也散見有一些論述。周必大在《欒溪居士文集序》中就這樣寫道:"登文章之籙固難矣,詩于其中抑又難哉。"在周必大看來,在各種文學體裁之中,詩具有很神聖的地位。在這篇序中,他接著引述了劉禹錫和司空圖的説法來佐證自己的這種認識:"劉夢得曰,心之精微,發而爲文,文之神妙,詠而爲詩。司空表聖亦云,文之難,而詩尤難。"⑯與文相比較,把詩看得很神聖很崇高,這表明了周必大對詩這種文學樣式的重視程度。

宋人孫奕有一段與周必大論詩的對話:

> 余紹熙(瑞來按,當爲慶元之誤)丁巳三月既望,侍宴春華樓,時聞大丞相益國周公議論灑灑,終日不倦。至論詩,則謂:"須要有警策就題著句,不可泛泛。"因拱而請曰:"如相公'一丁昌火運,三合瑞皇家'謂光堯生于丁亥,壽皇丁未,壽康丁卯,其干既爲一丁,其支又爲三合;'學士策詢學士策',公自注云'館職亦合呼學士','秘書官試秘書官',時公以秘書少監直翰苑,發策試王仲衡,而寄程同年閣老詩也,'前後顧瞻羞倚玉,支干引從偶連珠'此三老圖詩也。公自注云'乘成兄生于乙巳,而予丙午,誠齋丁未',無一字虛語,其盡之矣。"公笑曰:"是也。如挽詩亦難作。"復請曰:"願聞之。"公曰:"高宗皇帝丁亥生,與藝祖齊年,一則爲開基之主,一則爲中興之君,天之生此二帝,功德兼隆,豈偶然哉?高宗慶八十聖壽後,未幾上仙去,唯慈寧太后亦然。故作挽高宗詩曰'生年同藝祖,慶壽比慈寧。人憶庚庚兆,天傾九九齡',正謂是也。若徽廟挽詞,尤難命意,亦難措辭。獨是湯丞相進之思退一聯云'虞姬從梧野,啓母袝箕山',最紀其實。蓋用舜事以狀徽宗巡狩不返意,及梓宫歸葬會稽,又用禹事以形容之,皆婉而有直體。此真得詩人三昧。"⑰

這段不短的對話,不僅援引了周必大的詩作,更轉述了周必大對詩的見解,比如"須要有警策就題著句"以及"婉而有直體"等。由於引用有周必大的詩和周必大評論之詩,則可以更爲直觀地觀察到周必大的見解。如何作詩,透過這段珍貴的記載,我們可以看出周必大是有其深刻認識的。而我們前面從各個角度考察的周必大的詩歌創作,則正可以説是其詩歌理論的踐行。

除了《履齋示兒編》的記載,比較集中地反映周必大的文學見解的,還有衆所周知的《二老堂詩話》。而卷帙頗巨的《周必大文集》所收録的周必大一生創作的幾百首詩,就是他對詩歌理論認識的實踐。徜徉在這座寶山,我們可以把周必大的詩作作爲考察其文學成就的首要對象。於是,有感於心,共鳴於時,結合時代背景,從周必大的詩讀出了入世、出世、飲酒、友情、寫景、讀書、論詩等幾方面的内容。略加簡單梳理,縷述如上。

與周必大同時的葉適,曾轉述過友人王枏對唐詩的批評:"木叔不喜唐詩,謂其格卑而氣弱。近歲唐詩方盛行,聞者皆以爲疑。夫争妍鬥巧,極外物之變態,唐人所長也;反求於内,不足以定其志之所止,唐人所短也。"葉適很認同王枏的見解,他説:"木叔之評其可忽諸?"⑧王柟對唐詩的批評反過來也折射出宋詩的特點。從理學到道學,注重格物致知的流風所至,必然影響到宋人的詩歌創作。宋詩重議論的特點,并不是讓詩走向味同嚼蠟般的枯燥無味,而是讓詩人更專注於采尋內心世界,觀察日常世象,寓哲理於詩。儘管宋人多崇尚唐詩,但宋人詩歌創作的基本路徑的確是"反求於內"。這一點從周必大的詩歌創作和"須要有警策就題著句"的論述也可概見。生活於南宋前中期的周必大,以其地位與文名對當時及其後的文學活動必然會產生很大的影響。朱熹所云"于當世之文獨取周益公",應當不僅是朱熹個人的見解,而是代表了當時的普遍認同。一個作家或長於文,或長於詩,其間儘管會有一定的溫度差,但畢竟是同一人之作,產生之影響亦定非止於一端。以此觀周必大之詩,也可推知對其當世和後世的朝野文學創作會產生一定的影響,而這方面也是今後需要探討之課題。

(作者單位:日本學習院大學東洋文化研究所;四川大學)

---

① 永瑢等《四庫全書總目》,中華書局,1965年。
② 羅大經著、王瑞來點校《鶴林玉露》丙編卷五《周文陸詩》,中華書局,1983年。
③ 陸游著,馬亞中、涂小馬校注《渭南文集》卷一五《周益公文集序》,浙江古籍出版社,2015年。
④ 徐誼《平園續稿序》,《周必大文集》卷首,清歐陽棨刊本。
⑤ 關於既有的主題集中的周必大詩歌研究,主要有黃文平《周必大詩歌研究》,南昌大學碩士論文,2008年;徐珊珊《周必大翰苑詩歌與南宋詞臣文化心態》,《中國文化研究》2013年第2期;谷躍東《周必大與范成大詩歌創作比較研究》,《榆林學院學報》2015年第1期;傅紹磊、鄭興華《周必大翰苑詩歌新探》,《文教資料》2016年第4期。
⑥ 詩載《周益國文忠公集》卷七。
⑦ 詩載《周益國文忠公集》卷二。
⑧ 《范文正公集》卷第四《依韻答梁堅運判見寄》,王瑞來點校《范仲淹集》,《儒藏》精華本第204冊,北京大學出版社,2012年。
⑨ 詩載《周益國文忠公集》卷七。
⑩ 詩載《周益國文忠公集》卷四。
⑪ 同上。
⑫ 同上。
⑬ 詩載《周益國文忠公集》卷二。
⑭ 詩載《周益國文忠公集》卷三。
⑮ 詩載《周益國文忠公集》卷四。
⑯ 詩載《周益國文忠公集》卷四三。
⑰ 詩載《周益國文忠公集》卷二。
⑱ 詩載《周益國文忠公集》卷一。
⑲ 詩載《周益國文忠公集》卷四三。
⑳ 詩載《周益國文忠公集》卷五。

㉑ 詩載《周益國文忠公集》卷一。
㉒ 詩載《周益國文忠公集》卷二。
㉓ 同上。
㉔ 詩載《周益國文忠公集》卷四。
㉕ 詩載《周益國文忠公集》卷六。
㉖ 詞載《周益國文忠公集》卷一八五。
㉗ 詩載《周益國文忠公集》卷四一。
㉘ 詩載《周益國文忠公集》卷五。
㉙ 詩載《周益國文忠公集》卷四二。
㉚ 詩載《周益國文忠公集》卷四三。
㉛ 詩載《周益國文忠公集》卷二。
㉜ 詩載《周益國文忠公集》卷四。
㉝ 詩載《周益國文忠公集》卷一。
㉞ 《周益國文忠公集》卷三《送芮國器察院漕廣東》。
㉟ 《周益國文忠公集》卷五《同年楊謹仲教授生日》。
㊱ 《周益國文忠公集》卷七《兵部王仲行尚書惠詩叙近日直舍隔壁論詩説棋之戲次韻爲謝尚書近録舊詩一篇爲贈故并及之》。
㊲ 《周益國文忠公集》卷六《臣恭和御製晚秋曲宴近體詩一首繕寫投進冒瀆天威臣無任戰懼俟罪之至》。
㊳ 詩載《周益國文忠公集》卷六。
㊴ 詩載《周益國文忠公集》卷四一。
㊵ 詞載《周益國文忠公集》卷一八五。
㊶ 《周益國文忠公集》卷四三《四次韻答江西美》。
㊷ 《周益國文忠公集》卷二《漁父四時歌》。
㊸ 詩載《周益國文忠公集》卷二。
㊹ 詩載《周益國文忠公集》卷四二。
㊺ 《周益國文忠公集》卷二《次韻芮漕國器憶去年上元二首》之二。
㊻ 詩載《周益國文忠公集》卷三。
㊼ 《周益國文忠公集》卷四一《三月二十八日春華樓前芍藥盛開招歐葛二兄再爲齊年之集次舊韻》。
㊽ 《周益國文忠公集》卷一《道中憶胡季懷》。
㊾ 詩載《周益國文忠公集》卷八。
㊿ 詩載《周益國文忠公集》卷二。
(51) 《周益國文忠公集》卷二《九日哭子柔弟》。
(52) 詩載《周益國文忠公集》卷一。
(53) 同上。
(54) 詩載《周益國文忠公集》卷二。
(55) 《周益國文忠公集》卷一《送子開弟還江西二十韻》。
(56) 詩載《周益國文忠公集》卷六。
(57) 詩載《周益國文忠公集》卷七。
(58) 詩載《周益國文忠公集》卷二。
(59) 詩載《周益國文忠公集》卷四一。

⑥⓪　詩載《周益國文忠公集》卷二。
⑥①　同上。
⑥②　同上。
⑥③　詩載《周益國文忠公集》卷五。
⑥④　詩載《周益國文忠公集》卷四。
⑥⑤　《鶴林玉露》丙編卷四《山靜日長》載:"唐子西詩云:山靜似太古,日長如小年。余家深山之中,每春夏之交,蒼蘚盈階,落花滿徑,門無剝啄,松影參差,禽聲上下。午睡初足,旋汲山泉,拾松枝,煮苦茗啜之。隨意讀《周易》《國風》《左氏傳》《離騷》《太史公書》及陶杜詩、韓蘇文數篇。從容步山徑,撫松竹,與麛犢共偃息于長林豐草間。坐弄流泉,漱齒濯足。既歸竹窗下,則山妻稚子,作笋蕨,供麥飯,欣然一飽。弄筆窗間,隨大小作數十字,展所藏法帖、墨迹、畫卷縱觀之。興到則吟小詩,或草玉露一兩段。再烹苦茗一杯,出步溪邊,邂逅園翁溪友,問桑麻,說粳稻,量晴校雨,探節數時,相與劇談一餉。歸而倚杖柴門之下,則夕陽在山,紫綠萬狀,變幻頃刻,怳可人目。牛背笛聲,兩兩來歸,而月印前溪矣。味子西此句,可謂妙絕。然此句妙矣,識其妙者蓋少。彼牽黃臂蒼,馳獵于聲利之場者,但見袞袞馬頭塵,匆匆駒隙影耳,烏知此句之妙哉! 人能真知此妙,則東坡所謂無事此靜坐,一日是兩日,若活七十年,便是百四十,所得不已多乎!"
⑥⑥　詩載《周益國文忠公集》卷三。
⑥⑦　詩載《周益國文忠公集》卷一。
⑥⑧　同上。
⑥⑨　《周益國文忠公集》卷五《和至能范舍人農圃堂韻》。
⑦⓪　詩載《周益國文忠公集》卷二。
⑦①　詩載《周益國文忠公集》卷四三。
⑦②　詩載《周益國文忠公集》卷三。
⑦③　詩載《周益國文忠公集》卷四。
⑦④　同上。
⑦⑤　詩載《周益國文忠公集》卷四一。
⑦⑥　詩載《周益國文忠公集》卷二。
⑦⑦　詩載《周益國文忠公集》卷三。
⑦⑧　詩載《周益國文忠公集》卷一。
⑦⑨　詩載《周益國文忠公集》卷二。
⑧⓪　詩載《周益國文忠公集》卷七。
⑧①　詩載《周益國文忠公集》卷一。
⑧②　詩載《周益國文忠公集》卷四三。
⑧③　詩載《周益國文忠公集》卷四。
⑧④　詩載《周益國文忠公集》卷六。
⑧⑤　詩載《周益國文忠公集》卷五。
⑧⑥　詩載《周益國文忠公集》卷八。
⑧⑦　詩載《周益國文忠公集》卷三。
⑧⑧　詩載《周益國文忠公集》卷四三。
⑧⑨　詩載《周益國文忠公集》卷四一。
⑨⓪　詩載《周益國文忠公集》卷四。

㉑ 詩載《周益國文忠公集》卷三。
㉒ 詩載《周益國文忠公集》卷四二。
㉓ 《周益國文忠公集》附錄卷一所載朝奉大夫户部員外郎總領湖廣江西京西財賦吳獵所撰祭文。
㉔ 詩載《周益國文忠公集》卷四二。
㉕ 參見王瑞來《宋朝事實類苑雜考》,《古籍整理研究學刊》1990 年第 5 期。
㉖ 周必大序見於《周必大文集》卷五四及《樵溪居士集》卷首。
㉗ 孫奕著,侯體健、況正兵點校《履齋示兒編》卷一〇《詩説·周益公評詩》,中華書局,2014 年。
㉘ 葉適《水心集》卷一二《王木叔詩序》,《葉適集》,中華書局,1961 年。

# 論宋僧居簡《大雅堂詩》及其文化意義

張 碩

蘇軾所謂"杜甫似司馬遷"和黃庭堅的《大雅堂記》,在兩宋引發了文人的熱議,是宋代杜詩接受史上兩個非常著名的詩學公案。對於"杜甫似司馬遷",宋代文人力圖爲這個比譬作出合理的解釋。對於《大雅堂記》,宋人爭論的焦點有兩個:一是山谷推崇的杜甫"兩川夔峽諸詩"(又稱"夔州詩"),二是山谷主張的"無意於文"。這些討論思路不一,方法不同,有品評、有類比、有釋證,彰顯了宋人闡釋的多元視角和理性主義。以往由於文獻的缺乏,我們只能看到宋代士大夫對兩個公案的討論,而鮮見宋代"非士大夫文人"的看法。近年來,隨著宋代禪僧文集整理成果的湧現,筆者發現在宋代禪僧文集中也有討論兩個公案的作品,這就是南宋禪僧北磵居簡的《大雅堂詩》。

居簡(1164—1246)字敬叟,號北磵,南宋臨濟宗大慧派禪僧。他雅好詩文,著述頗豐,今存《北磵詩集》九卷、《北磵文集》十卷、《外集》《續集》及《語錄》各一卷。其《大雅堂詩》見於《北磵詩集》卷四,原詩如下:

> 少陵何人斯,曰似司馬遷。太史牛馬走,於此何有焉。瞽者瞽不理,知言超言前。政如春在花,春豈必醜妍。又如發清彈,意豈必在弦。悠悠雲出山,滔滔水行川。雲水山川行,莫測何能然。不知其誰知,軟語黃庭堅。庭堅語弗軟,壯折灩澦顛。盡寫劍硤詩,不數金薤篇。密付草玄後,夜光寒燭天。扁作大雅堂,醉墨猶明鮮。至今百歲後,此意惟心傳。炎宋諸王孫,傳癖不復痊。閉户閲宗派,尚友清社賢。吕韓儼前列,芳蠟然金蓮。三洪偕二謝,病可攜瘦權。奪胎換骨法,妙處尤拳拳。疏越正始音,細取麟角煎。亦有老斲輪,堂下時蹁躚。[①]

從詩題可知,居簡此詩主要是爲讀黃庭堅的《大雅堂記》而作。不過,就内容而言,其信息量極其豐富。除了兩個公案之外,這首詩所涉及的宋詩領域的熱門話題還有江西詩派和奪胎換骨。而且,它的内容又與蘇軾、黃庭堅、惠洪等人的詩文形成了明顯的"互文"[②]。因此,我們研究它,不但可以了解居簡對兩個公案所持的立場和態度,還可以考察居簡的詩學取向及其詩歌創作情況。由於《大雅堂詩》與兩個公案關係密切,所以,在分析《大雅堂詩》之前，本文首先梳理宋代文人對"杜甫似司馬遷"和《大雅堂記》的討論情況，辨析諸方觀點及其邏輯理路，同時也指出諸方在觀點交鋒中所存在的問題，爲研究居簡《大雅堂詩》奠定基礎和研究起點。之後，我們將通過細讀文本的方法，剖析其文本結構，還原居簡對兩大公案所持的看法及其詩學取向，揭櫫《大雅堂詩》及其對於宋詩研究的價值與意義。

## 一、宋人關於"杜甫似司馬遷"比譬合理性的討論

"杜甫似司馬遷"源於蘇軾和畢仲游之間的一段對話：

> 東坡云："僕嘗問荔支何所似，或曰：'荔支似龍眼。'坐客皆笑其陋，荔支實無所似也。僕云：'荔支似江瑶柱。'應者皆憮然，僕亦不辨。昨日見畢仲游，僕問杜甫似何人，仲游言似司馬遷。僕喜而不答，蓋與襄言會也。"③

蘇軾認爲"荔枝似江瑶柱"、"杜甫似司馬遷"，然而，他對這兩個比譬的合理性均未作出解釋，而正確回答"杜甫似何人"的畢仲游也沒向他人説過爲何答案是司馬遷。由於沒有"答案解析"，東坡之論就像一個深奧的謎題，吸引著不少宋代文人前來破解，希望代替蘇軾賦予這一比譬合理的解釋。從現存討論"杜甫似司馬遷"的宋代文本來看，我們可以明顯感覺到宋人對這個比譬存在兩種不同的理解方式，許顗、陳師道之説代表了一種理解方式，而吳可、楊萬里之説代表了另一種理解方式。

### （一）相似的寫作手法：許顗、陳師道對"杜甫似司馬遷"的認識

1. 許顗《彦周詩話》：
齊梁間樂府詞云："護惜加窮袴，防閑托守宫。""今日牛羊上丘隴，當時近前面發紅。"老杜作《麗人行》云："賜名大國虢與秦。"其卒曰："慎勿近前丞相嗔！"虢國、秦國何預國忠事，而近前即嗔耶？東坡言老杜似司馬遷，蓋深知之。④

2. 朱弁《風月堂詩話》：
晁伯宇少與其弟沖之叔用，俱從陳無己學，無己建中靖國間到京師，見叔用詩，曰："子詩造此地，必須得一悟門。"叔用初不言，無己再三詰之。叔用云："別無所得，頃因看韓退之雜文，似有入處。"無己首肯之，曰："東坡言杜甫似司馬，世人多不解，子可與論此矣。"⑤

從《彦周詩話》來看，許顗并未把杜詩和《史記》進行直接的比較。不過，從他的表述中，我們還是可以發現他爲杜詩和《史記》尋找的相似點——寫作手法。許顗援引齊梁樂府和杜

甫《麗人行》作比較,但是,這兩組詩句無論形式,抑或内容全然不同,毫無共性可言。許顗超越了這些障礙,發現了兩者的相似之處——"春秋筆法",即樂府詩人和杜甫都使用了簡潔微婉的語言,傳遞出了諷喻的意義。衆所周知,司馬遷編寫《史記》的目的就是爲了接續《春秋》。因此,後人認爲司馬遷在《史記》中同樣使用"春秋筆法",那麼,杜甫寫詩就和司馬遷編撰《史記》就具備了比譬的合理性。

陳師道同樣立足於寫作手法的相似,肯定東坡之論的合理。而且,他也没有直接把杜詩和《史記》進行類比。從《風月堂詩話》來看,陳師道對晁沖之通過學習韓愈雜文,提升詩歌寫作水準持肯定的態度。由此,他相信晁沖之一定會明白東坡之論。在宋代像晁沖之這樣,借鑒文的寫作手法提高詩藝的現象非常普遍,因爲在一部分宋人眼中,詩與文在藝術手法、思維方式甚至語言形式方面都可以彼此借鑒,相互移植⑥。既然寫文的手法和寫詩的手法能夠通用,可推斷,陳師道對東坡之論亦如是解——雖然杜詩和《史記》分屬不同的文體(詩與文),却不妨礙二者在寫作手法上存在相通之處。

## (二) 相似的"風味":吴可、楊萬里對"杜甫似司馬遷"的認識

1. 吴可《藏海詩話》:

山谷詩云:"淵明千載人,東坡百世士。出處固不同,風味要相似。"有以杜工部問東坡似何人,坡云:"似司馬遷。"蓋詩中未有如杜者,而史中未有如馬者。又問荔枝似何物,"似江瑶柱",亦其理也。⑦

2. 楊萬里《江西宗派詩序》:

江西宗派詩者,詩江西也,人非皆江西也。人非皆江西,而詩曰江西者何?繫之也。繫之者何?以味不以形也。東坡云江瑶柱似荔子,又云杜詩似《太史公書》。不惟當時聞者嘸然,陽應曰諾而已,今猶嘸然也。非嘸然者之罪也,舍風味而論形似,故應嘸然也。形焉而已矣,高子勉不似二謝,二謝不似三洪,三洪不似徐師川,師川不似陳後山,而況似山谷乎?味焉而已矣,酸鹹異和,山海異珍,而調脂之妙,出乎一手也。似與不似,求之可也,遺之亦可也。⑧

吴可認爲杜甫和司馬遷的相似,就相當於黃庭堅所謂"蘇軾與陶淵明的相似"。那麼,蘇、陶二人何以能夠相似?關鍵在於"風味",即作品風格及審美體驗。黃庭堅在品讀蘇軾"和陶詩"後,發現蘇軾的和詩同陶淵明的原詩在風格上非常接近,從而收獲了與閱讀陶詩時相似的審美體驗,因此,他作出蘇軾和陶淵明是同類人的判斷。所以,吴可就是從這一角度認同"杜詩似司馬遷"比譬的合理性。

楊萬里也拈出"風味"這個證據。在他看來,江瑶柱和荔枝一爲海鮮,一爲水果,如果觀者只從兩物的外形去比較它們,那麼,觀者自然得出兩物"不相似"的結論。但是,倘若

觀者立足於兩物給人的味覺體驗去比較它們,那麼,觀者則可能形成兩物相似的感受。既然品嘗不同食物能够賦予人們相似的生理感受,同理可證,閱讀不同類型的文本自然也能讓人們產生相似的審美體驗。因此,楊萬里認爲"杜甫似司馬遷"正在於"風味"的相似。

由此觀之,贊成東坡之論者對它的闡釋主要有兩種角度:一是從寫作手法的角度,揭示杜甫和司馬遷的相似性;二是立足於"風味",即作品風格、閱讀體驗或審美感受,看待兩者的相似。

## 二、宋人關於黄庭堅《大雅堂記》的討論

居簡《大雅堂詩》涉及的另一個熱門話題是黄庭堅《大雅堂記》,它見於黄庭堅《山谷集》卷一七,其文曰:

> 丹棱楊素翁,英偉人也,其在州閭鄉黨,有俠氣,不少假借人。然以禮義,不以財力稱長雄也。聞余欲盡書杜子美兩川夔峽諸詩,刻石藏蜀中好文喜事之家,素翁粲然,向余請從事焉,又欲作高屋廣楹庥此石,因請名焉。余名之曰"大雅堂",而告之曰:由杜子美以來四百餘年,斯文委地,文章之士隨世所能,傑出時輩,未有升子美之堂者,況室家之好耶!余嘗欲隨欣然會意處,箋以數語,終日汩没世俗,初不暇給。雖然,子美詩妙處,乃在無意於文。夫無意而意已至,非廣之以《國風》《雅》《頌》,深之以《離騷》《九歌》,安能咀嚼其意味,闖然入其門耶!故使後生輩自求之,則得之深矣。使後之登大雅堂者,能以余説而求之,則思過半矣。彼喜穿鑿者,棄其大旨,取其發興,於所遇林泉人物、草木魚蟲,以爲物物皆有所托,如世間商度隱語者,則子美之詩委地矣。素翁可并刻此於大雅堂中。後生可畏,安知無涣然冰釋於斯文者乎?元符三年九月,涪翁書⑨。

雖然從題目上看,這是一篇亭臺堂閣類記文,不過,就其內容而言,它也是一篇以杜甫"兩川夔峽諸詩"(又稱夔州詩)爲主題的論説文。而且,黄庭堅以杜甫夔州詩爲主題的散文,還有《與王觀復書三首》的第一和第二篇:

> 好作奇語自是文章病,但當以理爲主。理得而辭順,文章自然出群拔萃。觀杜子美到夔州後詩,韓退之自潮州還朝後文章,皆不煩繩削而自合矣⑩。
> 
> 所寄詩多佳句,猶恨雕琢功多耳。但熟觀杜子美夔州後古律詩,便得句法。簡易而大巧出焉,平淡如山高水深,似欲不可企及,文章成就,更無斧鑿痕,乃爲佳作耳⑪。

關於這三篇文章的主旨和黄庭堅的寫作意圖,學界已有非常充分的討論,兹不贅述。本文

關注的是南宋文人在解讀《大雅堂記》及山谷詩學主張時,呈現出的視角的差異和結論的分歧。因爲從現代學術研究看來,黃庭堅在這三篇文章裏已經闡明了自己的意圖和理念——詩人首先要讀書精博,深厚學養,以杜甫夔州詩爲典範,揣摩、練習其"句法"。經過上述訓練後,便無須勞神苦思、費心安排,就可以自然地寫出不見雕琢形貌、不露斧鑿痕的理想作品。可以説,宋人解讀《大雅堂記》不應該像解讀"杜甫似司馬遷"那樣產生歧見。然而,南宋文人對於黃庭堅推崇的杜甫夔州詩及主張的"無意於文"確實存在不同的看法。

## (一) 南宋時期關於"杜甫夔州詩"的討論

黃庭堅推崇的杜甫夔州詩是南宋文人討論《大雅堂記》的焦點之一,參與這一話題討論的文人及文本如下:

1. 陳善《捫蝨新話·上集》卷一:
  韓以文爲詩,杜以詩爲文,世傳以爲戲。然文中要自有詩,詩中要自有文,亦相生法也。文中有詩,則句語精確;詩中有文,則詞調流暢。謝玄暉云:"好詩圓美流轉如彈丸。"此所謂詩中有文也。唐子西曰:"古人雖不用偶儷,而散句之中,暗有聲調,步驟馳騁,亦有節奏。"此所謂文中有詩也。前代作者皆知此法,吾謂無出韓、杜。觀子美到夔州以後詩,簡易純熟,無斧鑿痕,信是如彈丸矣。⑫

2. 胡仔《苕溪漁隱叢話·後集》卷三〇:
  苕溪漁隱曰:"吕丞相《跋杜子美年譜》云:'考其筆力,少而鋭,壯而肆,老而嚴,非妙於文章,不足以至此。'余觀東坡自南遷以後詩,全類子美夔州以後詩,正所謂'老而嚴'者也。子由云:'東坡謫居儋耳,獨喜爲,詩精煉華妙,不見老人衰憊之氣。'魯直亦云:'東坡嶺外文字,讀之使人耳目聰明,如清風自外來也。'觀二公之言如此,則余非過論矣。"⑬

3. 周必大《跋黄魯直蜀中詩詞》:
  杜少陵、劉夢得詩自夔州後頓異前作。世皆言文人流落不偶乃刻意著述,而不知巫峽峻峰激流之勢,有以助之也。山谷自戎徙黔,身行夔路,故詞章翰墨日益超妙。⑭

從這上評述中,我們可以看到陳善諸人在審視杜甫夔州詩時明顯存在不同的邏輯理路和視角站位,因此,他們對於杜甫夔州詩尤其是它的妙處,理解亦不相同。

陳善認爲杜甫夔州詩的妙處乃在於"詩中有文",也即是説,杜甫作詩借鑒了文的藝術手法或語言形式,在詩中融入了文的因子,故其夔州詩"詞調流暢","簡易成熟,無斧鑿痕",就如謝朓所謂"好詩圓美流轉如彈丸"。然而,這種解釋顯然不合黃庭堅的本意,因爲黃庭堅對杜甫夔州詩的評論從未涉及"詩中有文"的觀念。雖然陳善在論證杜甫夔州詩的妙處時,引用了《與王觀復書》,但他沒有遵照原始文本去闡釋,很明顯,這是對山谷原意的曲解。

胡仔對杜甫夔州詩的評價是"老而嚴"。事實上，這是吕大防的觀點，即引文中的"吕丞相"。吕氏曾編《韓吏部文公集年譜》，譜後有自撰跋文，胡仔引用的部分便出自這篇跋文。所謂"老而嚴"指的是杜甫晚年的詩歌風格。可知，胡仔推崇杜甫夔州詩乃是著眼於它的風格。不過，杜詩的"老而嚴"并不是吕大防的獨創，因爲杜甫自己就以"晚節漸於詩律細"（《遣悶戲呈路十九曹長》）概括自己晚年的詩歌創作，所以"老而嚴"之論與其説源於吕大防，倒不如説它是杜甫的自評。可見，胡仔對杜甫夔州詩的理解也沒有遵照黄庭堅的想法，儘管這種理解算不上曲解。然而，它依然了脱離山谷原文語境，也不符合黄庭堅標榜杜詩的本意。而且，從黄庭堅所謂"無意於文"、"不煩繩削而自合"、"簡易而大巧出焉，平淡而似山高水深"、"文章成就，更無斧鑿痕"等評價可知，他對於杜甫晚年詩歌風格的闡釋没有"嚴"的義項。所以，胡仔以"老而嚴"形容杜甫夔州詩的妙處，儘管不是曲解，但是仍與黄庭堅的本意存在一定的偏差。

周必大承認杜甫夔州詩具有極高的藝術價值，但是，他認爲杜甫夔州詩寫得好根源在於巫峽和長江給予杜甫極大的幫助，即"江山之助"。尤其是周必大認爲黄庭堅晚年的詩歌也是得益於"江山之助"。由此可知，周必大對杜甫夔州詩的評價沒有遵循黄庭堅的本意。

## （二）南宋時期關於"無意於文"的討論

黄庭堅在《大雅堂記》中推崇的"無意於文"，是南宋文人討論《大雅堂記》的焦點之二，參與這一話題討論的文人及文本如下：

1. 張戒《歲寒堂詩話》卷上：

山谷晚作《大雅堂記》，謂子美死四百年，後來名世之士，不無其人，然而未有能升子美之堂者，此論不爲過。⑮

《洗兵馬》山谷云："詩句不鑿空强作，對景而生便自佳。"山谷之言誠是也。然此乃衆人所同耳，惟杜子美則不然。對景亦可，不對景亦可。喜怒哀樂，不擇所遇，一發於詩，蓋出口成詩，非作詩也。觀此詩聞捷書之作，其喜氣乃可掬，真所謂"情動於中而形於言，言之不足，不知手之舞之，足之蹈之"也。……子美吐詞措意每如此，古今詩人所不及也。山谷晚作《大雅堂記》，謂子美詩好處，正在無意而意已至。若此詩是已。⑯

2. 吕本中《夏均父集序》：

學詩當識活法。所謂活法者，規矩備具，而能出於規矩之外；變化不測，而亦不背於規矩也。是道也，蓋有定法而無定法，無定法而有定法。知是者，則可以與語活法矣。謝玄暉有言"好詩流轉圓美如彈丸"，此真活法也。近世惟豫章黄公，首變前作之弊,而後學者知所趣向,畢精盡知,左規右矩,庶幾至於變化不測。然予區區淺末之論,皆漢魏以來有意於文者之法,而非無意於文者之法也。子曰"興於詩",又曰"詩可以興,可以觀,可以群,可以怨,邇之事父,遠之事君,多識於鳥獸草木之名"。今之爲詩者,讀之果可以使人興起其爲善之心乎?果可以使人興觀群怨乎?果可以使人知事父事君,而能識鳥獸草木之名之理乎?爲之而不能使人如是,則如勿作。吾友夏均父,賢而有文章,其於詩,蓋得所謂規矩備具,而出於規矩之外,變化不測者,後更多從先生長者遊,聞聖人之所以言詩者,而得其要妙,所謂無意於文之文,而非有意於文之文也。⑰

事實上,張戒并不喜歡黄庭堅的詩歌,他在《歲寒堂詩話》中曾多次批評黄庭堅及山谷詩。然而,這些成見却未使他對《大雅堂記》作出否定評價。這大概有兩方面的原因,一方面是杜甫的影響,杜甫在張氏心中的地位極高,在《歲寒堂詩話》評論的唐宋詩人裏面,獲譽最高的就是杜甫⑱。所以,張戒贊同"子美死後四百餘年,未有升子美之堂者"與他對杜甫的仰慕之情不無關係。另一方面,山谷之論能夠獲得張氏認可,"無意於文"之說也發揮了重要作用,因爲它與張戒的詩學理念非常契合,張戒在評述魏晋詩人時曾説他們"本不期於詠物,而詠物之工,卓然天成,不可復及"⑲。卓然天成實際上正是"無意于文",這可證明對於詩歌寫作,張戒是認同"無意於文"的,所以《大雅堂記》能夠獲得他的好評。然而,張戒恐怕也曲解了黄庭堅的"無意於文"。前已述及,黄庭堅所謂的"無意於文"是指詩人在經過嚴格的句法訓練之後,達到的理想的創作境界。可是,從張戒説的"喜怒哀樂,不擇所遇,一發於詩,蓋出口成詩,非作詩也"幾句話判斷,他所謂的"無意於文"強調的是創作態度,即肆口而成、信手拈來。可見,雖然張戒認同"無意於文",但對這一創作觀念也存在曲解和誤讀。

呂本中的這篇序文因活法説而聞名,以往學界在討論該序時,重點關注就是活法説。實際上,活法説不是呂本中想要表達的重點,因爲他并不認爲活法説是一流的詩學理論,他相信世上存在著比活法説更高級的創作方法,這就是"無意於文者之法",而"無意於文"正是黄庭堅在《大雅堂記》裏強調的詩學觀念。作爲山谷的追隨者,呂本中不可能不知道《大雅堂記》,這樣來看,活法説的提出必然與《大雅堂記》存在直接的聯繫。因此,呂本中推崇"無意於文"充分説明他接受了黄庭堅的理念,是山谷詩學的傳承者。讓人頗感意外的是,呂本中對"無意於文"的理解也是有悖於山谷之論的,因爲呂本中所謂的"無意於文"已完全擺脱了"技"和"法"的考慮,純粹著眼於詩的政治功能(事父事君)、道德功能(興起其爲善之心)和認識功能(識鳥獸草木之名之理),這裏的"無意於文"已非黄庭堅所謂的"無所用智"的智性消解和直覺表現,而是指摒棄技巧之後儒家政治倫理內容的樸素呈露⑳。所以,這種解讀亦非山谷本意。由此觀之,無論是杜甫夔州詩的妙處,還是山谷主張的"無意於文",南宋諸家的闡釋均有別於山谷原意,或曲解,或誤讀,或理解偏差,或主觀臆斷。儘管南宋文人也推崇杜甫夔州詩和"無意於文"。然而,他們的理解并非山谷所期待的理解。

## 三、居簡《大雅堂詩》對兩大詩學公案的回應

現在我們回到文章的開頭,來看居簡的《大雅堂詩》是如何闡釋這兩個公案的,下面讓我們細讀其文本。

這首詩可分爲三個層次,第一部分從"少陵何人斯"至"莫測何能然",這部分解釋了"杜甫似司馬遷"的合理性,并贊歎蘇軾詩藝的高妙。在居簡之前,宋人從寫作手法、藝術風格、審美體驗等角度,來解釋東坡之論的合理性。居簡則獨闢蹊徑,他運用佛禪思維向不曉此語的"瞽者"解釋東坡的"知言"。他認爲東坡之論類似"如春在花","如春在花"乃北宋臨濟宗禪僧惠洪所創,是他在華嚴法界觀啓迪下形成的藝術觀念。華嚴法界觀認爲一微塵中悉具真如全體,一事象中遍含一切法界,一即一切,一切即一。世人循此觀念,可以"以小見大",從個別看出一般,從特殊看出普遍,或是以具象喻示抽象;又可以"寓大於小",把一般寄於個別,把普遍寓於特殊,或者把抽象依托於具象。惠洪把它用"春"與"花"加以概括——春即象徵"一切"或者"大",花即象徵"一"或者小",惠洪把"如春在花"推廣到品評人物和文藝中去。譬如評論人物,花是形象,春是氣質;評論詩文,花是詞藻,春是韻味㉑。居簡運用"如春在花"解釋東坡之論,明顯受到了惠洪的影響。如前所述,在宋人看來,儘管杜詩和《史記》的文體形態不同,但寫作手法、藝術風格以及審美體驗是相似的。那麼,這就讓"如春在花"有了用武之地,杜詩和《史記》的文體形態就是花,兩者的寫作手法、藝術風格、審美體驗就是春,花可有美醜之分,但春天只有一個,它不會因花的美醜而出現分別。可見,居簡賦予東坡之論一個有別於傳統闡釋的邏輯理路及視角。不止於此,爲了讓"瞽者"更加清楚,居簡還用"如意在弦"對他的闡釋進行補充説明。這一比喻也取自惠洪,其有詩曰"此言了如意在弦"㉒。"如意在弦"在惠洪的詩文中有時也稱"如意在琴",它脱胎於黃庭堅的詩句"拾遺句中有眼,彭澤意在無弦"。"意在無弦"典出《晉書·陶潛傳》:"性不解音,而蓄素琴一張,弦徽不具。每朋酒之會,則撫而和之曰:'但識琴中趣,何勞弦上聲!'"㉓宋人任淵的解釋是:"謂老杜之詩眼在句中,如彭澤之琴意在弦外。"㉔可知惠洪的"如意在弦"不是強調意在弦上,恰恰相反,他強調的是意在弦外,即弦外之音。有趣的是,"如春在花"和"如意在弦"連在一起使用,也是惠洪的發明。惠洪《郴州乾明進和尚舍利贊并序》"如春在花,如意在弦"㉕,以及《靈源清禪師贊五首》"如春在花,如意在琴"就是證據㉖。所不同的是,惠洪使用這兩個比喻是爲了贊美大德高僧的修養、氣度,而居簡以之解釋詩學公案。可以説,居簡爲這兩個由惠洪發明的藝術理念,賦予了新的內涵,爲其開闢了新的使用空間。

解析完"杜甫似司馬遷"後,居簡轉入對東坡的贊揚。在他看來,東坡作詩宛如無心出岫的行雲,順勢而下的流水,即行雲流水。這兩句詩化用東坡詩文,"悠悠雲出山"取自蘇軾《贈曇秀詩》"白雲出山初無心"㉗,而"滔滔水行川"取自蘇軾《自評文》"吾文如萬斛泉

源,不擇地皆可出,在平地滔滔汩汩,雖一日千里無難"㉘。儘管"行雲流水"原是蘇軾用來評價自己文章的,但它同樣適用於對東坡詩的評價。因爲蘇軾寫詩追求的也是如行雲流水一般的創作,這是不拘於法度、不雕章琢句,自然天成的創作,即"人言此語出天然"或"信手拈得俱天成"。可見,居簡對於蘇軾的詩學理念有著深刻的認識,而他用東坡的詩學理念來評價東坡詩,説明在他的心目中,蘇軾作詩真正做到了理論和實踐的統一。不過,居簡認爲宋人寫詩能造此境者,也僅有蘇軾這位天才而已,因爲没人能揣測出蘇軾是怎麽做到的。换言之,寫詩如行雲流水對凡人來説幾乎不可學。

第二部分,從"不知其誰知"至"此意惟心傳"。在這一部分,居簡先爲黄庭堅遭受"軟語之譏"辯護、翻案,爾後闡述黄庭堅撰寫《大雅堂記》的價值與意義。"軟語黄庭堅"不見於其他宋代文獻,僅在居簡《跋譚浚明所藏山谷〈巖下放言〉真迹》中有述:

《放言》於規矩準繩之外,而不失規矩準繩,然字亦放,若孔子從心時不逾矩矣。往往不識此等氣象,故有軟語之譏。公自黔涪起廢,舟泊灩澦,鄰檣二客乘月吟嘯,曰:"今代無詩人,魯直軟語,定不能寫此奇偉之觀,盍聯句賦此?"其一曰"千古城西灩澦堆",其次曰"上陵下浸碧崔嵬"。酒數行,悲嘶不已,而苦澀不續。公朗吟云:"曉濤激噴萬丈雪,夜浪急回千里雷。"二客詰姓字,公曰:"軟語魯直。"客愧謝移棹。右五篇字字有法度,爲公非家藏,今爲譚浚明所珍。寶慶二年清明,北磵盥鳳泉展玩於介亭之陰㉙。

《巖下放言》是黄庭堅於英宗治平三年(1065)創作的一組詩,共有五首㉚,這篇跋文向我們講述了"軟語黄庭堅"的由來,也讓我們了解了"庭堅語弗軟,壯折灩澦巔"乃是指山谷爲客續詩的故事。"盡寫劍硤詩"對應《大雅堂記》黄庭堅"欲盡書杜子美兩川夔峽諸詩"。"不數金薤篇"化用韓愈《調張籍》"平生千萬篇,金薤垂琳琅"句。爲韓詩作注的韓醇曰:"金薤,書也,古有薤葉書。"㉛可知"金薤"就是一種書法,居簡以此形容山谷手書的杜甫夔州詩,字形優美,乃書法珍品。"密付草玄後"中"密付"指的是禪宗祖師將"教外别傳"的"心印"付囑於傳人,"草玄"典出《漢書·揚雄傳》:"時雄方草《太玄》,有以自守,泊如也。"㉜因此"草玄後"即揚雄之後,也就是楊素翁,這是居簡借用古代同姓先賢的典故比附寫作對象,既稱贊楊氏淡泊名利,又隱喻其家學淵源之美好,此乃蘇軾、黄庭堅在元祐時期寫詩用典的主要方式㉝。"密付草玄後,夜光寒燭天"謂山谷將作詩的法門授予楊素翁的場景,堪比《壇經》中五祖弘忍將衣鉢付與六祖慧能的那個深夜。遺憾的是"至今百歲後,此意惟心傳","心傳"猶言以心傳心,乃禪宗最典型的傳法方式。禪宗認爲佛法大意,即"第一義"是不可言説的,唯以師徒心心相印,悟解契合,遞相授受。儘管山谷《大雅堂記》已流傳百餘年,但是,山谷的詩學主張却如禪宗的"第一義"那般微妙,後人鮮有得之者。换言之,居簡認爲後生晚輩真正領悟山谷意圖的不多。因此,對於黄庭堅撰寫《大雅堂記》,居簡也是運用佛禪思維來評述其意義的。而且，從詩句表述判斷，他對黃庭堅推崇杜詩的理解明顯與前人的理解不同，他認爲山谷撰寫《大雅堂記》意在强調詩法，而這一點與我們今人的理解一致，而不同於陳善、張戒等南宋諸人的理解。

最後一部分，從"炎宋諸王孫"至"堂下時蹁躚"。居簡敘述了南宋宗室詩人對杜甫及江西詩派的學習接受，表達了自己對江西詩派及其詩學理念的肯定，抒發了自己"登堂入室"的願望。"炎宋諸王孫，傳癖不復痊"，"諸王孫"指宗室子弟，"傳癖"典出《晋書·杜預傳》："時王濟解相馬，又甚愛之，而和嶠頗聚斂，預常稱'濟有馬癖，嶠有錢癖'。武帝聞之，謂預曰：'卿有何癖？'對曰：'臣有左傳癖。'"㉞由於杜預是杜甫的祖先，所以這也是借古代同姓先賢的典故，形容南宋宗室詩人對杜詩的著迷。"閉户閲宗派，尚友清社賢"，"宗派"指吕本中《江西詩社宗派圖》，"社賢"指名列圖中的詩人。這些宗室子弟不但學杜，還尚友先賢，以江西詩派爲師。由此可知，在居簡的時代，存在一個以杜詩和江西詩派爲典範的宗室詩人羣。那麽，這些人是誰呢？根據文獻查考，同居簡生活時代接近且被公認以老杜、江西爲師的宗室詩人，主要有趙汝談、趙汝讜、趙汝淳等人。趙汝談、趙汝讜合稱"餘杭二趙"，方回《送羅壽可詩序》："嘉定而降，稍厭江西，永嘉四靈復爲九僧舊，晚唐體非始於此四人也，後生晚進不知顛末，靡然宗之，涉其波而不究其源，日淺日下。然尚有餘杭二趙、上饒二泉，典刑未泯。"㉟"二趙"在當時就被人們視爲江西詩派後勁。趙汝淳字子野，此人與居簡有交往。對於他的詩歌，陳造《跋趙子野詩卷》所述最詳，其中就提到他學習杜甫："子野所學，其源則三百篇，其支流派引不杜子美不留眄也，而其春秋甚富，往往以李長吉爲比。"㊱（《江湖長翁集》卷三一）因此，居簡所謂"炎宋諸王孫"很可能指的就是這三位趙姓詩人。

以往的研究者雖然注意到了"三趙"學習杜甫和江西詩派，但是由於文本欠缺，他們怎麽學却無法展開深入討論。如今，《大雅堂詩》爲我們提供了證據，爲我們詳細介紹"三趙"是如何學江西詩派的。"吕韓儼前列，芳蠟然金蓮"，吕、韓即吕本中和韓駒，"前列"猶言前賢，謂吕本中、韓駒等前賢宛如金蓮燈中燃燒的芳蠟，爲"三趙"點亮了學詩之路。"三洪偕二謝，病可攜瘦權"，"三洪"即洪朋、洪芻、洪炎，"二謝"即謝逸、謝薖。"病可"即釋祖可，曾經身患癩疾，故名"病可"；"瘦權"即釋善權，因身形清癯而得名。兩位是江西詩派中的詩僧，以詩齊名，時人號曰"瘦權病可"。可見，除了老杜之外，"三趙"還轉益多師，但凡名列宗派圖的詩人均是他們學習的對象。而且，他們學習江西詩派不止停留在揣摩作家的文本層面，"奪胎換骨法，妙處尤拳拳"説明"三趙"還有理論學習。衆所周知，"奪胎換骨"是江西詩派標誌性的詩學理論，此説見於惠洪《冷齋夜話》。我們以往考察該理論在宋代詩壇的接受情況時，主要依賴宋人的詩話。然而，這些詩話大多引用黄庭堅本人的詩句作爲例證，屬於推測性質的證據，缺少後代詩人學習、使用的實例。《大雅堂詩》不啻爲我們提供了直接證據，它能證實在南宋確有詩人學習、使用該理論㊲。當然，"三趙"學習江西詩派和奪胎換骨是爲了達到更高的目標——"疏越正始音，細取麟角煎"，"疏越"語出《禮記·樂記》"清廟之瑟,朱弦而疏越,一唱而三歎,有遺音者矣",即悠揚、雋永之意,居簡以之形容正始之音。需要注意的是,本詩的"正始"不應理解爲曹魏正始時代的詩歌,應當遵從《詩大序》所說"《周南》《召南》,正始之道,王化之基"之意。《正義》:"《周南》《召南》二十五篇之詩,皆是正其初始之大道,王業風化之基本也。"當作"正其初始"或"正宗之始"的意思來理解,"正始音"就是符合儒家"雅正"傳統的作品㊳。"麟角煎"典出《海内十洲記·鳳麟洲》:"洲上多鳳麟,亦多仙家煮鳳喙及麟角,合煎作膠,名之爲續弦膠。"㊴所以"三趙"學習江西詩派及奪胎換骨法,猶如仙人細煎麟角製取續弦膠,黏接正始之音,使其不斷。那麼,這個正始之音指的是什麼呢?很顯然,它就是杜詩。所以,"三趙"學習江西詩派的終極目標就是杜詩。這樣來看,《大雅堂詩》叙述的就是杜詩在宋代的傳承譜系,即蘇軾——黃庭堅——江西詩派——"三趙"。從文本意義上來說,黃庭堅擔心杜詩典範地位有委地之憂,故作《大雅堂記》號召後生晚輩學習,而居簡作《大雅堂詩》則是在告慰黃庭堅這正始之音從未間斷。"亦有老斲輪,堂下時蹁躚",在詩的最後,居簡登場,他將自己比作《莊子》中"得心應手的輪扁",抒發自己領會山谷詩學理念的喜悦之情,呼應題目中的"大雅堂",表達了自己對"登堂入室"的渴望。而我們也因此看清楚了居簡的詩學取向——學杜師黃,宗法江西。

綜上所述,前人對兩大公案的闡釋沒有束縛住居簡的思想,他借鑒惠洪的理念,利用佛禪思維爲解讀兩大詩學公案提供了新思路。可以說,對於兩大公案的闡釋和禪僧文學來說,《大雅堂詩》均展現了鮮明的創新性。尤其是禪僧文學,這首詩是"因難而見巧"的創新。筆者認爲居簡在寫這首詩前,要面對文體和思路兩重困境。從闡釋的文體形態來說,居簡選擇的是詩歌,而不是傳統闡釋中常用的詩話、序跋。我們知道,詩歌是一種在寫作上篇幅、體制相對受限的文體,使用它去闡述複雜的理論問題,顯然不如使用散文輕鬆容易。因此,這種創作往往要求詩人具備相當的才氣思致。縱使那些才華橫溢的詩人,也很少冒險嘗試。所以,對於一個以習禪爲業的佛教徒來說,這種寫作的難度和挑戰是可想而知的。另一方面,從闡釋的邏輯理路來看,在居簡之前,兩大詩學公案的已經有了不少專業的解讀,宋人對於"杜甫似司馬遷"的闡釋,不管是哪一種理解方式,實際上,皆可自圓其說。對於杜甫夔州詩和"無意於文"的理解,雖然很少符合黃庭堅的初衷,但想法和視角卻相當多元,可以說,兩大公案留給居簡的闡釋空間非常有限,倘若沒有奇思妙想,很難保證自己的解讀不和前賢發生重合。然而,居簡成功突破了這兩大困境,因此,下面我們就要追問是什麼原因驅使居簡去挑戰難度而作出這樣的創新。

## 四、居簡《大雅堂詩》創作動機的考察及其文化意義

事實上,"杜甫似司馬遷"和黃庭堅《大雅堂記》原是兩個毫不相關的話題,在居簡之前,從未有人把這兩個話題放在一起討論,而居簡將它們寫到一首詩裏,予以品評,這是一

個非常罕見的現象。儘管黄庭堅爲杜甫夔州詩取名"大雅"也可轉化爲"杜詩似《大雅》"之喻。但是,這一"共性"仍無法使之與"杜甫似司馬遷"實現"混爲一談"的可能。因此,我們有必要追問居簡這樣做的動機與目的。通過細讀文本,以及梳理《大雅堂詩》與《大雅堂記》等文本的"互文"關係,我們認爲,居簡創作這首詩除了對兩大公案予以回應之外,他還有兩個目的:一是爲江西詩派辯護、翻案,二是比較東坡、山谷詩歌創作的普適性。簡言之,這首詩也是一首"論詩詩",合理地使兩種比譬巧妙地連在了一起。

首先,《大雅堂詩》是居簡針對當時詩壇動態有感而發,爲江西詩派辯護而作。我們之所以作出這一判斷,依據就是對《大雅堂詩》寫作時間的推算。儘管《大雅堂詩》無法準確繫年,但是,詩中"至今百歲後,此意惟心傳",這針對山谷創作《大雅堂記》而感發的詩句,却可以幫助我們爲這首詩的寫作時間劃出大致的範圍,從而讓我們瞭解其創作的時代背景。因爲《大雅堂記》是有準確繫年的——元符三年(1100)。那麽"至今百歲後"就是慶元五年(1199),考慮到古人寫詩計算時間還存在取捨整數的可能性(±10 年),因此,這首詩寫作時間的界限,或在公元 1190 至 1209 年之間,即宋光宗紹熙至宋寧宗嘉定年間。按照文學史的叙述,這個階段正是永嘉四靈、江湖詩人活躍於詩壇的年代,同時,也是江西詩派爲人厭棄,面臨存續危機的年代。在此之前,儘管中興詩人也曾批評江西詩派,不過,他們把批判的矛頭對準的是當時學習江西詩派却不得其法的末流作家群體,即尤袤説的:"近世人士喜宗江西,温潤有如范致能者乎?痛快有如楊廷秀者乎?高古如蕭東夫,俊逸如陸務觀,是皆自出機軸,亶有可觀者,又奚以江西爲?"⑩而不會質疑爲江西詩人推崇的老杜、山谷。然而到了這時,人們開始對江西詩派學習杜詩産生質疑,葉適《徐斯遠文集序》:"慶曆、嘉祐以來,天下以杜甫爲師,始黜唐人之學,而江西派宗焉。然而格有高下,技有工拙,趣有淺深,材有大小。以夫汗漫廣莫,徒枵然從之而不足充其所求,曾不如脰鳴吻决出豪芒之奇,可以運轉而無極也。故近歲學者,已復稍趨於唐而有所獲焉。"⑪直言學詩要以唐人之學(晚唐體)爲宗,杜詩不足爲訓。由於葉適是當時文壇的權威,這番言論影響極大,可以説,從根本上動摇了追摹江西詩派者的信仰,導致江西詩派的理念難以在詩壇立足。那麽,在這種輿論環境下,居簡創作《大雅堂詩》,推崇山谷,肯定"三趙"學習江西詩派,不啻爲江西詩派辯護、翻案。

其次,《大雅堂詩》含有對蘇、黄詩歌創作模式,誰更具有普適性的比較,這是一項引人注目的内容,顯示出了居簡獨特的審美眼光。從表面上看,這首詩圍繞著兩大詩學公案展開,這是一條明綫。不過,從深層來看,這首詩還存在一條暗綫,即對兩種"自然地寫詩"模式進行比較。所謂"自然地寫詩"是指詩人不須專心於技巧、堆砌裝飾性的文辭,把詩自然而然地寫成。從《大雅堂詩》可知,居簡把"自然地寫詩"分爲兩種模式:蘇軾的"行雲流水"和黄庭堅的"無意於文",在行文之中暗含著對這兩種模式的普適性的比較。從他的表述看,"行雲流水"只有東坡等少數天才能够做到,凡人無法做到(莫測何能然),因而這一模式不具有普適性。相反,山谷的"無意於文"却有法可致。因爲黄庭堅在《大雅堂記》中已經向後學指明了實現"無意於文"的途徑,後來,吕本中在《夏均父集序》裏更是表明存在"無意於文者之法"。所以,從這個角度看,"密付草玄後"强調的就是山谷對"無意於文者之法"的傳授,以老杜爲師、追摹江西詩派的"三趙"即是"無意於文"具有普適性的證明。進一步説,在居簡心中,從山谷到江西詩派,再到"三趙"均是在創作上追求"無意於文"的詩人,他們充分説明只要學會、通曉"無意於文者之法",凡人完全可以"自然地寫詩"。

最後,居簡此詩不僅在理論上明確提出學杜師黄,宗法江西,整首詩也呈現出鮮明的"元祐-江西"詩歌的美學特徵,是典型的"以才學爲詩"。試看居簡的用典:"少陵何人斯,曰似司馬遷"出自蘇軾《東坡志林》或《苕溪漁隱叢話》;"太史牛馬走"語出司馬遷《報任少卿書》或取自蘇軾《次韻晁無咎學士相迎》詩"端如太史牛馬走"句;"政如春在花"點化惠洪《送朱泮英隨從事公西上》詩"氣如春在花"句;"又如發清彈,意豈必在弦"點化黄庭堅《贈高子勉四首·其四》詩"彭澤意在無弦"句,而這兩個比喻又脱胎於惠洪《郴州乾明進和尚舍利贊并序》"如春在花,如意在弦"句;"悠悠雲出山"化用蘇軾《贈曇秀》詩"白雲出山初無心"句;"滔滔水行川"語出蘇軾《自評文》;"不知其誰知"四句出自居簡《跋譚浚明所藏山谷〈巖下放言〉真迹》;"盡寫劍硤詩"語出黄庭堅《大雅堂記》;"不數金薤篇"語出韓愈《調張籍》詩"金薤垂琳琅"句;"密付草玄後,夜光寒燭天"出自《漢書·揚雄傳》以及《壇經》;"傳癖不復痊"出自《晉書·杜預傳》;"奪胎换骨法"語出惠洪《冷齋夜話》;"疏越正始音"出自《禮記·樂記》以及《毛詩正義》;"細取麟角煎"出自小説《海内十洲記》;"亦有老斫輪,堂下時蹁躚"出自《莊子·天道》。這種用典方式有兩個特點:第一,用典密度大,幾乎"無一字無來處",在唐宋"僧詩"中非常罕見。第二,用典範圍廣博,不僅涵蓋了經史子集傳統四部典籍,而且,還有筆記、志怪、詩話、佛經裏面的典故,所引語典和事典遠非一般類書可查,足見居簡知識儲備之深厚,學識之淵博。連同前文所述居簡以同姓先賢稱贊寫作對象的用典方式,可以確信居簡是南宋後期一個具有"宋調"特徵的文學僧。

## 餘 論

居簡的《大雅堂詩》不僅藴含豐富的文化意義,也讓我們看到了因爲材料的缺失,而未能被文學史書寫者所看到的南宋後期詩壇"風景":

首先,儘管"元祐-江西"詩歌傳統在葉適、嚴羽等人的批判下,日漸式微,而晚唐體的流行,使得這一傳統幾乎"被趕出"了士大夫文學領域。但是,《大雅堂詩》告訴了我們它不僅没有消亡,也不像文學史所描述的那般落寞。事實是,在南宋特殊創作群體——宗室詩人和禪僧等非士大夫文人群體裏[42],這一傳統備受推崇。他們在詩學理念和創作實踐上,傳承并發揚了"蘇黄"及江西詩派的創作範式,使得該傳統在詩壇上,重新焕發了光彩與生機。

其次,惠洪"文字禪"對南宋文學僧的影響不容忽視。研究惠洪,"文字禪"是絕對繞不開的話題,尤其是其"文字禪"對後世禪林的影響及其表現。關於這個問題,過去我們主要從三個方面來論述:一是惠洪《林間録》對禪林筆記寫作傳統的開創;二是惠洪《禪林僧寶傳》爲"僧傳"書寫樹立的全新範式;三是他的詩文集《石門文字禪》之於禪僧文學的典範價値,具體來説,就是《石門文字禪》對日本五山文學的影響。然而,這部詩文集對南宋禪僧有何影響,長久以來我們是不清楚的。過去,我們只能看到日本五山禪僧學習惠洪詩文,却很少見到南宋禪僧學習惠洪詩文,而《大雅堂詩》充分説明南宋禪僧存在學習、接受惠洪詩文的情況,而且,這也從側面證明了時人把居簡類比惠洪的説法是可信的。事實上,惠洪不止影響了居簡,還包括居簡的前輩橘洲寶曇,以及他的晚輩,即南宋後期的"臨安高僧群"代表人物,物初大觀、藏叟善珍等。因爲他們在創作上也有明顯的"元祐——江西"詩歌傳統。這些作爲宋代禪宗"雅文學"代表的文學僧,或直接、或間接地受到惠洪的影響。所以,惠洪之於南宋五山文學有著相當的影響力,雖然惠洪因熱衷詩文寫作在北宋後期的禪林中聲名狼藉,甚至没有法嗣傳燈。但是,他的詩文被後生晚輩推崇、學習,反而在禪僧文學領域裏留下了不少"法嗣",毫不誇張地説,惠洪及其《石門文字禪》對南宋臨濟宗禪僧文學的勃興是有重大貢獻的。

最後,《大雅堂詩》是居簡對"僧詩"傳統的突破,爲"僧詩"開闢的新題材,反映了南宋後期文學僧在知識結構複雜化、多元化之後,對詩歌創作士大夫化和書齋化的嚮往與追求。對於"僧詩",朱剛先生認爲不光是禪僧,所有僧人的詩作,在題材、内容和表達上都頗受限制,不能寫愛情,不能寫世俗欲望,對美好事物的過渡迷戀、激烈的情緒,以及懷才不遇之感,等等,都不合適。雖然不是每首詩都必須談及佛理,但過於華麗的"綺語"則必須克制[43]。確實,禪僧由於身份有限制,在詩歌創作上能够涉足的領域不多,因而僧詩難免内容單調,題材狹窄。不過,對於那些學養深厚又富於想象力的禪僧來説,這些限制并不會束縛他們,他們總能憑藉自己的淵博學識和精妙才思,在不觸犯禁忌的前提下,開拓創新,爲"僧詩"帶來新變。居簡和他的《大雅堂詩》就是典型,思考詩學理論的熱門話題,原本是宋代士大夫的日常行爲,禪僧是不需要的。那麼,禪僧用詩歌來議論這類話題,題材上自然屬於"越界"。然而,這樣的越界并不是一位禪僧有了強烈的主觀意願就能實現的,它需要以深厚的學養和敏鋭的才思爲前提。假如没有相應的文化背景和知識積累,禪僧不可能嘗試越界。因此,居簡能够實現越界,依靠的就是精博閲讀而培養的知識體系,但這種體系不能是僅限於某一方面的,它必須是多元、複雜的(經史子集無所不包),這點在居簡的詩中已有明確的反映。

由此觀之,《大雅堂詩》的出現對於宋代禪僧詩來説,固然是題材的創新與開拓,但它的意義又不止於此,尤其對於南宋文學僧來説,它還有著指導性和示範性:只要讀書精博,深厚學養,就能讓你在有限的領域尋找更多的詩材,讓你的詩歌創作更加多元化,既能避免言語的冒險,又不必擔心掉入"蔬筍氣"的俗套,更不會被人譏爲"浪子和尚",從而使單調的習禪生活更加詩意化。倘若選擇了這樣的創作道路,自然就要以老杜、蘇黄、江西詩派爲典範。從這個角度來看,居簡也是爲禪僧的詩歌創作指出了向上一路,《大雅堂詩》可視爲"禪僧版的《大雅堂記》"。

(作者單位:信陽師範學院文學院)

---

① 釋居簡《北磵詩集》,金程宇編《和刻本中國古逸書叢刊》第 50 册,鳳凰出版社,2012 年,第 443—444 頁。
② "互文"(intertextuality)按照克里斯蒂娃(Kristeva, J.)在《詞語、對話和小説》中的説法:"任何文本的建構都是引言的鑲嵌組合;任何本文都是對其他本文的吸收與轉化。"([法]克里斯蒂娃著、史忠義等譯《符號學:符義分析探索集》,復旦大學出版社,2015 年,第 87 頁)而在中國古代文學的創作實踐中,互文主要體現爲一種寫作傳統,即典故的使用和語詞的沿襲性。詩人把前人辭句嵌進自己的作品,在與之形成差異時顯出自己的價值。(周裕鍇《宋代詩學通論》,上海古籍出版社,2007 年,第 180 頁)
③ 胡仔纂集、廖德明校點《苕溪漁隱叢話·前集》卷一一,人民文學出版社,1962 年,第 72—73 頁。
④ 許顗《彦周詩話》,《歷代詩話》,中華書局,1981 年,第 382 頁。
⑤ 朱弁《風月堂詩話》卷上,《中國詩話珍本叢書》第 1 册,北京圖書館出版社,2004 年,第 236 頁。
⑥ 周裕鍇《宋代詩學通論》,第 265 頁。
⑦ 吳可《藏海詩話》,《歷代詩話續編》,中華書局,1983 年,第 339 頁。
⑧ 楊萬里著、楊長孺編《誠齋集》卷八〇,《文淵閣四庫全書》本。
⑨ 黃庭堅著,劉琳、李勇先、王蓉貴校點《黃庭堅全集》第 2 册,四川大學出版社,2001 年,第 347—348 頁。
⑩ 同上書,第 470 頁。
⑪ 同上書,第 471 頁。
⑫ 陳善撰《捫虱新話》,《叢書集成新編》本。
⑬ 胡仔纂集、廖明德校點《苕溪漁隱叢話·後集》,人民文學出版社,1962 年,第 226 頁。
⑭ 周必大《文忠集》卷一七,《文淵閣四庫全書》本。
⑮ 張戒《歲寒堂詩話》,《歷代詩話續編》,第 457 頁。
⑯ 同上書,第 468—469 頁。
⑰ 馬端臨《文獻通考》,中華書局,1986 年,第 1935 頁。
⑱ 興膳宏撰、李寅生譯《略論〈歲寒堂詩話〉對杜甫與白居易詩歌的比較評論》,《杜甫研究學刊》2001 年第 1 期。
⑲ 張戒《歲寒堂詩話》,《歷代詩話續編》,第 450 頁。
⑳ 周裕鍇《宋代詩學通論》,第 233 頁。
㉑ 周裕鍇《法眼看世界:佛禪觀照方式對北宋後期藝術觀念的影響》,《文學遺產》2006 年第 5 期。
㉒ 惠洪《石門文字禪》卷八,《文淵閣四庫全書》本。
㉓ 房玄齡等《晉書》卷九四,中華書局,1974 年,第 2463 頁。
㉔ 黃庭堅著,任淵、史容、史季温注,黃寶華點校《山谷詩集注》,上海古籍出版社,2003 年,第 396 頁。
㉕ 惠洪《石門文字禪》卷一九,《文淵閣四庫全書》本。
㉖ 同上。
㉗ 蘇軾撰、王文誥輯注、孔凡禮點校《蘇軾詩集》卷四〇,中華書局,1982 年,第 2190 頁。
㉘ 蘇軾撰、茅維編、孔凡禮點校《蘇軾文集》卷六六,中華書局,1986 年,第 2069 頁。

㉙ 釋居簡撰《北磵文集》卷七,金程宇編《和刻本中國古逸書叢刊》第 51 册,鳳凰出版社,2012 年,第 318—319 頁。
㉚ 鄭永曉《黃庭堅年譜新編》,社會科學文獻出版社,1997 年,第 23 頁。
㉛ 韓愈撰、魏仲舉集注《五百家注昌黎文集》,《文淵閣四庫全書》本。
㉜ 班固撰、顏師古注《漢書》卷八七下,中華書局,1962 年,第 3565—3566 頁。
㉝ 周裕鍇《"詩可以群":略論元祐體詩歌的交際性》,《社會科學研究》2001 年第 5 期。
㉞ 《晋書》卷三四,第 1032 頁。
㉟ 方回《桐江續集》卷三二,《文淵閣四庫全書》本。
㊱ 《全宋文》第 256 册,上海辭書出版社、安徽教育出版社,2006 年,第 252 頁。
㊲ 有趣的是,筆者檢索北大版"全宋詩分析系統"資料庫,發現整個宋代在詩中明確提到"奪胎換骨"只有居簡一人。
㊳ 參見葛曉音《唐詩宋詞十五講》,北京大學出版社,2003 年,第 28 頁;王宏林《釋"正始之音"》,《古典文學知識》2009 年第 6 期。
㊴ 舊題東方朔撰《海内十洲記》,《文淵閣四庫全書》本。
㊵ 姜夔《白石道人詩集自叙》,《全宋文》290 册,第 456 頁。
㊶ 葉適《徐斯遠文集序》,《全宋文》285 册,第 162 頁。
㊷ 關於宋代特殊創作群體的説法,詳見朱剛《唐宋"古文運動"與士大夫文學》,復旦大學出版社,2013 年,第 243—249 頁。
㊸ 朱剛《宋代禪僧詩研究引論》,肖瑞峰、劉躍進主編《跨界交流與學科對話:宋代文史青年學者論壇》,浙江大學出版社,2015 年,第 183—184 頁。

# 《漂游江湖》述要

[美] 傅君勱（Michael A. Fuller）

詩歌在前現代中國扮演著多重角色，可以是郊廟儀典上的重要內容，也可以是社交應酬的方式。具備寫詩能力的人，會因之躋身社會上流，從而獲得可觀的經濟收益。此外，在很長的一段歷史時期內，詩歌都是科舉考試的科目。然而中國詩并不僅僅是應對社會生活紛繁多擾的工具，全方位地探索人生意義纔是詩歌最基本的奧義所在。然而，正如社會、政治及經濟環境會隨著時間的流逝發生改變，中國精英文化對於人生意義的理解也是流動不居的，概念闡釋與思想體系都在不斷地經歷著新舊交替。詩歌，承載著探索這些變化的使命，也不斷地推陳出新——它始終可以發展出新的技巧來捕捉和表達新產生的體驗和概念結構。

1100—1300年間，中國發生了一次深刻的文化轉型，拙作《漂游江湖》就主要探究這場轉型中的詩歌新變。我嘗試在書中告訴讀者，這一時期的詩歌并非只是被動地適應文化轉型，而是積極主動地爲文化轉型提供了至關重要的文理要素。[①]《漂游江湖》一書的核心觀點便是，詩中之"文"的角色，也就是詩歌的文理維度，爲文學提供了一條獨特的歷史綫索，這條綫索獨立於政治史、社會史、經濟史抑或是思想史的叙述框架之外。因此，爲了便於介紹我的這本專著，在行文伊始，我將首先簡要探討一下"文"在文學文本中所扮演的獨特角色。

衆所周知，人類認識世界的主要方式是科學、哲學與宗教。然而在《漂游江湖》一書中，我論證了文理體驗，也就是"文"的體驗，在認知世界的過程中扮演了至關重要的角色，人們會逐漸意識到世界其實與科學、宗教或者哲學的描繪不盡相同：換句話説，人類是依靠文理體驗獲得種種認識世界的基本直覺并由此不斷獲得新的知識積累，也正是這些直覺爲探尋人生意義、認識人間世界提供了更爲基礎的觀念。實際上，我們無法直覺到各種經歷的共通性，除非把它們統一於"文"這一更宏大而完整的思維框架下，纔被賦予了相互比較的可能，相關意義方得呈現。也只有這樣，人們纔能憑直覺感知到，人生體驗的各個層面之間，其實藴涵著共通的意義和規律。在1100—1300年間，"文"擁有著三重深層意藴，除了文本傳統，還包括了"萬物之理"與"人性"。起初，在蘇軾的筆下，萬物之理囊括了文章與人性，然而在下一代詩人中，能够從世間諸相中獲知義理的信心蕩然無存。文人騷客們發展出了一種新的詩學觀念,并探索出一種新的勾連人生經歷的模式,江西詩派的後勁與日益壯大的道學群體恰恰構成了這個詩學觀的一體兩面。這一時期的士大夫開始重新審視"文"之三重意藴的相互關係,隨著道學逐漸成爲官方正學,"萬物之理"與文章不再被視作對人生終極意義的理解,兩者被"性情"與新起之"理"取代了。《漂游江湖》中講述的故事正展示了這段充滿爭論與試驗的詩歌歷史。

在這場轉型過程中,詩歌從始至終都扮演著不可或缺的關鍵角色。道學的發展歷程也足以證明,如果一個人嘗試全然擯弃通過詩歌來探索世界秩序的文理直覺的話,他對於世界的理解將只剩下幾句古板的教條格言,除此之外,一無所有。因此,正如真德秀(1178—1235)所云:"詩人比興之體,發聖賢理義之秘。"南宋晚期的道學追隨者意識到了詩也需要被容納進道學闡釋體系,而與此同時,詩人也在不斷地探索新興道學義理間的文理性。漸漸地,文人文化中生成了一種詩與道學的新的互動關係,《漂游江湖》一書便對這段進程進行了討論。

## 第一章:彼岸

在《漂游江湖》一書的開篇,我概述了中國古典哲學關於語言意義的討論,并對相關論點發表了自己的看法。由於我重點關注的話題是詞與物的關係,從而一開始便討論了荀子對於莊子言不盡意的回應,并認爲荀子的反擊有著相當重要的意義。北宋初年的文學傳統實際上是接受了荀子言意觀裏的兩個認識:(1)我們的認知深受人類感官能力與思維能力的局限,(2)所謂的知識其實只是人類的知識,而語言也同樣只是人類的語言。除此以外,主流中國士大夫文化還認爲作爲現象的物(即我們感官所呈現的物)也是情與意的特定對象。我認爲在這樣的語言機制下,文學寫作的最大挑戰便是如何將外在之物與內在情意充分有效地通過語言文字進行融合,而文學家的解決方式便是爲語言增添作爲文理形式的"文",因爲"文"不僅可以允許作者通過語言傳遞自身意圖與感受,還能夠讓讀者可以從經由文理原則組織而成的文本中準確領會作者的意圖與感受。然而有宋一代,特別是在 1100—1300 年間,人們逐漸發現這種思維機制并不能充分有效地理解語言、事物以及知識,道學家因此建立起了一套殊爲不同的思維模式,最終取代了舊有的觀念。我在本章的結論中指出,這一時期的詩史研究,必須要探索作家與讀者對於"文"的反思,即"文"在調和物的世界、語言世界與情意世界的關係中,究竟扮演了怎樣的角色。

## 第二章:源流

在第二章裏,我比較了蘇軾與黃庭堅對於文學創作如何發生的不同理解,并探究了對此問題的巨大分歧是如何影響了兩者的詩作文本及詩學觀念。蘇軾認爲萬物之理是相當錯綜複雜的,其間涵蓋了人類歷史、人類情感以及不斷流動變化的外部現象世界。而個體經歷不僅被萬物之理賦予人生意義,同時也積極參與了萬物之理的構建。而對於蘇軾來說,好的作品恰恰應該是能够捕捉個體經歷在特定瞬間融入、參與并揭示萬物之理的複雜心曲。在蘇軾看來,萬物之理不僅無處不在,而且還爲理解人生經歷以及文學創作提供了合乎邏輯的、符合道德規範的思維框架。不過重要的轉折很快就出現了,下一代作家遭遇到了種種困境,不僅要承受道德敗壞的當權士大夫導致的政治動亂,還需要面對經典文本的權威性日漸削弱。他們無法像蘇軾那樣認爲外部現象具有内在統一性,并把它當作行動指南或是寫作之源。作爲這一代作家中最爲才華橫溢的黄庭堅構建了另一種理解相關意義與寫作之源的思路。它不再對於現象領域作直接的理解,而將視綫投向古代的偉大著作,這些著作詳細記錄了往聖先哲如何對現象領域做出道德規約式的反應。對於黄庭堅而言,人生的終極意義不在於世界本身,而在於人類能够對其有所反應,其間惟有往聖先哲以及偉大作家的反應是值得被後世效仿的。對於蘇軾和黄庭堅來說,人們與生俱來便處於一個内在一致的世界裏,但是黄庭堅認爲這種内在一致是潛藏在人性之中的,因此人們需要不斷地將其培養激發出來。在黄庭堅看來,往聖先哲的作品之所以有價值,并不是因爲作品的語言,而是因爲這些往聖先哲通過對於萬事萬物的反應來揭示他們的作者之意。因此只有通過對這些作品的深入研究和强有力的自我觀照,人們纔能把握其間承載的往聖先哲之意,并使自我與過去的規範性書寫傳統保持一致。我認爲,這種意義模式是建立在一種規範的文本傳統基礎上的,這種文本傳統根植於一種"人性"的共性,并通過對語言的精准打磨而揭示出來,這是黄庭堅精雕細琢的詩歌背後所承載的意義,同時也是他頗負盛名的"詩法"得以形成的基礎。無論是他所指出的杜甫與韓愈之詩"無一字無來處",還是他主張的"奪胎換骨"詩法,都不著意於語言本身,而是語言所體現的意圖範疇。然而,後來的詩人無論是沿襲或貶斥黄庭堅的創作模式,都只看到了黄對語言本身的關注,而忽視了其語言背後承載的認知體系的作用。

## 第三章:江西

本書共用了兩章篇幅論述"江西詩派",第三章是其間的第一個部分,主要論述吕本中(1084—1145)《江西詩社宗派圖》的歷史,以及被吕氏列入宗派的二十五位作家中的主要詩人。該章的討論主要涉及陳師道(1053—1101),洪朋(1065?—1102?)、洪芻(1066?—1132後)、洪炎(1067—1134)三兄弟,徐俯(1075—1141),韓駒(1080—1135),還包括該圖存在的諸多問題及其在北宋末年的深刻意義。例如,吕本中後來就將此圖歸爲少時戲作。再如儘管吕本中聲稱他列出的作家都是黄庭堅門下的傳人,但正如南宋人已經指出的那樣,此圖所呈現的宗派是鬆散的,完全經不起仔細的探究。儘管陳師道是黄庭堅的好友,洪氏三兄弟與徐俯是黄庭堅的外甥,但韓駒的出現始終令人迷惑,而且圖中所列詩人的作品也不具備連貫、統一的風格,與後世詩人歸納出的江西詩風更相去甚遠。不過這些詩人的作品雖然揭示出對外部世界的不同反應,但本質上他們仍舊苦苦挣扎於黃庭堅所面臨的意義問題之中。

在介紹與宗派圖相關的詩人時,我追踪了他們的政治生涯和社會關係,以指出他們與朝廷的疏離。雖然他們在徽宗(1082—1135,1100—1126 年在位)朝任職,但直到 1120 年蔡京(1047—1126)退休後,他們的地位纔有所上升。我認爲這種與新黨政權的距離促成了他們在高宗(1107—1187,1127—1162 年在位)朝初期的詩壇地位。

## 第四章:文化生產領域下的江西詩風

如果《江西詩社宗派圖》没有定義一個明確的詩人群體或特定的詩風,那麼,"江西詩風"是如何對早期南宋詩歌和詩學產生如此強烈而持久的影響的呢? 在這一章中,我認爲江西詩風之所以起到如此重要的作用,是因爲形成這一詩風的一系列特質同時也構成了這一時期關於詩歌的論爭。我的方法受益於皮埃爾·布迪厄(Pierre Bourdieu)的文化社會學觀點。布迪厄認爲,當生產和消費的文化對象諸如文學、音樂、哲學、視覺藝術等,被充分整合爲一個市場後,文化生產便發展出一種結構——文化生產領域。在這種結構中,文化的生產者及其生產品通過差異化(differentiation)而得到定義。生產者通過把自己與同領域的其他參與者區分開來,從而獲得自我定位;新的參與者要想有別於那些已經被認爲重要的參與者,就必須建立新的差異類别并以此來重塑文化生產領域内的關係。布迪厄的方法有助於分析北宋晚期和南宋早期關於詩歌的各種爭論。我們可以將作家視爲一個領域的參與者,這個領域是基於對詩歌意義中共同概念的不同立場來構建的。作家們爭論的實際上是黃庭堅遺留下來的詩學問題。正如第二章提到的,黃庭堅認爲經典文本傳統提供了一種語言媒介來恰當地傳達一個詩人對世界的回應,這種反應包括了感情和意圖兩個方面,它生成於對文本傳統的持續研讀與領會中。黃庭堅強調,傳統的文本對敏鋭而堅定的讀者來説,不只是優雅措辭的來源,它能更多地揭示出其回應性之中藴藏的的道德品質。因此,黃庭堅爲詩歌定義了三種意義來源:(1)早期文本的語言,(2)源於内在之"性"的個人意圖,(3)他與之回應的世界的本質。本章分别對十三位文人的作品在由這三個意義來源構成的詩歌話語場中進行了定位。雖然這三個術語在討論這些作者的時候都發揮了作用,但它們的重要性各不相同。下圖可大致顯示出這些作者自我定義的寫作立場。

由此圖可以看到,張表臣(活躍於 1146 年前後)、吴曾(活躍於 1157 年前後)與蔡絛(卒於 1126 年)對于早期文本最爲重視,吕本中(1084—1145)、周孚(1135—1177)與陳巖肖(活躍於 1151 年)采取了較爲温和的立場,王銍(活躍於 1132 年)、林季仲(活躍於 1139 年)與周紫芝(1083—1155)則更爲強調世界在塑造詩意中的作用,而張戒(卒於 1158 年)

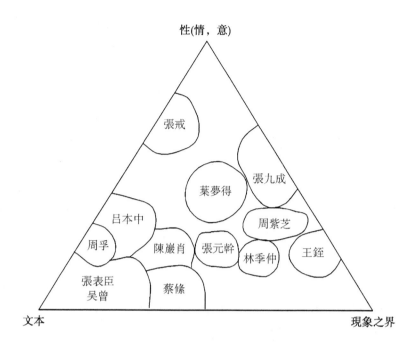

與張九成(1092—1059)則認爲人性纔是詩歌創作的基礎。至於葉夢得(1077—1148)與張元幹(1091—1161),他們傾向於同時強調三個要素對意義形成的重要作用。

我還簡要論述了佛教在兩宋之際詩歌中的地位,我認爲,雖然士大夫利用了佛教術語,但他們將之引入詩學的時候,并没有涉及這些術語在當時佛教討論中的歷史和複雜性。

最後,我簡要介紹了陳與義(1090—1138)的詩歌,我認爲,儘管陳與義試圖模仿安史之亂時期的杜甫詩歌,他所在的詩歌創作場域却限制了他詩歌成就。杜甫的詩歌強有力地展現出他對山川景物的深刻解讀以及其自身在其中的位置,但由於兩宋之際的士大夫文化沿襲了黃庭堅對詩學意義的疑慮,也因此使得陳與義的詩歌視野相較於杜甫變得狹隘和散亂。對於後代詩人來說,這些疑慮都彙集在他們一直試圖擺脱的"江西詩風"一詞上。

## 第五章: 探底——楊萬里與詩性感遇的動態

在我對楊萬里的描述中,我試圖將他的詩歌與他的哲學著作結合起來,并追踪他的詩歌從早期的咬文嚼字、精雕細琢式的江西詩風直至形成個人風格的誠齋體。接續著前幾章的討論,我特别關注楊萬里在其風格演變過程中對詩歌意義來源的理解。在楊萬里焚棄了早期江西風格的詩作後,他的詩學宗奉轉向了陳師道、王安石、晚唐詩人,在他的新詩集《江湖集》中,可以明顯看到楊萬里對這些詩人的借鑒。我認爲,在這本詩集中,楊萬里引入了一個明確的主觀立場,用來構建作爲其詩歌重點的感遇瞬間。隨後,我進入關於誠齋體的討論。楊萬里聲稱他在常州已經放下了他早期的詩歌創作模式,但事實上,他那個時期的詩歌可以看作是他在《江湖集》中所發展的技巧的頂峰。詩人在客觀世界中被意象感動的瞬間,也就是"興",是其詩歌創作模式的核心。在介紹楊萬里之前,我回顧了一些關於"興"的早期討論。而楊萬里則通過他的誠齋體,開拓了探索"興"的語境的新途徑,當人在與外物發生互動而"興"起之時,主客觀環境對其都產生了建構作用。

楊萬里捕捉複雜的詩性感遇動態的策略,源於他在與現象世界的關係中對人性的獨特態度,以及他對語言在表達對世界的洞察力方面的局限性的理解。本章全面考察了楊萬里的《庸言》《心學論》以及《誠齋易傳》的評點,并分析了其對於語言與知識的論述,而正是這些對語言和知識的理解強調了楊萬里對"味"這一概念的重視,他認爲"味"能夠呈現詩歌中微妙而關鍵的結構框架。楊萬里認爲人只是更宏觀領域的創造性轉型的一部分,他總是試圖捕捉到能影響人與世界互動關係的主體性,這使他的道德立場變得複雜,我嘗試通過研究楊萬里同金人使節一起考察宋金邊境之時所寫的絕句來說明這點。最後,我還指出誠齋體將哲學反思和詩歌技巧所做的融合,對下一代作家幾乎沒有影響,因爲他們更需要面對的是朱熹的道學理論中關於知識、情感和身份的截然不同的哲學叙述。

## 第六章:觀風——陸游與經驗詩學

第六章探討了陸游對充滿詩歌素材的世界的發現。陸游和楊萬里一樣,從對複雜的詩句精雕細琢開始,之後又對這種寫作方式感到不滿。本章先大致梳理了陸游的生平,他早年未考中進士就被授以官職,後因爲支持張浚(1097—1164)收復中原的政策而與中央政府發生了分歧。在輾轉於數個品級很低的職位之後,陸游在 1169 年被任命爲夔州通判,但他對這個職位似乎不太熱心,其花了十個月的時間纔最終來到夔州。兩年後,在一番爭取之後,他獲得了一個在南鄭(川陝交界)擔任軍事幕職的機會。從陸游的作品中可以看出,儘管他在日後經常回顧自己的南鄭歲月,並將之認作一次偉大的冒險,但他在當時并不快樂。陸游對詩歌的新理解真正得以鞏固,是在他離開南鄭前往成都之後。在隨後的五年裏,他始終在蜀中擔任通判,這段經歷爲他的詩歌帶來了深刻變革。四川與杜甫、岑參和諸葛亮這些偉大作家的吟詠交相輝映。這些作家在他們的時代都曾遭受過冷遇,但又都百折不撓。陸游逐漸認識到他們的詩與四川山水的關係,也就是説,他們的詩歌創作乃是基於陸游在四川發現的持久而實質性的世界萬物之理。陸游和楊萬里一樣,開始認識到詩歌不僅僅關乎文字技巧,也不僅僅是孤立的、個體的主體性。對此他留下了這樣兩句名言:"天機雲錦用在我,剪裁妙處非刀尺。"②"文章本天成,妙手偶得之。"③本章強調了陸游在從四川歸來後的作品中,始終堅持這麼一個觀點,即詩歌的源泉在於他對世界的投入與參與。這種參與需要道德承諾,正如寫作需要技能和訓練一樣,但這些道德判斷和藝術性的内在屬性需要被用於捕捉人類與世界互動時的真實、實質之理式。我在書中強調,楊萬里和陸游都堅持意義——詩的實質——在世界之中。然而,他們對意義的理解在後來的閱讀中消失了。也就是説,楊萬里和陸游是在詩歌論戰的背景下(詳見第四章)發展了他們參與世界的詩歌創作,這一論戰認爲現象界模式是一種可能的意義來源,但隨之在"文化生成領域"人們對詩歌意義的立場發生了驟然轉變。現象界模式作爲意義來源的角色被另一種闡述自我、情感、知識、閱讀和詩歌的新興模式所取代,這一模式是在13世紀早期擴展的道學運動中發展起來的。這種將意義内化、定位於自身的認識論轉變發生在南宋後期,并仍然是當代學術的主要研究對象。在這一章的結尾,我注意到下一代的詩人非常推崇陸游的對偶技巧,但他們是新文化世界的一部分,他們討論的焦點集中在道學對意義和道德權威的解釋,從而忽略了陸游對詩歌創作本質的理解。

## 第七章:逆風——北宋至朱熹的道學話語對詩歌文理的取代

第七章集中探討了早期道學家對於"文",亦即文理模式化的語言的論述,核心問題是這些模式從何而來,它們對文本有何貢獻,以及它們是否必要。本章簡要介紹了北宋道學的主要倡導者及其在觀念上的主要貢獻,主要包括這些學者在論著中顯示的本體論、認識論、心理學和倫理學觀點,以及他們如何將這些觀點與他們的文學觀結合起來。我特別討論了程頤和朱熹關於"性即理"的著名論斷。在程朱看來,"性即理"既保證了人類"性本善",也保證了人類可以重獲關於善的知識。但是理和性都是形而上的命題,這意味著二者超越了時空的限制,出現於造物之前,游走於時間流動之外。相應地,對必須通過時間來揭示自身的現象領域的認識,并不是關於理的真正認識;歷史資料是令人懷疑的;從感官中獲得的現象領域的知識,即"聞見之知"也受到懷疑。④然而,理的形而上性質使朱熹的學生感到困惑,他們不明白,如果理不參與造化,理如何令氣去生成萬物。朱熹在闡明理的本質時,強調修身養性,尤其是讀書的規範。他認爲,修身養性的任務就是用聖賢的文字來挑戰并逐漸厘清自己的反應能力,該反應能力受個人主觀情感的制約,而這種情感又源於個人不純净的物質禀賦。

在這一模式中,"文"没有什麽重要作用,充其量也就是鼓勵閱讀的一種誘因,但同時也是一種干擾,一種將注意力從掌握聖人意圖轉移到文本表面上來的干擾。朱熹特別抨擊了蘇軾在創作過程中所表現出來的一種展開模式,他指責蘇軾總是想"討個道來入放裏面",而不是先制定出要傳達的原則或道理。楊萬里把"興"理解爲一種超越自我的感遇瞬間,這一瞬間揭示了世界的模式,但對朱熹來説,"興"只是一種修辭手法,一種用形象引出主題的策略。朱熹最後警告説,詩歌可能會"營惑耳目,感移心意"⑤。

## 第八章：轉航——南宋中期的道路話語

朱熹并非單單構建了道學的綜合論述框架。張栻（1133—1180）與呂祖謙（1137—1181）都曾在孝宗統治年間（1162—1189）直接與朱熹就論哲學問題展開辯論，他們的討論在 13 世紀依然被人津津樂道。許多其他有影響力的學者也參與了對道學核心問題的討論，這些辯論是更廣泛的文人討論的一部分。朱熹強調對天理和人性作出形而上的新定義，而許多學者都對此提出了質疑。他們的批評指出了朱熹思想中的一些基本問題，道學的追隨者在日後都不得不面對這些問題，而朱熹的闡釋模式也便隨之悄然發生了重大的改變。

在第八章中，我探討了這些其他學者在 13 世紀發生的道學論辯中的地位。論辯的中心問題是"聞見之知"的定位，也就是說，一個人從現象界的經驗中學到了什麼，又是如何學到的？朱熹的學生們不明白"理"是如何在造化中與"氣"關聯的。與朱熹相反，張栻提出"太極"活躍在一切事物之中，它作爲一種生成原則，保證了"理"在現象客體中的呈現。他與朱熹的分歧雖然微妙，但却非常重要，他強調"性"的奇妙性，這是一個思考性的文理範疇："若只曰性而不曰太極，則只去未發上認之，不見功用，曰太極則性之妙都見矣。"⑥ 張栻爲反思經驗世界所揭示的微妙原則提供了一個概念框架。相反，呂祖謙對這種抽象的爭論不感興趣，他把注意力集中在如何教學生根除私欲和將聖賢的天理應用到日常生活中的實際問題上。呂祖謙認爲學生在進行應試訓練時博覽歷史與北宋文章（其中也包括蘇門著作），也是道學自我反思的一部分，這種自省揭示了固有的"道心"。由此在後來的爭論中，道學界群體也出現了內部差異。

爲了將視綫轉向更開闊的社會領域，我也探究了永嘉學派學者薛季宣（1134—1173）、陳傅良（1137—1203）與葉適（1150—1223）的觀點，以及其後真德秀與魏了翁（1178—1237）針對永嘉學派的批評對道學做出的進一步修正。薛季宣在形成道學立場的論爭最爲活躍的時期，已經表達了他對文人思辨傾向日益熱衷形而上學的抽象而對體驗的細節日益疏離的擔憂⑦。陳傅良接續了薛季宣對於抽象領域的困境探討⑧，他強調說："聖人之静，非不與物接者爲可貴，而其交物而不蔽于物者斯爲可貴也。"⑨ 葉適在朱熹死後二十年，對道學從經驗世界抽離的危險提出了更激進的論點，比如他認爲孟子對心的關注扭曲了聖人的意圖⑩。

魏了翁和真德秀都承認永嘉學派對道學內向化趨勢所做的批判十分重要，并試圖拓寬道學的學習途徑和意義，使之包含與經驗世界的互動。比如真德秀就指出道學追隨者與歷史學者之間極具破壞力的分歧，真德秀總結道："故善學者本之以經，參之以史，所以明理而達諸用也。"⑪ 魏了翁也以同樣的方式，感歎道學對現象世界的背離，強調造化背後的"實理"概念⑫。魏了翁重拾了道之人文關懷的問題，并重新確認"文"在人類理解認知中的作用,如果事物無法被"文"所捕捉的話,就無法被命名,也就無法被思考⑬。最後,真德秀承認:"詩人比興之體,發聖賢理義之秘。"⑭因此,到了13世紀中期,道學的倡導者們發現了經驗主義領域的模式和詩歌在他們的學習方式中的作用。

## 第九章:漂游江湖——13世紀初的詩歌

到了13世紀初,士大夫階層已經扎根於地方,并逐漸形成了地方精英網絡。對這些地方精英來説,對科舉體系的參與具有了新的價值維度。儘管中舉的概率極低,但每科仍有成百上千的考生參加考試,能讓自己的兒子參加解試,已然可以使其在帝國精英階層中具有一席之地,同時也彰顯了其地方精英的地位。繁榮的印刷市場進一步提供了參與全國性文化的途徑:地方精英可以閱讀京城新近登科的舉子們的最新文集;同樣重要的是,地方作家的作品也可以在整個帝國傳播。因此,地方精英不局限於地方,他們參與帝國範圍的文化網絡,分享遠遠超出當地的思想和著作。在這樣的環境下,13世紀初是中國文化悄然發生深刻變化的時期,精英社會開始采用道學的身份模式、知識模式和價值模式,并同時對其進行了變革。

第九章探討詩歌是如何參與這場變革的。這一章的論述開始於一群地方性詩人——"永嘉四靈",徐照(卒於1210年)、徐璣(1162—1214)、翁卷(活躍於1215年前後)、趙師秀(1170—1219)。他們得到了全國性的廣泛關注,強調回歸晚唐詩歌的精心創作,從日常經驗中仔細觀察細微的場景。永嘉四靈的活躍時代在魏了翁、真德秀將詩歌納入道學體系之前,當時葉適正在激烈批判道學的內向化趨勢,當時閱讀四靈詩歌的文人們對他們詩歌的視野之小和範圍之窄感到憂心。與之相反,在接下來的三十年裏,士大夫文化發生了明顯的變化,後輩作家如趙汝回(1214年進士及第)和劉克莊從道學對經驗細節的重新整合的角度重新詮釋和論證了四靈詩⑮。

梳理了上述現象後,我再將視綫投向江湖詩人,我基於張宏生等學者的論著提出了對這些詩人的更爲宏觀的理解:他們是鬆散的作家網絡,在保持地方根脉的同時,也作爲中間階層參與了帝國範圍内的社會、政治、文化討論。戴復古是一個較爲次要的代表,他來自地方望族,從不謀求官職,只是四處游歷,以期獲得經濟資助和創作、討論詩歌的機遇。最具代表性的"江湖"作家當屬劉克莊。他出身於福建莆田一個名門望族,一生仕途坎坷。因支持道學、諷怨朝政而被貶奉祠,并常常賦閒在家。他從當地一位重要的老師那裏學習道學,因此有了一個不同於朱熹關於"理"和"情"等基本術語的思考模式。他最初用四靈的方式寫晚唐體詩,但很快就變得不滿。在他更爲成熟的詩歌中,他學會了將寫作視爲自我的一種表達,從而使他能夠將道學的道德承諾與一系列合乎道德的情感結合起來,這些情感正是對世界上的事物和事件所做出的回應。在他看來,道德素養、客觀經驗以及個人性格的特性都很重要⑯,儘管他將意境視爲詩歌的核心,但又認爲它還是受制於道學的内在機理,自然之"性"最終獨立於世界,是意義的終極源泉。楊萬里把"興"看作是世界出乎意料地引發意味深長反應的關鍵時刻,但在劉克莊的詩歌中,"興"已經蕩然無存。江湖詩人與劉克莊一起發展出了一種可行的詩歌創作模式,即把經驗世界融入道學的道德承諾之中,但通過詩性直覺所發現的世界意義,其實早就存在於自我之中。

## 第十章:内心的司南——王朝末期的紀事詩歌

在最後一章中,我完成了對南宋詩歌發展軌跡的追踪。13世紀初的江湖作家們已經找到了一種借鑒道學價值觀來寫詩的方法。但他們對詩歌的理解并沒有對下一代產生很大的吸引力。到了該世紀中葉,大多數渴望躋身京城精英階層的文人都認爲詩歌無關緊要,他們僅僅將其視爲一種社會活動的方式而已。"文"的問題在於,它只是"文":道學已經對自然(性)有了一個透徹的描述,而自然(性)現在成了經驗一致性的基礎,因此,南宋晚期的江湖詩并沒有提供新的知識——它對萬物秩序的直覺也是基於共通之"性",除了能證實朱熹著作中已經確立的見解,并沒有任何顯著意義。

然而,蒙古人的入侵改變了道學詩歌詩性直覺的性質。對於處於王朝末期的作家來説,詩歌揭示了作者個性中所體現的"本性"。現在戰爭提出了一個緊迫的問題:我是否有足够的道德力量來應對危機?對於像文天祥這樣的作家來説,詩歌揭示了面對嚴峻環境時的自我。雖然"本性"是與生俱來的,但"自我"不是。從内心涌起的詩歌中瞭解一個人應對危機的能力成爲當務之急[17]。衆所周知,在組織抗元軍隊與後來的囚禁生涯中,文天祥發現自己確實具備了在面對蒙古人時保持節操的品質。在囚禁期間,他獲得了一個可與楊萬里和陸游對詩歌及創作本質的成熟理解比肩的新發現,只是文天祥將其内化了。對於楊萬里和陸游來説,詩歌在現象界之中。而對於文天祥來説,詩歌不是在自我中,而是在所有人類共同擁有的本性中:詩人只需具備必要的道德和藝術品質,就可以將詩歌從這個超越自我的永恒源泉中汲取出來[18]。

元初詩人把文天祥的詩歌模式拓展爲自我的揭示,沒有詩歌,就不能完全把握自我。這個自我現在是通過道學術語來定義的,但是作爲一種内在特性,一個人無法直接接觸到它,而是需要通過反思日常生活中的各種互動來瞭解它。元初紀念宋朝皇帝和文天祥的著名詩歌是堅守道德節操的最簡單直接的例證,但元代早期的作家發現,日常生活中的詩歌也能捕捉到這種複雜而微妙的道德參與模式,并由此揭示自我。世界已經失去了對詩歌意義的完全壟斷,"自我"以及自我與人類群體之間共通的"本性"成了意義的核心。隨著這種内向化轉型,中國詩歌的新時代開始了。

(趙惠俊 譯,夏麗麗 校,馬旭 審定)

(作者單位:美國加州大學爾灣分校)

① 這裏,筆者將"aesthetic"一詞翻譯成"文理"。"Aesthetic"這個概念通常會被譯成"審美/美學",因爲它對應了"aesthetic"在西方流行文化中的常用意涵。然而,"aesthetic"一詞在哲學領域中的指涉却比"審美/美學"要宏大深刻得多。從詞源學的角度來看,αἴσθησις(aisthēsis)源於αἰσθάνομαι(aisthánomai)一詞,意思是"察覺、感知、理解、洞察力"。自亚歷山大・戈特利布・鮑姆嘉通(Alexander Gottlieb Baumgarten,1714—1762)的《Aesthetica》(1750)開始,再經由伊曼努爾・康德(Immanuel Kant,1724—1804)在其《判斷力批判》(1790)一書中的深入闡釋,"aesthetic"一詞獲得了極爲深刻而豐富的哲學意涵。它不僅涵蓋感官體驗的範疇,同時也表示一種基於人類參與感官體驗而生成的知識形式(鮑姆嘉通)或判斷形式(康德)。到了20世紀,西奥多・阿多諾(Theodor W. Adorno,1903—1969)的《Ästhetische Theorie》(1970)一書又進一步拓展了對"aesthetic"一詞的哲學闡釋。我對於"aesthetic"一詞的特殊理解和處理,就立足於康德的解釋,同時也受到了阿多諾後來所做的辯證引申的啓發。對於康德來說,"文理判斷"指的是我們基於一些寬泛的概念分類將現象領域中的兩種不同事物歸爲同類。但是,我們并不能確切描述這些概念分類是什麽,只能僅僅斷定它們切實存在。康德認爲,這種類型的判斷力至關重要,因爲它肯定了人類具備一種直覺,一種確信現象領域中存在著概念分類的直覺。這種直覺既是所有實踐知識的起點,也是生成這些知識的原動力。康德由此做出了進一步的論述:他認爲若要這一文理判斷得以實現,人們首先必須具備一個先驗性的信條,即相信我們所面對的實踐領域是一個連貫統一且有規律的整體。我的研究方法即可概括爲針對這種推定存在的規律性進行歷史性的梳理。我認爲在某一特定的時間和地點内,我們所設想的這一規律性本質提供了文理判斷的可能性。同時,文理判斷反過來也成爲實踐經驗背後直覺推斷其存在之規律的最强有力的依據。由此,我特别探究了關於"文"的一種認識,即認爲"文"是一種感官判斷的形式。"文"所代表的感官判斷指明不同事物可以呈現出某種將個體事物和"理"融爲一體的規律(該規律并非是某個具體的概念而是一種更高維度的"事物"),而正是直覺推斷其存在的規律性爲我們認知事物背後的統一規律提供了動機和依據。當"理"發生變化,"文"也會相應地發生改變。因此,我選擇用"文理"一詞來表達諸如"文理經驗"(aesthetic experience)、"文理直覺"(aesthetic intuitions)和"文理判斷"(aesthetic judgments)這些語詞中"文"與"理"之間的親密互動關係。

② 陸游《有感走筆作歌九月一日夜讀詩稿》,錢仲聯校注《劍南詩稿校注》卷二五,上海古籍出版社,1985年,第1802—1803頁。

③ 陸游《文章》,《劍南詩稿校注》卷八三,第4469頁。

④ 程頤《二程遺書》卷二五"聞見之知,非德性之知。物交物則知之,非内也,今之所謂博物多能者是也。德性之知,不假見聞"。上海古籍出版社,1992年,第248頁。

⑤ 引自朱熹《南岳游山後記》:"詩之作,本非有不善也。而善人之所以深怨而痛絶之者,懼其流而生患耳。初亦豈有啓于詩哉。……詩本言志,則宜其宣暢湮憂,優柔平中,而其流乃幾至于喪志。群居有輔仁之益,則宜其義精理得,動中倫慮,而猶或不免于流。況乎離群索居之後,事物之變無窮,幾微之間,毫忽之際,其可以營惑耳目,感移心意者,又將何以禦之哉。"莫礪鋒也引用了這段話,但并没有遵循《朱子文集》將"善人"改爲"吾人"。莫礪鋒指出,朱熹此文寫於1167年,他三十七歲之時。此處最後一句話引自《漢書・楚元王傳》:"所以營或耳目,感移心意,不可勝載。"見班固《漢書》卷三六,中華書局,1962年,第1941頁。

⑥ 張栻《答吳晦叔》其一,《全宋文》第255册,第52—53頁。

⑦ 見薛季宣《答陳同父亮書》:"昧者離器于道,以爲非道遺之,非但不能知器,亦不知道矣。"《全宋文》第257册,第254頁。

⑧ 比如陳傅良注意到,世人用張載"太虛"的概念來討論"心",他由此感歎道:"于是始有離形器事爲而求心

⑨ 陳傅良《聖心萬物之鏡論》,《全宋文》第 268 册,第 177—179 頁。
⑩ 參見葉適《習學記言序目》:"蓋以心爲官,出孔子之後,以性爲善,獨自孟子始。然後學者盡廢古人入德之條目而專以心性爲宗主,虚意多,實力少。測知廣,凝聚狹,而堯舜以來内外交相成之道廢矣。"(卷一四,中華書局,1977 年,第 206—207 頁)
⑪ 引自真德秀《周敬甫晉評序》:"儒者之學有二,曰性命道德之學,曰古今世變之學,其致一也。近世顧析而二焉,尚評世變者指經術爲迂,喜談性命者抵史學爲陋。……然則言理而不及用,言用而弗及理,其得爲道之大全乎。故善學者本之以經,參之以史,所以明理而達諸用也。"《全宋文》第 313 册,第 155 頁。
⑫ 參見魏了翁《寶慶府濂溪周元公先生祠堂記》:"求道者離乎器,而不知一理二氣之玄根。言性者離乎氣,而不知元亨變化之實理。"《全宋文》第 310 册,第 444—445 頁。
⑬ 參見魏了翁《大邑縣學振文堂記》:"凡天理之自然而非人所得爲者皆文也。堯之蕩蕩不可得而名,而僅可名者文章也。夫子之言性與天道不可得而聞,而所可聞者文章也。然則堯之文章乃蕩蕩之所發見,而夫子之文章亦性與天道之流行,謂文雲者,必如此而後焉至。"《全宋文》第 310 册,第 293—294 頁。
⑭ 真德秀《詠古詩序》,《全宋文》第 313 册,第 149—150 頁。
⑮ 趙汝回在 1249 年的《雲泉詩序》中寫道:"世之病唐詩者,謂其短近不過景物,無一言及理。此大不然。詩未有不托物,而理未有出于物之外。古人句在此而意在彼。今觀三百篇,大抵鳥獸草木之間,不可以是訾也。……而人之于詩,其心術之邪正,志趣之高下,氣習之厚薄,隨其所作,無不呈露。"《全宋文》第 304 册,第 126—127 頁。
⑯ 例如劉克莊在《跋何謙詩》中寫道:"余嘗謂,以情性禮義爲本,以鳥獸草木爲料,風人之詩也。以書爲本,以事爲料,文人之詩也。世有幽人覉士,饑餓而鳴,語出妙一世,亦有碩師鴻儒宗主斯文而于詩無分者,信此事之不可勉强歟。"《全宋文》第 329 册,第 365 頁。
⑰ 文天祥在《東海集序》中這樣描述友人鄧光薦的戰時詩歌:"凡十數年間,可驚可愕,可悲可憤,可痛可悶之事,友人備嘗,無所不至。其慘戚感慨之氣,結而不信,皆于詩乎發之。蓋至是動乎情性,自不能不詩,杜子美夔州、柳子厚柳州以後文字也。……乃取友人諸詩,筆之于書,與相關者并附焉。後之覽者因詩以見吾二人之志,其必有感慨于斯。"《全宋文》第 359 册,第 99—100 頁。
⑱ 見文天祥《集杜詩自序》:"乃知子美非能自爲詩,詩句自是人情性中語,煩子美道耳。子美于吾,隔數百年,而其言語爲吾用,非情性同哉。"《全宋文》第 359 册,第 100—101 頁。

# 宋代詩人"廬山夢"的四重維度及成因探析

黄 毅

　　廬山,古稱匡廬,位於今江西省九江市境内。其素以雄、奇、險、秀之自然美景聞名於世,魏晉以後更被賦予了豐富的文化内藴,因而深爲歷代文人所鍾情。近代詩人金天羽曾通過生動形象的比喻來評點中國各大名山,并一語道出廬山具有獨特的"詩翁"氣質。確如此喻,僅以上海古籍出版社2010年出版的《廬山歷代詩詞全集》爲例,其收録的三國至民國時期以廬山爲背景創作的歷代詩詞已多達16 293首,詩人已達3 561人,足以見出廬山在歷代詩人心目中的特殊地位。這其中還不乏諸如東晉陶淵明、謝靈運,唐代王維、孟浩然、李白、杜甫、白居易,宋代歐陽修、蘇東坡、黄庭堅、陸游等一流文學大家,他們皆流連匡廬、傾心題詠,留下衆多傳唱千古的詩文佳作。

## 一、"廬山夢"情結的彰顯

　　相較於六朝和隋唐而言,有宋一代述及廬山的詩作不僅數量更甚,在寫作題材和表現手法上多有開拓,其情感内容上亦更趨深化。此時的廬山已然成了宋代衆多文人心目中魂牽夢繞的情結。許多人甚至直接以"廬山夢"來表述這一情結,如北宋張耒詩云"人生孰非夢,夢裏見廬山"[1];南宋王銍詩云"不須更作廬山夢,魚鳥相忘二十年"[2];洪咨夔詩云"分席眠鷗渚,廬山夢已通"[3];王阮詩云"夢魂却似知人意,偏到廬山脚下州"[4];宋末仇遠詩云"繁香曾入廬山夢,遺珮如行湘水春"[5];等等,這一表述方式的集中呈現是在此前諸朝的詩歌作品中很少出現的現象。
　　對於那些曾在廬山長期居住,抑或只是短暫遊賞過的宋代詩人而言,"廬山夢"都是一種深深的依戀。如南宋裘萬頃"康廬入吾懷,十載馳夢魂"[6]之語即是其深藏於心的故土情懷;喻良能回憶調任鄱陽縣丞的三年,存詩曰"青鞋憶昔到廬山,回首清游夢寐間"[7];又如周必大"曾爲匡廬十日留",雖説時間不長,却也讓他難以忘懷,以至於"今猶化蝶夢江州",并期待還能再有長居匡廬的機會:"憑君五老峰頭問,員外容添此老不。"[8]"廬山夢"的情結隨著距離的漸遠和時間的推移,往往會變得愈發濃鬱。遊賞歸來的張弋在《送人歸南康》中言"前日住山渾不覺,如今山遠却思量"[9];而曾經定居於廬山北部的趙蕃則有更深的體會,他頻頻感慨"吾家昔住匡廬北,少小未能知看山"⑩、"少時未識廬山好,老去知山却遠山"⑪,并高呼"松菊猶存我得還!"⑫然而,現實却常常只能讓人寄托於夢境和圖卷,"久作廬山別,疑從夢境看"⑬,"欲從圖籍見班班"⑭。

對於那些未曾去過廬山的宋代詩人而言,"廬山夢"則更是一種濃烈的嚮往。北宋初期梅堯臣曾在詩中直言對友人了素往遊廬山的羨慕之情,"平生愛廬山,夢寐不可去"⑮;又在《潘歙州話廬山》詩裏表述了自己在聽到友人暢話廬山奇景之時不禁"止侯休多談",連連稱道"已滿我心目,懷游二十年,夢寐今固熟",更表現出"何當借輕舸,一往如飛鶩"⑯的神往之心。許多詩人自年少時便種下了此般情結,如北宋孔武仲直言"我思廬山遊,發與自年少"⑰、"巉巉廬阜秀侵天,有意登臨已十年"⑱。一旦如願攀登,詩人們又少不了相見恨晚的惆悵,如喻良能感慨"少年魂夢到廬山,今日親遊鬢已斑"⑲,陳宓歎言"半生胸次著嵯峨,到得廬山鬢欲皤"⑳。在曹勛看來,廬山之行是不可動搖的願想,"素願游匡廬,夢寐不可易"㉑;在洪咨夔心裏,則更是夙生難解的情緣:"康廬真個去,信有夙生緣。"㉒

## 二、"廬山夢"的四重維度

綜觀宋代文人的"廬山夢",雖說情愫相仿,然却包含了"探奇"、"遊仙"、"儒隱"和"禪悟"等不同維度的願想。下文試分而述之:

其一,探幽之夢。

以前文所提及的梅堯臣爲例,其"廬山夢"即緣起於潘侯對匡廬山水之幽的生動講述:

初云江上來,遠見雲中瀑。捨舟到雲外,觀瀑已嚴麓。往往逢平田,攢攢愛深木。竹門懸徑微,源水陰藤覆。坐石浸兩骹,炎膚起芒粟。夕陽穿萬峰,高下相出縮。尋常杳不分,但被烟嵐畜。絕頂水底花,開謝向淵腹。風力豈能加,日氣豈能噢。攬之不可得,滴瀝空在掬。夜昏投僧居,孤燈望溪曲。忽聞清磬音,漸近幽林屋。㉓

平坦齊整的田野、深邃茂密的草木、曲徑通幽的竹門、藤蘿覆滿的溪源,涼入肌骨的青石、輝透峰巒的斜陽,還有變幻莫測的空谷烟嵐、兀自開謝的淵底幽芳,以及林間僧廬閃爍的那盞孤燈和隱約傳來的清越的鐘磬之聲……漸行漸幽的奇妙體驗自是讓未能親臨一探的詩人沉浸於如夢般的遐想。

廬山幽處,尤以瀑布爲勝。潘歙州話廬山開篇即言飛瀑,梅堯臣之詩亦不絶於筆,"瀑布秋影落,香爐曉烟生"㉔,"廬山將欲雪,瀑布結成冰"㉕,他還巧妙地將飛瀑比作仙女織就的素緞:"月飛金熨斗,光展千尺素,嫦娥呼織女,機杼勿復措。"㉖在梅堯臣看來,廬山飛瀑不止悅人之目,并且具有滌盡心中煩憂之奇效:"洗蕩萬古慮,薰蒸千載名。"㉗因此,每當有人欲往廬山,他定會勉勵其探尋幽瀑,"船經香爐峰,峰前須暫住"㉘(《送江西轉運馮廣淵學士》);"恣觀瀑布虹,不畏潯陽蛟"㉙(《送僧遊廬山》);"廬岳趣最幽,飢腸看瀑布"㉚(《送蘇子美》)。哪怕歷經險境,抑或是飢腸轆轆,也定要一睹李白筆下那從九天銀河飛流而下的超然美景。同時期的蘇洵首次見到瀑布奇觀,亦被深深震撼:"飛下二千丈,強烈不可干,餘潤散爲雨,遍作山中寒。"㉛楊萬里則期待有朝一日能爲其奉上最美的詩文:"何時與君上廬阜,都將硯水供瀑布。"㉜觀瀑對於宋代詩人而言無疑是非常難忘的體驗,因此即便是在離開匡廬之後,那種宏壯而美妙的聲響依然會縈繞在他們的夢中,"忽思舊宿廬山寺,曾聽懸崖瀑布泉"㉝(趙蕃);"有時夢入廬山去,瀑布聲中拄杖行"㉞(王諶);"歸來有餘思,妙音傳夢魂"㉟(吳可)。

廬山值得探尋的幽處還有很多:董嗣杲詩"晝眠不用熏沈水,夢落廬山九疊屏"㊱是言花草之幽香;孔武仲詩"恍惚如夢到,杖笻聽幽禽"㊲是道禽鳥之幽鳴;章甫詩"卜宅定何好,廬山泉石奇,夜夢五老人,問我歸何時"㊳是歎泉石之幽奇;俞躍龍詩"夢中石門路,月照柴桑村"㊴是謂村落之幽古;熊禾曾有意尋訪山林中的隱者:"幽幽遯世人,誅茅紹爲庵,我嘗造其間,追尋極幽探。"㊵楊萬里和徐似道還曾在詩中盛贊廬山幽溪深谷中的螃蟹和筍蕨之鮮美。

探幽訪勝本爲文人之雅趣。廬山雲蒸霞蔚、草木幽深,無疑對宋代詩人具有天然的魅力。寇準欣喜於"江南到處佳山水,廬阜丹霞是勝遊",於是心懷"若逢絶境莫歸休"㊶之志探幽其間;岳珂住在廬山腳下時曾"步足歷幽谷,登山窮絶逕"㊷,心底明知"廬峰三萬丈,鳥道度嶙岣",却依然高歌"謝屐須乘興,千年草木春"㊸。可見,廬山地勢之險有時反而更能激起詩人探幽的興致。蘇轍欲與友人"相期廬山陰,把臂上雲巘"㊹;趙蕃亦云:"要盡深幽趣,渾忘下上難。"㊺

其二,遊仙之夢。

"春風吹我遊仙夢,夢到廬山頂上來"㊻,艾性夫詩中所謂的"遊仙夢",泛指脱離塵俗、遊心仙界之夢。宋代詩人提及廬山,時常會流露出此般對於高蹈人生的深切嚮往,如蔡襄詩云"欲訪群仙跨鶴遊"㊼;陳舜俞聞聽雲深之處有高隱之士而直呼"吾能與之遊,無庸去浮海"㊽。

遊仙之夢的緣起,在於廬山靈秀縹緲的自然環境以及由此蘊生出的濃鬱的仙道文化氛圍。廬山之名,一説源自殷周之際匡俗兄弟七人求仙學道,一説源自周武王時期方輔先生與老子李耳一同入山煉丹并得道成仙。這兩種説法皆爲道教仙話,故廬山自古就有"神仙之廬"的美譽,是神仙方士活動的重要場所。白玉蟾《快活歌二首》記載了一位爲學鉛汞之術而行遍萬水千山的陳道士,此人"一朝邂逅廬山下,擺手笑出人間塵",并有意"普爲天下學仙者,曉然指出蓬萊路"㊾,由此可見廬山在道士心目中的重要位置。

對於文人士大夫而言,廬山也同樣是實現遊仙之夢的絶佳境地。孔武仲詩云"平生愛澺浦,亦復思匡廬。……因懷騎鯨客,更欲凌空虚"㊿;馮時行《雲巖》詩言廬山"千巖萬壑雲濛濛,仙人往往遊其中,安期羡門喬與松",正是這些仙人的傳説讓他"至今魂夢江南東"㉛。王銍則言"丁令飛升去,千年始一歸,琳宫況廬岳,烟闕替塵機",將仙人飛升、天賜道觀的廬山視如東海中的蓬萊仙島:"康阜如蓬島,欲尋風引歸。"㉜清幽的氛圍和遍布廬山的道教勝迹亦總能輕易觸發詩人的游仙之夢,"山行但覺鳥聲殊,漸近神仙簡寂居",蘇轍行走在鳥鳴幽幽的山路上,愈發覺得靠近了神仙的居處,并自然而然地探尋起他們的仙蹤來:"喬松定有藏丹處,大石仍存拜斗餘。"㉝

與道士不同的是,士人所懷的遊仙夢并非主要表現爲對於煉丹服藥、企求長生的神仙道教思想的虔誠信仰,而更多地體現爲一種恬淡閒雅的生活意趣。"由於這種生活情趣日漸成熟和定型,隱逸山林式的修道也越來越成爲士人遊仙的主要模式。"㉞俞瑊《孫氏池亭》"開亭追古蹤,仙遊一朝復……何時酬素心,歸來免榮辱"㉟表明的即是如此心境;黎廷瑞亦期待通過遊仙之舉來擺脱俗世的樊籠,以復歸自由不羈的生活狀態:"廬君玉立金芙蓉,笑我塊坐如樊籠,子胡不來此山中,與子跨鶴蓬萊宫。"㊱宋代詩人在表達游仙匡廬的夢想時自然也免不了凌空飛升的傳統幻想,但大多時候却并非是對世俗煩擾的消極逃避,而是身爲"冷官",對自己不被重用的一種自嘲。如危積曾自稱"我是康廬舊冷官,夢魂今尚憶雲端"㊲;洪咨夔亦言"官冷誰能吏,身閒便是仙"㊳。遊仙夢抑或儒家文人"功成身退"理想的另一種表達,如岳飛詩云"功業要刊燕石上,歸休終伴赤松遊"㊴。他們心知,訪仙求道的夢境不過是一種高蹈的情懷,或許可以暫時地給予心靈一些慰藉,但實際上却難以真正讓自己放棄對儒家理想的追求。

其三,儒隱之夢。

東晋陶潛解印而歸,采菊於東籬之下,開啓了古代士人的隱逸之風,廬山便也成了令後人嚮往的歸隱聖地。宋代詩人企望隱居廬山,詩中時常流露出迫切的心情,如曹彦約詩云"無奈廬山歸夢急,遣書空報白雲巢"㊵,當他走近廬山時,則更有種難以掩飾的快樂:"已見廬山非入夢,一帆風穩稱歸航。"㊶在許多詩人的心目中,廬山是隱居的首選之處,如晁説之《即事》中言"一麾不得廬山去,何用他州寄此身"㊷;周必大《遊廬山吊大林》則稱"匡廬第一真仙境,忍使如今遂陸沉"㊸。

陶淵明曾在《五柳先生傳》中表述廬山隱逸之生活有三種樂趣:讀書、嗜酒、著文章。這種夢想同樣在宋代詩人筆尖流露,如周敦頤在《瀼溪書堂》詩中坦言"廬山我久愛",期待有朝一日能够"買田山之陰",并設想"書堂構其上,隱几看雲岑",以"數十黄卷軸"㊹爲伴,行吟詩静默、把酒鳴琴之風雅,得神交聖賢之意趣;王令詩云"何時得遂幽棲志,常把韋編静處開"㊺;韓元吉則言"讀書誰伴謫仙老,沽酒要須陶令來",他們期待"讀書廬山中",并將"守丘樊"㊻當成自己的本分,將"飽煖"和"康寧"視爲人生的"大富貴"和"無價金"㊼。

夢想歸隱匡廬固然是宋代詩人的高逸情懷,但看似簡單的心願却具有頗爲糾結的一面:他們高歌"孰知廬阜趣,戰勝漢廷遊,直自全高隱,寧當退急流"㊽(項安世),"於此可忘老,身世隨浮沉"㊾(鄭獬),仿佛真能效法陶淵明忘懷得失并以隱逸自終;然而實際上却放不下作爲儒家士子那修身爲學進而治平天下之理想,如王遂在《送三八弟歸九江》詩中勉勵其弟"學力要日新,聖言當具寫"㊆;韓元吉坦言其歸隱匡廬的夢想不過是在仕途不順的境況下的無奈選擇,"湖海周游未卜居,好山時一夢衡廬。苦無事業堪調鼎,薄有生涯可負鋤"㊆;這亦是衆多欲隱廬山的傳統文人的共同心路,"夢裏匡廬興未闌,轉頭世事已辛酸"㊆(華岳);"許身無補報,吾亦欲樵漁"㊆(陳傅良);"官身有吏責,觸事遇嫌猜。野性豈堪此,廬山歸去來"㊆(王安石)。

也正是出於這些複雜的心境,他們很難真正實現歸隱匡廬的理想,往往只能停留於對他人的羨慕,如歐陽修詩云"羨君買田築室老其下,插秧盈疇兮釀酒盈缸"㊆;范祖禹詩云"平生聞廬岳,夢想入松門。……羨君歸舊隱,山水當高軒"㊆。蘇轍詩中亦有這樣的羨慕"羨君山下有夷亭,千巖萬壑長相向",然而作爲文人士大夫,很多時候卻無法擺脱自己的仕途,只好選擇"千里思山夢中見",徒留下"行過廬山不得上"㊆的惆悵。王炎詩亦真切地道出了儒家士子的這種矛盾心情:"軒冕浮誇不繫情,山林清奥可逃名,如何結屋依廬阜,又卻移家近玉京。"㊆

其四,禪悟之夢。

清初學人潘耒《遊廬山記》載:"東晋以前無言廬山者,白蓮社盛開,高賢勝流,時時萃止。廬山之勝,始聞天下,而山亦遂爲釋子所有,迄於今梵宫禪字,彌滿山谷,望東林皆鼻祖也。"㊆自高僧慧遠創建東林寺并結社弘法,遂使廬山日漸成爲名聞天下的佛教聖地。心懷悟禪匡廬之夢,自然是天下僧侣的普遍情懷。

北宋高僧釋了元曾住廬山開先、歸宗二寺,改住他州後時常懷念道"常思湖口綢繆别,又憶匡廬爛漫遊。兩地山川頻在目,十年風月澹經秋",并期待能再回匡廬,"況有天池蓮社約,何時攜手話峰頭"㊆。南渡時期的釋曇華曾歷住各地十餘座寺廟,包括廬山東林諸寺,在論及心歸之處時他直言"幾思歸隱處,安樂在廬山"㊆。游方閩浙的南宋僧人釋道璨在離别廬山十七年後觀賞廬山行卷難以掩飾其激動之情:"天風幾時來,乘之欲西還。"㊆釋善珍的言語中則頗有幾分無奈,"匡廬深處堪歸隱,歲月瀾翻奈老何"㊆,未能去過廬山的他有著更強烈的夢想:"眼看桑海夢相似,骨瘞匡廬心始休。"㊆同時期的釋心月甚至有"不到廬山不是僧"㊆之語,可見僧侣心中的執念。

匡廬山水處處都藴藏著禪意。釋善珍追問"君看清絶無攀處,著得塵埃半點不"㊆;釋普崇自言"倚欄深省十年夢,坐看雲吞五老峰"㊆;釋義銓不禁感慨"百年魂夢能幾日,一寸寒灰宜近山"㊆;行脚二十年的釋智柔來到廬山棲賢寺後方纔獲得"一步不曾移著"㊆的禪悟。

悟禪之夢不只屬於僧人,宋代文人士大夫對佛教的信仰和推崇亦蔚然成風。江西臨濟宗黄龍派釋慧南"以'三關'接引學者,座下龍象輩出,而蘇軾、蘇轍、王韶、黄庭堅、張商英等著名士大夫亦歸入法門"㊆。士大夫與僧人來往甚密,常有唱和贈答之詩。每當有僧人返歸廬山之時,常會觸動士大夫的神往之情。蘇軾曾在《次韻道潛留别》中言"爲聞廬岳多真隱,故就高人斷宿攀。已喜禪心無别語,尚嫌剃髮有詩斑。異同更莫疑三語,物我終當付八還。到後與君開北户,舉頭三十六青山"⑨;又曾在《送芝上人遊廬山》中表達出對世外僧人"長與魚鳥逸"生活的羨慕和"吾生如寄耳"⑨的感歎;王之道則在《奉送果上人住開先寺》中言"精爽忽飛越,夢到廬山中",并感悟"貴賤等夢爾,覺夢一理同"⑨;再如樓鑰《送一老住廬山歸宗》詩云"從來要去廬山住,好就山中過此生"⑨。

於宋代文人而言,廬山是習禪的絶佳之地,"山當廬阜五峰邊,地占侯溪好習禪"⑨(夏竦);"廬阜虎溪天下景,未妨行部款禪扉"⑨(周必大);"憶在東林學夜禪,月中清響聽風泉"⑨(王銍)。清幽的環境自然有助於禪理的領悟,當年慧遠正是看中"匡廬清静,足以息心"⑨,方纔杖錫廬山,開社悟禪。而白蓮社的佳話更是引領了文人習禪的氛圍,"昔讀遠公傳,頗聞高行僧"⑩(梅堯臣),"勝地東林十八公,廬山千古一清風,淵明豈是難拘束,正與白蓮出處同"⑩(黄庭堅),"向來遠法師,絶識具聖智,白蓮曾結社,今古想標致,客子徒仰高,可望不可企"⑩(董嗣杲)。據近代吴宗慈《廬山志》記載,宋時的廬山僧還曾與文人士大夫結成"青松社","若以踵白蓮社者"⑩。

在兩宋詩人中,陸游的廬山習禪之夢尤爲顯著。他初次來到廬山就曾寫下"尚喜東林尋舊社,月明清露濕芙蕖"⑩詩句,可見其對昔時白蓮結社的仰慕之情。後來還曾多次夜宿東林寺,與僧人頗有交情,"遠客豈知今再到,老僧能記昔相逢"⑩;每次離開廬山都會充滿惆悵:"明日下山去,歎息難重尋。……舊遊不可到,悵望空長吟。"⑩他時常會夢見"千峰廬山錦繡谷"⑩,尤其是在感受到"人間歲月苦駸駸"之時慨歎"不到匡廬三十載,夢攜巾鉢上東林"⑩。陸游將赴廬山參禪視爲自己晚年的歸夢:"寧將垂老耳,更受世事聒?匡廬入我夢,行已寄瓶鉢。"⑩陸游曾言自己"心羨廬山下版僧"⑩,實則不只是羨慕,他甚至多次在詩中以廬山僧自比,"廬山岑寂夜,我是定中僧"⑩,"誰知此際超然處,不減廬山入定僧"⑩。這些詩句無不見出他對於長居廬山入定參禪的肯切追求。

宋代文人悟禪,多是從生活的見聞之中領會真意。言及廬山之行,則尤以其面目之辨最爲重要。"廬阜姿態杳莫狀,烟容嵐影翻海濤"⑩,廬山特殊的地理環境爲看山悟禪提供了一種天然的趣味。蘇軾正是陶然於"横看成嶺側成峰,遠近高低總不同"的匡廬奇景,從而引發了"不識廬山真面目,只緣身在此山中"⑩的獨到禪思。《題西林壁》一詩的廣泛流傳更激發了後世文人企望辨别匡廬面目的禪悟之夢。李綱曾在《望廬山》詩中稱自己"多年不省廬山面",因此總會"幽夢尋丘壑"⑩,期待在夢中一覽究竟;曹彦約《贈别徐秀》亦有"行遍浙江頭,夢識廬山面"⑩的期待。

誠然,宋代詩人的"廬山夢"并非總是單一地表現爲上述維度之一種,更多的時候是數重維度交織於詩人的心中。以蘇軾爲例,其詩"廬山自古不到處,得與幽人子細窮"⑩是探幽之夢;"人間俯仰三千秋,騎鶴歸來與子遊"⑩是遊仙之夢;"遥想他年歸,解組巾一幅"⑩是儒隱之夢;"要識廬山面,他年是故人"⑩是禪悟之夢。這種複雜的情結有時甚至被濃縮在同一首詩裏,如余宏孫的《和通山尹張松坡夢遊廬山吟》詩,以"我行匡廬鬢青青,往往大醉琵琶亭,歸來老我二十載,惟有夢寐勞神形"開篇,表達出詩人對曾經廬山之行的無比懷念,緊接著寫其夢中所歷,"有時遍歷開先寺,老僧禪定齁齁睡"、"有時經過五柳家,秫香酒熟邀人醉"和"恍兮惚兮真若飛,高泊天地坐忘歸"[124],三句詩分別呈現了詩人對禪悟、儒隱和遊仙的願想。

## 三、"廬山夢"情結形成之原因

"廬山夢"之所以成爲宋代詩人的一種普遍情結,與廬山同時具備讓人"信有夙生緣"[125]的神奇吸引力和"偃蹇不相親"[126]的莫名距離感不無關係。分而論之。

其一,神奇的吸引力。

主要體現在廬山秀麗奇特的自然風光和儒釋道相融的人文環境。

在詩人筆下,廬山是風景絕勝之佳處。如黃鵬飛稱譽"天下廬山第一奇"[127];朱松贊歎其"風月妙無價"[128];董嗣杲則驚呼"萬象蘊奇祕"[129];俞琰亦言廬山"囊括幽絕景,所謂天下獨"[130]。匡廬絕好的風光正是對詩人創作的最直接的感召,"盡是廬山佳絕處,不知何處合題詩"(晁補之),"廬山一滴水,灑盡詩人腸"(魏了翁)。加之前朝詩人如東晉陶淵明、謝靈運,南朝鮑照、江淹以及有唐一代衆多詩人的題詠,尤其是"遊覽山川甚富"的李白亦盛贊廬山"俊偉詭特,鮮有能過之者,真天下之壯觀也"[131],并題下《望廬山瀑布》等令人歎絕的佳作,更激發了宋代詩人對於匡廬山水的無限嚮往。喻良能追慕陶淵明有云"匡廬山水甲南州,況是曾經靖節游,眼底總堪供賦詠,新詩不礙細雕鎪"[132];方回尋夢陶淵明和謝靈運之蹤跡,"我陟匡廬山,想像淵明廬;我遊永嘉郡,康樂兹佩魚"[133];李曾伯則嚮往如白居易隱居匡廬,"它年學得香山士,定結茅庵入翠屏"[134]。

北宋詩文名家的創作同樣對當朝文人"廬山夢"之形成具有重要的影響。比如歐陽修的"廬山高"之歎、蘇軾的"廬山悟"皆深入人心,頻頻影響其他詩人的創作;黃庭堅的文學活動更是讓廬山成了江西詩派文人的瞻仰之處,如趙蕃就曾寫下"涪州涪翁我所師,借問遺碑悉安在"[135]的追懷詩句。在如此深厚的詩歌氛圍裏,題詩廬山遂成了衆多文人極其期待却又頗多顧慮的複雜夢想,"纔懷故里餘清夢,方說廬山得好詩"[136](董嗣杲);"已搴大字鐫山骨,要與匡廬萬古留"[137](陳謹);喻良能"更欲題詩發佳境"[138]、"更欲題詩滿澗濱"[139],然而却"吟毫揮盡無佳句,空遣奚囊捆載還"[140];趙蕃亦稱"是間豈無詩,愧我初不文"[141]。

前文提到,晚清金天羽曾將廬山比作"詩翁"。這一比喻固然貼切,然并未説盡。廬山之所以能比衆多名山更加吸引文人的目光,更在於廬山兼蓄了泰山、黃山和峨眉山等名山之内蘊,具有儒、道、釋相交融的特殊文化背景,因此方能使無論具備何種思想的文人均能在廬山追尋到契合自己心靈需求的某種氣場,進而暗化成一種深深依戀的情結。

東晉慧遠大師創建東林寺,爲净土宗之祖庭,其所倡之白蓮社,會集僧人和各界士大夫名流居士多達百餘人,使廬山在較早時期即具備思想共融的文化氛圍。同一時期,南方道教宗師陸修静也逃離亂世來到廬山,在山南建起"太虛觀"。而作爲儒士的隱逸詩人之宗陶淵明亦采菊東籬、種豆南山,與慧遠和陸敬修多有往來。宋人有《虎溪三笑圖》,即繪此三人相聚廬山之故事,作爲儒釋道三家和睦相處之象徵,長傳不衰。宋末方回亦以詩述之,"何似廬山東林三大老,生偶同時不同道。道若不同同中心,香爐峰下足幽討",并欣然感歎:"羽衣似與儒釋異,所不異者胸中心。我謂不須較同異,亦勿强求笑中意。"[144] 入宋後,儒者依廬山借静讀書,擇勝地納徒講學,理學隨之興起。周敦頤於蓮花峰下興建濂溪書院,朱熹則重建白鹿洞書院,共同奠定了理學思想傳播至今的基石。

"古代文人多相容并蓄,接受多種思想,廬山詩體現出多元化的特色,往往是佛學、神仙、隱逸并有的局面。"[145] 廬山,作爲中國古代不同哲學思想相互交流的學術樂土,自是教文人士大夫趨之若鶩,"廬山多名緇,過客禮白足"[146](蘇轍);"君不見晦庵先生妙經學,廬山書院榜白鹿"[147](楊萬里);"人言五老山水窟,半是神仙半是佛,獨行直待西風高,未可議我無仙骨"[148](董嗣杲)。詩僧釋了元亦在《偈頌》詩中稱"道冠儒履佛袈裟,和會三家作一家"[149],一語道出儒、釋、道在廬山相融共生之狀態。

其二,莫名的距離感。

主要體現在廬山地勢險峻以及文人對於身體不健和俗世羈絆之憂慮。

蘇軾《初入廬山三首》詩云"自昔懷清賞,神遊杳靄間",可見遊廬山是他多年的夢想。然而當夢境成爲實現時,他表現的却不只是"如今不是夢,真個在廬山"的驚喜,也隱約有種"青山若無素,偃蹇不相親"[150]的失落。

廬山給人的"距離感"首先來自其高拔險峻的自然環境。歐陽修提筆就是"廬山高哉幾千仞兮……上摩青蒼以晻靄,下壓后土之鴻厖"[151],這種"高山仰止"的震驚成了有宋一代詩人對於廬山的普遍感慨:方回"悵望廬山但愁絶,萬重雲鎖幾禪扉"[152];董嗣杲面對"棱層翠如櫛"的廬山,抱恨自己未能學得"飛舉術",徒留下"可望不可企"[153]的遺憾。除了山勢之高,還有湍流之險,這讓素愛山水的梅堯臣在聽人説起廬岳之遊時竟也直呼"遠期無逸興,獨往畏湍流"[154]。地勢奇險、山路多艱,以至於諸多美景難以企及,"天或使之爲扃封,咫尺象外不可通"[155](馮時行)。因此,許多詩人苦惱於自己的身體狀況無法達成登山探幽的夢想,如年暮之歎,"廬山高哉不得到……我欲遠遊嗟暮齒,蝶夢翩翩漫千里"[156](樓鑰);如多病之憾,"病夫已作廬山夢,尚擁籃輿托後塵"[157](曹彥約);抑或是出於脚力不健的顧慮,如陸游在《東窗偶書》中寫道"安得吾身且强健,一藤隨處更幽尋"[158],董嗣杲亦感言"欲遊廬山恨不遍,遊子先須兩脚健"[159]。

"廬山夢"的難以實現,亦多來自詩人主觀上的原因,即仕途的羈絆。吕祖謙曾"自言久厭世鎖韁,合眼已夢廬山蒼"[160];岳珂亦在《道中思廬山》詩中自問:"縱抱知還志,何時振倦翎。"[161]儘管宋代詩人不改對隱逸生活的嚮往,期待著"向山深處認巢居"[162](岳珂),甚至表達出如李塾"力辭漢殿從遊樂,乞得康廬自在身"、張舜民"宦途出處何須較,且與廬山作主人"[163]這般的决心,却很難真正做到如陶潛那般慷慨解印、歸隱匡廬。如梅堯臣就曾多次坦言,"我趨仁義急,不解如陶謝"[164](《答了素上人用其韻》),"子心灑落撒然往,我主塵垢難磨揩"[163]（《送方進士游廬山》）。此番話語看似自我開脱，實則羨慕之情溢於言表："我今滯孤宦，空羨瓶錫輕。"[164]（《説上人遊廬山》）此種情緒也頻現其他詩人的筆端，"自慚縛冠冕，暫到不得熟"[165]（俞城），"一官老南北，十年棄樵漁"[166]（孔武仲）。從文辭上看，士大夫文人似乎對於因仕途而耽擱"廬山夢"多有抱怨，這其間誠然有仕途不如意的個人情緒，但更多的還是作爲儒家士子，對於蒼生社稷有一分責任與擔當。歐陽修在《送曇穎歸廬山》詩中開篇即稱"吾聞廬山久，欲往世俗拘"，然而接下來的筆墨却盡是對西北兵戰和江南旱枯的擔憂，以及對自己未能盡賢相之職爲聖君分憂的慚愧，因而只能"羨子識所止，雙林歸結廬"[167]。岳飛則在《寄浮圖慧海》中"丁寧寄語東林老，蓮社從此著力修"[168]，期待匡扶王室之功成後能隱退廬山。又如南宋末董嗣杲《貧遊》詩云"乾坤誤我此行役，徒然夢想南山宅……携糊臍采白雲薇，只欲了此心願歸"[169]，直到宋亡，他纔放下"俗務"，入廬山做了道士。

正是這些原因，使得宋代文士的"廬山夢"多止於"神往但形留"[170]（吳苪）的現實之困。即便已身處廬山，也常常難以久留，"歸鞍草草還城市，慚愧幽人正醉眠"[171]（蘇轍）、"宦程正迫西風急，未是廬山佇足人"[172]（晁補之），徒留下"咫尺匡廬悵望中"[173]（孫應時）和"咫尺於今不得親"[174]（喻良能）的遺憾。恰如張元幹詩中所言"古木寒藤挽我住，身非靖節誰能留"[175]，陶淵明對於許多文人士大夫而言不過是其"歸隱之夢"的一個具象，是只能嚮往而絶難效仿的先賢。

奧地利心理學家弗洛伊德的精神分析學説認爲：夢是願望的達成，是現實中無法實現的願望在潛意識中的遂願。[176]宋代文人"廬山夢"情結之所以彰顯，很大程度上亦關乎於其内心與外界的矛盾，即相較於前朝文人更趨強化的個體需求與作爲傳統儒家士子自古無法擺脱的社會使命之間的衝突。"在這個'内''外'之間的矛盾衝突之中，'夢'就成了釋放和消解痛苦的緩衝地帶。"[177]前文曾列舉過陸游的多首表述廬山習禪之夢的詩作，其創作心理正是借助於"如夢幻泡影"的佛教思想來消釋其所遭遇的現實之困，從而獲得心靈上的平復與慰藉。朱東潤先生在評價陸游記夢題材的詩歌時指出："我們必需從歡樂中理解他的悲哀，同時也必需從他的幻夢中玩味他的理想。"[178]這對於探討宋代詩人的"廬山夢"亦同樣適用。劉過在《送友人得館游南康》中也有過這般的感慨："世間多少不平事，盡向廬山静處看。"[179]

綜上述之，"廬山夢"是宋代文人對於廬山的一種特殊情結。廬山以其清幽奇絶的自然風貌和相容并蓄的人文思想激揚起各界詩人登臨尋夢的理想。探幽、遊仙、儒隱或是禪悟，不同文人的不同需求，在廬山皆能得到較好的回應，"廬山夢"因此也呈現出不同的風采和多重的維度。然而廬山又有其難以親近的一面，這固然在於其險峻山勢所造就的空間隔閡，同時也來自文人"仕與隱"兩難選擇所造成的心理隔閡。除了具有堅定信念的僧道詩人，絶大多數儒家文士亦并非真正地將廬山作爲自己人生的歸所，而是將其作爲一方愉悦身心、暫忘煩憂的净土，在此地可以用詩文去寄託他們的高世之趣，同時擁有更多的智慧和勇氣去面對仕途與社會。

(作者單位：上海師範大學天華學院)

---

① 《昔蘇先生游廬山詩云平日懷真賞神遊杳靄間如今不是夢真個有廬山輒繼一首》，傅璇宗等主編《全宋詩》第 20 册，北京大學出版社，1995 年，第 13234 頁。
② 《憶廬阜寄機上人》，《全宋詩》第 34 册，第 21322 頁。
③ 《水宿》，《全宋詩》第 55 册，第 34462 頁。
④ 《試院二首》，《全宋詩》第 50 册，第 31142 頁。
⑤ 《魯庵尊師以彝齋白描四薇命作韻語》，《全宋詩》第 70 册，第 44250 頁。
⑥ 《菖蒲》，《全宋詩》第 52 册，第 32277 頁。
⑦ 《次韻鄭季遠國録賢良題余廬山詩記》，《全宋詩》第 43 册，第 27054 頁。
⑧ 《鄭準廣文赴官九江携予真索贊》，《全宋詩》第 43 册，26803 頁。
⑨ 《全宋詩》第 54 册，第 33629 頁。
⑩ 《從元衡借廬山記偶成三首》，《全宋詩》第 49 册，第 30772—30773 頁。
⑪ 《留別趙南紀》，《全宋詩》第 49 册，第 30728 頁。
⑫ 同上。
⑬ 《與契兄》，《全宋詩》第 49 册，第 30591 頁。
⑭ 《從元衡借廬山記偶成三首》，《全宋詩》第 49 册，第 30773 頁。
⑮ 《送僧了素遊廬山》，《全宋詩》第 5 册，第 3150 頁。
⑯ 《全宋詩》第 5 册，第 3113 頁。
⑰ 《宿天池》，《全宋詩》第 15 册，第 10245 頁。
⑱ 《君表自西林還城中以詩二首爲別》，《全宋詩》第 15 册，第 10293 頁。
⑲ 《題開先寺》，《全宋詩》第 43 册，第 26986 頁。
⑳ 《和天台戴復古韻》，《全宋詩》第 54 册，第 34077 頁。
㉑ 《山居雜詩九十首》，《全宋詩》第 33 册，第 21219 頁。
㉒ 《解纜》，《全宋詩》第 55 册，第 34462 頁。
㉓ 《潘歙州話廬山》，《全宋詩》第 5 册，第 3113 頁。
㉔ 《説上人遊廬山》，《全宋詩》第 5 册，第 3824 頁。
㉕ 《覽顯忠上人詩》，《全宋詩》第 5 册，第 3253 頁。
㉖ 《送僧了素遊廬山》，《全宋詩》第 5 册，第 3150 頁。
㉗ 《説上人遊廬山》，《全宋詩》第 5 册，第 2824 頁。
㉘ 《全宋詩》第 5 册，第 3265 頁。
㉙ 同上書，第 3230 頁。
㉚ 同上書，第 2844 頁。
㉛ 《憶山送人》，《全宋詩》第 7 册，第 4362 頁。
㉜ 《雲龍歌調陸務觀》，《全宋詩》第 42 册，第 26333 頁。
㉝ 《夜賦》，《全宋詩》第 49 册，第 30805 頁。

㉞ 《次亞愚韻》,《全宋詩》第 62 册,第 38816 頁。
㉟ 《舟中即事》,《全宋詩》第 19 册,第 13014 頁。
㊱ 《瑞香花》,《全宋詩》第 68 册,第 42720 頁。
㊲ 《閣下觀竹筍圖》,《全宋詩》第 15 册,第 10263 頁。
㊳ 《卜宅》,《全宋詩》第 47 册,第 27034 頁。
㊴ 《憶匡山》,《全宋詩》第 70 册,第 44438 頁。
㊵ 《詠菊》,《全宋詩》第 70 册,第 44098 頁。
㊶ 《廬山》,《全宋詩》第 2 册,第 1041 頁。
㊷ 《予自武昌携二猿歸夜聞清嘯偶成》,《全宋詩》第 56 册,第 35351 頁。
㊸ 《宿溪聲閣望香爐峰偶成二律》,《全宋詩》第 56 册,第 35268 頁。
㊹ 《舟次大雲倉回寄孔武仲》,《全宋詩》第 15 册,第 9946 頁。
㊺ 《與契兄》,《全宋詩》第 49 册,第 30591 頁。
㊻ 《二十四夜夢到何許植物多瑞香覺而賦此》,《全宋詩》第 70 册,第 44419 頁。
㊼ 《詩一首》,《全宋詩》第 7 册,第 4834 頁。
㊽ 《初見廬山》,《全宋詩》第 8 册,第 4979 頁。
㊾ 《全宋詩》第 60 册,第 2765 頁。
㊿ 《留題攬秀亭》,《全宋詩》第 15 册,第 10252 頁。
� 《全宋詩》第 34 册,第 21655 頁。
㉒ 《徐師川典祀廬山延真觀用送駒父韻餞别四首》,《全宋詩》第 34 册,第 32302 頁。
㉓ 《游廬山山陽七詠其三簡寂觀》,《全宋詩》第 15 册,第 9950 頁。
㉔ 汪湧豪、俞灝敏《中國游仙文化》,復旦大學出版社,2005 年,第 175 頁。
㉕ 《全宋詩》第 9 册,第 6255 頁。
㉖ 《彭蠡阻風》,《全宋詩》第 70 册,第 44524 頁。
㉗ 《送晁告院得南康》,《全宋詩》第 51 册,第 32195 頁。
㉘ 《解纜》,《全宋詩》第 55 册,第 34462 頁。
㉙ 《寄浮圖慧海》,《全宋詩》第 34 册,第 21593 頁。
㉚ 《和西園胡季履見寄》,《全宋詩》第 51 册,第 32157 頁。
㉛ 《望廬山》,《全宋詩》第 51 册,第 32187 頁。
㉜ 《全宋詩》第 21 册,第 13762 頁。
㉝ 《全宋詩》第 43 册,第 26711 頁。
㉞ 《全宋詩》第 8 册,第 5064 頁。
㉟ 《寄束伯仁》,《全宋詩》第 12 册,第 8148 頁。
㊱ 《廬山霽色》,《全宋詩》第 38 册,第 23700 頁。
㊲ 曾幾《山房》,《全宋詩》第 29 册,第 18514 頁。
㊳ 周敦頤《濂溪書堂》,《全宋詩》第 8 册,第 5064 頁。
㊴ 《贈查仲文》,《全宋詩》第 44 册,第 27385 頁。
㊵ 《送岷山楊道士游廬山》,《全宋詩》第 10 册,第 6825—6826 頁。
㊶ 《全宋詩》第 55 册,第 34285 頁。
㊷ 《次韻子雲歸興》,《全宋詩》第 38 册,第 23673 頁。
㊸ 《挽戚虛中》,《全宋詩》第 55 册,第 34403 頁。

(74) 《送謝懷英道士歸廬山》,《全宋詩》第 47 册,第 29264 頁。
(75) 《代陳景元書于太一宫道院壁》,《全宋詩》第 10 册,第 6679 頁。
(76) 《廬山高贈同年劉中允歸南康》,《全宋詩》第 6 册,第 3628 頁。
(77) 《送道純歸南康》,《全宋詩》第 15 册,第 10369 頁。
(78) 《江州周寺丞泳夷亭》,《全宋詩》第 15 册,第 9915 頁。
(79) 《從范秘監過城南陳亦顔讀書樓》,《全宋詩》第 48 册,第 29779 頁。
(80) 王錫祺《小方壺齋輿地叢鈔》,光緒辛丑年上海著易堂排印本,第 4 册。
(81) 《偈頌》,朱剛、陳珏《宋代禪僧詩輯考》,復旦大學出版社,2012 年,第 73 頁。
(82) 《偈頌六十首》,《全宋詩》第 34 册,第 21666 頁。
(83) 《題源虚叟廬山行卷》,《全宋詩》第 65 册,第 41163 頁。
(84) 《首夏》,《全宋詩》第 60 册,第 37791 頁。
(85) 《倚笻》,《全宋詩》第 60 册,第 37786 頁。
(86) 《送珙上人之廬山》,《全宋詩》第 60 册,第 37726 頁。
(87) 《倚笻》,《全宋詩》第 60 册,第 37786 頁。
(88) 《題廬山三峽橋》,《宋代禪僧詩輯考》,第 318 頁。
(89) 《筠州九峰詮和尚山居詩》,《宋代禪僧詩輯考》,第 13 頁。
(90) 《投機頌》,《宋代禪僧詩輯考》,第 135 頁。
(91) 《宋代禪僧詩輯考》,第 241 頁。
(92) 《全宋詩》第 14 册,第 9342 頁。
(93) 同上書,第 9471 頁。
(94) 《全宋詩》第 32 册,第 20158 頁。
(95) 《全宋詩》第 47 册,第 19542 頁。
(96) 《崇勝寺》,《全宋詩》第 3 册,第 1804 頁。
(97) 《送别邢懷正直閣赴江西提舉二首》,《全宋詩》第 43 册,第 26687 頁。
(98) 《憶廬阜寄機上人》,《全宋詩》第 34 册,第 21322 頁。
(99) 慧皎《高僧傳》,《大藏經》本。
(100) 《覽顯忠上人詩》,《全宋詩》第 5 册,第 3253 頁。
(101) 《東林寺二首》,《全宋詩》第 17 册,第 11739 頁。
(102) 《重約遊山》,《全宋詩》第 68 册,第 42620 頁。
(103) 吴宗慈《廬山志》(上册),江西人民出版社,1996 年,第 358—359 頁。
(104) 《初見廬山》,《全宋詩》第 39 册,第 24468 頁。
(105) 《六月十四日宿東林寺》,《全宋詩》第 39 册,第 24468 頁。
(106) 陸游《幽居記今昔事十首以詩書從宿好林園無俗情爲韻》,錢仲聯校注《劍南詩稿校注》,上海古籍出版社,2005 年,第 8 册,第 4167—4170 頁。
(107) 《記夢》,《全宋詩》第 39 册,第 24792 頁。
(108) 《幽居》,《劍南詩稿校注》第 7 册,第 4032 頁。
(109) 《老境》,《全宋詩》第 39 册,第 24852 頁。
(110) 《晨起》,《劍南詩稿校注》第 8 册,第 4068 頁。
(111) 《春雨》,《劍南詩稿校注》第 7 册,第 3697 頁。
(112) 《夜坐中庭凉甚》,《劍南詩稿校注》第 7 册,第 3978—3979 頁。

(113) 陳造《題識山堂》,《全宋詩》第 45 册,第 28068 頁。
(114) 《題西林壁》,《全宋詩》第 14 册,第 9339 頁。
(115) 《全宋詩》第 27 册,第 17666 頁。
(116) 《全宋詩》第 51 册,第 32134 頁。
(117) 《和劉道原見寄》,《全宋詩》第 14 册,第 9153 頁。
(118) 《送蹇道士歸廬山》,《全宋詩》第 14 册,第 9409 頁。
(119) 《過建昌李野夫公擇故居》,《全宋詩》第 14 册,第 9339 頁。
(120) 《初入廬山三首》,《全宋詩》第 14 册,第 9337 頁。
(121) 《全宋詩》第 70 册,第 43926 頁。
(122) 洪咨夔《解纜》,《全宋詩》第 55 册,第 34462 頁。
(123) 蘇軾《初入廬山三首》,《全宋詩》第 14 册,第 9337 頁。
(124) 《送陳隨隱遊廬山》,《全宋詩》第 70 册,第 43951 頁。
(125) 《次韻酬求道人》,《全宋詩》第 33 册,第 20719 頁。
(126) 《重約遊山》,《全宋詩》第 68 册,第 42620 頁。
(127) 《孫氏池亭》,《全宋詩》第 9 册,第 6255 頁。
(128) 《題廬山》,《全宋詩》第 19 册,第 2874 頁。
(129) 《題温泉》,《全宋詩》第 56 册,第 34919 頁。
(130) 陳耀文《正楊》卷四,《文淵閣四庫全書》本。
(131) 《初到廬山》,《全宋詩》第 43 册,第 27038 頁。
(132) 《學詩吟十首》,《全宋詩》第 66 册,第 41881 頁。
(133) 《過廬山》,《全宋詩》第 62 册,第 38729 頁。
(134) 《落星寺》,《全宋詩》第 49 册,第 30394 頁。
(135) 《寄廬山道士二首》,《全宋詩》第 68 册,第 42687 頁。
(136) 《遊玉巖》,《全宋詩》第 72 册,第 45340 頁。
(137) 《西禪寺》,《全宋詩》第 43 册,第 26987 頁。
(138) 《登五峰亭望廬山》,《全宋詩》第 43 册,第 26988 頁。
(139) 《次韻王待制題予廬山記後二絶》,《全宋詩》第 43 册,第 27054 頁。
(140) 《呈程可久》,《全宋詩》第 49 册,第 30470 頁。
(141) 《送術明居士燕道覺歸東林》,《全宋詩》第 66 册,第 41785 頁。
(142) 王柳芳、孫偉《佛學、神仙與隱逸:六朝時期的廬山詩》,《南昌大學學報(人文社會科學版)》第 41 卷第 1 期,2010 年 1 月。
(143) 《次韻孔平仲著作見寄四首》,《全宋詩》第 15 册,第 9973—9974 頁。
(144) 《寄題萬安蕭和卿雲岡書院》,《全宋詩》第 42 册,第 26657 頁。
(145) 《答問遊廬山日子》,《全宋詩》第 68 册,第 42631 頁。
(146) 《宋代禪僧詩輯考》,第 73 頁。
(147) 《全宋詩》第 14 册,第 9337 頁。
(148) 《廬山高贈同年劉中允歸南康》,《全宋詩》第 6 册,第 3628 頁。
(149) 《湓城客思》,《全宋詩》第 66 册,第 41472 頁。
(150) 《寓江州分司衙隨筆五首》,《全宋詩》第 68 册,第 42620—42621 頁。
(151) 《范待制約遊廬山以故不往因寄》,《全宋詩》第 5 册,第 2768 頁。

㊁ 《雲巖》,《全宋詩》第 34 册,第 21655 頁。
㊂ 《題董亨道八景圖》,《全宋詩》第 47 册,第 29398 頁。
㊃ 《陪總卿路鈐相麥觀花修出郊故事》,《全宋詩》第 51 册,第 32159—32160 頁。
㊄ 《劍南詩稿校注》第 7 册,第 3572 頁。
㊅ 《答問遊廬山日子》,《全宋詩》第 68 册,第 42631 頁。
㊆ 《寄章冠之》,《全宋詩》第 47 册,第 29140—29141 頁。
㊇ 《全宋詩》第 56 册,第 35293 頁。
㊈ 《後江行十絶》,《全宋詩》第 56 册,第 35240 頁。
㊉ 《題清虛庵皇甫真人坦之隱居》,《全宋詩》第 50 册,第 31094 頁。
⑯ 《送何子温提刑奉使江東》,《全宋詩》第 14 册,第 9681 頁。
⑰ 《全宋詩》第 5 册,第 3149 頁。
⑱ 同上書,第 3150—3151 頁。
⑲ 同上書,第 2824 頁。
⑳ 《孫氏池亭》,《全宋詩》第 9 册,第 6254—6255 頁。
㉑ 《憶九江呈李端叔》,《全宋詩》第 15 册,第 10268 頁。
㉒ 《全宋詩》第 6 册,第 3591—3592 頁。
㉓ 《全宋詩》第 34 册,第 21593 頁。
㉔ 《全宋詩》第 68 册,第 42630 頁。
㉕ 《任漕魯漕同謁史發運爲廬阜之遊恨不得偕行因成小詩二首》,《全宋詩》第 35 册,第 21885 頁。
㉖ 《游廬山山陽七詠其七白鶴觀》,《全宋詩》第 15 册,第 9951 頁。
㉗ 《初望廬山》,《全宋詩》第 19 册,第 12877 頁。
㉘ 《與宋回父昆弟唐升伯偕游廬山》,《全宋詩》第 51 册,第 31781 頁。
㉙ 《登五峰亭望廬山》,《全宋詩》第 43 册,第 26988 頁。
㉚ 《遊廬山》,《全宋詩》第 31 册,第 19931 頁。
㉛ 弗洛伊德《夢的解析》序,作家出版社,1986 年。
㉜ 龍慧萍、鄭長天《宋詞中的"夢"與宋代文人心態》,《中國韻文學刊》2001 年第 2 期。
㉝ 朱東潤編《陸游選集》,上海古籍出版社,1962 年,第 23 頁。
㉞ 《全宋詩》第 51 册,第 31831 頁。

# 聆聽東京興亡聲

## ——宋人筆記中的東京聲景書寫

梁一粟

近些年來,受相關理論影響①,聽覺、聲音研究在中國古典文學界逐漸興起并開始成爲研究熱點之一②。但學者多是以詩歌爲研究對象,鮮有關注到宋人筆記中的聲音叙寫。而宋人筆記既可作爲補充性的史料,又具備"接近於一種文學體裁的意義"③。與詩歌作品中有序且"規範"的聲音書寫相比,筆記里出現更多的是雜亂、無序或具體的聲音。

東京,乃北宋都城,王朝的經濟政治文化中心。不僅宋人詩詞里有大量關於東京的描寫,宋人筆記中亦存有不少對東京的各類叙寫。從聲音的角度觀之,其日常繁華的"聲音景觀"④在孟元老的《東京夢華録》⑤里被表現得淋漓盡致;而當它遭遇重大災難——靖康之變⑥時的敗亡悲苦之音也被多部筆記記録下來,如《靖康傳信録》《靖炎兩朝聞見録》《南燼紀聞録》《靖康紀聞》《北狩見聞録》《避戎夜話》《孤臣泣血録》等。由於筆記兼備衆體,包羅萬象,因而涵蓋了來自從帝王到平民、從前朝後宫到市井巷陌等各種階層、諸多面相的聲音。通過讀者的歷史想象,這些聲音能夠在一定程度上重現歷史場域中的人、物與事,從而營造出一種美學幻覺下的真實情境,并產生一種真切的回歸歷史現場感。

"戰争與某個具體城市、與城中人、與地方的遭遇,往往被以民族國家爲主體的大叙事所忽略。"⑦然而國家或時代的一粒灰,落在一個人或一個家庭的身上,就成了一座山。更何況靖康之變於北宋王朝而言,乃傾覆之難。通過相關筆記中豐富多樣的聲音叙寫,可見東京在兩種截然不同的歷史情境——"節物風流,人情和美"⑧的和平盛世與腥風血雨、分崩離析的淪陷地獄中差別鮮明,并重新審視靖康之變對於東京城中各階層人民所造成的巨大災難和痛苦傷害,發掘出那些深埋於史書宏大叙事下的個體和不起眼的群體,尤其是黎民百姓和小人物們的情感態度。從而在太平盛世與敗亡淪陷的大背景下將微觀與宏觀、局部與整體、個人命運與國家主權等原本抽象、模糊的概念更爲具體地勾連起來。

## 一、盛世之聲:太平日久,人物繁阜

《東京夢華録》較爲全面、細緻地展現了繁華時期的東京景象,乃其"城市記憶"⑨的重要組成部分,亦可視爲夢回前朝的風土志。其作者孟元老於序中介紹"僕從先人,宦遊南北,崇寧癸未到京師……靖康丙午之明年,出京南來"⑩,可知《東京夢華錄》中描述的大約是靖康之變前二十餘年間的東京景象。它既是一種個人記憶,也是經歷了戰爭災難的文人們爲避免遺忘的實錄,以及爲修復心理創傷而重構的集體記憶。

彼時東京"以其人烟浩穰,添十數萬衆不加多,減之不覺少"⑪。另有蔡絛於《鐵圍山叢談》中云:"天下苦蚊蚋,都城獨馬行街無蚊蚋。馬行街者,京師夜市酒樓極繁盛處也。蚊蚋惡油,而馬行人物嘈雜,燈光照天,每至四更鼓罷,故永絶蚊蚋。"⑫借蚊蚋習性襯出東京繁華氣象。《東京夢華錄》則通過五花八門的聲音叙寫,或描摹一處處國家禮樂活動之壯麗威嚴盛況,或鋪開一幅幅市井聲景,渲染出視覺叙事無法完美營造的獨特氛圍與現場感。

君民同樂的涉及國家禮樂活動之聲可謂壯麗、威嚴、大氣、震撼。這首先體現在元宵、清明、中秋、除夕等重大節日慶賀裹:"相國寺大殿前設樂棚,諸軍作樂;萬街千巷,盡皆繁盛浩鬧"⑬、"絲篁鼎沸,近内庭居民,夜深遥聞笙竽之聲,宛若雲外"⑭、"是夜,禁中爆竹山呼,聲聞於外"⑮。其次展現於皇帝參與的一些活動之中。譬如其觀看的一場争標錫宴,"萬騎争馳,鐸聲震地……鼓笛相和;百戲樂船并各鳴鑼鼓,動樂舞旗"⑯;又如某次皇帝登樓看戲,彙聚了"鼓笛舉"、"唱歌之聲"、"如霹靂的爆仗之聲"、"喝喊聲"等。百官爲皇帝慶壽之宴可被視作一場奢華的聲樂盛典,"樂未作,集英殿山樓上教坊樂人,效百禽鳴,内外肅然,止聞半空和鳴,若鶯鳳翔集"⑰,緊接著,笙、簫、笛、琵琶衆樂齊舉,并伴有歌者之聲。除此之外,與祭祀相關的"郊畢駕回"途中,"教坊進口號,樂作。諸軍隊伍鼓吹皆動,聲震天地"⑱。此類帶有顯著盛大氣象的官方聲樂或禮儀活動之音具備以下特點:1. 種類豐富多樣:除了人們直接發出的歌唱聲、呼喊聲、效百禽鳴聲等,還有各式各樣的樂器之聲:鼓笛聲、鑼鼓聲、笙簧聲、絲篁聲、鐸聲、笙竽聲、琵琶聲等;以及其他一些聲音如擊鞭聲、爆竹聲、爆仗聲等。可見太平盛世之下,國家十分重視禮樂儀仗。并且,皇家或官方對聲樂之美的享受與追求亦達到極致。2. 音量高亢且氣概宏偉:作者在描述聲音的過程中傾向於使用"萬"、"千"、"雲外"、"天"、"地"等類似帶有"無限"屬性的詞語,旨在營造廣遠、厚重、雄偉或無可抗拒之印象,從而進一步凸顯國家的繁盛與帝王高高在上的權威。

對市井之聲的傳神描摹是《東京夢華錄》的另一大亮點。"鬧"和"久"是東京市井之聲的核心特質,這些聲音主要可分爲交易之聲與娛樂之聲。當時的東京城内經濟貿易極其發達,"夜市直到三更盡,纔五更又復開張"⑲、"如要鬧去處,通曉不絶"⑳,可見豐富自由的交易活動已在最大限度上突破了時間和空間的限制,即得益於廢弛宵禁制度與打破坊市制度的政策。各處街巷,"最是鋪席要鬧"㉑、"人烟浩鬧"㉒、"趁朝賣藥及飲食者,吟叫百端"㉓、"生熟肉從便索唤",這些聲音描摹還原了繁榮嘈雜、熱火朝天的商品交易情形。"鬧"與"浩鬧"表現了買賣雙方人數衆多,仿佛能够想見商販與市民們蠢蠢欲動且强烈的交易欲望。"吟叫百端"説明商品種類豐富,故而叫賣聲也各有特色,亦可想象商販們推銷商品時極盡所能發聲的樣子。因此,交易之鬧側重展現了東京百姓日常生活的聲音景觀,也在不經意間反映出北宋都城商品經濟空前旺盛的特點。

除了物質生活層面,聽覺感受上的"鬧"與"久"更加集中表現在歌舞文化娛樂層面。譬如同樣在傳統節日裏,市井百姓除了參與官方的慶祝活動,也有適合自己的各種玩法:"歌舞百戲,鱗鱗相切,樂聲嘈雜十餘里……萬姓皆在露臺下觀看,樂人時引萬姓山呼"[24]、"諸幕次中家妓,競奏新聲,與山棚露臺上下,樂聲鼎沸……須臾聞樓外擊鞭之聲……寸陰可惜,景色浩鬧,不覺更闌……五陵年少,滿路行歌,萬户千門,笙簧未徹"[25]、"遠邇笙歌,通夕而罷"[26]、"閭里兒童,連宵嬉戲,夜市駢闐,至於通曉"[27],等等。其中,"景色浩鬧"一語極爲巧妙:"景色"本爲視覺對象,而"浩鬧"是聽覺感受,兩者并用,一方面體現出聲色相融之和諧感受,另一方面則説明在東京城内,聲音帶來的感官衝擊有時是強於畫面的——因爲審美對象"景色"分明與視覺更爲相關,到了受衆腦中,他們的主觀感知却呈現出與聽覺更爲緊密的"浩鬧"。事實上,"鬧"恰恰象徵了亂和豐富,同時將東京百姓們的狂熱和愉悦包裹在了各種看似平凡、普通又瑣碎的市井聲音裏。另一方面,持續時間長久且常貫穿晝夜,比如"未徹、通夕而罷、連宵、通曉"的娛樂之聲,能夠更爲生動地表現出東京百姓自由、閒適、無所顧忌的作樂狂歡情態,并帶來一種放縱奢靡、樂聲熏人醉的如同天上人間的既聽感。

另外,東京城内尋常巷陌間亦飄蕩著各式各樣的聲音,那些喧鬧嘈雜聲,勾欄瓦子中的精彩表演聲,妓院酒樓的歌舞音樂聲,都傳遞著令人身心愉悦的"日常"聽覺感受。如"新聲巧笑於柳陌花衢,按管調弦於茶坊酒肆"[28],"賣花者以馬頭竹籃鋪排,歌之叫聲,清奇可聽"[29]。它們突破視覺局限,從密閉或半封閉或不知何處的空間裏傳出,巧妙地交織成一幅幅繪聲繪色的百姓日常生活或尋樂圖,表達出一種來自當時人們內心深處的安定感。再者,對於"東京城"這個空間中熟悉聲音的描摹,也宣告著作者内心的某種占有感,即"人對於空間的占有也是帶聲響的"[30]。進一步觀之,作者對這些作爲情感觸媒和記憶載體的日常聲音——比如上述"已成爲南渡文人追憶帝京的文化符號"[31],藴含了繁華逝去、承平不再的悽愴與悲涼的賣花聲的鍾情與關注,正折射出他當時在失去這種彌足珍貴的日常性後對其的深切緬懷,也是對於戰爭創傷的一種自我療愈和心理修復。

綜上,無論是國家禮樂活動或皇家盛宴中種類豐富、音量高亢、氣概宏偉之聲,還是市井日常貿易、娛樂生活中具備"鬧"、"久"特質之音,均從各自層面凸顯了北宋經濟、文化、娛樂之都東京極度繁華興旺奢靡之氣象。而這種聲音書寫,實際上能夠極大程度地唤起南宋人對北宋的記憶——對盛世的緬懷。從而進一步唤起大宋子民們的一種身份認同感,強有力地聯結起個人與民族、國家間的關係。

## 二、危兆之聲:邊報切切,民情怓怓

只是繁華好似一場夢,没過數年,風雲突變。靖康元年十一月,在金人的攻勢下,北宋王朝節節敗退、氣數將盡,都城東京岌岌可危。關於這些史實的記載,《宋史》《續資治通鑑長編拾補》等史書視角單一,僅對帝王將相的行爲和反應給予十分有限的陳述。寥寥數語,便略過了幾百萬東京子民的悲苦情仇。而包含著他們萬千情感心緒的聲音就留在了十余部宋人筆記中。

在《靖炎兩朝聞見錄》和《避戎夜話》中,作者借助聲音媒介生動而細緻地展現了東京城淪陷前數日金軍步步逼近的緊急狀況:

> 靖康元年十一月初五日:州告急者踵至。
> 十一月十六日:邊報益告急。
> 十一月十七日:道路傳聞金人遊騎已渡河……然邊報益急。
> 十一月十八日:内外驚擾。
> 十一月十九日:是夜二更,馬綱報賊已渡河。
> 十一月二十五日:逮晚,遽傳兵已滿四壁。
> 十一月二十七日:民情恟恟,構造傳播之事非一,軍兵輩復乘間渙亂……金人土木之工日夜不輟。㉜
> 閏十一月初九日:斧鑿之聲聞於遠近。㉝
> 閏十一月二十五日:是夜,哭泣之聲,震動天地。
> 城初陷,滿城人鼎沸。㉞
> 閏十一月二十六日黎明:百姓請甲救駕……滿市傳呼,其聲哀怨。㉟

"聽覺在感知迫在眉睫的戰事、判斷時局的張弛緩急作用就會凸顯出來。"㊱金軍與北宋守軍之間的諸多戰況是通過"告"、"傳"、"報"、"聞"等聽與説的渠道傳達入城,同時伴隨消息而來的還有施加於城內百姓的無限心理壓迫感與恐慌感。金軍瀕臨城下後,他們準備攻城的土木之工、斧鑿聲響亦營造了令人戰慄的氛圍,足以威懾城中軍民,使其產生一種"待宰"臆想并受困於死亡威脅,從而導致"民情恟恟"。

上述聲音具有以下使人感到恐懼的特性:一是模糊性,由於距離太遠或環境過於嘈雜,無法辨明聲音種類及發聲源頭,容易引起人們各種可怕的聯想。二是持續性,金人軍馬、備戰工事之聲此起彼伏、時強時弱,幾乎日夜不停歇地向聽者施壓,蠶食人們的心理防綫。模糊性與持續性共同將東京城内軍民捲入無法逃離的聽覺困境中。故而在城陷之後,城中百姓積壓已久的恐慌情緒到達極致,又是通過聲音來表現:有人"鼎沸",有人崩潰。而"滿市傳呼,其聲哀怨"也是一幅充斥著極強動態感的聲音景象。以"哀怨"形容百姓之聲,旨在表達他們面對國都初破時悲苦、委屈的憐己之情以及不甘心、不理解乃至憤怒的責問政府的心態。當然,也少不了對異族侵略者的切齒仇恨。

以上通過聽覺內容代替視覺圖像的叙寫方式,一來反映出聲音的拓展性:空間或畫面在進入人的視野之前,首先會被聽到。因聲音能够傳遞視覺受限、被阻隔處的信息,一方面會産生某種"聲音霸權"㊲,強行侵入人們不願聆聽的耳朵;另一方面可以因此擴大叙寫范圍和容量。二來也體現出作者在叙述視角選取上的獨具匠心,以有限視角取代全知視角,即以口耳相傳式的非確定性信息傳遞代替史書中常用的平鋪直叙式的事實呈現㊳。如此可在叙述過程中完全把控節奏,漸次推進、披露十萬火急的戰事情况,并且充分渲染令人絶望之氛圍:敵軍飛速迫近導致危機四伏,同時萌生更多未知因素:如城内百姓無法確定金軍位置,從而不得不時刻擔憂自身安全。

聲音除了作爲叙述核心推動情節發展之外,還有鋪墊或烘托的作用。"對自然界萬物之聲的描摹可以作爲一個故事中的非核心事件,或提供某種情報,或展示某種迹象。"㊴譬如東京城被攻破前夕,出現了"風勢回旋,飄雪響晝夜,如雷霆聲"㊵、"風聲號怒"㊶的惡劣天氣。此處借比喻、擬人表現自然界聲響的目的明確:風雪勢頭強勁,天氣異常,暗示北宋都城之危機迫在眉睫,災難即將發生。此亦可被稱作宋人筆記中典型的讖兆叙寫模式,即在天人感應的觀念基礎上,以反常的自然之聲預示人世將有重大變故。

由以上可知,靖康元年十一月以來,北宋國都東京在金人的攻勢下危如累卵,源源不斷的聲音傳遞著災難即將來臨的噩耗和預兆。模糊的聽覺信息使得無限恐慌與焦慮的情緒在百姓心中滋長、蔓延,并在城破之際到達頂峰,進而轉化爲哀怨與崩潰的心理狀態。對於這一系列事件的記載和演繹,筆記的作者們從聽覺感受或聲音角度著手可謂再合適不過:它能够在層層遞進、環環相扣的情節中相對自然地製造更多未知性或懸念,并具備較强的叙述節奏感。進而將金人步步緊逼以及城内百姓驚惶失措的情節細緻化與戲劇化,最終展現出有别於純史實的直接呈現或視覺描繪的更爲强大的文學表現力。

## 三、亡國之聲:震天哭號,吞聲涕泣

靖康元年閏十一月二十五日夜,東京城被金人攻陷。《東京夢華録》中曾經的那座禮樂威嚴、歌樂浩鬧、經貿繁華之都不可避免地墮入萬劫不復的境地。

宋人筆記關注到了城中各個階層人們的生存境遇和情感心態,尤其難能可貴的是諸多平民、小人物或某類群體所發出的各類聲音被廣泛且生動地記載下來,譬如哭號聲、驚懼之聲、駡聲等。其中哭號聲被叙寫的頻次最高,僅《靖炎兩朝聞見録》中就出現了三十餘次哭號聲。文本中的"號"主要有兩種含義:其一爲遭受痛苦、折磨時發出的慘叫或拖長聲音的呼叫;其二爲大聲哭。可見悲苦與哀傷是當時彌漫在東京城内的主要情感基調。

  蔡、汴兩河,遺棄老幼,幾若山積,哀號之聲,所不忍聞。㊷
  啼饑號寒者極可傷惻。㊸
  飲食不給,寢處不問,啼饑號寒之聲通夕不絶。㊹

開封府追捕欠金帛者,曲法峻治,未易詳述。哀痛之聲,聞於遠邇。㊺

滿市號慟,其聲不絶。㊻

及被選出城者,皆號慟而去……哀號之聲,震動天地。㊼

士庶傳聞此語,相與號泣入宫……士庶聞之,益更慟哭。㊽

是晚,王室出門,百官萬民哭送于門,太子傳令致謝,號哀震天……宫嬪輩人人悲啼。㊾

哀號之聲,達於遠近;貴賤老幼,號呼不絶,如是者已十餘日。㊿

於逐坊巷二十四厢集民間女子選擇出城,父母號呼,聲動天地。(51)

大雨雹,城中金人剽掠尤甚,小民號泣,夜以繼日。(52)

京師百姓號泣七日不止。(53)

六宫無長少俱哭,震泰烟門動。(54)

午間皇后、太子出門……百官軍民奔隨號泣……攀轅號慟,往往隕絶於地……哭聲震天……中有一人大哭擗踴於上。(55)

在國家覆滅的災難中,上至皇族,下到平民,没有任何人能够獨善其身。其中最無助、無奈、悲慘的恰是最容易被歷史叙事忽略的黎民百姓——他們數量最爲龐大,却總是被認爲無關緊要。文本中各種哭號聲通過生動傳神的修辭手法得以細膩地呈現。

首先在有關"哭"的發聲動詞選取上就頗爲講究,它們語義相近但也有細微區别,如"號"、"哭"、"泣"、"啼"、"呼"等,展現了人們不同程度的悲傷或是不盡相同的表達方式。其次,運用比喻、擬人、誇張等手法全方位表現了哭聲的三大特質:1. 響。相關描述有"震動天地"、"震天"、"聲動天地"、"聲聞于外"、"聞於遠邇"、"達於遠近"、"震泰烟門動"等;2. 久。如"通夕不絶"、"其聲不絶"、"已十餘日"、"夜以繼日"、"七日不止"等;3. 慘。主要通過聽者的一些主觀感受來表現,如"所不忍聞"、"極可傷惻"等。令人唏嘘的是,曾經飄蕩在東京城内,音量高且持續時間長的主旋律却是歡悦的音樂歌舞聲。這種由喜入悲的變化不由令聽者心如刀絞,難以接受。

仔細聆聽數十種哭號聲,它們的起因是各式各樣的人間悲劇:饑寒交迫、遭受掠奪、家破人亡、被迫獻身等。因此,複雜多樣的哭號聲能够交集百感、包羅萬象,從聲音的維度既具體又宏觀地呈現出東京城内以百姓爲主的多個階層人們的人身境況與心理狀態,從而勾勒出一幅千悲萬哀的音景。

除了大規模以略寫爲主的哭號聲之外,筆記中還聚焦了幾處與聲音有關的頗具戲劇性的場景。據史料記載,金人攻下東京後,并未直接地掠奪,而是選擇駐扎城外,通過使者向北宋政府源源不斷地索要財帛、糧食、女人等。被迫獻身的女人們反應各異,有的默默流淚或大聲哭號;有的毅然自殺;還有的正如以下例子所示:

> 是日,發解内夫人及戚里女使猶未已……時官吏亦候駕於門,内夫人、女使輩車上大呼斥罵曰:"爾等任朝廷大臣,作壞國家如此。今日却令我塞金人意爾。果何面目!"諸公回首緘默而已。㊱

城門外,來自政府女官員及女僕的"大呼斥罵"聲振聾發聵,與北宋傀儡官吏們的"緘默"形成一對鮮明的矛盾衝突。從而突顯出這些悲慘女人們的滿腔憤怒與鄙夷之情,她們獻身前的斥罵如同一道強有力的控訴,從某一角度揭示了北宋亡國的根本原因:官員作壞國家。反襯之下,為保全性命、利益而受制於金人的無聲緘默的北宋官吏們就顯得更加無恥猥瑣。實際上,"緘默"是一種極為特殊的發聲狀態,它能被語言相對準確地形容,不似其他聲音,在被描摹時多少帶有敘述者的主觀性。但它在表達情感時,却帶有更強的模糊性和多義性,令聽者難以捉摸。因而面對指責,"諸公回首緘默"就顯得複雜且意味深長。

另有一個包含豐富聲音元素的事件,即北宋官僚奉金人之命推戴張邦昌為國主一事。此事在《宋史》中亦有記載:"召百官軍民共議立張邦昌,皆失色不敢答。"㊲筆記中對其描述非常詳細,通過多種聲音表現北宋傀儡政權中官員們的多種立場及人格。

> 是日,范瓊領兵把秘書省門,迫脅之外,開封府公吏、御史臺疾聲奮呼、勒令速書名銜推戴者,迫脅於内。士大夫相顧號慟,聲聞於外,然亦無敢慨然立異議者。獨御史中丞秦檜獨狀論列,以謂邦昌輔相無狀,不能盡人臣之節,以釋二國之難,不足以代趙氏,情願乞押付軍前面論。其餘百官所議,其略云:"……某等亡國之臣,荒迷不知所措,敢不推戴……"㊳

通過聲音判斷,秘書省門内的士大夫群體大致可分為三類:1. 順應并迫脅他人接受金人之命者。他們倚仗金人之威背叛趙宋王朝,發出的聲音頗為強勢,并帶有攻擊性,如"疾聲奮呼"、"勒令";2. 懦弱、不敢反抗的被迫接受者。這類官員良心未泯,但出於自保等目的,無法抗拒強權,故而只能"相顧號慟"、"聲聞於外",并說些不痛不癢的話;3. 正直剛硬、具備過人膽識而"獨狀論列"的秦檜。其完全迥異於身邊趨炎附勢、唯唯諾諾之輩。在緊湊的時間序列中、固定的空間里,這一系列聲音的展現帶有一定戲劇性且頗能深入人心。除秦檜外的兩種聲音,分別代表強硬的無恥派和軟弱的善良派。它們看似對立,實則一致,共同反映出東京淪陷後官僚的艱難處境及他們脆弱不堪的節操。

部分筆記中亦保存了宋帝國皇室成員們,尤其是徽、欽二帝及朱皇后於國破之後珍貴且生動的聲音敘寫材料。由於太上皇與皇帝的身份,徽、欽二帝在都城淪陷後可謂承受了首當其衝且無比沉重的心理壓力與常人難以想象的羞愧、恥辱感。他們主要發出的哭泣聲與萬民"哭號"聲相似却顯得更為克制。譬如多種情境下略顯隱忍的"涕泣"㊴,又如因極度恐懼或懊悔而導致的更為率真的大哭:"帝在虜營……亦無燈燭,窗外數聞兵甲聲…

天明,有人呼帝出……帝哭不勝"⁶⁰、"上掩面大哭,謂'宰相誤我父子'"⁶¹。其實,有關徽、欽二帝最具特徵的聲音表現當屬被"禁止出聲"。確切地説,它是一種發聲行爲受限的狀態,并非聲音本身。它基本出現在東京城被金人攻下的數月之後,徽、欽二帝身陷金營以及被迫北行途中,譬如"帝泣不能出聲"⁶²、"帝時時仰天號泣,輒被呵止"⁶³、"帝哭愈哀,不敢出聲,恐監者喝之"⁶⁴等。從中可以想見二帝淪爲俘虜後尊嚴盡失、無法正常宣洩情感、屢遭虐待的慘狀,并反映了他們因時常擔驚受怕而導致的極其脆弱敏感的心理狀態。更爲可悲的是,以上例子還展現了曾是一國之主的欽宗由被動的禁止出聲(被呵止)到習慣性的不敢出聲的轉變,從而揭示了他在監者不斷恐嚇、打罵之下,已然被馴化的結果。這與杜甫在《哀江頭》中描述自己被安史叛軍抓回長安時,因"恐賊知"而不得不"吞聲哭"⁶⁵的情境有些許類似。

朱皇后作爲欽宗之妻,在伴隨欽宗北行途中,一度成爲《南燼紀聞録》等筆記的重要叙寫對象之一。它們通過諸多聲音、話語充分展現了朱皇后一路上極爲艱難的處境及糾葛、痛苦的心理。據筆記所載,隨行的金國騎吏骨䩵都以及後來負責押送的金軍元帥之弟澤利均垂涎朱皇后姿色,常以無禮不堪的語言與行爲調戲、侮辱、侵犯她。比較典型的如:

> 澤利乘醉命朱后勸酒唱歌,朱后以不能對。澤利怒曰:"汝四人性命在吾掌握之中,安得如是不敬我?"……后不勝涕泣,乃持杯作歌曰……歌畢,兩手持杯向澤利曰:"元帥上酒。"澤利笑曰……后再歌曰……澤利起拽后衣曰:"坐此同飲。"后怒,欲手格之,力不及,爲澤利所擊……后回身欲投庭前井,左右救止之。⁶⁶

"怒曰"、"不勝涕泣"、"歌曰"、"笑曰"、"再歌曰"等一系列發聲行爲遞進式地演繹了朱皇后接二連三受到澤利對自己的侮辱,但却迫於威脅不得不強行振作順從,直至不堪其辱、奮起反抗,最終尋死未果的悲壯過程。事實上,許多后妃公主的下場與朱皇后相比更是有過之而無不及——遭遇一死或淪爲金人的玩物。在某種程度上,用聲音聚焦叙寫朱皇后顯然具有更爲深遠的意圖:貴爲皇后尚被欺侮至此,數萬東京民女的悲慘下場便可想而知了。

可見聲音叙寫對於君主、后妃等個體人物的情感表達與周遭困境的建構亦顯得非常巧妙、有效。在當時士庶的觀念裏,至高無上且神聖的皇權自然是國家的直接象徵。在那樣危難的時刻,皇帝和他的子民是融爲一體的,同時他也是百姓們在精神與尊嚴上的最後寄托與倚靠。諸多文學作品或史書記載通常會回避或簡化書寫有關帝王所受的屈辱,但上述筆記却極盡所能、具體細緻地去展現徽、欽二帝痛苦的哭泣聲、尊嚴喪盡的被禁止出聲,以及朱皇后的備受欺凌。皇權慘遭踐踏仿佛標誌著國家最後一塊"遮羞布"已被異族侵略者無情掀起,借此進一步地映射、突顯出國家滅亡後京師百姓所遭受的更深層次的欺侮、踩躪與傷害。

那是一幅哀號滿城的景象,覆巢之下,安有完卵?每個階層都承受著亡國的劇痛,破財、失人、受辱、喪命在所難免,他們用各自的聲音表達著態度,訴說著痛苦,宣洩著憤怒。在國家分崩離析的災難背景下,諸多關於人性的醜惡與軟弱暴露無遺。無論是異族侵略者,還是本國權貴,他們無止境的掠奪與剝削使千千萬萬命如草芥的東京百姓的苦難更爲深重。因此,雖然東京"地獄"中的各個階層、不同群體的人們都是受害者,但如同螻蟻般的人們那最爲絕望的呻吟與吶喊恰是東京在最黑暗的歷史節點中最不該被泯滅的"聽證"與記憶。

## 餘論:聲音的力量發覆

由上述可知,宋人筆記中的聲音叙寫,除了富有"叙事貴真"的實錄精神外,還包含誇張、美化、篩選記憶對象、敷演故事情節、多維度建構人物形象、豐富主題內涵等類似"踵事增華"的文學功能,故能在原有事物之上添加一層情感濾鏡,或將史書中簡略、克制的叙事進行細化和演繹。那麽,包含了盛世之聲與亡國之音的"東京聲音"究竟能夠爲萬千南宋士庶帶去怎樣的心理影響和作用?

洋溢著盛世之聲的《東京夢華錄》是典型的"夢華體"筆記,即在相對真實的基礎之上承載作者諸多自覺或不自覺的美化與建構,此乃南渡北人筆下一種強烈的書寫傾向或範式。需要點明的是,對於美化或建構盛世之聲的情感心理動因,叙寫"夢華體"筆記的南渡文人是完全區別於作有相似題材詩歌的徽宗的。徽宗詩中亦有多處關於盛世之音的描寫。首先,他慣用"鶯聲"作爲東京城內的基調聲景,如"海棠枝上曉鶯聲"[67]、"花枝密處有鶯聲"[68]、"緒風輕轉鶯篁巧"[69]。因鶯聲與首都、皇權和承平之間存在聯繫[70],象徵著美好平和的意義。其次,徽宗尤愛書寫人們發出的笑聲,詩中共有七次涉及"笑語"、"謔笑"、"竊笑"等。笑是人們表達快樂愉悦情緒最爲直白的方式,詩中各類人群的笑恰能反映出背後國泰民安、百姓安居樂業、帝王治國有方的社會現實。除此之外,徽宗也少不了對歌舞酒宴、禮樂之聲的描摹,比如"沸管弦"、"笙歌圍繞"、"鼓簫聲"、"度新聲"等,借此展現出國家興盛富足、歌舞昇平、統治有序的景象。又如同樣是"賣花聲",徽宗詩里的"簾底紅妝方笑語,通衢爭聽賣花聲"就全然一種欣欣向榮、雅致典麗的意味。綜上,徽宗筆下誇張的盛世之聲,更接近於他有意識"自我催眠與塑造"的結果,主要出於其企圖粉飾太平、營造一派"豐亨豫大"假象的心理需求,從而得以繼續心安理得地縱欲享樂。

而南渡北人"夢華體"中的東京盛日之聲,雖然在內容上與徽宗的書寫有部分相似,但在情感訴求和叙寫目的上却大相徑庭。同樣是對於各類聲音的美化或誇大,南渡文人的叙寫帶有明顯的追憶或緬懷色彩。正是由於當下國家境況、個人生活的不盡如人意,他們纔會異常想念、珍惜,并加以濾鏡地構建起往日東京太平繁庶的景象——越美好反而越顯出悲愴。這可謂"夢華體"作者們對國家借古諷今的委婉批判,亦可被視作他們通過對恢復國家應有面貌的憧憬來撫慰、療愈內心創傷的方式。事實上，此類蘊含著微小個體期待國家復歸安定昌盛的昇平之聲能夠成爲正向聯結士庶、民族、國家之間的紐帶，有效提升民族凝聚力以及維繫士庶在重大災難、敗亡之後仍對國家抱有的極強認同感。

相比之下，戰爭、災難背景下的聲音叙寫也承載了同樣重要的有關民族和國家災難記憶的作用。都城淪陷後，無數北宋子民只能任由異族侵略者宰割。此類深重災難的意義，需要通過一點一滴來顯現。換言之，當我們嘗試著在由各種各樣的聲音牽扯出的一個個故事，一段段記憶中直面它的時候，災難纔有其意義，否則它就會被宏大的歷史叙事或抽象的數字記載所埋没。筆記中具體、細緻、發自各個階層的、無處不在的聲音揭示了這樣一個真相：每個悲劇都以它結實的羽翼覆蓋住了一組家庭或一群親人——他們纔是悲劇真正的承受者。

從經歷戰爭災難的人們以及後世讀者看來，"國家"、"主權"、"民族"、"淪陷"等概念總讓人感覺籠統或遥不可及，亦難以將它們與自身聯繫起來。然而，"只有當最基本的生活秩序無以維繫，自己或家人受到切身的威脅，產生強烈的被排斥感時，纔會擺脱看客的位置，意識到異族支配的存在，意識到淪陷與個人的關係，進而鎖定個人與國家主權的關係"[21]。隨著東京城的淪陷，城內不論高低貴賤的各個階層的人們形成了一個類似命運共同體——他們由於驚恐、焦慮、痛苦、絕望等情感而發出的各種聲音被載於筆記之中，成爲聯結他們心中"國破"與"家亡"意義的有力紐帶，從而使得"國家"、"民族"等原本宏大、高上的概念落到了可在現實中被感知的范圍以內。在勾連起個人與國家之間的意義之後，深深烙印在民族記憶裏的"東京聲音"不斷催生出南宋時期一代接一代士庶們對恢復故都故土故國的志向與期待。

"東京聲音"緣何蘊含如此強大且深遠的感染力和影響力？從文學的層面視之，由於筆記中聲音叙寫的具體性、敏感性和豐富性：爲讀者帶來現場體驗般的清晰與切實的惋惜與疼痛。從文化的層面觀之，"東京聲音"包含承載記憶、唤醒記憶和共享記憶的特性。首先，"東京聲音"具備人們對美好盛世的緬懷以及對靖康之難的反思的極其獨特的雙重精神內涵，"東京"便由一個單純的地理空間轉變爲承載集體記憶和情感的場域[22]。其次，雖然"東京聲音"的聆聽者數量龐大，存在集體性——容易在日後的每時每刻被一唤而起。但是，每個受衆的記憶或感受并非一致，從而又生發出個體的專屬性。因此當諸多個體——譬如南渡北人在分享專屬記憶時，便更容易被南宋士庶所認可并轉化爲集體記憶，同時賦予作爲集體記憶的"東京聲音"更加豐富的內容。由此可見，原本只是作爲一種文學表達方式的東京聲音叙寫，能夠憑藉其特性，占據人們心中揮之不去的重要地位，并且在不斷訴説與再書寫的過程裏充實壯大、代代相傳。

(作者單位：中國人民大學國學院)

① 路文彬從 2003 年起較早在國內提出聽覺性文化議題;王敦從 2011 年起開始發表"聽覺文化"研究的相關論文;傅修延從 2013 年起開始發文探討"聽覺敘事研究",等等。
② 中國古典詩歌與小説作品受到國內外學者們在聲音層面的較多關注,如楊志平《〈紅樓夢〉聽覺敘事芻議》,《文藝理論研究》2017 年第 1 期;姚華《市聲:范成大詩歌聲音描寫的新開拓》,《浙江學刊》2015 年第 1 期;李貴《聽見都城:北宋文學對東京基調聲景的書寫》,《蘇州大學學報(哲學社會科學版)》2018 年第 2 期;Editor by Zong-Qi Cai, *The Sound and Sense of Chinese Poetry*. Journal of CHINESE LITERATURE and CULTURE, Vol.2, Issue 2, Nov. 2015; Paize Keulemans, *Sound Rising from the Paper: 19th-century Martial Arts Fiction and the Chinese Acoustic Imagination*. Harvard University Asia Center Publications Program, 2014.
③ 朱剛《筆記作爲新興的寫作體制》,參見朱剛、侯體健主編《宋代文學評論》第二輯,中國社會科學出版社,2017 年,第 2 頁。
④ "Soundscape",此概念由作曲家和生態學家謝弗提出。
⑤ 《東京夢華録》相關研究較爲豐富,但尚未出現涉及其中聲音敘寫的研究。
⑥ 事實上,有關"靖康之變"的文字材料傳世較少,除了小部分可見於《宋史》等正史之外,其餘大部分更爲詳細、生動的描述可見於宋人筆記中。
⑦ 袁一丹《聲音的風景——北平"籠城"前後》,《北京社會科學》2012 年第 6 期。
⑧ 孟元老《東京夢華録》序,《全宋筆記》第五編第一册,大象出版社,2012 年,第 114 頁。
⑨ "城市記憶,就是城市形成、變遷和發展中具有保存價值的歷史記録,是人們對這些歷史記録以信息的方式加以編碼、儲存和提取過程的總稱。"梁建國《東京夢華:南宋人的開封記憶》,《國際社會科學雜誌》2011 年第 6 期。
⑩ 《東京夢華録》序,《全宋筆記》第五編第一册,第 114 頁。
⑪ 《東京夢華録》卷五,《全宋筆記》第五編第一册,第 147 頁。
⑫ 蔡絛《鐵圍山叢談》卷四,《全宋筆記》第三編第九册,大象出版社,2008 年,第 213 頁。
⑬ 《東京夢華録》卷六,《全宋筆記》第五編第一册,第 156 頁。
⑭ 同上書,卷八,第 174 頁。
⑮ 同上書,卷一〇,第 188 頁。
⑯ 同上書,卷七,第 162 頁。
⑰ 同上書,卷八,第 176 頁。
⑱ 同上書,卷一〇,第 186 頁。
⑲ 同上書,卷三,第 137 頁。
⑳ 同上書,第 137 頁。
㉑ 同上書,卷二,第 128 頁。
㉒ 同上書,第 129 頁。
㉓ 同上書,卷三,第 139 頁。
㉔ 同上書,卷六,第 154—155 頁。
㉕ 同上書,第 156—157 頁。
㉖ 同上書,卷八,第 172 頁。
㉗ 同上書,第 174 頁。
㉘ 同上書,序,第 114 頁。

㉙ 同上書,卷八,第 169 頁。

㉚ 參見羅蘭·巴特著、懷宇譯《顯義與晦義》,百花文藝出版社,2006 年,第 252 頁:"對於人來講——這一方面通常被忽視,對於空間的占有也是帶聲響的:家庭空間、住宅空間、套房空間(大體相當於動物的領地),是一種熟悉的,被認可的聲音的空間……"

㉛ 董爍《宋詞中的"賣花聲"探析》,中國人民大學 2020 年碩士學位論文。

㉜ 陳東《靖炎兩朝見聞録》,《全宋筆記》第三編第五册,大象出版社,2008 年,第 147—155 頁。

㉝ 石茂良《避戎夜語》,《全宋筆記》第四編第八册,大象出版社,2008 年,第 65 頁。

㉞ 徐夢莘《三朝北盟會編》卷七〇,文海出版社,1977 年,第 87 頁。

㉟ 《靖炎兩朝見聞録》,《全宋筆記》第三編第五册,第 156 頁。

㊱ 袁一丹《聲音的風景——北平"籠城"前後》,《北京社會科學》2012 年第 6 期。

㊲ 周志高《流動在時空中的聽覺文化與聲音景觀》,《中國文學研究》2019 年第 1 期。

㊳ 《宋史》本紀第二十三《欽宗》對於這段相同内容的叙寫如下:"金人至河外……甲戌,師潰。金人濟河……丙子,金人渡河……是日,塞京城門……乙酉,斡離不軍至城下。"中華書局,1985 年,第 432 頁。

㊴ 羅蘭·巴特《叙事作品結構分析導論》,張寅德譯《叙述學研究》,中國社會科學出版社,1989 年,第 14—15 頁。

㊵ 《三朝北盟會編》卷六九,第 83 頁。

㊶ 《避戎夜語》,《全宋筆記》第四編第八册,第 68 頁。

㊷ 《靖炎兩朝見聞録》,《全宋筆記》第三編第五册,第 157 頁。

㊸ 同上書,第 158 頁。

㊹ 同上書,第 160 頁。

㊺ 同上書,第 173 頁。

㊻ 同上書,第 174 頁。

㊼ 同上書,第 176 頁。

㊽ 同上書,第 184 頁。

㊾ 同上書,第 185 頁。

㊿ 同上書,第 186 頁。

(51) 舊題辛棄疾撰《南燼紀聞録》,《全宋筆記》第四編第四册,大象出版社,2008 年,第 21 頁。

(52) 同上書,第 27 頁。

(53) 同上書,第 28 頁。

(54) 曹勛撰《北狩見聞録》,《全宋筆記》第三編第十册,大象出版社,2008 年,第 184 頁。

(55) 《三朝北盟會編》卷八〇,第 156 頁。

(56) 《靖炎兩朝見聞録》,《全宋筆記》第三編第五册,第 176 頁。

(57) 《宋史》列傳二百三十二《奸臣三》,第 13747 頁。

(58) 《靖炎兩朝見聞録》,《全宋筆記》第三編第五册,第 185 頁。

(59) 比如《南燼紀聞録》,《全宋筆記》第四編第四册,第 24 頁:"百姓數萬阻車駕曰:'陛下不可出。既出,事在不測。'號泣不與行,帝亦泣下。"又如上書第 28 頁:"帝在虜營。自辰至申,未得食,帝涕泣而已。""聞之邦昌爲帝,帝與太上并涕泣。"

(60) 《南燼紀聞録》,《全宋筆記》第四編第四册,第 28 頁。

(61) 《三朝北盟會編》卷七一,第 97 頁。

(62) 《南燼紀聞録》,《全宋筆記》第四編第四册,第 43 頁。

㊃ 佚名《呻吟語》,《全宋筆記》第四編第八册,第 25 頁。
㊄ 《南燼紀聞録》,《全宋筆記》第四編第四册,第 43 頁。
㊅ 仇兆鰲《杜詩詳注》卷四,中華書局,1979 年,第 329 頁。
㊆ 《南燼紀聞録》,《全宋筆記》第四編第四册,第 33 頁。
㊇ 宋徽宗《宫詞》,《全宋詩》卷一四九一,北京大學出版社,1991 年,第 17044 頁。
㊈ 同上書,第 17050 頁。
㊉ 同上書,第 17054 頁。
⑩ 參見李貴《聽見都城:北宋文學對東京基調聲景的書寫》,《蘇州大學學報(哲學社會科學版)》2018 年第 2 期。
⑪ 袁一丹《聲音的風景——北平"籠城"前後》,《北京社會科學》2012 年第 6 期。
⑫ "只有當人經驗了場所和環境的意義時,原本抽象、無特徵的同一而均質的'場址'(site)變成有真實、具體的人類行爲發生的'場所'(place)。因此,聲音作爲一種重要的承載記憶的體驗,是記憶場所營造的關鍵。"參見崔傲寒《聲音對記憶場所營造的探究——以倫敦 Embankment 地鐵站爲例》,《設計與案例》2017 第 8 期(中)。

# 書寫與形塑：
# 論《西園雅集圖記》及其文學史意義

陳琳琳

北宋時期以蘇軾爲核心的"西園雅集"，是中國歷史上最負盛名的一次文人雅集。一般認爲，這次盛會發生於元祐初年，由駙馬都尉王詵在其宅邸西園舉行，蘇軾、蘇轍、黄庭堅、秦觀等十六人參與集會，畫家李公麟繪《西園雅集圖》，米芾作《西園雅集圖記》（簡稱《圖記》）。然而，由於早期繪畫實物與文獻史料的缺失，致使"西園雅集"的歷史真實性存有諸多疑點，後代學者爲之探幽索微，但衆説紛紜，未見定論。由於李公麟《西園雅集圖》的真迹早已不存，今人所見《西園雅集圖》多屬明以後摹本，故而傳爲親歷者米芾所撰寫的《西園雅集圖記》，便成爲最接近真相的文獻資料。關於這篇畫記的研究，一直以來主要集中在美術史領域：一方面，作爲一手著録文獻，《圖記》詳細記述了《西園雅集圖》的形式特徵，爲考察"西園雅集"題材繪畫的圖式流變考察提供了重要資料；另一方面，《圖記》被視爲米芾小楷佳作，具有較高的書學價值，曾備受董其昌推崇，并被刻入《戲鴻堂帖》而獲得廣泛傳播。出於文獻與藝術兩方面的價值，《圖記》的真僞考辨始終是研究者關注的核心問題。既有研究或從"西園雅集"事件入手，討論米芾參與雅集、書寫《圖記》的事實可能性；或勾連相近的記録文字，嘗試還原《圖記》的文本生成路徑，以此辨別真僞。這兩種研究路徑的討論基點，皆是將《圖記》視爲附屬性的繪畫史料，對其文學意義與價值不作探討。有鑒於此，本文嘗試對《圖記》的著録狀況及原始文本形態，進行重新的梳理考辨；在此基礎上，從文學研究的立場出發，將《圖記》置於書畫記文體流變的脈絡之中，討論《圖記》的文體特徵與書寫策略，剖析其獨特性，掘發《圖記》的文學内涵，與此同時，本文亦關注《圖記》的呈現載體及其文化功能，討論其獨特的書寫策略。此外，《圖記》并不只是供案頭閲讀的文學文本，還兼有書法與實物等多種載體，由此"物質性"入手[①]，可進一步探討《圖記》對"西園雅集"文化形象的理想化塑造，揭示《圖記》的文學價值及其文學史意義。

## 一、《西園雅集圖記》再考

從文獻流傳的角度而言，係於米芾名下的這篇《圖記》存在諸多謎團。梁莊愛論

(Ellen Johnston Laing)對《圖記》的真實性早有懷疑②,福本雅一、衣若芬、薛穎等認定《圖記》乃後人作偽的產物③。米芾文集經靖康兵火而散佚不全,從其孫米憲刻《寶晉山林集拾遺》,到南宋岳珂輯《寶晉英光集》,再到明刊《寶晉英光集》六卷抄本,無一收錄這篇《圖記》。清代各抄本中,僅文選樓抄藏本《寶晉英光集補遺》、蔣光煦《涉聞梓舊》本《寶晉英光集補遺》、日人河山亥輯《寶晉英光集補》三種收錄了《圖記》。其中,阮元文選樓抄本與蔣光煦《涉聞梓舊》本,均以明萬曆間張丑《寶晉英光集》六卷抄本為底本,粗考其篇目,大致可判斷為清人所補④;日人河山亥《補遺》四卷,篇目異乎它本,蓋由其本人纂輯⑤。這三個版本皆甚為晚出,難以據此考定《圖記》的真偽。

關於"米芾《西園雅集圖記》"的著錄,始見於明代詹景鳳的《詹東圖玄覽編》。詹景鳳於劉子大家見畫冊二部,內有團扇便面二則,"畫為李伯時寫王晉卿《西園雅集圖》,而米元章作記,字畫精妙兩極,真希世寶,人間罕有雙焉者也"⑥;其後又於韓世能家見"伯時《西園雅集卷》",將此卷與劉子大家藏團扇《雅集圖》作比,復提及與團扇相配的米芾小楷——"又一片米元章書《雅集叙》,字如小指頂,真帶行,筆墨晶明瑩潤,秀勁奇暢"⑦。這件詹景鳳親見的書有米芾《圖記》的《西園雅集圖》團扇,後為董其昌在萬曆十七年(1589)購於京師⑧。董其昌多番記錄這件作品:

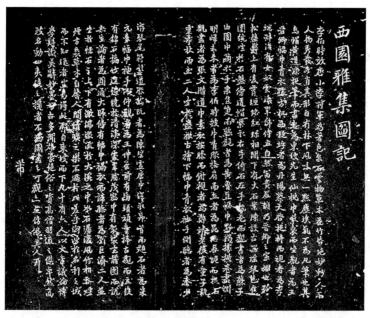

圖1　董其昌輯《戲鴻堂法書》,明拓本,故宮博物院藏

往余在京師得古畫二十餘冊,中有李伯時《西園雅集圖》、米元章書序,余刻之《鴻堂帖》行於世。⑨

昔李伯時《西園雅集圖》有兩本,一作於元豐間王晉卿都尉之第,一作於元祐初安定郡王趙德麟之邸。余從長安買得團扇,上者米襄陽細楷,極精,但不知何本;又別見仇英所摹、文休承跋後者。⑩

古人論書,以章法爲一大事,蓋所謂行間茂密是也。余見米痴小楷作《西園雅集圖記》,是紈扇,其直如弦。此必非有他道,乃平日留意章法耳。⑪

出於對米芾小楷的喜愛,董其昌將《西園雅集圖記》刻入《戲鴻堂帖》(圖1),此舉對《圖記》的文本傳播具有推動作用。大概受其影響,明末清初賀復徵《文章辨體彙選》、卞永譽《式古堂書畫彙考》皆收録米芾《圖記》全文。清人增補米芾文集時收入《圖記》,極可能亦由《戲鴻堂帖》摘出。

儘管米芾《西園雅集圖記》遲至晚明纔正式出現於畫史著録,但與其相近的記述文字,在元人黄溍《述古堂記》中已見稱引。據黄溍所述,其友人繆貞收藏一方宋内府舊藏圓硯,硯上刻有李公麟《述古圖》,由邵諤於紹興七年(1137)進呈。繆貞頗寶此硯,以"述古"名其堂,求黄溍爲之作記。所謂《述古圖》,本是李公麟"效唐小李將軍用著色寫雲泉花木及一時之人物",黄溍轉引鄭天民所作《述古圖記》對畫面予以考證:

述古圖,本李伯時效唐小李將軍,用著色寫雲泉花木及一時之人物,按鄭天民先覺所爲記。"坐勘書臺捉筆而書者,爲東坡先生;喜觀者,爲王晉卿;憑几而立視者,爲張文潛;按方几而凝竚者,爲蔡天啓;坐盤石上、支頤執卷而觀畫者,爲蘇子由;執蕉筆而熟視者,爲黄魯直;憑肩而偶語者,爲陳無己;據横卷而畫《歸去來圖》者,爲李伯時;按膝而旁觀者爲李端叔;跪膝俯視者,爲晁無咎;坐古檜下擘阮者,爲陳碧虛;袖手側聽者,爲秦少游;昂首而題石者,爲米元章;竚立而觀者,爲王仲至;坐蒲團説無生論者,爲圓通大士;偶坐而諦觀者,爲劉巨濟。凡著巾者十有一人,烏帽者二人,而其一爲道帽。仙桃巾、琴尾冠者各一人。衣深衣、紫衣、褐衣者各二人,青衣者四人。黄衣者三人,而其一爲道服。繭衣、紫氅、黪衣各一人。一童執靈壽杖,一童捧古研。兩女奴雲鬟翠飾,則王晉卿家姬也。石牀錦褥,玉卮瑶琴,以次陳列。大溪峭壁、怪石淙流、曲徑危橋映帶左右。松竹蘭蕙,紅蕉紫葳,蔭翳聯絡。"天民又謂"有羽流名動四夷,師表千古,伯時偶未之及,乘間寓意,繪而爲圖,以資好事之玩。"莫知其所指爲誰。記作於政和甲午(1114)。後二十又三年,諤乃以研進。研蓋端溪紫石,其形正圓,隆其中以受墨,環其外以爲水委,而旁刻茲圖。其物采雖不可辨,而服飾位置猶彷彿可睹,所謂《述古圖》圓研也。⑫

這篇《述古圖記》的行文措辭與傳米芾《西園雅集圖記》相當接近,所録十六位雅集參與者,除陳無己以外,與《圖記》完全一致,對各个人物衣飾姿態的描述亦頗爲近似。福本雅一、衣若芬等學者據此認定《述古堂記》是傳米芾《西園雅集圖記》形成的文獻依據。在此基礎上，衣若芬又發現，明人曾鶴齡《西園雅集圖記》亦稱引一篇前人所撰《古圖記》。通過比對《述古圖記》《古圖記》與《西園雅集圖記》三個文本的文字差異，衣若芬依據"文化堆積原則"推測："米芾《西園雅集圖記》可能是後人依據黃溍《述古圖記》中所記載鄭天民《述古圖記》，且在曾鶴齡所云《古圖記》之後逐漸成形的作品。"[13]這三篇記文的文字頗爲近似，應具有較明確的文本關聯。不過，以文字描寫的精細與否判定年代的早晚，猶有可商榷之處[14]。元末陶宗儀《遊志續編》亦收錄了一篇傳鄭天民所撰《題趙千里述古圖》[15]。與前述《述古圖記》《古圖記》相比，這篇題記對畫面內容的叙述更精細詳盡，較之米芾《西園雅集圖記》僅可見幾處異文，此文落款爲"丙申歲五月十三日"，按鄭天民的活動時代，當爲政和丙申（1116），然篇題作《題趙千里述古圖》，其時畫家趙伯駒（字千里，約 1120—1181）尚未出生。如陶宗儀《遊志續編》可信，或款署有誤，或此畫原有歸屬，誤係於趙伯駒名下。元末邵亨貞撰《題錢素庵所藏曹雲翁手書〈龍眠述古圖〉序文》，言曹知白爲錢素庵所書乃"宋福唐鄭先生所爲《龍眠述古圖》叙文"[16]，即鄭天民《述古圖記》。這些元人的著錄文獻表明《述古圖記》并非單文孤證，增强了鄭天民作記的可信度[17]。

　　查考鄭天民的生平，相關資料多不存於世，僅知其爲崇寧間士人，擅畫山水[18]。鄭氏畫迹曾在當時的文人圈流傳，如其《閱駿圖》由葉夢得收藏，葉夢得曾出示洪炎，洪炎爲作長歌，詩中有云"鄭生晚識李侯比，自許筆端輕萬里"[19]。這幅畫作又見於程俱的題詩："龍眠老筆不再得，幻化百億紛驪騧。鄭生晚出擅圖貌，盛名欲與曹韓偕。"[20]兩首題詩俱將鄭天民比之李龍眠，稱賞其精湛的畫藝。鄭天民畫名在金代亦有流播，元好問曾題鄭天民畫扇，作《鄭先覺幽禽照水扇頭》詩[21]；又在《雲巖》一詩中寫道："只欠宣和鄭先覺，爲君留寫五湖真。"[22]可見鄭天民的畫名亦流播至金。據張徵《畫錄廣遺》所記，鄭天民繪山水學董源，畫風"清奇"[23]。董源雖在畫史上享有極高的聲望，但在五代宋初并不受重視，整個北宋時期，鮮有畫家可被確定爲董源畫風的繼承者[24]，董源畫風在有宋一代的盛行，主要有賴於米芾的極力推崇，米芾《畫史》重塑了董源的畫史地位。宋人學董源之風自此而盛，鄭天民對董源畫風的學習，當是受米芾之影響。宣和年間，米芾被召爲書畫學博士，鄭天民任郎官，二人是否有真實交集已不可考，然畫風好尚頗爲一致；加之鄭天民在畫院任職，即有機會接觸李公麟真迹，距元祐諸人的年代不遠，《述古圖記》的文本內容應較爲可信。遺憾的是，鄭天民未有單行於世的文集可考，考慮到繪畫創作的臨、仿、摹、造等複雜情況，這篇與圖并行的《述古圖記》未必確有"定本"。仿摹本的創作普遍存在改易增删的現象，由不同摹本摘出之《述古圖記》，也就呈現出詳略有異的文本形態。因此，存於元人著錄裏的多個《述古圖記》文本，皆可能出於鄭天民手筆，甚至明代曾鶴齡引用的佚名《古圖記》，亦可能來源於同一繪畫題材的其他摹本。既然有多個版本的鄭天民《述古圖記》存世，至少可以確定，在北宋末年，以蘇軾爲中心的十六人《雅集圖》已然存在，且基本圖式與今人所見《西園雅集圖》頗爲接近。

　　那麼，鄭天民爲作記的《述古圖》，究竟與《西園雅集圖》有何關係？謝巍、楊新等學者對此有過詳細的考辨㉑。由於繪畫作品與文字史料的缺失,我們難以確證《述古圖》即爲李公麟所繪《西園雅集圖》,只能説它與《西園雅集圖》之間的關聯是極其明顯的,或與《西園雅集圖》同屬一个繪畫題材,或爲《西園雅集圖》的直接摹本之一。可推測的是,李公麟《西園雅集圖》在當時影響力巨大,不但有墨筆、設色多個版本,還出現大量臨摹、仿本甚至造僞之作,《述古圖》便是政和年間時人摹寫李公麟《西園雅集圖》的產物。在特殊的歷史時期,作畫者出於對黨禍的敏感,對李公麟原畫有所删改,并將其命名爲《述古圖》據畫史記載,南宋初年,畫僧梵隆㉒效李公麟筆法作《述古圖》一幅,元人胡祗遹有題跋記之:"蘇東坡、黄山谷、米南宫、李伯時、蘇黄門、晁無咎、張文潛、秦少游、劉巨濟、僧圓通、王仲至、陳碧虚、鄭靖老、蔡天啓、王晋卿、李端叔十六人,想見風采,一時龍鷺,唯龍眠能儀形之。梵隆此幅,亦庶幾欲造龍眠之門墻者歟?"㉓梵隆筆下的十六位雅集成員與《西園雅集圖記》全然吻合。另如趙伯駒、劉松年等南宋畫家,亦有過《述古圖》的創作經歷。也就是説,"元祐學術"解禁之後,《西園雅集圖》再度盛行,但《述古圖》的創作并未就此消失。在《西園雅集圖》與《述古圖》同時流行的情况下,并不排除一種可能,所謂"米芾《西園雅集圖記》"與鄭天民《述古圖記》在歷史上曾經各自存在,這便不難理解它們之間因相互傳抄而產生的文字差異。

《述古圖記》與《西園雅集圖》的密切聯繫,直至明初纔得到深入的揭示。楊士奇爲朱孟淵《西園雅集圖》作記:

> 中書舍人陳登思孝得閩人朱孟淵所作《西園雅集圖》贈余。西園者,宋駙馬都尉王詵晋卿延東坡諸名士燕遊之所也。當時李伯時寫爲圖,後之臨寫或著色,或用水墨,不一法。此圖用水墨,清韻灑灑可愛,燕集歲月無所考,西園亦莫究何在?……嘗見熊天慵題伯時《西園圖》詩,及黄文獻公《述古堂記》,皆與此合。文獻據鄭天民之記,鄭記作於政和甲午,其可徵無疑。㉔

楊士奇指出李公麟《西園雅集圖》原有多本,并對"西園雅集"的確切時間與地點表示疑惑,稱"燕集歲月無所考,西園亦莫究何在";隨後細述朱孟淵《西園雅集圖》的畫面內容,言其所見熊朋來題詩與黄溍《述古堂記》稱引"皆與此合",明確鄭天民《述古圖記》與《西園雅集圖》之間的直接關係。在楊士奇之後,楊榮、曹安、葉盛、歐大任等明代學者皆承繼此説,《述古圖》與《西園雅集圖》至此開始"合體",鄭天民《述古圖記》被視作另一版本的《西園雅集圖記》。萬曆以後,由於董其昌對米芾書藝的推崇,作爲米芾小楷代表的《西園雅集圖記》迅速傳播,《圖記》與《西園雅集圖》組成的"西園雅集"形象廣爲人知,而鄭天民《述古圖記》則不再被提及。清人所繪《西園雅集圖》,幾乎清一色地在畫面或拖尾題寫米芾《西園雅集圖記》。

綜上所述,在李公麟真迹失傳而米芾詩文多佚的前提下,繫於米芾名下的這篇《西園雅集圖記》,我們雖無法證實,但也不能完全證僞。實際上,《圖記》最初以書法形態呈現,作爲畫卷的有機組成部分,與《西園雅集圖》一同輾轉流傳,幾經臨摹。不同臨摹者對《圖記》的轉録抄載,往往具有隨意性;而繪畫作品不同的形制特點、材質屬性、書寫空間等諸多因素,亦可能引起臨摹者的增删改易,這便造成了存世多個版本的《圖記》之間細微的文字差異。無論是鄭天民《述古圖記》,還是傳米芾《西園雅集圖記》,都未必是最初附於李公麟畫卷上的文本形態,而只是諸多摹本中的一種。因此,考察二者的先後次序,或糾結於米芾《圖記》的真僞,似乎不甚緊要。誠如王水照先生所言,"即使以後有材料證明此文確非米芾所作,但作僞仍有不僞之處,并不完全失去其研究價值"㉙。只要確證《圖記》之"原型"在北宋末年的真實存在,對我們探討李公麟《西園雅集圖》乃至"西園雅集"的歷史面貌,便具有重要的參考價值。我們不妨將問題轉移到文本自身,重新審視《西園雅集圖記》及其文學史意義。

## 二、《西園雅集圖記》的文體特徵與書寫策略

作爲一篇書畫記,《西園雅集圖記》集中反映了宋人記畫的書寫策略,具有較高的文學價值。書畫記一般記述書畫的內容、形制、源流等,屬雜記文之一體,其萌發於魏晋,形成於唐代,在宋代得到進一步的發展。宋代書畫藝術繁榮,士大夫普遍喜好書畫,精於鑑藏,創作了大量的題畫詩、論書詩及書畫題跋。受此種文藝風尚的影響,書畫記的創作較之前代更爲豐富。儘管書畫記在宋代記體文各文類中所占比重不大㉚,却顯示出宋人在記體文寫作上的探索與創新。爲此,對《西園雅集圖記》進行文本解讀,應將其置於書畫記的流變脈絡之中,與其他宋人作品勾連比較,或可揭示《圖記》爲美術史研究所忽略或遮蔽的文學意義。

《西園雅集圖記》對李公麟畫迹的記述,采用"記其人物之形狀與數"㉛的寫法,就文體淵源而言,始自唐代韓愈的《畫記》㉜。韓愈將此前只限於畫壇寫作的畫記體引入文壇,對其進行文體改造,在寫法上由畫學評論、畫理闡述,改爲對畫面內容纖毫無疑、井然有序的記録。經由韓愈的剪裁與整合,繁多瑣細的畫面形象,獲得了井然有序的再呈現,可謂"物數龐雜而詮次特悉"㉝。這種敘録式的"畫記體",逐漸受到文壇的關注與認可,并被奉爲記之"正體"㉞。宋人對韓愈《畫記》亦有負面評價,最具影響力的莫過於蘇軾的批評意見。蘇軾對韓愈《畫記》羅列物事的寫作方式頗爲不屑,稱其"近似甲名帳耳,了無可觀"㉟,近乎否認其文學價值。在蘇軾看來,"畫記體"當以論畫而非記畫爲要旨,如其《淨因院畫記》開篇即言"余嘗論畫",幾乎無涉畫面內容,通篇闡述畫理;《文與可畫簹簹偃竹記》亦采取創作論、畫家論、畫作流傳論的次序結構全篇,亦未展開對畫面的紀實性描述㊱。然而,宋代亦不乏韓愈《畫記》的推崇者與追隨者,尤其是記述物事繁複瑣細的長卷之時,宋人多師法韓愈《畫記》,因襲其"記其人物之形狀與數"之寫法。譬如,秦觀明確表示對韓愈《畫記》

的欣賞:"又嘗覽韓文公《畫記》,愛其善叙事,該而不煩縟,詳而有軌律,讀其文恍然如即其畫,心竊慕焉,於是仿其遺意,取羅漢佛之像而記之。"㊲其所撰《五百羅漢圖記》采取分門别類之法,精煉有序地描叙《五百羅漢圖》的一衆人物,使畫卷上龐雜的人物、景物、事物得以一一呈現;繼而簡述畫者生平及其作畫特點,表明作記之由。晁補之《白蓮社圖記》前半叙"白蓮社"之歷史典故,後半記其摹作與李公麟真迹的差異,亦襲用韓愈《畫記》次第鋪寫的叙述方式。㊳黄庭堅《題校書圖後》雖以"題"命名,屬題跋一類,但描叙畫面猶可見《畫記》影響痕迹:

> 唐右相閻君粉本《北齊校書圖》,士大夫十二員,執事者十三人,坐榻胡牀四,書卷筆研二十二,投壺一,琴二,懶几三,擡頭一,酒檻果榻十五。一人坐胡牀脱帽,方落筆,左右侍者六人,似書省中官長。四人共一榻,陳飲具:其一下筆疾書;其一把筆,若有所營構;其一欲逃酒,爲一同舍挽留之,且使侍者著轡。兩榻對設,坐者七人:其一開卷;其一捉筆顧視,若有所訪問;其一以手拄頰,顧侍者行酒;其一抱膝坐酒旁;其一右手執卷,左手據擡頭;其一右手捉筆拄頰,左手開半卷;其一仰負懶几,左右手開書。筆法簡者不缺,煩者不亂,天下奇筆也。㊴

黄庭堅用較多的筆墨依次描叙畫面,并在結尾處點明畫卷的原委授受,思路與《畫記》如出一轍。《校書圖》所涉人物衆多,黄庭堅仍以凝練的語言層次分明地鋪寫畫中人物的各色姿態,揭示畫卷"簡者不缺,煩者不亂"的謹嚴布局。與此同時,黄庭堅還注重對不同人物風神的捕捉與提煉,令讀者産生"因文見畫"的閲讀感受。這種精妙的觀察方式與描寫方法,在《西園雅集圖記》中亦能發現相似的構思痕迹。

此外,李公麟所繪《蓮社十八賢圖》,亦有一篇與之相配的畫記傳世,爲其族弟李沖元所撰。這篇畫記亦沿用韓愈《畫記》的叙録筆法,分門别類地記述畫面内容:

> 龍眠李伯時爲余作蓮社十八賢圖,追寫當時事……巖之外遊行而來者二人:一人登嶺出半身者,宗炳也;一人躡石磴而下者,曇順也。巖中爲經筵會講者六人:一人踞牀凭几揮麈而講説者,道生也;一人持羽扇目注懸猿而意在深聽者,雷次宗也;一人合掌坐于牀下者,道敬也;一人相向而坐者,曇詵也;一人執經卷跪聽于其後;童子一舒足搔首,有倦聽之意。蓮池之上,環石臺坐而箋經校義者五人,石上列香爐、筆硯之具。一人憑石而坐者,劉程之也;一人手開經軸倚石而回視者,張詮也;一人正坐俯而閲經者,惠叡也;一人回坐拱手傍視而沉思者,慧持也;一人持如意而指經者,慧永也。一人捧經籍與童子持如意立其後;又童子跪而司火,持鋏向爐而吹;一人俯爐而方烹;捧茶盤而立者一人,傍有石,置茶器。又巖中有文殊金像,環坐其下爲佛事者三人:一人執爐跪而歌唄者,曇常也;一人坐而擎拳者,道昺也;一人執經卷而坐者,

周續之也。……非十八人不足以發伯時之筆,非伯時者不足以寫十八人之趣。豈非泉石膏肓,烟霞痼疾,其臭味相似,故形容之工,若同時而共處者也。伯時于余爲從兄,實山林莫逆之友。爲此圖凡三十八日而成,余得之,遊居寢飫其下。客來觀者,或未知蓮社事,因記其後,覽者當自得之也。圖成于元豐庚申十二月二十五日,明年辛酉正月二十六日,龍眠李沖元元中記。㊵

李公麟的畫迹現已不存,考今傳宋人《蓮社圖》㊶,乃取"蓮社故事"爲題材,以分組叙事的構圖形式所表現的一幅"蓮社全景圖"。畫面場景衆多,各色人物繁雜,自然景物散布,然李沖元的記述井然有序,毫無煩亂之感,其中要訣,乃師法韓愈《畫記》,先將整幅手卷切割爲若干叙述單元,再依據觀畫經驗,重新排布各物象的位置關係。在詳細叙寫各色人物之後,李沖元還講述畫卷創作之具體機緣,并在記末就畫者的技藝旨趣展開議論。值得注意的是,此篇在行文句法上因襲韓愈《畫記》的同時,出現了新的書寫特點——觀畫者對畫中人物進行指認,《西園雅集圖記》的記名方式或淵藪於是。

南宋洪适《跋〈登瀛圖〉》亦采用類似的篇章句法,對《登瀛圖》中的人物進行描述與辨認:

> 卷首攘袖醉者爲蘇世長,伸欠者爲許敬宗,捉筆欲書者爲褚亮,憑欄目鵝者爲劉孝孫,一介附耳、有所白者爲蘇勗,交手對之者爲薛元敬,童子奉杯小冠者受之者爲蓋文達,幅巾按股被酒而寐者爲李元道,捉筆運思者爲孔穎達,左手持杯者爲李守素,面之者爲姚思廉,童子奉巾盥反顧而吸者爲陸德明,坐柳下者爲虞世南,執卷挽絛者爲顏相時,帶解欲結者爲于志寧,攝巾羽衣倚老木者爲房玄齡,杖筇而相語者爲蔡允恭,袖手巴且旁者爲杜如晦。凡學士十有八員,坐者十,立者三,倚者四,醉者一……凡畫中之物如此,合而名之曰《登瀛圖》。其人物、器用、草木、羽毛之狀,雖妻經摹寫,猶存妙處梗概。遐想英標,植愚袚陋,貞觀之治,豈無權輿!故曰廊廟之材非一木之枝,帝王之功非一士之略。㊷

這篇《跋〈登瀛圖〉》在語句結構、行文特點、記述形式等諸多方面,皆與今傳米芾的《西園雅集圖記》頗爲相似㊸。儘管文體層面上的比對并非過硬的證據,但至少足以表明,類似《西園雅集圖記》的文本形態,至遲在南宋初年已然出現。

《西園雅集圖記》既因襲韓愈《畫記》的書寫傳統,又表現出一種叙論結合的文體特徵,這亦契合於歐蘇以來宋人"以論爲記"的文體新變。不妨回顧《圖記》的文本:

> 李伯時效唐小李將軍爲著色泉石雲物、草木花竹,皆絕妙動人;而人物秀發,各肖其形,自有林下風味,無一點塵埃氣,不爲凡筆也。其烏帽、黃道服,捉筆而書者爲東

坡先生；仙桃巾、紫裘而坐觀者爲王晉卿；幅巾青衣、據方机而凝竚者爲丹陽蔡天啓；捉椅而視者爲李端叔。後有女奴，雲鬟翠飾倚立，自然富貴風韻，乃晉卿之家姬也。孤松盤鬱，上有凌霄纏絡，紅緑相間。下有大石案，陳設古器瑶琴，芭蕉圍繞。坐於石盤旁，道帽紫衣，右手倚石，左手執卷而觀書者爲蘇子由；團巾繭衣，手秉蕉箑而熟視者爲黄魯直；幅巾野褐，據横卷畫淵明《歸去來》者爲李伯時；披巾青服，撫肩而立者爲晁无咎；跪而捉石觀畫者爲張文潛；道巾素衣，按膝而俯視者爲鄭靖老。後有童子執靈壽杖而立二人。坐於盤根古檜下，幅巾青衣，袖手側聽者爲秦少游；琴尾冠、紫道服，摘阮者爲陳碧虚；唐巾深衣，昂首而題石者爲米元章；幅巾，袖手而仰觀者爲王仲至。前有鬑頭頑童捧古研而立，後有錦石橋竹逕，繚繞於清溪深處。翠陰茂密中，有袈裟坐蒲團而説《無生論》者，爲圓通大師；旁有幅巾褐衣而諦聽者，爲劉巨濟。二人并坐於怪石之上，下有激湍潨流於大溪之中。水石潺湲，風竹相吞，爐烟方裊，草木自馨。人間清曠之樂，不過於此。嗟乎！洶湧於名利之域而不知退者，豈易得此耶？自東坡而下凡十有六人，以文章議論、博學辨識、英辭妙墨、好古多聞、雄豪絶俗之資，高僧羽流之傑，卓然高致，名動四夷。後之攬者，不獨圖畫之可觀，亦足仿佛其人耳。

《圖記》細緻描述了參與"西園雅集"的十六位人物，對他們的衣飾、動作、神態以及位置關係皆有明確的交代；人物所處的周邊環境、陪襯性的自然景觀與人文道具盡皆涉獵，無一遺漏。這種羅列人物與記叙物象的寫法承襲於韓愈《畫記》。記畫條理清晰，語言簡練，覽萬象於筆端，却無絲毫雜亂之感。在"記其人物之形狀與數"的基礎上，傳米芾《西園雅集圖記》體現出新的書寫特點：

第一，對畫面内容的記述，韓愈《畫記》打亂了原畫的空間布局，以分門别類的方法重新布置畫中的人事物象：先叙人物，次則爲馬，再次爲雜畜器物。《西園雅集圖記》則基本遵循畫家的藝術構思，并未擅自改動畫面的整體布局。對畫面場景及人物的記錄，作者盡可能保留畫家的原始構思，如實還原畫卷精心設計的五個雅集場景。

第二，在人物形象的刻畫上，《畫記》顯示出主次分明的特點，對構成畫面主體的人物馬匹，細舉其姿態情致，而次要的畫面内容，如禽獸、器物等概列名稱。《西園雅集圖記》在畫面人物上亦多費筆墨，對各個人物的服飾姿態、狀貌神情予以深細入微的描摹，尤其對不同人物瞬間神采的精準捕捉，富於表現力。至於對元祐諸士的辨别與指認，既顯示出宋代書畫記在文體功能上的拓展，又增强了文字傳達的在場感與直觀感，賦予讀者"見記如畫"的生動聯想，在圖像之外實現了另一重叙事。

第三，在篇章句法上，《西園雅集圖記》亦沿襲韓愈《畫記》，繁簡得當，寓精整於參差錯落之中。《圖記》雖以人物活動爲中心，但交替穿插自然景物的描寫，有效避免人名指認的單一句式。韓愈《畫記》已通過明寫人物活動暗示畫内山水，即以人之上下，馬之陟降，暗示縱横交錯的山水形象。《西園雅集圖記》雖脱胎於是，但對園林景觀及山水背景的著墨更多,記述自然意象的筆法、句式變換也更多元化。

第四,在抒情議論方面,韓愈《畫記》結尾講述了一個頗具戲劇性的故事,畫者的整個人生及其感慨,都經由韓愈的文字自然而然地浮現出來[44]。作爲鑒賞者的韓愈,與畫家之間心曲互通的默契頗動人心。《西園雅集圖記》的結篇是一段感召性的議論文字,通過謳歌元祐諸士的翰墨風流,點明"西園雅集"的精神實質,達成對《西園雅集圖》繪畫意旨的最終揭示。這種帶有宣言性質的褒揚文字,若作爲親歷者米芾的自述,在語氣上確有可疑之處,但在文體層面上却顯示出有宋一代"議論寖多"的"記體之變"[45]。同時彰示了作者標舉"元祐風流"的主觀意圖。

總的來說,就文體特徵而言《西園雅集圖記》是一篇精心結撰的書畫記,它因襲了韓愈開創的寫作傳統,同時充分體現了書畫記在宋代的發展與新變。明末賀復徵《文章辨體彙選》[46]收錄《圖記》全文,將其列爲記體文之代表。此舉或許不只是受到董其昌等晚明書家的影響,還可能出於文體方面的綜合考量。這種選擇亦說明,《西園雅集圖記》在文本性質上并非附屬性的畫學史料,而是一篇"描述蘇門的精彩而有内容"的文學作品[47],具備相當的文學成就。

## 三、《西園雅集圖記》與"元祐風流"的視覺形塑

在書寫策略上,通過對韓愈《畫記》的效仿與創新,《西園雅集圖記》精準復現了李公麟畫卷的位置經營、筆墨設色、人物事象等内容細節。這種"讀之如見畫"的文本叙事,製造出直觀逼真的畫面感,與圖像之間相互映襯、相互詮釋,共同參與了"西園雅集"這一歷史事件的意義建構。而在"畫記體"特徵以外,《圖記》在物質意義上的呈現形態亦值得關注。有别於詩歌、辭賦等傳統文學樣式,由作家撰寫再經過抄寫、編輯、刻印流傳於世;《圖記》在後代的流傳過程中分化出多種不同的形態,或與繪圖并存於卷軸,或附於文集單獨流行,或以書法作品行世,兼有多重的物質載體。《圖記》在不同物質載體上的文本呈現,不僅作用於後世觀者對《西園雅集圖》的觀看與理解,亦影響了"西園雅集"文化形象的塑造與展現。因此,在文學内涵之外,《西園雅集圖記》同時承載了豐富的文化信息與藝術蘊藉。對《圖記》的解讀與再發現,除了深入文本内部,還應考察《圖記》的"物質性"及其作用之下的閱讀、觀看、複製、傳播等一系列文學活動,進而更深入地探討《圖記》的文化蘊含與文學功能。

宋前的書畫記,大多作爲書畫藝術的文字生存形態,與書畫作品分離而單獨流傳。自宋而後,伴隨着詩、書、畫融合的藝術觀念的興盛,畫記開始被直接書寫於卷軸載體上,成爲一種特殊的題跋類型。畫家或觀畫者撰寫圖記,對畫面内容、人物、事件予以辨識,并藉助書法載體,使圖記與畫面以互補關係呈現在同一空間内,組成可視化的綜合形象進行展示與傳播。這種書畫合璧的藝術形式,猶可見於今傳的宋人繪畫之中。譬如故宫博物院

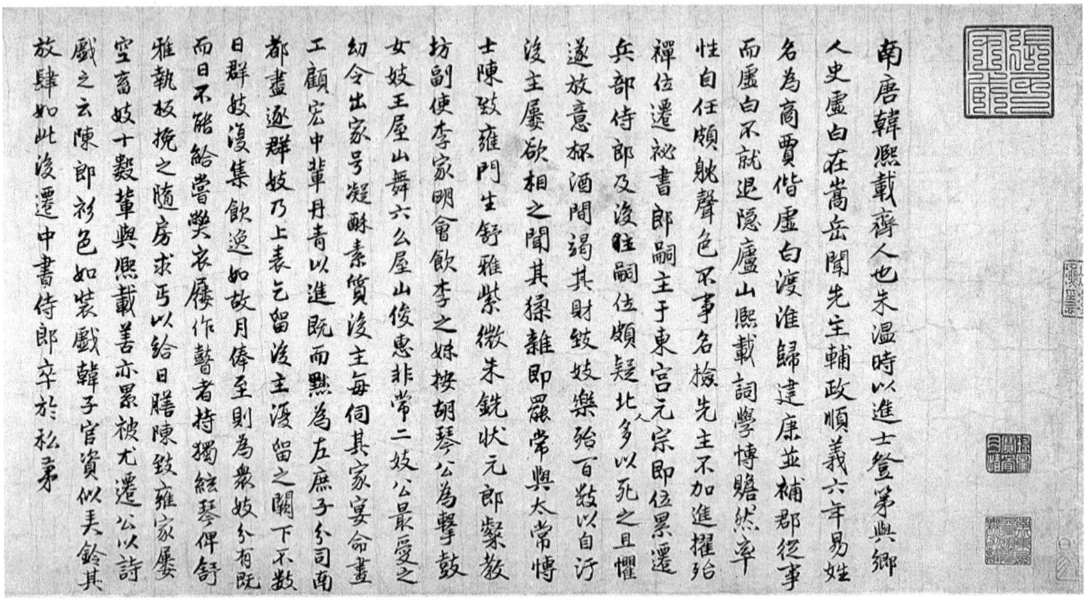
南唐韓熙載齊人也朱温時以進士登第與鄉
人史虛白在嵩岳聞先主輔政順義六年易姓
名為商賈偕虛白渡淮歸建康並補郡從事
而虛白不就退隱廬山熙載詞學博贍然率
性自任頗耽聲色不事名檢先主不加進擢洎
禪位遷祕書郎嗣主于東宮元宗即位累遷
兵部侍郎及後主嗣位頗疑北人多以死之且懼
遂放意杯酒閒竭其財致妓樂殆百數以自汙
後主屢欲相之聞其揉雜即罷常與太常博
士陳致雍門生舒雅紫微朱銑狀元郎粲教
坊副使李家明會飲李之妹按胡琴公為擊鼓
女妓王屋山舞六么屋山俊惠非常二妓公最愛之
幼令出家号凝酥素質後主每伺其家宴命畫
工顧宏中輩丹青以進既而黜為左庶子分司南
都盡逐群妓乃上表乞留後主復留之闕下不數
日群妓復集飲逸如故月俸至則為衆妓分有既
而日不能給嘗弊衣屨作瞽者持獨絃琴俾舒
雅執板挽之隨房求丐以給日膳陳致雍家屢
空畜妓十數輩與熙載善亦累被尤遷公以詩
戲之云陳郎衫色如裝戲韓子官資似美鈴其
放肆如此後遷中書侍郎卒於私第

**圖2　顧閎中《韓熙載夜宴圖》(宋摹本,局部),卷,絹本設色,**
**縱28.7厘米,横335.5厘米,故宫博物院藏**

藏宋摹本《韓熙載夜宴圖》(圖2),拖尾有無名氏行書《韓熙載小傳》,含有書畫記的文體因素,對畫中人物一一定名:“常與太常博士陳致雍、門生舒雅、紫微朱銑、狀元印粲、教坊副使李嘉明會飲。李之妹按胡琴,公爲擊鼓。妓王屋山舞六么。”[48]這段文字本是作者由畫面提取信息,征引相關文獻得出的主觀判斷,但久而久之,却被觀畫者用以鑒别圖像,解釋畫卷背後的隱秘内涵。誠如巫鴻所論,這篇“頗以己意爲之”的《韓熙載小傳》,一旦題寫在畫面旁邊,就成爲畫卷的固有特徵——“儼然成爲畫卷圖像可能的資料來源”。嗣後,隨着韓熙載夜宴故事的深入人心,許多題跋者甚至將畫面本身當成了跋紙上題跋的“圖解”[49]。作爲畫記的《小傳》因其“物質性”直接參與了畫面的构成,在圖像學層面上與繪畫本身形成相互詮釋的作用,因而逐漸发展出“以記代畫”的藝術功能。

今傳各本《西園雅集圖》,多見題跋者抄録《圖記》全文,或於畫面内部,或於畫卷拖尾。可以推想,傳米芾所撰《圖記》,極可能有如無名氏所書《韓熙載小傳》,原爲記録畫面、抒發觀感所作,乃是以李公麟畫迹爲基礎的文學叙事;然以書法載體被題寫於卷軸之上,遂成爲《西園雅集圖》不可或缺的組成部分,與圖畫一并流傳,發揮以文釋圖的重要功能。鑒於這種“圖文并傳”的物質形態,《西園雅集圖記》不宜被簡單歸爲標識畫作信息的著録文獻,也不僅是供人案頭閱讀的“觀後記”,而是整個“西園雅集”視覺形象的重要組成内容。對畫家而言,《圖記》是可供參照的一手資料,爲其創作提供了範本與路徑,引導他們對“雅集圖”作典型化、情景化的場景處理;而對後世觀者而言,《圖記》以直觀可感的視覺形式,干預甚至限定了他們對《雅集圖》乃至整個“西園雅集”事件的認識與理解。試看明代顧知的

《西園雅集圖》,畫上有一段跋語:

> 丙戌冬,仲元坐小窗,忽聞黄鳥弄聲有如春暮,氣候不齊,時物遷變,俯仰興懷,不能自遣。案頭翻閱,偶感於《西園雅集圖記》,乃知李伯時仿唐小李將軍筆法,圖繪精絶。然非米襄陽作記,則伯時名未至并垂不朽。一畫一書可稱合璧,直令千載而下。披覽斯文,恍遊西園,與諸名公闔旋般薄矣。嗚呼,世有遷革,物有代謝,獨靈氣所通不與造物推移,則筆墨之妙,神明自爲呵護。㊿

畫家顧知自述因偶感於《圖記》而作畫,即便未嘗親睹李公麟手迹,仍産生"恍遊西園"的視覺聯想,觸發創作《西園雅集圖》的藝術靈感,足見《圖記》所營造的畫面感之強烈。至於"非米襄陽作記,則伯時名未至并垂不朽"的感慨,則一語點出《圖記》的傳世價值。《圖記》雖是基於畫面内容的文學叙事,但通過書法載體的呈現,獲得了某種可視化的"物質性"。藉由這種物質性,《圖記》由文本進入實物層面,成爲"西園雅集"文化形象在後世傳播的物質媒介。

《西園雅集圖》并非以典故情境入畫,而是取材於畫家李公麟親歷的生活片段,但又不等同於照相式的寫真,畫家仍在卷軸上叠加了諸多藝術想象。與其説《西園雅集圖》是紀實性的雅集題材繪畫,不如説是一幅完美化的元祐士大夫群像。畫家選取最富代表性的場景,展示了以蘇軾爲核心的蘇門雅集盛況,達成對"元祐風流"的理想化形塑。今傳《西園雅集圖》的五個雅集場景,無論蘇軾作書、李公麟繪畫、米芾題石,還是道士彈阮、禪師論佛,都具備特定的現實依據或典故淵源,符合宋人對其各自的角色定位與期待,應是元祐文人群體活動的真實寫照。因此,在李公麟原迹已佚的情況下,無論首創者是米芾抑或鄭天民,這篇在北宋末年初步定型的《圖記》,通過對各個雅集人物的指認與定名,直接呈現了一個以蘇軾爲核心的"元祐文人圈"。這是一個以元祐士大夫精英爲主,同時兼有道士、禪僧等不同成員的北宋文人圈。對這個真實存在過的文人圈而言,《圖記》具備凝聚文學群體的現實功能。由於《圖記》的存在,即便未嘗親睹原迹,後世畫家亦可推想《西園雅集圖》的畫面細節,依據自我想象,繪製元祐諸士的雅集肖像。在此意義上,《西園雅集圖》反而成爲《圖記》的一種視覺演繹。譬如弗利爾美術館藏明人《西園雅集圖》手卷(圖3),是現存"西園雅集"題材繪畫中較早的一幅。此卷以參與雅集的元祐諸士作爲畫面的表現主體,背景除松樹、竹石等必要景物外幾乎全部留白,畫家用李公麟白描法細膩勾勒各個雅集人物的容貌行止,極力展現其不同的神采意態。儘管卷後未見《圖記》全文,但每一人物近旁都刻意標記姓名,顯示出紀實性的形式追求。畫家依據《圖記》展開"元祐文人圈"的視覺建構,樹立了可供後世效尤的集體性典範。

此外,如果説宋金時期"西園雅集"的記録與題詠,多以蘇軾及元祐黨人的貶謫形象爲基點,側重抒發對元祐黨人政治遭遇的惋惜,慨歎"元祐風流"已不復見;那麽入元以後,

圖 3　(傳)李公麟 西園雅集圖(局部),卷,絹本設色,縱 29.7 厘米,橫 217.7 厘米,美國弗利爾美術館藏

"西園雅集"的文化形象開始發生轉變,它不再是令人感傷的元祐黨人聚會,而是具備園池美景、文士雲集、賦詩吟詠、揮毫奏樂等諸多因素的千古文人盛事。在這一轉變過程之中,雅集的政治意味逐漸變得模糊,而以元祐諸士爲代表的宋代人文旨趣得到凸顯與放大。諸如張天英《題顧進道所藏西園雅集圖》[51]、姚文奐《題西園雅集圖》[52]、于立《題西園讌集圖》[53]等元人題畫詩,俱在強調元祐諸士的藝術才華與人格精神,對"元祐風流"的傾慕向往表露無遺。到了明人筆下,"西園雅集"的精神意蘊更被詮釋到了極致,如楊士奇記其觀感"夫從容太平之盛致,蓋有曠數十世而不一見者,其可爲盛也已"[54],儼然由西園雅集之樂,升華至元祐治世之盛。而在"西園雅集"形象内涵的轉變過程中,《圖記》恰恰發揮了關鍵性的作用。《圖記》不僅以叙錄式的文字記載爲讀者帶來見記如畫的體驗,更憑借書法載體超越單一的文本形態,進入到文化形式的層面。從元代開始,這種圖記與繪畫同出并行的創作,逐漸由私人化的書寫行爲,拓展爲集體性的文化實踐,此後繪圖作記儼然成爲後代文人雅集的必備事項。例如,元末由顧瑛主盟的玉山雅集,規模龐大,影響力深遠。元代畫家張渥即用李公麟白描法,將至正八年(1348)首次雅集的情景畫成《玉山雅集圖》,雅集參與者楊維楨爲作《玉山雅集圖志》:

> 冠鹿皮,衣紫綺,坐案而伸卷者,鐵笛道人會稽楊維楨也。執笛而侍者姬,爲翡翠屏也。岸香几而雄辯者,野航道人姚文奐也。沉吟而痴坐,搜句於景象之外者,苕溪

漁者鄭韶也。琴書左右，捉玉麈從容而色笑者，即玉山主者也。姬之侍爲天香秀也。展卷而作畫者，爲吳門李立。旁視而指畫，即張渥也。席皋比，曲肱而枕石者，玉山之仲晉也。冠黃冠，坐蟠根之上者，匡廬山人于立也。美衣巾，束帶而立，頤指僕從治酒者，玉山之子元臣也。奉肴核者，丁香秀也。持觴而聽令者，小瓊英也。一時人品，疏通俊朗。侍姝執伎皆妍整，奔走童隸亦皆馴雅。安於矩矱之內，觴政流行，樂部皆暢。碧梧翠竹與清揚爭秀，落花芳草與才情俱飛，矢口成句，落毫成文，花月不妖，湖山有發。是宜斯圖一出，爲一時名流所慕用也。時期而不至者，句曲外史張雨、永嘉徵君李孝光、東海倪瓚、天台陳基也。夫主客交并、文酒宴賞代有之矣，而稱美於世者，僅山陰之蘭亭、洛陽之西園耳。金谷、龍山而次弗論也。然而蘭亭過於清則隘，西園過於華則靡。清而不隘也，華而不靡也，若今玉山之集者非歟？故予爲譔述綴圖尾，使覽者有考焉。是歲三月初吉，客維楨記。是日以"愛汝玉山草堂靜"分題賦詩。詩成者五人。㊺

儘管張渥《玉山雅集圖》早已佚失，楊維楨的記述文字仍提供了諸多可供聯想的細節，《玉山雅集圖志》在構思行文、章法句式、甚至語言風格等方面，都與《西園雅集圖記》如出同一機杼，顯是有意追仿《西園雅集圖記》的書寫策略與呈現方式。即如西夏昂吉所敘："叔厚即一時景，繪而成圖。楊鐵崖既序其事，又各分韻賦詩于左，俾當時預是會者既足以示其不忘，而後之覽是圖與是詩者，又能使人心暢神馳，如在當時會中。"㊻藉由繪圖與題詩，雅集活動得到了可視化的歷史定格，無論雅集參與者，還是後世觀摩之眾，皆能從中獲取精神層面的滿足與愉悅。可見，這種圖記并傳的藝術結構，不僅出乎詩畫合璧的審美追求，更具有紀實性的敘事或隱喻功能，其背後凝結了雅集參與者的傳世意識與集體認同。明代以降，這種呈現形式還變爲雅集參與者在卷軸上題詩，以替代圖記的敘事作用㊼。明初楊榮、楊士奇等"杏園雅集"，明中葉沈周等五人"魏園雅集"，龔致仁等廿二人"詞林雅集"，俱有《雅集圖》與題詩同時留存於紙絹之上，記錄并保存集會盛況，達成群體性的形象展示的同時，也滿足了雅集參與者的傳世欲望。至明中葉，這種逢雅集必繪圖作記的文化形式，進一步泛化爲畫家普遍使用的繪畫圖式，如文徵明作《蘭亭修禊圖》，便自覺采用這一表現形式，在拖尾同時臨寫王羲之《蘭亭集序》，實現了圖像與文本的雙重敘事。可以說，在"西園雅集"之後，係圖以文的創作活動，成爲文人雅集不可或缺的重要事項，而《圖記》對"元祐風流"的指認與講述，則潛在地影響了後代文人雅集的價值指向與情感表達。

當然，從藝術追求上看，《西園雅集圖記》過於詳盡具體的記述文字，某種程度上限制了畫家想象與發揮的空間，受其影響，"西園雅集"場景人物的描繪與表現漸趨固化。縱觀繪畫史上的《西園雅集圖》，幾乎無一例外地沿用《圖記》所錄的五個典型場景，始終沒有脫離《圖記》所確立的固定範式，無論技法或風格俱缺乏耳目一新的藝術突破。從另一角度，這種程式化的視覺表達，亦在不斷鞏固并強化元祐士大夫的集體形象，加深後人對"元祐風流"的體認與懷想,進而擴大"西園雅集"這一歷史事件的文化影響力。簡言之,傳米芾《西園雅集圖記》以超越單一文本的物質呈現形態,定格、保存并傳播了"西園雅集"的文化形象,達成後世文人對"元祐風流"的理想化形塑,使其成爲中國文化傳統中"那么牢固的組成部分"⑱,實現對宋代人文精神的傳承與顯揚。

(作者單位:北京大學藝術學院)

---

① 關於文本"物質性"的定義與闡述,詳參陸揚《作爲複數的"文本性"與"物質性"》,《文匯報》2018 年 3 月 30 日。
② 梁莊愛論認爲米芾《圖記》可能是在 16 世紀時杜撰出來的,參見梁莊愛倫撰、包偉民譯《理想還是現實?——"西園雅集"和〈西園雅集圖〉考》,載洪再新編《海外中國畫研究文選》,上海人民美術出版社,1992 年,第 220—221 頁。
③ 參見福本雅一《西園雅集圖をめぐって(上)》《學叢》第 13 期(1991),第 81—95 頁;衣若芬《一樁歷史的公案——"西園雅集"》,載氏著《赤壁漫遊與西園雅集》,綫裝書局,2001 年,第 57—64 頁;薛穎《元祐文人集團與元祐體》,天津古籍出版社,2009 年,第 101—105 頁。
④ 本文對米芾文集流傳情況的討論,主要參考祝尚書《宋人別集叙録(上)》(中華書局,1999 年,第 573—578 頁)和俞昕雯《米芾文集編刻流傳考》(北京大學博士生資格考試論文,2016 年)。明人張丑可能增補并刊刻《山林集》,然刻本未存,無法確認這次增補是否已收入《西園雅集圖記》。文選樓抄藏本和蔣光煦《涉聞梓舊》均以張丑六卷抄本(已佚)爲底本,補遺一卷內容相同,然文選樓抄本改張丑跋。兩本先後順序未明。
⑤ 北京大學圖書館藏日本抄本《寶晉英光集》,六卷,附録一卷,日人河山亥補四卷,此本爲李盛鐸於光緒二十四年(1898)出使日本時所收。
⑥ 詹景鳳《詹東圖玄覽編》卷一,盧輔聖主編《中國書畫全書》第 4 册,上海書畫出版社,2000 年,第 2 頁。
⑦ 同上書,第 11—12 頁。
⑧ 董其昌購畫時間的具體考證,參見王安莉《從〈西園雅集圖〉團扇看董其昌早年收藏與畫史觀》,《新美術》2014 年第 8 期。
⑨ 董其昌著、邵海清點校《容臺集》別集卷三"書品",西泠印社出版社,2012 年,第 638 頁。
⑩ 同上書,別集卷四"畫旨",第 697—698 頁。
⑪ 董其昌著、印曉峰校點《畫禪室隨筆》卷一,華東師範大學出版社,2012 年,第 7 頁。
⑫ 黃溍《金華黃先生文集》卷一四,《四部叢刊》本。
⑬ 衣若芬《一樁歷史的公案——"西園雅集"》,載《赤壁漫遊與西園雅集》,第 64 頁。
⑭ 可參楊勝寬《蘇軾與米芾交遊述評》,《樂山師範學院學報》2002 年第 5 期。
⑮ 陶宗儀《遊志續編》卷上,《宛委別藏》本,江蘇古籍出版社,1988 年,第 50 册,第 14—17 頁。
⑯ 李修生主編《全元文》卷一八四六,鳳凰出版社,1998 年,第 483 頁。
⑰ 亦有學者質疑《述古圖記》的真僞,如梁莊愛論以其出現於元人文集,故持懷疑態度,楊新亦斷爲僞記。
⑱ 張澂《畫録廣遺》記:"鄭天民,崇寧間士人,學董北苑。予有山水半幅,頗清奇。"夏文彦《圖繪寶鑑補遺》亦録其人,記叙異:"鄭天民,字先覺,宣和中爲郎官。山水師巨然。"張澂《畫録廣遺》,載《清河書畫舫》卷六上,《文淵閣四庫全書》本;夏文彦《圖繪寶鑑補遺》,商務印書館,1930 年,第 114 頁。

⑲ 洪炎《葉少蘊出示鄭先覺閱駿圖爲作長歌》，洪炎《西渡詩集·遺附補》，中華書局，1985年，第16頁。
⑳ 程俱《題葉翰林閱駿圖》，《全宋詩》第25册，第16275頁。
㉑ 狄寶心《元好問詩編年校注》卷五，中華書局，2011年，第1709頁。
㉒ 元好問《雲巖并序》，《元好問詩編年校注》卷五，第1218—1219頁。
㉓ 張澂《畫録廣遺》，《清河書畫舫》卷六上，《文淵閣四庫全書》本。
㉔ 羅浩翁白《董源研究》，載盧輔聖主編《朵雲》第五十八集《解讀〈溪岸圖〉》，上海書畫出版社，2003年，第287頁。
㉕ 謝巍認爲"述古圖"并非李公麟畫之真名，只因政和年間蔡京當權，鄭天民爲避黨禍改其畫名，其義在於"圖中人物皆已作古"，即《述古圖》只是李公麟《西園雅集圖》在特殊歷史時期之"别稱"，其題材内容仍是元祐蘇門雅集無疑。詳參謝巍《米芾〈西園雅集圖記〉考》，載氏著《中國畫學著作考録》，上海書畫出版社，1998年，第150—154頁。楊新借助一幅仇英款的《西園雅集圖》實物進行論證，提出不同的觀點：《述古圖》乃南宋畫僧梵隆仿李公麟《白蓮社圖》之作，當時已有多種摹本存世，被後人有意或無意認爲是李公麟之作，并改名爲《西園雅集圖》。楊新從筆法風格上認定仇英款《西園雅集圖》即是一幅宋代佚名《臨梵隆述古圖》。詳參楊新《去僞存真，還原歷史——仇英款〈西園雅集圖〉研究》，《中國歷史文物》2008年第2期。這一説法僅從立軸形制的《西園雅集圖》立論，未將大量長卷《西園雅集圖》納入考察範圍，似不够全面。
㉖ 梵隆，南宋畫僧，生卒年已不可考，主要活動於紹興年間，畫史記載其以白描人物與山水擅名，師李公麟，深受高宗喜愛。
㉗ 胡祗遹《跋梵隆述古圖》，《全元文》卷一四九，第279頁。
㉘ 楊士奇《東里集》東里續集卷一，《文淵閣四庫全書》本。
㉙ 王水照《走近"蘇海"——蘇軾研究的幾點反思》，《文學評論》1999年第3期。
㉚ 趙燕據《全宋文》進行統計，宋代僅見書畫記14篇。見趙燕《唐宋記體散文研究》，浙江古籍出版社，2016年，第139頁。
㉛ 劉真倫、岳珍校注《韓愈文集彙校箋注》卷三，中華書局，2010年，第358頁。
㉜ 關於韓愈《畫記》對記體文的創新及其對宋代書畫記的影響，參見川合康三《終南山的變容》（劉維治、張劍、蔣寅譯，上海古籍出版社，2013年，第189—195頁）、蔡德龍《韓愈〈畫記〉與畫記文體源流》（《文學遺産》2015年第5期）、趙燕《唐宋記體散文研究》（浙江古籍出版社，2016年，第141—157頁）。
㉝ 茅坤《唐宋八大家文鈔》卷八《昌黎文鈔八》，上海古籍出版社，1993年，第100頁。
㉞ 參見蔡德龍《韓愈〈畫記〉與畫記文體源流》，《文學遺産》2015年第5期。
㉟ 孔凡禮點校《蘇軾文集》卷六六《記歐陽論退之文》，中華書局，1986年，第2055—2056頁。
㊱ 蘇軾《净因院畫記》，《蘇軾文集》卷一一，第367頁。
㊲ 周義敢、程自信《秦觀集編年校注》，人民文學出版社，2001年，第570頁。
㊳ 晁補之《白蓮社圖記》，《全宋文》第127册，第19頁。
㊴ 劉琳等校點《黄庭堅全集》正集卷二七，四川大學出版社，2001年，第725頁。
㊵ 李冲元《蓮社圖記》，《全宋文》第121册，第295—297頁。
㊶ 傳世的宋人筆《蓮社圖》主要有三件：張激《白蓮社圖》，紙本水墨，縱34.9厘米，横848.8厘米，遼寧省博物館藏；佚名《白蓮社圖》，絹本設色，縱92厘米，横53.8厘米，南京博物院藏；佚名《蓮社圖》，絹本水墨，縱60.1厘米，横459.8厘米，上海博物館藏。
㊷ 洪适《跋〈登瀛圖〉》，《全宋文》第213册，上海辭書出版社、安徽教育出版社，2006年，第316—317頁。
㊸ 林亭宇針對《西園雅集圖記》與《跋〈登瀛圖〉》兩篇文章進行了字句上的比對，詳參《〈西園雅集〉文獻與圖

像的形塑——兼論馬遠〈西園雅集圖〉研究》,臺灣大學碩士學位論文,2012 年。

㊹ 川合康三《終南山的變容》,第 189—195 頁。

㊺ 徐師曾著、羅根澤校點《文體明辨序説》,人民文學出版社,1998 年,第 145 頁。

㊻ 賀復徵《文章辨體彙選》卷五八四,《文淵閣四庫全書》本。賀復徵,四庫館臣以其爲明人,然《明史》無傳。關於此書的成書時間,據吴承學等考證,該書收賀復徵所作《楊爾寧經山詩草題辭》,既説楊爾寧丙戌前後所作爲《經山詩草》,則賀文必撰於順治三年之後,《文章辨體彙選》之成書,則又當在賀文之後。見吴承學《明代文章總集與文體學——以〈文章辨體〉等三部總集爲中心》,《文學遺産》2008 年第 6 期。又據陸林《〈文章辨體彙選〉"四庫提要"辨誤——兼談"施伯雨"撰〈水滸傳自序〉的來源》(《文學遺産》2008 年第 3 期)考證,賀書所録《道光和尚述》撰於順治八年,其成書下限當在此後。

㊼ 參見王水照《走近"蘇海"——蘇軾研究的幾點反思》,《文學評論》1999 年第 3 期。

㊽ 顧閎中《韓熙載夜宴圖》,卷,絹本設色,縱 28.7 厘米,横 335.5 厘米,故宫博物院藏,係見載於《平生壯觀》與《石渠寶笈初編》的南宋摹本。

㊾ 巫鴻著、文丹譯《重屏:中國繪畫的媒介和表現》,上海人民出版社,2009 年,第 31 頁。

㊿ 顧知《西園雅集圖》,卷,紙本設色,縱 24.8 厘米,横 416 厘米,天津藝術博物館藏。

(51) 顧瑛輯、楊鐮等整理《草堂雅集》卷五,中華書局,2008 年,第 438 頁。

(52) 同上書,卷八,第 689 頁。

(53) 同上書,卷一三,第 970—971 頁。

(54) 楊士奇《東里集》東里續集卷一,《文淵閣四庫全書》本。

(55) 顧瑛輯,楊鐮、葉愛欣編校《玉山名勝集》,中華書局,2008 年,第 46—47 頁。

(56) 同上書,第 59 頁。

(57) 可參夏小雙《係圖以文:沈周〈魏園雅集圖〉及其叙事模式》,曹順慶編《藝術研究與評論》,四川大學出版社,2015 年,第 124—130 頁。

(58) 梁莊愛倫撰、包偉民譯《理想還是現實?——〈西園雅集〉和〈西園雅集考〉》,載洪再新編《海外中國畫研究文選》,第 224 頁。

# 宋南渡詩話編撰初探*

唐 玲

所謂宋南渡詩話,是指作者雖身跨兩宋,然詩話成書於宋高宗建炎、紹興前期的一系列作品。它們在批評史上的重要性不在於是否反映了南渡的慘痛歷史,而在於此一時期詩話觀念的覺醒,從而進一步明確了詩話的編撰原則、目的、方法,賦予其作爲獨立文體更爲清晰的定位。這在詩話編撰的發展過程中,無疑是新的開拓。兩宋之交可謂"詩話蜂出"的年代,今存者如呂本中《紫薇詩話》、許顗《彥周詩話》、周紫芝《竹坡詩話》、張表臣《珊瑚鈎詩話》、朱弁《風月堂詩話》等皆爲其中的佼佼者。

## 一、編撰原則"名義"上的確立

縱觀北宋一朝的詩話編撰,從歐陽修"集以資閑談"開始,就奠定了其筆記體的性質。在此後的發展中,陳師道《後山詩話》拓寬了文學批評的範疇,王立之《王直方詩話》中大多條目具備了"版權意識",魏泰《臨漢隱居詩話》、葉夢得《石林詩話》多次使用"互見法"處理同一素材,然而并没有改變詩話作爲"文學筆記"的宿命,詩話作者對其定位依然模糊。在編撰體例方面,雖然司馬光的《續詩話》開創了"以人爲綱"的模式,但在北宋後期的詩話中并没有得到大規模的繼承和發展。而"以事爲綱"也只零星出現在《臨漢隱居詩話》《西清詩話》中,并不足以形成固定模式供後人取法。宋室南渡之後,短短十數年間,詩話却有著井噴式的發展,不僅數量增多,尤爲重要的是對該文體的本質有了明確的界定,這是詩學批評自我覺醒的最直觀的表現形式。不管此時定位是否準確,至少它從"名義"上賦予了詩話與其他文體分庭抗禮的地位。

首次對詩話做出理論總結,并歸納其特徵的是許顗的《彥周詩話》。他在序中説:"詩話者,辨句法、備古今、紀盛德、録異事、正訛誤也。若含譏諷,著過惡,誚紕繆,皆所不取。"[①]許顗認爲詩話編撰的五大要素爲:辨句法,即講求詩作之謀篇布局、遣詞造句;備古今,即通論古今詩人、詩體、詩作之沿革;紀盛德,即記録品德高尚之人及其詩文;録異事,

---

\* 本文爲上海市哲學社會科學青年項目"宋代詩學文獻編撰研究"的階段性成果。

即記載異聞怪談,人所罕知;正訛誤,即考辨詩作之背景、典故、語詞等,匡謬正訛。此外,又有所謂三不取,即"含譏諷,著過惡,誚紕繆",意爲不作惡意的攻擊。

許顗當是對北宋以來的詩話作了細緻的梳理,歸納出諸家的異同好尚,再加上自己對詩話本質的理解與感悟,纔作出此一界定的。從詩學發展的角度來看,"辨句法、備古今、正訛誤"確實是其必備的要素,足以體現作者的才學識。而"紀盛德、錄異事"則是"論詩及事"之必然。

《彦周詩話》的理論性比同時的其他詩話明顯要强,這也是"辨句法"的努力孕乳而生的。北宋後期詩話,大體上是簡單地就詩論詩、就法論法,到了《彦周詩話》,作者有意識地先標舉作詩理論,然後再引證作品加以評論、分析,頗有傳授"作詩法門"的味道,如:

> 凡作詩若正爾填實,謂之"點鬼簿",亦謂之"堆垛死屍"。能如《猩猩毛筆》詩曰:"平生幾兩屐,身後五車書。"又如"管城子無食肉相,孔方兄有絶交書"。精妙明密,不可加矣,當以此語反三隅也。②

> 古人文章,不可輕易,反復熟讀,加意思索,庶幾其見之。東坡《送安惇落第詩》云:"故書不厭百回讀,熟讀深思子自知。"僕嘗以此語銘座右而書諸紳也。東坡在海外,方盛稱柳柳州詩,後嘗有人得罪過海,見黎子雲秀才,説海外絶無書,適渠家有柳文,東坡日夕玩味。嗟乎,雖東坡觀書,亦須著意研窮,方見用心處邪!③

> 詩有力量,猶如弓之鬥力,其未挽時,不知其難也;及其挽之,力不及處,分寸不可强。若《出塞曲》云:"落日照大旗,馬鳴風蕭蕭。鳴笳三四發,壯士慘不驕。"又《八哀》詩云:"汝陽讓帝子,眉宇真天人。虬鬚似太宗,色映塞外春。"此等力量,不容他人到。④

以上三例皆是許顗對於詩文作法的理論指導及佳作引證。分別通過引用黃庭堅名作《猩猩毛筆》《戲呈孔毅父》,討論活用典故之法;借東坡日夕玩味柳文,告誡後生古人文章須反復熟讀之理;拈出老杜《出塞》《八哀》之詩,論述詩有力量之難。諸如此類先提出詩學觀點,再結合自己判斷評論的條目,在《彦周詩話》中比比皆是,這説明作者對"辨句法"的重視。

深入"貫徹"此一原則,有大量篇幅細論造語用字、句法精粗的還數周紫芝的《竹坡詩話》,如其所言:

> 詩中用雙叠字易得句。如"水田飛白鷺,夏木囀黄鸝",此李嘉祐詩也。王摩詰乃云:"漠漠水田飛白鷺,陰陰夏木囀黄鸝。"摩詰四字下得最爲穩切。若杜少陵"風吹客衣日杲杲,樹攪離思花冥冥","無端落木蕭蕭下,不盡長江衮衮來",則又妙不可言矣。⑤

此條論詩中叠字之妙。説王維在李嘉祐原詩上添"漠漠"、"陰陰"二叠字,雖似"竊文",但在作者眼中却"最爲穩切",勝過原作遠矣⑥。至於杜甫詩中屢用叠字,更是"妙不可言",一一列舉以供後人取法。《竹坡詩話》中還有"東萊蔡伯世作《杜少陵正異》"、"凡詩人作語"、"詩人造語用字"等條目皆論句法得失,可見"辨句法"在南渡之際已成爲詩論家的共識。

相比"辨句法"而言,"備古今"的現象不是那麼突出。在宋代前期三詩話中,取材主要還是圍繞本朝詩人,而論及宋前詩作、詩人的條目并不多。直到葉夢得、蔡絛等人的詩話問世,纔較多談論六朝、唐五代的詩人作品。當然,北宋中後期以來對杜詩的普遍推崇是個例外,幾乎所有詩話中都充斥著"尊杜"、"論杜"、"釋杜"、"注杜"的元素。

首先,收録古今詩人佳作,使其不至於在流傳過程中湮没,自然是"備古今"最重要的表現。《竹坡詩話》對此尤爲重視,云:

> 杜牧之嘗爲宣城幕,游涇溪水西寺,留二小詩。其一云:"李白題詩水西寺,古木回岩樓閣風。半醒半醉遊三日,紅白花開山雨中。"此詩今載集中。其一云:"三日去還住,一生焉再遊。含情碧溪水,重上粲公樓。"此詩今榜壁間而集中不載,乃知前人好句零落多矣。⑦

唐才子中盛名如杜牧,也有好詩散落集外,周紫芝偶見杜牧二詩,知其一已不載集中,特地録入詩話。今檢《樊川集》中實無此詩,其他選本、總集如洪邁《萬首唐人絶句》雖有收録,却較《竹坡詩話》爲晚出,由此可見詩話"備古今"之必要。

再者,除記録軼詩外,談論古今詩之異同沿革,則可視爲"備古今"的"升級模式"。《彥周詩話》開篇提出作詩理論——"詩壯語易,苦語難,深思自知,不可以口舌辨"後,接下來數條皆論宋前詩人及其詩作,"先古後今"的編排原則非常明確。如談送別意象之古今祖構:

> "燕燕于飛,差池其羽。之子于歸,遠送于野。瞻望弗及,泣涕如雨!"此真可以泣鬼神矣。張子野長短句云:"眼力不知人,遠上溪橋去。"東坡《送子由詩》云:"登高回首坡隴隔,惟見烏帽出復没。"皆遠紹其意。⑧

後世詩文中的無數母題皆從《詩經》中産生,此條即爲送別詩之祖。從"瞻望弗及,泣涕如雨"到"惟見烏帽出復没",用語下字不同,送別情深則一。

既然要"備古今",意象探源便在所難免。詩人之間的才藝高低,藉此便可了然。《竹坡詩話》中,此類內容也有不少,如:

> 白樂天《長恨歌》云:"玉容寂寞淚闌干,梨花一枝春帶雨。"人皆喜其工,而不知其氣韻之近俗也。東坡作送人小詞云:"故將別語調佳人,要看梨花枝上雨。"雖用樂天語,而別有一種風味。非點鐵成黃金手,不能爲此也。⑨

周紫芝將白居易和蘇軾詩作對比,認爲人人稱頌的《長恨歌》名句,氣韻近俗;而從此句化來的蘇詩,却是點鐵成金,洗盡俗韻,別有一種風味。其所以有這樣的評價,正是由於作者的主觀帶入感過强,通篇洋溢著對蘇軾的尊崇之意,評價未免有失客觀公允。平心而論,二詩各有其妙,白詩細膩,蘇詩流麗,展現出了風格之異同。

宋詩主理,唐詩尚情,這已是後人的共識。相應地,宋人普遍具有的理性思辨運用到詩話中,便表現爲耽於考證。從《王直方詩話》開始,"正訛誤"逐漸成爲詩話中不可或缺的內容,魏泰、葉夢得、蔡絛皆有大量辨誤條目。到了南渡諸家詩話中,更是蔚然成風,故而許顗將其列爲詩話五要素之一,并且身體力行,付諸筆端。值得注意的是,他對詩中的疑問常常保持嚴謹審慎的態度,避免作武斷片面的考辨,往往有意存疑,留待後人判斷。如:

> 五馬事,無知者。陳正敏云:"孑孑干旄,在浚之都。素絲組之,良馬五之。"以謂州長建旄,作太守事。又《漢官儀》注駟馬加左驂右騑,二千石有左驂,以爲五馬。然前輩楊劉李宋最號知僻事,豈不知讀《漢官儀》注而疑之邪?故俱存之,不敢以爲是,以俟後之知者。⑩

於"五馬事",似乎歷來少有確解,陳正敏與《漢官儀》注皆是一家之言,故許氏僅列其說以待後世博洽者解答。表現了闕疑崇實之風。當然,針對那些有把握的訛誤,許顗也直言無忌,一一予以辨析。如:

> 南齊羊侃性豪侈,舞人張静婉,腰圍一尺六寸,能掌上舞、唐人作《楊柳枝》詞云:"認得羊家静婉腰。"後人除却"家"字,只使羊静婉,誤矣。⑪

許顗於此條中特別指出"羊家静婉"萬不可誤作"羊静婉"。宋人於詩中使事用典,往往爲了別出心裁而騰挪變化,誤用典故的現象時有發生。即使高才如蘇軾,亦時有誤用,如云:"懶卧元龍百尺樓。"典出《三國志》許汜與劉備談論陳登(字元龍)語。原文中説"自卧百尺樓之上"的原是劉備,而非陳元龍,不知爲何,蘇軾竟然張冠李戴了。

當然,除《彦周詩話》外,《竹坡詩話》中"正訛誤"之例也不在少數,而且周紫芝把辨誤的視角擴展到了更廣更新的領域,不僅僅局限於對語詞、典故、本事的考量。如:

> 有作陶淵明詩跋尾者,言淵明《讀山海經》詩有"形夭無千歲,猛志固有在"之句,

竟莫曉其意。後讀《山海經》云："刑天,獸名也,好銜干戚而舞。"乃知五字皆錯。"形夭"乃是"刑天","無千歲"乃是"舞干戚"耳。如此乃與下句相協。傳書誤謬如此,不可不察也。⑫

此條探討版本異文問題,雖是"正訛誤"中新增加的内容,却於品藻、治學均十分重要。陶淵明《讀山海經》詩在流傳過程中,首句五字竟全部遭到"魯魚亥豕"之訛,面目全非。後經作跋者拈出《山海經》中正文,陶詩原貌纔得以恢復。故而周紫芝深深感歎道:"傳書誤謬如此,不可不察也!"爲版本意識相對薄弱的宋人,提供了一個極好的校勘實在例。

北宋後期的詩話,"紀盛德"、"録異事"這兩類内容已經大大減少,并不具有代表性和普遍性。而許顗之所以提出這樣的觀點,也許還是受了筆記的影響。

對於有"盛德"之人,詩話編撰者總是青眼有加,試圖將其高潔之道德品性以文學的方式記録下來。

《彦周詩話》云:

> 司馬公諱池,仁廟朝待制,温國文正公之父也。作《行色》詩云:"泠於波水淡於秋,遠陌初窮見渡頭。賴得丹青無畫處,畫成應遣一生愁。"又黄公諱庶,魯直之父。作《大孤山》詩云:"銀山巨浪獨夫險,比干一片崔嵬心。"人傳温公家舊有琉璃盞,爲官奴所碎,洛尹怒,令糾録聽温公區處。公判云:"玉爵弗揮,典禮雖聞於往記;彩雲易散,過差宜恕於斯人。"又魯直作詩,用事壓韻,皆超妙出人意表,蓋其傳襲文章,種性如此。⑬

《紫薇詩話》云:

> 司馬温公既辭樞密副使,名重天下,韓魏公元臣舊德,倍加歆慕,在北門與温公書云:"多病寢劇,闕於修問。但聞執事以宗社生靈爲意,屢以直言正論,開悟上聽,懇辭樞弼,必冀感動,大忠大義,充塞天地,横絶古今,固與天下之人歎服歸仰之不暇,非於紙筆一二可言也。"又書云:"音問罕逢,闕於致問。但與天下之人欽企高誼,間有執鞭忻慕之意,未嘗少忘也。"又書云:"伏承被命,再領西臺,在於高識,固有優遊之樂,其如蒼生之望何?此中外之所以鬱鬱也。"⑭

許顗提到了司馬光、黄庭堅父子,録其父輩詩作之餘,更指出家學淵源的重要,這固然屬於傳統詩論的範疇。不過,文中另外一層含義便是要表彰司馬光之"盛德",通過記録官奴打碎琉璃盞之本事及判詞,忠恕、大度的温公形象在詩話中完美地呈現了出來。呂本中要"紀盛德"的同樣是司馬光,只是他没有正面著筆,亦無記録其隻言片語,而是借助韓琦的三封書信,既表彰了司馬光的"大忠大義,橫絶古今",又抒發了天下臣民對其辭任樞密副使,退居西京御史臺的遺憾與無奈。内容雖然充實,却并不符合詩話的撰寫原則。

如果説部分"紀盛德"的條目還能勉强算作"論詩及事"的話,那麽大多數"錄異事"條目似乎就在"一本正經地胡説八道"了。在許顗、周紫芝等人筆下,各種光怪陸離、荒唐怪誕的異事皆被引用記載,不知是否與時人世界觀和認識論的局限性有關?再者,兩宋志怪小説發展繁榮,作品迭出,詩話作者們也許受此風氣影響,故將一些和詩有關的天方夜譚式的異事作爲素材,寫入詩話。例如《彦周詩話》中引錄了一件異事,作者竟信以爲真:

> 元撰作《樹萱錄》,載有人入夫差墓中,見白居易、張籍、李賀、杜牧諸人賦詩,皆能記憶,句法亦各相似。最後老杜亦來賦詩,記其前四句云:"紫領寬袍漉酒巾,江頭蕭散作閒人。悲風有意摧林葉,落日無情下水濱。"嗟夫!若數君子者,皆不能脱然高蹈,猶爲鬼邪?殊不可曉也。若以爲元撰自造此詞,則數公之詩尚可庶幾,而少陵之四句,非元所能道也。⑮

此條引自《樹萱錄》,所載之事可謂匪夷所思。若以今人視角觀之,似無辯駁的必要。然而在千年前的宋朝,不能否認大多數人相信鬼神的存在。特別是詩中之鬼,更加成爲文人茶餘飯後的談資。許顗在文中似乎還爲此事的真實性進行辯駁,認爲若白、張、李、小杜之詩,後人可僞造,而老杜之詩則非杜撰者所能道,由此自己也迷茫地説道"殊不可曉"。同樣記載鬼詩的還有《竹坡詩話》:

> 東平王興周爲余言:"東平人有居竹間自號竹溪翁者,一夕,有鬼題詩竹間云:'墓前古木號秋風,墓尾幽人萬慮空。惟有詩魂銷不得,夜深來訪竹溪翁。'"世傳鬼詩甚多,常疑其僞爲,此詩傳於興周鄉里,必不妄矣。鬼之能詩,是果然也。⑯

此事作者聞之於東平人王興周,有此"人證",便可認定鬼詩不妄,并且加深了其對鬼詩存在的信念感,以至於在文末感歎道"鬼之能詩,是果然也"。上述二事之異便在於皆爲世人聞所未聞,見所未見,而詩話作者竟然認持認同態度,將"錄異事"定爲詩話之一端,這對當今的讀者而言,似乎也是一件"異事"。

南渡詩話中,雖然只有許顗對詩話本體有過明確的定位,但其他諸如《竹坡詩話》《紫薇詩話》《風月堂詩話》《藏海詩話》的編撰原則大體與之相近,只是各自偏重點有所不同。那麽,爲什麽説此一時期的詩話觀念只是"名義"上的確立呢?這是因爲詩話的發展也經歷著曲折回還的複雜過程,不是每種作品都能沿著既定軌迹良性發展,時有與編撰原則不符的情況發生。再者,由於作者認知的局限和判斷的失衡,纔會提出"紀盛德"、"錄異事"此類觀點,明顯與詩話的本質背道而馳,故而不當成爲後世詩話發展過程中"實際"上的指導。總而言之,許顗提出的五點既是對北宋中後期以來詩話編撰的總結與反思,也爲南宋後期詩話的發展與成熟奠定了基礎,雖偶有考慮不成熟之處,却不得不承認這過渡階段較爲實用的理論指引。

## 二、編撰方法的沿襲和"曲折前進"

許顗在《彦周詩話》中所提出的五點,可以視爲南渡詩話的宏觀理論定位。如果從具體編撰方法來考察,不難發現,與北宋後期詩話相比,既有沿襲也有創新。更爲重要的是,其編撰體例在不同程度上都經歷了"曲折前行"的過程,總的趨勢是朝著南宋後期詩話的系統性、結構性又邁進了一步。

1. 選本型詩話雛形

吕本中撰有《紫薇詩話》一卷,亦稱《東萊詩話》,然其影響不及他已佚的《江西詩派宗派圖》來得大。《宗派圖》標舉一祖三宗,即以杜甫爲祖,黄庭堅、陳師道、陳與義爲宗,下列二十餘人爲宗派,"江西詩派"也由此正式得名,成爲宋詩主流之一。兩相對比,《紫薇詩話》的詩學理論極少,主要記録了吕氏家族、江西詩人及其親友的詩歌和軼事。從編撰角度看,有三分之二的篇幅都以存佚爲目的[17],品評、鑒賞、辨析相對較少,更像是後世"詩歌選本型"詩話的雛形。

此書録詩大體不出吕氏族人及其親友、江西派詩人、蘇門弟子三大群體。如開頭十餘條依次選録了晁載之(蘇門)、晁詠之(蘇門)、高茂華(蘇門)、汪革(江西派)、洪朋(江西派)、林敏功(江西派)、范仲温(其表叔)、吕知止(其從叔)、吕大有(其從叔)、趙才仲(其外弟)等人的詩作。相較於《彦周詩話》《竹坡詩話》《風月堂詩話》的"辨句法"之精,詩人技藝的高下品評并不深入,往往只是介紹性、引用性的總體評價。如:"楊念三丈道孚克一,吕氏重甥,張公文潛之甥也。少有才思,爲舅所知。年十五時,在鄂渚作詩云:'洞庭無風時,上下皆明月。微波不敢興,甚静蛟蜃穴。'"[18]

吕本中選録詩句時,雖不大涉及理論性、藝術性的品藻,却於詩人介紹、語詞釋義、詩作本事等處著墨較多。如:

> 張先生子厚,與從祖子進同年進士也。張先生自登科不復仕,居毗陵。紹聖中,從祖自中書舍人出知睦州,子厚小舟相送數程,别後寄詩云:"籠鷄雲鵬各有程,匆匆相别未忘情。恨君不在蓬籠底,共聽蕭蕭夜雨聲。"先生少有異才,多異夢,嘗作《夢録》,記夢中事,予舊寶藏,今失之。先生夢中詩如"楚峽雲嬌宋玉愁,月明溪净印銀鉤。裏王定是思前夢,又抱霞衾上玉樓。"又"無限寒鴉冒雨飛"、"紅樹高高出粉墙"之句,殆不類人間人也。紹聖初,嘗訪祖父滎陽公於歷陽,既歸,乘小舟泝江至烏江,還書云:"今日江行,風浪際天,嘗記往在京師作詩云:'苦厭塵沙隨馬足,却思風浪拍船頭'也。"[19]

此條是《紫薇詩話》中內容最爲豐富的條目。作者在記張子厚三首詩的同時,穿插著對其生平的介紹,重點依然是張氏與吕氏族人的交往。而至於三詩如何精妙,子厚有何異才,却不是作者記録的關鍵。全書條目大多與此相同,故不再贅舉。吕本中如此的編撰體例,很顯然爲選本性質的《竹莊詩話》《後村詩話》等奠定了基礎,使其可以進一步將詩與話以互相印證的方式編排成卷,形成一種全新的體例,吕氏的導夫先路功不可没。

此外,在《彦周詩話》中,也有多條有詩無評之例,如"李義山賦云"、"楊炎歌云"等。然比《紫薇詩話》更進一步的是,許顗在録詩之後往往會點明該詩妙在何處,明確提出收録標準。如以下兩則:

> 晁無咎在崇寧間次李承之長短句,以吊承之,曰:"射虎山邊尋舊迹,騎鯨海上追前約。便與江湖永相忘[20],還堪樂。"不獨用事的確,其指意高古深悲,而善怨似《離騷》,故特録之。
>
> 楊華既奔梁,元魏胡武靈后作《楊白華歌》,令宫人連臂踏足歌之,聲甚淒斷。柳子厚樂府云:"楊白華,風吹渡江水,坐令宫樹無顏色,摇蕩春心幾千里。回看落日下長秋,哀歌未斷城烏起。"言婉而情深,古今絶唱也。魏舊歌云:"陽春二三月,楊柳齊作花。春風一夜入閨闥,楊花飄落入南家。含情出户脚無力,拾得楊花淚沾臆。秋去春來雙燕子,願銜楊花入窠裏。"此辭亦自奇麗,録之以存古樂府題云。[21]

《彦周詩話》編撰的一大特點便是善於從諸多文獻中提煉出其共性,而後再做簡短説明,使讀者能更好地領悟其編撰動機。在上述二例中,許顗認爲晁無咎吊李承之詞"不獨用事的確,其指意高古深悲,而善怨似《離騷》,故特録之",一針見血地點出詩評家録詩的標準。同樣地,他分别收録胡武靈后、柳宗元的樂府詩《楊白華》,也是因爲其作"奇麗"、"言婉而情深"符合選録原則。

2. 按類編排的普遍運用

司馬光《續詩話》開創了以人爲綱、以事爲綱的條目體例,而魏泰《臨漢隱居詩話》則將此體例往前推進了一步。在以人爲綱方面,有連續多條圍繞同一人(韓愈)來寫,似可視爲《苕溪漁隱叢話》的雛形。在以事爲綱方面,主要包括"詩禍"、"詼諧"兩個門類,每個門類下,都連續有數條與此相關的條目。此一體例又爲《詩話總龜》所承襲。然而,這樣的編排方式并非大規模地運用於全書,直到南渡詩話中,纔有了較爲明顯的突破,成爲詩話按類編排的過渡階段。

從全書的卷帙編排來看,張表臣的《珊瑚鈎詩話》以類相從的特點最爲明顯。是書篇幅不長,按類目的不同編爲三卷,所涉及的内容蕪雜,又愛炫耀己詩,最受後人指摘的是,作者本人對詩話一體的定位出現了混亂和偏差,若以詩話發展的眼光來衡量,這確實是一種退步。然而在體例的編排上,相比同期詩話而言,它却比較具有系統性。

《珊瑚鈎詩話》開篇便是一段較長的詩學總論，從仲尼祖述堯舜，談到歐蘇作文自有步趨，提出"善學者當先量力，然後措詞。未能祖述憲章，便欲超騰飛鶱，多見其喑嚘而狼狽"的觀點，縱橫開闔，貫通古今，頗有以總論代序的味道。同樣，在卷三末尾也有一段長篇大論，依次對風、雅、頌、賦、辭、銘、箴、歌、謠等各式文體進行總結概括，揭示其特點與要義，具有較高的詩學理論意義，當可視爲全書的結語。作者以兩段宏觀詩學論述相始終，似是有意爲之，似可爲嚴羽《滄浪詩話》之先聲，有一定創新色彩。

從各卷條目體例來看，《珊瑚鈎詩話》卷上幾乎沒有"論詩及事"的內容，大體以闡發詩學理論、品評詩人詩作爲主，雖非字字精闢，但理論化趨勢相對明顯。如：

> 詩以意爲主，又須篇中練句、句中練字，乃得工耳。以氣韻清高深眇者絶，以格力雅健雄豪者勝。元輕白俗，郊寒島瘦，皆其病也。
> 篇章以含蓄天成爲上，破碎雕鎪爲下。如楊大年西崑體，非不佳也，而弄斤操斧太甚，所謂七日而混沌死也。以平夷恬淡爲上，怪險蹶趨爲下。如李長吉錦囊句，非不奇也，而牛鬼蛇神太甚，所謂施諸廊廟則駭矣。㉒

以上兩條論述皆從詩學理論入手，先提出作詩之法，評詩之則，再舉出詩風與之有違的詩人加以反證。理論與詩評相結合，書中的亮點在此。可惜的是，這樣的例子在卷中、卷下不多，終究未能形成定式。

《珊瑚鈎詩話》卷中開頭的十餘條皆是對詩中所涉名物、制度、文字、語詞、音樂、風俗、器具的考證，看似以類相從，但接下來的內容就顯得雜亂無章了。出現了多條單純記事而與詩無關的條目，如"余年十五時"、"靖康元年冬十一月"、"晁元升作《田直儒墓表》云"等。卷下的編撰體例與卷中相類似，同樣是在開頭的數條中以杜甫爲中心，對杜詩進行解讀、串講、辨析、釋義。只可惜"以人爲綱"的體例到這又再次戛然而止，以下的條目便是各類雜記，或錄異事，或論史事，間有論詩評詩之語，更像是回到了筆記的老路上來。最引人發笑的是，書中多處以炫耀己作爲能事，自賞自憐，而在編排上又毫無章法，散見於三卷之中。

整體而言，《珊瑚鈎詩話》具有較強的理論色彩，同時又有複雜的取材傾向，說明了作者對詩話觀念認識的模糊。不過此書的整體卷帙編排、部分條目的撰寫體例，確實也有一定可取之處，不能一筆抹殺。

另外，南渡時期的其他詩話，對"以人爲綱"和"以事爲綱"也有承襲和發展。《彥周詩話》開篇從"燕燕于飛，差池其羽"至"詩人寫人物態度"的十餘條，所論皆爲宋前詩人、詩作。此後"以人爲綱"開始出現普遍化傾向，作者有意識地將記載同一詩人的不同條目編排在一起，如陶淵明、鮑照、高秀實等人即是如此。不過諸如杜甫、蘇軾、王安石等詩話"主角"依然散見於書中，并沒有合并起來。至於"以事爲綱"，在《竹坡詩話》中表現得也非常突出,前後出現了"集句"、"詩讖"、"志怪"、"尊蘇"、"練字"等幾個大的主題,比起北宋後期詩話,記載的門類大大增多,不當再視爲偶然現象。

3. 主觀經驗帶入明顯增多

在北宋後期詩話中,《王直方詩話》出現了不少王立之與其記載對象之間的互動與對話,不過模式都相對簡單,常以"某人爲余言"、"余在某處見"之類的面貌出現。而南渡詩話中,却普遍存在著作者談及自己的經驗感受,以及由此引發的主觀帶入感增多的現象。最爲常見的模式便是記錄下作者本人在不同階段對詩作不同的理解感悟。在許顗筆下,還擅長從這種感悟中,提煉出詩學見解,如:

> 僕年十七歲時,先大夫爲江東漕,李端叔、高秀實皆父執也。適在金陵,二公游蔣山,僕雖年少,數從杖屨之後。在定林説元微之詩,引事當有出處,屈曲隱奥,高秀實皆能言之,僕不覺自失。因思古人讀書多,出語皆有來處,前輩亦讀書多,能知之也。[23]

像高秀實這樣的詩人,在當時雖也頗有詩名,可惜文集不傳,以至於後人對他們的瞭解僅僅局限於各種詩話、類書的記載。他是許顗的父執輩,在蔣山講論元稹詩之典故、句法,不僅使之自覺腹儉,還深深領悟到作詩、賞詩的要領在"讀書多"、"出語有來處"。《竹坡詩話》中還記載了一條與蔣山有關的條目:

> 余頃年游蔣山,夜上寶公塔,時天已昏黑,而月猶未出,前臨大江,下視佛屋崢嶸,時聞風鈴鏗然有聲,忽記杜少陵詩"夜深殿突兀,風動金琅璫",怳然如己語也。又嘗獨行山谷間,古木夾道交陰,唯聞子規相應木間,乃知"兩邊山木合,終日子規啼"之爲佳句也。又暑中瀕溪,與客納涼,時夕陽在山,蟬聲滿樹,觀二人洗馬於溪中。曰此少陵所謂"晚凉看洗馬,森木亂鳴蟬"者也。此詩平日誦之不見其工,唯當所見處,乃始知其爲妙。作詩正欲寫所見耳,不必過爲奇險也。[24]

相比起北宋詩話單純引錄、評論前人詩句,南渡詩話中將自己的主觀感受寫入詩話中的現象普遍增多。如此條所載,周紫芝在特定的情境中,對杜詩之妙的感悟也更加深刻。通過自身與杜詩之間產生的"良性互動",作者提出"作詩正欲寫所見耳,不必過爲奇險"的作詩原則,通過具體的例證,對讀者更具説服力。

除了結合自己的經驗感悟撰寫詩話之外,主觀帶入感增多的另一種表現模式便是大規模地收錄己作,炫耀自矜,這在《珊瑚鈎詩話》中表現最爲明顯。正如劉德重、張寅彭《詩話概説》中所言:"在全書七十餘則中,竟有二十餘處錄引自己的詩文,又多述與名流贈和之作以自重。然而其詩頗不足取,如'射飛何必捐金彈,抵鵲虚煩用夜光。切玉昆吾寧刺豕,斷蛟干越豈剝羊',刻意堆垜典故,可謂'破碎雕鎪'特甚,與其所論殊不相稱。"[25]

張表臣炫耀己作的方式或直接,或含蓄,往往通過與他人詩作對比,兼借名流之口譽揚自己,最終"圖窮匕見",達到炫耀的目的。如:

> 王臨川詩云:"細數落花因坐久,緩尋芳草得歸遲。"此與杜詩"見輕吹鳥毳,隨意數花須"命意何異?予詩云:"雲移鳥滅没,風霽蝶飛翻。"此與東坡"飛鴻群往,白鳥孤没"作語何異?兹可爲知者道,不可與愚者説也。㉖

通過王詩與杜詩、己詩與蘇詩的對比,張表臣顯然將自己置身於一流大家之列,惟恐他人不識己詩之妙,甚至大言不慚地説"兹可爲知者道,不可與愚者説"。自視之高,適足引人嘲笑。書中借他人之口標榜自己的地方,也不在少數,如:

> 客有獻李衛公以古木者,云:"有異。"公命剖之,作琵琶槽,其文自然成白鴿。予嘗語晁次膺曰:"公《緑頭鴨琵琶詞》誠妙絶,蓋自'曉風殘月'之後,始有移船出塞之曲,然某亦曾有一詩。"公曰:"云何?"曰:"白鴿潛來入紫槽,朱鷺飛去唳青霄。江邊塞上情何限,瀛府霓裳曲再調。漫道靈妃鼓瑶瑟,虚傳仙子弄雲璈。小憐破得春風恨,何似今宵月正高。"曰:"詩亦不惡。"㉗

作爲晚輩,張表臣十分看重晁次膺這樣的詞壇大家對他的評價。從此條記載來看,作者在吹捧晁詞之後,便見縫插針地賣弄了自己的詩作。晁次膺僅僅只説了一句"詩亦不惡",明顯没有太多的激賞,而張表臣似也將其當作炫耀的資本,正式録入詩話。

《珊瑚鉤詩話》中還有不少徑録己詩,不加評論之處。如"武侯創八陣圖與木牛流馬法"、"余暇日曾作《酒具詩》三十首",雖不明言,亦意在炫耀。幸好這在詩話的發展階段中,并非主流現象。

略晚於《珊瑚鉤詩話》的《環溪詩話》(吴沆撰)竟也延續了此等自我炫耀之風,通篇徵引己詩,成爲又一部詩話界的"奇葩"。錢鍾書先生在《宋詩選注》中就嘲笑過他:"南北宋之交的吴沆《環溪詩話》是部奇特的著作,因爲它主要是標榜作者自己的詩。也許他非得自贊不可,因爲那些詩的妙處實在看不出來。㉘"此段妙評,讀來令人解頤。

南渡詩話是詩話之體自我"覺醒"的萌芽期,在編撰原則、體例、方法等方面都較北宋詩話有較大的發展。到了孝宗朝後期,詩話的觀念得到進一步的確立,編撰逐漸具備了系統性,如葛立方《韻語陽秋》便是傑出的代表。其他如黄徹《䂬溪詩話》、吴可《藏海詩話》、曾季貍《艇齋詩話》、陳巖肖《庚溪詩話》、楊萬里《誠齋詩話》、吴聿《觀林詩話》等,其系統性雖不十分明顯,然皆有自身特點。而同期的張戒《歲寒堂詩話》與上述作品皆不相同,是書以闡發詩學理論爲主,徹底擺脱了筆記體的性質,這是編撰機制所發生的質的變化,詩話從此走上了一條異乎前人且日趨成熟的道路。

(作者單位：華東師範大學中文系)

---

① 許顗《彦周詩話》，何文煥《歷代詩話》本，中華書局，2009 年，第 378 頁。按：《百川學海》本序後有"建炎戊申六月初吉日，襄邑許顗序"十四字，可證書成於南宋建炎二年。
② 許顗《彦周詩話》，《歷代詩話》本，第 379 頁。
③ 同上書，第 383 頁。
④ 同上書，第 388 頁。
⑤ 周紫芝《竹坡詩話》，《歷代詩話》本，第 349 頁。
⑥ 按：關於王竊李詩，宋人爲王維辨誣者甚多，其中以葉夢得《石林詩話》最具代表性。其文云："唐人記'水田飛白鷺，夏木囀黃鸝'爲李嘉祐詩，王摩詰竊取之，非也。此兩句好處正好添'漠漠'、'陰陰'四字，此乃摩詰爲嘉祐點化，以自見其妙。如李光弼將郭子儀軍，一號令之，精彩數倍。不然如嘉祐本句，但是詠景耳，人皆可到。"而胡應麟《詩藪》卷五則以時代先後辨之，謂王維乃盛唐人，而嘉祐爲中唐人，其承襲關係不言而喻。
⑦ 同上。
⑧ 許顗《彦周詩話》，《歷代詩話》本，第 378 頁。
⑨ 周紫芝《竹坡詩話》，《歷代詩話》本，第 346 頁。
⑩ 許顗《彦周詩話》，《歷代詩話》本，第 396 頁。
⑪ 同上書，第 395 頁。
⑫ 同上書，第 342 頁。按：此條亦見於曾季貍《艇齋詩話》，所謂作跋尾者即其伯祖曾紘(字伯容)。
⑬ 許顗《彦周詩話》，《歷代詩話》本，第 397 頁。
⑭ 呂本中《紫薇詩話》，《歷代詩話》本，第 372 頁。
⑮ 許顗《彦周詩話》，《歷代詩話》本，第 391—392 頁。
⑯ 周紫芝《竹坡詩話》，《歷代詩話》本，第 346 頁。
⑰ 按：《紫薇詩話》云："宣和末，林子仁敏公寄夏均父倪詩云：'嘗憶他年接緒餘，饒三落托我迂疏。溪橋幾換風前柳，僧壁今留醉後書。'忘記下四句。饒三，德操也。"呂本中并未評論此詩，只是單純記録。其中"忘記下四句"一句似可作爲反證，説明其録詩主要爲了存佚。
⑱ 呂本中《紫薇詩話》，《歷代詩話》本，第 366 頁。
⑲ 同上書，第 362 頁。
⑳ 按：據《晁無咎詞》，"便與江湖永相忘"，當作"便江湖與世永相忘"，《紫薇詩話》引文誤。
㉑ 許顗《彦周詩話》，《歷代詩話》本，第 399 頁。
㉒ 張表臣《珊瑚鉤詩話》，《歷代詩話》本，第 455 頁。
㉓ 許顗《彦周詩話》，《歷代詩話》本，第 388—389 頁。
㉔ 周紫芝《竹坡詩話》，《歷代詩話》本，第 343 頁。
㉕ 劉德重、張寅彭《詩話概説》，安徽教育出版社，第 64 頁。
㉖ 張表臣《珊瑚鉤詩話》，《歷代詩話》本，第 464 頁。
㉗ 同上書，第 473 頁。
㉘ 錢鍾書《宋詩選注》，人民文學出版社，1979 年，第 164 頁。

# 南宋雅詞之典範選本

## ——《絶妙好詞》述略

聶安福

《絶妙好詞》七卷,周密編選,成書於宋亡之後①,所録始於張孝祥,止於仇遠,大體依時代先後編次,凡一百三十三家三百九十一首詞作,現存三百八十四首,殘缺詞作一首②。

"絶妙好詞"一名源於《世説新語·捷悟》所載曹娥碑陰題字③,宋人稱賞詩詞有用此語者,如王庭珪《與胡邦衡四幅》云:"某久聞青原長句,未及見。淳上座來,惠石本,可謂絶妙好詞。"④周紫芝《書滄海遺珠後》:"《滄海遺珠》者,余手所録近世諸家之作也。其他絶妙好詞,不可概舉。"⑤以"絶妙"冠名詞選者始於黄昇淳祐九年(1249)編定的《中興以來絶妙詞選》,輯録八十八家七百六十首詞作(末附己作三十八首),其自序云:"佳詞豈能盡録,亦嘗鼎一臠而已。"周密此選編成於數十年之後,同以"絶妙"爲名⑥,而甄選更爲精嚴,更可謂"嘗鼎一臠"。

## 一

張炎《詞源·雜論》云:"近代詞人用功者多,如《陽春白雪集》,如《絶妙詞選》,亦自可觀,但所取不精一,豈若周草窗所選《絶妙好詞》之爲精粹。"⑦《四庫全書總目》卷一九九《絶妙好詞箋》提要亦稱其"去取謹嚴,猶在曾慥《樂府雅詞》、黄昇《花庵詞選》之上"。所謂"精粹"、"謹嚴",即體現在選詞標準鮮明純粹,取捨精嚴。先就選詞數量而言,曾慥《樂府雅詞》編成於紹興十六年(1146),以北宋詞爲主,姑置勿論。黄昇《中興以來絶妙詞選》、趙聞禮《陽春白雪》所選南宋詞⑧,均遠多於《絶妙好詞》。再看選詞標準,黄昇謂"中興以來,作者繼出,及乎近世,人各有詞,詞各有體",故而選詞不拘一格:"盛麗如游金、張之堂,妖冶如攬嬙、施之袪,悲壯如三閭,豪俊如五陵。"⑨所選詞人詞作如辛棄疾42首、劉克莊42首、姜夔34首、張孝祥24首、康與之23首、陸游20首、高觀國20首、盧祖皋24首、張輯21首、史達祖17首、張元幹12首、劉過10首,可謂各派兼收,衆體并蓄。趙聞禮《陽春白雪》選詞顯分兩類,誠如陳匪石所評,本集八卷所録"皆妍雅深厚,與周密《絶妙好詞》相近。……稼軒、改之、後村諸人則取其溫厚蘊藉者。外集則録激昂慷慨、大氣磅礴之作。

取捨所在,尤爲顯著"。⑩周密編選《絶妙好詞》則嚴守妍雅藴藉一格,不録鄙俗淫艷及慷慨激昂之作⑪。其所選詞作以吳文英(16 首)、姜夔(13 首)、李萊老(13 首)、李彭老(12 首)、施岳(11 首)、盧祖皋(10 首)、史達祖(10 首)、王沂孫(10 首)諸家爲多⑫,所録陸游、辛棄疾、劉過各三首,劉克莊四首,均非慷慨豪邁之作,而《中興以來絶妙詞選》或《陽春白雪》所録張元幹《賀新郎》(曳杖危樓去)(夢繞神洲路)、張孝祥《六州歌頭》(長淮望斷)、陸游《夜遊宫》(雪曉清笳亂起)、辛棄疾《水龍吟》(楚天千里清秋)(渡江天馬南來)(舉頭西北浮雲)、劉過《沁園春》(斗酒彘肩)、劉克莊《滿江紅》(金甲琱戈)等著名豪壯詞作均未入選。此舉可與其後張炎《詞源》指責辛棄疾、劉過"作豪氣詞,非雅詞"相呼應。《詞源》及沈義父《樂府指迷》爲南宋雅詞風尚之代表性論著,《絶妙好詞》則堪當相與匹配的典範詞選。如張炎《詞源》所標舉稱賞的南宋詞二十首,有十六首見於《絶妙好詞》;其弟子陸輔之《詞旨》所列"警句凡九十二則",有七十六則見于《絶妙好詞》;《樂府指迷》所推賞的吳文英詞作,《絶妙好詞》選録最多。崇尚雅正(或清空騷雅,或典麗渾雅),擯棄"豪氣詞"以及"鄰乎鄭衛"、"爲情所役"之作,斥責"市井氣"、"鄙俗語"、"淫艷之語"⑬,可視作《絶妙好詞》在筆調風格層面的取捨標準。

## 二

筆調雅正而外,協音合律也是《樂府指迷》《詞源》所代表的南宋雅詞論者的共識,所謂"詞以協音爲先"、"詞之作必須合律"、"音律欲其協,不協則成長短之詩"⑭。張炎稱譽《絶妙好詞》"精粹",當不無協律因素。周密早年從楊瓚(字繼翁,號守齋、紫霞翁)研習音律,其《齊東野語》卷十八自述:"往時余客紫霞翁之門。翁知音妙天下,而琴尤精詣。"⑮周密年少時曾作《木蘭花慢》十闋,詠西湖十景,"異日霞翁見之曰:'語麗矣,如律未協何。'遂相與訂正,閱數月而後定。"⑯他如《采緑吟》(采緑鴛鴦浦)、《齊天樂》(宫檐融暖晨妝懶)、《瑞鶴仙》(翠屏圍畫錦)、《倚風嬌近》(雲葉千重)等詞作之題、序,均見出其師從楊瓚習律賦曲情形。張炎《詞源》卷下亦特爲標舉:"近代楊守齋精於琴,故深知音律,有《圈法周美成詞》。與之游者,周草窗、施梅川、徐雪江、奚秋崖、李商隱。每一聚首,必分題賦曲。"⑰所附"楊守齋作詞五要",前"四要"均屬協律之事。師承楊瓚,又與吳文英、陳允平、施岳、張樞、李彭老、王沂孫等知音通律詞家交遊唱和,周密作詞,"其於律亦極嚴謹"⑱,自定詞集名曰"笛譜",王沂孫謂之可承繼姜夔、楊瓚⑲。《絶妙好詞》爲周密晚年所編,協律自當在其選詞標準之列。

然而,詞之協律并非易事,如上引周密《木蘭花慢》音律之參訂一例即可見出⑳。張炎論及詞之協律有云:"詞之作必須合律。然律非易學,得之指授方可。""音律所當參究,詞章先宜精思,俟語句妥溜,然後正之音譜。二者得兼,則可造極玄之域。"㉑沈義父亦云:"腔律豈必人人皆能按簫填譜,但看句中去聲字最爲緊要。"㉒這些言論,實可解讀爲允許詞作一定程度的不協，或認同詞之協律有寬嚴之別。嚴者"按簫填譜"，如楊纘"一字不苟作"，如張樞"每作一詞，必使歌者按之，稍有不協，隨即改正"，[23]以"造極玄之域"。但此境極難達到，沈義父即感歎"前輩好詞甚多，往往不協律腔，所以無人唱"[24]，張炎亦稱"舊有刊本六十家詞，可歌可誦者指不多屈"[25]。作詞按簫填譜甚難，詞壇不協律腔之好詞甚多，則周密編選《絕妙好詞》在協律方面勢必從寬。

所謂協律從寬，即不求每詞可歌可誦，不求字字嚴守音律，但求緊要處不苟作，則全詞"雖有小疵，亦庶幾耳"[26]。《絕妙好詞》所錄楊纘、張樞、姜夔、吳文英、張炎及周密詞作當大都可歌可誦，守律嚴謹，其他詞作則不盡然。此舉《瑞鶴仙》爲例，參照萬樹《詞律》，略作探究。此調，《絕妙好詞》錄有陸淞、辛棄疾、陸叡、樓采、陳允平、張樞、劉瀾七首詞作。據張炎《詞源》所述，張樞之作乃按歌改定之作[27]，今據以比勘其餘六詞：

（一）句中韻。沈義父《樂府指迷》云："詞多有句中韻，人多不曉。不惟讀之可聽，而歌時最要叶韻應拍，不可以爲閒字而不押。"[28]《瑞鶴仙》過片第二字即爲句中韻，《詞律》謂可不拘，"然以入韻爲是"。張樞詞入韻。餘六詞同。

（二）起句"捲簾人睡起"，作仄平平去上。餘六詞平仄全同，末二字四聲稍異者只有辛棄疾、劉瀾詞作去入。

（三）"風光又能幾"五字句，作平平仄平仄，《詞律》謂此"是一定之格"。餘六詞同，且第三字多用去聲，僅陸叡、樓采詞用上聲。

（四）"待晴猶未"句，作仄平平仄。餘六詞同，且第一字多用去聲，僅辛棄疾詞用上聲。

（五）"蘭舟靜艤"句，作平平去上。餘六詞平仄全同，且末二字多作去上，僅辛棄疾詞作去入、劉瀾詞作上入。

（六）結句"寸心萬里"，作去平去上。餘六詞平仄全同，四聲稍異者有陸淞詞作上平去上（"怎生意穩"）、辛棄疾詞作去平去入（"數聲畫角"）、樓采詞作去平上上（"霸陵古道"）、劉瀾詞作去平去入（"降紗萬燭"）。《詞律》謂此調"尾句之仄平去上，或仄平去入，尤爲喫緊"。據此則惟有樓采詞不合，然而"道"亦作去聲，則"古道"爲上去，其音律聲情當與去上相近，正如萬樹《詞律·發凡》所云："蓋上聲舒徐和軟，其腔低；去聲激厲勁遠，其腔高。相配用之，方能抑揚有致。"

以上諸端大體見出各詞協律於緊要處不苟作，但亦不無小疵。如上去連用，上引《詞律·發凡》已有論及，并謂"大抵兩上、兩去在所當避"。考張樞《瑞鶴仙》詞中上去連用者（不計韻脚）有四處，其餘六詞大多不合。如"粉蝶兒守定落花不去"中"守"字，原作"撲"（入聲），"稍不協，改爲'守'字，乃協"[29]。"守定"正合《詞律》所言上去"相配用之，方能抑揚有致"。其餘六詞只有劉瀾詞作上去（"馬上"）。又如"放燕子歸來"之"燕子"、"甚等閒半委東風，半委小溪流水"之"半委"，其餘六詞更無一合者。然而不合者僅劉瀾詞有一處用去去（"露立"），餘皆符合《詞律》所言"大抵兩上、兩去在所當避"，其於音律當屬"稍不協"。

綜上所述，周密《絕妙好詞》之選詞標準可簡括爲：詞章居先，協律居次；詞章從嚴，協律從寬。

## 三

《絕妙好詞》所錄詞作題材頗廣，涉及詠物寓情、節序感懷、傷春怨別、羈旅愁思、時世感慨、撫今懷古、山水紀遊、閒居清趣以及題詠山房、繪畫、詞集等，而以前數類居多，大體可與張炎《詞源》所列"詠物"、"節序"、"賦情"、"離情"相應，筆調雅正，而情調面貌則不盡相同。張炎《西江月》題詠《絕妙好詞》云：

> 花氣烘人尚暖。珠光出海猶寒。如今賀老見應難，解道江南腸斷。　　謾擊銅壺浩歎，空存錦瑟誰彈。莊生蝴蝶夢春還，簾外一聲鶯喚。

詞云"空存錦瑟"，其情境亦頗似李商隱《錦瑟》㉚："花氣烘人尚暖"似"藍田日暖玉生烟"，"珠光出海猶寒"似"滄海月明珠有淚"，"解道江南腸斷"似"望帝春心托杜鵑"，"莊生蝴蝶夢春還"似"莊生曉夢迷蝴蝶"。此四句大略道出《絕妙好詞》所錄詞作之情調類別：或如春暖花薰之和婉明麗；或如滄海珠光之清韻幽邈；或傷時怨別，愁腸欲斷；或感慨盛衰，悵惘若夢。

"花氣烘人尚暖"，令人想到林昇《題臨安邸》所云"西湖歌舞幾時休"、"暖風熏得遊人醉"。《絕妙好詞》所錄西湖紀遊詞作即可見出此番情景，如"輕衫短帽西湖路，花氣撲青驄"（盧祖皋《烏夜啼》）、"春雲粉色，春水和雲濕"、"望極連翠陌，蘭橈雙槳急"（高觀國《霜天曉角》）、"笑湖山、紛紛歌舞，花邊如夢如薰"（奚㴋《芳草·南屏晚鐘》）、"驕驄穿柳去，文艗挾春飛。簫鼓晴雷殷殷，笑歌香霧霏霏"（趙溍《臨江仙·西湖春泛》）、"堤上寶鞍驟。記草色熏晴，波光搖岫"（《探芳訊·湖上春游》）等。施岳《曲游春·清明湖上》則展現出春日西湖晝夜歡遊之盛況：

> 畫舸西泠路，占柳陰花影，芳意如織。小楫衝波，度麴塵扇底，粉香簾隙。岸轉斜陽隔。又過盡、別船簫笛。傍斷橋、翠繞紅圍，相對半篙晴色。　　頃刻。千山暮碧。向沽酒樓前，猶繫金勒。乘月歸來，正梨花夜縞，海棠烟幂。院宇明寒食。醉乍醒、一庭春寂。任滿身、露濕東風，欲眠未得。

堤岸花柳掩映，紅翠環繞，春色似錦。湖水晴光蕩漾，畫舸衝波，歌聲飛揚，簾幕飄香。酒樓醉歡，踏月而歸。此可與周密《武林舊事》卷三所述"都人遊賞"相參證："都人士女，兩堤駢集，幾於無置足地。水面畫楫，櫛比如魚鱗，亦無行舟之路。歌歡簫鼓之聲，振動遠近。

其盛可以想見。若遊之次第,則先南而後北。至午則盡入西泠橋裏湖。……既而小泊斷橋,千舫駢集,歌管喧奏,粉黛羅列,最為繁盛。……至花影暗而月華生,始漸散去,絳紗籠燭,車馬爭門,日以為常。"

與西湖紀遊類詞風相近,一些節序詞作亦堪稱風情和婉,如史達祖《東風第一枝·燈夕》:"酒館歌雲,燈街舞繡,笑聲喧似簫鼓。太平京國多歡,大酺綺羅幾處。東風不動,照花影、一天春聚。耀翠光、金縷相交,苒苒細吹香霧。"《玉樓春·社前一日》:"游人等得春晴也。處處旗亭咸繫馬。雨前穉杏尚娉婷,風裏殘梅無顧藉。"楊纘《一枝春·除夕》:"竹爆驚春,競喧填、夜起千門簫鼓。流蘇帳暖,翠鼎緩騰香霧。停杯未舉。奈剛要、送年新句。應自有、歌字清圓,未誇上林鶯語。"讀來確能"見時序風物之盛,人家宴樂之同"㉛。

與上述紀遊、節序詞作情調風貌大略相類的是閒居之詞,如:

蕭閒處,磨盡少年豪。昨夢醉來騎白鹿,滿湖春水段家橋。濯髮聽吹簫。(趙汝茪《夢江南》"簾不捲")

圖書一室。香暖垂簾密。花滿翠壺熏研席。睡覺滿窗晴日。(周晉《清平樂》)

石笋埋雲,風篁嘯晚,翠微高處幽居。縹簡雲簽,人間一點塵無。綠深門户啼鵑外,看堆牀、寶晉圖書。儘蕭閒,浴硯臨池,滴露研朱。(李彭老《高陽臺·寄題蓀壁山房》)

筆調間透出蕭然清雅之趣,與西湖遊賞、節序風情之和樂妍雅詞作,展示出南宋士人生活情態中的閒雅明麗一面。另一些山水紀遊及題詠中秋月色的詞作則呈現出清曠幽邈氣韻。這首先要提到的就是本書卷首之作——張孝祥《念奴嬌》:

洞庭青草,近中秋,更無一點風色。玉界瓊田三萬頃,著我扁舟一葉。素月分輝,明河共影,表裏俱澄澈。悠然心會,妙處難與君說。　　應念嶺表經年,孤光自照,肝膽皆冰雪。短髮蕭騷襟袖冷,穩泛滄浪空闊。盡吸西江,細斟北斗,萬象為賓客。叩舷獨嘯,不知今夕何夕。

扁舟一葉,蕩漾於皓月映照、波光粼粼的洞庭湖面,置身於天水相融、上下通明之冰清玉潔世界,心曠神怡,超然塵外,"萬象為賓客"。同時,"應念嶺表經年,孤光自照,肝膽皆冰雪"及"短髮蕭騷襟袖冷"等詞句,則於孤潔冷寂中透出些許幽怨。整體詞境確如上引張炎詞句"珠光出海猶寒",而結末"叩舷獨嘯,不知今夕何夕"二句又添幾許茫然虛幻意味。相類詞作尚有張樞《壺中天》(雁橫迥碧)、湯恢《祝英臺近》(月如冰)、奚㴊《華胥引》(澄空無際)、仇遠《玉蝴蝶》(獨立軟紅塵表)、《八犯玉交枝》(滄島雲連)等,其中有浩渺皎潔中寄寓清怨者,如"露腳飛涼,山眉鎖暝,玉宇冰奩滿。平波不動,桂華低印清淺。……窈窕西窗誰弄影,紅冷芙蓉深苑。賦雪詞工,留雲歌斷。偏惹文簫怨。人歸鶴唳,翠簾十二空捲。"(張樞《壺中天》)亦有展現海上月出之奇幻景象者,如仇遠《八犯玉交枝·招寶山觀月上》:

> 滄島雲連,綠瀛秋入,暮景却沈洲嶼。無浪無風天地白,聽得潮生人語。擎空孤柱。翠倚高閣憑虛,中流蒼碧迷烟霧。惟見廣寒門外,青無重數。　　不知是水是山,不知是樹。漫漫知是何處。倩誰問、凌波輕步。謾凝佇、乘鸞秦女。想庭曲、霓裳正舞。莫須長笛吹愁去。怕喚起魚龍,三更噴作前山雨。

詞中"不知是水是山,不知是樹。漫漫知是何處",堪與張孝祥《念奴嬌》之"叩舷獨嘯,不知今夕何夕"相呼應,從時、空兩端抒寫出超渺虛幻之感。這或許可藉以諭示南宋士人的某種心理超脱。然而,身處國破偏安、恢復無望乃至宋室滅亡之現實中,超然塵外只能是一種短暫的幻象,閒居游樂也只是一種片面的表象,人生時事之感慨傷悲纔是南宋士人真實而普遍的情懷。《絕妙好詞》所錄詞作以此類情調爲多,即張炎所謂"江南腸斷"之悲怨、蝴蝶夢破之恨惘。

## 四

宋祥鳳《樂府餘論》云:"南宋詞人繫情舊京,凡言歸路,言家山,言故國,皆恨中原隔絕。此周公瑾氏《絕妙好詞》所由選也。"從字面看,《絕妙好詞》所錄詞作中直言"歸路"、"家山"、"故國"以抒發中原隔絕之恨如姜夔《惜紅衣》之"維舟試望故國。渺天北"者甚少,但其詞情主色調上的黯淡悲愁,當與國破淪亡之時局相關。這首先見之於感時傷世類詞作中,如"恨芳菲世界,遊人未賞,都付與、鶯和燕"(陳亮《水龍吟》"鬧花深處層樓")、"正凄涼望極,中原路杳,月來南浦"(施岳《水龍吟》"翠鼇湧出滄溟")、"磯頭綠樹,見白馬、書生破敵。百年前事,欲問東風,酒醒長笛"(劉瀾《慶宫春》"春剪綠波")、"已是搖落堪悲,飄零多感,那更長安道。衰草寒蕪吟未盡,無那平烟殘照。千古閑愁,百年往事,不了黃花笑"(王易簡《酹江月》"暗簾吹雨")、"清淚如鉛。歎咸陽送遠,露冷銅仙"、"望故鄉,都將往事,付與啼鵑"(范晞文《意難忘》)等詞句,均流露出時代悲怨。韓元吉的《好事近·汴京賜宴》和姜夔的《揚州慢》堪爲傷時詞作之標識。前者作於宋孝宗乾道九年(1173)。是年三月,詞人奉詔北上賀金主生辰萬春節,來到宋室故都汴京,亦即金國新都南京,親臨金主壽宴,聞聽管弦奏鳴,故國淪亡之悲涌上心頭:

> 凝碧舊池頭,一聽管弦凄切。多少梨園聲在,總不堪華髮。　　杏花無處避春愁,也傍野花發。惟有御溝聲斷,似知人嗚咽。

金主宴樂慶壽,猶如唐代安史亂中,安禄山攻陷東都洛陽,脅迫梨園弟子在凝碧池頭奏樂慶賀。詞人置身歡宴間,心中却無限傷悲:耳之所聞,管弦聲曲凄婉哀切,御溝流水悲泣嗚咽;目之所見,梨園弟子鬢髮斑白,故都杏花春愁繚繞。此即所謂"感時花濺淚"(杜甫《春望》),言花愁水咽,實謂人心之悲愁凄咽。

韓元吉奉詔使金,身臨故都,於金主生辰賀宴間深感故國淪陷之悲。三年後的淳熙三年(1176)冬,姜夔途經十五年前曾遭受金兵踐踏的揚州城,則對昔日繁華名都之破敗荒凉感慨悵然,自度《揚州慢》:

  淮左名都,竹西佳處,解鞍少駐初程。過春風十里,盡薺麥青青。自胡馬窺江去後,廢池喬木,猶厭言兵。漸黄昏、清角吹寒,都在空城。　　杜郎俊賞,算而今、重到須驚。縱豆蔻詞工,青樓夢好,難賦深情。二十四橋仍在,波心蕩、冷月無聲。念橋邊紅藥,年年知爲誰生。

曾經的"淮左名都",當年詩人杜牧曾爲之遣賞風流,揮灑青春,留下許多美妙詩篇的繁華都市,"自胡馬窺江去後",頓成破敗凄凉之空城。"漸黄昏、清角吹寒,都在空城"、"二十四橋仍在,波心蕩、冷月無聲",清空冷寂中蕩漾著無盡的時世傷悲。

故都淪陷,名城荒敗。南宋士人身臨其地,觸目傷時,情懷悲愴。但故都名城之盛并非詞人親身經歷,其詞筆遂落在傷今之悲,追昔之情隱於言外。及至抒寫自身親歷之盛衰變故,詞人則於悲慨中又添悵惘若夢之感,如周密《探芳信·西泠春感》:

  步晴晝。向水院維舟,津亭唤酒。歎劉郎重到,依依漫懷舊。東風空結丁香怨,花與人俱瘦。甚凄凉,暗草沿池,冷苔侵甃。　　橋外晚風驟。正香雪隨波,淺烟迷岫。廢苑塵梁,如今燕來否。翠雲零落空堤冷,往事休回首。最銷魂,一片斜陽戀柳。

重遊西湖,憑吊舊都。昔日之龍舟遊幸、士女駢集之地,如今是"暗草沿池,冷苔侵甃"、"廢苑塵梁"、"翠雲零落空堤冷",一片凄凉!"漫懷舊",撫今追昔,徒增悲怨;"休回首",觸目傷懷,黯然銷魂,故國遺民之悲溢於筆端。相類詞作尚有:

  記舊日、西湖行樂,載酒尋春,十里塵軟。背後腰肢,仿佛畫圖曾見。宿粉殘香隨夢冷,落花流水和天遠。但如今,病厭厭,海棠池館。(湯恢《倦尋芳》"錫簫吹暖")

  遠岫斂修颦。春愁吟入譜,付鶯鶯。紅塵没馬翠埋輪。西泠曲,歡夢絮飄零。(李萊老《小重山》"畫檐篸柳碧如城")

  短夢恍然今昔,故國十年心。回首三三徑,松竹成陰。(張炎《甘州·餞草窗西歸》)

故國如塵，故人如夢，登高還嬾。數點寒英，爲誰零落，楚魄難招，暮寒堪攬。步履荒籬，誰念幽芳遠。一室秋燈，一庭秋雨，更一聲秋雁。試引芳樽，不知消得，幾多依黯。(王沂孫《醉蓬萊‧歸故山》)

身處國破偏安，歷經國亡世變，南宋詞人感時傷世與懷古傷今，情懷相通，同爲慨歎世事盛衰興亡。《絕妙好詞》所選不多的懷古詞作多寓有傷時之悲，如李泳《定風波》(點點行人趁落暉)："南去北來愁幾許，登臨懷古欲沾衣。試問越王歌舞地。佳麗。只今惟有鷓鴣啼。"吳潛《滿江紅‧金陵烏衣園》："烏衣巷，今猶昔。烏衣事，今難覓。但年年燕子，晚烟斜日。抖擻一春塵土債，悲凉萬古英雄迹。"南去北來之愁，古今盛衰之悲，英雄悲凉之歎，均透出時世悲慨，而趙希邁的《八聲甘州‧竹西懷古》可謂亦懷古亦傷今：

寒雲飛萬里，一番秋，一番攪離懷。向隋堤躍馬，前時柳色，今度蒿萊。錦纜殘香在否，枉被白鷗猜。千古揚州夢，一覺庭槐。　歌吹竹西難問，拚菊邊醉著，吟寄天涯。任紅樓蹤迹，茅舍染蒼苔。幾傷心、橋東片月，趁夜潮、流恨入秦淮。潮回處、引西風恨，又渡江來。

前文所引姜夔《揚州慢》，感慨戰亂後的揚州荒敗景象。趙氏此詞作於數十年之後，揚州依然蕭條。詞人撫今懷古，遙想隋煬帝開渠築堤游幸江都之盛況，揚州曾經的歌酒繁華，終歸於南柯一夢！夢覺滿目凄凉："幾傷心、橋東片月，趁夜潮、流恨入秦淮。潮回處、引西風恨，又渡江來。"片月凝恨，隨潮漲落，流入秦淮，又伴西風渡江回。此較白石"二十四橋仍在，波心蕩、冷月無聲。念橋邊紅藥，年年知爲誰生"之清空蘊藉，別具婉宕之致。身爲宗室後裔，趙氏之傷心當深含家國之恨，故而連帶言及隔江之六朝古都，亦即南宋陪都金陵。

## 五

受傳統創作觀念所限，傷時、懷古等直接觸及時代、歷史的題材，詞人涉及不多。《絕妙好詞》中更多的悲愁詞情歸屬時代背景下的個體人生感慨，有男女相思、傷離怨別、羈旅愁思等。其風格情調大略呈現爲沉鬱跌宕、柔和婉曲二格。前者可舉辛棄疾二詞爲例：

寶釵分，桃葉渡，烟柳暗南浦。怕上層樓，十日九風雨。斷腸點點飛紅，都無人管，倩誰勸、啼鶯聲住。　鬢邊覷。應把花卜歸期，纔簪又重數。羅帳燈昏，哽咽夢中語。是他春帶愁來，春歸何處？却不解、將愁歸去。(《祝英臺近》)

更能消、幾番風雨。匆匆春又歸去。惜春長怕花開早，何況落紅無數。春且住。見說道、天涯芳草無歸路。怨春不語。算只有殷勤，畫檐蛛網，盡日惹飛絮。　長門事,准擬佳期又誤。蛾眉曾有人妒。千金縱買相如賦,脈脈此情誰訴。君莫舞。君不見、玉環飛燕皆塵土!閑愁最苦。休去倚危闌,斜陽正在,烟柳斷腸處。(《摸魚兒》)

前一首爲女子傷春怨別之作,後一首乃贈別僚友,寄寓身世之慨。其筆調特色體現爲:

其一,以情馭景。如"怕上層樓,十日九風雨。斷腸點點飛紅,都無人管,倩誰勸、啼鶯聲住"、"更能消、幾番風雨。忽忽春又歸去。惜春長怕花開早,何況落紅無數"、"休去倚危闌,斜陽正在,烟柳斷腸處"等詞句,以強烈的主觀情感驅遣風雨落花、聲聲鶯啼、烟柳斜陽之景,令人見情不見景。

其二,用語沉滯。其動詞多用去聲,斷然有力,如"暗"、"怕"、"上"、"斷"、"勸"、"住"、"覰"、"哽咽"(上、去跌宕)、"帶"、"怨"、"誤"、"妒"、"訴"等。一些修飾語如"點點"、"都"、"無數"、"盡日"、"莫"、"皆"、"最"等,亦顯筆意滯重。

其三,句法頓挫。善用虛詞及問詰句形成跌宕筆勢,如"倩誰勸、啼鶯聲住"、"纏簪又重數"、"春歸何處?却不解、將愁歸去"、"更能消、幾番風雨。忽忽春又歸去"、"何況落紅無數"、"准擬佳期又誤"、"千金縱買相如賦,脈脈此情誰訴"等詞句,見出怨激難平之情。

此類滯重跌宕詞作,《絕妙好詞》中并不多,略相近者如劉過《賀新郎》"老去相如倦"、張輯《祝英臺近》"竹間棋"、盧祖皋《宴清都》"春訊飛瓊管"、蔡柟《鷓鴣天》"病酒厭厭與睡宜"、莫崙《水龍吟》"鏡寒香歇江城路"等詞作,間有重筆,但沉厚有力尚不及稼軒。其他詞作大都輕柔婉曲,較比沉鬱跌宕詞作,在情景關係、字句筆法上呈現出不同特點:

其一,情景相融,映襯和婉。或由景入情,如"墜粉飄香,日日喚愁生"(盧祖皋《江城子》"畫樓簾幙捲新晴")、"柳綫穿烟,鶯梭織霧,一片舊愁新怨"(儲泳《齊天樂》"東風一夜吹寒食")、"游絲上下,流鶯來往,無限消魂"(洪咨夔《眼兒媚》"平沙芳草渡頭邨");或以景結情,如"心事一春疑酒病。鳥啼花滿徑"(盧祖皋《謁金門》"風不定")、"惡情懷,一院楊花,一徑蒼苔"(王茂孫《高陽臺》"遲日烘晴")、"一掬春情,斜月杏花屋"(王沂孫《醉落魄》"小窗銀燭"),情景相映,柔婉蘊藉。此外更多的是移情入景,如:

啼春細雨,籠愁淡月,恁時庭院。(盧祖皋《宴清都》"春訊飛瓊管")
飛露灑銀牀,葉葉怨梧啼碧。(吳文英《好事近》)
燕子不知春事改,時立秋千。(吳文英《浪淘沙》"燈火雨中船")
風來綠樹花含笑,恨入西樓月斂眉。(蔡柟《鷓鴣天》"病酒厭厭與睡宜")
但暗水新流芳恨,蜨淒蜂慘,千林嫩綠迷空。(楊纘《八六子》"怨殘紅")
庭前芳草空惆悵,簾外飛花自往還。(陳允平《思佳客》"錦幄沉沉寶篆殘")
柳色如波,縈恨滿烟浦。(李演《祝英臺近》"采芳蘋")
初鶯細雨。楊柳低愁縷。(趙汝迕《清平樂》)

此類景語多取擬人手法托景傳情,隱伏人與物之情感交流,婉曲深切。

其二,遣詞用語,柔婉舒緩。上述情景交融類詞句即可見出。再就抒情筆調而言,如:

> 海棠影下,子規聲裏,立盡黃昏。(洪咨夔《眼兒媚》"平沙芳草渡頭邨")
> 梅妝欲試芳情嬾。翠顰愁入眉彎。(陳允平《絳都春》"秋千倦倚")
> 殘燈慵剔,寒輕怯睡。(黃孝邁《水龍吟》"閑情小院沉吟")
> 正倦立銀屏,新寬衣帶,生怕輕寒料峭。(樓采《二郎神》"露牀轉玉")
> 有人獨倚畫橋東。手把一枝楊柳繫春風。(吳潛《南柯子》"池水凝新碧")
> 一樣歸心,又喚起、故園愁眼。立盡斜陽無語,空江歲晚。(周密《三姝媚》"淺寒梅未綻")
> 年華空自感飄零。擁春酲。對誰醒。(盧祖皋《江城子》"畫樓簾幙捲新晴")
> 恨離別。長憶人立酴醾,珠簾捲香月。幾度黃昏,瓊枝爲誰折。都將千里芳心,十年幽夢,分付與、一聲啼鴂。(湯恢《祝英臺近》"宿酲蘇")
> 自別後。聞道花底花前,多是兩眉皺。又説新來,比似舊時瘦。須知兩意常存,相逢終有。莫謾被、春光僝僽。(王嵎《祝英臺近》"柳烟濃")

或以詞中人之舉止神態透露情懷,或直述詞中人之自語、寄語,筆調均稱溫婉蘊藉。

其三,句法婉轉,情韻深永。如:

> 慵拈象管。待寄與深情,怎憑雙燕。不似楊花,解隨人去遠。(儲泳《齊天樂》"東風一夜吹寒食")
> 重來花畔倚闌干,愁滿闌干無倚處。(周端臣《玉樓春》"華堂簾幕飄香霧")
> 不恨王孫歸不早,只恨天涯芳草。(李萊老《清平樂》"綠窗初曉")
> 朝朝準擬清明近,料燕翎、須寄銀牋。又爭知、一字相思,不到吟邊。(王沂孫《高陽臺》"殘萼梅酸")
> 回首幾關山。後會應難。相逢只有夢魂間。可奈夢隨春漏短,不到江南。(韓疁《浪淘沙》"莫上玉樓看")

詞句中"待寄與"與"怎憑"、"不似","倚"與"無倚處","不恨"與"只恨","料"、"須寄"與"又爭知"、"不到","只有"與"可奈"、"不到",前後反轉,詞情深婉。

## 六

柯煜《重刻絕妙好詞序》云:"數南渡之才人,無非妍手;詠西湖之麗景,盡是專家。薄醉尊前,按紅牙之小拍;清歌扇底,度白雪之新聲。況乎人間玉碗,闕下銅駝,不無荆棘之悲,用志黍離之感。文弦鼓其淒調,玉笛發其哀思。亦有登山臨水,勝情與豪素爭飛;惜別懷人,秀句共郵筒俱遠。"㉝西湖歌酒、山水勝情、故國傷悲、別離相思詞作,略如上文所述,此外尚須論及的是詠物詞。

張炎《詞源》及沈義父《樂府指迷》均論及詠物詞之難作:前者從體認模寫角度發論,稱"詩難於詠物,詞爲尤難。體認稍真,則拘而不暢。模寫差遠,則晦而不明。要須收縱聯密,用事合題。一段意思,全在結句,斯爲絶妙",精粹之作當"所詠瞭然在目,且不留滯於物";後者從詠物入情上立言,謂"作詞與詩不同,縱是花卉之類,亦須略用情意,或要入閨房之意。然多流淫豔之語,當自斟酌。如只直詠花卉,而不著些豔語,又不似詞家體例,所以爲難"。"模寫"以求"所詠瞭然在目",又不可"留滯於物",要在"體認"出"一段意思",不可拘於物之形色。詞之詠物,尤其是題詠花卉,其"一段意思"多涉閨房兒女情意。其筆調當於物象與"意思"之間"收縱聯密,用事合題",略用豔語而不流於淫豔。《絶妙好詞》所選六十餘首詠物詞作,以題詠梅、荷、桂、海棠、水仙、楊柳等花卉爲多,頗能體現張、沈二家所論。

先就狀物賦形而論,詞人描形繪色,譬喻擬人,攝其神理,令"所詠瞭然在目"。此類詞例甚多,尤見字句琢煉之精妙。同類物象亦呈現不同形色風貌,如詠梅,有早梅:"松雪飄寒,嶺雲吹凍,紅破數椒春淺。"(周密《獻仙音·吊雪香亭梅》)有盛梅:"層綠峨峨,纖瓊皎皎,倒壓波痕清淺。"(王沂孫《法曲獻仙音·聚景官梅次草窗韻》)"千樹壓、西湖寒碧。"(姜夔《暗香》"舊時月色")有落梅:"宮粉雕痕,仙雲墮影,無人野水荒灣。"(吴文英《高陽臺》)"門掩香殘,屏摇夢冷,珠鈿糝綴芳塵。臨水搴花,流來疑是行雲。"(李萊老《高陽臺》)有殘梅:"枝裊一痕雪在,葉藏幾豆春濃。"(吴文英《西江月·青梅枝上晚花》)又如詠荷,有粉荷:"燕支膚瘦熏沉水,翡翠盤高走夜光。"(蔡松年《鷓鴣天》"秀樾横塘十里香")有白荷:"素鷺飛下青冥,舞衣半惹凉雲碎。藍田種玉,緑房迎曉,一奩秋意。"(周密《水龍吟》)

就狀物筆法而言,有白描,即不施譬喻擬人誇飾之法的本色描寫,如詠螢:"耿幽叢、流光幾點,半侵疏户。入夜凉風吹不滅,冷焰微芒暗度。"(趙聞禮《賀新郎》"池館收新雨")詠春燕:"過春社了,度簾幕中間,去年塵冷。差池欲住,試入舊巢相并。還相雕梁藻井。又軟語、商量不定。飄然快拂花梢,翠尾分開紅影。"(史達祖《雙雙燕》)有擬物之法,如詠桂花:"緑雲翦葉。低護黄金屑。占斷花中聲譽,香和韻、兩清潔。"(謝懋《霜天曉角》)詠水仙:"金璞明。玉璞明。小小杯柈翠袖擎。滿將春色盛。"(趙溍《吴山青·水仙》)詠茉莉:"玉宇薰風,寶階明月。翠叢萬點晴雪。煉霜不就,散廣寒霏屑。"(施嶽《步月·茉莉》)詠柳絮:"似霧中花,似風前雪,似雨餘雲。"(周晉《柳梢青》)有擬人之法,如詠水仙:"有誰見、羅韈塵生。凌波步弱,背人羞整六銖輕。娉娉裊裊,暈嬌黄、玉色輕明。"(高觀國《金人捧露盤》"夢湘雲")詠柳絮:"委地身如游子倦,隨風命似佳人薄。"(陳策《滿江紅》"倦繡人閑")詠春雨:"做冷欺花,將烟困柳,千里偷催春暮。盡日冥迷,愁裏欲飛還住。"(史達祖

《綺羅香》有擬物、擬人兼用，如詠海棠："綠雲影裏，把明霞織就，千里文繡。紫膩紅嬌扶不起，好是未開時候。半怯春寒，半便晴色，養得胭脂透。"(張鎡《念奴嬌》)

詠物之模寫形色，攝取神理，乃止於物象，更進一層則由物及人，融貫人情事理，如沈義父所言題詠花卉而略用閨房情意，張炎所謂"不留滯於物"而寄寓"一段意思"。《絕妙好詞》中詠物詞作所寓意趣，男女情事之外，尚有物事理趣、身世感慨以及故國悲思等，其筆調手法略可分爲托物寓情和觸物生情兩類。

托物寓情者，詞人觀賞物象，描述其形色神理，寄寓人世理致情感。此類詞作中有因物象之自然特性而暗喻人之品性者。如蕭泰來詠梅之《霜天曉角》：

> 千霜萬雪。受盡寒磨折。賴是生來瘦硬，渾不怕、角吹徹。　　清絕。影也別。知心惟有月。原没春風情性，如何共、海棠説。

梅花傲立霜雪之瘦硬身軀、相知明月之清絕情懷，可擬比人品之傲岸清高。又如"冷落竹籬茅舍。富貴玉堂瓊榭。兩地不同栽。一般開"(鄭域《昭君怨》"道是花來春未")、"疏明瘦直。不受東皇識"(王澡《霜天曉角》)，亦寄寓人事理致。此類筆法即詠物詩中常見的托物言志，但詠物詞中更多的是狀物寓情，詞人以擬人、用事等手法托物言情。如辛棄疾《瑞鶴仙·梅》：

> 雁霜寒透幙。正護月雲輕，嫩冰猶薄。溪奩照梳掠。想含香弄粉，靚妝難學。玉肌瘦弱。更重重、龍綃襯著。倚東風、一笑嫣然，轉盼萬花羞落。　　寂寞。家山何在？雪後園林，水邊樓閣。瑶池舊約，鱗鴻更仗誰托？粉蝶兒只解，尋花覓柳，開遍南枝未覺。但傷心、冷淡黄昏，數聲畫角。

詞人將梅花描述爲冰清玉潔、風姿綽約之瑶池仙女降臨人間，寄居"雪後園林，水邊樓閣"，思念家山瑶池，舊約無憑，寂寞傷心，清角聲中獨守黄昏。梅花之飄零人世、思家愁苦，寄托詞人家山淪陷、艱難漂泊之身世感慨。他如高觀國《金人捧露盤》(念瑶姬)、樓槃《霜天曉角》(剪雪裁冰)、施嶽《解語花》(雲容冱雪)詠梅，趙以夫《憶舊遊慢》(望紅渠影裏)詠荷，王茂孫《點絳唇》(折斷煙痕)詠蓮房，趙聞禮《水龍吟》(幾年埋玉藍田)、王沂孫《慶宮春》(明玉擎金)詠水仙，樓扶《水龍吟》(素娥洗盡繁妝)詠梨花，均以擬人手法爲主，寄寓人世情懷。此外亦有以用典爲主者，如姜夔《疏影》、吳文英《高陽臺》(宮粉雕痕)，前者融貫趙師雄遇梅花仙子、昭君思歸、梅花妝、金屋藏嬌、笛曲《梅花落》等典故，寄寓漂泊幽居、遠別思歸、年華飄零等幽怨之情；後者化用葬玉埋香、鎖骨菩薩、梅花妝、玉髓補瘢、倩女離魂、江妃解佩等典故，寄托悽怨悲悼情懷。

托物寓情類詠物詞作，人之情懷隱於言外。觸物生情類詠物詞則不然，詞筆直抒詞人因物象而觸發的撫今追昔、感慨世事、相思懷人等情愫。如姜夔《暗香》(舊時月色)，乃因幾縷寒梅冷香飄入瑤席而追憶月夜梅邊吹笛、喚起玉人摘梅、攜手西湖賞梅等往事，感慨而今年華漸老，雪夜把酒對紅梅，相思相念，音書難通，相見無期。此類詠物詞對物象之描繪或詳或略，均爲詞情作鋪墊襯托，筆調旨趣歸於詞人之情懷。其章法大多上片以物象描繪爲主，下片轉以追憶懷想悵歎等情懷抒寫爲主。如：

  猶記攜手芳陰，一枝斜戴，嬌豔波雙秀。小語輕憐花總見，爭得似花長久。(張鎡《念奴嬌》"綠雲影裏")

  維舟試望故國。渺天北。可惜柳邊沙外，不共美人游歷。問甚時同賦，三十六陂秋色。(姜夔《惜紅衣》"枕簟邀凉")

  記年時馬上，人酣花醉，樂奏開元舊曲。夜歸來，駕錦漫天，絳紗萬燭。(劉瀾《瑞鶴仙·海棠》"向陽看未足")

  總依黯。念當時、看花游冶，曾錦纜移舟，寶箏隨輦。池苑鎖荒凉，嗟事逐、鴻飛天遠。(李彭老《法曲獻仙音·官圃賦梅繼草窗韻》"雲木槎枒")

  共凄黯。問東風、幾番吹夢，應慣識當年，翠屏金輦。一片古今愁，但廢綠、平烟空遠。無語銷魂，對斜陽、芳草淚滿。又西泠殘笛，低送數聲春怨。(周密《獻仙音·吊雪香亭梅》"松雪飄寒")

  因憶年時，垂釣曾約輕盈。玉人何處，關情是、半捲芳心。簾風一棹，鴛鴦催起歌聲。(鄭斗焕《新荷葉》"乳鴨池塘")

  愁絶。舊遊輕別。忍重看、鎖香金篋。凄涼今夜簟席，杳杳詩魂，真化風蝶。(尹焕《霓裳中序第一》"青鞾粲素靨")

  心下事，誰堪托？憐老大，傷飄泊。把前回離恨，暗中描摸。又趁扁舟低欲去，可憐世事今非昨。(陳策《滿江紅》"倦繡人閒")

這些詞句均見於詞作下片，多以"念"、"記"、"憶"、"問"、"悵"、"嗟"等字眼轉入詞人自述情懷。但也有一些詠物詞，其觸物所生情事并非專歸詞人自身，其章法亦非上片狀物、下片抒情。如史達祖《綺羅香》(做冷欺花)詠春雨、《雙雙燕》(過春社了)詠春燕、《東風第一枝》(巧剪蘭心)詠春雪，上、下片均以描狀物象爲主，僅於結末聯想到物象關涉之情事：因春雨而想到"佳約風流"受阻、"記當日、門掩梨花，剪燈深夜語"，因春燕"忘了天涯芳信"而想到"愁損玉人，日日畫闌獨憑"，因春雪而"料故園、不捲重簾。誤了乍來雙燕"、"鳳鞾挑菜，無需春衫"，此即張炎所謂"一段意思，全在結句"。姜夔《齊天樂》(庾郎先自吟《愁賦》)詠蟋蟀、趙聞禮《賀新郎》(池館收新雨)詠螢，則又非結句寓情，而於上、下片均擬設關聯物象的不同情境："正思婦無眠，起尋機杼。曲曲屏山，夜凉獨自甚情緒"與"笑籬落呼燈，世間兒女"；"漏斷長門空照淚，袖紗寒、映竹無心顧。孤枕掩，殘燈炷"與"夜沉沉、拍手相親，騃兒痴女。闌外撲來羅扇小,誰在風廊笑語? 競戲踏、金釵雙股"。或悲怨,或歡欣,以樂襯悲,抒寫世間愁怨。

觸物生情類詠物詞,重在述情,狀物居次,少數詞作乃至幾無狀物筆墨,可謂別具一格。如孫惟信《燭影搖紅》詠牡丹:

> 一朵鞓紅,寶釵壓鬢東風溜。年時也是牡丹時,相見花邊酒。初試夾紗半袖。與花枝、盈盈鬥秀。對花臨景,爲景牽情,因花感舊。　　題葉無憑,曲溝流水空回首。夢雲不到小山屏,真個歡難偶。別後知他安否。軟紅街、清明還又。絮飛春盡,天遠書沉,日長人瘦。

全詞僅於起筆描狀佳人牡丹簪髮之風姿,其餘筆墨都在"爲景牽情,因花感舊",抒寫相思懷人之情。又如陸叡《瑞鶴仙》(濕雲黏雁影)詠梅,全無梅花形色之描寫,直從陸凱折梅寄友典事落筆,抒發離情別思。

上述詞作分析大略見出《絕妙好詞》在音律、詞章兩端均可應合沈義父、張炎所代表的南宋雅正詞論。其流傳情形亦與沈、張二人詞論著作相類,在成書後的元、明數百年間幾近湮沒無聞,清初朱彝尊、汪森等編選《詞綜》,廣蒐博輯而未獲睹目,誤以爲失傳:"古詞選本,若《家宴集》……及草窗周氏選,皆佚不傳。獨《草堂詩餘》所收最下,最傳,三百年來,學者守爲兔園册,無惑乎詞之不振也。"㉞"獨《草堂詩餘》"云云正道出《絕妙好詞》之沉寂與詞風流變相關。明代詞壇宗尚《花間》《草堂》之"婉孌而近情"、"柔靡而近俗"㉟,格調雅正溫厚之《絕妙好詞》受盡冷落亦在情理中㊱。明末藏書大家毛晉稱《草堂詩餘》"向來豔驚人目,每祕一册,便稱詞林大觀"㊲,而其所藏《絕妙好詞》精抄本亦未能刊行㊳,當屬識時之舉。然明清鼎革,康乾盛世,詞學中興,尚雅尊體。選詞垂範,乃首要之舉,此朱彝尊《詞綜》之所爲作也,如汪森《序》所言:"庶幾一洗《草堂》之陋,而倚聲者知所宗矣。"㊴《絕妙好詞》由隱而顯,亦勢所必然。就在《詞綜》初刊後不幾年,柯煜在錢曾述古堂獲見《絕妙好詞》抄本,假歸,偕從父柯崇樸校訂刊行於康熙二十四年(1685),即小幔亭本,爲現存最早之刻本,爲後世大多通行本之祖本。此後康熙、雍正間屢有翻刻,可考者有康熙三十七年高士奇清吟堂刻本、康熙小瓶廬刻本、雍正三年項綱群玉書堂刻本,朱彝尊有點校本。雍正、乾隆間詞壇浙派盟主厲鶚稱此選爲"詞家之準的"㊵、"心所愛玩,無時離手"㊶,并與查爲仁同作箋注,合成《絕妙好詞箋》,刊行於乾隆十五年(1750)。此後箋本一系盛行,《四庫全書》收錄紀昀家藏本,另有道光八年錢塘徐楙重刻本、同治十一年會稽章氏式訓堂刻本,及至清末,"坊刻盛行,皆箋本也"㊷。詞人學者手校評點本有戴熙手校本、陳澧評點本,姚變有《絕妙好詞校稿》,鄭文焯有《絕妙好詞校錄》。此外,王闓運有《絕妙好詞選》。㊸

簡略梳理《絕妙好詞》之版本流傳,可以見出在浙派之後的近三百年詞壇,此選流行不斷,且漸行漸盛,如陳匪石《聲執》所述:"樊榭作箋,以後翻印者不止一家,幾於家弦戶誦,爲治宋詞者入手之書。風會所趨,直至清末而未已。以二窗爲的者,尤有取焉。"㊹這當歸根于其鮮明的雅正選詞標準與清代詞風主流傾向的合拍,其所選詞作亦具有創作上的典範價值。此乃該詞選對清代詞學中興的深遠影響。其選詞以立宗風之法,則具有詞選史上的開風氣之功,陳匪石先生就曾指出:"以一家之言成總集者,清代爲盛,而周氏實啓之。即謂其選法、做法,皆開有清之風氣,亦無不可。"㊺此外,其南宋詞人、詞作存錄上的價值亦當提及,一些聲名不顯而無詞集傳世的南宋詞人則賴此選存詞一二。以上三點即爲《絕妙好詞》在詞學發展史上的意義所在,亦決定了其在宋代乃至歷代宋詞選本中的重要地位。

(作者單位:復旦大學中文系)

---

① 《絕妙好詞》卷六所錄張炎《甘州·餞草窗西歸》有云"短夢恍然今昔,故國十年心",知作於宋亡後約十年。
② 據朱祖謀校定毛氏汲古閣抄本。按,諸刻本均錄作百三十二家,存詞三百八十三首。朱跋云:"卷二李甝仲鎮姓字,諸刻皆脫去,其《清平樂》'亂雲將雨'一闋遂誤屬李泳。卷七脫簡,趙與仁《好事近》詞後存'浣溪沙'三字。仇遠《生查子》前存'北山南'三字,知爲《玉蝴蝶》之'獨立軟紅'一闋。"
③ 劉義慶《世說新語·捷悟》載曹操見曹娥碑陰題有"黃絹幼婦,外孫齏臼"八字,楊修解曰:"'黃絹',色絲也,於字爲'絕';'幼婦',少女也,於字爲'妙';'外孫',女子也,於字爲'好';'齏臼',受辛也,於字爲'辭'。所謂'絕妙好辭'也。"柯煜《重刻絕妙好詞序》有云"蔡家幼婦之碑,固應無愧","黃絹幼婦"八字傳爲蔡邕所題。
④ 王庭珪《盧溪文集》卷三二,《文淵閣四庫全書》本。
⑤ 周紫芝《太倉稊米集》卷六七,《文淵閣四庫全書》本。
⑥ 周密《浩然齋雅談》卷下數次提及此書,簡稱"絕妙選"、"絕妙詞"。
⑦ 唐圭璋編《詞話叢編》,中華書局,1986年,第266頁。
⑧ 陳振孫《直齋書錄解題》卷二一謂《陽春白雪》"取《草堂詩餘》所遺以及近人之詞"。今本正集八卷,外集一卷,錄詞凡六百七十一首,卷一至卷三多北宋詞,卷四以下絕大多數爲南宋詞。參見葛渭君點校《陽春白雪》,上海古籍出版社,1993年。
⑨ 黃昇《絕妙詞選序》,《中興以來絕妙詞選》卷首,《四部叢刊》本。
⑩ 陳匪石《聲執》卷下,唐圭璋編《詞話叢編》,第4957頁。
⑪ 柯崇樸《重刻絕妙好詞序》稱其"雅淡高潔,絕去淫哇塵腐之音"。見張麗娟校點本《絕妙好詞》卷首,遼寧教育出版社,2001年。
⑫ 周密《絕妙好詞》卷七錄己作二十二首均不見於其此前所自定詞集《蘋洲漁笛譜》,蓋爲自存詞作,而非自選佳作。又,卷四所選施岳詞十一首,今本殘缺六首。
⑬ 參見張炎《詞源》、沈義父《樂府指迷》,唐圭璋編《詞話叢編》本。
⑭ 同上。
⑮ 朱菊如等《齊東野語校注》,華東師範大學出版社,1987年,第361頁。
⑯ 周密《木蘭花慢》詞序,唐圭璋編《全宋詞》,中華書局,1965年,第3264頁。

⑰ 陸文圭《詞源跋》謂張炎自稱"得聲律之學於守齋楊公、南溪徐公"。《詞源》附錄,唐圭璋編《詞話叢編》,第 269 頁。
⑱ 戈載《宋七家詞選》卷五,光緒十一年(1885)重刊本。
⑲ 《絶妙好詞》卷七録有王沂孫《踏莎行·題草窗詞卷》云:"白石飛仙,紫霞淒調。斷歌人聽知音少。"朱存理編《珊瑚木難》卷五載"弁陽老人自銘"有云:"間作長短句,或謂似陳去非、姜堯章。"《適園叢書》本。
⑳ 戈載稱周密詞于律無不諧,惟用韻有疏忽處,如其詠西湖十景之《木蘭花慢》十闋"洵爲佳構","惜有四首混韻者"(《宋七家詞選》卷五)。
㉑ 張炎《詞源》卷下,唐圭璋編《詞話叢編》,第 265 頁。
㉒ 沈義父《樂府指迷》,唐圭璋編《詞話叢編》,第 280 頁。
㉓ 張炎《詞源》卷下,唐圭璋編《詞話叢編》,第 267、256 頁。
㉔ 沈義父《樂府指迷》,唐圭璋編《詞話叢編》,第 281 頁。
㉕ 張炎《詞源》卷下,唐圭璋編《詞話叢編》,第 255 頁。
㉖ 同上書,第 256 頁。
㉗ 同上。按,張樞此詞"西湖上、多少歌吹"一句,其餘六詞皆作六字句。《詞律》謂張樞此句"多填一字,他家俱無此體,必係傳訛"。
㉘ 唐圭璋編《詞話叢編》,第 283 頁。
㉙ 張炎《詞源》卷下,唐圭璋編《詞話叢編》,第 256 頁。
㉚ 清人程湘衡、今人錢鍾書先生均謂李商隱《錦瑟》爲自題詩集之作(參見錢鍾書《談藝録》,中華書局,1993 年,第 433—438 頁),張炎或早有此見。
㉛ 張炎《詞源》卷下"節序"。唐圭璋編《詞話叢編》,第 263 頁。
㉜ 唐圭璋編《詞話叢編》,第 2502 頁。
㉝ 張麗娟校點《絶妙好詞》卷首,遼寧教育出版社,2001 年。
㉞ 朱彝尊《詞綜·發凡》,中華書局,1975 年影印康熙三十年裘抒樓刊本。柯崇樸《重刻絶妙好詞序》:"往余與朱檢討竹垞有《詞綜》之選,撫拾散逸,采掇備至。所不得見者數種,周草窗《絶妙好詞》其一也。"見張麗娟校點本《絶妙好詞》卷首,遼寧教育出版社,2001 年。
㉟ 王世貞《藝苑卮言》,唐圭璋編《詞話叢編》,第 385 頁。
㊱ 朱彝尊《曝書亭集》卷四三《書絶妙好詞後》謂此選"方諸《草堂》所録,雅俗殊分,顧流布者少"。《四部叢刊》本。
㊲ 毛晋《竹齋詩餘跋》,見《宋六十名家詞》,上海古籍出版社,1989 年影印本。
㊳ 毛晋所藏精抄本,爲現存祖本之一,朱祖謀曾從顧鶴逸假録一過,擬續刊《彊邨叢書》而未果,跋云:"己未歲尾,鶴逸先生出示所藏精抄本,有毛氏子晋、斧季諸印。"見葛渭君校點本《絶妙好詞》卷末,《唐宋人選唐宋詞》,上海古籍出版社,2004 年。
㊴ 朱彝尊《詞綜》卷首,中華書局,1975 年影印康熙三十年裘抒樓刊本。
㊵ 厲鶚《絶妙好詞箋序》,《樊榭山房集》卷四,《四部叢刊》本。
㊶ 厲鶚《跋元鳳林書院草堂詩餘》,《精選名儒草堂詩餘》卷尾,清嘉慶四至十六年桐川顧氏刻《讀畫齋叢書》本。
㊷ 鄭文焯《絶妙好詞校録》,遼寧教育出版社,2001 年,第 7 頁。
㊸ 《絶妙好詞》版本,參見饒宗頤《詞集考》(唐五代宋金元編),中華書局,1992 年,第 357—359 頁。
㊹ 陳匪石《聲執》卷下,唐圭璋編《詞話叢編》,第 4958 頁。
㊺ 同上。

# 北宋禁軍兵力分佈研究

## ——以神宗朝爲中心

尤東進

## 序　言

　　北宋神宗朝是個變革激烈的時期，其間實施了歷史上有名的、由宋神宗和王安石主持的熙豐變法。熙豐變法涉及政治、經濟、軍事、文化等諸多方面，某種意義上可以說是一場全面性的改革。它是北宋政治史上一件影響極其深遠的改革，不僅對神宗朝的影響巨大，同時亦強烈地左右了哲宗、徽宗、欽宗以及南宋的政爭與政局；它開啓了新黨與舊黨之間的黨爭。

　　熙豐變法在軍政方面實施了許多舉措，舉其大者，即爲保甲法、保馬法、將兵法等；其中對禁軍影響巨大的是將兵法。衆所周知，北宋的兵制大體經歷了"自禁兵立而廂兵廢，自將兵立而禁兵廢"①兩個階段，神宗時期將兵法的實施開啓了北宋兵制改革的第二階段。其時，禁軍的編制發生了變化，南宋人云"自熙寧後置將官，而禁軍又係將、不係將之別，則禁軍亦分爲二矣"②，"諸州郡隸將兵、用虎符調發者，樞密院之兵，不隸於將兵者，州郡之兵也"③。可見，將兵法實施後，禁軍即分爲係將禁軍與不係將禁軍，不係將禁軍地位下降，淪落爲州郡之兵，不是常規作戰部隊。關於將兵在北宋全國的分佈情況，王曾瑜、李昌憲、李華瑞等人進行了有益的研究。王曾瑜先生在《宋朝兵制初探》一書中討論了將兵在北宋各路的分佈情況，指出其總數應不少於一百三十四將。李昌憲先生撰文糾正了王曾瑜先生之東南地區只設單將，四川地區不設將兵等錯誤論斷，并進一步考證了各將兵的駐地，估計全國共有一百七十將，且指出其布防重點在陝西④。王曾瑜先生在《宋朝兵制初探》的增訂本《宋朝軍制初探》中參考了李昌憲先生的上述研究成果，對此部分進行了增補和修訂⑤。李華瑞先生則探討了將兵在陝西地區的分佈情況⑥。以上研究都是北宋神宗實施將兵法之後的通時性考察，沒有進行具體的斷代，所以關於神宗朝的將兵分佈還有探討的餘地。再者，根據新近出版的新史料《俄藏黑水城文獻》第6册之《宋西北邊境軍政文書》⑦，可以修正或補充李昌憲、李華瑞等人的一些論點，如關於鄜延路第七將的駐地，李昌憲先生考證出哲宗紹聖三年(1096)其駐地爲延州之金明寨,而據上述文書,可知徽宗宣和七年(1125)第七將駐地或爲保安軍之金湯城⑧。

前人對神宗朝的禁軍兵力分布問題有所涉及。如上所述,中方學者主要就將兵在北宋的分布做了有益的探討,部分涉及神宗朝的情況。日方學者則探討了神宗朝禁軍兵力的分布問題,代表性的人物有齋藤忠和和久保田和男。齋藤忠和先生考察了神宗熙寧初的禁軍分布情況,久保田和男則分別研究了神宗熙寧、元豐年間禁軍兵力的分布情況。但必須指出的是,禁軍兵力分布問題與將兵分布問題不是同一問題,兩者之間既有重疊之處,也有不同之處。因爲將兵法實施後禁軍即分爲係將禁軍與不係將禁軍,即不是所有的禁軍都是將兵;同時不是所有的將兵都是禁軍,因爲在西北地區存在著不少蕃兵將,直接將蕃兵編制組成將。因此可以説禁軍兵力的分布問題與將兵的分布問題既有關聯,但又存在巨大差異。

齋藤忠和《北宋熙寧初に於ける禁軍の配置》一文首次研究了北宋神宗時期的禁軍兵力分布⑨。其主要依據《宋史·兵志二》之"熙寧以後之制"中各禁軍的駐地,研究了熙豐變法之前禁軍在全國的分布情況,繪製了相關表格,并將其明了地展示在地圖上。在此基礎上,對北宋禁軍兵力分布的特點作了一些分析,指出:北宋爲了防禦遼、西夏和拱衛京師,其重點布防地區爲河北、河東、陝西和京師,以上地區駐扎的禁軍約占全國的70%。但議論就此戛然而止,沒有進一步深入,亦可謂泛泛而陳、老生常談。同時,著者的宋代歷史地理知識稍顯欠缺,訛誤不在少數。如古今南京不分,將宋江南東路之"江寧府"記爲"南京",而宋之南京爲應天府,今河南商丘;將南京應天府之"穀熟縣"錯記爲"穀熟城";將西京河南府之交通樞紐、軍事重地"白波"記爲"白波縣",實無此縣,而只是"鎮";將京西滑州之"胙城縣"筆誤爲"昨城縣";將江南西路之"建昌軍"誤記爲"建昌縣";將陝西之"永興軍"與荆湖南路郴州之"永興縣"混爲一談,故將"永興軍"錯系於荆湖南路,"永興軍"乃陝西之"京兆府",今陝西西安。錯訛之多,不一而足。

久保田和男先生將神宗朝分爲"熙寧年間"、"元豐年間"兩個時期,繪製了禁軍兵力分布的表格,使我們可以了解到神宗時期禁軍數量以及各路駐軍的變化⑩。其只簡單地統計到路一級,沒有具體到州,甚至個別縣、鎮。同時一如作者所指出的那樣,其對史料不詳的軍額進行了推算,約占總額的10%,然具體是哪些軍額,并沒有明示。此外,由於關注問題的焦點不同,久保田和男先生并沒有對禁軍兵力分布作進一步分析,比如概括出北宋禁軍兵力分布的特點、規律以及各時期的變化,甚爲遺憾。

以上關於神宗朝禁軍兵力分布的研究都或多或少地存在問題。首先,如前所述,它們在史料的使用與考訂方面有失謹慎,同時由於宋代歷史地理知識的缺乏,在地名方面存在不少訛誤。第二,正如拙稿所述,由於對宋代路制以及地方統兵體制的不了解或誤解,它們在北宋全境的地域劃分上存在不少問題⑪,神宗朝之全國地域劃分,容下文詳述。第三,以上均繪製了神宗朝的禁軍分布表格,且在地圖上進行了展示,但對禁軍兵力分布的剖析闕如或略有涉及、一筆帶過;更沒有分析熙豐變法在軍政方面的改革對禁軍兵力分布的影響等。

鑒於禁軍兵力分布問題的重要性以及以上諸研究存在的不足,筆者不揣譾陋,對此一問題再作若干探討,以期加深對神宗朝政治、軍事的了解,更具體地體會熙豐變法的背景與成效等,并進一步探尋北宋末年的軍政制度與其政策。

一

正如前文所述,研究神宗時期的禁軍兵力分布情況,就必須首先明確其時全國地域的劃分情況。鑒於宋代路級高層政區的複雜性以及安撫使制度在軍政上的重要性,故本文在北宋全境的地域劃分上仍以帥司路爲准。基於現存史料的實際情況以及時間坐標上的重要性,本文選取神宗朝熙寧初和元豐末這兩個時間斷面,以便探討其時的禁軍兵力分布情況。因而,下文以熙寧初、元豐末這兩個時間點爲基點,討論北宋全境的帥司路。

齋藤忠和在上述一文中將神宗熙寧初年北宋之全境劃分爲河北路、河東路、陝西路、京東路、京畿路、京西路、成都府路、梓州路、荆湖路北路[12]、荆湖南路、淮南路、江南路東路、江南路西路[13]、兩浙路、福建路、廣南路。齋藤先生在文中并沒有説明此地域劃分的依據,其既不是熙寧初的轉運司路之制,也不是帥司路之制。根據李昌憲師的研究,北宋神宗熙寧初的帥司路的設置與仁宗末年的情形完全一致,爲 27 路之制,即京東東路、京東西路、京西南路、京西北路、大名府路、高陽關路、真定府路、定州路、河東路、永興軍路、鄜延路、環慶路、秦鳳路、涇原路、淮南東路、淮南西路、江南東路、江南西路、荆湖南路、荆湖北路、兩浙東路、兩浙西路、福建路、西川路、峽路、廣南東路、廣南西路。迨至元豐末年,由於北宋政府采取積極的開邊政策,收復河湟,西北地區的疆域有所拓展,因而設置了新的帥司路——熙河路。據《長編》卷二三九,熙寧五年(1072)十月戊戌設置熙河路馬步路都總管、經略安撫使,該帥司路正式成立。元豐末年,熙河路實領熙州[14]、河州[15]、通遠軍[16]、岷州[17]、蘭州[18]五州軍。

從轄境上來看,神宗時期的帥、漕兩司路在東南地區是完全吻合的,在京西、京東地區則存在些微的差別[19]。但在沿邊西北三路及川峽地區,一如仁宗朝,帥、漕兩司路的轄境極不一致。其與仁宗朝相比較,最大的變化是,在轉運司路秦鳳路的轄境內,增置了帥司路熙河路。熙河路的治所爲熙州,元豐末年其轄境承上文所考,領熙、河、岷、蘭四州,通遠一軍。

下面接著討論京師開封府及其附近地區的情況。齋藤一文中將其稱之爲"京畿路",然通觀神宗朝,自始至終都沒有將開封府界改稱爲"京畿路"。故本文在熙寧初和元豐末仍舊將該地區稱之爲開封府界。神宗時,開封府界的轄區屢有變動。"熙寧五年,廢滑州,以白馬、韋城、胙城三縣隸府;又廢鄭州,以管城、新鄭二縣隸府;仍省原武縣爲鎮,入陽武;滎陽、滎澤二縣爲鎮,入管城"[20]。此時,開封府界轄區最廣,領二十二縣。元豐四年,復置滑州,上述白馬、韋城、胙城三縣割出。元豐八年,復置鄭州。第二年(元祐元年)盡復所轄存廢五縣。至是,府界復領十七縣如故。就熙寧初、元豐末兩時間基點而言,開封府界仍如仁宗末年一樣轄開封、祥符等十七縣。

## 二

現主要依據《宋史》卷一八九《兵志二》之"熙寧以後之制"[21]中各禁軍軍額下所載的駐地,并參考了《長編》《宋會要輯稿》等典籍,以神宗朝之熙寧初與元豐末爲時間基點,繪製了神宗一朝的禁軍兵力分布表。

**表一:北宋神宗熙寧初禁軍兵力分布表**

| 開封府界及各帥司路 | 所轄州縣 | 殿前司 | | 侍衛馬軍司 | 侍衛步軍司 | 所轄州縣指揮數 | 開封府界及各帥司路總指揮數 |
| --- | --- | --- | --- | --- | --- | --- | --- |
| | | 馬軍 | 步軍 | | | | |
| 開封府界 | 京師開封府 | 捧日 33<br>歸明渤海 2<br>拱聖 21<br>吐渾小底 2<br>驍騎 22<br>驍勝 10<br>寧朔 3<br>龍猛 8<br>飛猛 1 | 天武 33<br>神勇 21<br>廣勇 5<br>龍騎 4 | 龍衛 38<br>雲騎 11<br>武騎 6 | 神衛 31<br>虎翼 91<br>奉節 5<br>雄武 13 | 馬軍 157<br>步軍 203<br>共 360 | 馬 216<br>步 352<br>共 568 |
| | 尉氏縣 | 寧朔 3<br>步鬥 1 | 廣德[22] 1<br>廣捷 3<br>龍騎 2 | 龍衛 1<br>驍捷 1<br>雲捷 2<br>武騎 3<br>歸明神武 1 | 雄武 2<br>橋道 1<br>效忠 2 | 馬軍 12<br>步軍 11<br>共 23 | |
| | 陳留縣 | 驍雄 2 | 廣勇 22<br>廣捷 8<br>雄威[23] 1<br>神射 3 | 雲騎 1<br>武騎 1 | 飛虎 2<br>忠節 2<br>神威 3<br>橋道 1<br>效忠 3 | 馬軍 4<br>步軍 45<br>共 49 | |
| | 雍丘縣 | 捧日 1<br>寧朔 1<br>神騎 13 | 廣捷 4<br>龍騎 2<br>神射 2 | 龍衛 1<br>橫塞 1<br>武騎 6<br>飛捷 4 | 雄武 1<br>懷勇 2<br>歸聖 1<br>忠節 3<br>神威 1 | 馬軍 27<br>步軍 16<br>共 43 | |

（續表）

| 開封府界及各帥司路 | 所轄州縣 | 殿前司 | | 侍衛馬軍司 | 侍衛步軍司 | 所轄州縣指揮數 | 開封府界及各帥司路總指揮數 |
|---|---|---|---|---|---|---|---|
| | | 馬軍 | 步軍 | | | | |
| 開封府界 | 陽武縣 | | 廣德1<br>廣勇1 | | 忠節1<br>橋道2 | 步軍5<br>共5 | 馬216<br>步352<br>共568 |
| | 東明縣 | | 廣勇2 | | 虎翼1<br>雄武1<br>忠節2<br>橋道1 | 步軍7<br>共7 | |
| | 襄邑縣 | | 廣勇1<br>廣捷3<br>雄威1<br>宣威1 | 橫塞1 | 虎翼1<br>雄武1<br>效順1<br>揀中雄勇1<br>勇捷2<br>忠節3<br>威猛4<br>橋道2<br>效忠2 | 馬軍1<br>步軍23<br>共24 | |
| | 扶溝縣 | | 廣捷2 | | | 步軍2<br>共2 | |
| | 考城縣 | | 雄威1 | 橫塞1<br>武騎1 | 神威1 | 馬軍2<br>步軍2<br>共4 | |
| | 太康縣 | 步鬥1 | 廣勇2<br>廣捷2 | | 雄武2<br>忠節1<br>橋道1<br>效忠2 | 馬軍1<br>步軍10<br>共11 | |
| | 咸平縣 | 契丹直1<br>神騎5<br>驍雄2 | 天武1<br>雄勇3<br>廣德1<br>廣勇2<br>廣捷6<br>宣威1<br>龍騎2 | 雲捷2<br>橫塞1<br>武騎1 | 雄武1<br>飛虎1<br>勇捷1<br>平塞弩手1<br>忠節2<br>神威1<br>威猛2<br>橋道2<br>效忠1 | 馬軍12<br>步軍28<br>共40 | |

（續表）

| 開封府界及各帥司路 | 所轄州縣 | 殿前司 | | 侍衛馬軍司 | 侍衛步軍司 | 所轄州縣指揮數 | 開封府界及各帥司路總指揮數 |
|---|---|---|---|---|---|---|---|
| | | 馬軍 | 步軍 | | | | |
| 京東東路 | 青州 | | | | 武衛5<br>宣毅1 | 步軍6<br>共6 | 步軍38<br>共38 |
| | 淄州 | | | | 武衛4<br>宣毅1 | 步軍5<br>共5 | |
| | 濰州 | | | | 武衛2<br>宣毅1 | 步軍3<br>共3 | |
| | 萊州 | | | | 武衛2<br>宣毅1 | 步軍3<br>共3 | |
| | 登州 | | | | 武衛2<br>澄海弩手2<br>宣毅1<br>平海2 | 步軍7<br>共7 | |
| | 密州 | | | | 武衛3<br>宣毅1 | 步軍4<br>共4 | |
| | 沂州 | | | | 武衛2<br>宣毅1 | 步軍3<br>共3 | |
| | 徐州 | | | | 武衛2<br>宣毅2 | 步軍4<br>共4 | |
| | 淮陽軍 | | | | 武衛2<br>宣毅1 | 步軍3<br>共3 | |
| 京東西路 | 鄆州 | 雄勇2<br>廣勇1 | | | 武衛2<br>威武1<br>橋道1<br>清塞1<br>宣毅2 | 步軍10<br>共10 | 馬2<br>步100<br>共102 |
| | 南京應天府 | | 廣勇2<br>廣捷5（駐寧陵2、穀熟1）<br>雄威4<br>龍騎1 | 橫塞1（駐寧陵）<br>雲騎1 | 武衛4<br>雄武5（駐寧陵2、穀熟1）<br>川效忠7（駐寧陵1） | | |

(續表)

| 開封府界及各帥司路 | 所轄州縣 | 殿前司 | | 侍衛馬軍司 | 侍衛步軍司 | 所轄州縣指揮數 | 開封府界及各帥司路總指揮數 |
|---|---|---|---|---|---|---|---|
| | | 馬軍 | 步軍 | | | | |
| 京東西路 | | | | | 揀中懷愛 1（駐寧陵）<br>勇捷 2（駐寧陵 1）<br>忠節 8（駐寧陵 3）<br>橋道 1（駐寧陵）<br>來化 1（駐寧陵）<br>效忠 1（駐寧陵）<br>宣毅 2 | 馬軍 2<br>步軍 44<br>共 46 | 馬 2<br>步 100<br>共 102 |
| | 兗州 | | | | 武衛 2<br>宣毅 1 | 步軍 3<br>共 3 | |
| | 齊州 | | | | 武衛 3<br>宣毅 2 | 步軍 5<br>共 5 | |
| | 濮州 | | | | 武衛 2<br>威武 1<br>橋道 1<br>宣毅 1 | 步軍 5<br>共 5 | |
| | 曹州 | | 廣捷 1 | | 武衛 2<br>雄武 1<br>勇捷 2<br>威武 2<br>清塞 2<br>效忠 2<br>宣毅 2 | 步軍 14<br>共 14 | |
| | 濟州 | | | | 武衛 2<br>雄勝 1<br>宣毅 1 | 步軍 4<br>共 4 | |
| | 單州 | | 龍騎 1 | | 虎翼 1<br>武衛 2<br>效忠 1<br>宣毅 1 | 步軍 6<br>共 6 | |

（續表）

| 開封府界及各帥司路 | 所轄州縣 | 殿前司 | | 侍衛馬軍司 | 侍衛步軍司 | 所轄州縣指揮數 | 開封府界及各帥司路總指揮數 |
| --- | --- | --- | --- | --- | --- | --- | --- |
| | | 馬軍 | 步軍 | | | | |
| 京東西路 | 廣濟軍 | | 廣捷1 | | 武衛1<br>雄武1<br>新立弩手2<br>忠節1<br>神威1<br>效忠1<br>宣毅1 | 步軍9<br>共9 | 馬2<br>步100<br>共102 |
| 京西北路 | 潁昌府 | 契丹直1<br>清朔1<br>擒戎2 | 雄勇1<br>廣捷3 | | 虎翼2（駐長葛）<br>雄武2（駐長葛1）<br>威寧1<br>勇捷1（駐長葛）<br>忠節6（駐長葛1、臨潁合流鎮4）<br>神威2<br>歸遠1<br>威猛4（駐長葛2）<br>清塞2（駐長葛）<br>壯勇1<br>效忠3（駐臨潁合流鎮2）<br>宣毅1 | 馬軍4<br>步軍30<br>共34 | 馬29<br>步130<br>共159 |
| | 西京河南府 | 清朔2<br>擒戎2 | 廣德5（駐鞏縣1、白波1）<br>龍騎1（駐白波） | 雲騎2（駐鞏縣）<br>雲捷2<br>武騎2 | 順聖1（駐鞏縣）<br>勇捷2（駐鞏縣1）<br>威武2（駐鞏縣1）<br>平塞弩手1（駐白波） | | |

（續表）

| 開封府界及各帥司路 | 所轄州縣 | 殿前司 | | 侍衛馬軍司 | 侍衛步軍司 | 所轄州縣指揮數 | 開封府界及各帥司路總指揮數 |
|---|---|---|---|---|---|---|---|
| | | 馬軍 | 步軍 | | | | |
| 京西北路 | | | | | 神威3（駐鞏縣2、白波1）橋道3（駐鞏縣1、白波1）清塞2（駐鞏縣1、白波1）效忠1（駐白波）宣毅1 | 馬軍10 步軍22 共32 | 馬29 步130 共159 |
| | 陳州 | | 廣捷5 雄威3 龍騎1 | 驍捷1 | 步武6 懷勇1 勇捷2 歸遠1 宣毅1 | 馬軍1 步軍20 共21 | |
| | 鄭州 | 捧日1 | 雄勇1 龍騎2 廣捷1 | 武騎1 | 雄武2 威武1 清塞1 效忠1 宣毅1 | 馬軍2 步軍10 共12 | |
| | 滑州 | 寧朔1 | 雄勇1 廣勇5（駐胙城2）廣捷1 | | 勇捷1（駐韋城）威武1 清塞1 壯勇2 宣毅1 | 馬軍1 步軍13 共14 | |
| | 孟州 | 寧朔2（駐河陽1、河陰1） | 廣德1（駐河陽）廣捷2（駐河陽）龍騎1（駐河陽） | 龍衛2（駐河陽） | 勇捷1（駐河陰）威武2（駐河陽1、河陰1）靜戎弩手1（駐河陽） | | |

（續表）

| 開封府界及各帥司路 | 所轄州縣 | 殿前司 | | 侍衛馬軍司 | 侍衛步軍司 | 所轄州縣指揮數 | 開封府界及各帥司路總指揮數 |
|---|---|---|---|---|---|---|---|
| | | 馬軍 | 步軍 | | | | |
| 京西北路 | | | | | 平塞弩手1（駐河陰）<br>忠節2（駐河陰）<br>神威1（駐河陽）<br>橋道2（駐河陽1、河陰1）<br>清塞2（駐河陰1、氾水1）<br>效忠3（駐河陽2、河陰1）<br>宣毅1（駐河陽） | 馬軍4<br>步軍20<br>共24 | 馬29<br>步130<br>共159 |
| | 蔡州 | 步鬥4 | 廣捷1<br>龍騎1 | | 宣毅1 | 馬軍4<br>步軍3<br>共7 | |
| | 汝州 | 清朔1<br>擒戎1 | 廣捷2（駐襄城1、葉縣1） | 雲捷1 | 雄武2<br>勇捷2<br>宣毅1 | 馬軍3<br>步軍7<br>共10 | |
| | 潁州 | | 廣捷2<br>龍騎1 | | 宣毅1 | 步軍4<br>共4 | |
| | 信陽軍 | | | | 宣毅1 | 步軍1<br>共1 | |
| 京西南路 | 鄧州 | | 廣捷1 | | 歸遠1<br>宣毅2 | 步軍4<br>共4 | 步軍7<br>共7 |
| | 襄州 | | | | 歸遠1<br>宣毅1 | 步軍2<br>共2 | |
| | 隨州 | | | | 宣毅1 | 步軍1<br>共1 | |

（續表）

| 開封府界及各帥司路 | 所轄州縣 | 殿前司 | | 侍衛馬軍司 | 侍衛步軍司 | 所轄州縣指揮數 | 開封府界及各帥司路總指揮數 |
|---|---|---|---|---|---|---|---|
| | | 馬軍 | 步軍 | | | | |
| 大名府路 | 北京大名府 | | | 驍武7<br>雲捷2 | 武衛1<br>勇捷2<br>振武1 | 馬軍9<br>步軍4<br>共13 | 馬軍17<br>步軍34<br>共51 |
| | 澶州 | | | 龍衛2<br>雲捷2 | 武衛1<br>勇捷2<br>威武1<br>靜戎弩手1<br>振武1<br>效忠1 | 馬軍4<br>步軍7<br>共11 | |
| | 懷州 | | | 驍武1<br>雲捷1 | 武衛1<br>振武1 | 馬軍2<br>步軍2<br>共4 | |
| | 衛州 | | | 橫塞2 | 靜戎弩手1<br>振武1<br>效忠1 | 馬軍2<br>步軍3<br>共5 | |
| | 德州 | | | | 武衛1<br>宣毅1 | 步軍2<br>共2 | |
| | 博州 | | | | 武衛2<br>振武2<br>宣毅1 | 步軍5<br>共5 | |
| | 濱州 | | | | 振武1<br>宣毅1 | 步軍2<br>共2 | |
| | 棣州 | | | | 武衛1<br>振武1<br>宣毅1 | 步軍3<br>共3 | |
| | 通利軍 | | | | 武衛1<br>威武1<br>靜戎弩手1<br>振武1<br>清塞1<br>宣毅1 | 步軍6<br>共6 | |

（續表）

| 開封府界及各帥司路 | 所轄州縣 | 殿前司 | | 侍衛馬軍司 | 侍衛步軍司 | 所轄州縣指揮數 | 開封府界及各帥司路總指揮數 |
|---|---|---|---|---|---|---|---|
| | | 馬軍 | 步軍 | | | | |
| 高陽關路 | 瀛州 | | | 雲翼3<br>騎捷3 | 武衛2<br>振武2 | 馬軍6<br>步軍4<br>共10 | 馬軍56<br>步軍30<br>共86 |
| | 莫州 | | | 驍銳3<br>雲翼1<br>騎捷2 | 振武1 | 馬軍6<br>步軍1<br>共7 | |
| | 雄州 | | | 雲翼3 | | 馬軍3<br>共3 | |
| | 霸州 | | | 雲翼1 | 懷順1<br>振武1<br>招收3 | 馬軍1<br>步軍5<br>共6 | |
| | 恩州 | | | 驍捷14 | 振武2<br>宣毅1 | 馬軍14<br>步軍3<br>共17 | |
| | 冀州 | | | 驍捷10<br>驍銳1<br>雲翼6<br>萬捷2 | 雄勝1 | 馬軍19<br>步軍1<br>共20 | |
| | 滄州 | | | 雲翼2<br>萬捷1 | 武衛3<br>振武3 | 馬軍3<br>步軍6<br>共9 | |
| | 永静軍 | | | 雲翼2 | 振武2<br>宣毅1 | 馬軍2<br>步軍3<br>共5 | |
| | 乾寧軍 | | | | 武衛1<br>振武2<br>宣毅1 | 步軍4<br>共4 | |
| | 保定軍 | | | 雲翼2 | | 馬軍2<br>共2 | |
| | 信安軍 | | | | 招收3 | 步軍3<br>共3 | |

(續表)

| 開封府界及各帥司路 | 所轄州縣 | 殿前司 ||  侍衛馬軍司 | 侍衛步軍司 | 所轄州縣指揮數 | 開封府界及各帥司路總指揮數 |
|---|---|---|---|---|---|---|---|
| | | 馬軍 | 步軍 | | | | |
| 真定府路 | 鎮州真定府 | | | 驍武3<br>雲翼3 | 武衛4<br>振武2<br>宣毅1 | 馬軍6<br>步軍7<br>共13 | 馬軍22<br>步軍24<br>共46 |
| | 邢州 | | | 驍武1<br>雲翼1 | 武衛1<br>振武2<br>宣毅1 | 馬軍2<br>步軍4<br>共6 | |
| | 洺州 | | | 驍武1 | 武衛1<br>振武1<br>宣毅1 | 馬軍1<br>步軍3<br>共4 | |
| | 相州 | | | 驍武1<br>龍子5<br>萬捷2 | 武衛1<br>振武1 | 馬軍8<br>步軍2<br>共10 | |
| | 趙州 | | | 雲翼3<br>萬捷2 | 武衛1<br>振武1 | 馬軍5<br>步軍2<br>共7 | |
| | 磁州 | | | | 振武4<br>效忠1<br>宣毅1 | 步軍6<br>共6 | |
| 定州路 | 定州 | | | 忠猛1<br>散員1<br>驍武6<br>雲翼6<br>龍子2<br>無敵2<br>威邊1 | 振武2<br>招收4（駐軍城砦2）<br>宣毅1 | 馬軍19<br>步軍7<br>共26 | 馬軍48<br>步軍25<br>共73 |
| | 保州 | | | 雲翼5<br>威邊1 | 振武2<br>招收4 | 馬軍6<br>步軍6<br>共12 | |
| | 深州 | | | 雲翼3 | 振武2<br>宣毅1 | 馬軍3<br>步軍3<br>共6 | |
| | 祁州 | | | | 武衛1<br>振武1<br>宣毅1 | 步軍3<br>共3 | |

(續表)

| 開封府界及各帥司路 | 所轄州縣 | 殿前司 | | 侍衛馬軍司 | 侍衛步軍司 | 所轄州縣指揮數 | 開封府界及各帥司路總指揮數 |
|---|---|---|---|---|---|---|---|
| | | 馬軍 | 步軍 | | | | |
| 定州路 | 北平軍 | | | 雲翼2<br>無敵2 | | 馬軍4<br>共4 | 馬軍48<br>步軍25<br>共73 |
| | 安肅軍 | | | 雲翼4<br>無敵1 | 振武1<br>招收1 | 馬軍5<br>步軍2<br>共7 | |
| | 廣信軍 | | | 雲翼4<br>無敵1<br>忠銳1 | 招收1 | 馬軍6<br>步軍1<br>共7 | |
| | 順安軍 | | | 雲翼2 | 招收1 | 馬軍2<br>步軍1<br>共3 | |
| | 永寧軍 | | | 雲翼3 | 振武1<br>宣毅1 | 馬軍3<br>步軍2<br>共5 | |
| 河東路 | 太原府 | 吐渾直2<br>安慶直1<br>三部落1 | | 廣銳3<br>有馬勁勇2<br>驍駿1<br>克戎1<br>并州騎射1 | 神銳㉒6<br>神虎1<br>清邊弩手9<br>宣毅6 | 馬軍12<br>步軍22<br>共34 | 馬56<br>步105<br>共161 |
| | 代州 | | | 廣銳3<br>有馬勁勇1 | 神銳1<br>清邊弩手2<br>宣毅3 | 馬軍4<br>步軍6<br>共10 | |
| | 忻州 | | | 廣銳3 | 神銳1<br>神虎2<br>宣毅2 | 馬軍3<br>步軍5<br>共8 | |
| | 汾州 | | | 廣銳5 | 神銳2<br>清邊弩手1<br>宣毅6 | 馬軍5<br>步軍9<br>共14 | |
| | 遼州 | | | | 神銳1<br>宣毅2 | 步軍3<br>共3 | |
| | 憲州 | | | 廣銳1 | 清邊弩手1<br>宣毅1 | 馬軍1<br>步軍2<br>共3 | |

（續表）

| 開封府界及各帥司路 | 所轄州縣 | 殿前司 | | 侍衛馬軍司 | 侍衛步軍司 | 所轄州縣指揮數 | 開封府界及各帥司路總指揮數 |
|---|---|---|---|---|---|---|---|
| | | 馬軍 | 步軍 | | | | |
| 河東路 | 平定軍 | | | 廣銳1 | 神銳2<br>宣毅2 | 馬軍1<br>步軍4<br>共5 | 馬56<br>步105<br>共161 |
| | 岢嵐軍 | | | 廣銳2 | 宣毅床子弩炮手1 | 馬軍2<br>步軍1<br>共3 | |
| | 寧化軍 | | | 廣銳1 | 宣毅1 | 馬軍1<br>步軍1<br>共2 | |
| | 火山軍 | | | 廣銳1 | | 馬軍1<br>共1 | |
| | 潞州 | 吐渾直1<br>安慶直3 | | 克勝2<br>廣銳1 | 神銳3<br>神虎3<br>清邊弩手2<br>宣毅2 | 馬軍7<br>步軍10<br>共17 | |
| | 澤州 | | | 廣銳1 | 神銳2<br>宣毅3 | 馬軍1<br>步軍5<br>共6 | |
| | 晉州 | | | 廣銳1<br>武清1 | 神銳3<br>神虎2<br>保捷2<br>清邊弩手2<br>宣毅4 | 馬軍2<br>步軍13<br>共15 | |
| | 絳州 | | | 廣銳1 | 神銳1<br>宣毅3 | 馬軍1<br>步軍4<br>共5 | |
| | 慈州 | | | 廣銳1<br>有馬勁勇3 | 清邊弩手1<br>宣毅1 | 馬軍4<br>步軍2<br>共6 | |
| | 威勝軍 | | | 廣銳1 | 神銳1<br>神虎2<br>宣毅2 | 馬軍1<br>步軍5<br>共6 | |

（續表）

| 開封府界及各帥司路 | 所轄州縣 | 殿前司 | | 侍衛馬軍司 | 侍衛步軍司 | 所轄州縣指揮數 | 開封府界及各帥司路總指揮數 |
|---|---|---|---|---|---|---|---|
| | | 馬軍 | 步軍 | | | | |
| 河東路 | 石州 | | | 廣銳 2 | 宣毅 3 | 馬軍 2<br>步軍 3<br>共 5 | 馬 56<br>步 105<br>共 161 |
| | 嵐州 | | | 廣銳 2<br>有馬勁勇 1 | 宣毅 2<br>建安 1 | 馬軍 3<br>步軍 3<br>共 6 | |
| | 隰州 | | | 廣銳 1 | 神銳 2<br>神虎 2<br>清邊弩手 1<br>宣毅 1 | 馬軍 1<br>步軍 6<br>共 7 | |
| | 府州 | | | 威遠 2 | 建安 1 | 馬軍 2<br>步軍 1<br>共 3 | |
| | 麟州 | | | 飛騎 2 | | 馬軍 2<br>共 2 | |
| 永興軍路 | 京兆府 | | | | 神虎 6<br>保捷 12<br>清邊弩手 2<br>制勝 2<br>定功 1 | 步軍 23<br>共 23 | 步軍 79<br>共 79 |
| | 河中府 | | | | 神虎 2<br>保捷 7<br>清邊弩手 3 | 步軍 12<br>共 12 | |
| | 慶成軍 | | | | 保捷 1 | 步軍 1<br>共 1 | |
| | 同州 | | | | 保捷 9<br>清邊弩手 1<br>制勝 1 | 步軍 11<br>共 11 | |
| | 華州 | | | | 神虎 1<br>保捷 5<br>制勝 2 | 步軍 8<br>共 8 | |

（續表）

| 開封府界及各帥司路 | 所轄州縣 | 殿前司 | | 侍衛馬軍司 | 侍衛步軍司 | 所轄州縣指揮數 | 開封府界及各帥司路總指揮數 |
| --- | --- | --- | --- | --- | --- | --- | --- |
| | | 馬軍 | 步軍 | | | | |
| 永興軍路 | 耀州 | | | | 保捷6<br>壯勇2<br>制勝1 | 步軍9<br>共9 | 步軍79<br>共79 |
| | 解州 | | | | 保捷5<br>壯勇2<br>制勝1 | 步軍8<br>共8 | |
| | 陝州 | | | | 雄勝1<br>保捷4 | 步軍5<br>共5 | |
| | 商州 | | | | 保捷1 | 步軍1<br>共1 | |
| | 虢州 | | | | 保捷1 | 步軍1<br>共1 | |
| 鄜延路 | 延州 | | | 蕃落㉕4<br>清塞1 | 神虎1<br>保捷5<br>振武6<br>捉生2<br>定功1<br>青澗2（駐青澗城） | 馬軍5<br>步軍17<br>共22 | 馬軍9<br>步軍34<br>共43 |
| | 鄜州 | | | 廣銳2 | 神虎1<br>保捷4<br>振武5<br>定功1 | 馬軍2<br>步軍11<br>共13 | |
| | 丹州 | | | | 保捷1<br>清邊弩手1 | 步軍2<br>共2 | |
| | 坊州 | | | | 保捷2<br>清邊弩手1 | 步軍3<br>共3 | |
| | 保安軍 | | | 蕃落2 | 振武1 | 馬軍2<br>步軍1<br>共3 | |

（續表）

| 開封府界及各帥司路 | 所轄州縣 | 殿前司 | | 侍衛馬軍司 | 侍衛步軍司 | 所轄州縣指揮數 | 開封府界及各帥司路總指揮數 |
| --- | --- | --- | --- | --- | --- | --- | --- |
| | | 馬軍 | 步軍 | | | | |
| 環慶路 | 慶州 | | | 有馬安塞1<br>蕃落4 | 保捷2<br>振武2<br>清邊弩手1<br>定功1 | 馬軍5<br>步軍6<br>共11 | 馬軍13<br>步軍39<br>共52 |
| | 環州 | | | 廣銳1<br>蕃落5 | 保捷1<br>清邊弩手1 | 馬軍6<br>步軍2<br>共8 | |
| | 邠州 | | | 廣銳1 | 振武7<br>保捷7 | 馬軍1<br>步軍14<br>共15 | |
| | 寧州 | | | 廣銳1 | 保捷6<br>振武5 | 馬軍1<br>步軍11<br>共12 | |
| | 乾州 | | | | 保捷5<br>制勝1 | 步軍6<br>共6 | |
| 秦鳳路 | 秦州 | | | 廣銳1<br>蕃落17 | 神虎1<br>保捷8<br>清邊弩手5<br>定功1<br>建威1 | 馬軍18<br>步軍16<br>共34 | 馬軍21<br>步軍45<br>共66 |
| | 鳳翔府 | | | 蕃落2 | 神虎2<br>保捷5<br>制勝1 | 馬軍2<br>步軍8<br>共10 | |
| | 鳳州 | | | | 保捷2 | 步軍2<br>共2 | |
| | 階州 | | | | 保捷1 | 步軍1<br>共1 | |
| | 成州 | | | | 保捷3 | 步軍3<br>共3 | |
| | 隴州 | | | 蕃落1 | 保捷5<br>振武7<br>清邊弩手3 | 馬軍1<br>步軍15<br>共16 | |

（續表）

| 開封府界及各帥司路 | 所轄州縣 | 殿前司 | | 侍衛馬軍司 | 侍衛步軍司 | 所轄州縣指揮數 | 開封府界及各帥司路總指揮數 |
| --- | --- | --- | --- | --- | --- | --- | --- |
| | | 馬軍 | 步軍 | | | | |
| 涇原路 | 渭州 | | | 廣銳1<br>蕃落12 | 保捷6<br>清邊弩手1<br>定功1 | 馬軍13<br>步軍8<br>共21 | 馬軍52<br>步軍42<br>共94 |
| | 涇州 | | | 廣銳2<br>蕃落2 | 保捷7<br>振武2<br>清邊弩手4<br>定功1 | 馬軍4<br>步軍14<br>共18 | |
| | 原州 | | | 廣銳2<br>蕃落12 | 保捷4<br>振武3<br>定功1 | 馬軍14<br>步軍8<br>共22 | |
| | 儀州 | | | 蕃落2 | 保捷5<br>振武1<br>定功1 | 馬軍2<br>步軍7<br>共9 | |
| | 德順軍 | | | 蕃落7 | 保捷1 | 馬軍7<br>步軍1<br>共8 | |
| | 鎮戎軍 | | | 蕃落12 | 保捷2<br>清邊弩手1<br>定功1 | 馬軍12<br>步軍4<br>共16 | |
| 淮南東路 | 揚州 | | | | 忠節1<br>宣毅2<br>威果3 | 步軍6<br>共6 | 步軍42<br>共42 |
| | 亳州 | 廣捷3（駐永城1） | | | 勇捷1<br>威武1（駐永城）<br>平塞弩手1<br>忠節4（駐永城2）<br>歸遠1<br>歸恩2<br>效忠1<br>宣毅2 | 步軍16<br>共16 | |

(續表)

| 開封府界及各帥司路 | 所轄州縣 | 殿前司 | | 侍衛馬軍司 | 侍衛步軍司 | 所轄州縣指揮數 | 開封府界及各帥司路總指揮數 |
|---|---|---|---|---|---|---|---|
| | | 馬軍 | 步軍 | | | | |
| 淮南東路 | 宿州 | | 龍騎1 | | 勇捷3（駐虹縣1）<br>忠節1<br>歸遠1<br>宣毅1 | 步軍7<br>共7 | 步軍42<br>共42 |
| | 楚州 | | | | 忠節1<br>宣毅1 | 步軍2<br>共2 | |
| | 海州 | | | | 宣毅1 | 步軍1<br>共1 | |
| | 泰州 | | | | 忠節1<br>宣毅1 | 步軍2<br>共2 | |
| | 泗州 | | | | 忠節1<br>宣毅1 | 步軍2<br>共2 | |
| | 真州 | | | | 忠節1<br>宣毅1 | 步軍2<br>共2 | |
| | 滁州 | | | | 忠節1 | 步軍1<br>共1 | |
| | 通州 | | | | 宣毅1 | 步軍1<br>共1 | |
| | 高郵軍 | | | | 宣毅1 | 步軍1<br>共1 | |
| | 漣水軍 | | | | 宣毅1 | 步軍1<br>共1 | |
| 淮南西路 | 廬州 | | | | 忠節1<br>宣毅1<br>威果3 | 步軍5<br>共5 | 馬軍1<br>步軍16<br>共17 |
| | 壽州 | 契丹直1 | | | 勇捷1<br>忠節1<br>歸遠1<br>宣毅1 | 馬軍1<br>步軍4<br>共5 | |

（續表）

| 開封府界及各帥司路 | 所轄州縣 | 殿前司 | | 侍衛馬軍司 | 侍衛步軍司 | 所轄州縣指揮數 | 開封府界及各帥司路總指揮數 |
| --- | --- | --- | --- | --- | --- | --- | --- |
| | | 馬軍 | 步軍 | | | | |
| 淮南西路 | 蘄州 | | | | 宣毅1 | 步軍1 共1 | 馬軍1 步軍16 共17 |
| | 和州 | | | | 宣毅1 | 步軍1 共1 | |
| | 舒州 | | | | 宣毅1 | 步軍1 共1 | |
| | 濠州 | | | | 宣毅1 | 步軍1 共1 | |
| | 光州 | | | | 宣毅1 | 步軍1 共1 | |
| | 黃州 | | | | 宣毅1 | 步軍1 共1 | |
| | 無爲軍 | | | | 宣毅1 | 步軍1 共1 | |
| 江南東路 | 江寧府 | | | | 忠節1 宣毅1 威果3 | 步軍5 共5 | 步軍14 共14 |
| | 江州 | | | | 宣毅1 | 步軍1 共1 | |
| | 宣州 | | | | 忠節1 | 步軍1 共1 | |
| | 歙州 | | | | 忠節1 | 步軍1 共1 | |
| | 池州 | | | | 忠節1 | 步軍1 共1 | |
| | 饒州 | | | | 忠節1 | 步軍1 共1 | |
| | 信州 | | | | 忠節1 | 步軍1 共1 | |

（續表）

| 開封府界及各帥司路 | 所轄州縣 | 殿前司 | | 侍衛馬軍司 | 侍衛步軍司 | 所轄州縣指揮數 | 開封府界及各帥司路總指揮數 |
|---|---|---|---|---|---|---|---|
| | | 馬軍 | 步軍 | | | | |
| 江南東路 | 太平州 | | | | 忠節1 | 步軍1<br>共1 | 步軍14<br>共14 |
| | 南康軍 | | | | 忠節1 | 步軍1<br>共1 | |
| | 廣德軍 | | | | 忠節1 | 步軍1<br>共1 | |
| 江南西路 | 洪州 | | | | 忠節1<br>歸遠2<br>宣毅1<br>威果2 | 步軍6<br>共6 | 步軍18<br>共18 |
| | 虔州 | | | | 忠節1<br>宣毅1<br>威果1 | 步軍3<br>共3 | |
| | 吉州 | | | | 忠節1<br>宣毅1 | 步軍2<br>共2 | |
| | 袁州 | | | | 宣毅1 | 步軍1<br>共1 | |
| | 撫州 | | | | 宣毅1 | 步軍1<br>共1 | |
| | 筠州 | | | | 宣毅1 | 步軍1<br>共1 | |
| | 興國軍 | | | | 忠節1 | 步軍1<br>共1 | |
| | 南安軍 | | | | 宣毅1 | 步軍1<br>共1 | |
| | 臨江軍 | | | | 忠節1 | 步軍1<br>共1 | |
| | 建昌軍 | | | | 宣毅1 | 步軍1<br>共1 | |

（續表）

| 開封府界及各帥司路 | 所轄州縣 | 殿前司 | | 侍衛馬軍司 | 侍衛步軍司 | 所轄州縣指揮數 | 開封府界及各帥司路總指揮數 |
|---|---|---|---|---|---|---|---|
| | | 馬軍 | 步軍 | | | | |
| 兩浙西路 | 杭州 | | | | 宣毅2<br>威果3 | 步軍5<br>共5 | 步軍10<br>共10 |
| | 蘇州 | | | | 宣毅1 | 步軍1<br>共1 | |
| | 潤州 | | | | 宣毅1 | 步軍1<br>共1 | |
| | 湖州 | | | | 宣毅1 | 步軍1<br>共1 | |
| | 常州 | | | | 宣毅1 | 步軍1<br>共1 | |
| | 秀州 | | | | 宣毅1 | 步軍1<br>共1 | |
| 兩浙東路 | 越州 | | | | 宣毅1<br>威果2 | 步軍3<br>共3 | 步軍8<br>共8 |
| | 明州 | | | | 宣毅1 | 步軍1<br>共1 | |
| | 婺州 | | | | 宣毅1 | 步軍1<br>共1 | |
| | 溫州 | | | | 宣毅1 | 步軍1<br>共1 | |
| | 處州 | | | | 宣毅1 | 步軍1<br>共1 | |
| | 衢州 | | | | 宣毅1 | 步軍1<br>共1 | |
| 荊湖北路 | 江陵府 | | | | 懷恩2<br>歸遠2<br>雄略㉖5<br>宣毅1<br>威果3 | 步軍13<br>共13 | 步軍39<br>共39 |

(續表)

| 開封府界及各帥司路 | 所轄州縣 | 殿前司 | | 侍衛馬軍司 | 侍衛步軍司 | 所轄州縣指揮數 | 開封府界及各帥司路總指揮數 |
|---|---|---|---|---|---|---|---|
| | | 馬軍 | 步軍 | | | | |
| 荊湖北路 | 鄂州 | | | | 懷恩1<br>宣毅1 | 步軍2<br>共2 | 步軍39<br>共39 |
| | 安州 | | | | 宣毅1 | 步軍1<br>共1 | |
| | 復州 | | | | 宣毅1 | 步軍1<br>共1 | |
| | 鼎州 | | | | 歸遠1<br>雄略3<br>宣毅2 | 步軍6<br>共6 | |
| | 澧州 | | | | 忠節1<br>歸遠2<br>雄略3<br>宣毅1 | 步軍7<br>共7 | |
| | 峽州 | | | | 宣毅1 | 步軍1<br>共1 | |
| | 嶽州 | | | | 忠節1<br>宣毅1 | 步軍2<br>共2 | |
| | 辰州 | | | | 雄略2<br>宣毅1 | 步軍3<br>共3 | |
| | 歸州 | | | | 宣毅1 | 步軍1<br>共1 | |
| | 荊門軍 | | | | 宣毅1 | 步軍1<br>共1 | |
| | 漢陽軍 | | | | 宣毅1 | 步軍1<br>共1 | |
| 荊湖南路 | 潭州 | | | | 歸遠2<br>雄略4<br>宣毅2<br>威果3 | 步軍11<br>共11 | 步軍21<br>共21 |
| | 衡州 | | | | 宣毅1 | 步軍1<br>共1 | |

（續表）

| 開封府界及各帥司路 | 所轄州縣 | 殿前司 | | 侍衛馬軍司 | 侍衛步軍司 | 所轄州縣指揮數 | 開封府界及各帥司路總指揮數 |
|---|---|---|---|---|---|---|---|
| | | 馬軍 | 步軍 | | | | |
| 荊湖南路 | 道州 | | | | 宣毅1 | 步軍1<br>共1 | 步軍21<br>共21 |
| | 永州 | | | | 宣毅1 | 步軍1<br>共1 | |
| | 郴州 | | | | 宣毅1 | 步軍1<br>共1 | |
| | 邵州 | | | | 雄略1<br>宣毅1 | 步軍2<br>共2 | |
| | 全州 | | | | 雄略1<br>宣毅2 | 步軍3<br>共3 | |
| | 桂陽監 | | | | 宣毅1 | 步軍1<br>共1 | |
| 福建路 | 福州 | | | | 威果2<br>宣毅1 | 步軍3<br>共3 | 步軍11<br>共11 |
| | 建州 | | | | 宣毅2 | 步軍2<br>共2 | |
| | 泉州 | | | | 宣毅1 | 步軍1<br>共1 | |
| | 南劍州 | | | | 宣毅1 | 步軍1<br>共1 | |
| | 漳州 | | | | 宣毅1 | 步軍1<br>共1 | |
| | 汀州 | | | | 宣毅1 | 步軍1<br>共1 | |
| | 邵武軍 | | | | 宣毅1 | 步軍1<br>共1 | |
| | 興化軍 | | | | 宣毅1 | 步軍1<br>共1 | |
| 廣南東路 | 廣州 | | | 有馬雄略1 | 雄略2 | 馬軍1<br>步軍2<br>共3 | 馬軍1<br>步軍2<br>共3 |

（續表）

| 開封府界及各帥司路 | 所轄州縣 | 殿 前 司 | | 侍衛馬軍司 | 侍衛步軍司 | 所轄州縣指揮數 | 開封府界及各帥司路總指揮數 |
| --- | --- | --- | --- | --- | --- | --- | --- |
| | | 馬軍 | 步軍 | | | | |
| 廣南西路 | 桂州 | | | 有馬雄略1 | 雄略2 | 馬軍1 步軍2 共3 | 馬軍2 步軍3 共5 |
| | 邕州 | | | 有馬雄略1 | | 馬軍1 共1 | |
| | 容州 | | | | 雄略1 | 步軍1 共1 | |
| 西川路 | 成都府 | | | | 忠勇1 | 步軍1 共1 | 步軍3 共3 |
| | 嘉州 | | | | 寧遠1 | 步軍1 共1 | |
| | 雅州 | | | | 寧遠1 | 步軍1 共1 | |
| 峽路 | 梓州 | | | | 寧遠1 | 步軍1 共1 | 步軍6 共6 |
| | 遂州 | | | | 寧遠1 | 步軍1 共1 | |
| | 瀘州 | | | | 寧遠1（駐江安） | 步軍1 共1 | |
| | 戎州 | | | | 寧遠3 | 步軍3 共3 | |

根據表一，我們可以繪制出神宗熙寧初以各帥司路爲基本單位的禁軍兵力分布簡表。

表二：北宋神宗熙寧初禁軍兵力分布簡表

| 帥司路 | 馬 軍 | 步 軍 | 合 計 |
| --- | --- | --- | --- |
| 京師開封府 | 157 | 203 | 360 |
| 開封府界[②] | 59 | 149 | 208 |
| 京東東路 | 0 | 38 | 38 |

（續表）

| 帥司路 | 馬軍 | 步軍 | 合計 |
| --- | --- | --- | --- |
| 京東西路 | 2 | 100 | 102 |
| 京西北路 | 29 | 130 | 159 |
| 京西南路 | 0 | 7 | 7 |
| 大名府路 | 17 | 34 | 51 |
| 高陽關路 | 56 | 30 | 86 |
| 真定府路 | 22 | 24 | 46 |
| 定州路 | 48 | 25 | 73 |
| 河東路 | 56 | 105 | 161 |
| 永興軍路 | 0 | 79 | 79 |
| 鄜延路 | 9 | 34 | 43 |
| 環慶路 | 13 | 39 | 52 |
| 秦鳳路 | 21 | 45 | 66 |
| 涇原路 | 52 | 42 | 94 |
| 淮南東路 | 0 | 42 | 42 |
| 淮南西路 | 1 | 16 | 17 |
| 江南東路 | 0 | 14 | 14 |
| 江南西路 | 0 | 18 | 18 |
| 兩浙西路 | 0 | 10 | 10 |
| 兩浙東路 | 0 | 8 | 8 |
| 荊湖北路 | 0 | 39 | 39 |
| 荊湖南路 | 0 | 21 | 21 |
| 福建路 | 0 | 11 | 11 |
| 廣南東路 | 1 | 2 | 3 |
| 廣南西路 | 2 | 3 | 5 |
| 西川路 | 0 | 3 | 3 |
| 峽路 | 0 | 6 | 6 |
| 合計 | 545 | 1 277 | 1 822 |
| 實際數額 | 546[㉘] | 1 279[㉙] | 1 825 |

表三：北宋神宗元豐末禁軍兵力分佈表

| 開封府界及各帥司路 | 所轄州縣 | 殿前司 | | 侍衛馬軍司 | 侍衛步軍司 | 所轄州縣指揮數 | 開封府界及各帥司路總指揮數 |
|---|---|---|---|---|---|---|---|
| | | 馬軍 | 步軍 | | | | |
| 開封府界 | 京師開封府 | 捧日 22<br>拱聖 11<br>驍騎 14<br>寧朔㉚ 1<br>龍猛 6 | 天武 23<br>神勇 14<br>廣勇 6<br>龍騎㉛ 4 | 龍衛 17㉜<br>雲騎㉝ 11<br>武騎 1㉞ | 神衛 26<br>虎翼 60 | 馬軍 83<br>步軍 133<br>共 216 | 馬 98<br>步 258<br>共 356 |
| | 尉氏縣 | | 廣德㉟ 1<br>廣捷 3<br>龍騎 2 | 驍捷 1<br>雲捷 2<br>武騎 1 | 橋道 1<br>效忠 2 | 馬軍 7<br>步軍 9<br>共 16 | |
| | 陳留縣 | | 廣勇 22<br>廣捷 8<br>雄威㊱ 1 | 雲騎 1 | 忠節 2<br>神威 3<br>橋道 1<br>效忠 3 | 馬軍 1<br>步軍 40<br>共 41 | |
| | 雍丘縣 | | 廣捷 4<br>龍騎 2 | 橫塞 1 | 忠節 3<br>神威 1 | 馬軍 1<br>步軍 10<br>共 11 | |
| | 陽武縣 | | 廣德 1<br>廣勇 1 | | 忠節 1<br>橋道 2 | 步軍 5<br>共 5 | |
| | 東明縣 | | 廣勇 2 | | 虎翼 1<br>雄武 1<br>忠節 2<br>橋道 1 | 步軍 7<br>共 7 | |
| | 襄邑縣 | | 廣勇 1<br>廣捷 3 | 橫塞 1 | 虎翼 1<br>揀中雄勇 1<br>勇捷㊲ 2<br>忠節 3<br>威猛 4<br>橋道 2<br>效忠 2 | 馬軍 1<br>步軍 19<br>共 20 | |
| | 扶溝縣 | | 廣捷 2 | | | 步軍 2<br>共 2 | |
| | 考城縣 | | 雄威 1 | 橫塞 1 | 神威 1 | 馬軍 1<br>步軍 2<br>共 3 | |

（續表）

| 開封府界及各帥司路 | 所轄州縣 | 殿前司 | | 侍衛馬軍司 | 侍衛步軍司 | 所轄州縣指揮數 | 開封府界及各帥司路總指揮數 |
|---|---|---|---|---|---|---|---|
| | | 馬軍 | 步軍 | | | | |
| 開封府界 | 太康縣 | | 廣勇2<br>廣捷2 | 驍捷1 | 忠節1<br>橋道1<br>效忠2 | 馬軍1<br>步軍8<br>共9 | 馬98<br>步258<br>共356 |
| | 咸平縣 | | 雄勇3<br>廣德1<br>廣勇2<br>廣捷6<br>龍騎2 | 雲捷2<br>橫塞1 | 勇捷1<br>忠節2<br>神威1<br>威猛2<br>橋道2<br>效忠1 | 馬軍3<br>步軍23<br>共26 | |
| 京東東路 | 青州 | | | | 武衛5<br>宣毅1 | 步軍6<br>共6 | 步軍39<br>共39 |
| | 淄州 | | | | 武衛4<br>宣毅1 | 步軍5<br>共5 | |
| | 濰州 | | | | 武衛2<br>宣毅1 | 步軍3<br>共3 | |
| | 萊州 | | | | 武衛2<br>宣毅1 | 步軍3<br>共3 | |
| | 登州 | | | | 武衛2<br>澄海弩手2<br>宣毅1<br>平海2 | 步軍7<br>共7 | |
| | 密州 | | | | 武衛3<br>宣毅1 | 步軍4<br>共4 | |
| | 沂州 | | | | 武衛2<br>宣毅1 | 步軍3<br>共3 | |
| | 齊州 | | | | 武衛3<br>宣毅2 | 步軍5<br>共5 | |
| | 淮陽軍 | | | | 武衛2<br>宣毅1 | 步軍3<br>共3 | |

（續表）

| 開封府界及各帥司路 | 所轄州縣 | 殿前司 | | 侍衛馬軍司 | 侍衛步軍司 | 所轄州縣指揮數 | 開封府界及各帥司路總指揮數 |
| --- | --- | --- | --- | --- | --- | --- | --- |
| | | 馬軍 | 步軍 | | | | |
| 京東西路 | 鄆州 | | 雄勇2<br>廣勇1 | | 武衛2<br>威武1<br>清塞1<br>宣毅⑱2 | 步軍9<br>共9 | 馬1<br>步83<br>共84 |
| | 南京應天府 | | 廣勇2<br>廣捷5（駐寧陵2、穀熟1）<br>雄威3<br>龍騎1 | 橫塞1（駐寧陵） | 武衛4<br>川效忠3（駐寧陵1）<br>勇捷2（駐寧陵）<br>忠節8（駐寧陵3）<br>橋道1（駐寧陵）<br>效忠1（駐寧陵）<br>宣毅2 | 馬軍1<br>步軍32<br>共33 | |
| | 兗州 | | | | 武衛2<br>宣毅1 | 步軍3<br>共3 | |
| | 徐州 | | | | 武衛2<br>宣毅2 | 步軍4<br>共4 | |
| | 濮州 | | | | 武衛2<br>威武1<br>橋道1<br>宣毅1 | 步軍5<br>共5 | |
| | 曹州 | | 廣捷1 | | 武衛2<br>勇捷2<br>威武2<br>清塞2<br>效忠2<br>宣毅2 | 步軍13<br>共13 | |
| | 濟州 | | | | 武衛2<br>雄勝1<br>宣毅1 | 步軍4<br>共4 | |

（續表）

| 開封府界及各帥司路 | 所轄州縣 | 殿前司 | | 侍衛馬軍司 | 侍衛步軍司 | 所轄州縣指揮數 | 開封府界及各帥司路總指揮數 |
|---|---|---|---|---|---|---|---|
| | | 馬軍 | 步軍 | | | | |
| 京東西路 | 單州 | | 龍騎1 | | 虎翼1<br>武衛2<br>效忠1<br>宣毅1 | 步軍6<br>共6 | 馬1<br>步83<br>共84 |
| | 廣濟軍 | | 廣捷1 | | 武衛1<br>新立弩手1<br>忠節1<br>神威1<br>效忠1<br>宣毅1 | 步軍7<br>共7 | |
| 京西北路 | 潁昌府 | 清朔1<br>擒戎2 | 雄勇1<br>廣捷3 | | 虎翼2（駐長葛）<br>勇捷1（駐長葛）<br>忠節6（駐長葛1、臨潁合流鎮4）<br>神威2<br>歸遠1<br>威猛4（駐長葛2）<br>清塞2（駐長葛）<br>壯勇1<br>效忠3（駐臨潁合流鎮2）<br>宣毅1 | 馬軍4<br>步軍26<br>共30 | 馬18<br>步119<br>共137 |
| | 西京河南府 | 清朔2<br>擒戎2 | 廣德5（駐鞏縣1、白波1）<br>龍騎1（駐白波） | 雲騎2（駐鞏縣）<br>雲捷2 | 順聖1（駐鞏縣）<br>勇捷2（駐鞏縣1）<br>威武2（駐鞏縣1） | | |

（續表）

| 開封府界及各帥司路 | 所轄州縣 | 殿前司 | | 侍衛馬軍司 | 侍衛步軍司 | 所轄州縣指揮數 | 開封府界及各帥司路總指揮數 |
|---|---|---|---|---|---|---|---|
| | | 馬軍 | 步軍 | | | | |
| 京西北路 | | | | | 神威3（駐鞏縣2、白波1）<br>橋道3（駐鞏縣1、白波1）<br>清塞2（駐鞏縣1、白波1）<br>效忠1（駐白波）<br>宣毅1 | 馬軍8<br>步軍21<br>共29 | 馬18<br>步119<br>共137 |
| | 陳州 | | 廣捷5<br>雄威3<br>龍騎1 | | 步武6<br>勇捷2<br>歸遠1<br>宣毅1 | 步軍19<br>共19 | |
| | 鄭州 | 捧日1 | 雄勇1<br>龍騎2 | | 威武1<br>清塞1<br>效忠1<br>宣毅1 | 馬軍1<br>步軍7<br>共8 | |
| | 滑州 | | 雄勇1<br>廣勇5（駐胙城2） | | 勇捷1（駐韋城）<br>威武1<br>清塞1<br>壯勇2<br>宣毅1 | 步軍12<br>共12 | |
| | 孟州 | | 廣德1（駐河陽）<br>廣捷2（駐河陽）<br>龍騎1（駐河陽） | | 勇捷1（駐河陰）<br>威武2（駐河陽1、河陰1）<br>平塞弩手1（駐河陰）<br>忠節2（駐河陰） | | |

（續表）

| 開封府界及各帥司路 | 所轄州縣 | 殿前司 | | 侍衛馬軍司 | 侍衛步軍司 | 所轄州縣指揮數 | 開封府界及各帥司路總指揮數 |
|---|---|---|---|---|---|---|---|
| | | 馬軍 | 步軍 | | | | |
| 京西北路 | | | | | 神威1（駐河陽）<br>橋道2（駐河陽1、河陰1）<br>清塞2（駐河陰1、汜水1）<br>效忠3（駐河陽2、河陰1）<br>宣毅1（駐河陽） | 步軍19<br>共19 | 馬18<br>步119<br>共137 |
| | 蔡州 | 擒戎2 | 廣捷1<br>龍騎1 | | 宣毅1<br>忠節1 | 馬軍2<br>步軍4<br>共6 | |
| | 汝州 | 清朔1<br>擒戎1 | 廣捷2（駐襄城1、葉縣1） | 雲捷1 | 勇捷3<br>宣毅1 | 馬軍3<br>步軍6<br>共9 | |
| | 潁州 | | 廣捷2<br>龍騎1 | | 宣毅1 | 步軍4<br>共4 | |
| | 信陽軍 | | | | 宣毅1 | 步軍1<br>共1 | |
| 京西南路 | 鄧州 | | 廣捷1 | | 歸遠1<br>宣毅2 | 步軍4<br>共4 | 步軍8<br>共8 |
| | 襄州 | | | | 歸遠1<br>宣毅1 | 步軍2<br>共2 | |
| | 隨州 | | | | 宣毅1 | 步軍1<br>共1 | |
| | 唐州 | | | | 勇捷1 | 步軍1<br>共1 | |

（續表）

| 開封府界及各帥司路 | 所轄州縣 | 殿前司 | | 侍衛馬軍司 | 侍衛步軍司 | 所轄州縣指揮數 | 開封府界及各帥司路總指揮數 |
|---|---|---|---|---|---|---|---|
| | | 馬軍 | 步軍 | | | | |
| 大名府路 | 北京大名府 | | | 驍武4<br>雲捷2 | 武衛1<br>勇捷2<br>振武1 | 馬軍6<br>步軍4<br>共10 | 馬軍12<br>步軍28<br>共40 |
| | 澶州 | | | 雲捷2 | 武衛1<br>勇捷2<br>振武1<br>效忠1 | 馬軍2<br>步軍5<br>共7 | |
| | 懷州 | | | 驍武1<br>雲捷1 | 武衛1<br>振武1 | 馬軍2<br>步軍2<br>共4 | |
| | 衛州 | | | 橫塞2 | 振武1 | 馬軍2<br>步軍1<br>共3 | |
| | 德州 | | | | 武衛1<br>宣毅1 | 步軍2<br>共2 | |
| | 博州 | | | | 武衛2<br>振武2 | 步軍4<br>共4 | |
| | 濱州 | | | | 振武1<br>宣毅1 | 步軍2<br>共2 | |
| | 棣州 | | | | 武衛1<br>振武1<br>宣毅1 | 步軍3<br>共3 | |
| | 通利軍 | | | | 武衛1<br>威武1<br>振武1<br>清塞1<br>宣毅1 | 步軍5<br>共5 | |
| 高陽關路 | 瀛州 | | | 雲翼3 | 武衛2<br>振武1 | 馬軍3<br>步軍3<br>共6 | 馬軍25<br>步軍20<br>共45 |
| | 莫州 | | | 驍捷1 | 振武1 | 馬軍1<br>步軍1<br>共2 | |

（續表）

| 開封府界及各帥司路 | 所轄州縣 | 殿前司 | | 侍衛馬軍司 | 侍衛步軍司 | 所轄州縣指揮數 | 開封府界及各帥司路總指揮數 |
|---|---|---|---|---|---|---|---|
| | | 馬軍 | 步軍 | | | | |
| 高陽關路 | 雄州 | | | 雲翼3 | | 馬軍3<br>共3 | 馬軍25<br>步軍20<br>共45 |
| | 霸州 | | | 雲翼1 | 懷順1<br>振武1<br>招收1 | 馬軍1<br>步軍3<br>共4 | |
| | 恩州 | | | 驍捷4 | 振武2 | 馬軍4<br>步軍2<br>共6 | |
| | 冀州 | | | 驍捷4<br>雲翼3 | 雄勝1 | 馬軍7<br>步軍1<br>共8 | |
| | 滄州 | | | 雲翼1<br>萬捷1 | 武衛2<br>振武2 | 馬軍2<br>步軍4<br>共6 | |
| | 永靜軍 | | | 雲翼2 | 振武2 | 馬軍2<br>步軍2<br>共4 | |
| | 乾寧軍 | | | | 武衛1<br>振武2 | 步軍3<br>共3 | |
| | 保定軍 | | | 雲翼2 | | 馬軍2<br>共2 | |
| | 信安軍 | | | | 招收1 | 步軍1<br>共1 | |
| 真定府路 | 鎮州真定府 | | | 驍武2 | 武衛3<br>振武1 | 馬軍2<br>步軍4<br>共6 | 馬軍13<br>步軍15<br>共28 |
| | 邢州 | | | 驍武1<br>雲翼1 | 武衛1<br>振武1 | 馬軍2<br>步軍2<br>共4 | |
| | 洺州 | | | 驍武1 | 武衛1<br>振武1 | 馬軍1<br>步軍2<br>共3 | |

（續表）

| 開封府界及各帥司路 | 所轄州縣 | 殿前司 | | 侍衛馬軍司 | 侍衛步軍司 | 所轄州縣指揮數 | 開封府界及各帥司路總指揮數 |
|---|---|---|---|---|---|---|---|
| | | 馬軍 | 步軍 | | | | |
| 真定府路 | 相州 | | | 驍武 1<br>廳子 2<br>萬捷 1 | 武衛 1<br>振武 1 | 馬軍 4<br>步軍 2<br>共 6 | 馬軍 13<br>步軍 15<br>共 28 |
| | 趙州 | | | 雲翼 2<br>萬捷 2 | 武衛 1<br>振武 1 | 馬軍 4<br>步軍 2<br>共 6 | |
| | 磁州 | | | | 振武 3 | 步軍 3<br>共 3 | |
| 定州路 | 定州 | | | 驍武 3<br>雲翼 3<br>廳子 1<br>無敵 2 | 振武 2<br>招收 3（駐軍城砦 2） | 馬軍 9<br>步軍 5<br>共 14 | 馬軍 25<br>步軍 15<br>共 40 |
| | 保州 | | | 雲翼 4 | 振武 2 | 馬軍 4<br>步軍 2<br>共 6 | |
| | 深州 | | | 雲翼 2 | 振武 2 | 馬軍 2<br>步軍 2<br>共 4 | |
| | 祁州 | | | | 武衛 1<br>振武 1 | 步軍 2<br>共 2 | |
| | 北平軍 | | | 雲翼 1 | | 馬軍 1<br>共 1 | |
| | 安肅軍 | | | 雲翼 2<br>無敵 1 | 振武 1 | 馬軍 3<br>步軍 1<br>共 4 | |
| | 廣信軍 | | | 雲翼 3 | 招收 1 | 馬軍 3<br>步軍 1<br>共 4 | |
| | 順安軍 | | | 雲翼 1 | 招收 1 | 馬軍 1<br>步軍 1<br>共 2 | |
| | 永寧軍 | | | 雲翼 2 | 振武 1 | 馬軍 2<br>步軍 1<br>共 3 | |

（續表）

| 開封府界及各帥司路 | 所轄州縣 | 殿前司 | | 侍衛馬軍司 | 侍衛步軍司 | 所轄州縣指揮數 | 開封府界及各帥司路總指揮數 |
| --- | --- | --- | --- | --- | --- | --- | --- |
| | | 馬軍 | 步軍 | | | | |
| 河東路 | 太原府 | | | 廣銳 3<br>有馬勁勇 2<br>克戎 1 | 神銳 6<br>神虎 1<br>清邊弩手 9<br>宣毅 6 | 馬軍 6<br>步軍 22<br>共 28 | 馬 39<br>步 100<br>共 139 |
| | 代州 | | | 廣銳 3<br>有馬勁勇 1 | 神銳 1<br>清邊弩手 2<br>宣毅 3 | 馬軍 4<br>步軍 6<br>共 10 | |
| | 忻州 | | | | 神銳 1<br>神虎 2<br>宣毅 2 | 步軍 5<br>共 5 | |
| | 汾州 | | | 廣銳 5 | 神銳 2<br>清邊弩手 1<br>宣毅 6 | 馬軍 5<br>步軍 9<br>共 14 | |
| | 遼州 | | | | 神銳 1<br>宣毅 2 | 步軍 3<br>共 3 | |
| | 憲州 | | | 廣銳 1 | 清邊弩手 1 | 馬軍 1<br>步軍 1<br>共 2 | |
| | 平定軍 | | | 廣銳 1 | 神銳 2<br>宣毅 2 | 馬軍 1<br>步軍 4<br>共 5 | |
| | 岢嵐軍 | | | 廣銳 2 | | 馬軍 2<br>共 2 | |
| | 寧化軍 | | | 廣銳 1 | 宣毅 1 | 馬軍 1<br>步軍 1<br>共 2 | |
| | 火山軍 | | | 廣銳 1 | | 馬軍 1<br>共 1 | |
| | 潞州 | | | 克勝 2<br>廣銳 1 | 神虎 3<br>清邊弩手 2<br>宣毅 3 | 馬軍 3<br>步軍 8<br>共 11 | |

(續表)

| 開封府界及各帥司路 | 所轄州縣 | 殿前司 | | 侍衛馬軍司 | 侍衛步軍司 | 所轄州縣指揮數 | 開封府界及各帥司路總指揮數 |
|---|---|---|---|---|---|---|---|
| | | 馬軍 | 步軍 | | | | |
| 河東路 | 澤州 | | | 廣銳1 | 神銳2<br>宣毅3 | 馬軍1<br>步軍5<br>共6 | 馬39<br>步100<br>共139 |
| | 晉州 | | | 廣銳1 | 神銳3<br>神虎2<br>保捷2<br>清邊弩手2<br>宣毅4 | 馬軍1<br>步軍13<br>共14 | |
| | 絳州 | | | 廣銳1 | 神銳1<br>宣毅3 | 馬軍1<br>步軍4<br>共5 | |
| | 慈州 | | | 廣銳1<br>有馬勁勇1 | 清邊弩手1 | 馬軍2<br>步軍1<br>共3 | |
| | 威勝軍 | | | 廣銳1 | 神銳1<br>神虎2<br>宣毅2 | 馬軍1<br>步軍5<br>共6 | |
| | 石州 | | | 廣銳2<br>蕃落1（駐葭蘆砦） | 宣毅3 | 馬軍3<br>步軍3<br>共6 | |
| | 嵐州 | | | 有馬勁勇1 | 宣毅2<br>建安1 | 馬軍1<br>步軍3<br>共4 | |
| | 隰州 | | | 廣銳1 | 神銳2<br>神虎2<br>清邊弩手1<br>宣毅1 | 馬軍1<br>步軍6<br>共7 | |
| | 府州 | | | 威遠2 | 建安1 | 馬軍2<br>步軍1<br>共3 | |
| | 麟州 | | | 飛騎2 | | 馬軍2<br>共2 | |

（續表）

| 開封府界及各帥司路 | 所轄州縣 | 殿前司 | | 侍衛馬軍司 | 侍衛步軍司 | 所轄州縣指揮數 | 開封府界及各帥司路總指揮數 |
|---|---|---|---|---|---|---|---|
| | | 馬軍 | 步軍 | | | | |
| 永興軍路 | 京兆府 | | | | 神虎 6<br>保捷 13[39]<br>清邊弩手 2<br>制勝 2<br>定功 1 | 步軍 24<br>共 24 | 步軍 75<br>共 75 |
| | 河中府 | | | | 神虎 2<br>保捷 8[40]<br>清邊弩手 3 | 步軍 13<br>共 13 | |
| | 同州 | | | | 保捷 6<br>清邊弩手 1<br>制勝 1 | 步軍 8<br>共 8 | |
| | 華州 | | | | 神虎 1<br>保捷 5<br>制勝 1 | 步軍 7<br>共 7 | |
| | 耀州 | | | | 保捷 6<br>壯勇 2<br>制勝 1 | 步軍 9<br>共 9 | |
| | 解州 | | | | 保捷 5<br>壯勇 2<br>制勝 1 | 步軍 8<br>共 8 | |
| | 陝州 | | | | 保捷 4 | 步軍 4<br>共 4 | |
| | 商州 | | | | 保捷 1 | 步軍 1<br>共 1 | |
| | 虢州 | | | | 保捷 1 | 步軍 1<br>共 1 | |
| 鄜延路 | 延州 | | | 蕃落 4 | 神虎 1<br>保捷 5<br>振武 6<br>捉生 2<br>定功 1 | 馬軍 4<br>步軍 15<br>共 19 | 馬軍 8<br>步軍 30<br>共 38 |

（續表）

| 開封府界及各帥司路 | 所轄州縣 | 殿前司 | | 侍衛馬軍司 | 侍衛步軍司 | 所轄州縣指揮數 | 開封府界及各帥司路總指揮數 |
|---|---|---|---|---|---|---|---|
| | | 馬軍 | 步軍 | | | | |
| 鄜延路 | 鄜州 | | | 廣銳2 | 神虎1<br>保捷4<br>振武3<br>定功1 | 馬軍2<br>步軍9<br>共11 | 馬軍8<br>步軍30<br>共38 |
| | 丹州 | | | | 保捷1<br>清邊弩手1 | 步軍2<br>共2 | |
| | 坊州 | | | | 保捷2<br>清邊弩手1 | 步軍3<br>共3 | |
| | 保安軍 | | | 蕃落2 | 振武1 | 馬軍2<br>步軍1<br>共3 | |
| 環慶路 | 慶州 | | | 蕃落4 | 保捷2<br>振武2<br>清邊弩手1<br>定功1 | 馬軍4<br>步軍6<br>共10 | 馬軍12<br>步軍30<br>共42 |
| | 環州 | | | 廣銳1<br>蕃落5 | 保捷1<br>清邊弩手1 | 馬軍6<br>步軍2<br>共8 | |
| | 邠州 | | | 廣銳1 | 振武4<br>保捷7 | 馬軍1<br>步軍11<br>共12 | |
| | 寧州 | | | 廣銳1 | 保捷6<br>振武5 | 馬軍1<br>步軍11<br>共12 | |
| 秦鳳路 | 秦州 | | | 廣銳1<br>蕃落4 | 保捷8<br>清邊弩手3<br>定功1 | 馬軍5<br>步軍12<br>共17 | 馬軍9<br>步軍45<br>共54 |
| | 鳳翔府 | | | 蕃落2 | 神虎2<br>保捷9<br>制勝1<br>清邊弩手3 | 馬軍2<br>步軍15<br>共17 | |

（續表）

| 開封府界及各帥司路 | 所轄州縣 | 殿前司 | | 侍衛馬軍司 | 侍衛步軍司 | 所轄州縣指揮數 | 開封府界及各帥司路總指揮數 |
|---|---|---|---|---|---|---|---|
| | | 馬軍 | 步軍 | | | | |
| 秦鳳路 | 鳳州 | | | | 保捷2 | 步軍2 共2 | 馬軍9 步軍45 共54 |
| | 階州 | | | | 保捷1 | 步軍1 共1 | |
| | 成州 | | | | 保捷3 歸遠1 | 步軍4 共4 | |
| | 隴州 | | | 蕃落2 | 保捷5 振武3 清邊弩手3 | 馬軍2 步軍11 共13 | |
| 涇原路 | 渭州 | | | 廣銳1 蕃落6 | 保捷6 清邊弩手1 定功1 | 馬軍7 步軍8 共15 | 馬軍37 步軍42 共79 |
| | 涇州 | | | 廣銳1 蕃落2 | 保捷7 振武2 清邊弩手4 定功1 | 馬軍3 步軍14 共17 | |
| | 原州 | | | 廣銳2 蕃落4 | 保捷4 振武3 定功1 | 馬軍6 步軍8 共14 | |
| | 儀州 | | | 蕃落2 | 保捷5 振武1 定功1 | 馬軍2 步軍7 共9 | |
| | 德順軍 | | | 蕃落7 | 保捷1 | 馬軍7 步軍1 共8 | |
| | 鎮戎軍 | | | 蕃落12 | 保捷2 清邊弩手1 定功1 | 馬軍12 步軍4 共16 | |
| 熙河路 | 河州 | | | 武衛1 | | 馬軍1 共1 | 馬軍4 步軍2 共6 |
| | 蘭州 | | | 廣銳2 | 保捷2 | 馬軍2 步軍2 共4 | |

（續表）

| 開封府界及各帥司路 | 所轄州縣 | 殿前司 | | 侍衛馬軍司 | 侍衛步軍司 | 所轄州縣指揮數 | 開封府界及各帥司路總指揮數 |
| --- | --- | --- | --- | --- | --- | --- | --- |
| | | 馬軍 | 步軍 | | | | |
| 熙河路 | 岷州 | | | 武衛1 | | 馬軍1<br>共1 | 馬軍4<br>步軍2<br>共6 |
| 淮南東路 | 揚州 | | | | 忠節1<br>威果3 | 步軍4<br>共4 | 步軍28<br>共28 |
| | 亳州 | | 廣捷1 | | 勇捷1<br>威武1（駐永城）<br>忠節3（駐永城2）<br>歸遠1<br>效忠1<br>宣毅2 | 步軍10<br>共10 | |
| | 宿州 | | 龍騎1 | | 勇捷3（駐虹縣1）<br>忠節1<br>歸遠1 | 步軍6<br>共6 | |
| | 楚州 | | | | 忠節1 | 步軍1<br>共1 | |
| | 泰州 | | | | 忠節1 | 步軍1<br>共1 | |
| | 泗州 | | | | 忠節1 | 步軍1<br>共1 | |
| | 真州 | | | | 忠節1 | 步軍1<br>共1 | |
| | 滁州 | | | | 忠節1 | 步軍1<br>共1 | |
| | 通州 | | | | | 步軍1<br>共1 | |
| | 高郵軍 | | | | | 步軍1<br>共1 | |
| | 漣水軍 | | | | | 步軍1<br>共1 | |

（續表）

| 開封府界及各帥司路 | 所轄州縣 | 殿前司 | | 侍衛馬軍司 | 侍衛步軍司 | 所轄州縣指揮數 | 開封府界及各帥司路總指揮數 |
|---|---|---|---|---|---|---|---|
| | | 馬軍 | 步軍 | | | | |
| 淮南西路 | 廬州 | | | | 忠節 1<br>威果 3 | 步軍 4<br>共 4 | 步軍 7<br>共 7 |
| | 壽州 | | | | 勇捷 1<br>忠節 1<br>歸遠 1 | 步軍 3<br>共 3 | |
| 江南東路 | 江寧府 | | | | 忠節 1<br>威果 3 | 步軍 4<br>共 4 | 步軍 12<br>共 12 |
| | 宣州 | | | | 忠節 1 | 步軍 1<br>共 1 | |
| | 歙州 | | | | 忠節 1 | 步軍 1<br>共 1 | |
| | 池州 | | | | 忠節 1 | 步軍 1<br>共 1 | |
| | 饒州 | | | | 忠節 1 | 步軍 1<br>共 1 | |
| | 信州 | | | | 忠節 1 | 步軍 1<br>共 1 | |
| | 太平州 | | | | 忠節 1 | 步軍 1<br>共 1 | |
| | 南康軍 | | | | 忠節 1 | 步軍 1<br>共 1 | |
| | 廣德軍 | | | | 忠節 1 | 步軍 1<br>共 1 | |
| 江南西路 | 洪州 | | | | 忠節 1<br>歸遠 2<br>威果 2 | 步軍 5<br>共 5 | 步軍 11<br>共 11 |
| | 虔州 | | | | 忠節 1<br>威果 1 | 步軍 2<br>共 2 | |
| | 吉州 | | | | 忠節 1<br>雄略 1 | 步軍 2<br>共 2 | |

（續表）

| 開封府界及各帥司路 | 所轄州縣 | 殿前司 | | 侍衛馬軍司 | 侍衛步軍司 | 所轄州縣指揮數 | 開封府界及各帥司路總指揮數 |
|---|---|---|---|---|---|---|---|
| | | 馬軍 | 步軍 | | | | |
| 江南西路 | 興國軍 | | | | 忠節1 | 步軍1 共1 | 步軍11 共11 |
| | 臨江軍 | | | | 忠節1 | 步軍1 共1 | |
| 兩浙西路 | 杭州 | | | | 威果3 | 步軍3 共3 | 步軍3 共3 |
| 兩浙東路 | 越州 | | | | 威果2 | 步軍2 共2 | 步軍4 共4 |
| | 明州 | | | | 宣毅1 | 步軍1 共1 | |
| | 處州 | | | | 宣毅1 | 步軍1 共1 | |
| 荊湖北路 | 江陵府 | | | | 懷恩2 歸遠2 雄略5 威果3 | 步軍12 共12 | 步軍27 共27 |
| | 鄂州 | | | | 懷恩1 | 步軍1 共1 | |
| | 鼎州 | | | | 歸遠1 雄略3 | 步軍4 共4 | |
| | 澧州 | | | | 忠節1 歸遠2 雄略3 | 步軍6 共6 | |
| | 嶽州 | | | | 忠節1 | 步軍1 共1 | |
| | 辰州 | | | | 雄略2 宣毅1 | 步軍3 共3 | |
| 荊湖南路 | 潭州 | | | | 歸遠2 雄略4 威果3 | 步軍9 共9 | 步軍12 共12 |

(續表)

| 開封府界及各帥司路 | 所轄州縣 | 殿前司 | | 侍衛馬軍司 | 侍衛步軍司 | 所轄州縣指揮數 | 開封府界及各帥司路總指揮數 |
|---|---|---|---|---|---|---|---|
| | | 馬軍 | 步軍 | | | | |
| 荊湖南路 | 衡州 | | | | 雄略1 | 步軍1<br>共1 | 步軍12<br>共12 |
| | 邵州 | | | | 雄略1 | 步軍1<br>共1 | |
| | 全州 | | | | 雄略1 | 步軍1<br>共1 | |
| 福建路 | 福州 | | | | 威果2 | 步軍2<br>共2 | 步軍9<br>共9 |
| | 建州 | | | | 威果1 | 步軍1<br>共1 | |
| | 泉州 | | | | 宣毅1 | 步軍1<br>共1 | |
| | 南劍州 | | | | 宣毅1 | 步軍1<br>共1 | |
| | 漳州 | | | | 宣毅1 | 步軍1<br>共1 | |
| | 汀州 | | | | 宣毅1 | 步軍1<br>共1 | |
| | 邵武軍 | | | | 宣毅1 | 步軍1<br>共1 | |
| | 興化軍 | | | | 宣毅1 | 步軍1<br>共1 | |
| 廣南東路 | 廣州 | | | | 雄略2 | 步軍2<br>共2 | 步軍2<br>共2 |
| 廣南西路 | 桂州 | | | 有馬雄略2 | 雄略2<br>新澄海1 | 馬軍2<br>步軍3<br>共5 | 馬軍2<br>步軍4<br>共6 |
| | 容州 | | | | 雄略1 | 步軍1<br>共1 | |

(續表)

| 開封府界及各帥司路 | 所轄州縣 | 殿前司 | | 侍衛馬軍司 | 侍衛步軍司 | 所轄州縣指揮數 | 開封府界及各帥司路總指揮數 |
|---|---|---|---|---|---|---|---|
| | | 馬軍 | 步軍 | | | | |
| 西川路 | 成都府 | | | 馬軍騎射1 | 忠勇1 | 馬軍1 步軍1 共2 | 馬軍1 步軍3 共4 |
| | 嘉州 | | | | 寧遠1 | 步軍1 共1 | |
| | 雅州 | | | | 寧遠1 | 步軍1 共1 | |
| 峽路 | 梓州 | | | | 寧遠1 | 步軍1 共1 | 步軍7 共7 |
| | 遂州 | | | | 寧遠1 | 步軍1 共1 | |
| | 瀘州 | | | | 寧遠2（駐江安1） | 步軍2 共2 | |
| | 戎州 | | | | 寧遠3 | 步軍3 共3 | |

根據表三,我們可以繪製出神宗元豐末以各帥司路爲基本單位的禁軍兵力分布簡表。

### 表四：北宋神宗元豐末禁軍兵力分布簡表

| 帥司路 | 馬軍 | 步軍 | 合計 |
|---|---|---|---|
| 京師開封府 | 83 | 133 | 216 |
| 開封府界[①] | 15 | 125 | 140 |
| 京東東路 | 0 | 39 | 39 |
| 京東西路 | 1 | 83 | 84 |
| 京西北路 | 18 | 119 | 137 |
| 京西南路 | 0 | 8 | 8 |
| 大名府路 | 12 | 28 | 40 |
| 高陽關路 | 25 | 20 | 45 |
| 真定府路 | 13 | 15 | 28 |

（續表）

| 帥司路 | 馬軍 | 步軍 | 合計 |
| --- | --- | --- | --- |
| 定州路 | 25 | 15 | 40 |
| 河東路 | 39 | 100 | 139 |
| 永興軍路 | 0 | 75 | 75 |
| 鄜延路 | 8 | 30 | 38 |
| 環慶路 | 12 | 30 | 42 |
| 秦鳳路 | 9 | 45 | 54 |
| 涇原路 | 37 | 42 | 79 |
| 熙河路 | 4 | 2 | 6 |
| 淮南東路 | 0 | 28 | 28 |
| 淮南西路 | 0 | 7 | 7 |
| 江南東路 | 0 | 12 | 12 |
| 江南西路 | 0 | 11 | 11 |
| 兩浙西路 | 0 | 3 | 3 |
| 兩浙東路 | 0 | 4 | 4 |
| 荊湖北路 | 0 | 27 | 27 |
| 荊湖南路 | 0 | 12 | 12 |
| 福建路 | 0 | 9 | 9 |
| 廣南東路 | 0 | 2 | 2 |
| 廣南西路 | 2 | 4 | 6 |
| 西川路 | 1 | 3 | 4 |
| 峽路 | 0 | 7 | 7 |
| 合計 | 304 | 1 038 | 1 342 |
| 實際數額 | 301[42] | 1 018[43] | 1 319 |

綜合以上諸表，并參考前人的研究成果，我們可以作出如下的一些考論：

首先可以對神宗朝的禁軍規模進行較爲客觀的估算。根據《宋史·兵志一》的記載："蓋熙寧之籍，天下禁軍凡五十六萬八千六百八十八人；元豐之籍，六十一萬二千二百四十三人。"據上表一和表三，可知熙寧初有馬軍546指揮，步軍1 279指揮，共1 825指揮；元豐末有馬軍301指揮，步軍1 018指揮，共1 319指揮[44]。與前稿仁宗末年之馬軍564指揮、步軍1498指揮、共2062指揮相比較,熙寧初的禁軍數額有所下降,其中步軍的削減幅度尤其大。而元豐末與熙寧初相比較,其削減的幅度更爲巨大,馬步軍均較有明顯的削減。元豐末比熙寧初削減506指揮。如果熙寧初一指揮的人數依然沿用皇祐格,即馬軍四百人、步軍五百人。以這樣的標准來計算,可知熙寧初有馬軍218 400人,步軍639 500人,共857 900人。再加上數千人規模的殿前司諸班直,其人數規模應達到86萬左右。再據《宋史·兵志一》和《文獻通考·兵考五》的記載,"治平之兵一百十六萬二千,而禁軍馬步軍六十六萬三千"。八十六萬較史籍記載的英宗治平年間的"六十六萬三千"爲多,與前稿推算出來的仁宗末年的九十一萬相比,仍有所減少。下面來推算元豐末年的禁軍規模。《文獻通考·兵考五》云:"(熙寧)二年,詔并廢諸軍營。陝西馬步軍營三百二十七,并爲二百七十,馬軍額以三百人,步軍以四百人。"如果以馬軍一指揮三百人,步軍一指揮四百人的標准來推算元豐末年的禁軍數額,則有馬軍90 300人,步軍407 200人,共497 500人,算上殿前司諸班直,其規模則爲50萬左右,與史籍記載之"六十一萬二千二百四十三人"相比較,數值仍見下降。與熙寧之數值"五十六萬八千六百八十八人"相比較,其數值仍然減少不少。與估算出的熙寧初年之數"八十六萬"相比較,則有大幅度的下降。爲何元豐末的禁軍數額會比熙寧初大幅度地減少呢?這是因爲神宗朝對禁軍進行了大規模的合并、裁冗。《續資治通鑑長編紀事本末》卷六六"議減兵數雜類"條云:

> 自康定、慶曆以來,諸軍間有并廢。至熙寧初大整軍額,有就而合者,如龍衛三十九指揮并爲二十。有以全部付隸者,宣威并入威猛、廣捷而宣威廢罷,契丹直撥入神騎而契丹直廢罷。有并營而增額,如宣武二十指揮四百人額并爲十二指揮五百人爲額。有就而易名者,如驍猛四指揮,以第四一指揮改充驍雄,存三指揮。自是部伍整肅,無有名存而實闕者。

上述史料記載了神宗大整軍額的具體情形,至熙寧七年正月,重新頒布了諸班直和各禁軍軍額,使之整齊劃一。在大整禁軍軍額的同時,亦裁定各路禁軍的定額,其具體可考者如下:在京,100 000人[45];府界,62 000人[46];京東,51 200人[47];陝西,100 000人[48];河北,70 000人[49];荆湖,20 300人[50];江南,12 000人[51];福建,4 500人[52];兩浙,7 000人[53];廣南,2 400人[54];四川,4 400人[55]。

經過上述撤銷、合并軍額以及裁定各路禁軍定額等,使禁軍在數量規模上有大幅度的下降,對裁汰冗兵有一定的實效。北宋禁軍的數量,自宋初至仁宗時期,雖然時有裁軍之舉措,但總體上呈上升趨勢,至仁宗末達到頂峰。英宗、神宗均有裁軍的舉措,但神宗時期力度大、成效明顯,使一直膨脹的禁軍始有大幅度的削減,至元豐末年禁軍大致維持在五十萬人左右。

下面接著談一談禁軍兵力分布的地域性差異。從上述諸表中可以看出,禁軍兵力分布仍如仁宗時期一樣,呈現出重北輕南的態勢。禁軍的絕大多數駐扎在北方,尤其集中於京畿地區和沿邊西北三路。熙寧初,全國有禁軍1825指揮,而南方僅僅駐扎138指揮,比例不到8%。元豐末,全國有禁軍1319指揮,而南方只有97指揮,約占7.3%。同時,可以發現南方地區許多州根本就没有禁軍駐扎。這與北宋的國防形勢以及奠都開封等情況密切相關,北宋的國防壓力一直源於西、北兩邊,再加上拱衛京師的需要,所以禁軍的配置側重於北方。

　　至於殿前司和侍衛司禁軍的分布特點。從上述諸表中可知:殿前司的禁軍分布不廣,主要駐扎於開封府及其附近京東西路、京西北路等;而侍衛司禁軍的分布較廣,尤其是侍衛司步軍分布於北宋全境。再就馬、步軍的分布特點而言,馬軍分布地區較窄,主要爲京畿地區和沿邊西北三路,而廣袤的南方地區幾乎没有駐扎。熙寧初,廣南東西路駐扎馬軍有馬雄略3指揮。元豐末,廣南西路駐有馬軍有馬雄略2指揮,西川路駐有馬軍騎射1指揮。有馬雄略的駐扎應是沿襲仁宗時期的制置,或爲應對少數民族之需。而成都府的馬軍騎射1指揮,則爲新設。就禁軍的種類、等級而言,上禁軍分布較狹,主要集中於京畿地區和沿邊西北三路,而中下禁軍則全國分布,尤其,南方之禁軍都是中下禁軍。以上三個分布特點與仁宗末年之情形基本上一致,無甚大變化。

　　就單個州的駐兵而言,除了駐兵較少的南方地區外,在駐兵較多的州中,既存在殿前司的,也存在侍衛馬軍司和侍衛步軍司的,如西京河南府。并且在同一州中駐扎不同軍額的禁軍,如熙寧初,咸平一縣駐扎的禁軍軍額達22個之多。元豐末,咸平縣駐扎的禁軍軍額亦達13個。再者,就單個軍額的分布而言,數量龐大某一軍額的禁軍亦不駐扎於某一路、某一州,分布極廣,但其是相對集中分布,或集中分布於某州或其鄰近數州,且它們多屬於同一路㊱;或集中分布於一路或其鄰近數路者,且它們多屬於同一轉運司路或較大的地理區域如陝西、兩河、川峽者㊲。簡而言之,三衙諸禁軍的駐防是插花式的,這樣也可起到相互制約的作用。這個駐防原則,由仁宗入神宗,并没有發生改變,可謂一直貫徹實施。

　　接著我們來關注一下邊防地區的布防重地。承前稿所考,仁宗末年在邊防地區的布防重地爲:河東路太原府(今山西太原市)、大名府路大名府(今河北大名縣東北)和澶州(今河南濮陽市)、高陽關路冀州(今河北冀州市)和恩州(今河北清河縣舊城)、定州路定州(今河北定州市)、真定府路真定府(今河北正定縣)、永興軍路京兆府(今陝西西安市)、鄜延路延州(今陝西延安市)、環慶路邠州(今陝西彬縣)和慶州(今甘肅慶陽縣)、秦鳳路秦州(今甘肅天水市)、涇原路原州(今甘肅鎮原縣)和渭州(今甘肅平凉市)。據表一,可知熙寧初邊防地區各帥司路的駐軍之最:河東路太原府34指揮,大名府路大名府13指揮,高陽關路冀州20指揮,定州路定州26指揮,真定府路真定府13指揮,永興軍路京兆府23指揮,鄜延路延州22指揮,環慶路邠州15指揮,秦鳳路秦州34指揮,涇原路原州22指揮。以上均是熙寧初邊防地區的布防重地,與仁宗末年一致。另,大名府路澶州駐有11指揮,高陽關路恩州駐有17指揮,涇原路渭州駐有21指揮,其規模均居各路之次,亦是布防重地,并與仁宗末年之地位相符合。然環慶路慶州駐有 11 指揮,寧州(今甘肅寧縣)亦駐有 11 指揮,寧州與慶州毗鄰,兩州可以互相策應,招之即來,甚便。且寧州稍處於内,便於後勤供給。故熙寧初亦在寧州駐有數量相當之禁軍。據上述表三,可知元豐末邊防地區各帥司路駐軍之最:河東路太原府 28 指揮,大名府路大名府 10 指揮,高陽關路冀州 8 指揮,定州路定州 14 指揮,真定府路真定府 6 指揮、相州 6 指揮、趙州 6 指揮,永興軍路京兆府 24 指揮,鄜延路延州 19 指揮,環慶路邠州 12 指揮、寧州 12 指揮,秦鳳路秦州 17 指揮、鳳翔府 17 指揮,涇原路涇州 17 指揮,熙河路蘭州(今甘肅蘭州市)4 指揮。由此可以獲知,真定府路真定府的地位有所下降,而相州(今河南安陽市)、趙州(今河北趙縣)的地位則有所上升;在環慶路,寧州的地位進一步上升,與邠州并駕齊驅;秦鳳路的秦州地位有所下降,鳳翔府(今陝西鳳翔縣)的地位則日顯重要。其中變化最大的可謂是涇原路,涇州已取代了原州,一躍成爲駐軍最多的州。大名府路澶州駐有 7 指揮,繼續維持其第二的位置,但高陽關路的恩州第二位的地位則受到動搖,瀛州(今河北河間市)、滄州(今河北滄縣東南東關)與其并列,駐有 6 指揮,可見瀛、滄州地位上升。環慶路慶州駐有 10 指揮,地位雖下降,但仍維持一定的規模。涇原路鎮戎軍駐有 16 指揮,位於該路之次,可見其地位獲得提升,軍事戰略意義重大。綜合上述考察,可以認爲:河東路太原府、大名府路大名府、高陽關路冀州、定州路定州、永興軍路京兆府、鄜延路延州之布防重地的地位比較穩固,在國防上軍事戰略意義重大。而真定府路、環慶路、秦鳳路、涇原路的軍事布防重地則不固定,時有轉移,或多個并重,這或與國防上形勢的變化、對敵鬥爭重心的轉移不無關系。當然,禁軍兵力的配置亦與後勤供給等問題緊密相關。平時軍隊放在内地第二綫,以期减輕後勤壓力,戰時、備戰則放在第一綫。具體展開、論述,容日後再作探討。

## 三

最後,我們來討論一下"强幹弱枝"之策與"内外相維"之制。首先,開封城内外,熙寧初,開封府駐扎禁軍 360 指揮,此外還有殿前司諸班直 50 餘班,而府界駐扎 208 指揮,呈一點七三比一;元豐末,開封府駐扎禁軍 216 指揮,而府界駐扎 140 指揮,呈一點五四比一;可見開封城内仍然占有優勢,但優勢已不如仁宗末年明顯,且呈逐漸縮小之勢。其次,京畿地區,熙寧初,整個開封府界駐有禁軍 568 指揮,而京東、京西駐有 306 指揮,呈一點八五比一;元豐末,開封府界駐有禁軍 356 指揮,而京東、京西則駐有 268 指揮,呈一點三二比一;可見開封府界仍占有較大的優勢,但其優勢也漸漸縮小。綜合以上兩點,可知在開封府城内外以及京畿地區貫徹了"强幹弱枝"之策,但"强幹"之優勢漸漸消失,僅可以説勉强維持而已,已不如仁宗末年顯著。再者,京畿地區和西北沿邊三路,熙寧初京畿地區駐扎禁軍 874 指揮,而河北、河東、陝西三邊駐扎禁軍 751 指揮,呈一點一六比一;元豐末,京畿地區駐扎禁軍 624 指揮,而河北、河東、陝西三邊駐扎禁軍 586 指揮,呈一點零六比一。而仁宗末年,上述兩地區駐軍之指揮數呈一點三一比一。神宗時,兩大地區之間駐軍規模雖有些微的差距,且此差距呈下降的趨勢,故兩大地區間總體上能保持平衡,維護"內外相維"之制。第四,從上述諸表中可以看出,無論是熙寧初,還是元豐末,京師開封府駐紮的禁軍兵力比任何一路的都多,沿邊西北三路河北、河東、陝西中任何一路都不足以與開封府抗衡。這樣,與仁宗末年一樣,開封府駐紮的禁軍保持了極大的機動性,可以應緊急情況而調用。第五,在沿邊西北三路的各帥司路中,都配置了數量大致相當的禁軍,亦力求保持某種均勢、平衡。如熙寧初,陝西永興軍路、鄜延路、環慶路、秦鳳路、涇原路五路分別駐紮禁軍 79、43、52、66、94 指揮;元豐末,河北大名府路、高陽關路、真定府路、定州路四路分別駐紮禁軍 40、45、28、40 指揮。可見,在邊防地區,神宗時期亦貫徹了"內外相維"之制,不使某一路獨自坐大坐強,形成割據分裂勢力。

從上述論述來看,神宗時期也是十分妥善地處理了"強幹弱枝"與"內外相維"之間的內在矛盾,雖然在政策或措施的貫徹方面有些松動和動搖,比如開封城內、京畿地區的"強幹"的優勢逐漸縮小,顯得微乎其微。在邊防地區也認真實施了"內外相維"之制。但史籍的記載中,卻呈現了一種不同的畫面。《長編》卷二五六神宗熙寧七年(1074)九月庚子條記載了神宗與臣僚之間的一段談話,其文如下:

> 上與輔臣論河北守備,韓絳等曰:"漢、唐重兵皆在京師,其邊戍裁足守備而已。四方有警,則兵從之出,故邊無橫費,而強本弱末其勢亦順。開元以後,有事四夷,權臣皆節制一方,重兵悉在西北,天寶之亂,由京師空虛,賊臣得以肆志也。"上曰:"邊上老人亦謂今之邊兵過於昔時,其勢如倒裝浮圖,朕亦每以此爲念也。"(兵志繫此事於熙寧初,誤也。)⑱

由上述談論可知,神宗熙寧年間兵力分布已如"倒裝浮圖",呈內輕外重之勢,似已破壞了"強幹弱枝"與"內外相維"之祖宗家法。但上文考述,至神宗元豐末年,禁軍兵力分布依然能勉強維持"強幹弱枝"與"內外相維"之制。但何有"倒裝浮圖"之論?因收復河湟地區,斷西夏之右臂的軍事行動,需在邊防前綫聚集大量的軍隊,或使人產生兵力遽然大增之感,遂有"如倒裝浮圖"之歎。再者,神宗實行了將兵法,曾將蕃兵大量編入將內,組成蕃兵將。以將兵的分布來看,或許已呈"倒裝浮圖"之勢,容日後詳述。本文關注的焦點是禁軍,與將兵有所不同,前文已述。但就禁軍的兵力分布而言,神宗時期的"強幹弱枝"與"內外相維"之制并沒有遭到破壞,而是在一定程度上得到維持。

## 結　語

以上以神宗朝爲中心,選取熙寧初和元豐末這兩個時間切入點對其禁軍兵力分布情況進行了探討。在禁軍的數量規模方面,神宗朝比仁宗末年有大幅度的減少,且持續在減少,可見神宗朝在裁減禁軍、淘汰冗兵方面取得了不少成效,節省了財政在兵員人頭費等方面的支出。然就禁軍兵力的分布特點而言,其與仁宗末年的情形有非常多的相似之處,如重北輕南;殿前司的禁軍分布不廣、侍衛司的禁軍分布較廣;馬軍分布較狹,而步軍則廣布全國等。一些駐防原則也得到了堅持,如三衙諸禁軍的插花式的駐防,單個禁軍軍額的相對集中分布等。同時,在邊防地區的布防重地方面也發生了一些變化,出現了一些新的布防重地,如涇原路的鎮戎軍;一些舊的布防重地的地位則受到動搖,如真定府路的真定府。

最後,討論了神宗朝的"強幹弱枝"與"内外相維"之制。認爲其仍然妥善處理了兩者之間的内在矛盾,其基本精神與意圖并沒有遭到破壞。但它們在貫徹實施時,出現了松動與動搖,尤其是"強幹弱枝"的政策。開封府與京畿地區的"強幹"效果并不明顯,只擁有微弱的兵力優勢。

神宗熙豐變法實施將兵法之後,北宋的兵制爲之一變。禁軍與將兵的關係變得十分微妙,既有關聯又有差異。因而,禁軍兵力分布的問題應與將兵的分布問題綜合起來考察,這樣纔能更好地理解神宗朝的"強幹弱枝"及"内外相維"的基本國策。神宗朝以後諸朝的禁軍兵力分布如何? 神宗朝對以後諸朝又有哪些影響? 以上諸問題都值得研究和探討,因學力和時間所宥,付之闕如,容他日究心也。

(作者單位:杭州師範大學人文學院歷史學系)

---

① 章如愚《山堂先生群書考索·後集》卷四〇,《文淵閣四庫全書》本。
② 沈作賓修、施宿等纂《嘉泰會稽志》卷四,中華書局影印《宋元方志叢刊》本。
③ 徐夢莘《三朝北盟會編》卷一七四,上海古籍出版社,1987年。
④ 參看李昌憲《宋代將兵駐地考述》(載《大陸雜志》第85卷第5期,1992年)以及《宋代將兵駐地考》(載《宋史研究論文集》1992年年會編刊,河南大學出版社,1993年)。
⑤ 見氏著《宋朝軍制初探》,中華書局,2011年,第116—125頁。
⑥ 見氏著《宋夏關係史》,河北人民出版社,1998年,第143頁。
⑦ 《俄藏黑水城文獻》第6册,上海古籍出版社,2000年,第174頁。
⑧ 研究成果報告書《黑水城出土宋代軍政文書の研究》(研究代表者:早稻田大學文學學術院近藤一成),第31頁。
⑨ 齋藤忠和《北宋熙寧初に於ける禁軍の配置》,《京都學園高校論集》第21號,1991年,第161—204頁。
⑩ 久保田和男《宋代開封の研究》第三章《禁軍配備の変化と首都の都市空間》,汲古書院,2007年,第73—100頁;其中譯本郭萬平譯、童科校譯《宋代開封研究》第三章《禁軍配置變化與首都城市空間》,上海古籍出版社,2010年,第59—83頁。亦可參看久保田和男《宋都開封と禁軍軍營の變遷》,《東洋學報》第74卷第3、4號合刊,1993年,第69—96頁。

⑪ 參見拙稿《北宋禁軍兵力分布研究——以仁宗朝爲中心》(以下簡稱前稿),載王水照、朱剛主編《新宋學》第八輯,復旦大學出版社,2019年,第246—286頁。
⑫ 原文如此,應作"荆湖北路"。
⑬ 原文如此,應作"江南東路、江南西路"。
⑭ 《宋會要輯稿·方域》六之二言:"熙寧五年八月,以唐臨州地、羌人號武勝軍地置鎮洮軍。十月,改熙州、臨洮郡、鎮洮軍節度。"
⑮ 《元豐九域志》卷三河州條云:本"唐河州,後廢。皇朝熙寧六年收復,仍舊置"。
⑯ 《元豐九域志》卷三通遠軍條、《宋史》卷八七《地理志三》鞏州條言:"皇祐四年(1052),以渭州地置古渭寨。熙寧五年建軍","崇寧三年,升爲州"。
⑰ 《元豐九域志》卷三岷州條云:"唐岷州,後廢。皇朝熙寧六年收復,仍舊置。"
⑱ 《元豐九域志》卷三蘭州條言:"唐蘭州,後廢。皇朝元豐四年收復,仍舊置。"
⑲ 據《長編》卷二五二熙寧七年四月甲午條的記載,熙寧七年,始京東路爲東、西兩路,"以青、淄、濰、萊、登、密、沂、徐州,淮陽軍爲東路,鄆、兖、齊、濮、曹、濟、單州,南京爲西路"。又據《長編》卷二八七,元豐元年(1078)閏正月己卯,又詔京東東、西兩路轉運司,"并依未分路以前通管兩路,其錢穀并聽移用",似又復合爲一路,但帥司路仍然分東、西置路。再據《長編》卷二八九五月己丑條,此時,宋廷對京東東、西兩路的轄區進行了調整,"割齊州屬東路,徐州屬西路"。則神宗熙寧初的京東東、西兩帥司路轄區仍舊如仁宗末年,元豐末年的不同之處在於將西路之齊州割屬東路,東路之徐州割屬西路。又據《宋會要輯稿·方域》五之一八,熙寧五年八月二十四日,"詔以京西路分南北兩路,襄、鄧、隨、金、房、均、郢、唐八州爲京西南路,(西京)、(滑)(按:西京、滑,據《長編》卷二三七熙寧五年八月己亥條補),許、孟、陳、蔡、汝、潁七州,信陽軍爲北路"。又據《長編》卷二八七,元豐元年(1078)閏正月己卯,又詔京東南、北兩路轉運司,"并依未分路以前通管兩路,其錢穀并聽移用",似又復合爲一路。京西就熙寧初與元豐末而言,轉運司路并沒有分南、北,故不存在帥司路與漕司路轄境是否一致的問題。
⑳ 《元豐九域志》卷一《開封府》。
㉑ 此部分史實訛誤較多,筆者曾對此進行了系統地考證、辨析。其部分成果《〈宋史·兵志〉正誤(一)》刊發在《文史》2011年第二輯,《〈宋史·兵志〉正誤(二)》刊發在《文史》2011年第四輯,一并參閱,爲幸。
㉒ 按《宋史》卷一八八《兵志二》中廣德軍額的駐地或在開封府界、或在京西,而又記載"滄州"駐有一指揮,滄州遠在河北,疑其誤刊。故廣德有一指揮駐地不明。
㉓ 《宋史》卷一八八《兵志二》載:"雄威:十。考城、襄邑、陳留各一,南京四,陳三。治平四年,并十、三爲十。"據此可知,神宗熙寧初年,雄威當爲九指揮,其被削減之一指揮駐地不明。現故依仁宗末年駐地情況將其排定,但在統計熙寧初禁軍總指揮數時減去一指揮。
㉔ 據《宋史》卷一八七《兵志一》的記載,神鋭爲"咸平六年,料簡河東兵立"。因此,其駐地太原、潞州、晋州等都屬於河東路,但又記載"邢州"駐有一指揮,而"邢州"隸屬河北,疑"邢"字錯訛,具體是何地,待考。故神鋭有一指揮駐地不明。
㉕ 據《宋史》卷一八八《兵志二》的記載,蕃落總指揮八十三,但各駐地指揮數總和爲"八十二",故蕃落有一指揮駐地失載,不明。
㉖ 據《宋史》卷一八七《兵志一》的記載,雄略軍乃是"選諸州廂兵及香藥遞鋪兵立",駐地分布於荆湖和廣南,其駐地"許"州則隸屬京西,疑誤。故雄略有一指揮駐地不明。
㉗ 除京師開封府以外。
㉘ 含駐地不明廣德一指揮、蕃落一指揮以及扣除雄威一指揮。
㉙ 含駐地不明神鋭一指揮及雄略一指揮。

㉚ 《宋史》卷一八八《兵志二》寧朔軍額下載:"寧朔十。京師、尉氏各三,雍丘、滑、河陽、河陰各一。熙寧二年,并爲七。元豐元年,在京第二第三并撥隸第一。"據此可知,元豐末年,寧朔存五指揮,京師有一指揮。其餘四指揮,具體駐地不可詳考。

㉛ 《宋史》卷一八八《兵志二》龍騎條云:"熙寧二年,并爲十三。熙寧一年(?)在京第七隸第九。"可見,元豐末年其指揮數當爲十二,但具體駐地已不可詳考。現姑且依熙寧初的情形,將其二十指揮駐地排定。在計算元豐末年禁軍總指揮數時減去八指揮。

㉜ 《宋史》卷一八八《兵志二》龍衛條云:"(熙寧)六年,三十九并爲二十。八年,置帶甲剩員二。十年,廢亳州一。元豐元年,陳留帶甲剩員闕勿補。二年五月,廢屈直、左射。八月,廢第十軍。十月,南京第十軍第一改新立驍捷左三。六年,廢帶甲剩員。"據此,熙寧年間,龍衛并爲二十指揮,元豐年間廢除亳州、陳留、南京三指揮,則還剩下十七指揮,可以推測作爲侍衛馬軍司主力的龍衛,其駐地應爲京師。且仁宗末、神宗熙寧初其大部都駐扎在京師。

㉝ 《宋史》卷一八八《兵志二》雲騎軍額下云:"熙寧二年,并十、五爲十。三年,第一至十二并爲七。七月,第八撥隸第一第二。八年,置帶甲剩員。元豐二年闕,選雲捷第二軍補之。十月,雍丘帶甲剩員第一改爲橫塞第十。"可見,元豐末年,雲騎存八指揮,但具體駐地難以詳考。其駐地,今姑依熙寧初十五指揮排定之,但統計總數時應扣去七指揮。

㉞ 《宋史》卷一八八《兵志二》武騎條云:"武騎,……(熙寧九年)十二月,在京四并爲三,尉氏二并爲一,考城一分隸雍丘寧朔,在京二并爲一。"據此,可見,武騎京師存一指揮。

㉟ 《宋史》卷一八八《兵志二》廣德軍額下載:"廣德,并揀中廣德,總十。……治平四年,并十、四爲八。熙寧六年,廢揀中廣德,尉氏揀中廣德第一、陽武第二改爲廣德。"可見,元豐末年,廣德存九指揮。其駐地不可詳考,今姑依仁宗末年駐地情況將其排定。其中,滄州一廣德,或誤。就其總數而言,則正好爲九指揮。

㊱ 《宋史》卷一八八《兵志二》雄威條下載:"雄威十。考城、襄邑、陳留各一,南京四,陳三。治平四年,并十、三爲十。元豐元年,以南京第八分隸第三、第四、第七。二年,襄邑(第)二闕勿補。"可見,雄威元豐末年當存八指揮,廢南京、襄邑各一指揮。

㊲ 《宋史》卷一八八《兵志二》勇捷條載:"熙寧三年,并十隸九,右十二并右三。元豐二年,唐、汝州各置土兵一。"可知,熙寧年間,勇捷裁減二指揮,元豐年間增置二指揮。裁減之兩指揮駐地不可考,今姑依熙寧初之駐地情況排定,而在總數統計時減去二指揮。另,據上文,新增兩指揮的駐地爲唐州和汝州。

㊳ 《宋史》卷一八八《兵志二》宣毅軍額條云:"(熙寧三年)十二月,京東路三十三并爲十三。"按熙寧初,京東東、西兩路共計駐有宣毅二十三指揮,故此處之"三十三"當作"二十三"。合并之後的十三指揮駐地已不可詳考,今姑依熙寧初二十三指揮數將其排定,但在統計總指揮數時,一并減去十指揮。

㊴ 有五指揮原駐乾州。《元豐九域志》卷一〇乾州條言,"熙寧五年廢州,以奉天縣隸京兆府"。則原駐扎於乾州的保捷五指揮,極大可能駐在乾州之治所奉天縣,故元豐後,將其五指揮繫於京兆府。

㊵ 有一指揮原駐慶成軍。《元豐九域志》卷三河中府條言,"慶成軍,熙寧元年,廢軍以榮河縣隸府,即縣治置軍使"。

㊶ 除京師開封府以外。

㊷ 含駐地不明寧朔四指揮及扣除雲騎七指揮。

㊸ 扣除龍騎八指揮、勇捷二指揮以及宣毅十指揮。

㊹ 久保田和男先生的研究認爲熙寧年間共有禁軍1 395指揮、元豐年間共有禁軍1 372指揮。其中,熙寧年間的數值與筆者的統計相距巨大,其1 395指揮,或爲神宗熙寧年間實施并營政策之後的數值,筆者之數值實爲熙寧初年之數值,在實施并營政策之前。元豐年間的數值亦與筆者有些微差異,或因統計方法

及計算駐地不明禁軍數的不同所致，但其數值應爲元豐末年之數值。齋藤忠和統計神宗熙寧初有馬軍591指揮，步軍1 296指揮，共1 887指揮。此數值與筆者統計的相比較，較多。或許齋藤忠和計算了本已廢除了的禁軍軍額，或將某處之禁軍指揮數錯繫於某處。

㊺ 《長編》卷二七八熙寧九年十月乙未條。

㊻ 《長編》卷二一八熙寧三年十二月壬申條。

㊼ 同上。

㊽ 《長編》卷二一六熙寧三年十月癸亥條。

㊾ 《長編》卷二三六熙寧五年閏七月甲戌條。

㊿ 《長編》卷二一八熙寧三年十二月壬申條。

(51) 同上。

(52) 同上。

(53) 《長編》卷二一八熙寧三年十二月壬申條與《長編》卷二三六熙寧五年閏七月癸亥條。

(54) 《長編》卷二一八熙寧三年十二月壬申條。

(55) 同上。

(56) 如侍衛步軍司神鋭、威武等。

(57) 如侍衛步軍司宣毅、振武、保捷等。

(58) 《長編》卷二五六神宗熙寧七年九月庚子條，中華書局點校本，第6249頁。《宋史》卷一九六《兵志十》(中華書局點校本，第4899頁)有略同之記載，然作“倒植浮圖”。另，《宋史・兵志》將其繫於熙寧初，《長編》已辨其誤。

# 王安石與孟子

張鈺翰

對於王安石與《孟子》的關係，學術界已有相當多的討論。大體來說，主要集中於王安石在學術上對於《孟子》學説的繼承與發展，尤其是在性善論、王霸論、聖人論這幾方面。但是，就具體的學術意見本身而言，王安石對孟子并非全然接受，中間也不乏出入。而安石之尊孟，更見於精神的接契，見於施政處事的行動取向，而不能僅僅在語言文字上求。因此，本文討論王安石與孟子，重點在二人之間的相通處，尤其是王安石從孟子那裏所獲得的精神資源，而較少討論他對孟子在具體學術見解方面的繼承與發展。

## 一、"故有斯人慰寂寥"

王安石有《孟子》一詩云："沉魄浮魂不可招，遺編一讀想風標。何妨舉世嫌迂闊，故有斯人慰寂寥。"[①]此詩不知作於何時。從詩中所透露出的情感來看，懷疑作於王安石所主導的變法遭受嚴重抨擊之後，甚至可能在王安石退隱金陵之時。此可置而不論。就此詩本身而言，王安石引孟子爲千古知己的心態躍然可見。

所謂"迂闊"，指"迂遠而闊於事情"[②]。孟子在戰國之際勸諸侯行王道，當時君主就多認爲他迂闊。到了宋代，倡言變革、恢復古道的士大夫也常常被視作迂闊。如范仲淹，呂夷簡即視之爲"迂闊，務名無實"，隨後將之貶至饒州。[③]王安石亦早享迂闊之名。他在上仁宗的萬言書中，就稱自己所論是"流俗之所不講，而今之議者以謂迂闊而熟爛者也"[④]。尤其在他被神宗任用前後，有許多大臣想以此爲理由打消神宗的念頭。吴奎曾對神宗稱"臣嘗與安石同領群牧，備見其臨事迂闊，且護前非，萬一用之，必紊亂綱紀"[⑤]。唐介也對神宗稱王安石"好學而泥古，議論迂闊，若使爲政，恐多所變更，必擾天下"[⑥]。他們以"迂闊"爲理由反對王安石大用，而迂闊在神宗心中恰恰是貶義詞。呂公著在向神宗推薦司馬光時，神宗就表示司馬光雖然人品方直，但是"迂闊"，也就是不能擔任大事。[⑦]但對於吴奎等人的意見，神宗并沒有接受，反而認同了王安石"經術所以經世務"的看法。在王安石當政，力行新法之後，當時所謂賢人君子大多持反對態度，連之前與王安石有著良好關係的韓維、呂公著等人也激烈反對。在這種情形下，"迂闊"之名反而成爲王安石與孟子精神契合的連接點。雖然不被理解,但王安石引孟子爲比,也就愈加自信,直往而不返。

　　王安石對孟子的仰慕很早就已開始,年22時已以孟子、韓愈爲楷模。⑧司馬光稱其"特好孟子與老子之言"⑨,誠非虛語。但早年王安石之學習《孟子》,很大程度上乃是繼承古文運動的傳統,一則尊孟以排佛老,一則學習《孟子》之文。慶曆後期歐陽修見到王安石的文章之後,希望他能"少開闊其文,勿用造語及模擬前人",又勸他"孟韓文雖高,不必似之也,取其自然耳"⑩,歐陽修的批評表明王安石早年實際上是在文字上模擬《孟子》。但很快,他就開始從孟子自得之説出發來追求作文之意,文辭退居到第二義。⑪由此,他可能就轉向了孟子的道德性命之學。他所著《淮南雜説》盛行於世後,"天下推尊之以比《孟子》"⑫。《淮南雜説》今已不存,侯外廬等懷疑《臨川先生文集》卷六五至七〇諸卷即是⑬,大致相當於主要據龍舒本整理之《王文公文集》卷二六至三二。這個假説如果不誤的話,就其内容而言,王安石非常多地引用、發揮孟子之説,在討論的主題上有與《孟子》相似之處。也就是説,在皇祐末年,王安石對於孟子的關注已經更深入一步,而不去討論作文的問題。退一步説,哪怕這些文章并非《淮南雜説》,時人比之爲《孟子》也是在文章風格方面而言的話,那麽至少到嘉祐初年,王安石也已經拋棄了韓愈,不再感興趣於撰作古文,而要追隨孟子以傳道爲己任。嘉祐二年王安石授知常州,五月離京⑭,在此前後歐陽修有詩文相贈,其詩云:"翰林風月三千首,吏部文章二百年。老去自憐心尚在,後來誰與子争先。"有以王安石爲自己文章宗主繼任者的期許。⑮但王安石回書稱"惟褒被過分,非先進大人所宜施於後進之不肖,豈所謂誘之欲其至於是乎? 雖然,懼終不能以上副也,輒勉强所乏,以酬盛德之貺。非敢言詩也。惟赦其僭越"⑯,表明不敢副歐公之期許。其所和詩即有名的《奉酬永叔見贈》,前四句云:"欲傳道義心雖壯(一作猶在),强學文章力已窮。他日若能窺孟子,終身何敢望韓公。"⑰更是明顯拒絶了以詩文名世的期待,從古文運動中解放出來。顧棟高稱:"歐公以太白、昌黎相期許,公答詩特舉出一孟子,地位占得儘高,厥後屢辭召命,及入對,鄙魏徵、諸葛孔明爲不足道,俱是摹仿孟子氣概。"⑱確是在精神氣度上深得王安石之心。以道自任,以孟子自期,纔是王安石最終的精神認同與學術追求。

　　實際上,儘管王安石個人學術有過轉變,但這種以道自任的精神始終貫穿於其生命歷程之中,這也是他最終能夠捨棄韓愈認同孟子的根本原因。他在《憶昨詩示諸外弟》中自稱:"此時少壯自負恃,意氣與日争光輝。乘閑弄筆戲春色,脱略不省旁人譏。坐欲持此博軒冕,肯言孔孟猶寒饑。……材疏命賤不自揣,欲與稷契遐相晞。"⑲已經意氣勃發,想要成爲當代稷、契,以輔佐皇帝成爲堯舜那樣的聖君。其《淮南雜説》中稱"道義重,不輕王公;志意足,不驕富貴"⑳,語雖出自《荀子·修身篇》㉑,但也表現出了以道義自重而不爲名位貧富所累的心態。在王安石看來,士人是道的傳承者,天下的治亂興衰,三代之道的大明於世,都是士所應承擔的責任。後世三代聖賢之道不明,不僅僅在於在上位者未能以古道教育士人,同樣也由於士人本身没有力行聖人之道。"嗚呼! 道之不明邪,豈特教之不至也,士亦有罪焉。嗚呼! 道之不行邪,豈特教化之不至也,士亦有罪焉。蓋無常産而有常心者,古之所謂士也。士誠有常心以操聖人之說而力行之,則道雖不明乎天下,必明於己;道雖不行於天下,必行於妻子。內有以明於己,外有以行於妻子,則其言行必不孤立於天下矣。此孔子、孟子、伯夷、柳下惠、揚雄之徒所以有功於世也。"㉒士人能否擔當起傳道的責任,是道之行與不行的根本。以道自任,正是士人本身的責任與價值所在。當士人承載了道的真義,進則平治天下,使君主爲堯舜之君,使百姓安樂富足;退則以一身正家族鄉黨,以個人之行誼顯示道的價值,使道能夠發揚與傳承。這種擔當精神促使王安石積極地想要有爲,甚至去"干公卿"。在年輕時,王安石曾經多次致書於"在位者",就是希望能夠得到他們的賞識,進而獲得使自己所掌握的道可以傳播、實現的土壤。在《上龔舍人書》中,王安石自稱:"某讀《孟子》,至於'不見諸侯',然後知士雖陋窮貧賤,而道不少屈於當世,其自信之篤、自待之重也如此。是皆出處之義,上下之合,不可苟也。爲人上者而不以是,不足與有爲;爲人下者而不以是,雖有材,不足以有爲,其進幾於禍矣。在上不驕,在下不讒,此進退之中道。某嘗守此言,退而甘自處於爲賤,夜思晝學,以待當世之求,而未嘗懷一刺、吐一言,以干公卿大夫之間,至於今十年矣。……今士之進退不以義,而惟務苟合而已。吁!可悲也。"以孟子"不見諸侯"作爲自己不干公卿的前世楷模,以孟子所論的出處之義來衡量自己與當世,因此自甘於身處卑賤之位。但同一書中他又對此進行了反思而有所改變:"方公卿大夫,居高明之勢,外以富貴自尊,內以智能自負,必不欲求於人,欲人之求己。士不欲求於人,如此則上下之合,無時可得矣。某以是翻然改曰:'苟一往公卿大夫之門,與之議論,察其爲人,可與言則進,不可與言則退,於道宜未爲屈也。'"㉓也就是說,王安石沒有一味等待他人之知,而采取主動態度去結交龔鼎臣。儘管在外在的行爲之跡上有了不同,看似背離了孟子的教誨,但究其本心,王安石不甘於一己之自適,以道不能行於世爲憂,而汲汲於向在上位者顯示自己的才學,以求得賞識與提拔,這與孔子周遊列國,孟子游食齊梁一樣都是爲了使道能夠得行於世。至少在王安石本人看來他并未以道屈勢,也并未違背孟子的法言。誠然,王安石反對以榮利爲目標,游走權門以求顯宦的浮薄奔競之風,反倒常常辭召試,辭兩制,表現出不求仕進的態度,因此也曾被視爲恬退守道的典型。㉔但是,他并不就堅持要安於貧賤下位,自得其樂。作爲士的責任感、使命感使他不可能做一個隱士,或是一個湮沒在官僚制度機器中的官員,以道自任的精神作爲一種內在的動力始終驅使著王安石勇於進取。他說:"大人之窮達,能無悦戚於心,不能毋欲達。孟子曰:'我四十不動心。'又曰:'何爲不豫哉?然而千里而見王,是予所欲也。不遇故去,豈予所欲哉?王庶幾改之,予日望之。'夫孟子可謂大人矣,而其言如此,然則所謂無窮達於吾心者,殆非也,亦曰無悦戚而已矣。"㉕作爲"大人",必然始終心存達以行道的念頭,只要有一絲可能行道的機會,也要積極去爭取。因此,治平中王安石居喪期間,與他交往密切的禪師蔣山贊元就說他"秉氣剛大,世緣深,以剛大氣遭深世緣,必以身任天下之重"㉖,算是看透了王安石不會一直悠遊林下,必然要積極出世,擔負起平治天下的重任。王安石的自信與自任,與孟子"如欲平治天下,當今之世,舍我其誰歟"的豪邁氣概如出一轍。孟子這位前代聖人，正是王安石所效法的對象。

這種以道自任的精神尤其集中體現於王安石接近、進入權力中樞，主導國政時期。在熙寧元年王安石初入朝進入經筵時，他曾主張侍講當賜坐，即爲皇帝講解經史典籍的官員坐講，以表現皇帝對於道的尊重。顧棟高稱"荆公以孟子自處，事事欲摹仿古人，立崖異，爭坐講，亦其一節也"㉗，即是説争坐講是王安石效法孟子的一個方面。坐講意味著帝王要以學生的身份聽從老師的教導，而講官則具有"帝師"的身份。孟子即每以帝王之師自處，希望在道德修養與政治舉措上指導帝王，使帝王按照自己所闡釋的堯舜王道平治天下。王安石争坐講也正有這番含義在内。此次争論坐講之事，儘管神宗曾特許王安石個人在講解的那天可以坐，但由於大多數士大夫的反對，王安石未敢斷然坐講，他的建議也就没能實現。㉘但是，王安石個人在政治實踐中仍然實現了做"帝師"的期待。在神宗想要重用他之前，王安石提出"陛下誠欲用臣，恐不宜遽，謂宜先講學，使於臣所學本末不疑，然後用之"㉙。實際上本於孟子"學然後臣之"之意。《孟子》云："天下有達尊三，爵一，齒一，德一。朝廷莫如爵，鄉黨莫如齒，輔世長民莫如德，惡得有其一以慢其二哉！故將大有爲之君，必有所不召之臣，欲有謀焉則就之，其尊德樂道不如是，不足以有爲也。故湯之於伊尹，學焉而後臣之，故不勞而王；桓公之於管仲，學焉而後臣之，故不勞而霸。"趙岐注稱"王者師臣，霸者友臣"㉚，王安石勉神宗進於堯舜之域，要神宗成爲實現王道的皇帝，那麽首先就需要皇帝以臣爲師，需要神宗以王安石爲師。只有神宗對於王安石的道德學術全然領悟，表示贊同并接受王安石的指引之後，王安石纔能真正爲神宗所用，這樣的君臣相得也纔能共同去實現王道。在這種情形下，王安石本人自視爲道的當代承擔者，決定著神宗能否成爲堯舜。神宗也確實對王安石言聽計從，并全力支持用王安石的學術指導政治。王安石《日録》中有神宗稱安石爲"師臣"之説，後來陳瓘也曾將王安石比作伊尹，謂其爲神宗之師㉛，也就是説在實際上，王安石在很多人眼中確實成爲皇帝的老師。王安石以他所代表的道，凌駕於皇帝之上。以道自任的精神，在做帝師這一點上有了鮮明的體現。

但需要注意的是，王安石所强調的士人以道自任，實際上更在於他自己就是道的象徵。他的這種自居師臣之位，并非以師道凌駕於君道之上，并非代表士大夫群體，而是以獨出的聖人自許，所要提高的是他作爲個體的地位與尊嚴。在《虔州學記》中他就説："故舉其學之成者，以爲卿大夫，其次雖未成而不害其能至者，以爲士，此舜所謂庸之者也。若夫道隆而德駿者，又不止此，雖天子，北面而問焉，而與之迭爲賓主，此舜所謂承之者也。"㉜只有作爲"道隆德駿"的學者纔可以成爲皇帝之師，獲得與天子"迭爲賓主"的資格，普通士大夫則仍然在官僚體系之内充當臣子，惟有遵命奉行之責。王安石自認爲掌握了三代聖人之道，而在當時的士大夫之間一片反對的聲浪，那麽王安石就將自己視作當世唯一的道的承擔者，也只有他有能力經世濟民，在神宗的支持下復興三代。國家的大政方針，都需要由他來輔佐皇帝決定。在《三經新義》新義中，王安石就在多處表達了這個意思。尤其是因爲自己身居宰相，他解大宰"作大事"稱"餘官言大事未有言作者，則大事獨大宰作之而已”㉝,就是在表明他個人的政治責任。當王安石以一己之力與所謂“流俗”相對抗,争奪對道的闡釋權和繼承權時,他提倡的尊古重道就變成了尊嚴王安石個人的地位。當王安石大權在握,基本控制朝政之後,他并没有再次提出經筵官坐講,似乎也可説明這一點。因爲即使經筵内容已經開始轉向了傳授道義,經筵官也具有了傳道之“師”的實質,但王安石已經脱離了經筵官而居於更高的地位,經筵的坐講與否與他個人没有了密切的聯繫,也就不爲他所重視。也就是説,只有王安石身處經筵之時,尊嚴“師道”由於可以借此提高王安石的地位而具有意義。那麽,儘管在客觀效應與影響上,王安石提倡坐講、學然後臣之的論調與行動爲後來師道的復興開闢了道路㉞,但就王安石個人的主觀意圖,以及他在實際政治中的一些表現來看,他并非是以師道與君道抗衡,他所著重强調的,更在於不從時所好,大有作爲的聖人、大人——也就是他自己——而非一般的君子。

因爲以聖人自期自許,王安石對於他所掌握的聖人之道也抱有極大的信心。秉持著這一份自信,王安石對於他人的異議大多不放在心上。尤其是他將持反對意見的士大斥作“流俗”,視爲小人,認爲他們那些世俗偏見并没有領悟到聖人立言的真義,對道有所不明,那麽他們的意見也就不值一哂,自己也不應該被他們所迷惑而懷疑自身對於道的把握。不爲時俗所惑是聖人的表現之一。在他看來,“孔、孟所以爲孔、孟者,爲其善自守,不惑於衆人也。如惑於衆人,亦衆人耳,烏在其爲孔、孟也”㉟。真正的掌握道就必然能够貫通於身心之中,成爲自身顯現的一部分。這是孔子、孟子所作出的典範。如果做不到這一點而總是在旁人的議論下猶豫摇擺,那就説明自己并没有能够真正領悟道。道只是作爲一個客體而存在,成爲一種認識對象,而不是發自於自己内在的體認。他在《衆人》詩中也説:“衆人紛紛何足競,是非吾喜非吾病。頌聲交作莽豈賢,四國流言旦猶聖。唯聖人能輕重人,不能銖兩爲千鈞。乃知輕重不在彼,要知美惡猶吾身。”㊱朝野稱頌之聲一片并不能證明王莽是大賢,“不利於成王”的流言盛傳也掩蓋不了周公的大聖,可見衆人的議論紛紛不足以表現出我的美惡,更不足以判斷我的行爲是否合於道,關鍵在於自身是否真正掌握了真理。只要自信於所學,那麽哪怕不被世俗所理解,又有什麽關係呢?前世的聖人孟子,不也是和我有著相同的境遇么?正因爲這份自信,王安石也纔能在面對紛紛呶呶的質疑與攻擊之時,孤傲地吟出“何妨舉世嫌迂闊,故有斯人慰寂寥”。

## 二、權時之變,惟義所在

孟子評價前代的聖人,稱:“伯夷,聖之清者也;伊尹,聖之任者也;柳下惠,聖之和者也;孔子,聖之時者也。孔子之謂集大成。”㊲認爲伯夷、伊尹、柳下惠都是聖人,但同時他又説“伯夷隘,柳下惠不恭。隘與不恭,君子不由”㊳,表明伯夷諸人仍有弊端,所願學者乃在孔子。作爲集往聖之大成的聖人,孔子根據時的不同,“可以速而速,可以久而久,可以處而處,可以仕而仕”,隨時變通,無可而無不可。這是孟子對孔子的理解與認識,也是他游食齊梁之間,或仕或處,或進或退的根據所在。

王安石十分贊賞孟子所提倡的這種權時之變的態度與做法。他也曾經對伯夷、伊尹、柳下惠的行爲進行解釋,指出他們所采取的不同行爲是根據時勢的不同而以身矯天下之弊。只是後學不達其意,僅在行迹上模仿纔産生了種種流弊。如果"使三人者當孔子之時,則皆足以爲孔子也,然其所以爲之清、爲之任、爲之和者,時耳,豈滯於此一端而已乎?苟在於一端而已,則不足以爲賢人也,豈孟子所謂聖人哉?孟子之所謂隘與不恭,君子不由者,亦言其時爾"㊴。雖然在具體的行爲表現上有所不同,但其背後,在根本的對於道的把握和理解上并無不同。時代變了,言行也要隨之調整,以適應所處時代與形勢的需要。如果僅僅在外在的表現上追求與聖人相同,那麽實際上只是一種形式上的模仿,而沒有真正領悟聖人所以采取何種言行的根本所在。"蓋時不同,則言行不得無不同,唯其不同,是所以同也。如時不同而固欲爲之同,則是所同者迹也,所不同者道也。迹同於聖人而道不同,則其爲小人也孰禦哉?"㊵更有甚者,一味地追求古人行迹,可能會造成變亂天下的結果。㊶因此,在對道的已經有深刻把握的基礎上,"權時之變"就是必然的行爲方式。

在王安石看來,"權時之變"是聖賢與普通士大夫甚至小人的重要區別之一。所謂聖人,就是知"權"之大者;賢人,是知"權"之小者㊷,歸根結底,聖賢要能夠明白在何種情形之下用"權",即在任何時候都可以運用"權"的原則使自身的言行合乎道。王安石認爲古代聖賢"權時之變"的典範存在於《論語·微子》一篇之中,"第深考《微子》一篇,則古之聖人君子,所以趣時合變,蓋可睹矣"㊸。而他又認爲《微子》的記述先後順序是有理由的,"昔之論人者,或謂之聖人,或謂之賢人,或謂之君子,或謂之仁人,或謂之善人,或謂之士,《微子》一篇,記古之人出處去就,蓋略有次序"㊹。也就是說,從聖人到士的區分是按照對於權變的理解與貫徹來判定的,能否"權時之變"成爲衡量一個學者達到何種境界的行爲準則。在個人的出處進退之際,王安石也往往從權合時。他在入仕之初,因家貧口衆,所以不肯試館職而堅持謀求俸禄比較豐厚的地方官。㊺在當時,出仕者因爲家貧者頗多,王得臣嘗聽聞仕宦者言"某所有職田,某所供給厚,可仕也",朝堂之論亦然。㊻儘管部分士大夫可能有家庭貧困,需要俸禄養家的考慮,但以俸禄的高低來決定出任某官與否,在一些有識之士眼中仍屬於"奔競之風"。對此,王安石仍然選擇可能遭到非議的干溷朝廷之舉。他在詩中說"三戰敗不羞,一官遷輒喜。古人思慰親,愧辱寧在己。於陵避兄食,織屨仰妻子。恩義有相權,絜身非至理"㊼,表明他爲了養親,可以自己承受屈辱與羞愧。在他看來,追求個人節操的高潔本合於道,是作爲士人的應有之志。但是,當養親的需要與個人保持操守發生衝突之時,就應該從權,以養親爲先,以個人爲後。一味追求己身的高潔并非絕對真理,在更高層面的仁義面前,個人的操守可以有所損益,有權纔能更好地貫徹道。在此詩中,王安石以於陵仲子的"絜身"而不能養親爲不義來說明從權的道理,又恰恰是從孟子而來。

在變法期間,王安石所主張的"權時之變"也成爲他與反對派相抗衡的一種理論根據。

熙寧二年，王廣廉建議賣祠部度牒爲本錢以實行青苗法，此議與王安石的青苗法之意正相吻合，乃於河北、京東等路施行。程顥上言表示反對，王安石對神宗稱："顥所言自以爲王道之正，臣以爲顥所言未達王道之權。今度牒所得，可糴粟凡四十五萬石，若凶年人貸三石，則可全十五萬人性命。賣祠部牒者三千人頭，而所救活者十五萬人性命，若以爲不可，是不知權也。"[48]在這裏，王安石認爲賣度牒本身是不合理的，但在具體的特殊形勢之下，爲了能够挽救更多人的生命，這種不合理能够達到善的效果，也就轉化成合乎道，即所謂"反經合道"。反經，就是"權時之變"，它本身是實現道的必要手段。"王道之正"確實是聖人所言所行，有其合理性，但同時也需要"王道之權"以爲之補正。在此之前神宗曾以蘇軾的議論質諸王安石，王安石以爲："軾言亦是，然此道之經也，非所謂道之變，聖人之於天下感而後應，則軾之言有合於此理。然事變無常，固有舉事不知出此，而聖人爲之倡發者。譬之用兵，豈盡須後動然後能勝敵！顧其時與勢之所宜而已。"[49]天下之事變幻無常，執所謂"正"、"經"去應對，實則膠滯於一，必然導致僵化，有害於道。孟子以嫂溺援之以手爲權[50]，云"執中無權，猶執一也。所惡執一者，爲其賊道也，舉一而廢百也"[51]。因此，采用何種行爲方式，主要還是要看所要面對的形勢有何變化，用"經"或用"權"也就都可以實現其正當的一面，正所謂"天下之理，固不可以一言盡。君子有時而用禮，故孟子不見諸侯；有時而用權，故孔子可見南子"[52]。

李壁見楊時誌譚勛墓中云："公雅不喜王氏。或問其故，曰：'説多而屢變，無不易之論也。世之爲奸者，借其一説可以自解。伏節死誼之士鮮矣。'"[53]雖然是從批評的角度發論，但其中所指出的"説多而屢變"確實是王安石學術中的一個特色。在知鄞縣時，轉運使令吏民出錢購人補盜，王安石上書稱"在閣下之勢，必欲變今之法，令如古之爲，固未能也。非不能也，勢不可也。循今之法而無所變，有何不可，而必欲重之乎？"[54]明確表示反對變今之法而從古，但他後來又強調當今之法大壞，力主變革，意見明顯相反。這其中可能有王安石本身學術發生變化的原因，但也可能是因爲在針對不同的問題時，王安石采取了不同的態度和説法。而就王安石的本心而論，"説多而屢變"卻未必是他所在意的一種批評，未必能够動搖王安石的立論基礎。由於主張"權時之變"，那麼普通士大夫所強調的言行之一致，廉謹之節操，在王安石眼中并無多大意義。他在爲王回所作墓誌銘中稱其"志欲以聖人之道爲己任，蓋非至於命弗止也。故不爲小廉曲謹以投衆人耳目，而取捨、進退、去就必度於仁義"[55]。雖是在表彰王回，同時也是夫子自道。當龔原等人對這一説法表達不同意見時，王安石致書龔原，強調"然不爲小廉曲謹，以投衆人耳目，而趣捨必度於仁義，是乃深父所以合於古人，而衆人所以不識深父者也"[56]，表明他認爲"小廉曲謹"不過是衆人的俗態，而不是古代聖賢的真精神。要追隨古人，就不能順從時之所好。以仁義爲出發點，就可以不廉，可以不謹，仍不害其爲聖賢。出於此一論調，王安石也對馮道表示欣賞，"謂其能屈身以安人，如諸佛菩薩之行"[57]。自歐陽修於《新五代史》中斥馮道"無廉耻"[58]，出於道德重建的需要，宋人大多對馮道持否定態度。[59]但王安石認爲馮道"屈身"是爲了

"安人",以一己爲小而以天下爲大,雖然在個人的立身節操上好像有所不足,但這屬於"舍身而取義"的行爲,也就不妨害他可以躋身於前代大賢之列,這與富弼所持馮道是"孟子所謂大人"⑥⁰的意見正相同。

《孟子》一書中屢屢言及大人,焦循以爲其稱有二,一指在位者,一指大丈夫。⑥¹指在位者《論語》"畏大人"已經提到,以"位"而言,其中不涉及其他的内涵。指"大丈夫"的"大人"則是孟子所極力闡發的。其要者如:"大人者,言不必信,行不必果,惟義所在。"⑥²"從其大體爲大人,從其小體爲小人。……耳目之官,不思而蔽於物,物交物,則引之而已矣。心之官則思,思則得之,不思則不得也,此天之所與我者。先立乎其大者,則其小者弗能奪也,此爲大人而已矣。"⑥³"居仁由義,大人之事備矣。"⑥⁴所謂"大人",要在仁義爲核心的道德修養上達到完滿的狀態,掌握道的最高準則——尤其是孟子所強調的"義"。實際上,在《論語》中,孔子也有"言必行,行必果,硜硜然小人也"的說法,劉寶楠於此引《孟子》"言不必信,行不必果,惟義所在"作解⑥⁵,表明言之有實與否,行之果決與否,都由其中是否有"義"決定,義是大人言行的出發點所在。沒有義蘊含於其中的小忠小信之節操并不爲孔孟所贊許。古代聖人在不同時勢之下表現出非常之言行,在王安石看來都是義爲之制的緣故。君臣上下之分本是萬世不可變的常道,但"桀、紂爲不善而湯、武放弒之,而天下不以爲不義也。蓋知向所謂義者,義之常,而湯、武之事有所變,而吾欲守其故,其爲蔽一,而其爲天下之患同矣。使湯、武暗於君臣之常義,而不達於時事之權變,則豈所謂湯、武哉?"⑥⁶"義"在特殊局面下以"權變"的形式展現出了它的合理性,湯武之所爲也就是符合孟子所謂不行"非禮之禮,非義之義"的大人。孔子在魯國時順從時俗參加獵較,王安石從孟子"事道"之説,以爲"蓋孔子所以小同於俗,猶有義也,義固在於可爲之域"⑥⁷。在這些論述中,王安石將孟子所闡發的"惟義所在"與"權時之變"結合在了一起,而二者在孟子的思想中本身也是密不可分的。王安石所主張的"權時之變",即以"惟義所在"爲其理論基礎。

至和中,王安石被任命爲集賢校理,四上狀辭之;嘉祐五年,授同修起居注,前後十餘狀請辭,最終都在他的堅持下得允所請。王安石認爲這些任命都是常制外的提拔,屬於意外的恩典,也是他所不應當得到的,他也就不應該接受。"蓋聞當得而讓,則上有所不得聽;不當得而授,則下有所不敢承。不聽不爲迫下,不承不爲慢上,以其有義也。臣誠不肖,然區區之私,具狀四奏者,竊以爲匹夫之志,有近於義,是以仰迫恩威,至於再三,終不敢受。"⑥⁸他自認爲自己的堅持是因爲以義的原則行事。當其行爲有義貫穿於其中,也就可以固執不回,而無視於皇帝居尊臨下的命令。在接到提點江東刑獄的任命之際,他也不贊同臣對於君的絕對義務,"論者或以爲事君,使之左則左,使之右則右,害有至於死而不敢避,勞有至於病而不敢辭者,人臣之義也。某竊以爲不然。上之使人也,既因其材力之所宜,形勢之所安,則使之左而左,使之右而右,可也。上之使人也,不因其材力之所宜,形勢之所安,上將無以報吾君,下將無以慰吾親,然且左右惟所使,則是無義無命,而苟悦之可爲也。害有至於死而不敢避者,義無所避之也;勞有至於病而不敢辭者,義無所辭之也"⑩。無論是從上之任人以材還是從下之養親爲重來看,都應該以"義"爲原則請辭。所以,王安石又要辭去此差遣。對此,即使王安石的同好也非全然贊同,曾鞏、孫侔等都認爲王安石不應該屢次干瀆朝廷。只有王令表示認同,頻頻致書以行其義之所當行相勉勵。⑰雖然除了致書於曾公亮以外,不見王安石辭提點江東刑獄的表章,但從其與王逢原的書信中可知他曾多次上書請辭,儘管在曾鞏等人的勸勉之下停止了上奏,⑪但僅僅半年就調職離任未必不與他屢次請辭有關。以義爲準再次成爲他去就的根據所在,流俗之紛紛也就不足顧慮了。

在討論勇與惠的問題時,當時人多認爲"惠者輕與,勇者輕死,臨財而不訾,臨難而不避者,聖人之所取,而君子之行也",但王安石表示異議,認爲在采取某種行爲之前,心中要慎重地考慮何者爲義,當其行爲表現出來以後,必然是符合義的,所謂義也就是合乎時宜。在面臨一些兩難的局面時,比如説在大難之前,可以死,可以不死,選擇死是人很難去做到的,而選擇不死則容易得多,但是死未必就比不死具有更高的道德優越性。孟子説"可以與,可以無與,與傷惠;可以死,可以無死,死傷勇",有人認爲當作"無與傷惠"、"無死傷勇",王安石認爲這種看法就是以難者爲行,而沒有以義爲標的。困難或容易并非是聖人進行選擇的標準,關鍵在於哪者更合乎義。像子路勇於赴死,但孔子認爲"由也好勇過我,無所取材",在可以不死的情況下子路選擇死,看似勇於爲義,但過猶不及,過於勇即是違背了義,也就傷害了勇的本質含意。"是故尚難而賤易者,小人之行也;無難無易而惟義之是者,君子之行也。傳曰:'義者,天下之制也。'制行而不以義,雖出乎聖人之所不能,亦歸於小人而已矣。"⑫以義制行,即由義來決定在具體情勢下的行爲,勇與惠在也就會"權時之變"而有不同的顯現。

因爲有"惟義所在"爲前提,"權時之變"也就具有了合理性。二者在王安石的思想中具有相當核心的地位。在《九卦論》中,王安石討論了君子如何在"困"之時自處。由於困是君子所能面臨的最艱辛,最難處理的局面,因此如果能夠在困境中完善地應對,也就可以成君子之行而入於聖人之域。王安石以《易》之九卦作爲處困之時聖人所言的處之之道:"履以和行,謙以制禮,復以自知,恒以一德,損以遠害,益以興利,困以寡怨,井以辨義,巽以行權。"這九卦構成了一個完整的體系,對君子在困時的各個方面都有所規定。能夠深刻理解、貫徹這九點,也就能夠在困之時遊刃有餘,不爲困境所苦。更進一步,人之所遭遇有命在,其間事物紛繁,變動不常,則"其行尤貴於達事之宜而適時之變也。故辨義行權,然後能以窮通。而井者,所以辨義;巽者,所以行權也。故君子之學至乎井巽而大備,而後足以自通乎困之時"⑬。井卦和巽卦成爲這九卦的核心,辨義行權乃是君子處困之時的根本指導原則,也是君子之學的極致,它成爲應對各種紛雜局面、解决各種繁複問題時的基本方法與普遍原則。楊倩描將這種權變思想視作王安石《易》學中的一個重政治要思想⑭,但不僅僅在政治方面,在個人的出處進退之道等各個方面,辨義行權實際上都是王安石的處事原則,他也因此自信不回,不恤衆人的流俗之見。可以説,"權時之變,惟義所在"乃是他安身立命,應變無方的根基所在。

(作者單位:上海人民出版社)

---

① 《王文公文集》卷七三,上海人民出版社,1974年,第775頁。
② 焦循《孟子正義》,第6頁。
③ 李燾《續資治通鑑長編》(下簡稱《長編》)卷一一八,景祐三年五月丙戌條,中華書局,2004年,第2784頁。
④ 《王文公文集》卷一《上皇帝言事書》,第15頁。
⑤ 《長編》卷二〇九,治平四年閏三月,第5086—5087頁。楊仲良《皇宋通鑑長編紀事本末》(下簡稱《長編紀事本末》)卷五九《王安石事迹上》,李之亮校點,黑龍江人民出版社,2006年,第1041頁。
⑥ 《長編紀事本末》卷五九,第1046頁。
⑦ 同上書,卷五八《司馬光彈劾》,第1030頁;又彭百川《太平治迹統類》卷一二《神宗聖政》,《文淵閣四庫全書》本。
⑧ 《王文公文集》卷三六《送孫正之序》(慶曆二年閏九月十一日),第433—434頁。
⑨ 司馬光《温國文正司馬公文集》卷六〇《與王介甫書》,《四部叢刊初編》本。
⑩ 陳杏珍、晁繼周點校《曾鞏集》卷一六《與王介甫第一書》,中華書局,2004年,第255頁。歐陽修之語爲曾鞏見之於滁州時所言,蔡上翔《王荊公年譜考略》繫此書於慶曆七年,裴汝誠點校《王安石年譜三種》,中華書局,2006年,第247頁。
⑪ 《王文公文集》卷三《上人書》,第45頁。其云:"自孔子之死久,韓子作,望聖人於百千年中,卓然也。獨子厚名與韓并,子厚非韓比也,然其文卒配韓以傳,亦豪傑可畏者也。韓子嘗語人文矣,曰云云,子厚亦曰云云。疑二子者,徒語人以其辭耳,作文之本意,不如是其已也。孟子曰:'君子欲其自得之也。自得之,則居之安;居之安,則資之深;資之深,則取諸左右逢其原。'獨謂孟子之云爾,非直施於文而已,然亦可托以爲作文之本意。且自謂文者,務爲有補於世而已矣。所謂辭者,猶器之有刻鏤繪畫也。誠使巧且華,不必適用;誠使適用,亦不必巧且華。要之以適用爲本,以刻鏤繪畫爲之容而已。不適用,非所以爲器也。不爲之容,其亦若是乎?否也。然容亦未可已也,勿先之,其可也。"此書撰述時間不明,但從此時王安石仍不否定"刻鏤繪畫"的重要性來看,當是作於其完全轉向道德性命之學之前。
⑫ 劉安世述、馬永卿輯、王崇慶解《元城先生語類解》卷上,《叢書集成初編》本。《淮南雜説》撰寫時間不詳,高克勤以爲可能開始於慶曆初入淮南幕府時,完成於嘉祐年間(《王安石著述考》,收入氏著《王安石與北宋文學研究》,復旦大學出版社,2006年,第76頁)。竊以爲此書可能完成於皇祐年間。首先,據劉安世所言,嘉祐後期王安石爲侍從時此書已盛行於世,王安石嘉祐四年直集賢院,則此書之前必已完成;其次,既以"淮南"爲名,當完成於淮南。從王安石仕宦經歷來看,其在淮南之時有二,一則慶曆二年(1042)至慶曆四年爲簽書淮南節度判官廳公事,二則皇祐四年(1052)至皇祐六年通判舒州(皇祐六年三月十六日庚辰改元至和,而二十二日安石已接到授集賢校理之敕)。從王安石的學術發展變化軌迹來看,慶曆間其似仍主要著力於文章之學。慶曆四年曾鞏上歐陽修書稱安石言"非先生無足知我也",作於慶曆六年之《與祖擇之書》云:"某生十二年而學,學十四年矣。聖人之所謂文者,私有意焉。"雖然他所謂文不僅指文章,乃所謂"治教政令",但仍可見此時其學仍出於古文運動潮流之中,尚未能有所開拓,疑此書當完成於皇祐間。

⑬ 侯外廬等《中國思想通史(第四卷上)》,人民出版社,1995年,第446頁。其所用《臨川先生文集》殆屬杭本系統。關於王安石文集諸本的比較,可見王嵐《宋人文集編刻流傳叢考》一七《王安石集》,江蘇古籍出版社,2003年,第156—169頁;楊天保《古本與新版——在王安石詩文集"整理簡史"之後》,《金陵王學研究》附錄,上海人民出版社,2008年,第338—351頁。

⑭ 對於王安石的任官經歷,顧棟高、蔡上翔諸年譜舛誤甚多,以鄧廣銘《北宋政治改革家王安石》據《長編》所述爲確,三聯書店,2007年。

⑮ 歐陽修《與劉原父書》(嘉祐二年)中稱"得介甫新詩數十篇,皆奇絶,喜此道不寂寞,以相告",正見歐陽修以王安石爲詩文同道。《居士外集》卷七《贈王介甫》、《書簡》卷五,《歐陽修全集》,第395、1266頁。

⑯ 李之亮箋注《王荊公文集箋注》卷三七《上歐陽永叔書二》,巴蜀書社,2005年,第1279頁。

⑰ 李壁注、李之亮補箋《王荊公詩注補箋》卷三三,巴蜀書社,2002年,第612頁。《王文公集》卷五五首聯作"欲傳道義心雖壯,學作文章力已窮",第620頁。以上歐、王二人交往情況,見蔡上翔《王荊公年譜考略》。王安石至和元年初入京,九月授辛酉朔授群牧判官,嘉祐二年知常州,五月離京,七月四日到職視事。

⑱ 顧棟高《王荊國文公年譜》卷上,《王安石年譜三種》,第48頁。

⑲ 《王文公文集》卷四四,第512頁。

⑳ 《河南程氏外書》卷一二,《二程集》,第434頁。

㉑ 劉成國《荊公新學研究》,上海古籍出版社,2006年,第11頁。該書對王安石的出處之義討論甚多,并在此基礎上強調王安石認爲"道尊於勢"并對君臣關係重新界定,以往研究者也多持此論。但揆諸王安石在實際政治中的言行,所論有所偏差,此點後文討論王安石與宋神宗之時有詳細說明。

㉒ 《王文公文集》卷九二《王逢原墓誌銘》,第959頁。

㉓ 同上書,卷二《上龔舍人書》,第30頁。龔舍人者,龔鼎臣也,治平二年二月授知應天府,則此書作於該年閏八月七日,時王安石母喪初除,辭赴闕,居於江寧。

㉔ 《長編》卷一七〇,皇祐三年五月庚午條,第4091—4092頁;卷一七七,至和元年九月辛酉朔條,第4268—4279頁;卷一七九,至和二年三月己卯條,第4324頁;卷一九二,嘉祐五年十一月辛亥條,第4652頁。

㉕ 《王文公文集》卷七《答王深甫書》,第83頁。

㉖ 顧棟高《王荊國文公年譜》卷上,《王安石年譜三種》,第63頁;釋念常《佛祖歷代通載》卷一九,《大藏經》本。

㉗ 顧棟高《王荊國文公年譜》卷中,《王安石年譜三種》,第73頁。

㉘ 《長編紀事本末》卷五三《經筵》,頁936—937。對於此次坐講爭論的詳細過程與其背後的觀念衝突,姜鵬《北宋經筵與宋學的興起》第三章第三節《經筵中的"師道"實踐》有詳細論述,復旦大學博士學位論文,2006年。關於師道復興,鄧志峰《王學與晚明的師道復興運動》導言第三節有詳細討論,社會科學文獻出版社,2004年。

㉙ 《長編紀事本末》卷五九《王安石事迹上》,第1045頁。

㉚ 《孟子正義》卷四,第154頁。

㉛ 陳瑾《宋忠肅陳了齋四明尊堯集》卷一《序》、卷九《寓言門第八》,《續修四庫全書》本。

㉜ 《王文公文集》卷三四《虔州學記》,第401—402頁。

㉝ 程元敏《三經新義輯考彙評(三)——周禮》,臺北"國立"編譯館,1987年,第47頁。

㉞ 孟子升格得以實現的政治文化因素在此得到顯現,詳見第四章討論孟子升公入廟部分。

㉟ 《王文公文集》卷八《答段縫書》,第102頁。

㊱ 《王文公文集》卷五一《衆人》,第577頁。李壁以爲此詩乃舉朝爭新法時所作,《王荊公詩注補箋》卷二

一,第 378 頁。
㊲ 《孟子正義》卷一〇,第 397 頁。
㊳ 同上書,卷四,第 148 頁。
㊴ 《王文公文集》卷二六《三聖人》,第 300 頁。
㊵ 同上書,卷二八《禄隱》,第 331 頁。
㊶ 同上書,卷二八《非禮之禮》,第 323 頁。
㊷ 同上書,卷二八《禄隱》,第 332 頁。
㊸ 同上書,卷七《答劉讀秀才書》,第 88 頁。
㊹ 同上書,卷七《答韓求仁書》,第 80 頁。蔡譜繫於治平元年。
㊺ 同上書,卷二《上執政書》,第 20—21 頁;《上相府書》,第 24 頁;卷一七《辭集賢校理狀》,第 198 頁;《乞免就試劄子》,第 203 頁等。
㊻ 王得臣《麈史》卷下,黄純豔整理,《全宋筆記》第一編第十册,大象出版社,2003 年,第 69 頁。
㊼ 《王文公文集》卷三〇《涓涓乳下子》,第 456 頁。
㊽ 黄以周等輯注、顧吉辰點校《續資治通鑑長編拾補》(下簡稱《長編拾補》)卷五引《宋史全文資治通鑑》,中華書局,2004 年,第 234—236 頁。
㊾ 《長編紀事本末》卷六二《蘇軾詩獄》,第 1108 頁。
㊿ 《孟子正義》卷七《離婁上》,第 306 頁。
(51) 同上書,卷一三《盡心上》,第 541—542 頁。
(52) 《王荆公文集箋注》卷三五《再答龔深父論語、孟子書》,第 1217—1218 頁。
(53) 《王荆公詩注補箋》卷一五,第 273 頁。
(54) 《王文公文集》卷三《上運使孫司諫書》,第 42 頁。
(55) 同上書,卷九二《王深父墓誌銘》,第 961 頁。
(56) 同上書,卷七《答龔深父書》,第 86 頁。
(57) 魏泰著、李裕民點校《東軒筆録》卷九,中華書局,1997 年,第 99 頁。
(58) 歐陽修《新五代史》卷五四,中華書局,1974 年,第 611 頁。
(59) 王賡武將馮道置於他所處的時代之中,重新對馮道進行評價,指出他在亂世中對於保存儒家傳統的貢獻,見其《馮道——論儒家的忠君思想》,收入《王賡武自選集》,上海教育出版社,2002 年,第 104—138 頁。
(60) 吴處厚著、李裕民點校《青箱雜記》卷二,中華書局,1997 年,第 17 頁。
(61) 《孟子正義》卷一三《盡心上》,第 533 頁。
(62) 同上書,卷八《離婁下》,第 327 頁。
(63) 同上書,卷一一《告子上》,第 467 頁。
(64) 同上書,卷一三《盡心上》,第 546 頁。
(65) 劉寶楠《論語正義》卷一六《子路第十三》,《諸子集成》本,第 292 頁。而焦循以《論語》此語解《孟子》。
(66) 《王文公文集》卷二八《非禮之禮》,第 323 頁。
(67) 同上書,卷三二《獵較》,第 385 頁。
(68) 同上書,卷一七《辭集賢校理第四狀》,第 201 頁。
(69) 同上書,卷二《上曾參政書》,第 22 頁。此書當作於辭提點刑獄之時。
(70) 沈文倬點校點《王令集》卷一九《答王介甫書》《與王介甫書》,附録王安石《與王逢原書》其三、六、十一、十二,上海古籍出版社,1980 年。

㉛ 鄧廣銘《北宋政治改革家王安石》,第 20—22 頁。
㉒ 《王文公文集》卷二八《勇惠》,第 328 頁。
㉓ 同上書,卷三〇《九卦論》,第 347 頁。
㉔ 楊倩描《王安石〈易〉學研究》,河北大學出版社,2006 年,第 190—199 頁。

# 英雄無奈小蟲何：
# 遭污名化的抗金將領吳玠死因

陶喻之

## 一、洪邁《夷堅志》之"吳少師"與"衛承務子"
## 口述回憶辨析吳玠死因言之鑿鑿

與岳飛齊名的西北抗金名將吳玠（1093—1139）年歲不及半百離奇暴病而亡，歷代史書均因襲南宋著名史學家李心傳《建炎以來繫年要録》觀點衆口一詞："晚節頗多嗜欲，使人漁色於成都。喜餌丹石，故得咯血疾以死。"①由此，貪圖女色，節操不保，幾乎成爲吳玠死於非命的歷史定論。可同時學者洪邁《夷堅初庚志·吳少師》②却著録有鮮爲人知的另一版本重要口述史料；并且吳玠病源和經服用民間郎中調製丹丸初愈療效，還曾廣爲南宋名醫張杲《醫説》、元養生家李鵬飛《三元延壽參贊書》、明醫學家汪瓘《名醫類案》、李時珍《本草綱目》、謝肇淛《五雜組》、王肯堂《證治準繩》、方以智《物理小識》、清醫學家吳儀洛《本草從新》、徐士鑾《醫方叢話》等歷代醫書轉載選刊。

吳少師在關外，嘗得疾，數月間肌肉消瘦，飲食下嚥少時，腹中如萬蟲攢攻，且癢且痛，皆以爲瘵瘵也。有張鋭者，名醫，時在成都，吳遣驛召之。既至切脈，戒云："明旦且忍飢，勿啖一物，俟鋭來爲之計。"旦而往，天方劇暑，白請選一健卒趨往十里外行路中黄土取一盆來。令厨人旋治麪，時將午，乃得食。纔放箸，取土者適至，於是温酒二升，投土攪於内，出藥百粒，進飲之。覺腸胃掣痛，幾不堪忍，急登溷，鋭先密使别坎一穴，掖吳登之，暴下如注，穢惡斗餘，有螞蝗千餘，宛轉蟠結，其半已死矣。吳亦憊甚，扶憩榻上，移時進粥一器，三日平復。始憶去年正以夏夜出師，中途燥渴，命候兵持馬盂取水。甫入口，似有物，未及吐，已入喉矣，自此遂得疾。鋭曰："蟲入人肝脾，勢須孳生；常日遇食時，則聚丹田間，吮咂精血，即散遊四肢。苟知殺之而不能掃盡，亦無益也，故先請枵腹以誘之。此蟲喜酒，又久不得土味，乘飢畢集，故一藥而空之耳。"吳大喜，厚賜金帛而送之歸。張外舅説。

因此口述文本得自曾任兵部侍郎洪邁岳父張淵道；替吳玠治病張銳又確有其人，曾以醫術高明馳名隴南前綫。後吳病重，朝廷令四川安撫制置使胡世將速召張由蓉趕赴與金兵對壘仙人關醫治，終因吳玠舊病復發凶險而藥石罔效。總之，吳玠出師未捷身先死於寄生蟲病并發症屬實可信，證據確鑿，分別有兩張見證擔保。換言之，他戎馬倥傯，風餐露宿不幸病"蟲"口入，初幸獲張以土方對症下藥，腹臟蟲害經瀉清空而療效乍現，轉危爲安。但後本平復沉疴再起愈演愈烈，病情急轉直下，以致不治之症無可挽救，一代名將壯志未酬抗金疆場，生命竟斷送於小蟲豸口腹，實屬一世豪傑無從預料歷史悲劇。而《夷堅志·吳少師》表述應係張淵道親眼所見或事後耳聞吳玠病入膏肓第一階段突發症狀。所幸他以當事目擊證人或洞悉軍營內幕消息靈通人士資格，悉心搜集吳玠病發診斷和初步治癒全過程詳盡信息，纔有之後洪邁回憶披露其口述權威發布。至於吳玠被污蔑死於淫欲無度，當與《夷堅支戊志·衛承務子》著録另一樁醫術相同但病患者身份、得病場合迥異醫案密切相關，它在替吳玠以正視聽方面本可發揮至關重要作用：

> 寧國人衛承務者，家素富。惟一子年少，好狎遊。忽得疾，羸瘦如削，衆以爲瘵。治療三年，愈甚無益。適劉大用過縣，邀使視之。切其脈，亦謂瘵證。凡下藥月餘，略不效。問其致疾之因，久乃肯言曰："曾以六月間飲娼家，與娼喧争，追醉，不復登榻，獨困卧黑桌上。少醒而渴，求水不可得。其前有菖蒲盆，水極清潔，舉而飲之，自是疾作。"劉默喜，密遣僕掘田澗淤泥，以水沃濯，取清汁兩盞，置几上，令隨意而飲。衛子素厭苦其疾，不以穢爲嫌，一飲而盡。俄腸胃間攻轉攪入，久之始定。繼投以宣藥百粒，隨即洞泄，下水蛭六十餘枚，便覺胸抱豁然。劉曰："此蓋盆中所誤吞也。蛭入人腹，藉膏血滋養，蓄育種類。每粘著五臟，牢不可脫。然久去污渠，思所嗜，非以此物致之，不能集也。"衛子雖去其疾，然尫劣無力，別施藥補理，至八十日乃平復。予頃記張銳治吳少師事，絕相似云。右四事皆劉大用説。

## 二、疑雲密布的吳玠好色負面印象與記錄在案的南宋軍政界文恬武嬉醜聞

由洪邁案語足見無視吳、衛兩案起因截然不同而誤合并案，極易産生吳玠也曾涉足風月場所舉止輕狂失當患病的腹誹。加之岳飛嫡孫岳珂編著《岳鄂王行實編年》《金佗稡編》等，有吳玠替離婚失偶岳飛介紹侍妾的記載，更強烈加深加重了人們對吳玠作風失之檢點，身邊美女如雲，整日花天酒地而生活糜爛不堪等不良印象，釋放出他放縱情欲胡作非爲污名化錯誤信號，乃至把他推向跟衛子同流合污，混爲一談而突破底綫的地步：

> （岳飛）奉身儉薄，不二載，居家惟御布素，服食器用，取足而已；不求華巧，旁無姬

妾。蜀帥吳玠,素服先臣用兵,欲以子女交歡。嘗得名姝,飾以金珠、寶玉,資奩巨萬,遣使遺先臣,次漢陽,使者先以書至,先臣覽之不樂,即報書厚遣使者,而歸其女。諸將或請曰,公方圖關陝,何不留此以結好? 先臣曰,吳少師於飛,厚矣。然國耻未雪,主上宵旰不寧,豈大將安樂時耶? 玠見女歸,益服其盛德。③

但起底對岳飛正面形象表彰未盡真實公允,同樣包含虛僞不實之詞而疑點重重,有待深入考察;就此,當代宋史學家鄧廣銘談及岳飛史料審鑒特別強調:不應把岳珂記載視爲神聖不可侵犯而抄襲由他鑄造虛妄無實之詞。可至今還有人突不破舊觀念束縛,認爲凡經他筆削者必都有其理由或依據,未可輕予否定。此種現象是思想方法未受科學洗禮使然。④

此外,《繫年要錄》引述時人張同《吳玠傳志補遺》有關吳玠在仙人關安置尼姑,通過她深得金兵將帥崇拜信任的高僧,替南宋軍事決策高層搜羅情報,也讓人誤以爲吳玠跟該女尼必有授受不親奸情而再添好色嫌疑:

  金帥薩里罕(即金將完顏撒離喝),最好釋氏。僧午長老者,最所尊禮,至得與其妻妾雜坐飲食。而仙人關尼某,少畜於是僧,忠烈於是置尼私第,日以施利厚給。已而使尼手書,言忠烈所以待己意,惟汝可報,及密許高爵,且啗以金。午喜諾,吾諜之往者,皆館於方丈,往來不絶,薩里罕不疑也。於是金人情僞凡至密之事,吾舉得之。費士戣《蜀口用兵錄》,亦載此事,且云:至是,玠知金將犯金洋云云。

針對南宋文臣武將貪圖享樂,醉生夢死般生活,鄧廣銘先生曾一針見血地指出:

  南宋的統治集團中人,既大都是文恬武嬉,沉迷於醉夢腐朽的生活當中,而一般漂浮在社會上層的文人學士,又大都寄情於聲色,或把時光消磨在玩弄玄虛概念上。對於這樣的政風和士習,辛稼軒在其痛心和憎恨之餘,便時常在其歌詞當中給予一些潑辣尖銳的批評和抗議,冷諷和熱嘲。⑤

如隨吳玠轉戰各地,於和尚原、仙人關戰役屢獲功勛,吳玠死再度會戰仙人原,生擒金源萬户將的楊政,接吳玠任四川宣撫副使而治蜀有方的鄭剛中,都曾有過不可告人生活作風"情"節,但正史對相關案底不著一筆,幸爲時人筆記記錄在案。周煇《清波雜誌》卷八載:

  鄭剛中之鎮蜀地,眷妓闇玉。忽民間遺火,延燒所居(成都)富春坊。鄭於火中獲一旗,上有改東坡《海棠》詩云:火星飛上富春坊,天恣風流此夜狂。只恐夜深花睡去,高燒銀燭照紅妝。……

另一位正史樹爲抗金英雄儼然正面人物，在《夷堅支乙志·楊政姬妾》裏却分明是一介玩弄虐待迫害女性，乃至殘酷冷血無情、殺人如麻、衣冠禽獸般惡魔形象。限於情節冗長且過於血腥，恕不援引贅録。耐人尋味的是，正史反復重申吴玠沉湎女色，甚至把作案地點定位成都，本傳綜述更深惡痛絶提起公訴道："玠晚頗荒淫，璘多喪敗，豈狃於常勝，驕心侈歟！抑三世爲將，釀成逆曦之變，覆其宗祀，蓋有由焉。"但就讀者普遍好奇關注的，他究竟腐化墮落到何不可言狀程度與難以啓齒地步，正史異口同聲吊足胃口後竟集體戛然而止統一失聲了，始終未列舉如上楊、鄭等言之有據斑斑劣迹或重磅猛料。如此空頭指控，明顯嚴重違背以事實爲依據的取證舉證法則，使得長久以來沿襲不絶吴好色之徒等傳統論調黯然失色。

試想，豪放派詩人陸游蜀中冶遊，放浪形骸，尚有自作詩和本傳"不拘禮法，人譏其頹放，因自號'放翁'"等表述引證。即如其同爲抗金名將好友辛棄疾豪放派詞作外，也不免有系列男女逢場作戲濃豔辭章散見稼軒詞，像《浣溪沙 贈子文侍人，名笑笑》《南鄉子 贈妓》《東坡引 閨怨》《又 送粉卿行》《又 題阿卿影像》《臨江仙 侍者阿錢將行，賦錢字以贈之》《眼兒媚 妓》《烏夜啼 戲贈籍中人》《如夢令 贈歌者》《江城子 戲同官》《惜奴嬌 戲同官》等皆然。可惟獨針對吴玠，正史空口無憑却指名道姓説他欲壑難填，著實匪夷所思。事實上吴玠私生活檢點莊重，無懈可擊，故其死於縱情聲色説簡直是個徹頭徹尾的僞命題。

## 三、莊重檢點、自惜羽毛的吴玠私生活與
## 　　知書達理的處世爲人

《宋故開府吴公墓誌銘》有案可查吴玠畢生唯元配張氏一人，誥封永寧郡夫人，育有三男四女，僅此而已，并無當時文人墨客或其部將多有三妻四妾旁證。曾深入其部跟他長期接觸的丞相張浚幕僚馮康國，"於魏公幕府，時見吴侯之用兵與虜戰，世所罕及，即古名將，亦不過此。何一旦歿耶？因相與痛惜。馮公（宣撫司參議馮康國元通）亦哀號不已，嗚咽流涕而泣曰：何天不佑哲人，而遽奪之速也？念其往日在川陝時，不獨公爾忘私，國爾忘家，且惠澤於民，俊民不能默默無語，遂歷數其事，發乃握筆而記之"⑥。另一位見證人明庭傑俊民《吴武安玠功績記》更曰："（吴玠）論無請托之私，性樂善，每觀史傳有可師者，必書之坐右。日誦其書，其用兵本孫吴而能窮其變化，雖功高貴，顯而居常，極儉約，至推以予士，則略無少吝，其歿也，家無餘贅，至無宅以居。"⑦陸游《老學庵筆記》亦説吴"建炎間有重名於陝西，西人爲之語曰……有謀有勇是吴大。玠能書，今閬中錦屏山壁間有其書，奇偉可愛"。陸游投筆從戎數過川北，應係吴玠摩崖書法目擊鑒賞者。《吴武安功績記序》又曰："其撫養士卒似吴起，其勤儉精力似陶侃，違令必戮似孫武，子憂國遠，計不僥近，功似趙充國。身歿之日，知與不知，莫不流涕，又似李廣與羊祜也。……是以能勝所難勝，守所難守，以保全蜀。使有數年之壽，則中原之復可幾也。方其薨也，其長子未冠，二季猶幼。胡宣撫（繼吴玠宣撫川陝的胡世將）爲行狀，不詢其子，使二舊吏立供，爲之墓誌。又

據行狀而言,是以如是之不詳。乾道乙酉,予既作補遺,志其大者,凡數十事,以遺其少子參議,且類宸翰、詔命、碑,鏤爲一集,目之曰:《保蜀忠勤》,庶備國史異時采擇,因使蜀士大夫知本末,而後之爲大將者,有所矜式。書成,人喜讀之,薦紳遺傳,已滿四川,然意尚有遺也。"⑧

李心傳《繫年要錄》也實錄吳玠行伍清貧道:"上諭大臣曰:'吳玠久在蜀,備著忠績。雖已優加恤典,然聞其家頗貧,可賜錢三萬緡,仍進其弟軍職,令撫其家屬,故有是命。上諭在十月壬申。"如此坦蕩正人君子,可想而知勢必愛惜自我名譽。誠如去世卅多年後四川制置使、知成都府汪應辰《文定集・書吳忠烈遺事》依然贊頌其平生行狀道:"忠烈吳公力捍強敵,以保全蜀,其忠勇謀略,夫人而能言之。今觀其遺事,如平糴、營田、興水利、闢礦土、招流民、減冗員、節犒享,汲汲焉,以愛民體國爲意。……今復於忠烈公見之。公歿幾三十年,而蜀人奉嘗如一日,其忠誠所感格,惠民之所固結,非偶然也。"總之,文獻資料透明度極高地以監察審計調查得出的結論是:吳玠本人與家庭子女都清廉簡樸近乎清貧,從未引發人們在生活作風問題上對他的猜測疑慮與不信任感。縱令正史一言蔽之好色下流確有其事,但言必有據敗露行迹何在?此乃筆者比較同爲南宋史學名著《三朝北盟會編》并無落井下石言論,而針對《繫年要錄》居然大放厥詞却無的放矢的歷史追問。

## 四、"吳少師"稱謂歸屬吳玠抑或吳璘的是非曲折研判

許是把卑鄙無恥罪名強加於吳玠毫無證據可循,也有學者出於維護正史記載不可偏廢慣性思維,執意質疑《夷堅志》所稱"吳少師"并非吳玠,不排除是與之共同抵禦金兵甚至死因略同的吳玠胞弟吳璘。但嚴格核實查證何薳《春渚紀聞・油松烟相半則經久》、《夷堅初甲志・姚仲四鬼》、南宋魏齊賢編纂《五百家播芳大全文粹・賀吳少師易節啓》、華岳《翠微南征錄・挽吳夫人》等諸多時人記述,"吳少師"稱謂認證非玠不可,就此可從不同視角獲取學術支撐。

至於吳玠死後四川宣撫副使鄭剛中《北山集・與樓樞密》提及的"吳少師"確係吳璘;相關背景原因,南宋學者王柏《魯齋集・書鄭北山祭吳忠烈廟文》透露了些許底細:

> 以書生馭宿將,危事也。豈虛言足以服其心哉?每讀北山鄭公吳廟之誄,使人躍如凜乎。壯哉!醇也。默成先生所謂至矣遠哉!猶有餘味。然不有英氣鼓舞,於灌薦之表警戒,豈能竦然於稱贊之中乎?嗚呼!子房妙於機,策士也;孔明精於才,自用也,惟裴晉公謂處置得宜者近之。

鄭《祭吳忠烈廟文》疑即《北山集・宣撫謁廟祭文》。玠、鄭生前無交往,後者對前者充滿敬

畏可知,惟走馬上任指揮其部下心有餘而力不足。本傳載:"都統每入謁,必庭參然後就坐。吳璘升檢校少師來謝,語閫吏,乞講鈞敵之禮。剛中曰:'少師雖尊,猶都統制耳,儻變常禮,是廢軍容。'行禮如故。"可知鄭就璘過於講究名分的"少師"尊稱,很有些不以爲然貶義和負面印象。另據《繫年要錄》記述,邊帥吳璘、楊政等均對受書生鄭剛中調遣,普遍流露出輕視不合作情緒,甚至不時在官銜或指揮權上製造摩擦,令鄭深感棘手難堪。於此抗金軍政上層冷戰頻發複雜人事關係下,鑒於璘也確實繼兄玠死後"(紹興)十二年入覲拜檢校少師"⑨;故鄭順水推舟,對璘尊稱"吳少師"息事寧人,不擴大矛盾以求相安無事。這或許就是吳璘被以"吳少師"相稱來龍去脈,也可大體把握與界定以上本無紀年鄭《與樓樞密》劄撰寫時間;其時玠已死多年,此"吳少師"冠名自與之無關。故就此"吳少師"稱謂由來,務須認清背後是非曲直,不可一葉障目,以偏概全。

誠然,紹興年間總領四川財賦王之望《漢濱集·論吳璘多病乞吳拱自襄陽歸蜀朝劄》,提及璘晚年患有跟兄長一樣痛不欲生腸胃病,既有共同家族病史遺傳因素,也是彼此軍務繁忙操勞而同病症候反映。不過,王筆下璘"輒苦臟腑",跟取材《夷堅志·吳少師》的張杲《醫説·誤吞水蛭》"每日飲食下嚥少時,腹如萬蟲攢攻,且癢且痛"描述雖相近似,但據此堅持《吳少師》主人公爲吳璘則不盡然。因該口述者張淵道多接觸和追述吳玠軍營中事幾無關璘。最關鍵者與《吳少師》極易混淆《衞承務子》洪邁案語提供強有力反證,即正因誤將衞子醜聞等同玠,纔令公衆產生玠"好色門"般誤導。與此截然相反,正、野史既無璘貪戀女色,也無張鋭替他專程北上探視并以秘方排蟲佚聞,這就對惟跟玠誤合衞子縱欲行爲,及張替玠治病基本事實作了徹底切割。換言之,哪怕玠、璘倆腸胃病症完全一致,璘病起因也絕非寄生蟲;否則弟兄代換而強作解讀,豈不形同把圖謀不軌漁色髒水又追加覆蓋到璘身上不成?如此偷換概念移花接木置換舉措自與史實嚴重不符,更難以服衆。綜上推敲正、野史得出的最終定論是:《吳少師》故事主角惟玠非璘,此邏輯推理關係清晰明瞭,不難求證。

## 五、有案可稽互證的洪邁《夷堅志》口述史料價值

《吳少師》不被史學界普遍取信的另一根本原因,是其出自常被目爲怪力亂神的志怪小説《夷堅志》。對此,雖王十朋《梅溪先生後集·二月朔日同嘉叟藴之訪景盧別墅……即席唱和》詩云:"野處名園境界賒,夷堅博物似張華。自注:景盧作《夷堅志》。"跟王同爲洪邁友人的陸游詩又云:"豈惟堪史補,端足擅文豪。……陋儒那得議,汝輩亦徒勞。"⑩都對反映本朝民間或交遊圈内野史的奇書《夷堅志》深表欣賞。曾爲史學家的陸游肯定其拾遺補闕的史料作用,王十朋則將它跟西晉文學家張華撰古代首部博物學著《博物志》相提并論;如果説王、陸詩難免溢美之詞,清代學者阮元評價可謂中肯持正,其《揅經室外集》卷三曰:

> 《夷堅志》)每卷之下,注明若干事,每事亦必注明某人所說,以著其非妄。書中神怪荒誕之談,居其大半;然而遺文軼事可資考鏡者,亦往往雜出於其間。

洪邁曾著榮列宋代最有學術價值三大筆記之一的《容齋隨筆》。儘管其《夷堅志》因"非必出於當世賢卿大夫,蓋寒人、野僧、山客、道士、瞽巫、俚婦、下隸、走卒,凡以異聞至,亦欣欣然受之",向被後世視爲描述離奇荒唐故事而貼上異端鬼怪小説標籤打入冷宮不受待見,哪怕有若干史學養料乃至重大史實記載,亦往往被輕描淡寫排斥在正統主流史料外另眼相待。實質上,同爲史學家的洪邁十分清楚口述史真實性意義和保險度重要性;他對原始素材選擇處置謹慎得當,有一套完備驗證步驟和驗收程式。所謂"耳目相接,皆表表有據依者","每聞客語,登輒紀録,或在酒間不暇,則以翼旦追書之,仍亟示其人,必使始末無差戾乃止。既所聞不失亡,而信可傳"。縱然出現"告者過"或"聽焉不審"情況,即"刪削是正",或"摭其數端以證異";"實爲可議"者,就"約略表説其下",提示告誡"讀者曲而暢之,勿以辭害意可也",千萬勿要信以爲真。至於有人騰笑其確信度,誠如他自我辯白的:"若太史公之說,吾請即子之言而印焉。彼記秦穆公、趙簡子,不神奇乎?長陵神君、圯下黃石,不荒怪乎?書荊軻事證侍醫夏無且,書留侯容貌證畫工;侍醫、畫工,與前所謂寒人、巫隸何以異?善學太史公,宜未有如吾者。"

故而《夷堅志》采編轉述故事都言明來源出處;即使道聽途説,只要口述者信誓旦旦,願接受采訪而同意筆錄文字,他都加以收録彙編,并寫明依據歸屬,以落實保護好信息源作爲以正視聽。這一務實認真態度,提高了故事可信度與真實感,以此杜絕信口開河與不守信用。今本《夷堅志》後附録《人名索引》,不乏洪邁同時代人,有的還是他至愛親朋。由於在場人以當事人、見證人或旁觀者等多重身份現身説事,極大提升了故事可信度,也避免將自己和口述者雙雙置於誠信缺失風險漩渦中去。事實證明這一方法行之有效,像洪邁稍後習知歷朝史實及典章制度的王明清鑒於南渡後史料散亡,因采集逸聞遺獻成《揮麈録》廿卷,所記頗爲翔實而多爲《繫年要録》《高宗實録》所援用,就效仿的《夷堅志》體例,特別明確相關内容是爲某人親口講授而非向壁虛造,憑空捏造。

《夷堅志》歷史文獻性質其實早爲史上諸多學人首肯采納,如從前述南宋張杲《醫説》起歷朝醫書就將它記録發生在吳、衛身上兩起病患徵候相像,但患病成因、地點風馬牛不相及的典型醫案,跟民間神醫張、劉施行簡便易學而頗見神奇功效,堪稱"土"到病除、起死回生偏方,作爲向同行傳授治病救人民間醫術大力推介。換言之,《夷堅志》中民間醫學菁華部分,早被傳統醫學界有識之士汲取保護性傳承,其中恰好包涵吳玠病史與醫囑療法,相當具有代表性與實用性。據此進一步證明《夷堅志》是一部至少涵蓋部分可信稽考與經得起檢驗對證的文史雜著,應允許針對不同内容,嚴格區分不同性質而有所甄別取捨;將它徹底歸屬志怪小説另冊,以爲一無是處全盤否定的做法既不科學也不足取。有充分證據表明,《夷堅志》史證作用曾完滿體現在解碼吳玠部將潘璋一則佚史中。1991年底陝南洋縣出土抗金將領彭杲墓碑——《宋故武功大夫吉州刺史興元府駐札御前諸軍都統制致仕彭公事實碑》，就以文獻與文物雙重意義價值，完全印證還原了《夷堅志》證史補史作用的可靠性與權威性：

> （淳熙）九年（1173），（彭杲）應詔，舉所部武勇，以左軍統制潘璋充選。後一歲，璋坐小法免，以舉累降兩官。壽王（宋孝宗）雅知公，姑以明法。尋以公久勞外服，軍政修明，加吉州刺史，函復元官。繼遣使賜宸翰褒美，并賜金器、香茶。⑪

而《夷堅支庚志·潘統制妾》陳述潘擅自攜眷入伍有違軍紀獲罪，連帶彭因管束不嚴遭降級處分掌故與碑文契合一致；且洪復述前因後果故事性強，足以彌補碑文局限性和語焉隱晦背景，極大擴展了内容外延。相關具體細節鋪陳因《夷堅志》充實填空而令人得以瞭解事件來龍去脈。更重要的是，洪特地刊布了口述傳聞出處，以此表明文本既源於局内證人系史有其人利州路鈐轄吳漢英⑫，更出自當事者親口傳授。由於他對目擊者回憶作了初步把關確信過關，因而敢於把經認可的事實納入《夷堅志》聊備一格。如果説科學意義的史學研究必須建立在真實基礎之上，傳統口述的致命弱點是口頭傳説在流傳過程，或史家在記錄口述史時，易出現拷貝走樣失真情况，從而有損作爲主體的歷史科學性⑬。但通過就《夷堅志》口述價值的反復核驗，再次證明其有關吳玠兵團人物故事的鮮活演繹，具有跟歷史文獻同等重要參考作用。而這發生在八百多年前史學家洪邁身上尤爲難能可貴，他如當代口述史倡導聞録必予復議核實的先見之明與超前意識，顯係具備良好史學家素養的嚴謹求實學風使然。

## 六、李心傳《建炎以來繫年要録》非議吳玠死因言過其實、言之失據原委

毋庸諱言，有關吳玠晚節虧損涉嫌不雅，迷戀女色説始作俑者——史學家李心傳對《夷堅志》史學價值，也并未全盤置於冷宫不加理睬，而是作過批判性地采納接受的。他曾對《夷堅志》史學開發利用，進行過細緻認真考察辨析；就失誤處盡量加以指正避免，而就可信者則予以采信備案備注。故其所著南宋初期重要歷史大事記——《建炎以來繫年要録》，於每條記事底下大多附有大段注文，臚列各種異説異文作爲"考異"與正文并行，其中不乏涉及對《夷堅志》文本的選取⑭，由此爲後世研究者留下"遞相稽審，質驗異同"的再探索餘地。李心傳這些對待《夷堅志》實事求是，具體問題具體分析的學術態度是很值得稱道的。

不過，李心傳在吳玠非正常死亡議論上畢竟一反常態，形同信口雌黄。估計是深信謡傳不能自拔，却没能提供和揭示吳玠成都尋花問柳，物色作案騷擾對象實例或案情具體經

過等過硬史料,便匆忙在其生活作風探討上倉促發揮想象解讀定性,以致在關乎吳玠名聲榮譽大是大非問題上,犯下重大失誤,釋放出推波助瀾誤導後世的不正確信號。就此史識缺陷一端,也特別需指出并警示引以爲訓。至於其鑄成該不屬實訛誤緣起,疑似以下因素釀就。從上《繫年要錄》援引《夷堅志》卷次可知有關篇章都集中於甲乙兩志,并無之後其他各志,説明李心傳慶元二年(1196)撰寫《要錄》和《雜記》⑮,歷時約十二年到嘉定元年(1208)《要錄》成書⑯期間,《夷堅》甲、乙志因出版及時流播四方,以致紹興卅年(1160)完成甲志,和乾道二年(1166)完成乙志,在乾道八年(1172)和淳熙七年(1180)於多地多次加印,幾"家有其書"⑰,這也是李心傳編《繫年要錄》時得以大量利用甲、乙志校勘史實的重要原因。

但繼甲、乙志之後各志,尤其事關吳玠之死的《吳少師》掌故,雖出現并完成於淳熙十六年(1189)初庚志,分明尚未刊刻付梓上市,從而影響到李無從拜讀引用考核;換言之,他撰寫紹興九年歷史乃至最終完成《要錄》和《雜記》時,還根本沒機會接觸到《夷堅初庚志·吳少師》故事,更不必説《夷堅支戊志》卷三《衛承務子》了。故從出版時間上替其罪過作無過錯辯護而不予追究的話,是時機不許可他對誤傳訛毀吳玠之死話題予以嚴格考訂駁斥,進而令他犯下偏聽輕信吳玠貪女色傳聞⑱;而在具體論證上,又爲缺乏強有力實據支撐該嚴重不足敗筆埋下伏筆。至於洪邁淳熙十六年完成包含有事實上替吳玠死因正名的《吳少師》動機,不排除是他因感此時吳玠被追封爲涪王⑲而力求爲他相關不實之詞正本清源使然;當然,撰著《衛承務子》或許更有此意。只可惜就此李心傳均無緣領教并糾正在吳玠之死議題上犯下的原則性錯誤,這無疑是身爲著名史學家的他撰著南宋當朝史一大缺憾所在。與此相反,因惡毒攻擊吳重色服毒説純屬無中生有,故不爲有鑒別眼光,雖同獲吳死底細的嚴謹史學家徐夢莘《三朝北盟會編》等信服采編,人云亦云,以訛傳訛。否則,若吳玠恬不知恥肆無忌憚縱淫而亡確有其事并震驚社會,令人群起不齒,勢必如之後陸游蜀中頹唐風流行迹般播於人口或自我坐實,絕不致默默無聞或缺乏具體案底僅李心傳三言兩語一錘定音的。

假如吳玠蜀中放肆事實俱在,罪名成立,作爲著有《要錄》《雜記》《舊聞證誤》的蜀籍史家,李自有充分調查發言權,礙難就此不動聲色點到爲止,令己重要史學著述出現事實不清模糊存疑現象。即便本身調查處於初級階段而不欲口説無憑,料有其他史料替代曝光而拍案驚起,誰敢保證另有知情好事者會一直守口如瓶,默不作聲,不廣爲擴散傳播呢?尤其當吳玠侄孫吳曦策劃投降金兵引敵長驅入蜀陰謀敗露被平息絞殺,吳氏家族三代抗金威信受到巨大衝擊而聲譽掃地後,若吳玠生前確曾有如正史所陳罪孽穢行,特別是因貪圖色欲一命嗚呼,相關隱私可想而知會鞭屍般被挖掘剖陳,勢難始終保持爲尊者諱善意沉默隱瞞,避而不談,不展開民事訴訟般徹查。可幸災樂禍者期待的謠傳并未被海量詳盡事實證實,哪怕道聽途説現象也未出現;相反,倒是不著邊際、似是而非的正史點評,令吳給人以衆口鑠金、積毀銷骨般的壞印象,這委實要歸咎於正史造就了其不公正待遇。人們不禁要問：《宋史》等有關吴玠無節縱欲指斥根據與例證到底幾何？就此，所有持吴玠色狼論者均三緘其口，無法給出合理答復，此現象自令言過其實相關指控顯得蒼白無力，不堪一擊。

綜上考析，有足夠理由斷定控訴吴玠荒淫，無非李心傳智者千慮、偏聽則信⑳形成主觀臆斷而罔顧事實，將吴玠强行推上道德審判臺譴責鞭撻使然。回顧總結所謂吴玠縱淫疑案始末，可知他平生既無陷入風流成性輿論風暴，也不曾被推向風口浪尖，更未因私生活混亂而被起訴報案立案記載。换言之，一無犯罪前科，二無實施記録，三無案發時地、現場勘察，更毋庸説能串聯起足以偵探破案蛛絲馬迹般證據鏈了。由於并不存在證據確鑿充分犯罪事實將他定性而令其伏法認罪，如此，經復核再審對他改判無罪，是基於裁定有罪證據嚴重空缺，根本未達到"排除一切合理懷疑"定罪標準，而又無一項發現能够在缺乏證據支持前提下猝下結論。總之，"不認定"吴玠漁色致死説傳統史觀，是堅持無罪推定裁斷的結果。因爲以往吴玠"好色門"始作俑者釀成歷史冤屈，正緣於未堅守證據底綫。此番嚴肅認真全方位終審，相信就其冤魂而言可謂盡享精準史學研究給他帶來的"法律權益"保障。雖然鑒於史料缺環，他死何以被誣陷跟漁色有關，乃至連歷代史學家都信以爲真，特别是李心傳深信不疑涉筆杜撰真相并未大白於天下；但這與吴玠在此問題上重獲平反昭雪并不存在矛盾，相反，此舉是服從疑罪從無原則的必然和唯一選擇。

（作者單位：上海博物館）

---

① 此係《宋史》卷三六六列傳第一百二十五《吴玠傳》評價；李心傳《建炎以來繫年要録》卷一二九紹興九年六月則載："然玠晚節嗜色，多蓄子女，餌金石，以故得咯血病而死，後謚武安。"
② 南宋張杲《醫説》卷五《誤吞水蛭》係唯一明確歸屬今本《夷堅志》（中華書局，1981年）補卷一八《吴少師》内容援引自洪邁《夷堅志》"庚志"。
③ 另見謝起巖《忠文王紀事實録》卷四；岳珂《金佗續編》卷二一《百氏昭忠録》卷五章穎經進《鄂王傳》之五。
④ 參看《〈鄧廣銘學術自選集〉自序》四，《中國文化書院九秩導師文集 鄧廣銘卷》，東方出版社，2013年，第26—27頁。
⑤ 鄧廣銘《略論辛稼軒及其詞》，《中國文化書院九秩導師文集 鄧廣銘卷》，第142—143頁。
⑥ 張發乾道五年(1169)《吴武安公玠功績記序引》，杜大珪《名臣碑傳琬琰集》上卷一二。
⑦ 中書舍人王綸《吴武安公玠神道碑》幾同，杜大珪《名臣碑傳琬琰集》上卷一二。
⑧ 徐夢莘《三朝北盟會編》卷一九五紹興九年六月二十一日己巳。
⑨ 《宋史》卷三六六列傳一百二十五《吴璘傳》；卷三三本紀第三十三《孝宗》一："辛酉，以吴璘爲少師。"
⑩ 陸游《劍南詩稿》卷三七《題〈夷堅志〉後》。
⑪ 參看李燁、周忠慶《陝西洋縣南宋彭杲夫婦墓》，《文物》2007年第8期；周忠慶《灤水集·人物春秋·彭杲生平簡介·〈宋故武功大夫吉州刺史興元府駐劄御前諸軍都統制致仕彭公事實碑〉注釋》，三秦出版社，2006年，第111—129頁；郭鵬編著《漢中遺聞趣事》，漢中地方誌辦公室，2002年，第109—113頁。

⑫ 吳漢英其人，疑似李心傳《建炎以來朝野雜記》乙集卷一九《庚子五部落之變》記錄在案的"(劍州)節制軍馬同統制官"。至於是否同名而表字長卿的江陰吳漢英(1141—1214)，待考。案，江陰吳漢英，乾道五年進士，有政聲。有《歸去集》二十卷。劉宰《漫塘文集》卷二八有《故兵部吳郎中墓誌銘》。事迹參看昌彼得等編《宋人傳記資料索引》第 2 册，臺灣鼎文書局，1983 年，第 1168 頁。

⑬ 朱佳木《努力建設中國特色的馬克思主義口述史學——在"首屆中華口述史高級論壇"開幕式上的講話(2004 年 12 月 11 日)》，《口述歷史》第四輯，中國社會科學出版社，2006 年，第 4 頁。

⑭ 參看《建炎以來繫年要錄》卷八、卷二八、卷四〇、卷五五、卷六一、卷一三三、卷一四二、卷一五三、卷一六三涉及洪邁《夷堅甲志》卷七《禍福不可避》、卷一《孫九鼎》《夷堅乙志》卷一九《馬識遠》、卷一六《鄒平驛鬼》、《夷堅甲志》卷一〇《盜敬東坡》、《夷堅乙志》卷七《汀州山魈》、卷一五《程師回》、《夷堅甲志》卷二〇《太山府君》。

⑮ 根據趙與時《賓退錄》卷八摘錄《夷堅志》序載"初甲志之成歷十八年，自乙至己，或五六年"，《夷堅支甲志》序曰："《夷堅》之書成……蓋始末凡五十二年。"以《夷堅癸志》成於紹熙四年(1193)逆推，則《夷堅志》始作於紹興十二年(1142)，初甲志歷時較久計十八年方完成於紹興三十年(1160)。乙志序於乾道二年(1166)十一月十八日："《夷堅初志》成，士大夫或傳之，今鏤板於閩，於蜀，於婺，於臨安，蓋家有其書，人以予好奇尚異也。每得一說，或千里寄聲，於是五年間，又得卷帙多寡與前編等，乃以乙志名之，凡甲乙二書，合爲六百事……八年(1172)夏五月，以會稽本別刻於贛，去五事，易二事，其它亦頗有改定處。淳熙七年(1180)七月又刻於建安。"丙志序於乾道七年(1171)五月。庚志編成於假守當塗的淳熙十六年(1189)。

⑯ 來可泓《李心傳事迹著作編年》，巴蜀書社，1990 年，第 51、95 頁。

⑰ 趙與時《賓退錄》卷八摘錄《夷堅志》洪邁自序。

⑱ 李心傳始終不曾交代有關吳玠貪圖女色之説的綫索證據從何而來，所以此説的根據目前還是個未解之謎。

⑲ 李心傳《建炎以來繫年要錄》卷一二九紹興九年六月："玠，淳熙中追封涪王。"

⑳ 有關吳玠縱淫而亡的惑衆謠言到底是否出於陰謀論，又究竟是起自南宋政權内部，還是來自外界，特別是金源方面造謠醜化，惡意中傷，意在給南宋軍政界内部製造混亂，具體史實留待研究。

# 從"内外異觀"到"全體大用":
# 朱子所面對的時代困境與聖人之學的構成方式[*]

許 滸

## 一、緒　　論

　　學界一般認爲中國近世學術思想之基調奠基於宋代。[①]朱熹(1130—1200)作爲宋代學術思想的核心人物,其所開創的諸種思想形態和學術取向確實於後世影響深遠。在中國近世思想史上,固有陽明學、考據學與今文經學等不同的思潮迭代而興,朱子學却始終占有重要地位。[②]因此,若能深入探索朱子思想形態之誕生背景與基本結構,應極有助於重新認識中國近世學術思想之基調。然而,朱子思想所牽涉的面向極爲廣博,本文僅聚焦於朱子的道學思想,試圖以"全體大用"理解其基本形態。由此而論,朱子的道學又可稱爲全體大用之學,亦即其理想中的聖人之學。在思想史上廣爲矚目的思想形態一般具有深刻的時代意義,朱子的全體大用之學亦不在例外。根據本文的研究,朱子的全體大用之學脫胎於其所理解與面對的時代困境,倘若以朱子自身的語言概括此種時代困境,或可以"内外異觀"名之。簡言之,所謂從"内外異觀"到"全體大用",便是朱子之聖人之學的誕生歷程,本文之旨趣即說明朱子如何從其所處的思想環境中汲取資源,進而建構其聖人之學以解決當前的時代困境,以及此種聖人之學的基本構成方式。

　　以下將扼要説明本文何以選擇"全體大用"概括朱子道學之基本形態,以及"内外異觀"之所指。首先,從思想史的長期發展觀之,由朱子所創立的全體大用之學在中國近世思想史上格外受到關注。朱子的全體大用之學成立以後,便由黄榦(1152—1221)、陳淳(1159—1223)與真德秀(1178—1235)等朱子後學繼承,形成南宋思想史上別具優勢的思想形態。[③]真德秀的《大學衍義》完全參照全體大用之學的架構編撰,明儒丘濬(1421—

---

[*] 本文改寫自筆者碩士論文《全體大用:朱子道學之基本構成方式》之相關章節,初稿曾發表於臺灣大學人文社會高等研究院、臺灣朱子學研究協會與福建省閩學會等主辦"兩岸四地朱子學研討會暨儒商論壇:朱子學的普遍命題與地域特色"(2015年8月)。本文之寫作承吳展良老師悉心指導,同時獲益於夏長樸、陳弱水與閻鴻中等師長,謹此致謝。

1495)的《大學衍義補》同樣延續了此一架構。④降及清代,傾向於調和朱子學與陽明學的孫奇逢(1584—1675)曾以"全體大用"稱贊王守仁(1472—1529),而李顒(1627—1705)所謂"體用全學"的説法,仍可謂"全體大用"之變形。⑤甚至於新儒家學者熊十力,其學雖不以朱子爲宗,亦曾主張"六經自有其全體大用"。⑥由是觀之,朱子開創的全體大用之學確實甚爲後世學者關注,至少"全體大用"之説屢爲假借或進一步發揮。值得補充説明的是,不僅朱子式的全體大用之學或"全體大用"一詞廣爲後世學者矚目,體用從此深化爲一組儒學内部的核心觀念,而不限於特定的學派。李顒即曾指出:"體用二字相連并稱,不但六經之所未有,即十三經注疏亦未有也。以之解經作傳,始於朱子。"⑦由此可見朱子的全體大用之學對於中國近世思想史的特殊貢獻。

再者,從朱子自身的思想體系觀之,"全體大用"一詞出自著名的《大學格物補傳》,此爲朱子道學之核心文獻,而兼涉理氣論、心性論與認識方式等三大領域。《大學格物補傳》有載:

> 蓋人心之靈莫不有知,而天下之物莫不有理,惟於理有未窮,故其知有不盡也。是以《大學》始教,必使學者即凡天下之物,莫不因其已知之理而益窮之,以求至乎其極。至於用力之久,而一旦豁然貫通焉,則衆物之表裏精粗無不到,而吾心之全體大用無不明矣。⑧

格物致知即己心對於事物之理的認識。其所格之理通乎宇宙之本體,所致之知乃己心之所知,因此,格物致知可謂一種主客内外交融的認知活動。此種認知活動最終又必須歸結於己心,"全體大用"自然不可離心而言。由是以觀,所謂全體大用之學同時涉及了理氣論、心性論與認識方式,此乃朱子道學思想最重要的三大領域。簡言之,無論本諸思想史的長期發展或朱子自身的思想體系,"全體大用"皆有其獨特的意義。

至於所謂"内外異觀",意指認知主體的内在世界與外在世界分屬於不同的價值體系,兩者不相浹洽。在朱子的認識裏,這緣於學者對於本體之認識未得其正,故而無從開展適切的流行發用。更具體地説,"内外異觀"便是將人心安頓於方外之學,却同時期望達成儒家理想之政教秩序。此種困境并非驟然誕生於朱子的時代,而導源於中古時期所盛行的二元世界觀(dualistic worldview)。二元世界觀一説由陳弱水先生提出,專指中古時期的士人習於將個人内在之心靈生活托付於方外之學,再依循儒家之價值建立群體之政教秩序。⑨但筆者的研究發現,二元世界觀作爲一種心靈狀態或思想現象,其實一直延續至宋代。其於宋代之延續與轉化甚至直接催生、醖釀了兩宋醇儒士大夫之焦慮感。⑩又或者説,朱子之危機意識實繼承自中唐以降堅守儒學本位之士人,尤其是道學陣營的前輩學者。因此,本文將結構性地分析朱子此般危機意識之淵源,繼而探索其應對之道的誕生與結構,亦即作爲聖人之學的全體大用之學究竟如何提出與構成。依此視角,朱子之以"全體大用"回應"內外異觀",應可視爲唐宋思想轉型之相關課題。值得説明的是,中古與兩宋時期部分士人所抱持的二元世界觀,主要指一種思想乃至文化上的現象,非謂其信從於特定的二元論的哲學或義理。事實上,二元世界觀往往用以指涉士人之世界觀,而非身心皆安頓於方外的宗教人士,純粹的宗教人士一般亦無意爲其他并世的價值體系尋求理論上的存在基礎。⑪相對於此,出入於各種價值或教化體系的一般士人則難以完全豁免於此種困惑,故而逐漸出現三教"同源而異流"的聲浪。二元乃至多元的世界觀既已深入義理層面或道的本源問題,以道學士人爲中堅的儒家本位思潮亦不得不提升理論深度,務求鞏固其一元化的儒家世界觀,而朱子的全體大用之學即可謂其集大成者。或許可以説,二元世界觀起初固無深刻的理論基礎,亦非特定學派的精心設想,主要爲一種常見而通俗的思想現象,最終却引發了士人群體對於價值體系及其本源問題的精密討論。

在與本文相關的研究之中,應以日本前輩漢學家楠本正繼的《全體大用の思想》一文尤爲重要。此文以"全體大用"概括朱子的思想,但要集中於考察"全體大用"的思想在宋、元、明、清時期的流傳,并非完全聚焦於朱子。楠本正繼認爲,朱子的全體大用之學旨在對抗絶對而超世的釋、老之學,以及相對而入世的功利思想。朱子的"全體"代表著一種具倫理性的絶對的立場,得以免去功利的弊端,"大用"則確保其入世的根本精神。此一精神又繼承、發展自胡瑗(993—1059)所謂的"明體適用",即同時强調永久不變的倫理與經世的精神。至於"全體"與"大用"究竟爲何,楠本正繼則以"明明德"與"新民"、"聚衆理"與"應萬事"説明之,并指出窮理的結果便是將人心的本體與作用完全地擴大、顯現出來。⑫儘管楠本正繼藉由義理的分析提示了全體大用之學的基本目標,却未及深究朱子所面對的時代思潮或深入體會其個人的思想史,進而詳細考察朱子選擇以體用建構其聖人之學的根本原因,而本文將補其不足,徹底窮研此一根本問題。

關於研究方法,本文將兼采思想史與觀念分析的取徑,同時關注特定思想形態之形成背景與義理結構。本文所謂觀念分析,一般易理解爲西方史學傳統中以 Arthur Lovejoy 爲代表的傳統觀念史(history of ideas)研究,但其實有所不同。事實上,在西方史學界發生語言轉向(linguistic turn)以後,傳統觀念史的取徑便廣爲學界質疑。率先向觀念史研究發難的 Quentin Skinner 即曾表示,觀念史家似乎認爲經典文本之中蘊藏著歷世不變的觀念(idea),而探索這些觀念便是思想史家的主要工作。Quentin Skinner 則不能認同此種基本假設,宣稱此種取徑可能導致學者爲了追求的文本間的一致性,出現替文本自圓其説或時代錯置(anachronism)的現象。在以 Quentin Skinner 爲代表的、所謂的劍橋學派(the school of Cambridge)的提倡之下,學界開始逐漸重視觀念或思想在特定歷史脈絡(historical context)中的意義,并試圖找出文本作者的意圖(intention)。⑬然而,近年又有學者折衷雙方的意見,認爲觀念史將繼續在學術界保有一席之地,一方面接受 20 世紀 60 年代以降一連串對於傳統觀念史的批評,另一方面則堅持觀念研究的積極意義與不可替代性。Darrin M. McMahon 即認爲無論劍橋學派或 Robert Darnton,皆未能擺脱觀念這個基本的研究單位。[14] Peter E. Gordon 更進一步指出，若將劍橋學派務求在特定歷史脈絡下理解思想或觀念的做法推演至極，勢必面臨一個哲學上的危機，即思想或觀念可能被囚錮在封閉的時空之內，而無從在另一個時空認識，思想或觀念本身亦喪失了跨時空流動的可能性。[15] 總結地說，未來的新觀念史（new history of ideas or history in ideas）應同時考慮觀念本身的內涵與時代脈絡，并關注其於社會之中的流動。

若依循此種新觀念史的取徑，觀念分析將不必然是内部的，研究者可出入於認知主體的内在世界及其所處的外在環境。朱子的全體大用之學旨在回應當代的政教危機，自有其歷史脈絡可言。然而，朱子又自覺其學通於永恒的天道，如同古今中外大多數重要的思想家，認爲自身的思想具有跨時代的意義，乃天地間真實的道理。單單憑借這點，研究者便不應將思想家及其思想完全侷限於特定的時空理解，應當進一步思考其於義理方面的内涵。要言之，學者其實不必全然否認任何思想或觀念皆有其内在的傾向，即便外緣的因素可能多少改變其所呈現的面貌。因此，本研究希望同時尊重觀念本身的特質與朱子所處的時代環境，多方面地探討朱子選擇以體用觀念建構其聖人之學的原因。

爲避免傳統觀念史的缺失，亦即將觀念視爲歷世不變的，而忽略其時空性，本文將優先探索朱子所理解的時代困境的淵源：二元世界觀在宋代的延續與轉化。二元世界觀在宋代的繼承者沿襲了中古時期士人的一般心態，將個人之心靈世界與群體之政教秩序分別安頓於不同的價值體系。至於二元世界觀之轉化者，則傾向於主張儒、釋、道三教皆共享了相同的道，似有意建立"一元化"之世界秩序。但無論是二元世界觀的繼承者、轉化者或批判者，皆沿用了方外學者所慣常使用的内外、本末與體用等觀念，使分别内外、本末與體用成爲宋代學術思想之基調。在釐清朱子所處的思想環境以後，本文將進一步分析朱子如何運用這些思想資源理解其所見的時代困境，并提出相應的解決方案。而《朱子文集》所收的諸篇封事與奏劄乃呈供御覽之作，尤能反映朱子理解時代困境的基本方式，故筆者引以爲主要之研究對象。同時，朱子在這些文獻之中提出了一套以《大學》爲藍本的解決方案。研究發現，朱子對於《大學》的結構性調整與全體大用之學的構成方式，皆與其理解時代困境的方式密切相關。或許正由於全體大用之學在結構上有效地回應了中古時期以降的思想困境，其方能在中國近世思想史上占有重要地位。簡言之，"全體大用"作爲朱子道學思想之基本形態，其淵源與結構皆不可離乎朱子所面對與理解的時代困境，即其所謂"内外異觀"。

## 二、二元世界觀在宋代的延續與轉化

據今人之研究，釋、道二教盛行於中古時期的中國，以"外儒内佛"或"外儒内道"爲主要形式的二元世界觀普遍爲時人所接受，即以儒道立身、處世，内在的心靈生活則安頓於方外之學，而絕少措心於儒家的内聖之學。[16] 儒學與方外之學形成兩套不同的價值體系，分别指導著共同構成其世界觀的兩大領域。就整體之世界秩序而論,儒學與方外之學間固然存在著相互援助的關係,但這并非意味著將心靈世界依托於釋、道二教,即得以確保政治、社會秩序的安定。此可謂一種結構性的斷裂。換言之,兩套不同之價值體系仍有其專司之範疇,而未能形成統一之指導原則。因此,所謂"二元"的世界觀尤能突顯其分别内外的基本特質。必須注意的是,對於二元世界觀的服膺者而言,此種世界觀本身是自我完足的,兩套價值體系并無扞格之處。本文之所以沿用由陳弱水先生首創的二元世界觀一詞,實意在突顯此種世界觀在結構上的斷裂性。

入宋以後,二元世界觀仍流行於知識階層的思想世界,甚至於方外之士所懷抱之世界觀亦具有此類特質。以西崑體馳名宋初文壇的楊億(974—1020)即曾受李繼昌(947—1018)之托,作《潞州新敕賜承天禪院記》,并於其中陳述了李繼昌的事迹與人生觀:

> 公經德體仁,象賢濟美;職在清禁,爵爲通侯。門戟鼎銘,昭閥閱之盛;朱轓佩玉,顯車服之貴。誓師邊徼,威肅巴竇;作牧藩垣,政成海岱。單介使虜,通玉帛之歡;三接承恩,居心膂之任。萬乘親倚,群公傾慕。蓋所謂人倫之佳士,帝右之信臣者也。……且深信内典,勤修白業。念昊天之罔極,報德無階;繄覺海之大雄,歸心有素。恭承明詔,肇開浄土。⑰

楊億首先描述了李繼昌在現實世界的功業與尊榮,并以"經德體仁"等儒家之語言作爲對於李氏之贊譽之辭。由此可知,李繼昌的人生觀有其高度入世之一面。稍後,楊億話鋒一轉,以"深信内典,勤修白業"形容李繼昌,指出其一向有皈依佛法之心。依此陳述,李繼昌確實服膺於二元世界觀,即於現實世界中依儒家之準則行事,又同時篤信方外之學,乃至以此爲生命之最終歸宿。這種筆調與唐代墓誌銘極爲相似,同樣呈現了所謂的二元世界觀。儘管這是一篇應酬文字,仍然反映了作者楊億與請托作記的李繼昌皆以此類兼涉儒、佛的形象爲美,從而體現時人所懷抱的世界觀。

事實上,楊億本人的確篤信佛教。《處州龍泉縣金沙塔院記》有載:

> 西方之言,有益於化;大雄之教,不虛其傳。矧於海隅,崇尚尤篤。以通師之善誘,以邑人之悦隨,譬諸靈臺,既克成於不日,將比棠樹,永見愛於斯民。豈止軒丘之獨神,孔堂之不壞而已?⑱

楊億首先表達了對佛教的肯定,同時記述了佛教於當地之流行。楊億似乎認爲儒、釋皆極具價值,不應偏頗於任何一方。所謂軒丘,相傳爲黄帝之居所,孔堂殆孔子之所在,其言下之意即儒、釋雙方皆爲指導人生之準則,不獨儒家之學爲是。由是以觀,楊億誠可視爲二元世界觀在宋代的繼承者。

有趣的是，二元世界觀不僅留存於宋代士人心中，方外之士同樣樂於擁護此種世界觀。在中古時期，方外之學時常居於優勢，但入宋以後，雙方之拉鋸關係漸漸扭轉，方外學者亦頗思調和儒、釋，其中又以智圓（976—1022）與契嵩（1007—1072）最爲著名。[19]智圓自號爲中庸子，其調和儒、釋之企圖可見一斑。其《中庸子傳》曰：

> 夫儒、釋者，言異而理貫也，莫不化民，俾遷善遠惡也。儒者，飾身之教，故謂之外典也；釋者，修心之教，故謂之內典也。惟身與心，則內外別矣。蚩蚩生民，豈越於身心哉？非吾二教何以化之乎？嘻！儒乎，釋乎，其共爲表裏乎？……吾修身以儒，治心以釋，拳拳服膺罔敢懈慢，猶恐不至於道也，況棄之乎？嗚呼！好儒以惡釋，貴釋以賤儒，豈能庶中庸乎？[20]

智圓不僅反對"好儒惡釋"，亦不贊成"貴釋賤儒"。此種對於儒、佛關係的認識幾乎與唐代士人墓誌銘所表現的狀態如出一轍，即以儒學與釋教（或道教）分統內外。稍晚於智圓的契嵩同樣主張調和儒、釋，而懷抱著類似的世界觀。

契嵩有言：

> 儒佛者，聖人之教也，其所出雖不同而同歸乎治。儒者，聖人之大有爲者也；佛者，聖人之大無爲者也。有爲者以治世，無爲者以治心。……治世者，非儒不可也；治出世，非佛亦不可也。[21]

在契嵩的認識裏，儒、釋均屬聖人之教而有益於治道，惟司職之領域不同。儒者治世，釋者治心，彼此涇渭分明。契嵩以儒、釋分別典掌入世之道與出世之道，顯然繼承自中古時期的二元世界觀。由此可知，無論所持之立場爲何，時人似乎普遍將政治社會秩序與內在的心靈世界分爲兩個領域，而各自服從於不同的思想體系。也就是說，盛行於中古時期的二元世界觀在宋代依舊有其影響力。

眾所周知，慶曆以後，排佛論者輩出，宋代之學術思想氛圍發生了極大的變化。慶曆學風之中堅分子顯然有意重建以儒家爲本位的世界觀。然而，降及兩宋之交，猶有士人服膺於二元世界觀，力主抗金的南宋名臣李綱（1083—1140）即是其例。李綱曾於《三教論》中明白表示："治天下者，果何所適從而可乎？曰：從儒。彼釋、道之教，可以爲輔而不可以爲主，可以取其心而不可以溺其迹。"[22]在政治方面，李綱雖以儒學爲主，釋教爲輔，但若專論治心一事，方外之學似乎仍保有優先地位。此處以迹與心對舉，實與契嵩分言"治世"與"治出世"并無二致。由是以觀，李綱亦可視爲二元世界觀的繼承者。[23]

尤其值得注意的是，甚至於身居君位的宋孝宗（趙昚，1127—1194）同樣懷抱著類似的世界觀。對於釋、道二教，兩宋朝廷大抵采取獎掖、扶植的政策，孝宗亦復如此，甚而自著

《三教論》,意圖調和三教。[24]其辭曰:

> 朕觀韓愈原道論,謂佛法相混、三教相紐,未有能辨之者,徒文煩而理迂耳。若揆之以聖人之用心,則無不昭然矣,何則?釋氏窮性命、外形骸,於世事了不相關,又何與禮樂仁義者哉?然猶立戒曰:不殺、不婬、不盜、不妄語、不飲酒。夫不殺,仁也;不婬,禮也;不盜,義也;不妄語,信也;不飲酒,智也。此與仲尼又何遠乎!……蓋三教末流,昧者執之自爲異耳。夫佛、老,絶念、無爲、修身而矣,孔子教以治天下者,特所施不同耳。譬猶耒耜而耕,機杼而織。後世紛紛而惑,固失其理。或曰:當如何去其惑哉?曰:以佛修心,以道養生,以儒治世,斯可也。[25]

北宋古文運動家皆極看重韓愈,孝宗却以帝王之尊力詆韓愈之闢佛,可見慶曆諸儒的努力并未根本地改易趙宋皇室的治國策略。於孝宗而言,儒、釋、道本相輔相成,不相牴牾。至於三教之分工,孝宗仍主張"以佛修心,以道養生,以儒治世",未脱二元世界觀的基本格局。但"三教末流,昧者執之自爲異耳"一語,似乎又暗示著三教之間仍有其共通之處,惟表現之形態與司職之領域不同。此種論述實與典型的二元世界觀微有出入,或可視爲一種二元世界觀的轉化。《三教論》其實原名《原道辨》,暗示了孝宗以爲道非有二,世間惟一道而已矣。[26]基於"得君行道"的根本立場,孝宗自然是朱子亟欲説服的對象。[27]但孝宗作爲二元世界觀的繼承者或轉化者,其心中的治平藍圖與朱子大相逕庭。朱子以儒家爲本位,主張人心乃治平天下國家之根本。在朱子的認識裏,所謂中古式的心靈實無以成就理想的政教秩序,士人乃至君王所懷抱的二元世界觀便成爲其首要的打擊對象。

經以上論證可知,二元世界觀在宋代知識階層之間仍具有相當的説服力,使儒、釋、道三種價值體系得以并存於士人之思想世界。在此基礎上,部分士人試圖融會三教,以彼此之理念或語言相互詮釋,從而突破二元世界觀方内、方外各司其職的基本結構。對於思想家而言,思想之相互援助與轉譯意味著三教可能共享了相同的道。這種現象或可稱爲二元世界觀的轉化,其相同處即并尊三教,相異處則在於此種新世界觀的服膺者似有意建立一套融會三教的價值體系,而不再嚴密區别彼此司職的領域,從而解消其世界觀的二元性。以下將以王安石(1021—1086)、蘇軾(1037—1101)與蘇轍(1039—1112)爲例,進一步説明此種新世界觀的基本特質。

王安石嘗居相位,於現實之政治頗有作爲,主張"聖人有爲",而高度重視禮、樂、刑、政的意義。就此而論,王安石之思想甚具儒家特質,惟其於方外之學亦有所好。[28]王安石著有《老子》一文,其辭曰:

> 道有本有末。本者,萬物之所以生也;末者,萬事之所以成也。本者,出之自然,故不假乎人之力而萬物以生也;末者,涉乎形器,故待人力而後萬物以成也。夫其不

假人之力，而萬物以生，則是聖人可以無言也，無爲也；至乎有待於人力而萬物以成，則是聖人之所以不能無言也，無爲也。故昔聖人之在上，而以萬物爲己任者，必制四術焉。四術者：禮、樂、刑、政是也，所以成萬物者也。㉙

王安石首先肯定道有本末之別，繼而以萬物之生成分別本末。創生萬物之本體出於自然，不假人力，聖人於此可無爲無言，順乎老子的自然之道。王安石雖然主張"道之本出於無"，以爲宇宙乃無中生有，萬物之成立仍然具體可見，且假乎人力。㉚此即聖人所應究心，施禮、樂、刑、政以成之。而欲同時以禮、樂、刑、政成就事物之聖人，必儒家之聖人也。申而言之，王安石實以道家與儒家分司道之本末，萬物循老子之道誕生，依儒者之道成形。本末固然有別，但彼此連續一貫，并非判然兩橛。此於義理上是否圓融，暫姑勿論，其的確同時以儒、道之學詮釋了世界之生成運化，亦即儒、道二教已共享同一之道，進而突破了二元世界觀的基本格局。王安石論道之同一，不獨儒、道，釋氏亦然。其嘗於神宗言："臣觀佛書，乃與經合，蓋理如此，則雖相去遠，其合猶符節也。"㉛惟道理無二，佛書旨趣自得與經書若合符節，所異僅論說與文字，未及於道理與本體。此種世界觀其實已經脫離了二元世界觀的框架，可視爲二元世界觀的轉化與變形。

在王安石之外，蘇軾與蘇轍的思想亦反映了類似的特質。蘇軾與方外之士交往甚切，其書亦屢見方外之論。至於三教關係，蘇軾則鮮少直接申論，惟其所至即是，出入自得，無庸析縷分條地詳辨三教疆界。舉例而言，蘇軾認爲道家之"清靜無爲"、"虛明應物"與"慈儉不爭"可比擬爲《周易》之"何思何慮"與《論語》之"仁者靜壽"，這意味著蘇軾似乎主張儒、道二教分享了共同的道。㉜蘇軾亦曾對"世間即出世間"的說法表示認同，以爲儒、釋、道三教之境界有其相通之處。㉝但蘇軾對於三教關係的理論論述仍非常有限，遠不如蘇轍爲多。

蘇轍嘗言：

> 東漢以來，佛法始入中國，其道與老子相出入，皆《易》所謂形而上者，而漢世士大夫不能明也。魏、晉以後，略知之矣。好之篤者，則欲施之於世；疾之深者，則欲絕之於世。二者皆非也。老、佛之道與吾道同而欲絕之，老、佛之教與吾教異而欲行之，皆失之矣。……老、佛之道，非一人之私說也，自有天地而有是道矣。㉞

蘇轍一方面識及儒家與釋、道之所同，另一方面亦承認彼此之差異。儒與釋、道，所同者道，所異者教。天地始而有三教之道，此道爲一，惟其所行者異，故教有所不同。所謂"非一人之私說"，即老、佛之道無不同於儒者之道，三者之異教均爲此道之體現，相輔而相成，彼此不可取代。質言之，蘇轍以爲三教同源而異流，故曰："老佛同一源，出山便異流。"㉟此處僅言及佛、老，惟以"儒、老、佛"爲辭，亦無不可也。蘇轍於《道德真經注》確實一再援引儒、釋二家思想詮釋《老子》,表現了融通三教之取向。㊱至於蘇軾對於《道德真經注》評價,同樣透露其融會三教的立場。《跋子由老子解後》有載:

> 昨日子由寄《老子新解》,讀之不盡卷,廢卷而歎。使戰國時有此書,則無商鞅、韓非;使漢初有此書,則孔、老爲一;使晉、宋間有此書,佛、老不爲二。不意老年見此奇特。㊲

蘇軾對於《道德真經注》評價甚高,認爲其書功在融通三教。換言之,蘇軾應當同意蘇轍三教同源而異流的主張,并承認三教間存在著會通之可能性。簡單地說,二蘇的思想均傾向於并尊三教,蘇轍又明白表示三教同源而異流,亦即三教可共享同一之道。

儘管源自中古時期的二元世界觀在宋代依然具有影響力,部分宋代士人已逐步轉化了此種世界觀,提出對於宇宙與價值秩序的新理解。宋孝宗、王安石與二蘇的世界觀均逾越了典型二元世界觀之框架,以爲三教之行迹雖不盡相同,却分享了共同的道。準此,方內與方外之學便不再是二元分立的價值系統,而擁有共同之價值來源,甚至得以相互援助與詮釋。此固非全然一元的世界秩序,但仍可謂一種重建"一元化"世界秩序之思潮,而朱子的全體大用之學亦應在此一脈絡下理解。

## 三、內外、本末與體用等觀念在宋代學術思想界之流行

二元世界觀在宋代的延續與轉化,意味著方外之學在部分士人心中仍占有一席之地,方外學者所廣泛使用的內外、本末與體用等觀念遂連帶流行於宋代之學術思想界。此類觀念流行的原因又可分爲兩類:其一,二元世界觀之繼承者或轉化者直接運用此類觀念建立其世界觀,或以此理解道體之構成方式;其二,堅守儒學本位之士人有意通過內外、本末與體用等觀念重建獨屬於儒家之世界秩序,終結自中古時期以來方內、方外"同舟共濟"的局面,亦即儒、釋、道三教交融的思想現象。當內外、本末與體用等觀念成爲儒家士大夫所慣常使用的論述或思維方式,體用方可能進一步成爲朱子建構其聖人之學的基本方式。

本節首先討論二元世界觀之繼承者與轉化者如何運用內外、本末與體用等觀念。智圓曾言:"夫儒、釋者,言異而理貫也,莫不化民,俾遷善遠惡也。儒者,飾身之教,故謂之外典也;釋者,修心之教,故謂之內典也。惟身與心,則內外別矣。"㊳智圓雖認爲儒、釋二教之道理一貫,仍有內外之別,即內典、外典與方內、方外之別。其實,以內外區別兩套不同的價值體系本爲二元世界觀的慣常作法,甚至可以區別內外爲二元世界觀的基本結構。一般而言,個人之心靈生活屬內,人群之政教秩序屬外,又可謂內者,道也;外者,迹也。且二元世界觀的服膺者大多帶有重內輕外之思想傾向,故內外觀念又時常與本末觀念發生聯繫。

契嵩嘗言:"教化,迹也;道,本體也。"㊴又言:"迹出於理,而理祖乎迹。迹,末也;理,本也,君子求本而措末可也。"㊵依契嵩的意思,教與迹爲末,理與道爲本,而理、道與本體纔是君子所應究心。在討論理與迹、道與教的同時,契嵩已拈出本末觀念分判二者,其於《萬言書上仁宗皇帝》又嘗有言:"夫迹者屬教,而體者屬道。非道則其教無本,非教則其道不顯,故教與道相須也。"㊶教即儒者之教,道乃釋者之道,兩者相須而相成。此處契嵩又以體字言道,按其語境,殆指"治體"而言也,復可與前所謂"本體"兩相呼應。契嵩言本體而不及流行發用,惟體用之端緒已隱然可見。由此可知,內外、本末與體用三組觀念實緊密相關,時而相互援助。

學者應當留心的是,即便體用乃服膺於二元世界觀的士大夫所常用的語言觀念,其本身却帶有"一元化"的特質,而不同於內外或本末。舉例而言,華嚴論書即屢以體用說明"法界緣起",以探討世界的本質與根源。法藏(643—712)曾經於《法界緣起章》表示:"歸體之用,不礙其用,全用之體,不失其體,是故體用不礙雙存,即亦入亦即,無有障礙,鎔融自在。"㊷體用既得以相即相入,"鎔融自在",自非二元對立者也。根據大乘佛學的通義,世界的本質爲空,一切具體可見的現象皆非真實存,"法界緣起"便是其中一種理解方式。依此而論,佛家的世界觀其實是"一元化"的,體用的原始意義既爲身體及其功用的關係,自然帶有"一元化"的特質。然而,信仰佛教的士大夫不可能全然忽視眼前的人間世界,只得同時依賴儒家的價值體系建立外在的政教秩序,內外二元的思想結構遂於焉形成。申而言之,二元世界觀本爲因應現實的需要而生,并非始自對於道或宇宙本源的探索,係一種體現於士人群體的特殊的文化現象或思想結構。又或者說,主張"內佛外儒"的士大夫即同時信從兩種"一元化"的價值體系。體用作爲一種"一元化"的語言觀念,也可以爲服膺於二元世界觀的士人所使用。但相對於體用,內外和本末則不具顯著的"一元化"特質。

佛家典籍好言體用,向爲學界所熟知,今人又識及唐代道教受佛學之影響,開始使用體用觀念。㊸筆者則試圖進一步指出,宋代道教學者或一般士人對於《老子》的詮釋,可能直接促進了體用觀念在當時的流行。北宋前期重要之道教典籍《雲笈七籤》,即以體用深論其學之基本結構,卷首的《總叙道德》即其總序,曰:

> 夫惟老氏之術,道以爲體,名以爲用,無爲無不爲,而格於皇極者也。楊朱宗老氏之體,失於不及,以至於貴身賤物。莊周術老氏之用,失於太過,故務欲絕聖棄智。申、韓失老氏之名,而弊於苛繳刻急。王、何失老氏之道,而流於虛無放誕。此六子者,皆老氏之罪人也。㊹

其自言老氏之學有體有用,惟未能詳論體用與道名之關係,同時以此四者評判楊朱、莊周、申、韓之所失。此種使用體用的方式不必同於後世理學諸儒,但體用作爲一組思想觀念,確已成爲道教學者理解道的重要方式。或許可以說,方外之學亦自有其體用,兼及內外、本末與體用的思想形態已經成爲各方學者的共同追求。

王安石之思想固然帶有濃厚的儒家色彩,其學出入釋、道亦屬事實。王安石嘗有言:"道有本有末。"[46]又言:"道有體有用。體者,元氣之不動;用者,沖氣運行於天地之間。"[46]此處之本末與體用顯然枘鑿相應,在在證明了體用與本末其實共享了極爲類似的義理結構。王安石又曾注《老子》曰:"蓋光者明之用,明者光之體;言强,則知柔之爲體;言明,則知光之爲用。"[47]此語雖出自對於《老子》的解釋,其中體用一詞的用法却與佛家甚爲相似。《壇經》有載:"定惠猶如何等?如燈光。有燈即有光,無燈即無光。燈是光之體,光是燈之用。"[48]王安石以明光釋强柔,意指兩者皆爲體用關係,相須相成。《壇經》以燈光釋定惠,大抵亦復如是。有趣的是,朱子於《孟子集注》亦曾有言:"明者,光之體;光者,明之用也。"[49]此一用法與王安石如出一轍,可見各方士人已共享了體用一詞的用法。

力主融會三教之蘇轍,同樣甚爲仰賴内外、體用等觀念申論其學。《道德真經注》有載:

> 夫所謂全者,内以全身,外以全物,物我兼全,而復歸於性,則其爲直也大矣。[50]

蘇轍論學亦求其全,惟兼及物我内外,方得以復歸其性。事實上,内外本帶有分別彼我的意味。以内外區別己身與人群,恰恰爲二元世界觀分立兩個世界的基本特色。此誠可視爲蘇轍轉化二元世界觀之遺迹。惟蘇轍主張道本一貫,必兼該内外方得謂之全。且不獨内外而已,體用亦然。《道德真經注》另載:

> 無名者道之體,而有名者道之用也。聖人體道以爲天下用,入於衆有而常無,將以觀其妙也。體其至無而常有,將以觀其徼也。[51]

又載:

> 老子之言道德,每以嬰孩况之者,皆言其體而已,未及其用也。夫今嬰孩泊然無欲,其體之至者矣,然而物來而不知應,故未可以言用也。[52]

在蘇轍的認識裏,《老子》以無爲道之本體,而近乎嬰孩赤子,至於感應流行,皆爲其用。本體無形,發用有形,惟不能體其常無,亦無所謂衆有。綜上所論,二元世界觀之繼承者或轉化者,皆廣泛運用内外、本末與體用等觀念建立其世界觀,或假此理解道之構成方式,直接導致此類觀念在宋代學術思想界之流行。

堅守儒家本位的儒家士大夫爲了同方外學者,以及二元世界觀之繼承者或轉化者爭衡,遂同樣采取内外、本末與體用等觀念論述或建構儒家之世界秩序,使得以此類觀念理解世界進一步成爲宋代學術思想之基調。胡瑗弟子劉彝(1029—1086)即認爲"聖人之道,有體、有用、有文",繼而指出胡瑗之學兼明體用,且澤及後學。[53]胡瑗、劉彝固是粹然醇儒,惟其并未明言其體用之學乃針對方外之學而來。當時的排佛論者曾鞏(1019—1083)則明確通過此類觀念批評佛學之失,或以此爲北宋古文運動對於排佛理論之重要突破。[54]

其《梁書目録序》有載:

> 蓋佛之徒,自以謂吾之所得者内,而世之論佛者外,故不可詘。雖然,彼惡睹聖人之内哉?……萬物之所不能累,故吾之所以盡其性也。能盡其性則誠矣。誠者,成也,不惑也。既成矣,必充之使可大焉;既大矣,必推之使可化焉;能化矣,則含智之民,肖翹之物,有待于我者,莫不由之以至其性,遂其宜,而吾之用與天地參矣。德如此其至也,而應乎外者未嘗不與人同,此吾之道所以爲天下之達道也。……夫得於内者,未有不可行於外也。有不可行於外者,斯不得於内矣。[55]

在此文中,曾鞏明白指出釋者自信其内在之學,而排佛論者往往未能識及此一分别内外的思維方式。不同於此前之排佛論者,曾鞏的特出之處在於直指二元世界觀的基本結構,進而主張重視聖人或儒家既有之内在之學。曾鞏於此運用了《孟子》與《中庸》之典故,遵循儒家盡性主義之理路賡續發揮,試圖論證儒家的内在之學自能向外開展,終而參贊天地之化育。[56]約而言之,曾鞏已深刻地認識到方外學者理解世界的基本方式,并企圖建立一種屬於儒家的内外之學。此或可由曾鞏對於禮的討論得到進一步的證明。禮作爲儒家之道的具體顯現,曾鞏同樣以"本用"理解其基本關係。[57]簡言之,曾鞏著意於強調儒家之規範或價值本具有其内在根源,而帶有兼顧内外、本末的特質。

約與張九成同時之施德操亦以體用批判釋氏之失,其嘗於《孟子發題》曰:

> 自孟子談人性,始覺天下之人皆與天地等,皆與堯舜等,……然後世談性,莫盛於釋氏。釋氏談性,明體而不明用,自喜、怒、哀、樂以前,釋氏宜知之;喜、怒、哀、樂已發以後,釋氏置之不論。此所以功用爲闕然。……孟子兼其用而發之,始覺四端之用,沛然見於日用間,堯、舜、禹、湯、文、武、周、孔之事業,皆自此建立。[58]

施德操認爲釋氏之人性論詳於未發之前,而略於已發之後,只見其體而不見其用,故非體用完足之思想。孟子則不獨識及四端之心,同時究心其流行發用,遂得以兼明體用。在施德操的認識裏,兼明體用的人性思想似乎即是堯舜事業的義理基礎。申而言之,方外之士雖然認爲自家學問體用俱足,醇儒士大夫則往往不能苟同,時以内外、本末與體用等觀念批評其不足。典型道學士人的著述之中亦存在著大量相關材料。

由以上論證可知,在道學興起之際,懷抱各種立場的宋代士人已普遍通過内外、本末與體用等觀念理解世界或道的構成方式。或許可以說，"外儒内佛"或"外儒内道"的二元世界觀固然在慶曆以後遭逢嚴峻挑戰，其深層之義理結構仍可能轉化爲宋代士人的思維方式。而在宋代士人之中，又以正統之道學士人尤好以内外、本末與體用等觀念批判方外之學，其具體方案即通過此類觀念發展形上學與宇宙論，進而重建儒家之世界觀。舉例而言，張載（1020—1077）《正蒙·神化》有載："神，天德；化，天道。德，其體；道，其用，一於氣而已。"㊾張載主氣化宇宙論，以氣爲宇宙之本體。神、化與天、道皆只是其不同形態之體現。此處以體用論德與道，即是通過體用理解宇宙之本體。

《正蒙·太和》又載：

> 知虛空即氣，則有無、隱顯、神化、性命通一無二，顧聚散、出入、形不形，能推本所從來，則深於易者也。若謂虛能生氣，則虛無窮，氣有限，體用殊絕，入老氏"有生於無"自然之論，不識所謂有無混一之常；若謂萬象爲太虛中所見之物，則物與虛不相資，形自形，性自性，形性、天人不相待而有，陷於浮屠以山河大地爲見病之説。㊿

在張載的認識裏，太虛即氣，氣即太虛，兩者并無本質上的不同，故曰："太虛無形，氣之本體，其聚其散，變化之客形爾。"㊹萬物之生滅、變化，皆只是一氣之聚散。依此而論，氣自不爲太虛所生，萬象亦非本體之映射，故老、釋之宇宙論皆不能爲張載所接受，揆諸實際，其氣化宇宙論即針對外之學而發。張載以爲釋、道之宇宙論皆犯了"體用殊絕"的弊病，惟有識及太虛與氣的關係，纔能融通體用，而張載之言體用，終未離儒學與方外之學的角力。

程子亦曾明言："學佛者，内外之道不備。"㊽此即明白指出佛學無以兼顧内外而有所不足。《河南程氏遺書》又載：

> 禪者曰："此迹也，何不論其心？"曰："心迹一也，豈有迹非而心是者也？正如兩脚方行，指其心曰：'我本不欲行，他兩脚自行。'豈有此理？蓋上下、本末、内外，都是一理也，方是道。莊子曰'游方之内'、'游方之外'者，方何嘗有内外？如此，則是道有隔斷，内面是一處，外面又別是一處，豈有此理？"㊾

在程子的認識裏，上下、本末、内外只是一理，天道通貫上下、本末、内外，人心與行迹自然不可判然二分，教化與事業均是人心之體現。若本諸此種立場，釋氏乃言心不而言迹者也，無異於將内外、本末分別對待。莊子分言方内、方外，程子亦不能苟同。由程子觀之，世間惟一，如何有此世、彼世？無論是區別心迹或方内方外，程子皆以爲内外隔斷，違背其天道貫通上下、本末、内外之基本主張。事實上，心迹之辨乃道學内部的重要課題，道學家本諸《大學》與《中庸》等儒家經典，認爲整體社會秩序之改善應由内及外，同時不遺内外。二程論學亦一向主張綰合内外、兼該體用，以爲"聖人凡一言便全體用"，且影響後學甚深。㉔綜張載與程子而觀，二人皆於重建儒家一元體系的路途中做出貢獻，張載的氣化宇宙論已具有高度的一元傾向，天理化世界觀的雛形則誕生於程子的思想，至於緊密綰合天理化世界觀與體用思維的思想體系，仍待朱子而後有。㉕程子雖時常以體用爲言，在程子的思想中，體用與天理或理一分殊的關係終究不夠分明。儘管如此，張載與程子作爲北宋道學的核心人物，其所習用的語言辭彙與世界觀依然帶給朱子極大的啓示。

在南宋前期聲勢甚高的湖湘學派，顯著地繼承了洛學以本末、內外與體用觀念批評方外之學的重要特色。胡寅（1098—1156）排佛之意甚切，嘗著《崇正辯》曰：

> 今夫人目視而耳聽，手執而足行，若非心能爲之主，則視不明、聽不聰、執不固、行不正，無一而當矣。目瞽、耳聵，心能視聽乎？手廢、足蹇，心能執行乎？一身之中，有本有末，有體有用，相無以相須，相有以相成，未有焦灼其肌膚而心不知者也？學佛者言空而事忍，蓋自其離親毀形之時已失其本心矣。㉖

胡寅表示，耳、目、手、足之活動均由心主宰，無心之主宰亦無各種感官與活動。然若耳、目、手、足之功能盡皆喪失，此心同樣無從行動。換言之，此心與耳、目、手、足實一體貫通，相須相成。惟釋氏意欲擺脫形體之囿限，尋求本心之空明。於胡寅而言，毀其形體必失其本心，否則即是心迹二分，不合於理。胡寅此論一如程子之質釋氏："我本不欲行，他兩脚自行？"亦即身心離異，兩相懸隔。兩人之設喻甚爲相似，可見其學脈相承。胡寅又言："五經皆聖人垂教萬世，精粗本末，天人物我，無不該貫。凡釋氏讀之，但爲方內治世之粗迹耳。"㉗本末、精粗、內外、體用，此皆胡寅所欲兼顧，且無不彼此貫通。此外，胡寅亦再三致疑於釋氏所謂方內、方外之區別，進而主張方無內外。㉘

胡寅胞弟胡宏（1105—1161），嘗於《皇王大紀論・西方佛教》表示：

> 人生，合天地之道者也，故君臣、父子、夫婦交而萬事生焉。酬酢變化，妙道精義，各有所止，亦無窮已。彼〔釋氏〕惟欲力索於心，而不知天道，故其説周羅包括高妙玄微，無所不通，而其行則背違天地之道，淪滅三綱，體用分離，本末不貫，不足以開物成務，終爲邪説也。㉙

胡宏乃湖湘學派之中堅，亦以"體用分離、本末不貫"批評釋氏，可見以體用、本末等觀念衡定學問之得失確爲道學陣營中的普遍現象。胡宏另曾言："釋氏與聖人，大本不同，故末亦異。"㉚又言："學聖人之道，得其體，必得其用。有體而無用，與異端何辨？"㉛此兩條文獻皆可以作爲證明。胡宏之《論語指南》亦載：

> （釋、道）二氏皆有"無物我"之説，愚竊惑焉。蓋天地之間無獨必有對，有此必有

> 彼,有内則有外,是故"一陰一陽之謂道",未有獨者也。⑫

在胡宏的認識裏,事事物物皆兩兩相成,無獨有偶,物我、内外固然有別,惟天地之道必兼内外,乃至體用、本末而言也。值得注意的是,此處所引之《論語指南》同時針對釋、道二氏,不獨釋氏而已矣,亦即釋、道之學均未合於道學士人理想中兼顧内外之思想形態。

綜本節而論,由於二元世界觀的繼承者與轉化者廣泛使用内外、本末與體用等觀念,直接導致了此類觀念在宋代學術思想界之流行,而堅守儒家本位之士人爲了對抗方外之學,同樣運用此類觀念批評釋、道之失,甚至以此建立其自身之世界觀,進一步深化了内外、本末與體用等觀念之流行。此一三教交融或相互角力之思想環境,其實便是一個慣常使用内外、本末與體用等辭彙的語言世界,身處其中之朱子即踵繼其道學前輩的步履,假此理解其所面對的時代困境,并建構理想中的治平藍圖與聖人之學,以對抗方外之學與出入三教之雜學。

## 四、朱子理解時代困境之基本方式
### ——以《朱子文集》中的封事與奏劄爲考察核心

面對方外之學盛行的局面,宋代的醇儒士大夫所欲重建的固然是一種"一元化"的世界觀,但其中仍然蘊藏了分別内外、本末與體用的語言觀念,可謂對於二元世界觀的轉化與回應。降及南宋,朱子猶未脱此一思潮,屢屢通過内外、本末與體用等觀念理解世界,力圖綰合共同構成世界秩序的兩個範疇,重建圓融、完足的聖人之道。甚至可以説,朱子繼承了前輩宋代儒者,以爲切身之時代困境正在於内外、本末與體用之懸隔。事實上,朱子理想中的聖人之學便是一種全體大用之學,其基本構造則深受二元世界觀的影響。因此,如欲深入認識朱子的聖人之學,自然必須厘清朱子理解其時代困境的基本方式。《朱子文集》所錄之封事與奏劄乃呈供御覽之作,朱子必審慎以對,應尤能反映其理解時代困境之基本方式。當然,此所謂時代困境乃朱子個人的認識與體會,未必是客觀的事實。

紹興三十二年(1162),孝宗即皇帝位,詔求直言,朱子上《壬午應詔封事》。其辭曰:

> 蓋記誦華藻,非所以探淵源而出治道;虚無寂滅,非所以貫本末而立大中。是以古者聖帝明王之學,必將格物致知,以極夫事物之變,使事物之過乎前者,義理所存,纖微畢照,瞭然乎心目之間,不容毫髮之隱,則自然意誠心正;而所以應天下之務者,若數一二、辨黑白矣。苟惟不學,與學焉而不主乎此,則内外本末顛倒繆戾,雖有聰明睿智之資,孝友恭儉之德,而智不足以明善,識不足以窮理,終亦無補乎天下之治亂矣。然則人君之學與不學,所學之正與不正,在乎方寸之間;而天下國家之治不治,見乎彼者如此,其大所繫,豈淺淺哉!《易》所謂"差之毫厘,繆以千里",此類之謂也。⑬

朱子認爲今世之所以不治，肇因於治道之根本不正。如欲"貫本末而立大中"，其本必安頓於格致誠正之學，即治道須仰賴君心之修養。文章辭藻與釋、老之虛無寂滅皆不足以爲聖學之根本，倘學有不正，將面臨"内外本末顛倒繆戾"之危機。析而言之，朱子仍通過内外與本末觀念理解人心與治道的關係，其遠源於中古時期的二元世界觀，近承自前輩道學士人。同時，朱子篤信《大學》，似欲藉此解決"内外本末顛倒繆戾"的時代困境。根據《大學》，修身乃是第一要務，自天子以至於庶人，莫不如是。

朱子隨即於《壬午應詔封事》申論《大學》之重要性，其辭曰：

> 蓋致知格物者，堯、舜所謂"精一"也；正心誠意者，堯、舜所謂"執中"也。自古聖人口授心傳而見於行事者，惟此而已。至於孔子，集厥大成，然進而不得其位以施之天下，故退而筆之，以爲《六經》，以示後世之爲天下國家者，於其間語其本末終始先後之序尤詳且明者，則今見於戴氏之《記》，所謂《大學》篇者是也。故承議郎程顥與其弟崇政殿説書頤，近世大儒，實得孔、孟以來不傳之學，皆以爲此篇乃孔氏遺書，學者所當先務，誠至論也。臣愚伏願陛下捐去舊習無用浮華之文，擯斥似是而非邪詖之説，少留聖意於此遺經，延訪真儒深明厥旨者，置諸左右，以備顧問，研究擴充，務於至精至一之地，而知天下國家之所以治者不出乎此，然後知體用之一原，顯微之無間，而獨得乎堯、舜、禹、湯、文、武、周公、孔子之所傳矣。於是考之以《六經》之文，鑑之以歷代之迹，會之於心，以應當世無窮之變。[74]

《尚書·大禹謨》"十六字心傳"所論乃人心之根本，朱子將之與《大學》所謂"格、致、誠、正"結合，似乎有意强調聖學之基本旨趣與爲學次第皆已見諸《大學》，而二程早已有所認識。朱子認爲"天下國家之所以治"，緣於此心之"至精至一"，亦即以人心爲治道的根本。尤其應當注意的是，朱子又特別提及"體用之一原，顯微之無間"。誠如前文所論，伊川所謂"體用一原，顯微無間"，旨在説明理與象相互涵攝的理想狀態。在道學家的認識裏，一切具體的事物皆藴藏了自身的理則，惟其存乎顯微之間，學者不易察之。因此，朱子期望孝宗明白道有體用，進而探求一切事理，依此處物應事。朱子認爲人君若能落實"格物致知"與"正心誠意"的工夫，便能邁向"體用一源，顯微無間"的理想之道。

綜觀以上兩條文獻，早在孝宗即位之初，朱子即力言人心之重要，同時以體用、本末等觀念理解道之構成，指出其所體會的時代困境便是人心不正，而往往陷溺於文章或釋、老之學。根本既無以發明，諸事自然不得其宜。隔年（隆興元年，1163），朱子又上《癸未垂拱奏劄一》，所言亦無外於是。其辭曰：

> 臣聞《大學》之道，自天子以至於庶人，壹是皆以脩身爲本。而家之所以齊，國之所以治，天下之所以平，莫不由是出焉。……而自秦、漢以來，此學絶講，儒者以詞章

記誦爲功,而事業日淪於卑近,亦有意其不止於此,則又不過轉而求之老子、釋氏之門,內外異觀,本末殊歸,道術隱晦,悠悠千載。雖明君良臣間或一值,而卒無以復於三代之盛,由不知此故也。⑤

此次朱子直接引用《大學》原文,强調修身爲治國之根本。倘若以釋、老之學爲本,便有可能陷於"內外異觀,本末殊歸"的處境。朱子所謂"內外異觀",即首先將內在的心靈世界安頓於方外之學,却又渴望由此建立儒家的政教秩序。也就是説,朱子體認到時人所面臨的困境即內外、本末之懸隔,并强調此類世界觀在思想結構上的斷裂。在朱子的認識裏,後世君臣皆未能復興三代之盛德大業,殆均由此致之。要言之,治國之本當在於培養以儒家價值爲核心的道德倫理,現實政治的運作結果皆其體現。此處復以內外、本末爲言,再一次證明了朱子習用的語言觀念并未獨立於當時之學術風氣。另值得留心的是,孝宗身爲朱子封事與奏劄的訴求對象,其本人之世界觀正脱胎、轉化於二元世界觀。若按照劍橋學派的用語,糾正孝宗本人的思想傾向即朱子寓托於諸篇封事與奏劄之意圖(intention)。⑥由此可見,朱子使用的語言觀念及其承載的內涵,皆與當時的歷史脈絡密切相關,而非抽象、懸空的哲學討論。

淳熙十五年(1188),孝宗即位已二十六年,朱子又上《戊申封事》,力陳天下之大本在於君心,可見其念兹在兹者始終如是。朱子曰:

> 蓋天下之大本者,陛下之心也。……天下之事,千變萬化,其端無窮,而無一不本於人主之心者,此自然之理也。故人主之心正,則天下之事無一不出於正;人主之心不正,則天下之事無一得由於正。⑦

又曰:

> 彼老子、浮屠之説,固有疑於聖賢者矣,然其實不同者,則此以性命爲真實,而彼以性命爲空虚也。此以爲實,故所謂"寂然不動"者,萬理粲然於其中,而民彝物則,無一之不具;所謂"感而遂通天下之故",則必順其事,必循其法,而無一事之或差。彼以爲空,則徒知寂滅爲樂,而不知其爲實理之原;徒知應物見形,而不知其有真妄之別也。是以自吾之説而脩之,則體用一原,顯微無間,而治心、脩身、齊家、治國,無一事之非理。由彼之説,則其本末橫分,中外斷絶,雖有所謂"朗澈靈通,虚静明妙"者,而無所救於滅理亂倫之罪、顛倒運用之失也。⑧

在此條文獻之中,朱子不僅明言天下之大本在於君心,同時試圖釐清釋、老之學與儒家之學的異同。朱子指出,釋、老固然有其性命之學,然多歸於空虚,儒家則以實理爲本,即所謂"萬理粲然"。若此心能掌握所有條貫於事物中的準則,便得以妥善地應對一切課題,從而由個人擴及社會,逐步成就理想的政教秩序。宇宙天道亦將回歸"體用一源,顯微無間"的理想狀態,"治心、脩身、齊家、治國",無一事不依循至善的天理而行。相反地,倘未能如是,便可謂"本末橫分,中外斷絕",內在心靈世界與群體政教秩序的指導原則又將割裂爲二。值得注意的是,相對於內外與本末,體用觀念具有"一元化"的傾向,故朱子在諸篇封事與奏劄之中,屢以體用申論天道之構成方式,似乎有意以體用補充、修訂此種分別內外、本末的思維方式。

綜本節而言,從最早的《壬午應詔封事》至晚期的《戊申封事》,時間跨度長達二十六年,朱子始終以"內外異觀"、"內外乖離"或"內外本末顛倒繆戾"一類語言陳述其所面對的困局。[79] 於朱子而言,誠意正心爲內,治平事業爲外,所謂"內外異觀",即將個人之心靈世界安頓於佛、道等方外之學,關乎人群之政教秩序則依循儒家之價值建立。但朱子認爲人心乃治平天下之關鍵,如果將之安頓於方外之學,絕無可能建立儒家之政教秩序。然而,朱子既大量運用內外與本末觀念表述當前的時代困境,其解決方案自然應當對此提出結構性的回應,故本文將接著論證朱子心中新治平藍圖的結構即脫胎於其理解時代困境的方式。

## 五、朱子對於《大學》的改造:新治平藍圖的基本結構

通過分析《朱子文集》所收的諸篇封事與奏劄,筆者發現朱子繼承了兩宋時期的前輩士人,藉由本末、內外等觀念理解世界秩序的構成方式,進而以"內外乖離"、"本末殊歸"詮釋其所見的時代困境。面對此一局面,朱子嘗屢次強調《大學》所提供的治平藍圖具有兼顧內外、本末的基本特質,可以有效弭平當前的時代困境。《大學》的原始結構雖有此傾向,但必待朱子通過"明明德"與"新民"兩組核心觀念予以改造和調整,此種兼顧內外、本末的特質方進一步強化。

《大學》經文有載:

大學之道在明明德,在親民,在止於至善。[80]

《大學或問》另載:

大抵《大學》一篇之指,總而言之,不出乎八事,而八事之要,總而言之,又不出乎此三者,此愚所以斷然以爲《大學》之綱領而無疑也。[81]

"明明德"、"親民"、"止於至善"乃《大學》經文所本有,此之爲三綱領則由朱子首創。三綱

領之中的"親民"一項,朱子又據程子之意改作"新民"。⑱"明明德"、"新民"與"止於至善"雖同列三綱領之目,前二者的性質却微異於"止於至善"。"明明德"與"新民"皆具備具體之工夫或歷程,在八條目中亦有相應的對象,"止於至善"則是成就"事理當然之極",亦即貫徹"明明德"與"親民",指涉一種境界。⑱《語類》亦載:"明德,新民,便是節目;止於至善,便是規模之大。"⑱由此可知,朱子明白意識到"明德"、"新民"與"止於至善"在性質上的異同。"明德"或"新民"皆有具體之内容可言,"止於至善"則專言其規模與目標。

在三綱領之中,"明明德"與"新民"不僅不同於"止於至善",朱子又以此二者概括了《大學》之八條目。《大學》經文曰:

> 古之欲明明德於天下者,先治其國;欲治其國者,先齊其家;欲齊其家者,先修其身;欲先修其身者,先正其心;欲先正其心者,先誠其意;欲先誠其意者,先致其知;致知在格物。⑮

據《大學》經文,格物、致知、誠意、正心、修身、齊家、治國、平天下,八條目層層遞進,次序井然,朱子則有意將之分爲兩部。朱子注曰:"修身以上,明明德之事也。齊家以下,新民之事也。"⑯《大學或問》亦載:"格物、致知、誠意、正心、修身者,明明德之事也。齊家、治國、平天下者,新民之事也。"⑰語意與《大學章句》不殊。朱子顯然以"明明德"與"新民"爲兩大部門,以下將分釋二者之内容。

朱子釋明德曰:

> 明德者,人之所得乎天,而虚靈不昧,以具衆理而應萬事者也。但爲氣禀所拘,人欲所蔽,則有時而昏;然其本體之明,則未嘗有息者。⑱

又載:

> 明德,謂本有此明德也。"孩提之童,無不知愛其親;及其長也,無不知敬其兄。"其良知、良能,本自有之,只爲私欲所蔽,故暗而不明。所謂"明明德"者,求所以明之也。譬如鏡焉:本是個明底物,緣爲塵昏,故不能照;須是磨去塵垢,然後鏡復明也。"在新民",明德而後能新民。⑲

明德即"虚靈不昧"之本體,或人所禀賦的光明澄澈之天理。惟人皆有此明德,方能夠應對萬事萬物,故謂之良知、良能亦無不可。儘管明德乃天生而有,却往往爲氣禀物欲所蔽,自應刮垢磨光,恢復其虚靈不昧的本然狀態,而謂之"明明德"。故朱子又認爲"明明德","非有所作爲於性分之外"。⑳明德如鏡,若能復其光輝,遂能照鑑萬物,亦惟有自明其明德,方能推及他人。此之謂"新民"。朱子復曰:"新者,革其舊之謂也,言既自明其明德,又當推以及人,使之亦有以去其舊染之污也。"⁹¹革其舊而謂之新,其實只是復其初,使之呈露天理本然之光輝。據此而論,"明明德"實即自新,惟其推及天下之人,而以"新民"稱之。

朱子嘗於《經筵講義》指出:

> 所謂明明德於天下者,自明其明德而推以新民,使天下之人皆有以明其明德也。人皆有以明其明德,則各誠其意,各正其心,各脩其身,各親其親,各長其長,而天下無不平矣。⁹²

"明明德"於天下即是"新民"。先自明其明德,然後推己及人。推己及人,必"始於齊家,中於治國,而終及於平天下",故"新民"已涵括齊家、治國與平天下等條目,而與"明明德"共同將《大學》之八條目分爲兩部。⁹³朱子又言:"新民必本於明德,而明德所以爲新民也。"⁹⁴甚至可以說,"新民"即是"明明德"之果效,惟先自明其明德,方有所謂"新民","明明德"乃"新民"之本。此二者之關係乍觀頗似體用,其實仍有所不同,朱子亦未曾以體用言之。相對於此,朱子一般以本末和內外表述兩者之間的關係。關於此事,筆者試圖提出以下兩種解釋:首先,《大學》經文有載:"物有本末,事有終始,知所先後,則近道矣。"⁹⁵由此可知,朱子以本末言"明明德"與"新民",意在配合、延續《大學》自身之理路。其次,據朱子的體用思維,體用不可須臾而離,且帶有共時的意味,故一旦以"明明德"爲體,"新民"爲用,則必須確保理想的政教秩序將在落實"明明德"的當下建立,惜乎其顯非事實,"新民"仍自有一番工夫。

朱子曾經明言:

> 明德爲本,新民爲末。⁹⁶

又言:

> 明德、新民,兩物而內外相對,故曰本末。⁹⁷

據此而論,朱子認爲《大學》所提供的治平藍圖其實可分爲本末兩端,"明明德爲本,新民爲末","明明德"必始於自身,"新民"乃推以及人,故又可以內外言之。如此一來,朱子的《大學》便已具備兼顧本末、內外的特質,并通過"明明德"與"新民"概括八條目。此種分言內外、本末的認識方式沿襲自中古時期以降的二元世界觀,乃至宋代士人理解、應對方外之學或二元世界觀的語言,惟其詮釋對象已轉換爲儒家之內容。又或者說,朱子所體認的時代困境既在於本末與內外之懸隔,其以《大學》爲本之新治平藍圖自然必須兼顧二者。

朱子嘗論《大學》曰：

> 蓋聖人之學，本末精粗，無一不備，但不可輕本而重末也。[98]

於朱子而言，聖人之學雖可以分別本末、內外，但必處處兼顧，"無一不備"。此乃聖人之學與異端之根本差別，故朱子曰："聖人之道 所以異於異端者，以其本末、內外一以貫之，而無精粗之辨也。"[99]朱子心目中的聖人之道若能够通貫本末內外，便得以免於"內外本末顛倒繆戾"之危機。事實上，朱子在封事與奏劄所強調的人心與治道，正是《大學》所謂"明明德"與"新民"。"明明德"既指恢復心體本然之光輝，自然針對人心而言。相對於此，治道則以安頓人心爲前提，齊家、治國與平天下爲具體內容，而可概括爲"新民"。

《大學》原爲《禮記》之一篇，入宋以後漸漸成爲獨立之篇章，廣爲士人所重視。此一現象雖不始於朱子，其首先調整了《大學》的基本結構則應無疑義。朱子以"明明德"與"新民"分轄《大學》之八條目，前者主乎人心，後者關乎治道，且以內外、本末分言二者，顯然係針對"內外本末顛倒繆戾"的時代困境。簡言之，朱子對於《大學》的結構性調整恰恰與其理解時代困境的方式桴鼓相應。儘管程子亦主張治平天下應從修養己身入手，却極少逕自以內外、本末等觀念拆解《大學》之義理結構。[100]也就是說，程子論爲學次第仍嚴守《大學》原文矩矱，八條目逐次開展。朱子以內外、本末理解"明德"與"新民"，固然循《大學》之思路而來，其中仍有創發，而不盡同於《大學》之原始結構。

必須注意的是，儘管朱子以本末詮釋"明德"與"新民"之關係，却對於本末觀念頗有顧忌，審慎異常。即便朱子偶以修身爲本、天下國家爲末，必就爲學次第而論。朱子嘗撰《經筵講義》，逐章闡釋《大學》，其辭曰：

> 臣竊謂以身對天下國家而言，則身爲本，而天下國家爲末；以家對國與天下而言，則其理雖未嘗不一，然其厚薄之分，亦不容無等差矣。故不能格物、致知以誠意、正心而脩其身，則本必亂，而末不可治；不親其親、不長其長，則所厚者薄，而無以及人之親長，此皆必然之理也。[101]

朱子於此確實以"修身爲本，天下國家爲末"，但此章所論乃爲學次第，似未著意於比較二者之價值。《朱子語類》亦載：

> 李從之問："'壹是皆以修身爲本'，何故只言修身？"曰："修身是對天下國家說。修身是本，天下國家是末。凡前面許多事，便是理會修身。'其所厚者薄，所薄者厚'，又是以家對國說。"[102]

此所謂本末、厚薄,皆相對而言也。在兩兩相對的情況下,自不可輕本而重末,朱子亦未曾輕看天下國家的價值。朱子固然主張爲學有次第之別,但并非完成一事再做下一事,八條目仍須一齊致力實踐。

《語類》有載:

> 説爲學次第,曰:"本末精粗,雖有先後,然一齊用做去。且如致知、格物而後誠意,不成説自家物未格,知未至,且未要誠意,須待格了,知了,却去誠意。安有此理!聖人亦只説大綱自然底次序是如此。"⑩

朱子明確指出此處所謂本末、先後乃專論爲學次第,僅就邏輯上之程序而言。若論其實踐,格物、致知、誠意仍須一齊用功,修身、齊家、治國、平天下應復如是。Benjamin Schwartz 曾指出,修身與平天下固可視爲儒家思想中的兩個重要的極點(polarities),彼此的關係却從來不是二分或對立的,而是相互補充的。⑩換言之,人心與治道皆爲朱子所重,其絶無輕看政治社會秩序的意思。事實上,一旦脱離《大學》中討論爲學次第的語境,朱子即竭力避免以本末詮解人心與治道的關係,而從"明明德"以及於"新民"亦可謂爲一種爲學次第。若朱子始終對於本末觀念有所顧忌,自將另尋其他觀念建構其聖人之學。

在中古時期,本末是一組極爲常見的觀念,二元世界觀便傾向於以"内教爲本,外教爲末"。⑩由此可知,本末、内外不僅是一種理解世界的方式,同時帶有價值判斷的意味。相對地,"一元化"的體用觀念則模糊了兩種價值體系之間的先後次序,以及伴此而來的價值判斷,程子即曾表示:"體用無先後。"⑩又由於體用與本末在結構上的親和性,朱子確實很可能通過體用來彌補或修訂本末之不足,進而以此建構其聖人之學。⑩《中庸》有載:"唯天下至誠,爲能經綸天下之大經,立天下之大本,知天地之化育。"⑩朱子釋之曰:"經綸合是用,立本合是體。"⑩朱子明白以立本爲體,經綸爲用,似乎暗示其有意憑藉體用觀念來重建一種務本之學,同時避免本末與内外本身藴藏的囿限。本節已經厘清了朱子對於本末觀念的顧慮,次節將説明朱子何以不願以内外觀念建構其聖人之學。

## 六、《大學格物補傳》與"全體大用之學"

朱子對於體用最深刻的發揮,莫過於環繞著心的討論。此亦是全體大用之學的核心内容。關於此一課題,筆者已另作專文申論。⑩本文則聚焦於探討朱子何以認爲體用觀念爲何優於本末和内外等觀念,從而以此爲建構其聖人之學的基本方式。"全體大用"一詞既出自《大學格物補傳》,如欲深入認識朱子的體用之學,自然必須厘清《大學格物補傳》的思想内涵。第一小節的研究指出,《大學格物補傳》所預設的天人一理的世界觀,即"全體大用"成爲朱子道學形態的關鍵因素。由於遍在於宇宙萬物之間的天理都只是一個道理,天理自無内外可言。然而,作爲聖人之學的全體大用之學,又應當兼顧天理與認知主體雙方面的觀點,内外遂不宜爲朱子建構其聖人之學的基本方式。必須説明的是,本文所謂認知主體,意指致力於追求天道或格物致知等行爲的學者自身,絶無意暗示格物致知的過程只是一種對於外物的純粹客觀的認識。此處所謂認知之知,主要指人倫事理之知與主客交融之知。在筆者的認識裏,朱子所理解的天理同時存在於己身與外物,格物致知旨在藉由内外相參的工夫提升自身之德行,落實即内即外的人倫之理。由此而論,格物致知自然同時是主客交融的認知活動與修養工夫,兩者并不相衝突,故不妨假借認知主體一詞指涉格物致知之行動者。

在第二小節,筆者將以朱子對於忠恕的詮釋爲主要考察對象,説明"全體大用"何以能兼顧天人,進而綰合中古時期以來長期分裂的價值體系。本文的研究發現,在朱子的認識裏,忠恕是一種體用關係,亦即"全體大用"之體用,而忠恕不僅可以指涉理一與分殊,又分别是安頓己身與對待人群的核心價值。這意味著體用確實優於内外、本末,更適於擔任朱子道學之基本構成方式。

## (一)《大學格物補傳》與朱子之世界觀——兼論"格物致知"之内涵與追求

朱子對於《大學》之結構性調整,關乎其新治平藍圖的基本格局,此事前文已經申述。值得注意的是,朱子雖以"明明德"、"新民"與"止於至善"爲《大學》之三綱領,仍然强調格物致知乃《大學》之入手處。《語類》有載:

> 《大學》首三句説一個體統,用力處却在致知、格物。[11]

據此,三綱領係學問之規模與體統,工夫之著手處仍在於格物致知。朱子另嘗言:"致知格物,《大學》之端,始學之事也。"[12] 又言:"格物致知是《大學》第一義,脩己、治人之道,無不從此而出。"[13] 此皆足以證明朱子確實將格物致知視爲實踐《大學》藍圖的首要步驟。朱子對於格物致知之闡發,尤以《大學格物補傳》爲要,其中涉及了學者認識世界的歷程,以及朱子對於世界觀之基本假設。因此,如欲究明格物致知在朱子道學體系中之意義與位置,誠不可不厘清《大學格物補傳》所預設之世界觀。

《大學格物補傳》:

> 所謂致知在格物者,言欲致吾之知,在即物而窮其理也。蓋人心之靈莫不有知,而天下之物莫不有理,惟於理有未窮,故其知有不盡也。是以《大學》始教,必使學者即凡天下之物,莫不因其已知之理而益窮之,以求至乎其極。至於用力之久,而一旦豁然貫通焉,則衆物之表裏精粗無不到,而吾心之全體大用無不明矣。[14]

《大學》經文所謂"致知在格物",《大學格物補傳》以"欲致吾之知,在即物而窮其理"釋之,意謂如欲推極己心之所知,便應當親即事物而窮究條貫於其中的理路,可見致吾之知與即物窮理實非二事。朱子亦曾明言:

> 致知、格物,只是一事,非是今日格物,明日又致知。格物,以理言也;致知,以心言也。⑮

又言:

> 格物,只是就事上理會;知至,便是此心透徹。⑯

《語類》亦載:

> 致知,是自我而言;格物,是就物而言。若不格物,何緣得知。⑰

由此可知,格物致知本非二事,亦無時間上之差異,惟指涉之對象和陳述之觀點有所不同。格物即對於事理的窮究,致知乃事理於心上之體會,格物與致知必須相互成就,故《大學格物補傳》又以為若"於理有未窮",則"其知有不盡",所窮與所知必然共同成長。綜而言之,致知與格物乃一組相依相待之概念,不可須臾而離。

格物與致知既為一事,所窮之理與所知之理自然只是一理。朱子曰:

> 格物、致知,彼我相對而言耳。格物所以致知。於這一物上窮得一分之理,即我之知亦知得一分;於物之理窮二分,即我之知亦知得二分;於物之理窮得愈多,則我之知愈廣。其實只是一理,"才明彼,即曉此"。所以大學說"致知在格物",又不說"欲致其知者在格其物"。蓋致知便在格物中,非格之外別有致處也。⑱

朱子一再申明格物與致知實為一體之兩面,彼此相對而相待。格物主要針對所窮格之事物而言,致知則側重於表述認知主體對於事理的體究。因此,所窮之事理愈多,吾心之所知愈廣,兩者間並無分毫差距。朱子又接著指出,格物所窮之理與己心所知之理"其實只是一理"。這正是《大學格物補傳》所預設的"天人一理"的世界觀。

所謂天人一理之世界觀,即人生與自然天地共享同一運作之理則,宇宙間一切事理均由終極之道散殊而來。朱子嘗於《讀大紀》一文表示:

> 宇宙之間,一理而已,天得之而為天,地得之而為地,而凡生於天地之間者,又各

得之以爲性。其張之爲三綱,其紀之爲五常,蓋皆此理之流行,無所適而不在。若其消息盈虚,循環不已,則自未始有物之前,以至人消物盡之後,終則復始,始復有終,又未嘗有頃刻之或停也。儒者於此,既有以得於心之本然矣,則其内外精粗,自不容有纖毫之間,而其所以脩己治人、垂世立教者,亦不容其有纖毫造作、輕重之私焉,是以因其自然之理,而成自然之功,則有以參天地,贊化育,而幽明巨細,無一物之遺也。[⑬]

朱子認爲宇宙間只有一理,天地及其間一切生物之生滅循環皆不可離乎此理。人類之生活既不外於天地,人群、社會之紀綱倫常亦只是此理之流形體現,與自然天地所恪守之理則并無二致,此即"宇宙之間,一理而已"。但由於當代自然科學的高度發展,此種自然與人文共享一理的世界觀今人不易理解。然而,若考量到朱子的世界觀本具有一種"生命化"的特質,即一切個體生命皆只是宇宙生命具體而微的顯現,似乎便不難想象自然和人文世界的運作理則可通而爲一。[⑭]此種天人一理的世界觀又可稱爲理一分殊。朱子曾於《太極圖説解》詳述此一終極之天理大道如何散殊於衆物之間,進而爲自然與人文秩序之共同法則,以及學者修煉身心之依據。[⑮]朱子曾言:"天人一理,只有一個分不同。"[⑫]也就是説,天人只是一理,惟有不同之運用與體現。至於筆者之所以迴避理一分殊之成説,轉以天人一理指陳此種特殊之世界觀,旨在強調天地與人生其實共享了相同的理則,不因物我之别而有異。朱子在厘清天人一理之世界觀以後又指出,學者若能體會通貫物天人之理則皆稟賦於人心,乃吾人身心之本來面目,自然得以泯除内外之懸隔,循此理則修己、治人,終而參贊天地之化育。

在朱子的認識裏,理是個"浄潔空闊底世界",實無内外可言。[⑬]朱子嘗言:"天下之事,巨細幽明,莫不有理,未有無理之事,無事之理。不可以内外言也。"[⑭]又言:"此理初無内外本末之間。"[⑮]儘管如此,認知主體所見的世界終不免有内外之别,否則亦無以區分彼我。畢竟,任何感知與認識均不可能離開認知主體而獨立發生。朱子又曰:"理無内外,六合之形須有内外。"[⑯]朱子的意思是,在認知主體之外,舉凡具體有形的事物均爲外在之觀察對象,故物我間仍有内外之别。[⑰]惟獨天理即内即外,不可以内外言。[⑱]緣此,朱子論學并不廢内外,而極爲謹慎地處理認知主體所無從避免的内外問題。《答袁機仲别輻五》有載:"蓋天人一物,内外一理,流通貫徹,初無間隔。"[⑲]朱子之所以言"内外一理",殆考量及認知主體的觀點。由認知主體觀之,己心對於事理之體究便是參合内外,但天理又無内外可言,只好説内外一理,"初無間隔"。甚至可以説,朱子亦承認人皆有其立足之處,不可能全然拋棄個體化之觀點。但學者必須力求關照全局,出入群己、内外乃至於人文與自然之間,從而體認天理即内即外,其實無所謂内外。朱子認爲若能予以適切的義理栽培,存心養性,變化氣質,自然能"内外如一",重返天理流行之初始狀態,亦即"身心内外,元無間隔"。[⑳]至於身心之内外所指爲何,又可從朱子與程洵(1135—1196)的往來書信中見其端緒。

程洵來信云：

所謂行事者，內以處己，外以應物，內外俱盡，乃可無悔。㉜

朱子答曰：

處己接物，內外無二道也，得於己而失於物者無之。故凡失於物者，皆未得於己者也。然得謂得此理，失謂失此理，非世俗所謂得失也。若世俗所謂得失者，則非君子所當論矣。㉝

程洵與朱子以內外分言處己與應物，己身之安頓屬內，事物之應對屬外。在認知主體的認識裏，一切人際應對均可歸諸應物的範疇，故以內外分言處己與應物，便是區別己身與人群。朱子又進一步指出，處己與應物的準則并不爲二，其實只是"此理"，亦即天人一理之理。宇宙運化與人間倫常之道理既無二致，又遑論處己與應物、修身正心與治平天下？由是以觀，天人一理之世界觀本蘊藏著統一價值體系的積極意義。

朱子嘗言：

"治國、平天下"，與"誠意、正心、修身、齊家"只是一理，所謂"格物致知"，亦曰"知此而已矣"，此《大學》一書之本指也。今必以"治國、平天下"爲君相之事而學者無與焉，則內外之道，異本殊歸，與經之本旨正相南北矣。㉞

朱子於此明白表示，由誠意以及於平天下，皆只是一理。格物致知之目的即在於知此一理。如不知此理一貫，未將治平天下一事歸結於修證人心，處己與應物的道理便判然二分，朱子稱之爲"內外之道，異本殊歸"，亦即其一再強調之時代困境。要言之，格物致知之意義可歸結於兩大端：就世界觀而言，格物致知旨在體悟天人一理；就當世之困境而言，格物致知即識及修身正心與治平天下只是一事。如欲言其境界，這種認識又可稱之爲"合內外之道"。此乃格物致知之終極追求與《大學》之核心旨趣。

《大學或問》有載：

蓋有以必窮萬物之理同出於一爲格物，知萬物同出乎一理爲知至。如合內外之道，則天人物我爲一。㉟

根據天人一理的世界觀，萬物之理皆爲一理之散殊，又可謂"萬物同出乎一理"。人生而禀賦之天理亦只是眾理之一分，與天地間所有物事一理相通。如能有此認識，將不再感到物我内外之懸隔,從而達致"天人物我爲一"的境界。按《大學或問》,此種認識與體悟的過程,即是格物致知。簡言之,格物致知之目的便在於確證天人一理之世界觀,從而綰合內外之道。當然,朱子心中的最高境界應無內外可言,惟礙於認知主體之侷限,始終無法徹底放棄通過內外觀念陳述此一境界。《語類》亦載:

> 問:"格物須合內外始得?"曰:"他內外未嘗不合。自家知得物之理如此,則因其理之自然而應之,便見合內外之理。"⑬

又載:

> 叔文問:"格物莫須用合內外否?"曰:"不須恁地說。物格後,他內外自然合。"⑬

在以上兩段文獻中,朱子皆不願正面表示格物之目的在於綰合內外,只說格物之後"內外未嘗不合"或"內外自然合"。此種論述方式其實甚具深意。就宇宙之構成而言,天理本無內外可言,自無須專意於綰合內外。然而,朱子又不能否認一旦認知主體經歷格物致知之歷程,即得以體會天人、物我、內外皆只是一理,從而消泯觀看視角所造成的侷限。對於認知主體而言,這確實帶有綰合內外的意義,惟其不合於朱子之世界觀或宇宙論基設,而不便直接如此陳述。因此,朱子只得以"內外未嘗不合"或"內外自然合"一類言語迂回地說明格物在此種世界觀和治平藍圖中所達致的成就。綜本小節而言,內外觀念僅爲認知主體所設,其於天理本身并無意義。由於理想中的聖人之學必須能夠兼顧天理與認知主體的觀點,內外觀念既無法彰顯天理之義理結構,朱子勢必難以借此建構其聖人之學。

## (二) 價值體系之再統一:"全體大用"與朱子對於忠恕之詮釋

朱子之學的核心目標是建構一種以儒家爲本位的價值體系,此種價值體系必須能夠統攝個人的心靈世界與群體的政教秩序。由於二元世界觀在宋代的延續與轉化,本末、內外與體用皆成爲士人所習用的語言觀念,亦即朱子建構其聖人之學的思想資源。然而,前文的討論已經證明,本末與內外或礙於其內在的特質,或不合於朱子天人一理之世界觀,皆不足膺任朱子道學的基本構成方式。本小節將首先指出,所謂全體大用之學即是一種體用之學,繼而以朱子對於忠恕之詮釋爲例,分別從天理與認知主體的觀點檢證體用之學的合理性與適用性,最終說明朱子的體用之學確實有助於價值體系之再統一。

根據前文的研究,一旦物格知至,學者遂能體認天理實無內外可言。朱子又曾在《大學格物補傳》表明,格物致知亦即"發明吾心之全體大用",可見體會天人一理的境界便是全體大用之學的終極追求。究其本質而論,"全體大用"即一種以體用爲基本構成方式之思想形態。《語類》有載:

問:"'全體大用,無時不發見於日用之間。'如何是體?如何是用?"曰:"體與用不相離。且如身是體,要起行去,便是用。'赤子匍匐將入井,皆有怵惕惻隱之心',只此一端,體、用便可見。如喜、怒、哀、樂是用,所以喜、怒、哀、樂是體。"⑬

朱子於此透露了兩項訊息:其一,全體大用以體用爲基本構成方式,且依據身體及其功用之譬喻模式,體用不可相離。其二:喜、怒、哀、樂之所以然爲體,喜、怒、哀、樂爲用,體用均歸結於一己之心,故《大學格物補傳》必言"吾心之全體大用"。朱子的心學如何通過體用的方式運作,固然是全體大用之學的核心問題,但本小節的主要旨趣在於厘清體用是否能兼顧天人雙方面的觀點。⑬

基於天人一理之世界觀,人道即是天道,天人既共享了同一個道,人心之體用便可謂道之體用。朱子注《中庸》曰:

喜、怒、哀、樂,情也。其未發,則性也,無所偏倚,故謂之中。發皆中節,情之正也,無所乖戾,故謂之和。大本者,天命之性,天下之理皆由此出,道之體也。達道者,循性之謂,天下古今之所共由,道之用也。此言性情之德,以明道不可離之意。⑬

《舜典象刑説》亦載:

聖人之心,未感於物,其體廣大而虛明,絶無毫髮偏倚,所謂"天下之大本"者也。及其感於物也,則喜怒哀樂之用,各隨所感而應之,無一不中節者,所謂"天下之達道"也。⑭

未發之性乃人心所禀賦之天理,亦即天下之大本,又可謂道之體也。道之本體自然無所偏倚,故朱子以中形之。如果學者皆能循性而行,恢復天理本然之光輝,使所發之情皆得其正,即所謂和,朱子以爲道之用也,亦即天下之達道。學者如能達致中和,發明吾心之體用,即是大本立而達道行。也就是説,道之體用在乎人心,即是性情,又可謂之大本達道。值得注意的是,朱子又繼承了程子,以大本達道對應忠恕,可見在朱子的全體大用之學之中,忠恕又可謂道之體用。

朱子嘗於《論語集注・子曰參乎章》引明道之言曰:

忠恕一以貫之:忠者天道,恕者人道;忠者無妄,恕者所以行乎忠也;忠者體,恕者用,大本達道也。⑭

《語類》亦載:

履之問:"'忠者天道,恕者人道。'蓋忠是未感而存諸中者,所以謂之'天道';恕是已感而見諸事物,所以謂之'人道'。"曰:"然。"或曰:"恐不可以忠爲未感。"曰:"恁地説也不妨。忠是不分破底,恕是分破出來底,仍舊只是這一個。如一碗水,分作十盞,這十盞水依舊只是這一碗水。"⑫

未感而存乎己心,莫非性也。惟其猶未落實於人事,且源自天,謂之天道自無不可。已感而見諸事物者,莫非情也。此情既由人所主宰、發用,亦不可不謂之人道。人道乃天道之落實與體現,自然得以大本與達道分言二者。履之(劉砥,1154—1199)又以忠恕詮釋未感之天道與已感之人道,朱子既引以爲然,便無異於承認忠恕亦只是性情之一端。然朱子又言"忠是不分破底,恕是分破出來底"。所謂分破不分破,似乎即散殊與否。惟分破不分破,不礙其爲同一之理則,如一碗水分盛爲十盞,仍只是這碗水。如此説來,忠恕應可同時指涉性與情、理一與分殊。

今人一般認爲性屬理,情屬氣,而理一與分殊均爲天理,性情與理一分殊之關係自不屬於同一層次。然而,吳展良先生曾特別指出,理一與分殊之所指便是本源之理與現象之理。現象之理即學者於各種現象所見之理路或性質,惟一切事理物性同出一源,故而同時擁有一個共同的本源之性。⑬筆者則進一步認爲,朱子之理本主要指各種現實生活中的事理,此乃分殊之理,或所謂現象之理,至於終極之理一,反近乎推演所得。此處之言推演,旨在強調其認識的次序有別,而無關其於朱子心中的真實性。因此,即便理一爲推演所得,仍無礙理一爲衆理之大本大源。理一作爲衆理之源流,實則蘊藏了整體的意味,畢竟天理本是一體渾淪的,分殊之理不過側重於表現各別事項的條理。質言之,終極之理一與分殊的現象之理其實分指一理之兩端,相互輝映與補充。承上所論,分殊之理或現象之理既爲終極之天理大道於個別事項之應對與體現,自然處處不同,斷不可離乎氣稟,而帶有氣化成形的意味。性情之關係恰恰亦復如是。情乃本諸人性之具體表現,亦可謂性之氣化流行。如果已發之情與分殊之理均帶有氣化成形的意味,性情與理一分殊之關係亦未必不在同一層次。由是以觀,忠恕確實可以兼指性與情、理一與分殊,"全體大用"之體用亦復如此。如果"全體大用"之體用可兼言人心與天理,自然得以同時滿足認知主體與天理的觀點。

事實上,楊儒賓先生亦認爲"全體大用"可通過理一分殊的架構理解,但并未提出具體的例子佐證。⑭朱子以理一分殊論忠恕之文獻其實甚爲豐富,或可進一步驗證楊氏的觀察。朱子曰:

忠是大本,恕是達道。忠者,一理也;恕便是條貫,萬殊皆自此出來。雖萬殊,却只一理,所謂貫也。⑮

又曰：

> 忠恕一貫。忠在一上，恕則貫乎萬物之間。只是一個一，分著便各有一個一。"老者安之"，是這個一；"少者懷之"，亦是這個一；"朋友信之"，亦是這個一，莫非忠也。恕則自忠而出，所以貫之者也。⑭

又曰：

> 一者，忠也；以貫之者，恕也。體一而用殊。⑰

又曰：

> 忠即是實理。忠則一理，恕則萬殊。如"維天之命，於穆不已"，亦只以這實理流行，發生萬物。牛得之爲牛，馬得之而爲馬，草木得之而爲草木。⑭

在朱子的認識裏，恕乃條貫於衆事間的萬殊之理，泛指天地間一切人事應對。"老者安之"、"少者懷之"與"朋友信之"皆只是一理，惟其分不同耳。忠者惟一，恕者條貫萬事，故朱子曰："體一而用殊。"最後，朱子又以牛、馬、草木所得之理譬喻恕之萬殊，實已逾乎人事應對之範疇，而涉及宇宙萬物之構成。由是以觀，理一分殊之爲體用，應爲朱子天理化世界觀之一項基本特質，忠恕不過是其中一端，乃天理之在人者也。簡言之，就天理之層次而言，理一分殊只是體用。天理雖不可以内外言，却得以體用言。衆事衆物之理均由終極之天理大道散殊而來，一切分殊之理即終極之天理大道於具體事項的個別體現，彼此又可以體用理解，所謂道之體用便是理一與分殊。因此，朱子以體用建構其聖人之學不但不違反天理的觀點，甚而有助於表述天理之基本構成方式。理一與分殊之關係乃内外所不能詮釋，惟體用能之。此即體用勝於内外之處。

通過分析朱子對於忠恕的詮釋，我們已經從結構上證明"全體大用"可以兼顧天與人雙方面的觀點，這是聖人之學的一個重要前提。但全體大用之學同時必須有助於綰合個人的心靈世界與群體的政教秩序，方能建立統一的價值體系，成爲一種能有效解決當代問題的聖人之學。根據二元世界觀的定義，即部分士人習於將個人之心靈生活安頓於方外之學，同時依據儒家之價值體系建立政教秩序，内在之個人世界與外在之群體生活遂由兩套不同的價值體系主導。而朱子對於忠恕之詮釋既已深入個人與人群之關係，便得以借此說明全體大用之學何以能解決其再三指出的時代困境。

朱子嘗於《論語集注·子曰參乎章》自注忠恕曰：

> 盡己之謂忠,推己之謂恕。[149]

《語類》亦載:

> 主於內爲忠,見於外爲恕。忠是無一毫自欺處,恕是"稱物平施"處。[150]

又載:

> 説忠恕。先生以手向自己是忠,却翻此手向外是恕。[151]

按朱子的意思,忠是對於己身之窮索,恕是推己及人。前者向內,以個人爲主;後者向外,涉乎人群。又或者説,忠恕分司處己與應物,個人與人群之價值秩序即歸結於此二者。忠恕雖爲不同之德目,其實只是一理,彼此一貫相通。朱子曰:"忠、恕只是體、用,便是一個物事;猶形影,要除一個除不得。……忠與恕不可相離一步。"[152]朱子既以體用理解忠恕,二者自不可須臾而離。無論以形影或掌面之向背設喻,忠恕皆爲一事,惟適用之處境不同,得名自有所別。必須注意的是,體用、內外皆有次第之別,忠恕亦復如是。

在朱子的認識裏,學者惟有親身體究忠之爲道,方能推己及人,貫徹道之體用。朱子曰:

> 忠便貫恕,恕便是那忠裏面流出來底。聖人之心渾然一理。蓋他心裏盡包這萬理,所以散出於萬物萬事,無不各當其理。[153]

又曰:

> 忠者,盡己之心,無少僞妄。以其必於此而本焉,故曰"道之體"。恕者,推己及物,各得所欲。以其必由是而之焉,故曰"道之用"。[154]

忠者,盡己之事也;恕者,推己以及人。忠之所以爲恕之本體,或恕之所以從忠中流出,皆緣於天理一貫。天地間一切理則均不爲二,處己與應物(待人)亦只是一理。就天理之觀點而論,忠恕雖爲一理,彼此間仍有體用之別,故忠恕亦可謂道之體用。道學家之修煉工夫既以克復天理爲終極目標,其修煉模式自應配合天理之構成方式。由於分殊之理從終極之理一派生而來,故惟有完全掌握道之大本,忠以盡己,方能行恕達人,徹底成就道體之流行發用,亦即天下之達道。如此説來,朱子以體用詮釋忠恕其實提供了學者一種爲學次第,而本源於朱子之世界觀,亦即天理之構成方式。因此,忠恕之爲體用,無論於天理或認知主體之觀點均得以成立。惟有如此,體用方可能成爲朱子之建構聖人之學的基本方式。尤爲重要的是,若盡己之忠與及人之恕只是一理,安頓己身與規範人群之價值體系遂得以統一,從而擺脫淵源於中古時期的"內外異觀"的時代困境。

必須注意的是,朱子以體用詮釋忠恕,亦只是其全體大用之學的局部體現。根據前文之引述,忠即是對於內在之窮索,如以《孟子》之語言形之,便是"盡心知性"。《孟子》嘗言:

> 盡其心者,知其性也。知其性,則知天矣。⑮

朱子注曰:

> 心者,人之神明,所以具衆理而應萬事者也。性則心之所具之理,而天又理之所從以出者也。人有是心,莫非全體,然不窮理,則有所蔽而無以盡乎此心之量。故能極其心之全體而無不盡者,必其能窮夫理而無不知者也。既知其理,則其所從出。亦不外是矣。以大學之序言之,知性則物格之謂,盡心則知至之謂也。⑯

此段文字可與《大學格物補傳》相互參照。朱子於此指出,天理之全體皆稟賦於人心,而謂之性也。如能窮盡己心所稟賦之天理之全體,自然於天地間一切事物之理無所不明。此即《大學格物補傳》所謂"衆物之表裏精粗無不到,吾心之全體大用無不明"。朱子認爲此種窮究天理之過程,即《孟子》的盡心知性、《大學》的格物致知。換言之,格物致知、盡心知性乃至盡己之忠,其實皆爲一事,亦即窮盡稟賦於己身之天理。此誠爲朱子道學體系之第一要務。在朱子的認識裏,學者必經格物致知的歷程,方能妥善地應對事事物物,終而成就治平天下之最高理想。此種必先體究道體而後落實其流行發用的思想形態,正是一種體用之學。⑰朱子之強調盡忠行恕、立體達用之爲學程序,皆只是如此。這意味著朱子對於《孟子·盡心》《論語集注·子曰參乎章》與《大學》的詮釋,皆本諸其自身之道學體系,惟以《大學格物補傳》所謂的"全體大用"最適於此種思想形態。

方外之學既爲時代困境的主要成因,全體大用之學作爲朱子的聖人之學,自然是排斥異端之關鍵武器。朱子弟子來信,似有意迴護方外之學,朱子即假"全體大用"一說嚴守儒、釋之辨,其辭曰:

> 夫人心是活物,當動而動,當靜而靜,動靜不失其時,則其道光明矣。是乃本心全體大用,如何須要棲之淡泊,然後爲得?且此心是個什麽,又如何其可棲也耶?聖賢之言,無精粗巨細,無非本心天理之妙,若真看得破,便成己成物,更無二致,內外本末,一以貫之,豈獨爲"資吾神、養吾真"者而設哉?若將聖賢之言作如此看,直是全無交涉。聖門之學所以與異端不同者,灼然在此。若看不破,便直喚作"謗釋氏",亦何

足怪？吾友若信得及，且做年歲工夫，屏除舊習，案上只看《六經》《語》《孟》及程氏文字，著開擴心胸，向一切事物上理會，方知"體用一源，顯微無間"是真實語，不但做兩句好言語，説爲資神養真、胡塗自己之説而已也。[158]

在朱子的認識裏，若動静皆得其宜，人心自能發揮其"全體大用"，故無須淡薄處之、資神養真，然後能得。此論實針對釋氏而言也。若識及天理一貫，便能體會内外、本末皆無分别，處己與應物之理則亦無二致，安頓己身與對待人群亦復如是，而儒、釋之辨正在此處。朱子認爲依循同樣的理則成己成物，即是"内外本末，一以貫之"，繼而指出此亦可謂"體用一源、顯微無間"。成己成物猶如忠恕，關乎學者如何應對己身與人群，亦不妨以内外言之。惟"體用一源，顯微無間"指陳的對象是"《六經》《語》《孟》及程氏文字"所揭示的道理，涉及世界觀之基本性質，而不便以内外爲言。但依據朱子對於忠恕的詮釋，如何安頓己身與對待他人，確實是一個體用問題。兼涉群己之人倫價值與天理之構成方式均爲朱子道學思想之核心論題，體用若能同時在這兩方面取代内外，自然將成爲朱子建構其聖人之學的基本方式。

綜本小節而言，筆者之所以選擇朱子對於忠恕的詮釋爲核心綫索，研議其全體大用之學，主要之考量有二：其一，就天理的觀點而論，忠恕應對了理一與分殊，得以證明天理實以體用爲構成方式——至少可通過體用觀念理解；其二，就認知主體的觀點而論，忠恕涉及個人與群體之問題，以忠恕爲體用即意味著修養己身與治平天下本爲一事，從而確證朱子的全體大用之學有助於價值體系之再統一。質言之，由於體用能夠同時滿足天理與認知主體之觀點，又得以回避本末觀念所可能導致之價值取捨，便自然取代内外、本末等其他觀念，成爲朱子建構其聖人之學的基本方式。

## 七、結　論

任何在思想史上占有重要地位的思想形態，皆能有效地回應時人所遭逢的思想困境，朱子的全體大用之學亦復如此。本文嘗試指出，朱子所懷抱的危機意識并非誕生於一朝一夕，而遠源於中古時期的二元世界觀，所謂二元世界觀，即將個人的心靈世界安頓於佛、道等方外之學，關乎人群的政教秩序則依循儒家之價值建立。簡言之，在中古時期，方内與方外兩種不同的價值體系時常共同指導著人們的生活，此亦成爲後世醇儒士大夫所亟欲改變之思想現象。入宋以後，二元世界觀的信從者尚不在少數，另有部分士人繼承了二元世界觀尊重方外之學的基本態度，進而轉化爲一種融通三教的"一元化"思想形態。舉例而言，王安石、蘇軾與蘇轍皆傾向於主張儒、釋、道共享了唯一的道，三教之義理亦得以相互援助。在此同時，無論是二元世界觀的信從者或轉化者，均習於使用源自方外之學的内外、本末與體用等觀念理解宇宙或世界。宋代的醇儒士大夫——尤其是朱子的道學前輩,爲了對抗方外之學,同樣廣泛使用内外、本末與體用等觀念重建完全屬於儒家的世界秩序,進一步促成了此類觀念在宋代學術思想界的流行。由是以觀,朱子對於時代的焦慮感及其陳述困境的語言與方式,均有長遠之淵源。

在諸篇封事與奏劄之中,朱子以"内外異觀"概括其所理解之時代困境,意指將心靈世界托付於方外之學,却同時渴望建立儒家之政教秩序。對於朱子而言,這是一種内外、本末不相浹洽的思想危機,儒家之政教秩序應自有一套深入性與天道的義理基礎。而孝宗作爲其訴求對象,本身即是二元世界觀的繼承者和轉化者,這證明了朱子所謂的"内外異觀"確有具體之指涉對象。爲求擺脱"本末橫分,中外斷絕"時代困境,朱子重新調整了《大學》的基本結構,以爲適於當世之新治平藍圖。朱子以"明明德"與"新民"將《大學》八條目分爲兩大部門,且明明德爲本,新民爲末,兩者内外相對。如人人皆能自明其明德,即是新民,儒家理想之政教秩序亦得以實踐。兼顧内外、本末即此一新治平藍圖的重要特質,恰恰相應於朱子理解時代困境的基本方式。但必須注意的是,朱子對於本末觀念始終有所顧忌,以修養己身爲本雖無疑義,以治平天下爲末則未合於儒家入世濟民之基本理念。即便朱子偶有此論,亦未嘗脱離爲學次第之語境,本末終不宜擔當朱子建構其聖人之學的主要方式。

此種由《大學》脱胎而來之新治平藍圖既以格物致知爲入手處,所謂"全體大用"自然必須從《大學格物補傳》之中提出。本文指出,《大學格物補傳》預設了一種天人一理的世界觀,亦即自然與人文世界應依循同樣的理則運作,宇宙間一切道理皆只是一理,此理亦不必有内外之别。基於此種世界觀,修養己身的道理就是治國平天下的道理。所謂格物致知,即是體認此理,達致天人合一、物我如一的終極境界,從而廓然大公地對待人群,乃至宇宙間的一切事物。此種境界於認知主體而言,似不妨謂之"合内外",惟天理本無内外可言,此語本專爲認知主體所設耳。至於朱子理想中的聖人之學,自然必須同時包容天理與認知主體的觀點。由是觀之,内外觀念亦不宜擔綱其聖人之學的基本構成方式。

本研究已經指出,本末、内外與體用等觀念皆流行於朱子所處的思想環境,且爲朱子所常用。因此,當本末與内外兩組觀念皆被淘汰,我們便應當審慎考慮朱子以體用構成其聖人之學的可能性與合理性。在封事與奏劄之中,朱子曾經以體用詮釋人心與治道的關係即是重要的暗示。通過分析朱子對於忠恕的詮釋,筆者發現體用同時符合天理與認知主體的觀點,并有助於價值體系之再統一。就天理之觀點而言,忠恕其實指涉理一與分殊,朱子又以體用理解忠恕,可見體用確爲天理之構成方式;就認知主體而言,忠者盡己,恕者及人,具備體用關係的忠恕已出入群己内外。事實上,忠恕即一理之體用,兼該安頓個人與對待人群的道理。若安頓個人與對待人群的道理,其實只是一個道理,指導個人心靈世界與群體政教秩序的價值體系便不再二分,而能有效地回應中古時期以來的二元世界觀,可見朱子道學的結構確與其所理解的時代困境密切相關。這意味著思想的基本形態不易驟然改變,往往深受前一個時期之思想基調影響。然而,朱子在繼承這些思想資源的同時，又根本地改易其價值取向，從而建立一個獨屬於儒家的、一元的價值體系。就此而論，朱子的全體大用之學確實體現了唐宋時期的思想。

（作者單位：美國加州大學伯克利分校歷史系）

---

① 錢穆《中國近三百年學術史》，臺北聯經出版事業公司，1995年，第1頁。
② 何佑森《朱子學與近世思想》，《儒學與思想》，臺灣大學出版中心，2009年，第125—127頁。
③ 楠本正繼《全體大用の思想》，《楠本正繼先生中國哲學研究》，東京國士館大學附屬圖書館，1975年，第368—370頁。
④ Wm. Theodore de Bary, "The Learning of the Mind-and-Heart", in *Neo-Confucian Orthodoxy and the Learning of the Mind-and-Heart*, Columbia University Press, 1981, pp.98, 101-103；朱鴻林《丘濬的〈大學衍義補〉及其在十六、七世紀的影響》，《中國近世儒學實質的思辨與習學》，北京大學出版社，2005年，第163—164頁。
⑤ 孫奇逢《夏峰先生集》卷九《讀十一子語録書後·王文成》，中華書局，2004年，第342—343頁；李顒《二曲集》卷七《體用全學》，中華書局，1996年，第48—54頁。
⑥ 熊十力《讀經示要》卷一，臺北廣文書局，1979年，第10頁。
⑦ 李顒《二曲集》卷一六《答顧寧人先生》，第150頁。
⑧ 朱熹《四書章句集注》，中華書局，1983年，第6—7頁。
⑨ 陳弱水《唐代文士與中國思想的轉型》，廣西師範大學出版社，2009年，第66—71、100、268—270、272頁。
⑩ 所謂"醇儒"意指堅守儒家本位，且不滿於釋、老之學的士人群體，本文尤側重其自我認同與自覺意識。舉例而言，道學士人之思想論題與思維方式均受到方外之學影響，惟其以儒學爲唯一之價值根源，本文仍以醇儒視之。
⑪ 本文所提及的契嵩與智圓屬於例外，惟其士人氣質甚濃，出入於儒、釋之間，乃思想史上的特殊現象。
⑫ 楠本正繼《全體大用の思想》，第353—392頁。師從楠本正繼的荒木見悟同樣曾以"全體大用"概括朱子的思想，但并未予以進一步的申論。荒木見悟《新版佛教と儒教》，東京新研文，1993年，第219—220頁；中譯本廖肇亨譯注《佛教與儒教》，聯經出版事業公司，2008年，第244—245頁。楊儒賓亦曾寫作關於"全體大用"的專文，惟其所謂"全體大用"主要指涉《大學衍義》與《大學衍義補》所體現的思想形態。楊儒賓《〈大學〉與"全體大用"之學》，《杭州師範大學學報》（社會科學版）2012年第5期。此外，牟宗三與錢新祖亦曾撰文申論儒、釋之間的體用問題，指出儒、釋固均以體用爲言，其內涵却根本不同。但牟、錢論體用，似皆傾向從本體論出發，本文則優先將體用理解爲語言觀念或思維方式，取徑甚爲不同。總結地説，由於問題意識和基本假設的差異，本文不擬深入討論兩位學者的研究。牟宗三《心體與性體》第1册，臺北正中書局，1979年，第571—657頁；錢新祖《新儒家之闢佛——結構與歷史的分析》，《思想與文化論集》，臺灣大學出版中心，2013年，第24—25頁。
⑬ Quentin Skinner, "Meaning and Understanding in the History of Ideas" and "Retrospect: Studying Rhetoric and Conceptual Change," both in *Visions of Politics: Regarding method*, Cambridge University Press, 2002, pp.57-89, 175-187.
⑭ Darrin M. McMahon, "Return to the History of Ideas?", in Darrin M. McMahon and Samuel Moyn edited, *Rethinking Modern European Intellectual History*, Oxford University Press, 2014, pp.17-18.

⑮ Peter E. Gordon, "Contexualism and Criticism in the History of Ideas", in Darrin M. McMahon and Samuel Moyn edited, *Rethinking Modern European Intellectual History*, pp.44-46.

⑯ 事實上，學界對於中古時期儒、釋、道三教在士人思想世界中的分工情況早已有所認識，可參考錢穆《中國文化史導論》，臺北聯經出版事業公司，1995 年，第 160 頁；Peter K. Bol, *This Culture of Ours: Intellectual Transitions in T'ang and Sung China*, Stanford University Press, 1992, p.21. 惟此類研究仍以陳弱水先生所提出之"二元世界觀"最爲全面且具體，其廣泛運用墓誌史料，以代表一般士人之思想傾向，而不限於個別案例。陳氏又將此種思想現象概念化處理，尤能呼應本文所謂思想之形態或構成方式。陳弱水《唐代文士與中國思想的轉型》，第 66—71、100、268—270、272 頁。

⑰ 楊億《武夷新集》卷六《潞州新敕賜承天禪院記》，《文淵閣四庫全書》本。

⑱ 同上書，卷六《處州龍泉縣金沙塔院記》。

⑲ 陳弱水先生認爲，在二元世界觀的架構下，"往往有把本體、超俗看得比現象、現世爲高的傾向，但也不完全如此。"陳弱水，《唐代文士與中國思想的轉型》，第 67 頁。確實，方外之學雖在二元世界觀中占有優勢，但儒家之學仍可以得到高度的肯定。筆者認爲此種特質延續了二元世界觀的生命力，使其於儒家勢力逐漸高漲的兩宋時期賡續存在。

⑳ 智圓《閑居編》卷一九《中庸子傳上》，《大藏經》本。

㉑ 契嵩《鐔津文集》卷八《皇問》，《大藏經》本。

㉒ 《李綱全集》卷一四三《三教論》，嶽麓書社，2004 年，第 1361 頁。

㉓ 揆諸李氏生平，其一方面篤信佛教，另一方面又極力主張應在現實政治場域恪守儒家的訓誨。脱脱等《宋史·李綱列傳》，中華書局，1997 年，第 11241—11274 頁。

㉔ 兩宋皇室對於佛教的政策請參考賴永海主編《中國佛教通史》第九卷，江蘇人民出版社，2010 年，第 16—75 頁。

㉕ 釋道法《佛祖統紀校注》卷四八，上海古籍出版社，2012 年，第 1139—1140 頁。

㉖ 李心傳《建炎以來朝野雜記》乙集卷三《原道辨易名三教論》，中華書局，2000 年，第 544 頁。

㉗ 余英時《朱熹的歷史世界》下篇，臺北允晨文化，2003 年，第 54—64 頁。

㉘ 王安石的聖人觀，以及王安石對於禮、樂、刑、政的理解，可參考夏長樸《王安石的聖人論》，收於氏著《王安石新學探微》，臺北大安出版社，2015 年，第 103—110 頁。

㉙ 《王安石全集》上册《王安石文集》卷四三《老子》，臺北河洛圖書公司，1974 年，第 142 頁。

㉚ 嚴靈峰輯校《老子崇寧五注》，臺北成文出版社，1979 年，第 24 頁。

㉛ 李燾《續資治通鑑長編》卷二三三，中華書局，2004 年，第 5660 頁。

㉜ 《蘇軾文集》卷一七《上清儲祥宮碑》，中華書局，1986 年，第 503 頁。

㉝ 同上書，卷一二《南華長老題名記》，第 394 頁。

㉞ 《蘇轍集》第三册《欒城後集》卷一○《歷代論四·梁武帝》，中華書局，1990 年，第 995 頁。

㉟ 《欒城後集》卷四《和遲田舍雜詩九首》，第 927 頁。

㊱ 劉固盛《宋元老學研究》，巴蜀書社，2001 年，第 150—152、175—178 頁。

㊲ 《蘇軾文集》卷六六《跋子由老子解後》，第 2072 頁。

㊳ 智圓《閑居編》卷一九《中庸子傳上》，第 894 頁。

㊴ 契嵩《鐔津文集》卷五《皇問》，第 671 頁。

㊵ 同上書，卷一《原教》，第 648 頁。

㊶ 同上書，卷八《萬言書上仁宗皇帝》，第 687 頁。

㊷ 石峻等編《中國佛教思想資料彙編》第二卷第二册，中華書局，1983 年，第 223 頁。

㊸ 張立文《中國哲學範疇發展史(天道篇)》,第630—633頁;葛榮晋《中國哲學範疇導論》,臺北萬卷樓圖書公司,1993年,第205—206頁;林永勝《二重的道論:以南朝重玄學派的道論爲綫索》,新竹《清華學報》第42卷第2期,2012年。

㊹ 張君房《雲笈七籤》卷一《總叙道德》,中華書局,2003年,第13頁。

㊺ 《王安石全集》卷四三《老子》,第142頁。

㊻ 嚴靈峰輯校《輯王安石"老子注"·道沖章第四》,第31頁。

㊼ 嚴靈峰輯校《輯王安石"老子注"·天下有始章第五十二》,第66頁。

㊽ 郭朋《壇經校釋》,中華書局,1983年,第30頁。

㊾ 朱熹《四書章句集注》,中華書局,1983年,第356頁。

㊿ 蘇轍《道德真經注·曲則全章第二十二》,華東師範大學出版社,2010年,第31頁。

(51) 蘇轍《道德真經注·道可道章第一》,第2頁。

(52) 蘇轍《道德真經注·含德之厚章第五十五》,第65頁。

(53) 朱熹《八朝名臣言行録》,《朱子全書》第12册,安徽教育出版社,2010年,第316頁。

(54) 何寄澎《北宋的古文運動》,臺北幼獅文化事業公司,1992年,第395—397頁。在此之外,李覯(1009—1059)晚年雖然也認識到佛學之長處在於心性之學,主張儒者應當從《易傳》《中庸》著手,發揮儒家自身的心性之學與佛學對抗,但并未明白指出其思想結構上的内外之别。李覯對於佛學的認識與批評可參考夏長樸《李覯與北宋前期學者的排佛老思想》,收於氏著《李覯與王安石研究》,臺北大安出版社,1989年,第95—150頁。

(55) 《曾鞏集》卷一一《梁書目録序》,中華書局,1984年,第177—178頁。

(56) 錢穆先生曾經指出,《孟子》《中庸》與《大學》均爲儒家盡性主義之重要思想資源。錢穆先生對於儒家盡性主義的討論,可參考氏著《儒家之性善論與其盡性主義》,《中國學術思想史論叢(二)》,臺北聯經出版事業公司,1995年,第1—18頁。

(57) 曾鞏《禮閣新儀目録序》載:"夫禮者,其本在於養人之性,而其用在於言動視聽之間。使人之言動視聽一於禮,則安有放其邪心而窮於外物哉?不放其邪心,不窮其外物,則禍亂可息,而財用可充。其立意微,其爲法遠矣。故設其器,制其物,爲其數,立其文,以待其有事者,皆人之起居、出入、吉凶、哀樂之具,所謂其用在乎言動視聽之間者也。"《曾鞏集》卷一一,第181頁。

(58) 《宋元學案》卷四〇,中華書局,1986年,第1319—1320頁。

(59) 《張載集》,中華書局,1978年,第15頁。

(60) 同上書,第8頁。

(61) 同上書,第7頁。

(62) 《二程集》下册《河南程氏粹言》,中華書局,1981年,頁1194。

(63) 《二程集》上册《河南程氏遺書》,第3—4頁。

(64) 《二程集》上册《河南程氏外書》,第393頁。

(65) 關於朱子體用思維與天理化世界觀的交涉,參見許澍《朱子體用思維的淵源、性質與理路》,《漢學研究》第35卷第3期,2017年。

(66) 胡寅《崇正辯》,中華書局,1993年,第69頁。

(67) 同上書,第78頁。

(68) 同上書,第79、81、139—140頁。

(69) 胡宏《皇王大紀論·西方佛教》,《胡宏集》,中華書局,1987年,第224頁。

(70) 胡宏《與原仲兄書二首》,《胡宏集》,第122頁。

㋸ 胡宏《與張敬夫》,《胡宏集》,第 131 頁。
㋹ 胡宏《論語指南》,《胡宏集》,第 308 頁。
㋺ 朱熹《朱子文集》卷一一《壬午應詔封事》,臺北德富文教基金會,2000 年,第 347 頁。
㋻ 同上書,第 347—348 頁。
㋼ 同上書,卷一三《癸未垂拱奏劄一》,第 409—410 頁。
㋽ Quentin Skinner, "Meaning and Understanding in the History of Ideas", p.82.
㋾ 《朱子文集》卷一一《戊申封事》,第 366—367 頁。
㋿ 同上書,第 388 頁。
㍙ "内外乖離"一説見於《朱子文集》卷一四《延和奏劄五》,第 444 頁。
㍚ 《大學章句》,第 3 頁。
㍛ 朱熹《四書或問》,安徽教育出版社,2010 年,第 509 頁。
㍜ 《大學章句》,第 3 頁。
㍝ 同上。
㍞ 黎靖德編《朱子語類》卷一四,中華書局,1994 年,第 260 頁。
㍟ 《大學章句》,第 3 頁。
㍠ 同上書,第 4 頁。
㍡ 《大學或問》,第 511 頁。
㍢ 《大學章句》,第 3 頁。
㍣ 《朱子語類》卷一四,第 267 頁。
㍤ 《朱子文集》卷一五《經筵講義》,第 477 頁。
㍥ 《大學章句》,第 3 頁。
㍦ 《朱子文集》卷一五《經筵講義》,第 480 頁。
㍧ 同上,第 477 頁。
㍨ 《朱子語類》卷六一,第 1477 頁。
㍩ 《大學章句》,第 3 頁。
㍪ 《大學章句》,第 3 頁。
㍫ 《朱子文集》卷一五《經筵講義》,第 479 頁。
㍬ 《朱子語類》卷一五,第 300 頁。
㍭ 《朱子文集》卷七二《張無垢中庸解》,第 3621 頁。
㍮ 據筆者所見,"格物致知爲本,治天下國家爲末"一類文字,於《二程集》僅一見,且該卷卷首標明:"識者疑其間多非先生語。"因此,筆者認爲此條材料不宜視爲程子之定論。《河南程氏遺書》卷二五,第 316 頁。
㍯ 《朱子文集》卷一五《經筵講義》,第 481—482 頁。
㍰ 《朱子語類》卷一五,第 307 頁。
㍱ 同上書,頁 300。
㍲ Benjamin Schwartz, "Some Polarities in Confucian Thought", in David S. Nivison and Arthur F. Wright edited, *Confucianism in Action*, Stanford University Press, 1959, pp.51-52.
㍳ 陳弱水《唐代文士與中國思想的轉型》,第 272 頁。
㍴ 《河南程氏遺書》卷一一,第 119 頁。
㍵ 張岱年曾指出,體用觀念或由本用演變而來。張岱年《中國古典哲學概念範疇要論》,中國社會科學出版社,1987 年,第 62 頁。

⑱ 朱熹《四書章句集注》,第 38 頁。
⑲ 《朱子語類》卷六四,第 1597 頁。
⑳ 許澄《心有體用:朱子心學的構成與運作方式》,《臺大文史哲學報》第 86 期,2017 年。
⑪ 《朱子語類》卷一四,第 260 頁。
⑫ 《朱子文集》卷七二《雜學辨・張無垢中庸解》,第 3630 頁。
⑬ 同上書,卷五八《答宋深之五》,第 2819 頁。
⑭ 《大學章句》,第 6—7 頁。
⑮ 《朱子語類》卷一五,第 292 頁。朱子又曾言:"格物致知只是一事,難分先後。"《朱子文集》卷五七《答李堯卿》,第 2743 頁。
⑯ 《朱子語類》卷一五,第 297 頁。
⑰ 同上書,第 292 頁。
⑱ 同上書,卷一八,第 399 頁。
⑲ 《朱子文集》卷七〇《讀大紀》,第 3500 頁。
⑳ 吳展良《朱子世界觀體系的基本特質》,《臺大文史哲學報》第 68 期,2008 年。
㉑ 理一分殊乃朱子之一元世界觀的義理基礎,朱子對於理一分殊的闡發又以《太極圖説解》最爲重要,可見朱子的一元世界觀并非憑空誕生,而淵源於兩宋道學思潮的長期發展。朱熹《太極圖説解》,安徽教育出版社,2010 年。
㉒ 《朱子語類》卷七八,第 2020 頁。
㉓ 同上書,卷一,第 3 頁。
㉔ 《朱子文集》卷七一《偶讀謾記》,第 3552 頁。
㉕ 同上書,卷四三《答李伯諫二》,第 1876 頁。
㉖ 《朱子語類》卷一,第 7 頁。
㉗ 此處僅試圖指出,認知主體在格物之過程中,固然有向外觀看之一面,但這并非意指整個格物致知的過程乃全然客觀者也。惟天理貫通物我,朱子之格物致知必然是一個主客交融的認知活動。所謂主客物我交融的認知活動,可參考吳展良《朱子的認識方式及其現代詮釋》,《中國哲學與文化》第一輯,2007 年。
㉘ 荒木見悟亦曾特別指出,理具有兼涵主客的特質,頗可呼應本文"天理即內即外"的觀點。荒木見悟《新版佛教と儒教》,第 250—251 頁;中譯本廖肇亨譯注《佛教與儒教》,第 280—281 頁。
㉙ 《朱子文集》卷三八《答袁機仲別輻五》,第 1555 頁。
㉚ 同上書,卷四三《答李伯諫二》,第 1876 頁;卷四〇《答何叔京二十四》,第 1737 頁。
㉛ 同上書,卷四一《答程允夫一》,第 1765 頁。
㉜ 同上。
㉝ 同上書,卷四四《答江德功二》,第 1971—1972 頁。
㉞ 《大學或問》卷下,第 530 頁。
㉟ 《朱子語類》卷一五,第 296 頁。
㊱ 同上書,第 295 頁。
㊲ 同上書,卷一七,第 386 頁。
㊳ 關於朱子的心學,頗可參看錢穆與 de Bary 的研究。錢穆在《朱子新學案》第 2 册(臺北聯經出版事業公司,1995 年)所收諸篇關於心性問題之論文,皆有此類意見;Wm. Theodore de Bary, *The Message of the Mind in Neo-Confucianism*, Columbia University Press, 1989, pp.1-52. 至於朱子的心學或所謂全體大用之學如何運作,參見拙作《心有體用:朱子心學的構成與運作方式》,《臺大文史哲學報》第 86 期,第 1—

⑬⁹ 《中庸章句》，第18頁。
⑭⁰ 《朱子文集》卷六七《舜典象刑說》，第3366頁。
⑭¹ 《論語集注》卷二，第72—73頁。
⑭² 《朱子語類》卷二七，第676—677頁。
⑭³ 吳展良《朱子世界觀體系的基本特質》，第161—162頁。
⑭⁴ 楊儒賓《作爲性命之學的經學——理學的經典詮釋》，《長庚人文社會學報》第2卷第2期，2009年。
⑭⁵ 《朱子語類》卷二七，第695頁。
⑭⁶ 同上書，第670頁。
⑭⁷ 同上。
⑭⁸ 同上書，第695頁。
⑭⁹ 《論語集注》卷二，第72頁。
⑮⁰ 《朱子語類》卷二七，第671頁。
⑮¹ 同上書，第672頁。
⑮² 同上。
⑮³ 同上書，第676—677頁。
⑮⁴ 同上書，第692頁。
⑮⁵ 朱熹《四書章句集注》卷一三，第349頁。
⑮⁶ 同上。
⑮⁷ 事實上，全體大用作爲一種思想形態，其最核心的運作方式便是體用，但朱子亦不必時時以全體大用四字連言。如前文所及，心乃朱子爲學與修煉之關鍵，而朱子以體用言心的例子實不勝枚舉。朱子嘗言："人之一身，知覺運用莫非心之所爲，則心者固所以主於身，而無動靜語默之間者也。然方其靜也，事物未至，思慮未萌，而一性渾然，道義全具，其所謂中，是乃心之所以爲體，而寂然不動者也；及其動也，事物交至，思慮萌焉，則七情迭用，各有攸主，其所謂和，是乃心之所以爲用，感而遂通者也。然性之靜也，而不能不動；情之動也，而必有節焉；是則心之所以寂然感通、周流貫徹，而體用未始相離者也。"在此條文獻中，朱子結合了《繫辭傳》與《中庸》，綜論一心之體用，務求達到體用不離、周流貫徹的境界，亦即性情能分別得到適切的安頓與流行發用。體用既已緊扣著朱子論學與求道的關鍵環節，其影響力自然不容小覷。《朱子文集》卷三二《答張欽夫十八》，第1273頁。
⑮⁸ 《朱子文集》卷三九《答許順之十四》，第1638頁。

# 孫何、孫僅、孫侑行年考

黄俊傑

孫何、孫僅、孫侑三兄弟爲北宋初期頗具影響的士大夫文人，他們分别於淳化三年（992）、咸平元年（998）、咸平三年（1000）進士及第。尤其是孫何與孫僅，因兩榜間五年未行科舉，成爲歷史上罕見的兄弟連榜狀元。孫氏昆仲與宋初的一些著名文人如王禹偁、魏野、种放、潘閬、柳開、韓琦諸人均有交往，對瞭解宋初文壇頗有助益。惜三人文集散佚，僅餘零碎篇什，難窺全貌，且史傳疏略，生平事迹不彰。又因近年所出《宋人年譜叢刊》[①] 未見有載，茲據勾稽所得，對孫何、孫僅、孫侑的生平行事予以考證，以補未備。

據王禹偁《殿中丞贈户部員外郎孫府君墓誌銘》[②]（以下簡稱《孫庸墓誌》）、韓琦《故太常博士通判應天府贈光禄少卿孫公墓誌銘》[③]（以下簡稱《孫侑墓誌》）、曾鞏《孫學士何（附孫僅孫侑傳）》[④]、李燾《續資治通鑑長編》[⑤]、王稱《東都事略》卷四七《孫何傳（附孫僅傳）》[⑥] 及《宋史》卷三〇六《孫何傳（附孫僅孫侑傳）》[⑦]，先列孫氏世系如下：

```
                              何——言
    植——簡——中——真——鎰——庸——僅——和——授
                              侑——咸
                                  周
```

**孫何，字漢公；僅，字鄰幾；侑，字有可，一字公佐。先世爲蔡州汝陽人。**

王稱《東都事略》卷四七《孫何傳》：“孫何，字漢公，蔡州汝陽人也。”[⑧]《宋史》卷三〇六《孫何傳》所記同。曾鞏《隆平集》卷一三《孫僅傳》：“僅，字鄰幾。咸平初，登進士第。兄弟皆冠天下，學者榮之。”[⑨]《東都事略》卷四七《孫僅傳》：“僅，字鄰幾，與何俱有名於時。”[⑩] 韓琦《孫侑墓誌》：“公諱侑，字有可，祖先汝陽人。”[⑪] 清舒成龍《荆門州志》卷二五《人物志》曰：“孫侑，字公佐。知荆門軍鏞季子也。少聰慧，數歲即能屬文，一目十行下。及長，淹貫經學。至辯論上下古今，時賢莫能及。弱冠登元符進士第。與兄何、僅齊名，有‘荆門三鳳’之目。王禹偁嘗言：‘天地精華之氣，盡萃一門。’仕至殿中丞，著作甚富。明季兵燹後散失，士林惜之。”[⑫] 蔡州汝陽，今河南汝南[⑬]。

**后徙居潁川。**

韓琦《孫侑墓誌》：“父庸，太祖朝……贈刑部尚書。尚書徙居潁川，今爲潁川人。”[⑭] 孫庸,王象之《輿地紀勝》卷七八《荆湖北路·荆門軍》"官吏"誤作"孫鏞"⑮,此後方志多襲作"孫鏞",《明一統志》卷六〇、清代纂修《荆門州志》皆是。如《荆門州志》卷十八《宦迹》:"孫鏞,字鼎臣,汝陽人。宋太宗初,知荆門軍,善治民,教養有方,父老傳其名不泯。任滿,遂家於荆門不還。汝陽子三,何、僅俱狀元,侑進士。故宅在紀山南(今長村紅花港上,基址後建豪林寺)。"⑯清厲鶚《宋詩紀事》卷五亦曰:"父鏞知荆門軍,遂家焉。"⑰案,孫何祖父既名"鎰",其父名恐不得爲"鏞"也,當據王禹偁所撰墓誌作"孫庸"。潁川,宋時在潁昌府陽翟縣(今河南禹縣)。

**一説荆門人。**

《湖廣通志》卷三二《選舉志》:"孫何,荆門人,狀元;孫僅,荆門人,狀元。"⑱此説蓋因其父孫庸曾知荆門軍之故。王禹偁《孫庸墓誌》:"太平興國五年,(庸)徙官巴蜀。會朝達表公之才,且稱其滯,上亦記公之名,始授太子左贊善大夫,尋以本官知荆門軍事。"⑲王象之《輿地紀勝》卷七八《荆湖北路·荆門軍》"古迹":"二孫讀書臺。在長林縣東二里東泉。國初,孫僅、孫何讀書山間,後相繼魁多士。"⑳長林縣,宋時屬荆湖北路荆門軍,即今湖北荆門。《輿地紀勝》卷七八㉑、祝穆《方輿勝覽》卷二九㉒,均載有孫僅《送舒殿丞》詠荆門風物之殘句:江路北來通漢水,土風南去接荆蠻。

**六代祖植,嘗爲潁川長史。五代祖簡,徙居於蔡。高祖中、曾祖真皆隱而未仕。**

《孫庸墓誌》:"其先出於姬姓,春秋時事衛爲卿,三國時據吴稱伯。五代祖植(案,於孫何爲六世祖)始渡江,爲潁川長史。高祖簡徙居於蔡。曾祖中、祖真皆隱德不仕。"㉓據《舊唐書》卷一七三《李固言傳》記載,唐開成、會昌間,有孫簡爲太常卿,大中末年嘗代李固言爲東畿汝都防禦史㉔。《全唐文》載孫簡文四篇,小傳稱其爲"華州刺史宿孫,舉進士,官兵部尚書"㉕。周紹良等所編《唐代墓誌彙編》收孫簡所撰其叔父孫審象墓誌一篇,署"第卅三姪河中晉絳慈隰等州節度觀察處置等使中大夫校校禮部尚書兼河中尹御史大夫上柱國賜紫金魚袋"(會昌〇一〇)㉖,另收孫徽所撰孫簡第三子孫讜墓誌(殘志〇一五)㉗、第四子墓誌(名不知,咸通〇八四)㉘、第八子孫幼實墓誌(廣明〇〇六)㉙各一篇,其中孫讜墓誌載孫簡生平較詳,知其曾祖爲孫遜,祖父孫宿、父孫公器,兹録志中所載孫簡履歷如下:"擢進士第,判入殊等,授秘書省正字。時南場所試,爲搢紳推最,歌諷在口,緜此時人號爲制判家。自□鎮從事拜監察,歷位至諫議大夫知制誥。時宰執加官,例自翰林頒詔,執政者異筆直送閣下,冀駁其能否,自閣長以下皆叠手洽背,相顧不能下筆。太保公遂援翰立構,以副權命,當時瞻實于文學者,無不降歎捷,拜中書舍人,蓋時宰酬勸也。廉牧近輔,杖鉞雄鎮,歷刑、吏侍郎,尚書左丞,兩拜吏部尚書,四總銓務,三授太常卿,兩任東都留守,後除檢校司空、太子少師,薨於位,累贈太師。"㉚未知此孫簡是否即孫何五世祖,因其父孫公器名號難明,不敢遽定,兹存疑俟考。

**祖鎰,終生未仕。居蔡州,以講授爲業。卒後贈大理評事。祖妣劉氏。**

《孫庸墓誌》:"考諱鎰,贈大理評事。先妣劉氏,追封彭城縣太君。"㉛《宋史》卷三〇六

《孫何傳》："祖鎰，唐末秦宗權據州，强以賓佐起之。鎰僞疾不應，還家，以講授爲業。"㉜孫鎰餘事不詳。考《舊唐書》卷二○○下《秦宗權傳》，知秦氏據蔡州在唐僖宗中和、光啓年間（881—887），時因黃巢起事，秦本爲蔡州防禦史，後迫於巢勢與之合。巢覆滅之後，秦仍據蔡數年，於龍紀元年（889）二月伏誅㉝。由此，知鎰僞疾不應之事，當在公元885年前後。

**父庸，字鼎臣。少孤，舉進士不第，退而修經世之務，有大志，常以魏徵自况。太宗時，以殿中丞卒，贈尚書户部員外郎。**

《孫庸墓誌》："以何貴，制贈殿中丞府君爲尚書户部員外郎。"又曰："公諱庸，字鼎臣。……少孤，力學。舉進士不第，退而修經世之務，欲以布衣干天子、取顯位而行道，此其志也。周顯德中，徒步詣招諫匭，上《贊聖策》凡二十有四條，多引貞觀時文貞公事以自比。"㉞"貞觀時文貞公"，即魏徵。《宋史》卷三○六《孫何傳》："父庸，字鼎臣。顯德中，獻《贊聖策》九篇，引唐貞觀所行事，以魏玄成自况。"㉟《孫侑墓誌》："父庸，太祖朝上書言當世大務，擢補開封掾，終殿中丞，贈刑部尚書。"㊱

**母張氏，故國子博士張潤之女。生前，封清河縣君；殁後，封河内縣太君。**

《孫庸墓誌》："夫人張氏，故國子博士潤之女也。……生以夫貴，封清河縣君；殁以子貴，追封河内縣太君。"㊲張潤，其人不詳。

### 宋太祖建隆元年庚申（960）
孫庸三十九歲，授河南府河南縣主簿。月餘，丁母憂。

清錢保塘《歷代名人生卒録》卷四："孫庸，孫何之父，端拱元年卒，年六十七。"㊳端拱元年（988）上推六十七年，知孫庸生於公元922年。《孫庸墓誌》："建隆初，授河南府河南縣主簿。月餘，丁彭城太君憂。"㊴河南府，今河南偃師。

### 太祖建隆二年辛酉（961）
是年，孫何生。

《東都事略》卷四七《孫何傳》："景德初，知制誥。卒，年四十四。"㊵《宋史》卷三○六《孫何傳》同㊶。由景德元年（1004）上推四十四年，知孫何生於是年。

### 太祖建隆三年壬戌（962）
孫庸四十一歲。母憂服竟，以前銜河南縣主簿署攝，又權司法參軍。

《孫庸墓誌》："服竟，留守向公從民之請以前銜署攝，又權司法參軍。"㊷

### 太祖乾德三年乙丑（965）
孫庸四十四歲。由河南府調入開封府，爲開封尉。

《孫庸墓誌》："乾德中，調於天官，得開封尉。"㊸墓誌僅書年號，未知具體年月。據清徐松《宋會要輯稿》食貨六七之一："乾德三年四月十三日，詔開封府，令京城夜市至三鼓以來不得禁止。"㊹因夜市不禁，人員短缺，孫庸或於是年調入開封。

### 太祖乾德四年丙寅(966)

是年,丁謂生。

宋初孫何、丁謂并稱,故記其生年於此。據日本學者池澤滋子所撰《丁謂年譜》⑥。丁謂,字謂之,後更字公言。

### 太祖開寶二年己巳(969)

是年,孫僅生。

《宋史》卷三〇六《孫僅傳》:"天禧元年正月,卒,年四十九。"⑯以此知孫僅生於是年。

### 太祖開寶三年庚午(970)

孫庸四十九歲。赴登州錄事參軍任。

《孫庸墓誌》:"以親王出尹,而公實事之,秩滿考績,議當美遷。會上言令錄多缺,有詔趨吏部亟行補注,且曰無限品第,因折六資,爲登州錄事參軍。居十載,不得代。"⑰因孫庸太平興國五年(980)方徙官巴蜀,上推十載,故系孫庸赴登州任在此年。登州,今屬山東。

孫何十歲,始識音韻。

《宋史》卷三〇六《孫何傳》:"何十歲識音韻。"⑱

### 太祖開寶五年壬申(972)

是年,孫侑生。

《孫侑墓誌》:"天禧元年八月十一日,以疾卒,時年四十六。"⑲以此知孫侑是年生。孫侑爲孫庸幼子,早年倜儻任俠,好擊劍、喜兵法。後因何、僅二位兄長相繼應舉爲文章魁首,遂留意於學,不數年,亦進士及第。

### 太祖開寶八年乙亥(975)

孫何十五歲,能屬文。

《宋史》卷三〇六《孫何傳》:"十五能屬文。"⑳

### 太宗太平興國五年庚辰(980)

孫庸五十九歲。授太子左贊善大夫,尋以本官知荆門軍。

《孫庸墓誌》:"太平興國五年,徙官巴蜀。會朝達表公之才,且稱其滯,上亦記公之名,始授太子左贊善大夫,尋以本官知荆門軍事。"㉑《宋史》卷三〇六《孫何傳》載孫庸履歷曰:"太平興國六年,鴻臚少卿劉章薦其材,改左贊善大夫。"㉒《宋史》卷三〇六《孫何傳》未載孫庸知荆門軍事,歷代方志如《明一統志》卷六〇《名宦》、《湖廣通志》卷四三《名宦志》、《荆門州志》卷一八《宦迹》皆有載㉓。

孫何二十歲,孫僅十二歲。兄弟二人嘗讀於荆門東山,以應科舉。

李賢等《明一統志》卷六〇《名宦》:"孫何,蔡州人。父鏞,知荆門軍。何與弟僅讀書荆門之東山。宋淳化、咸平中兄弟相繼皆爲狀元。"㉔同卷《宮室》"讀書堂":"讀書堂,在荆門州東山下。宋孫何與弟僅讀書之所,後相繼擢大魁。"㉕《湖廣通志》卷四三《名宦志》:"宋孫庸。《宋史·孫何傳》:'庸,汝陽人。'……二子曰何、曰僅,於郡之東山築室讀書,後相繼大魁多士。"㊺同書卷七七《古迹志》："讀書堂,在州東山下。宋孫何與弟僅讀書之所,後相繼擢大魁。"㊻《荆門州志》卷三三《古迹》"三臺八景圖"亦載,荆門東山有孫何、孫僅兄弟"讀書臺"㊼。荆門東山,即今湖北荆門東寶山。

荆門山水頗佳,孫僅年稍幼,讀書之餘,樂遊其間。曾游蒙山、蒙泉,作《蒙泉》詩。

荆門地處秦嶺餘脈,東接江漢,西入巴蜀,屬丘陵地帶,其山水雖難比名山大川,然幽情野趣,亦自可喜。孫僅與兄游賞之事,未見史載,今存詩一首,可窺得一斑。其《蒙泉》詩曰:"孤城深鎖亂雲間,城上雲開面面山。負郭惠泉誰共訪,衛公詩碣綠苔班。"㊽蒙泉,在今荆門象山東麓。象山,舊稱蒙山,後因南宋大儒陸九淵(號象山)嘗知軍荆門而更名。僅父庸於太平興國八年"移典龍州軍事",蒙泉之游當在太平興國五年至七年間,姑繫於本年。

### 太宗太平興國六年辛巳(981)

孫庸六十歲。朝廷賜庸以緋衣銀章,旌表其知荆門軍之善政。

《孫庸墓誌》："太平興國五年……授太子左贊善大夫,尋以本官知荆門軍事。明年,賜緋衣銀章,旌善政而疇久次也。"㊾《湖廣通志》卷四三《名宦志》："宋初知荆門軍,善於治民,教養有方,父老傳其名不泯。"㊿

### 太宗太平興國八年癸未(983)

孫庸六十二歲。由荆門至龍州,典龍州軍州事。

《孫庸墓誌》："移典龍州軍州事。"㊿孫庸"移典龍州軍州事"時間不可確考,然依宋代職官慣例,三年一遷,故繫於此年。龍州,今四川平武。

### 太宗雍熙元年甲申(984)

孫庸六十三歲。遷殿中丞,但仍在龍州郡任。

《孫庸墓誌》："雍熙初,遷殿中丞。"㊿則庸當於今年底、明年初官階有遷而職未變。

### 太宗雍熙四年丁亥(987)

孫庸六十六歲。妻張氏亡故。

《孫庸墓誌》："夫人張氏……先公一年而亡。"㊿因孫庸卒於明年(見後),故其妻張氏亡於是年。

柳永或生於是年。

唐圭璋《柳永事迹新證》："柳永約生於宋太宗雍熙四年(987),比張先大三歲,比晏殊大四歲。"㊿因宋人筆記載柳永有杭州拜謁孫何之事,故記其生年於此。

### 太宗端拱元年戊子(988)

孫庸卒,年六十七歲。孫氏諸兄弟護喪至許州。是年,孫何二十八歲,孫僅二十歲,孫侑十七歲。

《孫庸墓誌》："端拱元年,殿中丞富春孫公自龍州受代,終於岐山。諸孤護喪,權窆於許。"㊿又云:"在郡四年,復命得疾,肩輿而歸。享年六十有七。"㊿可知,孫庸於是年復命之時得病,繼而卒,暫下棺於許。許,指許州,今河南許昌。清錢保塘《歷代名人生卒錄》卷四:"孫庸,孫何之父,端拱元年卒,年六十七。"⑱後八年,孫何遷其父之墓於河南府河南縣太尉鄉上官里(詳見至道二年)。

## 太宗端拱二年己丑(989)

孫氏兄弟客居許州許田。時楊徽之以左諫議大夫出知許州,孫何作《上楊諫議書》進謁。

孫何《上楊諫議書》曰:"從表侄孫何謹齋沐再拜,獻書諫議丈丈執事……今幸遇隼旟臨郡,首獲進謁,優延賜予,異於等倫。侍坐未再,以所業爲索。夫其或者將自執事張大吾道,以播休天下,俾得器於他日乎?何幸會之如是也!"⑲今檢《宋史》,北宋初之楊姓諫議大夫,一爲楊徽之,一爲楊大雅。楊徽之拜左諫議大夫在端拱初年(988,見下文所引),楊大雅則在天聖八年(1030)⑳。從史傳所記看,大雅生於乾德三年(965),年歲小於孫何,不得稱其爲"丈丈",且爲諫議之時何已卒去,故疑孫何所謁應爲楊徽之也。《上楊諫議書》又云:"諫議之德,煒諸朝望,灼諸士觀;諫議之文,霸於翰苑,鏽於史編。……朝廷之官於文者,言文之道必主執事;後進之藝於文者,言文之體必祖執事。"據《宋史》卷二九六《楊徽之傳》載:"會詔李昉等采緝前代文字,類爲《文苑英華》,以徽之精於風雅,分命編詩,爲百八十卷。……端拱初,拜左諫議大夫,出知許州。"㉑贊曰:"徽之寡諧於俗,唯李昉、王祐深所推服,與石熙載、李穆、賈黃中爲文義友。自爲郎官、御史,朝廷即待以舊德。善談論,多識典故,唐室以來士族人物,悉能詳記。酷好吟詠,每對客論詩,終日忘倦。"㉒以徽之在士林之聲望、文章,加以孫何寓許時所作"隼旟臨郡"之描述與徽之出知許州之時間正相吻合諸因素觀之,固知"楊諫議"當爲徽之也。何文中自稱"從表侄",其間關係俟再考。

許田尉胡則待之甚厚。

范仲淹《兵部侍郎致仕胡公墓誌銘》:"濟陽丁公爲舉子時,與孫漢公客許田,公待之甚厚。"㉓胡公,名則,字子正,仁宗朝曾官至兵部侍郎。據胡氏墓誌:"端拱二年,御前登進士第。釋褐爲許州許田尉。"㉔

## 太宗淳化元年庚寅(990)

孫何三十歲,入京師,以文章聲名聞於場籍。王禹偁睹其集,以爲格高意遠,大得六經旨趣。又稱許爲聖朝得賢、儒道不墜,推重已極。

王禹偁《送孫何序》云:"先是,余自東觀移直鳳閣,同舍紫微郎廣平宋公嘗謂余曰:'子知進士孫何者邪?今之擅場而獨步者也。'余因徵其文,未獲。會有以生之編集惠余者,凡數十篇,皆師戴六經,排斥百氏,落落然真韓、柳之徒也。……余是以喜識其面而願交其心者有日矣!今年冬,生再到闕下,即過吾門,博我新文,且先將以書,猶若尋常貢舉人,恂恂然執先後禮,何其待我之薄也。觀其氣和而壯,辭直而溫,與夫向之著述相爲表裏,則五事之言貌,四教之文行,生實具焉。宜其在布衣爲聞人,登仕宦爲循吏,立朝爲正臣,載筆爲良史,司典謨,備顧問,爲一代之名儒。過此則非吾所知也,豈止一名一第哉!告歸許田,序以爲贈,余非多可而易與者也。凡百君子,宜賀聖朝得賢,吾道之不墜爾。"㉕從"再到闕下"之語看,孫何似應在本年冬季前曾有入京之行。王禹偁《孫庸墓誌》:"先是,某爲左司諫、知制誥,有以何之文相售者,見其文有韓、柳風格,因誇於同列,薦於宰執間。居數月,何始來候。"⑩其《送丁謂序》又曰:"去年得富春生孫何文數十篇,格高意遠,大得六經旨趣,僕因聲於同列。……是秋,何來訪。"⑰"是秋",據《送孫何序》當作"是冬"。徐規《王禹偁事迹著作編年》繫《送孫何序》於淳化元年⑱,繫《送丁謂序》於淳化二年⑲。

何後至彭城,欲訪名將曹彬,不得見。會僧惠泉於南臺。

宋李昭玘《録僧惠泉事迹》載:"惠泉,彭城人。住南臺閣子院,性孤狷,不妄與人交,知名士多就見之。一與之語,落落可喜,數親之則拒而不應。義學超洽,慕唐人爲詩,得趣清淡。淳化初,曹彬緣弭德超之譖,出領節制,閉閣謝客。孫何自京師來,久不得見,以詩自誚云'欲謁元戎無紹介,薛能詩板在雕堂'。異日登南臺,聞惠泉高概,扣其門,一見如舊,館於其廬,饋勞加厚。將歸,贐以裘馬。後二年,何爲進士舉首,第二人路振官彭門,何盛稱泉好義甚篤,不求人知。"⑳彭城,今江蘇徐州。陳師道《觀音院修滿净佛殿記》亦載此事:"淳化初,知制誥孫何以布衣來,於時曹武忠王得罪右府,以節來守,門不納謁,而一府無過之者。院之楞嚴講師惠泉召而致館,且爲治行,明年而登上第。其次路振來貳使事,而屬之,且曰:'急窮而忘報,交素而遠名,其僧之英乎!'路未以爲然也。"㉑考《續資治通鑑長編》卷二四所載,曹彬被彌德超所譖事在太平興國八年春正月,彬罷爲天平節度使兼侍中㉒。彌德超,《宋史》作"弭德超",卷二五八《曹彬傳》云:太平興國"八年爲弭德超所誣,罷爲天平軍節度使。旬餘,上悟其譖,進封魯國公"㉓。可見,曹彬出領天平軍節制,在太平興國八年,非爲淳化初。又據《曹彬傳》記載,彬於雍熙三年因北伐契丹失利而"責授右驍衛上將軍","四年,起爲侍中、武寧軍節度使",此後,直至"淳化五年,徙平盧軍節度使",中間未見他任㉔。武寧軍,治所即在彭城,然則可據李昭玘所記,推斷曹彬淳化初年曾以"武寧軍節度使"身份居彭城。

## 太宗淳化二年辛卯(991)

是年孫何三十一歲,孫僅二十三歲。夏,孫何、孫僅遇柳開於京城,開以爲何、僅兄弟乃進士之特出者。王禹偁、畢士安睹孫僅詩文,亦驚歎不已。

王闢之《澠水燕談録》卷三"知人"云:"河東柳先生開,以高文苦學爲世宗師。後進經其題品者,翕然名重於世。嘗有詩贈諸進士曰:'今年舉進士,必誰登高第?孫何及孫僅,外復有丁謂。'未幾,何、僅連榜狀元,謂亦中甲科,先生之知人也如此。"㉕柳開《贈諸進士詩》小序云:"淳化二年夏,歸自桂林,家於許州。抵京師,見諸進士之尤者,作詩贈之。"㉖其詩云:"今年舉進士,必誰登高第?孫何及孫僅,外復有丁謂。……仰瞻爾數子,吾道終焉寄。無爲忽於予,斯文幸專繼。"㉗宋祁《張晦之墓誌銘》載:"時富春孫僅、沛國朱嚴、成紀李庶幾,號爲豪英。晦之敝衣與遊,名稱籍籍,美不容口。"㉘王禹偁《孫庸墓誌》:"先是,某爲左司諫、知制誥,有以何之文相售者,見其文有韓、柳風格,因誇於同列,薦於宰執間。居數月,何始來候,吾又得僅之文一編,時給事中兼右庶子畢公(案,畢士安)與吾同典誥命,適來吾家,因出僅文以示之,讀未竟,乃大呼曰:'嚇死老夫矣!'其爲名賢,推服也如此!"⑧

經王禹偁、柳開諸人延譽,孫何、丁謂詩名大振,名動貢籍。

王禹偁《答鄭褒書》:"天下舉人日以文湊吾門,其中傑出群萃者,得富春孫何、濟陽丁謂而已。吾嘗以其文誇天子宰執公卿間。"⑩司馬光《涑水記聞》卷二:"孫何丁謂舉進士第,未有名,翰林學士王禹偁見其文,大賞之。贈詩云:'三百年來文不振,直從韓柳到孫丁。如今便好令修史,二子文章似六經。'二人由此詩名大振。"⑪《東都事略》卷四七《孫何傳》:"王禹偁尤所題獎,以爲自唐韓、柳後,三百年有孫、丁也。"⑫《宋史》卷二八三《丁謂傳》:"少與孫何友善,同袖文謁王禹偁,禹偁大驚重之,以爲自唐韓愈、柳宗元後,二百年始有此作。世謂之孫、丁。"⑬經王、柳諸人揄揚,孫、丁由是得名。案,孫、丁之齊名,實由文章,德行則有霄壤之别。宋謝采伯《密齋筆記》卷四:"温仲舒之視寇準,丁謂之於孫何,君子小人之分,若薰蕕之不可共器,而當時齊名曰温寇、曰丁孫,殆是取其一時文名耳。"⑭以孫、丁二人德行觀之,丁遜孫遠矣,謝氏之論甚當。

## 太宗淳化三年壬辰(992)

孫何三十二歲。以省試、殿試俱第一名及第。殿試題曰《卮言日出賦》。

《續資治通鑑長編》卷三三:淳化三年"正月辛丑,命翰林學士承旨蘇易簡等同知貢舉。……三月戊戌,上御崇政殿,覆試合格進士。……得汝陽孫何以下凡三百二人,并賜及第;五十一人同出身"⑮。同知貢舉者尚有翰林學士畢士安、知制誥吕祐之、錢若水、王旦等⑯。《東都事略》卷四七《孫何傳》:"舉進士,開封、禮部、殿試俱第一。"⑰李心傳《建炎以來朝野雜記》甲集卷一三《國朝三元》:"孫漢公,淳化二年舉進士,自開封至南省、延試皆第一,前未有也。"⑱淳化二年,當爲三年之誤。此次殿試題目,據宋羅濬《寶慶四明志》卷一〇《郡志》所記爲:"卮言日出賦、射不主皮詩、儒行論。"⑲卮言日出,語出《莊子·寓言》:"寓言十九,重言十七,卮言日出,和以天倪。"王禹偁《律賦序》曰:"淳化中,謫官上雒。明年,太宗試進士,其題曰《卮言日出》。有傳至商山者,駭其題之異且難也,因賦一篇。"⑳吴曾《能改齋漫録》卷一"試詩賦題示出處"條云:"本朝試進士詩賦題,元不具出處,因淳化三年殿試《卮言日出賦》,獨路振知所出,遂中第三人。是年,孫何第一人,朱台符第二人,亦不能知,止取其文耳。自後所試進士詩賦,題皆明示出處。"㉑洪邁《容齋隨筆》卷三"進士試題"條所記略異:"國朝淳化三年,太宗試進士,出《卮言日出賦》題,孫何等不知所出,相率扣殿檻,乞上指示之,上爲陳大義。"㉒

孫何取第一,或以爲得思慮遲緩之助。有李庶幾、錢易,因文思敏速,以言辭浮華而黜落。

歐陽修《歸田録》卷一:"太宗時親試進士,每以先進卷子者賜第一及第。孫與李庶幾同在科場,皆有時名。庶幾文思敏速,何尤苦思遲。會言事者上言'舉子輕薄爲文,不求義理,惟以敏速相誇'。因言庶幾與舉子於餅肆中作賦,以一餅熟成一韻者爲勝。太宗聞之大怒,是歲殿試,庶幾最先進卷子,遽叱出之,由是何爲第一。"㉓《續資治通鑑長編》卷三三亦載："三月戊戌，上御崇政殿，覆試合格進士。先是，胡旦、蘇易簡、王世則、梁灝、陳堯叟皆以所試先成，擢上第，由是士爭習浮華，尚敏速，或一刻數詩，或一日十賦。將作監丞莆田陳靖上疏，請糊名考校，以革其弊，上嘉納之。於是，召兩省、三館文學之士，始令糊名考校，第其優劣，以分等級。內出《厄言日出賦》題，試者駭異，不能措詞，相率扣殿檻上請。會稽錢易，時年十七，日未中，所試三題皆就，言者指其輕俊，特黜之。得汝陽孫何以下凡三百二人，并賜及第，五十一人同出身。上諭之曰：'爾等各負志業，中我廷選，效官之外，更勵精文翰，勿墜前功也。'何等旅拜稱謝。"[⑩]

孫何榜進士，尚有丁謂、王欽若、張士遜等五十人。覆試諸科，并賜及第七百八十四人。又賜高麗賓貢進士四十人及第。

據相關史料，是榜進士，可考知者如下：孫何、朱台符、路振、丁謂、任隨、王陟、吳敏、樂黃目、凌咸、錢昆、王欽若、張士遜、陸元圭、查拱之、許南史、宋明遠、宋柔遠、楊希甫、李繹、雷德遜、楊日華、楊日嚴、楊日休、聞見昌、陳延賞、鄭天益、李景和、曾乾度、歐陽載、謝濤、李泳、趙湘、林殆庶、余貫之、李坦然、王彬、韓曜、陳元稷、蔡丕、呂言同、陳綱、陳庶、尹龍、陳夢周、楊令問、葉溫、羅鼎、鄧九齡、張若谷、楊巒、張正符、王冕、張仿、龔緯、阮睿等[⑯]。徐松《宋會要輯稿》選舉九之一："三月，賜太常寺奉禮郎楊億進士及第。"[⑯]孫何《碑解》嘗自云有進士鮑源之兄"於何爲進士同年"[⑰]，惜其名尚不得知。《續資治通鑑長編》卷三三："三月……辛丑，又覆試諸科，擢七百八十四人，并賜及第，百八十人出身。就宴，賜御製詩三首，箴一首。進士孫何而下四人授將作監丞、大理評事通判諸州，餘及諸科授職事州縣官。"[⑱]《玉海》卷三〇記曰："淳化三年三月癸卯（九日），賜新進士孫何等御製箴一首。己酉，賜儒行篇各一軸。令至治所著於壁，以代座右之誡。丙辰，宴瓊林苑，御製詩三首賜之。"[⑲]《宋會要輯稿》選舉二之三："淳化三年三月初九日，賜新及第進士御製詩儒行箴各一首。"[⑳]宋章如愚《群書考索》卷一七《正史門》"國朝御製類"："太宗賜進士箴。淳化三年三月賜新及第孫何等御製箴一首，及賜宴於瓊林苑，又賜御詩。是後，每宴及第皆賜御詩。"[㉑]《宋史》卷五《太宗紀》："戊午，以高麗賓貢進士四十人并爲秘書省秘書郎，遣還。"[㉒]《宋史》卷四八七《高麗傳》："三年，上親試諸道貢舉人，詔賜高麗賓貢進士王彬、崔罕等及第，既授以官，遣還本國。"[㉓]《宋會要輯稿》選舉二之三："二十二日，詔第一人孫何、第二人朱台符爲將作監丞，第三人路振、第四人丁謂爲大理評事，仍通判諸州。第五人任隨已下，吏部流內銓注初等職事官并兩畿簿尉。賓貢王彬、崔罕并授秘書郎、校書郎，於歸高麗。"[㉔]

孫何狀元及第，王禹偁有詩以贈。

王禹偁《聞進士孫何及第因寄》："昨朝邸吏報商山，聞道孫生得狀元。爲賀聖朝文物盛，喜於初入紫微垣。"[㉕]祝穆《古今事文類聚》前集卷二八"同榜送行"條："王元之謫黃州，蘇易簡知貢舉。適放榜，奏曰：'禹偁名儒，今將行。欲令榜下諸生送於郊。'上可其奏，諸生郊別。又元之謂狀元孫何曰：'爲我多謝蘇公。'口占一絕云：'綴行相送我何榮，老鶴乘軒愧谷鶯。三入承明不知舉，看人門下放門生。'"[㉖]據徐規《王禹偁事迹著作編年》考證，王禹偁貶黃州在咸平元年，是年知貢舉者爲楊礪，狀元爲孫何弟孫僅；淳化三年，蘇易簡知貢舉，孫何爲狀元，然是年禹偁在商州⑬。《古今事文類聚》所載"黃州"應爲"商州"。

解褐，授將作監丞、通判陝州。冬，赴陝州通判任，隱士魏野有詩相贈。

《宋史》卷三〇六《孫何傳》："淳化三年舉進士，開封府、禮部俱首薦，及第又得甲科，解褐將作監丞、通判陝州。"⑭陝州，宋時屬永興軍，今河南三門峽。魏野《贈孫何狀元》詩云："……首官來理陝，棠樹換枯根。淑氣春風和，美化冬日暄。至誠物莫欺，至明物莫昏。平思治地陝，清欲變河源。我生三十年，未嘗離丘園。朴性昧巧習，惟知道可敦。貧巷無富車，閒地惟雲屯。我願爲松竹，生在君子軒。早夜接清風，節高陰更繁。何當親教授，如渴飲衢尊。斯言拙且直，堪將鬼神論。"⑮據詩意，當爲孫何初至陝州任時，魏野所贈。又"淑氣春風和，美化冬日暄"句，知孫何到任上，已是冬春之際。

孫僅二十四歲。是年，與兄同入舉試，因兄舉狀元，僅抑而未第，然聲名著於場屋。

《孫庸墓誌》："僅之就舉也，以兄中狀元，抑之未第。方今縉紳中，言掌誥之才者，咸曰：'朝廷不命其人則已，命之，則必何也。'場屋語科第之殊級者，亦曰：'國家罷舉則已，舉不罷，則首冠者必僅也。'"⑯

### 太宗淳化四年癸巳（993）

孫何三十三歲。在陝州通判任。是年四、五月間，王禹偁由商州量移解州團練副使，一路有詩寄贈。

據徐規《王禹偁事迹著作編年》，四月，王禹偁因南郊大禮，隨例量移解州團練副使。解州，今山西運城。離商州前，王禹偁作有《寄陝府通判孫狀元何兼簡令弟秀才僅》⑰。將至陝州，又有《將及陝郊先寄孫狀元》⑱《甘棠即事簡孫何》⑲。

王禹偁路經陝州，孫何殷勤相待，留住三宿，曾同游陝州南溪。

據徐規《王禹偁事迹著作編年》，王禹偁抵解州後，作有《寄題陝府南溪兼簡孫何兄弟》詩："申湖在陝服，自昔名所重。許昌遺唐律，人口尚傳誦。舊迹固蓁莽，勝概猶出衆。前年謫商於，過此方憂恐。無暇濯溪泉，惻惻心甚痛。量移還恩宥，方寸稍放縱。故人孫漢公，勤懇事迎送。柅車得三宿，延我入溪洞。……"⑳南溪，即此詩中所云"申湖"。據洪邁《容齋隨筆》卷四"府名軍額"條記載："陝州無府額，而守臣曰'知陝州軍府事'，法令行移，亦曰'陝府'。"㉑通判孫何故亦稱"陝府"。

是年，孫何還嘗與張知白共讀道旁碑。

《宋史》卷三一〇《張知白傳》："（知白）嘗過陝州，與通判孫何遇，讀道旁古碑凡數千言，及還，知白略無所遺。"㉒張知白，字用晦，後曾入相，以清儉著名。

孫僅二十五歲。兄爲陝州通判，孫僅從之在陝。

陳振孫《直齋書錄解題》卷二〇載："（僅）嘗從何通判陝府，以所賦詩集而序之，首篇曰'甘棠思循吏'，故以名集。"㉓王禹偁赴解州任所作《寄陝府通判孫狀元何兼簡令弟秀才僅》，亦可證。

### 太宗淳化五年甲午（994）

孫何三十四歲。七月，由陝州入京。入直史館，遷爲秘書丞，參與前後《漢書》的校理。

王應麟《玉海》卷四三《藝文》："淳化五年七月，詔選官分校《史記》、前後《漢書》，杜鎬、舒雅、吳淑、潘慎修校《史記》，朱昂再校；陳充、阮思道、尹少連、趙況、趙安仁、孫何校前後《漢書》。"明彭大翼《山堂肆考》卷七五《臣職》"召遷秘書丞"條："宋孫何通判陝州，召入直史館，遷秘書丞。"清徐松《宋會要輯稿》選舉三三之一："五年七月二十日，將作監丞孫何直史館，仍賜緋魚袋。"此次校史，史稱"淳化校三史"。王禹偁有《暴富送孫何入史館》詩以贈："孟郊常貧苦，忽吟不貧句。爲喜玉川子，畫船歸洛浦。迺知君子心，所樂在稽古。漢公得高科，不足唯墳素。二年佐棠陰，眼黑怕文簿。躍身入三館，爛目閱四庫。孟貧昔不貧，孫貧今暴富。暴富亦須防，文高被人妒。"

孫何直史館期間，曾作《詠華林書院》詩。

孫何《詠華林書院》詩曰："六闕旌門事若何，諸生常不絕弦歌。鯉庭共稟詩書訓，隱巷齊登俊造科。宗族有光傳孝弟，鄉閭無訟化淳和。芝蘭子弟相薰習，金石交朋互切磋。遙望楚江波迴急，却分廬阜影偏多。題名石鼓圍松桂，講易高堂繞芰荷。采藥路從洪井出，買書船自孺亭過。我慚已在瀛洲直，不得西山隱薜蘿。"既云"已在瀛洲直"，當作於入直史館期間，姑繫於此。華林書院，地處洪州（今江西南昌），宋初胡仲堯所創，因端拱二年一榜，胡氏中三人，其家族及其書院一時名噪天下，真宗曾予以褒獎，館閣中隨之題詠者甚衆。

潘閬有詩贈孫何、丁謂。

淳化四年，潘閬赴京。其《闕下留別孫丁二學士歸舊山》詩曰："名利路萬轍，我來意如何。紅塵三尺深，中有是非波。波翻幾潛没，來者猶更過。歸去感知淚，永灑青松柯。"此詩應作於本年，時孫何、丁謂二人尚皆在史館，明年丁謂出爲福建轉運使矣。

### 太宗至道元年乙未（995）

孫何三十五歲，在京師史館。王禹偁亦於是年春入京爲翰林學士，與何有詩酬和。

據徐規《王禹偁事迹著作編年》，正月下旬，王禹偁自西掖召拜翰林學士，有《書懷簡孫何丁謂》詩："三人承明已七年，自慚蹤迹久妨賢。吾子幾時歸鳳閣，病夫方欲買漁船。季路旨甘知已矣，潘安毛鬢更皤然。舉人自代何由得，歸去東皋種黍田。"宋高似孫《緯略》卷五"瑟瑟"條："孫何《上王翰林詩》：'猩猩箋寫宮詞濕，瑟瑟函盛手詔香。'"後王禹偁因與人議開寶皇后喪禮事，令太宗不滿，坐輕肆，罷爲工部郎中、知滁州軍州事，於五月再出京城。

### 太宗至道二年丙申（996）

孫何三十六歲，在京師史館。春，制贈孫庸爲尚書戶部員外郎。嗣後，孫何遷父墓於河南府河南縣太尉鄉上官里，并請王禹偁撰墓誌銘。

《續資治通鑑長編》卷三九："正月辛亥，合祭天地於圜丘。"《孫庸墓誌》："今春，上郊祀畢，以何貴，制贈殿中丞府君爲尚書户部員外郎。將改葬，請進士王蠣齋書來滁上，乞銘於工部郎中王某。"⑭另韓琦《孫侑墓誌》：侑"以至和元年十月七日，葬於河南府河南縣太尉鄉上官里先尚書之墓次"⑭。故孫庸墓所遷之地在河南府河南縣（今河南洛陽附近）太尉鄉上官里。

### 太宗至道三年丁酉(997)

孫何三十七歲。三月，太宗崩，真宗即位，詔求直言。時爲右正言、直史館的孫何獻五議：擇儒臣統兵、入學禁自媒、復設制舉、行鄉飲酒禮、以能授官。

《續資治通鑑長編》卷四一載：三月"癸巳，（太宗）崩於萬歲殿。參知政事溫仲舒宣遺制，真宗即位於柩前"。同卷：五月"丁卯，詔御史臺告諭内外文武群臣……許直言極諫，抗疏以聞"⑭。王禹偁上《應詔言事疏》。不久，真宗召王禹偁還朝⑭。《續資治通鑑長編》卷四二：九月"壬午，左正言、直史館孫何表獻五議，上覽而善之"⑭。同卷載五議曰：其一，參用儒將；其二，申明太學；其三，厘革遷轉；其四，復制科；其五，行鄉飲。宋彭百川《太平治迹統類》卷二六"祖宗制科取人"條："太宗至道三年九月，右正言直史館孫何獻五議。"⑭《宋史》本傳載所獻五議云："其一，請擇儒臣有方略者統兵；其二，請世禄之家肄業太學，寒雋之士州郡推薦，而禁投贄自媒者；其三，請復制舉；其四，請行鄉飲酒禮；其五，請以能授官，勿以恩慶例遷。上覽而善之。"此五議皆存，收入《全宋文》卷一八四，可參看⑭。《續資治通鑑長編》卷二九："端拱元年二月乙未，改左、右補闕爲左、右司諫，左、右拾遺爲左、右正言。"⑭章如愚《群書考索》後集卷一五《官制門》"考課類"："舊制，郊祀推恩，臣僚多獲叙進。上即位，諫官孫何、耿望上疏請罷之，以塞僥幸。上曰：'此真有理，況官吏遷絀於月實有典故，自今郊祀行。'慶止，加勛階爵邑，遂定三年考課磨勘進秩之制。"⑭此當指上述五議中第五條。

是年，始置十五路。孫何以秘書丞直史館出爲京西轉運副使，上表以謝。

《續資治通鑑長編》卷四二："是歲，始定爲十五路。一曰京東路，二曰京西路，三曰河北路，四曰河東路，五曰陝西路，六曰淮南路，七曰江南路，八曰荆湖南路，九曰荆湖北路，十曰兩浙路，十一曰福建路，十二曰西川路，十三曰峽路，十四曰廣南東路，十五曰廣南西路。"⑮王禹偁《小畜集》卷二五有《回孫何謝秘書丞直史館京西轉運副使啓》⑮，知孫何曾上表以謝。《山西通志》卷七六載："孫何，真宗時知河中府。"河中府，在今山西臨晉附近。知河中府之事，未見他處有載，似應指《宋史》所載孫何任京西轉運副使之事。孫何到京西轉運副使任的時間未見史載，因九月時他尚以右正言、直史館的身份獻策，故應在九月以後。孫何在許昌，作《送朱嚴應進士舉序》。

孫何《送朱嚴應進士舉序》曰："沛國朱嚴字仲方，秀出江表，士人中傑然若石之玉而羽之鳳。……無何，訪舊盟津，爲假收韓公從事陳君知己之故，屈冠孟薦，聿來上京，道出許昌，再尋文盟。擊節高談，累日而後去。"⑮朱嚴，《全宋詩》小傳云："朱嚴，與王禹偁友善。嘗爲和州從事（《小畜集》卷一一《送第三人朱嚴先輩從事和州》）。真宗景德二年(1005)，自惠州推官除大理寺丞，知白州（《續資治通鑑長編》卷五九）。"⑬案，朱嚴爲孫何弟孫僅榜下第三人，故繫此文於本年⑭。孫何另有《答朱嚴書》，其中有"文之繁久矣……何嘗切憤其事，欲抗疏於丹陛，致書於春司，大爲之防，盡剗其弊。退念遏頹波、正流俗，蓋有位君子之急也，非韋布之士所宜言"之語⑮，疑爲何未第時所言，當早於《送朱嚴應進士舉序》，權附於此。王禹偁《贈朱嚴》詩云："未得科名鬢已衰，年年憔悴在京師。妻裝秋卷停燈坐，兒趁朝餐乞米炊。尚對交朋賒酒飲，遍看卿相借驢騎。誰憐所好還同我，韓柳文章李杜詩。"并自注曰："嚴妻能書，常寫文卷。"其《和朱嚴留別》亦有"場屋推盟主，聲詩立將壇"之推崇；《賦得紙送朱嚴》又有"前春懸作榜，應見淡書名"之期許⑯。宋祁《故大理評事張公（張景，字晦之）墓誌銘》亦曾提及沛國朱嚴與孫僅、李庶幾、張景等人在京師舉子中頗有聲名，"號爲豪英"⑰。綜合王禹偁諸詩、孫何兩篇文章等材料來看，可知朱嚴其人長年沉淪科場，孫何未第前，應已知名於舉子間，至咸平元年開榜前，場屋更推爲文盟，頗負聲望。明年開科及第，當非偶然。

是年，孫沔生。（案，因柳永《望海潮》詞，有贈孫沔而非孫何之說⑱，故記其生年於此。）

#### 真宗咸平元年戊戌（998）

孫僅三十歲。是年二月，僅以第一名進士及第。該科共取進士五十人，諸科一百五十人。

《續資治通鑑長編》卷四三："正月丙寅，翰林學士楊礪等受詔知貢舉。"⑲同知貢舉者尚有李若拙、梁顥、朱台符等。孫何榜後，科場貢舉不開已五年。同卷又載："二月戊戌，進士放五十人，高麗賓貢進士金成績一人；諸科百五十人。"宋陳均《九朝編年備要》卷六："自淳化五年停貢舉，至是，舉行之。上語知舉楊勵曰：'貢舉任重，當務選擢寒俊，精求藝實，以副朕也。'得孫僅等五十人，諸科百五十人。"⑳楊勵，當依《續資治通鑑長編》作楊礪。是榜進士可考知者尚有：樂黃庭、張景休、解希文、黃端、劉元亨㉑、唐肅、盛京、凌震、許鉉㉒、侯官縣吳千仞、惠安縣黃宗旦（第二名）、鄭褒、李慶孫、建安縣楊子禛、建陽縣阮昌齡、崇安縣柳宏㉓、南海成禹昌㉔、恭城周湜㉕。此外，還有朱嚴（第三名）、張景中、劉燁、劉筠㉖等人。是年科舉試題，據委心子《分門古今類事》卷一二《卜兆門》下"董祐賦題"條："府試《離爲日賦》，監試《迎長日賦》，省試《仰之如日賦》。"㉗

三月，賜及第進士宴於瓊林苑。

程俱《麟臺故事》卷五："咸平元年三月壬申，賜及第進士孫僅等宴於瓊林苑。學士，兩制尚書、侍郎，館閣直官、校理皆預，後常以爲故事。"㉘

是年，京師有綾製小榜，以金花貼於卷首。

宋梁克家《淳熙三山志》卷二六"咸平元年戊戌孫僅榜"："是榜始爲小錄，用綾爲之，金花貼於卷首。載知舉年甲、行第、家諱、私忌，登科人大書姓小書名。"㉙洪邁《容齋隨筆》續筆卷一三："唐進士登科有金花帖子，相傳已久，而世不多見。予家藏咸平元年孫僅榜盛京所得小錄，猶用唐制。以素綾爲軸，貼以金花，先列主司四人。銜曰：翰林學士、給事中楊，兵部郎中、知制誥李，右司諫直史館梁，秘書丞、直史館朱。皆押字，次書四人甲子年若干，某月某日生，祖諱某，父諱某，私忌某日，然後書狀元孫僅。其所紀與今正同，別用高四寸綾，闊二寸書'盛京'二字。四主司花書於下，粘於卷首。其規範如此，不知以何年而廢也。但此榜五十人，自第一至十四人，惟第九名劉燁爲河南人，餘皆貫開封府，其下又二十五人亦然，不應都人士中選若是之多，疑於方外人寄名托籍以爲進取之便耳。四主司乃楊礪、李若拙、梁顥、朱台符，皆只爲同知舉。"⑩周必大《文忠集》卷四四《辨登第金花帖子》⑰、樓鑰《攻媿集》卷七三《跋金花帖子綾本小錄》亦載其事⑰。

孫僅狀元及第，王禹偁、潘閬諸人均有詩相贈。

王闢之《澠水燕談録》卷三"知人"條載："孫何、孫僅學行文辭傾動場屋。何既爲狀元，王黃州覽僅文編，書其後曰：'明年再就堯階試，應被人呼小狀元。'後榜僅果爲第一。黃州復以詩寄之云：'病中何幸忽開顏，記得詩稱小狀元。粉壁乍懸龍虎榜，錦標終屬鶺鴒原。'并寄何詩曰：'惟愛君家棣華榜，登科記上并龍頭。'潘逍遥亦有詩曰：'歸來遍檢登科記，未見連年放弟兄。'"⑬王禹偁《贈狀元先輩孫僅》詩曰："病中何事忽開顏，記得詩稱小狀元。（予淳化辛卯歲贈君詩云：明年再就堯堦試，應被人呼小狀元。）粉壁乍懸龍虎榜，錦標終屬鶺鴒原。青雲隨步登花塔，紅雪飄衣醉杏園。還有一條遺恨處，不教英俊在吾門。"⑭其《寄狀元孫學士》詩曰："久居臺閣多憂畏，欲薦賢才涉比周。灰死寸心甘不動，雪侵雙髩未能休。封章事寢空騰謗，制誥詞荒益自羞。唯愛君家棣萼榜，登科記上并龍頭。"⑮明彭大翼《山堂肆考》卷八四《科第》"咸平狀元"："宋真宗咸平元年、二年皆放進士舉，孫僅、孫暨相繼魁天下，皆汝州人。案，孫僅與上孫何之弟，別是一人。"⑯彭氏案語指此卷前引"兄弟狀元"條："孫何孫僅兄弟皆馳名。何於太宗淳化間舉進士及廷試俱第一，王黃州覽僅文編，書其後曰：'明年再就堯階試，應被人稱小狀元。'後僅亦魁天下，黃州以詩寄之曰：'病中何事忽開顏，記得時稱小狀元。粉壁每題龍虎榜，錦標終屬鶺鴒原。'"⑰彭氏所云咸平狀元孫僅非孫何之弟，有誤。

釋褐，爲舒州團練推官。

《東都事略》卷四七《孫僅傳》："初爲舒州推官。"⑱《宋史》卷三〇六《孫僅傳》："解褐舒州團練推官。"⑲舒州，今安徽安慶。

### 真宗咸平二年己亥(999)

孫何三十九歲。爲右司諫、直史館。八月，嘗上《論官制》疏言六部職守。

《續資治通鑑長編》卷四五："八月辛亥朔，上御文德殿，百官入。合右司諫、直史館孫何次當待制，上疏曰：'六卿分職，邦家之大柄也。有吏部辨考績而育人材，有兵部簡車徒而治戎備，有户部正版圖而阜貨財，有刑部謹紀律而誅暴強，有禮部祀神示而選賢俊，有工部繕宫室而修堤防，六職舉而天下之事備矣。……今國家三聖相承，五兵不試，太平之業，垂統立制，在此時也。所宜三部使額，還之六卿。……職守有常，規程既定，則進無搢克之慮，退有詳練之名，周官唐式，可以復矣。'"⑳《宋史》本傳亦載。《太平治迹統類》卷二九記此事在咸平元年,誤。

冬,孫何從帝赴大名府。真宗問以邊防之事,上二疏,一言邊將堅壁自全之弊,再言禦戎畫一之利害。

是年,契丹入寇。八月十六日,真宗大閱禁兵二十萬於開封城東北郊。⑬《續資治通鑑長編》卷四五:"十二月甲寅,真宗車駕發京師;戊午,駐蹕澶州;甲子,次大名府。"⑭同卷又載,是冬十二月,孫何從駕赴大名,詔訪邊事,何上疏言邊防不固之因在於"列城相望,堅壁自全",由此認爲"此殆將帥或未得人,邊奏或有壅閼,鄰境不相救援,糗糧須俟轉輸之所致也。"真宗覽而嘉之⑮。《全宋文》又據《國朝諸臣奏議》卷一三〇、《歷代名臣奏議》卷三二二收有孫何《論禦戎畫一利害奏》,題下注曰"咸平二年"。在後疏中,何極論禦戎選將之重要,強調朝廷須嚴誡邊防,用兵當以河北趙魏之人爲主⑯。

### 真宗咸平三年庚子(1000)

孫何四十歲。上疏請斬北征契丹時無功之將傅潛。不久,權爲户部判官。

《宋史》卷三〇六《孫何傳》:"及傅潛逗撓無功,何又請斬潛以徇。俄權户部判官,出爲京東轉運副使,又獻疏請擇州縣守宰,省三司冗員,遴選法官,增秩益奉。未幾,徙兩浙轉運使,加起居舍人。"⑰考"傅潛逗撓無功"之事,《宋史》卷二七九《傅潛傳》載之甚詳⑱。《宋史》卷二七二《楊延昭傳》言之簡要:"咸平二年冬,契丹擾邊。延昭時在遂城,城小無備,契丹攻之甚急,長圍數日,契丹每督戰,衆心危懼。延昭悉集城中丁壯,登陴賦器甲護守。會大寒,汲水灌城上,旦悉爲冰,堅滑不可上,契丹遂潰去,獲其鎧仗甚衆,以功拜莫州刺史。時真宗駐大名,傅潛握重兵頓中山,延昭與楊嗣、石普屢請益兵以戰,潛不許。及潛抵罪,召延昭赴行在,屢得對訪以邊要,帝甚悅,指示諸王曰:'延昭父業,爲前朝名將,延昭治兵護塞有父風,深可嘉也。'"⑲其事正發生在去年冬征契丹之時。當時,主張斬傅潛的朝官,以判集賢院錢若水爲首。其結果,傅潛雖得免死,但"下詔削奪潛在身官爵,并其家屬長流房州"⑳。

五月,出爲京東轉運副使,曾上疏言官員銓選當嚴格擇授。未幾,又轉爲兩浙轉運使。潘閬有詩相贈。

《續資治通鑑長編》卷四七載:咸平三年五月,"户部判官、右司諫、直史館孫何出爲京東轉運副使。何上疏曰:'國家共治之任,牧守爲本。親民之官,令長爲急。前代刺史,入爲三公;郎官出宰百里,其遴選可知也。今則兼隋唐取士之法,參周漢考績之制。然而資蔭登朝,居千騎之長;胥徒祇役,開百里之封,或目不知書,或心惟黷貨。屬當盛世,尤宜釐革。望令審官院吏部,銓凡京朝官籍入仕者,非灼然績狀,勿與知州。州縣官流外出身者,非有履行殊常,不擬縣令。庶分流品,用勸士民。……欲望自今司理司法,并擇明法出身者授之。不足,即於見任司户簿尉内選充,又不足,則選閑書判練格法者,考滿無私過,越資擬授。庶臻治古之化用,闡太平之基。'未幾,徙兩浙轉運使"㉑。可見,孫何出爲户部判官、京東轉運副使時間均不長。不久,他便出任兩浙轉運使,離京去杭。潘閬《送孫學士兩浙轉運使兼簡杭州知府張侍郎》詩云："吴山挂魂碧,浙江入夢清。旦暮東南望,徒使華發生。君今運邦計,不得同舟行。即聽江倉豐,竚見汴廩盈。曉帆叠叠飛,夜櫓連連鳴。貪吏誠守廉,饑民蘇念生。岸花有異態,沙鳥無嬌聲。錢塘太守賢,好共致昇平。"⑱案,時杭州知府爲工部侍郎張詠。

孫僅三十二歲。在舒州任。是年春,曾於潛山寺獲潘閬消息。

劉攽《中山詩話》(亦名《貢父詩話》):"太宗晚年燒煉丹藥,潘閬嘗獻方書。及帝升遐,懼誅,匿舒州潛山寺爲行者。題詩於鐘樓云:'繞寺千千萬萬峰,(忘第二句。)頑童趁暖貪春睡,忘却登樓打曉鐘。'孫僅爲郡官,見詩曰:'此潘逍遥也。'告寺僧,呼行者,潘已亡去。"⑲阮閲《詩話總龜》卷一七、元陶宗儀《説郛》卷八二上亦載。案,潘閬時以參與王繼恩謀立王儲事敗而遭通緝⑳。

秋,作有《題潛山》詩。

孫僅《題潛山》詩云:"勢參吴楚分,作鎮向同安。地勝塵寰隔,天深洞府寬。位將衡嶽敵,根與霍山盤。塵見千年白,霞生萬仞丹。崖秋争峭拔,峰霽間巑岏。日轉香爐煖,風生玉照寒。石棲平郡堞,天柱倚雲端。絶頂人遊少,高空鳥度難。風雷生别壑,星斗繞層巒。寒暑巖間異,方隅嶺際觀。爲霖同海内,倒影壓平衎。砂印猿蹤迹,池飄鶴羽翰。烟蘿交密蔭,瀑布落飛湍。磴道莓苔滑,松根霹靂乾。石奇疑虎伏,湫險認龍蟠。勝好當春賞,幽宜帶雪看。氣蒸茶蕊嫩,香老菊花殘。青擢凌霄幹,紅垂受露蘭。禪鄰祖師塔,仙接左慈壇。幾客歌維嶽,何人詠考槃。元宗曾立廟,武帝亦鳴鑾(一作鑾)。聖代從何極,靈祠輯未闌。青詞馳長吏,法服降中官。千古圖經裏,高名定不刊。"㉑詩中有"崖秋争峭拔,峰霽間巑岏"、"氣蒸茶蕊嫩,香老菊花殘"等句,故知詩作於秋季。潛山,即天柱山。

孫侑二十九歲。三月,侑進士及第。所擢凡千八百餘人,且授官恩寵有加,爲真宗即位以來所未有。

《孫侑墓誌》:"公爲少子……始未肯勤閲父書。暨二兄舉進士,繼爲天下第一,於是刻意爲學,而天性警拔,不數年,能踵二兄之業。咸平三年,復一上中進士第。"㉒《續資治通鑑長編》卷四六:三月"甲午,真宗御崇政殿親試……賜陳堯咨以下二百七十一人進士及第,一百四十三人同本科及'三傳'、學究出身。……考校諸科得四百三十二人,賜及第,同出身。又試進士五舉、諸科八舉及嘗經御試或年逾五十者,論一篇,得進士二百六十人,諸科六百九十七人,賜同出身及試校書郎、將作監主簿。賜宴日,以御詩褒寵之。以堯咨等五人并爲將作監丞、通判,第一等并'九經'爲大理評事,知大縣;第二等爲節度、觀察、防禦、團練推官,餘爲判、司、簿、尉,試銜者守選。真宗連三日臨軒,初無倦怠之色。所擢凡千八百餘人,其中有自晋天福中隨計者。"㉓同書卷四七:"有下第求試武藝及量才録用者五百餘人,各賜裝錢慰遣之,命禮部叙爲一舉。"㉔洪邁《容齋隨筆》續筆卷一三"科舉恩數"條:"是舉恩寵有加,爲真宗即位以來所未有。咸平元年,孫僅以第一名,但得防禦推官;咸

平二年,孫暨以第一名亦僅得免選注官。"洪氏認爲:"蓋此兩榜,真宗在諒闇,禮部所放,故殺其禮。"⁰

是年,柳開卒。

### 真宗咸平四年辛丑(1001)

孫何四十一歲。在兩浙轉運使任,政尚苛峻,爲下吏所懼。又嗜好古文,喜識古碑,與當地士子多有往來。

《續資治通鑑長編》卷四七:"何樂名教,勤接士類。然性卞急不容物,爲使者,專任峻刻,所至州郡,刺察苛細,胥吏日有捶楚,官屬多懼譴罰,人不稱賢。"⁰ 司馬光《涑水記聞》卷三:"孫何性落魄,而嗜好古文,爲轉運使日,政尚苛峻,州縣患之,乃求古碑文字磨滅者,得數本釘於館中,孫至,則讀其碑,辨識文字,以爪搔發垢而嗅之,遂往往至暮,不復省錄文案。"又云:"何爲轉運使,令人負礓礫自隨,所至散之地。吏應對小誤,則於地倒曳之。從者憑其威,妄爲寒暑,所至騷擾,人不稱賢。"⁰ 然孫何政苛,或出於時令。據《續資治通鑑長編》卷四八載:"正月己亥,秘書丞查道上言曰:'朝廷命轉運使、副,不惟商度錢穀,蓋亦廉察郡縣,庶臻治平,以召和氣。今觀所至,或未盡公,蓋無懲勸之科,至有因循之弊。望自今每使回日,先令具任内曾薦舉才識者若干,奏黜貪猥者若干,朝廷議其否臧,以爲賞罰。'從之。"⁰ 從查道之言來看,孫何爲政嚴苛,廉察郡縣,有朝廷政令的影響。

孫何諫請罷推恩序進(見至道三年所獻五議)已三年,但仍因退黜不嚴而致官籍寖增。是年,孫何之議頒行,士大夫方循轉頗艱。

《續資治通鑑長編》卷四八:"夏四月壬子,審官院初引對京朝官於崇政殿,遷秩有差。京朝官磨勘引對,自此始。上既用孫何、耿望等議,罷郊祀進,改乃命審官考其課績優劣,臨軒黜陟之。凡三年,差遣受代皆引對,多獲進改,罕有退黜。由是,官籍寖增云。"⁰ 宋王栐《燕翼貽謀錄》卷二"定遷秩之制"條亦載:"國初,三歲郊祀,士大夫皆遷秩。真宗即位,孫何力陳其濫,乞罷遷秩之例,仍命有司考其殿最,臨軒黜陟。咸平四年四月方頒行,自後士大夫循轉頗艱。"⁰ 又馬端臨《文獻通考》卷三九《選舉考》:"真宗咸平四年,舊制,每郊祀推恩,百僚多獲序進,諫官孫何等請罷之。至是,詔:'郊祀禮行慶成,止加勳、階、爵、邑,而命審官院考課朝官殿最,引對遷秩。'京朝官磨勘始此。"⁰

孫僅三十三歲。八月,應制科試,策入第四等,授光禄寺丞、直集賢院。

《續資治通鑑長編》卷四九:八月"己酉,復親試制舉人,得成安縣主簿丁遜、舒州團練推官孫僅入第四等,并爲光禄寺丞、直集賢院。祕書丞何亮、懷州防禦推官孫暨入第四次等,以亮爲太常博士,暨爲光禄寺丞"⁰。陳均《九朝編年備要》卷六秋八月制科:"得丁遜、孫僅、何亮、孫暨四人。"⁰ 彭百川《太平治迹統類》卷二六"祖宗制科取人":"真宗咸平四年,八月己酉,復試制舉人。得成安簿丁遜、舒州推官孫僅、秘書丞何亮、推官孫暨,入第四等。亮爲太常博士,暨爲寺丞。"⁰ 八月己酉,清徐松《宋會要輯稿》選舉一〇之八記云八月十日⁰。

直集賢院期間,孫僅參與《史記》的覆校,作有《勘書》詩。

程俱《麟臺故事》殘本卷二中:"咸平中,真宗謂宰相曰:'太宗崇尚文史,而三史版本,如聞當時校勘官未能精詳,尚有謬誤,當再加刊正。'乃命太常丞直史館陳堯佐、著作郎直史館周起、光禄寺丞直集賢院孫僅、丁遜覆校《史記》。尋而堯佐出知壽州,起任三司判官,又以著作佐郎直集賢院任隨領其事。景德元年正月校畢,任隨等上覆校《史記》并刊誤文字五卷,詔賜帛有差。"孫僅《勘書》詩當作於校書期間,其詩曰:"儒家無外事,招客勘青編。筆墨東西置,朱黃次第研。頻憂傷點竄,細恐誤流傳。改易文辭正,增加字數全。目因繁處倦,心向注中專。端坐窮今古,披襟見聖賢。疲勞時舉白,游息或談玄。得興忘昏旭,題名記歲年。棲毫思確論,廢卷恨忘篇。魚魯皆刊定,誰人敢間然。"

孫侑三十歲。在威虜軍判官任,預威虜軍大捷。

《孫侑墓誌》:"時契丹尚擾北邊,赴調者皆擇官東南以自便,公獨請補威虜軍判官,冀乘時自奮,以見功業。"威虜軍,今河北徐水縣。案,咸平四年契丹擾邊及威虜軍大捷始末,《續資治通鑑長編》卷四九所載甚詳:七月"己卯,邊臣言契丹謀入寇……乙酉,申命諸州禁競渡"。同卷:十月"辛酉,上得張斌捷奏,初議以大兵陣於威虜軍,會諜者言契丹猶未動,故命悉徙於中山。已而敵騎遽入漁陽,漸逼威虜,斌雖以前鋒獨克,大兵訖不進討,上甚歎息焉"。同書卷五〇又載:十一月"丙子,王顯遣寄班夏守贇馳騎入奏:'前軍與契丹戰,大破之,戮二萬餘人,獲其偽署大王、統軍、鐵林、相公等十五人首級并甲馬甚衆,餘皆奔北,號慟滿野。'先是,保州團練使楊嗣、莫州團練使楊延朗、西上閣門使李繼宣、入内副都知秦翰,并爲前陣、前鋒鈴轄,分屯静戎、威虜軍,及是,會師於威虜。延朗、嗣輕騎先赴羊山,繼宣與翰分左右隊,各整所部,翰全軍亦往。繼宣留壁齊羅,止以二騎繼進,至則延朗、嗣適爲敵所乘,繼宣即召齊羅之衆,與翰軍合勢大戰,敵走上羊山,繼宣逐之,環山麓至其陰,繼宣馬中矢斃,凡三易乘,進至牟山谷,大破之。延朗、嗣初頓齊羅,既而退保威虜,繼宣獨與敵角,薄暮始至威虜"。此後相當長的時期内,威虜軍成爲與契丹交戰的前綫,屢有交鋒。如《續資治通鑑長編》卷五六:景德元年,"三月乙酉朔,知威虜軍魏能言破契丹於長城口,追北過陽山,斬級、獲戎器甚衆。詔獎之,賜錦袍、金帶,將士緡錢有差"。同卷:"夏四月甲寅朔,詔威虜軍魏能率所部兵次順安軍以備戎寇。"不再贅舉。

是年,王禹偁卒。

參徐規《王禹偁事迹著作編年》。

**真宗咸平五年壬寅(1002)**

孫何四十二歲,在兩浙轉運使任。四月,杭州知州張詠去任,因繼任知州宋太初未能就任,孫何或以朝官代行州事。

羅大經《鶴林玉露》丙編卷一有"孫何帥錢塘"之語。按慣例,若非知州、太守之職,不能稱之爲"帥"。據《杭州府志》卷一〇〇《職官二》記載:"張去華,襄邑人,(至道)三年六月以新知益州改任;張詠,甄城人,咸平二年四月任;宋太初,晉城人,五年五月以右諫議大夫任;王仲華,五年十一月以右諫議大夫任;薛暎,蜀人,六年六月以右諫議大夫任。"㉑由此可知咸平年間知杭州者共五人:張去華、張詠、宋太初、王仲華、薛暎。張去華在任兩年零十個月,咸平二年四月去任。張詠在任凡三年,咸平五年四月期滿去任。然是年五月,繼任者宋太初却未能赴任。據《宋史》卷二七七《宋太初傳》載:"俄出知杭州。太初有宿疾,以浙右卑濕不便,求近地,得廬州。"㉒巧的是,是年十一月赴任的另一繼任者王仲華亦因事未能久任。《續資治通鑑長編》卷五五載咸平六年事云:"初,太常少卿王仲華知蘇州,本道轉運使任中正上其治狀,就加右諫議大夫、知杭州。既而謝泌爲轉運使,奏劾仲華徙任日,冒請蘇州添給,詔罰金。冬十月戊午,移知虔州。"㉓案,王仲華於徙官杭州日(咸平五年十一月)因"冒請蘇州添給"而罰金,且咸平六年十月移任虔州,故知其在杭州任亦僅在咸平六年一至六月。此後,薛暎赴任,知杭州事方定。然中間兩任知州,一未赴任,一未久任,時爲兩浙轉運使的孫何被稱爲"帥杭州"㉔,亦有由也。其"帥"杭州的時間應在咸平五年下半年。

曾居蘇州,應西湖白蓮社省常法師之請,作《白蓮社記》。

宋潛説友《咸淳臨安志》卷七九《大昭慶寺》載:"乾德五年錢氏建。舊名菩提,太平興國七年改賜今額,太平興國三年建戒壇。天禧中,圓净大師剙白蓮社。有堂二:曰綠野,曰白蓮。軒二:曰碧玉,曰四觀。古刻有白蓮堂詩、文殊頌、菩提寺記,皆燬於火。南渡初,以其地爲策選鋒軍教場,惟存戒壇數間而已。自嘉定至寶慶初,漸復舊觀。"㉕《咸淳臨安志》後録孫何《白蓮社記》全文,今《全宋文》據以收入㉖。明田汝成《西湖遊覽志》卷八所記略異,却徑將孫何記文繫於天禧初年:"昭慶律寺,晋天福間吴越王建。宋乾德二年重修,太平興國三年建戒壇於寺中。每歲三月三日,海内緇流雲集於此,推其長老能通五宗諸典者,登壇説法,敷陳具戒,其徒跪而聽之,名曰受戒,至今行之。天僖(禧)初,有圓净法師,學廬山慧遠,結白蓮社,縉紳之士與會者二十餘人,運使孫何爲之記。"㉗案,天禧初年,孫何已故,田氏所記誤。今檢孫何《白蓮社記》,述結社原委云:"西湖者,餘杭之勝遊;净行者,《華嚴》之妙品。境與心契,人將法俱。浮圖省常結社於此,舉白蓮以喻其潔,依止水以方其清。棟梁飛動乎溪光,雲水參差乎山翠。追道安之故事,則我在聖朝;躡慧遠之遺踪,則彼無公輔。"關於《白蓮社記》作年,文中赫然有載:"咸平四年,常公遠自涮水,來乎姑蘇,旅寓半年,以碑陰爲請,且就他山之石,將刊不朽之名。"又曰:"峽路運使、史館丁刑部,頃歲將命甌閩,息肩鄉里,復又寫二林之幽勝,集群彦之歌詩,作爲冠篇,鼎峙蘭若。"㉘再檢《丁謂年譜》,丁謂領峽路轉運使,遷刑部員外郎,在咸平五年㉙,其時其事亦能相合。故知省常法師應於咸平四年來蘇州,旅寓半年後,請兩浙轉運使孫何爲白蓮社書寫碑陰記文,其時應已在咸平五年。省常法師,後賜號圓净大師,其所創白蓮社,始於淳化初年,至天禧元年法師歸寂,其間近三十年,參與此社者達"一百二十三人"(釋智圓《白蓮社主碑文》),既有"朝廷縉紳之倫",又有"泉石枕漱之士",還有"猗頓豪右之族,生肇高潔之流"(宋白《大宋杭州西湖昭慶寺結社碑銘》),其中不乏樞機大臣、臺閣名士。從孫何記文看,先後預其事之名臣有蘇易簡、宋白、向敏中、錢若水、王旦、吕祐之、陳堯叟、梁鼎、王化基、張去華、李宗諤、朱昂、馮起、李至、宋湜、王禹偁、丁謂等人（尚有安定梁公、弘農梁公，疑爲梁灝、梁湜，俟考），可謂北宋初年最有影響的集佛教與文學於一體的社團[26]。

秋，孫何在杭州，詞人柳永謁見，作《望海潮》詞以獻。

羅大經《鶴林玉露》丙編卷一"十里荷花"條載："孫何帥錢塘，柳耆卿作《望江潮》詞贈之。"又云"楚楚，宋杭州名妓也，柳耆卿托其以所爲詞見知州孫何"[27]。此云"孫何帥錢塘"，當以其代知杭州事。此事亦載於楊湜《古今詞話》："柳耆卿與孫相何爲布衣交。孫知杭，門禁甚嚴。耆卿欲見之不得，作《望海潮》詞，往詣名妓楚楚曰：'欲見孫相，恨無門路，若因府會，願朱唇歌之。若問誰爲此詞，但説柳七。'中秋夜會，楚宛轉歌之，孫即席迎耆卿預坐。"[28]此外，南宋皇都風月主人《綠窗新話》、元劉一清《錢塘遺事》、明陳耀文《花草粹編》、蔣一葵《堯山堂外紀》、田汝成《西湖遊覽志餘》、梅鼎祚《青泥蓮花記》、清徐釚《詞苑叢談》等書皆沿襲此説[29]。柳永之詞若係贈予孫何，當在今年。因據前引《杭州府志》，知明年六月薛映以右諫議大夫赴杭州知州任，此後薛氏在杭五年，未有間斷，孫何不得再以"帥錢塘"稱之；而柳永《望海潮》詞所作內容，爲秋季無疑。合此二事，故斷於咸平五年秋。案柳永之詞，或有云贈孫沔之作，前文有注。

孫僅三十四歲。知浚儀縣。

《宋史》卷三〇六《孫僅傳》："會詔舉賢良方正之士，趙安仁以僅名聞。策入第四等，擢光禄寺丞、直集賢院，俄知浚儀縣。"[30]浚儀縣，在今河南開封。

### 真宗咸平六年癸卯(1003)

孫何四十三歲，在杭州任。六月，杭州知州薛映赴任，孫何仍爲兩浙轉運使。

《杭州府志》卷一〇〇："薛映，蜀人，（咸平）六年六月以右諫議大夫任；王濟，饒陽人，景德四年九月以工部郎中任。"[31]

何爲兩浙轉運使期間，作有《題石橋》《桐柏觀》等詩。

宋林師蔵《天臺續集》卷下載孫何《題石橋》詩云："六月巖崖似九秋，興公辭賦好淹留。杉松迤邐連華頂，鐘磬依稀近沃洲。枕水古碑卿相撰，拂雲新刹帝王修。高僧盡解飛金錫，誰是當年白道猷。"[32]其《桐柏觀》詩云："玉壇三級接秋空，此是仙家第幾重。羽客有時來駕鶴，王人無歲不投龍。微吟海月生巖桂，長嘯天風起澗松。司馬先生何處去，篆碑猶有白雲封。"後詩出於《天台山志》[33]。此二詩當作於咸平四年至六年爲兩浙轉運使期間，姑繫於此。

### 真宗景德元年甲辰(1004)

孫何四十四歲。是年初，入京。知制誥、判太常禮院。

《宋史》卷三〇六《孫何傳》："景德初，代還，判太常禮院。俄與晁迥、陳堯咨并命知制誥，賜金紫，掌三班院。"[34]孫何任命知制誥的時間，不可確考。然據本傳所云，可知他與晁迥、陳堯咨同時爲知制誥。考《續資治通鑑長編》卷五六："景德元年四月辛巳，命知制誥晁迴詣北嶽祈雨。"又云："六月壬戌,命知制誥陳堯咨詣北嶽祈雨。"㉝則孫何被命知制誥、判太常禮院,至遲應在四、六月間。案,孫何又有《正旦病中》詩,疑即本年初所作,今録其詩如下："千官簪笏儼成行,春逐鑾輿出建章。丹鳳案明分曙色,絳紗袍暖起天香。旌旗影裏陳方物,金石聲中舉壽觴。可惜龍墀立班處,劉生獨自卧清漳。"㉞

三月十五日,明德皇太后崩。四月四日,孫何上疏言太后葬禮事。何按古禮與司天官所言"丙午歲方利大葬",認爲太后之葬,本年應當權殯,慎勿動土。真宗則認爲"陰陽拘忌,前代不取。當依典禮而行,不須煩議"。宰相李沆亦從孫何之論以勸。帝從之。又嘗與宗正卿趙安易論太后升祔祖廟事。

太后駕崩時日與孫何上疏時間據《宋會要輯稿》禮三一之三一㉟,又見於同書禮三七之五〇㊱。《續資治通鑑長編》卷五七載："先是,判太常禮院孫何等言:'准詔,與崇文院檢討詳定司天所奏明德皇后園陵月日者。伏以宗廟之儀,饗祀爲大,若三年不祭,則闕孰甚焉。今司天言丙午歲方利大葬,今歲止可於壬地權殯,仍勿動土。臣等再三詢問,復有論列,安敢以禮官、博士之議,拒馮相、保章之説?況事繫園寢,理務便宜。今參詳喪葬之義,古有變禮,合祔自乎姬旦,始墨由乎晉襄,書之簡編,亦無議誚。按禮云:'葬者,藏也,欲人不得見也。'既不欲穿壙動土,則莫若就司天所擇之地,依喪記王后之殯,居棺以龍輴,攢木題凑,象巚上四注,如屋以覆,蓋盡塗之,所合埋重。如不欲入土,則至時焚之。如此,則是用攢禮而有葬名,所冀稍合經典,便可行虞,升祔神主,薦享宗廟。'上曰:'陰陽拘忌,前代不取。今但依典禮而行,不煩定議。'宰臣李沆等奏:'近年皇屬,繼有悲慘。又母后上仙,聖心過有哀毀。陰陽之説,亦有所疑,恐須避忌。若如禮官所請,則於國家之禮,得合便宜,宗廟之祠,亦無曠闕。'"㊲與趙安易論太后升祔事,見《宋會要輯稿》禮三一之三一至三四、同書禮三七之五二,又見於《續資治通鑑長編》卷五七、《宋史》卷二五六《趙普傳》附《趙安易傳》、《續通典》卷七九㊳。

何於是年冬卒。

《東都事略》卷四七《孫何傳》："景德初,知制誥。卒,年四十四。"㊴《宋史》卷三〇六《孫何傳》："是冬卒,年四十四。"文瑩《玉壺清話》卷四："孫漢公何,擢甲科與丁相并譽於場屋,時號孫、丁。爲右司諫,以彈奏竦望、疏議剛鯁知制誥,掌三班。素近視,每上殿進劄子多宿誦精熟以合奏牘。忽一日,飄牘委地四散,俯拾零亂倒錯,合奏不同,上頗訝之。俄而倉皇失措,墜笏於地,有司以失儀請劾,上釋而不問。因感恚抱病,乞分務西雒,不允。遣太醫診視,令加針灸。公性禀素剛,對太醫曰:'禀父母完膚,自失護養,致生疾疹,反以針艾破之。況生死有數,苟攻之不愈,吾豈甘爲強死鬼耶。'遂不起。"㊵《宋史》卷三〇六《孫何傳》載,何卒時,"上在澶淵,聞之憫惜,録其子言爲大理評事"。孫言其人,未見史載。今有《海鹽孫氏家譜》記云:"宋時有諱何者,賜第海鹽果園里,子孫因家焉。後值兵燹,譜内世繫莫詳,故推林爲一世祖。"㊶海鹽,今屬浙江嘉興。由是觀之,孫何後人或存此一脈,附此備考。

以孫何存詩觀之，其生前似應尚有鄂州、吳江之遊，因材料所限，難以知其年月，存此備考。

孫何游鄂詩曰："張樂魚龍侵岸聽，賦詩賈客倚船看。他年得第肜庭直，拜疏終求鄂渚官。"[244]由"他年得第肜庭直"看，當作於未及第前。又其《吳江》詩云："晚灘如雪起沙鷗，咫尺姑蘇亦勝遊。逸勢瀉歸滄海遠，冷聲分作太湖秋。菂田幾處連僧寺，橘岸誰家對驛樓。魯望不存無可語，片帆中夜渡清流。"[245]後詩似應在兩浙轉運使期間作，寫景細緻，敘事明快，所寫吳江爲秋日景象。全詩尚無宋人"掉書袋"之習氣，附於此，以觀孫何詩筆。

孫何有子曰言。景德元年，錄爲大理評事。

曾鞏《孫學士何》："子言。"《宋史》卷三〇六《孫何傳》："是冬卒，年四十四。上在澶淵，聞之憫惜，錄其子言爲大理評事。"[246]據本傳，歲在景德初年；又曰"上在澶淵"，當爲景德元年。

孫何著作，有制令集《西垣集》四十卷及《兩晉名臣贊》、《宋詩》二十篇、《春秋意》、《尊儒教議》、《駁史通》等，文集凡三十卷。在宋初諸家中，於尊儒一途，居功甚偉。惜其文集已佚。

王堯臣、王洙、歐陽修等《崇文總目》卷一一："《西垣集》四十卷。"撰者闕名[247]。清錢東垣《崇文總目輯釋》卷五注明"《西垣集》四十卷，孫何撰"[248]。《西垣集》應爲制誥策令文集[249]。《東都事略》卷四七《孫何傳》："有文集四十卷。"[250]晁公武《郡齋讀書志》卷十九："《孫漢公集》三十卷。"[251]馬端臨《文獻通考》卷二三四所記與晁氏同[252]。蓋《東都事略》所云或爲《西垣集》。王應麟《玉海》卷四九《藝文》："孫何著《駁史通》十餘篇。"[253]同書卷六二《藝文》又載："孫何作《兩晉名臣贊》《宋詩二十篇》《春秋意》《尊儒教議》。"[254]《宋史》卷三〇六《孫何傳》曰："嘗作《兩晉名臣贊》、《宋詩》二十篇、《春秋意》、《尊儒教儀》，聞於時。"[255]《宋史》卷二〇八《藝文志》："《孫何集》四十卷。"[256]鄭樵《通志》卷七〇《藝文略》第八[257]、明焦竑《國史經籍志》卷五均載："《孫何集》二十卷，又《西垣集》四十卷。"[258]此後書目，未見再載，故《孫何集》應於明清之際亡佚。案，孫何對北宋初年儒學的發展有重要作用，其作品雖大多亡佚，然由所遺奏議、書論及相關評論可見。如王禹偁《送孫何序》："會有以生之編集惠余者，凡數十篇，皆師戴六經，排斥百氏，落落然眞韓、柳之徒也。其間《尊儒》一篇，指班固之失。謂儒家者流，非出於司徒之職。使孟堅復生，亦當投杖而拜曰：'吾過矣。'又《徐偃王論明君之分》，窒僭之萌，足使亂臣賊子聞而知懼。夫《易》之所患者，辨之不早辨也，斯可謂見霜而知冰矣。樹教立訓，他皆類此。"[259]王禹偁《答鄭褒書》又曰："孫何論著以無佛，京城鉅僧側目尤甚。"[260]無佛論，顯然從韓愈出。眞德秀《西山讀書記》卷三〇："唐世爲學之士，傳道其書（案，指王通《中說》）者蓋寡，獨李翱以比太公家教，及司空圖、皮日休始推重之。宋興，柳開、孫何振而張之，遂大行於世，至有眞以爲聖人可繼孔子者。"[261]

今存孫何文《論官制》《文箴》《碑解》《賦論》《尊儒》《上楊諫議書》《答朱嚴書》《駁史通序》《論詩賦取士》《論唐之文人》《白蓮社記》等二十二篇，存詩《題石橋》《送弟侑》《侍宴御樓》《上元雨》《桐柏觀》《吳江旅次》《詠華林書院》等十四篇，殘句若干。

《論官制》見於呂祖謙《皇朝文鑒》卷四三，《文箴》見於《皇朝文鑒》卷七二，《碑解》見於

《皇朝文鑒》卷一二五㉔。《論詩賦取士》《賦論》見於宋沈作喆《寓簡》卷五㉕。《尊儒》見於《國朝二百家名賢文粹》卷一七,《赦議》見於《國朝二百家名賢文粹》卷二七,《上楊諫議書》見於《國朝二百家名賢文粹》卷八八,《答朱嚴書》見於《國朝二百家名賢文粹》卷一〇五,《駁史通序》見於《國朝二百家名賢文粹》卷一四七,《送朱嚴應進士舉序》見於《國朝二百家名賢文粹》卷一六四㉖。《論唐之文人》見於《歷代名賢確論》卷九八㉗。《白蓮社記》見於潛説友《咸淳臨安志》卷七九㉘。孫何之其他奏疏文字見於《續資治通鑑長編》《宋會要輯稿》《歷代名臣奏議》。孫何存文二十二篇,皆收入《全宋文》㉙。孫何佚詩多見於方志,如《題石橋》見於《天台續集》卷下㉚,《吳江旅次》見於《吳都文粹續集》卷二四㉛,其餘詩歌散篇殘句,參見《全宋詩》㉜。

孫僅三十六歲。是年,爲太子中允、開封府推官。入京,魏野作詩以賀。

《宋史》卷三〇六《孫僅傳》:"景德初,拜太子中允、開封府推官,賜緋。"㉝魏野《送孫推官之闕下》詩云:"此去知君免歎嗟,薦章先已到京華。賓筵沉滯才雖久,仙省遨遊路不賒。綠映酒旗村店柳,紅迎詩筆御園花。幾多祖席棠郊外,馬上回看日已斜。"㉞因孫僅此前曾有舒州推官之任,或爲咸平四年時作,然觀魏野一生行迹,多隱於京西之地(在今河南境内),故繫於本年孫僅開封府推官任後。

**真宗景德二年乙巳(1005)**

孫僅三十七歲。時宋、遼盟好,僅於是年二月奉命出使遼國,爲蕭太后壽。五月,抵遼。

陳均《九朝編年備要》卷七:景德二年春二月,"孫僅使契丹。(賀契丹國母生辰,僅隨事損益,豐約中度,後奉使者悉遵其制,時稱得體。自後聘使往來不書。)"㉟亦見《續資治通鑑長編》卷五九㊱。《遼史》卷一四:"五月戊申朔,宋遣孫僅等來賀皇太后生辰。"㊲亦可證之。

孫侑三十四歲。調虢州軍事推官。

《孫侑墓誌》:"已而契丹講和,公志不就。再調虢州軍事推官。用知已薦,授大理寺丞,知同州白水縣,次改開封府封丘縣。"考《續資治通鑑長編》卷五七,景德元年九月"契丹主與其母舉國入寇"㊳。大戰之後,與契丹於景德元年十二月在澶淵議和㊴,明陳邦瞻《宋史紀事本末》卷二一"契丹盟好"章記其事甚詳,可參看㊵。因講和盟好在景德元年十二月,故繫孫侑調任事於景德二年。虢州,宋時屬永興軍,在今河南靈寶。

**真宗景德三年丙午(1006)**

孫僅三十八歲。仍爲太子中允、直集賢院。十一月,取代工部郎中陳若拙接待契丹使者。

《續資治通鑑長編》卷六四:景德三年十一月。"先是,工部郎中陳若拙接伴契丹賀正旦使,若拙談詞鄙近。丙午,命太子中允、直集賢院孫僅代之。"㊶宋江少虞《事實類苑》卷三八"真宗親選兩制館閣送劉綜詩":樞密直學士劉綜出鎮并門,兩制館閣皆以詩寵其行。……孫僅云:"汾水冷光搖畫戟,蒙山秋色鎖層樓。"㊷案,劉綜以樞密直學士出鎮并門,當在景德三、四年間,因此時孫僅尚在館閣。

## 真宗景德四年丁未(1007)

孫僅三十九歲。二月，僅等上疏請重修諸道圖。

《續資治通鑑長編》卷六五曰：景德四年二月，"上因覽西京圖經，頗多疏漏。庚辰，令諸道州、府、軍、監選文學官校正圖經，補其闕略來上，命知制誥孫僅等總校之。僅等言諸道所上，體制不一，遂請創例重修，奏可"。㉘《玉海》卷一四《地理》"祥符州縣圖經"條載："隋有《諸州圖經集》一百卷。景德四年二月乙亥，命學士邢昺、呂祐之、杜鎬、戚綸、陳彭年編集車駕所經古迹。庚辰（十二日，一云十四日敕），真宗因覽西京圖經有所未備，詔諸路州府軍監以圖經校勘，編入古迹，選文學之官纂修校正，補其闕略來上。及諸路以圖經獻，詔知制誥孫僅、待制戚綸、直集賢院王隨、評事宋綬、邵煥校定。僅等以其體例不一，遂加例重修。"㉚

五月，擢僅為右正言、知制誥。

《續資治通鑑長編》卷六五：閏五月"甲戌，以戶部員外郎直集賢院李維為兵部員外郎，著作郎直史館王曾、太子中允直集賢院孫僅皆為右正言、知制誥"。㉛

八月，參與校理、重修十道圖。

《續資治通鑑長編》卷六六：八月"命知制誥孫僅、龍圖閣待制戚綸重修十道圖，其書不及成"。㉜《玉海》卷一四《地理》"景德重修十道圖"載："淳化四年分天下為十道。景德四年八月己酉（十六日），命知制誥孫僅、龍圖待制戚綸重修十道圖（書不成）。"㉝

十一月，出京代知永興軍。

《續資治通鑑長編》卷六七：十一月"辛未，右正言、知制誥孫僅知永興軍，代四方館使孫全照也。以全照知許州。先是，上謂王旦等：'藩方長吏，尤賴循良。全照馭下峻急，當擇其代，如邊肅、孫僅，誰可此授？'馮拯曰：'僅嘗佐京府，熟於民政，可用也。'從之。僅，純厚長者，為政頗寬。賜詔書戒諭"。㉞宋曹彥約《經帷管見》卷四記此事在景德三年㉟，不確。永興軍，其治所在今陝西西安。

## 真宗大中祥符元年戊申(1008)

孫僅四十歲。在永興軍任，作《驪山詩》，今存殘句。是年，加比部員外郎，代還。

《宋史》卷三〇六《孫僅傳》："大中祥符元年，加比部員外郎。"㊱《陝西通志》卷五一《名宦》："孫僅字鄰幾（蔡州汝陽人），咸平元年進士，同知審官院。永興孫全照求代，真宗思擇循良，宰相言僅嘗倅京府，諳民政，乃命知永興軍府。僅純厚長者，為政頗寬。祥符元年，加比部員外郎，代還。"㊲僅在永興軍任，作有《驪山詩》。歐陽修《歸田錄》卷一："孫何、孫僅俱以能文馳名一時。僅為陝西轉運使，作《驪山詩》二篇。其後篇有云'秦帝墓成陳勝起，明皇宮就祿山來'，時方建玉清昭應宮，有惡僅者，欲中傷之，因錄其詩以進。真宗讀前篇云'朱衣吏引上驪山'，遽曰：'僅小器也，此何足誇。'遂棄不讀，而陳勝、祿山之語卒得不（一作不得）聞，人以為幸也。"㊳曾慥《類說》卷一三"驪山詩"："孫僅為陝西轉運使，作《驪山詩》二篇。後篇云：'秦帝墓成陳勝起，明皇宮就祿山來。'時方建玉清昭應宮，有惡僅者，録詩以進。真宗讀前篇云：'朱衣吏引上高臺。'遽曰：'僅小器也，此何足誇。'遂棄不讀，而陳勝、禄山之語，卒不得聞，人以爲幸。"孫僅爲陝西轉運使，未見於他書，當指僅知永興軍事。阮閱《詩話總龜》卷三七："孫僅給事鎮永興日，多作詩。時玉清昭應宮初成，孫作驪山詩云：'秦帝墓成陳勝起，明皇宮就禄山來。'有人傳於京師，以爲譏時政。"玉清昭應宮，於是年始建，大中祥符七年始成，是時孫僅已知審刑院（參後），阮氏所記"鎮永興日"有誤。宋孫逢吉《職官分紀》卷六："國朝大中祥符元年，令右諫議大夫、知制誥錢惟演立位在孫僅之下，知制誥班序以先後不得以官。至是，以諫議大夫班在中書舍人上。故申明之。"

### 真宗大中祥符二年己酉（1009）

孫僅四十一歲。在京，爲尚書比部員外郎知制誥。五、六月間，作《永興軍修文宣王廟大門記》。

清李光暎《金石文考略》卷一三："《永興軍修文宣王廟大門記》，大中祥符二年，孫僅撰，冉宗閔書。"王昶《金石萃編》卷一二七："《永興軍修文宣王廟大門記》。碑高七尺六寸，廣三尺七寸六分。二十二行，行四十四字，正書篆額，在西安府學。朝奉郎尚書比部員外郎知制誥知軍府兼管内勸農使上輕車都尉賜紫金魚袋孫僅撰。"因孫僅已於去年代還，王昶《金石萃編》所記官名又爲"尚書比部員外郎、知制誥"，故此文當爲還京後作。《全宋文》收録此文，題爲《大宋永興軍新修玄聖文宣王廟大門記》，文中有"大中祥符二□□□己酉，六月甲申朔，十一日甲午立"之語，故此文當作於六月十一日立碑前不久。

### 真宗大中祥符三年庚戌（1010）

孫僅四十二歲。仍爲知制誥。

《宋史》卷三〇六《孫僅傳》："代還，知審刑院。"案，僅初還京，當爲知制誥，《宋史》失載，前引孫逢吉《職官分紀》卷六、王昶《金石萃編》卷一二七已證。又《續資治通鑑長編》卷七三：大中祥符三年六月"乙卯，汴口淺澀，命知制誥孫僅祭告。既而澍雨，水漲，公私無滯"。稱其官名亦爲知制誥。

十一月，因契丹遣使以告將征高麗事，孫僅曾以中書舍人身份東上。

《宋會要輯稿》"蕃夷"二之四載：大中祥符三年，"十一月六日契丹以本國將征高麗，遣右監門衛大將軍耶律寧奉書來告。……乃以殿中侍御史趙湘，假給事中馳赴雄州迓之；知制誥孫僅，假中書舍人東上；閤門使白文肇館伴"。

頃之，拜右諫議大夫、集賢院學士、權知開封府。知開封日，與處士魏野、名姬添蘇多有往來。后改左諫議大夫，出知河中府。

《宋史》卷三〇六《孫僅傳》："頃之，拜右諫議大夫、集賢院學士、權知開封府。改左諫議大夫，出知河中府。"河中府，今山西永濟。《山西通志》卷九七《名宦》："累官權知開封府，授左諫議大夫、知河中府。"釋文瑩《續湘山野録》載："處士魏野，貌寢性敏，志節高尚。鳳閣舍人孫僅與野敦縞素之舊。尹京兆日，寄野詩，説府中之事。野和之，其末有'見説添蘇亞蘇小,隨軒應是佩珊珊'之句。添蘇,長安名姬也,孫頗愛之。一日,孫召添蘇謂曰:'魏處士詩中,以爾方蘇小,如何?'添蘇曰:'處士詩名,藹於天下。著鄙薄在其間,是蘇小之不如矣!又何方之乎。'孫大喜,以野所和詩贈之。添蘇喜如獲寶,一夕之内,長安爲之傳誦。添蘇以未見野,深懷企慕,乃求善筆劄者大署其詩於堂壁,衒鬻於人。未幾,野因事抵長安,孫忻聞其來,邀置府宅,他人未之知也,有好事者密召,過添蘇家,不言姓氏。添蘇見野風貌魯質,固不前席,野忽舉頭見壁所題。添蘇曰:'魏處士見譽之作。'野殊不答,乃索筆於其側別紀一絶,添蘇始知是野,大加禮遇。詩曰:'誰人把我狂詩句,寫向添蘇繡户中。閑暇若將紅袖拂,還應勝得碧紗籠。'"㊊魏野和詩見於《東觀集》卷三,其詩云:"長安君到轉民安,夏少炎蒸臘少寒。接使管弦登月榭,勸農旌旆入烟巒。龍池似錦花堪賞,鵐野如雲稼好觀。見説添蘇亞蘇小,隨軒應是佩珊珊。"㊊詩題既云"和長安孫舍人見寄",當是孫僅知開封府時所作,應在大中祥符三年至六年間。清王士禛《池北偶談》卷一八"魏野詩"曾引《湘山野録》載記,較疏略㊊。文瑩所記有孫僅"尹京兆"語,疑即僅權知開封府時,故繫於此。

### 真宗大中祥符七年甲寅(1014)

孫僅四十六歲。知審刑院。

曹彦約《經幄管見》卷三:"大中祥符七年,命官有自西川代還,部綱京師,私挾元封,納絲其中,遣郵置卒齎擔,規免商算,審刑請以違制失論。上顧知院孫僅曰:'此得謂之失耶?律之欺詐,百端皆是,大都言失者,須思慮所不至。此人公爲欺詐,非失也。'"㊊《續資治通鑑長編》載其事在九年,所記略異(見大中祥符九年),兹兩存之。然以宋代文官三年磨勘之制計,孫僅大中祥符三年改左諫議大夫、出知河中府,本年應以轉在審刑院任上。

孫侑四十三歲。知襄邑縣,後轉殿中丞,遷太常博士。

《孫侑墓誌》:"真宗幸亳,三司使丁謂爲頓遞使,表公知襄邑縣。駕還,職辦特轉殿中丞,遷太常博士。"據《宋史》卷八《真宗本紀》,真宗幸亳州太清宫,在是年春㊊。襄邑,宋時屬開封府,今河南睢縣。

### 真宗大中祥符九年丙辰(1016)

孫僅四十八歲。仍知審刑院。

《續資治通鑑長編》卷八七:大中祥符九年八月"甲午,審刑院上奏案,有命官自蜀代還,部綱京師,私挾元封,内繒帛其中,遣郵置卒齎擔,規免商算,知院孫僅等請以違制失論。上曰:'此得謂之失耶?'僅不能對。王旦曰:'律之詐欺,百端皆是。大率言失者,須思慮所不到。此公爲詐欺,非失也。'遂改從違制"。㊊

後晉給事中。

宋夏竦撰有《左諫議大夫充集賢院學士孫僅可給事中餘如故制》㊊。據《宋史》卷二八三《夏竦傳》:"仁宗初封慶國公,王旦數言竦材,命教書資善堂。未幾,同修起居注,爲玉清昭應宫判官兼領景靈宫、會真觀事,遷尚書禮部員外郎、知制誥。"㊊據《宋史》卷八《真宗本紀》，皇子初封慶國公在大中祥符七年三月丁未㉛，竦知制誥尚在其後，似應在大中祥符末。且明年正月，孫僅卒，故其晋給事中之事當在本年。

**真宗天禧元年丁巳(1017)**

孫僅四十九歲。正月，卒於京。

《續資治通鑑長編》卷八九：正月"己巳，給事中孫僅卒。上曰：'僅篤於儒學，性端愨，中立無競，深可惜也。'命遷其子官"。㉛《山西通志》卷九七："晋給事中，卒。"㉛

後四十年，孫僅之孫授被特錄爲太廟齋郎。

《續資治通鑑長編》卷一八七：嘉祐三年戊戌(1058)"五月辛未，錄故給事中、集賢院學士孫僅孫授爲太廟齋郎。樞密使韓琦言僅太宗朝第一人及第，今其後無禄仕者，故特恤之"。㉛

孫僅有文集五十卷，詩集《甘棠集》一卷，均已佚。今存詩《勘書》《贈种徵君放》《蒙泉》《題潛山》《步虚臺》《秋》等七首，殘句若干。

《東都事略》卷四七《孫僅傳》："僅性端愨，中立無競，篤於儒學，士大夫推其履尚云。有文集五十卷。"㉛《宋史》本傳同㉛。陳振孫《直齋書錄解題》卷二〇載孫僅著《甘棠集》一卷："知制誥上蔡孫僅鄰幾撰，咸平元年進士第一人，後其兄何一榜。"㉛據陳氏解題所云，僅"嘗從其兄何通判陝府，以所賦詩集而序之，首篇曰'甘棠思循吏'，故以名集"，知《甘棠集》成於孫僅及第以前。馬端臨《文獻通考》卷二四四所記與陳氏同㉛。《宋史》卷二〇八《藝文志》亦載："孫僅詩一卷。"㉛王禹偁《書孫僅甘棠集後》詩云："新集甘棠盡雅言，獨疑陳杜指根源。一飛事往名雖屈，六義功成道更尊。骨氣向人蹲獅豸，波濤無敵瀉昆侖。明年再就堯堦試，應被人呼小狀元。"㉛考歷代史志、書目，孫僅詩文應在明清之際散佚。明焦竑《國史經籍志》卷五尚載"孫僅《甘棠集》一卷"。㉛此後書目未見有載。《全宋詩》收其詩七篇、句若干㉛。

孫僅存文二篇。其《讀杜工部詩集序》於杜詩，有揄揚之功。以爲子美剔陳梁，亂齊宋，抉晋魏，高視天壤，風、騷而下，唐而上，一人而已。另存《大宋永興軍新修玄聖文宣王廟大門記》，亦爲時人所重。

孫僅《讀杜工部詩集序》云："中古而下，文道繁富。風若周，騷若楚，文若西漢，咸角然天出，萬世之衡軸也。後之學者，瞽實聾正，不守其根，而好其枝葉，由是日誕月豔，蕩而莫返。曹、劉、應、楊之徒唱之，沈、謝、徐、庾之徒和之，争柔鬥葩，聯組擅繡，萬鈞之重，爍爲錙銖，真粹之氣，殆將滅矣。洎夫子之爲也，剔陳梁，亂齊宋，抉晋魏，瀦其淫波，遏其煩聲，與周、楚、西漢相準的，其復邈高聳則若鑿太虚而嗽萬籟，其馳驟怪駭則若仗天策而騎箕尾，其首截峻整則若儼鉤陳而界雲漢。樞機日月，開闔雷電，昂昂然神其謀、挺其勇、握其正，以高視天壤，趨入作者之域，所謂真粹氣中人也。公之詩，支而爲六家。孟郊得其氣焰，張籍得其簡麗，姚合得其清雅，賈島得其奇僻，杜牧、薛能得其豪健，陸龜蒙得其贍博，皆出公之奇偏爾！尚軒軒然自號一家，爀世炟俗，後人師擬不暇，矧合之乎？風、騷而下，唐而上，一人而已！是知唐之言詩，公之餘波及爾。"⑫宋蔡正孫《詩林廣記》前集卷二所載孫僅評杜甫詩云："先生以詩鳴於唐，凡出處去就、動息勞佚、悲歡憂樂、忠憤感激、好賢惡惡，一見於詩，讀之可以知其世，學士大夫謂之詩史。"⑬明胡震亨《唐音癸籤》卷三二亦云："杜甫集，編自唐人樊晃，其後五代孫光憲，宋初鄭文寶、孫僅各有編，今無考。"⑭孫僅《大宋永興軍新修玄聖文宣王廟大門記》，一名《永興軍修文宣王廟大門記》，王昶《金石萃編》卷一二七有載⑮，《全宋文》據以收入。

孫侑四十六歲。為太常博士、應天府通判。八月十一日，以疾卒。贈光禄少卿。

《孫侑墓誌》："文惠王公隨出知應天府，辟公通判府事。……天禧元年八月十一日，以疾卒，時年四十六。"文惠公指王隨，字子正，河陽（今屬河南孟縣）人，宋仁宗明道年中官至相位。據《宋史》卷三一一《王隨傳》，王隨曾"以不善制辭，出知應天府"⑯。應天府，宋時屬京東西路，在今河南商丘，時又稱南京。《孫侑墓誌》："公子周為比部員外郎知洺州。……比部登朝，累贈公光禄少卿。"

孫侑為人，闊達持重，樂善嫉惡，處身至廉，輕財好施。

《孫侑墓誌》："公性闊達持重。然每聞人之善，喜如已出；見非義者，甚於世仇。處身至廉而輕財好施。及亡，幾無以為葬具，士以此稱服之。所蒞郡邑，強明而不苛，吏民畏愛焉。"

娶妻韓氏，為韓琦之妹。

《孫侑墓誌》："公娶韓氏，柔順有賢德。"其後文又曰："比部以書來告曰：'周不幸，少而孤。先君行已在官之迹，十不能記一二，得舅撫大槩以銘之，斯不朽矣。'"是知韓琦所作《孫侑墓誌》係侑次子孫周所請，琦與侑妻韓氏為兄妹也。

有子二人。長曰咸，次曰周。孫咸終為太子中舍人；孫周登朝為比部員外郎，知洺州，為人端介。

《孫侑墓誌》："男二人長曰咸，終太子中舍；次比部也。"又曰："淳化、咸平中，公二兄連舉冠多士，而公次舉復登科，天下聳慕，皆目孫氏為大小狀元家。至於父兄之訓，子孫必舉孫氏以為勸，唯恨其不及也。不二十年間，公與二兄相繼而亡，而公二兄之後，今衰薾不振，僅存嗣續。獨公子周為比部員外郎，知洺州，端介有吏幹。"洺州，今河北永年。

女四人，長適彬州軍事判官姜義，次適大理寺丞楚元卿。另二女幼為尼。孫輩男女各五人。

《孫侑墓誌》："女四人。長適彬州軍事判官姜義，次適大理寺丞楚元卿，次二人幼為尼。孫男五人，孫女五人。"彬州，又稱邠州，今陝西彬縣。姜義、楚元卿，俟另考。

至和元年十月七日葬於河南府河南縣太尉鄉上官里，在其父墓次。

《孫侑墓誌》："至和元年十月七日，葬於河南府河南縣太尉鄉上官里，先尚書之墓次。"

**孫何、孫僅、孫侑有妹二人，一適鄂州錄事參軍王道隆，一適進士劉仲堪。**

《孫庸墓誌》："長女適鄂州錄事參軍王道隆，夫亡守志。次女適進士劉仲堪，俊而有文。"㉗王、劉二人,生平不詳。孫何《送弟侑》(一作《送弟侑之鄂》)詩曰:"武昌古名地,英秀森琳琅。既號詩書窟,復稱水雲鄉。"㉘又有詩曰:"張樂魚龍侵岸聽,賦詩賈客倚船看。他年得第彤庭直,拜疏終求鄂渚官。"㉙所詠皆與鄂州相關,當因其妹適鄂州參軍王道隆之故,然時間難詳。王禹偁《贈劉仲堪》詩:"劉生頗少秀,為學識根柢。丘軻有堂奧,試腳到堦砌。楊墨恣荒榛,揮手欲芟薙。攜文訪謫居,趣向非權勢。對把雛鳳下,交言孤鶴唳。在璞認良玉,行當為國器。彼茁見靈茅,佇可供王祭。豈止隨眾人,區區一枝桂。宜哉孫漢公,妻之以女弟。吾家兄之子,笄年未伉儷。恨不早相逢,取子為佳婿。"㉚

孫復《上孔給事書》曰:"國朝自柳仲塗開、王元之禹偁、孫漢公何、种明逸放、張晦之景既往,雖來者紛紛,鮮克有議於斯文者,誠可悲也。"㉛宋仁宗景祐元年(1034),徂徠先生石介亦喟然歎曰:"文之弊也久,自柳河東、王黃州、孫漢公輩相隨而亡,世無文公儒師,天下不知所准的。"㉜其《尊韓》篇亦云:"自吏部來三百有年矣,不生賢人,若柳仲塗、孫漢公、張晦之、賈公疏,祖述吏部而歸尊之。"㉝

柳開、王禹偁均為北宋古文運動的先導,上承唐之韓、柳,下啓歐、蘇諸子,二人尚有文集存世,惟孫漢公之詩文流落散佚,零篇碎什雖或時有可睹,然難窺全豹,故文章聲名人所罕知。何弟僅於後一榜繼兄奪魁,侑亦能發憤登第,天地精華靈氣萃於一門,聳動天下。且何於考官有功,僅能使遼結盟,侑亦預威虜軍大捷,三子不惟以進士得名,更能樹道德、建功業、著文學,宜當不朽。然景德元年至天禧元年,十餘年間,三子俱逝;所遺著作,又毀於明清兵燹,"三鳳"之名,不得彰顯,令人痛惜!今因身在荊門,常遊東山,足跡所至,或曾為孫何、孫僅所先蹈,於是發思古之幽情,稽考孫氏賢昆仲行年如上,就教於博雅君子。

(作者單位:荆楚理工學院文學與傳媒學院)

---

① 吳洪澤、尹波主編《宋人年譜叢刊》,四川大學出版社,2003年。
② 王禹偁《小畜集》卷二九,《文淵閣四庫全書》本。
③ 韓琦《安陽集》卷四七,《文淵閣四庫全書》本。
④ 曾鞏《孫學士何》,杜大珪編《新刊名臣碑傳琬琰之集》下集卷七,中國國家圖書館藏宋刻元明遞修本,第20冊第47頁。
⑤ 李燾《續資治通鑑長編》,中華書局,1995年。
⑥ 王稱《東都事略》卷四七,《文淵閣四庫全書》本。
⑦ 脫脫等《宋史》卷三〇六,中華書局,1977年,第10097—10101頁。
⑧ 《東都事略》卷四七,《文淵閣四庫全書》本。
⑨ 曾鞏《隆平集》卷一三,《文淵閣四庫全書》本。
⑩ 《東都事略》卷四七,《文淵閣四庫全書》本。
⑪ 《安陽集》卷四七,《文淵閣四庫全書》本。

⑫ 舒成龍《荊門州志》卷二五,中國國家圖書館藏清乾隆十九年(1754)刻宗陸堂本,第 5 冊。
⑬ 文中今地名皆據譚其驤主編《中國歷史地圖集》(宋遼金時期),中國地圖出版社,1982 年。
⑭ 《安陽集》卷四七,《文淵閣四庫全書》本。
⑮ 王象之《輿地紀勝》卷七八,中華書局,1992 年,第 2565 頁。
⑯ 《荊門州志》卷一八,第 4 冊。
⑰ 厲鶚《宋詩紀事》卷五,上海古籍出版社,1983 年,第 112 頁。
⑱ 《湖廣通志》卷三二,《文淵閣四庫全書》本。
⑲ 《小畜集》卷二九,《文淵閣四庫全書》本。
⑳ 王象之《輿地紀勝》卷七八,第 2564 頁。
㉑ 同上書,第 2570 頁。
㉒ 祝穆等《方輿勝覽》卷二九,上海古籍出版社,1991 年景宋本,第 290 頁。此書孫僅《送舒殿丞》作《送岳州舒殿丞》。
㉓ 《小畜集》卷二九,《文淵閣四庫全書》本。
㉔ 《舊唐書》卷一七三,中華書局,1975 年,第 4507 頁。
㉕ 《全唐文》卷七六一,中華書局,1983 年,第 7906 頁。
㉖ 周紹良主編《唐代墓誌彙編》,上海古籍出版社,1992 年,第 2218 頁。
㉗ 同上書,第 2548 頁。
㉘ 同上書,第 2444 頁。
㉙ 同上書,第 2504 頁。
㉚ 同上書,第 2548 頁。
㉛ 《小畜集》卷二九,《文淵閣四庫全書》本。
㉜ 《宋史》卷三〇六,第 10097 頁。
㉝ 《舊唐書》卷二〇〇下,第 5398—5399 頁。
㉞ 《小畜集》卷二九,《文淵閣四庫全書》本。
㉟ 《宋史》卷三〇六,第 10097 頁。
㊱ 《安陽集》卷四七,《文淵閣四庫全書》本。
㊲ 《小畜集》卷二九,《文淵閣四庫全書》本。
㊳ 錢保塘《歷代名人生卒錄》卷四,《叢書集成續編》本。
㊴ 《小畜集》卷二九,《文淵閣四庫全書》本。
㊵ 《東都事略》卷四七,《文淵閣四庫全書》本。
㊶ 《宋史》卷三〇六,第 10100 頁。
㊷ 《小畜集》卷二九,《文淵閣四庫全書》本。
㊸ 同上。
㊹ 徐松《宋會要輯稿》食貨六七之一,中華書局,1957 年,第 6253 頁。
㊺ 池澤滋子《丁謂年譜》,吳洪澤、尹波主編《宋人年譜叢刊》,第 1 冊第 456 頁。
㊻ 《宋史》卷三〇六,第 10101 頁。
㊼ 《小畜集》卷二九,《文淵閣四庫全書》本。
㊽ 《宋史》卷三〇六,第 10097 頁。
㊾ 《安陽集》卷四七,《文淵閣四庫全書》本。
㊿ 《宋史》卷三〇六,第 10097 頁。

(51) 《小畜集》卷二九,《文淵閣四庫全書》本。

(52) 《宋史》卷三〇六,第10097頁。

(53) 《荆門州志》卷一八,第4册。

(54) 《明一統志》卷六〇,《文淵閣四庫全書》本。

(55) 同上。

(56) 《湖廣通志》卷四三,《文淵閣四庫全書》本。

(57) 同上書,卷七七。

(58) 《荆門州志》卷三三,第6册。

(59) 《全宋詩》,北京大學出版社,1995年,第2册第1254頁。

(60) 《小畜集》卷二九,《文淵閣四庫全書》本。

(61) 《湖廣通志》卷四三,《文淵閣四庫全書》本。

(62) 《小畜集》卷二九,《文淵閣四庫全書》本。

(63) 同上。

(64) 同上。

(65) 唐圭璋《柳永事迹新證》,《文學研究》1957年第3期。張先和晏殊生年見夏承燾《唐宋詞人年譜》,上海古籍出版社,1979年,第169、197頁。

(66) 《小畜集》卷二九,《文淵閣四庫全書》本。

(67) 同上。

(68) 《歷代名人生卒録》卷四,《叢書集成續編》本。

(69) 《全宋文》第9册,第195—196頁。案,《全宋文》裒輯孫何、孫僅佚文甚全,本文所引或據以直引,或據此書所示出處按圖索驥,取資甚多。然此書在簡轉繁的過程中存在一些偏差,比如"于"在介詞義時未轉爲"於"等,今徑改之。後引不再説明。

(70) 《宋史》卷三〇〇,第9979—9980頁。楊大雅爲歐陽修岳丈,其生平另見歐陽修《諫議大夫楊公墓誌銘》,李逸安點校《歐陽修全集》,中華書局,2001年,第909—911頁。

(71) 《宋史》卷二九六,第9867頁。

(72) 同上書,第9869頁。

(73) 《全宋文》,第19册第41頁。

(74) 同上書,第39頁。

(75) 《小畜集》卷一九,《文淵閣四庫全書》本。

(76) 同上書,卷二九。

(77) 同上書,卷一九。

(78) 徐規《王禹偁事迹著作編年》,商務印書館,2003年,第98頁。

(79) 同上書,第109頁。

(80) 李昭玘《樂静集》卷五,《文淵閣四庫全書》本。

(81) 《全宋文》,第123册第379頁。

(82) 《續資治通鑑長編》卷二四,第3册第537頁。

(83) 《宋史》卷二五八,第8981頁。

(84) 《宋史》卷二五八,第8982頁。

(85) 王闢之著、吕友仁點校《澠水燕談録》卷三,中華書局,1981年,第27頁。

(86) 柳開《河東集》卷一三,《文淵閣四庫全書》本。

⑧⑦ 《全宋詩》,第 1 册第 575 頁。
⑧⑧ 吕祖謙《皇朝文鑒》卷一四一,《四部叢刊》本。
⑧⑨ 《小畜集》卷二九,《文淵閣四庫全書》本。
⑨⓪ 同上書,卷一八。
⑨① 司馬光撰,鄧廣銘、張希清點校《涑水記聞》卷二,中華書局,1989 年,第 39 頁。
⑨② 《東都事略》卷四七,《文淵閣四庫全書》本。
⑨③ 《宋史》卷二八三,第 9566 頁。
⑨④ 謝采伯《密齋筆記》卷四,《文淵閣四庫全書》本。
⑨⑤ 《續資治通鑑長編》卷三三,第 4 册第 733—734 頁。
⑨⑥ 《宋會要輯稿》選舉一之三,第 4232 頁。
⑨⑦ 《東都事略》卷四七,《文淵閣四庫全書》本。
⑨⑧ 李心傳《建炎以來朝野雜記》甲集卷一三,中華書局,2000 年,第 271 頁。
⑨⑨ 羅濬《寶慶四明志》卷一〇,《文淵閣四庫全書》本。
⑩⓪ 《小畜集》卷二,《文淵閣四庫全書》本。
⑩① 吴曾《能改齋漫録》卷一,中華書局,1979 年,第 14 頁。
⑩② 洪邁《容齋隨筆》卷三,中華書局,2005 年,第 31 頁。
⑩③ 歐陽修《歸田録》卷一,中華書局,2006 年,第 2 頁。
⑩④ 《續資治通鑑長編》卷三三,第 4 册第 734 頁。
⑩⑤ 參《宋會要輯稿》選舉二之三(第 5 册 4246 頁)、《吴郡志》卷二八(《文淵閣四庫全書》本)、《新安志》卷八(《文淵閣四庫全書》本)、《淳熙三山志》卷二六(《文淵閣四庫全書》本)、《寶慶四明志》卷一〇(《文淵閣四庫全書》本)、《陝西通志》卷三〇(《文淵閣四庫全書》本)、《江西通志》卷四九(《文淵閣四庫全書》本)、《浙江通志》卷一二三(《文淵閣四庫全書》本)、《福建通志》卷三三(《文淵閣四庫全書》本)。
⑩⑥ 《宋會要輯稿》選舉九之一,第 4397 頁。
⑩⑦ 《全宋文》,第 9 册第 206、208 頁。
⑩⑧ 《續資治通鑑長編》卷三三,第 4 册第 734 頁。
⑩⑨ 王應麟《玉海》卷三〇,《文淵閣四庫全書》本。
⑩⑩ 《宋會要輯稿》選舉二之三,第 4246 頁。
⑪① 章如愚《群書考索》卷一七,《文淵閣四庫全書》本。
⑪② 《宋史》卷五,第 89 頁。
⑪③ 同上書,卷四八七,第 14041 頁。
⑪④ 《宋會要輯稿》選舉二之三,第 4246 頁。
⑪⑤ 《小畜集》卷八,《文淵閣四庫全書》本。
⑪⑥ 祝穆輯《古今事文類聚》卷二八,《文淵閣四庫全書》本。
⑪⑦ 王禹偁於淳化二年九月貶爲商州團練副使,參徐規《王禹偁事迹著作編年》,第 103 頁。
⑪⑧ 《宋史》,第 10097 頁。
⑪⑨ 魏野《東觀集》卷一〇,《文淵閣四庫全書》本。今檢《東觀集》,魏野與孫何、孫僅兄弟唱和詩作頗多,與孫何酬和之作有(後注《文淵閣四庫全書》本卷數、頁碼):《同大孫狀元送楊甫之蒲中》(卷一,356)、《謝孫舍人題名水亭因有紀贈》(卷一,356)、《喜大孫狀元見訪》(卷二,357)、《送孫狀元監丞赴闕》(卷五,374)、《贈孫何狀元》(卷十,397)等,這些詩多作於淳化四、五年孫何通判陝州期間。另有《河中孫學士以詩見寄因次韻繼和三章用爲酬贈》(卷二,359)、《酬和知制誥孫舍人見寄》(卷四,368)亦疑爲與孫何酬贈

之作。與孫僅和作見後《孫僅考》。
⑫⓪ 《小畜集》卷二九,《文淵閣四庫全書》本。
⑫① 同上書,卷九。
⑫② 同上。
⑫③ 同上。事見徐規《王禹偁事迹著作編年》,第 126、132 頁。
⑫④ 《小畜集》卷三,《文淵閣四庫全書》本。徐規《王禹偁事迹著作編年》,第 132 頁。
⑫⑤ 《容齋隨筆》卷四,第 48 頁。
⑫⑥ 《宋史》卷三一〇,第 10188 頁。
⑫⑦ 《直齋書錄解題》卷二〇,第 589 頁。
⑫⑧ 王應麟《玉海》卷四三,《文淵閣四庫全書》本。
⑫⑨ 彭大翼《山堂肆考》卷七五,《文淵閣四庫全書》本。
⑬⓪ 《宋會要輯稿》選舉三三之一,第 4756 頁。
⑬① 《小畜集》卷四,《文淵閣四庫全書》本。
⑬② 《全宋詩》,第 1 册第 619 頁。
⑬③ 參王兆鵬師《潘閬考》,《兩宋詞人叢考》,鳳凰出版社,2007 年,第 14 頁。
⑬④ 潘閬《逍遥集》,《文淵閣四庫全書》本。
⑬⑤ 池澤滋子《丁謂年譜》,《宋人年譜叢刊》,第 1 册第 456 頁。
⑬⑥ 《王禹偁事迹著作編年》,第 141、151 頁。
⑬⑦ 高似孫《緯略》卷五,《文淵閣四庫全書》本。
⑬⑧ 《王禹偁事迹著作編年》,第 142—143 頁。
⑬⑨ 《續資治通鑑長編》卷三九,第 828 頁。
⑭⓪ 《小畜集》卷二九,《文淵閣四庫全書》本。
⑭① 《安陽集》卷四七,《文淵閣四庫全書》本。
⑭② 《續資治通鑑長編》卷四一,第 862、865 頁。
⑭③ 《王禹偁事迹著作編年》,第 168 頁。
⑭④ 《續資治通鑑長編》卷四二,第 881 頁。"五議"部分文字見第 881—883 頁。
⑭⑤ 彭百川《太平治迹統類》卷二六,《文淵閣四庫全書》本。
⑭⑥ 《宋史》卷三〇六,第 10097—10098 頁。
⑭⑦ 《全宋文》,第 9 册第 175—183 頁。
⑭⑧ 《續資治通鑑長編》卷二九,第 859 頁。
⑭⑨ 章如愚《群書考索》後集卷一五,《文淵閣四庫全書》本。
⑮⓪ 《續資治通鑑長編》卷四二,第 901 頁。
⑮① 《小畜集》卷二五,《文淵閣四庫全書》本。
⑮② 《全宋文》,第 9 册第 199 頁。
⑮③ 《全宋詩》,第 2 册第 812 頁。
⑮④ 《王禹偁事迹著作編年》,第 176 頁。
⑮⑤ 《全宋文》,第 9 册第 197 頁。
⑮⑥ 《全宋詩》,第 2 册第 759—760 頁。
⑮⑦ 宋祁《景文集》卷五九,《文淵閣四庫全書》本。
⑮⑧ 參徐凌雲、龔德芳《柳永〈望海潮〉非爲孫何而作》,《文學遺產》1983 年第 3 期;詹亞園《柳永〈望海潮〉詞不

是贈孫何之作》,《淮北煤炭師範學院學報》1984 年第 1、2 期合刊;吴熊和《柳永與孫沔的交遊及柳永卒年新證》,《吴熊和詞學論集》,杭州大學出版社,1999 年,第 196—206 頁。
⑮⁹ 《續資治通鑑長編》卷四三,第 907 頁。
⑯⁰ 陳均《九朝編年備要》卷六,《文淵閣四庫全書》本。
⑯¹ 《江西通志》卷四九,《文淵閣四庫全書》本。
⑯² 《浙江通志》卷一二三,《文淵閣四庫全書》本。
⑯³ 《福建通志》卷三三,《文淵閣四庫全書》本。
⑯⁴ 《廣東通志》卷三一,《文淵閣四庫全書》本。
⑯⁵ 《廣西通志》卷七〇,《文淵閣四庫全書》本。
⑯⁶ 《王禹偁事迹著作編年》,第 176 頁。
⑯⁷ 委心子《分門古今類事》卷一二,《文淵閣四庫全書》本。
⑯⁸ 程俱著、張富祥校證《麟臺故事校證》卷五,中華書局,2000 年,第 199 頁。
⑯⁹ 梁克家《淳熙三山志》卷二六,《文淵閣四庫全書》本。
⑰⁰ 《容齋隨筆》續筆卷一三,第 378 頁。
⑰¹ 周必大《文忠集》卷四四,《文淵閣四庫全書》本。
⑰² 樓鑰《攻媿集》卷七三,《文淵閣四庫全書》本。
⑰³ 《澠水燕談録》卷三,第 27 頁。
⑰⁴ 《小畜集》卷一一,《文淵閣四庫全書》本。
⑰⁵ 同上。
⑰⁶ 《山堂肆考》卷八四,《文淵閣四庫全書》本。
⑰⁷ 同上。
⑰⁸ 《東都事略》卷四七,《文淵閣四庫全書》本。
⑰⁹ 《宋史》卷三〇六,第 10101 頁。
⑱⁰ 《續資治通鑑長編》卷四五,第 975—979 頁。孫何《論官制疏》,《全宋文》,第 9 册第 183—184 頁。
⑱¹ 《宋會要輯稿》禮九之六,第 531 頁。
⑱² 《續資治通鑑長編》卷四五,第 970—971 頁。
⑱³ 同上書,第 976 頁。孫何《大名上論邊事奏》,《全宋文》,第 9 册第 185—186 頁。
⑱⁴ 《全宋文》,第 9 册第 186—189 頁。
⑱⁵ 《宋史》卷三〇六,第 10100 頁。
⑱⁶ 同上書,卷二七九,第 9473—9474 頁。
⑱⁷ 同上書,卷二七二,第 9306 頁。
⑱⁸ 同上書,卷二七九,第 9474 頁。
⑱⁹ 《續資治通鑑長編》卷四七,第 1020—1021 頁。《太平治迹統類》卷五"真宗聖政"條亦載,所收奏疏至"庶分流品,用勸士民"(《文淵閣四庫全書》本)。孫何《論擇用官吏奏》,《全宋文》,第 9 册第 190—191 頁。
⑲⁰ 《全宋詩》,第 1 册第 619 頁。
⑲¹ 劉攽《中山詩話》,何文焕《歷代詩話》,中華書局,1981 年,第 286 頁。
⑲² 晁公武著、孫猛校證《郡齋讀書志校證》,第 1036 頁。王明清《揮麈録》餘話卷一(上海書店出版社,2001 年,第 208 頁)、《續資治通鑑長編》卷四一(第 865—866 頁)皆載此事。潘閬事迹,可參王兆鵬師《宋隱士詞人潘閬的生平考索》(《文史哲》2006 年第 5 期)、沈如泉《潘閬新考》(《文學遺産》2012 年第 1 期)。
⑲³ 案,孫僅《題潛山》最早應見於《輿地紀勝》卷四六《淮南西路·安慶府》(第 1888 頁),宋代類書《錦繡萬花

谷》續集卷一〇(《文淵閣四庫全書》本)、清代所編《御定淵鑑類函》卷三三六(《文淵閣四庫全書》本)亦載,然所引皆不全。文中所列全詩據《全宋詩》(第 2 册第 1254 頁)所補。《全宋詩》則係據清張楷康熙《安慶府志》卷三〇輯入。

⑭ 《安陽集》卷四七,《文淵閣四庫全書》本。下引此文不再出注。
⑮ 《續資治通鑑長編》卷四六,第 997—998 頁。
⑯ 同上書,卷四七,第 1018 頁。
⑰ 《容齋隨筆》續筆卷一三,第 374 頁。
⑱ 《續資治通鑑長編》卷四七,第 1021 頁。
⑲ 《涑水記聞》卷三,第 49 頁。宋人所編類書《錦繡萬花谷》前集卷一三亦載"看古碑"事,《文淵閣四庫全書》本。
⑳ 《續資治通鑑長編》卷四八,第 1044 頁。
㉑ 同上書,第 1057 頁。
㉒ 王栐《燕翼貽謀録》卷二,《文淵閣四庫全書》本。
㉓ 馬端臨《文獻通考》卷三九,第 2 册第 1154 頁。
㉔ 《續資治通鑑長編》卷四九,第 1069 頁。
㉕ 《九朝編年備要》卷六,《文淵閣四庫全書》本。
㉖ 《太平治迹統類》卷二六,《文淵閣四庫全書》本。
㉗ 《宋會要輯稿》選舉一〇之八,第 4415 頁。
㉘ 《麟臺故事校證》卷二,第 283 頁。
㉙ 《全宋詩》,第 2 册第 1253 頁。
㉚ 《續資治通鑑長編》卷四九,第 1066—1067 頁。
㉛ 同上書,第 1079 頁。
㉜ 同上書,卷五〇,第 1082—1083 頁。
㉝ 同上書,卷五六,第 1231 頁。
㉞ 同上書,第 1233 頁。
㉟ 《王禹偁事迹著作編年》,第 199 頁。
㊱ 羅大經《鶴林玉露》丙編卷一,中華書局,1983 年,第 241 頁。
㊲ 李榕、吳慶坻等修,王棻等纂訂《杭州府志》卷一〇〇,清光緒二十四年(1898)修,中國國家圖書館藏民國十一年(1922)排印本(圖書館原注作者名爲陳璚,今據書序改)。
㊳ 《宋史》卷二七七,第 9423 頁。
㊴ 《續資治通鑑長編》卷五五,第 1213 頁。
㊵ 孫何出爲兩浙轉運使的時間在咸平三年(1000),參《續資治通鑑長編》卷四七,第 1021 頁。
㊶ 潛説友《咸淳臨安志》卷七九,《文淵閣四庫全書》本。
㊷ 《全宋文》,第 9 册第 209—211 頁。以下引文據此。
㊸ 田汝成《西湖遊覽志》卷八,《文淵閣四庫全書》本。
㊹ 《全宋文》,第 9 册 210 頁。
㊺ 池澤滋子《丁謂年譜》,《宋人年譜叢刊》,第 1 册第 459 頁。
㊻ 可參考祝尚書《宋初西湖白蓮社考論》,《文獻》1995 年第 3 期。祝先生此文於白蓮社結社始末、入社之公卿大夫及結社詩集與佚詩多有考證,可堪借鑒。然祝先生將孫何記文繫於景德三年後,顯然有誤。此段所引釋智圓《白蓮社主碑文》、宋白《大宋杭州西湖昭慶寺結社碑銘》及公卿姓名,另可參金程宇《韓國所

藏〈杭州西湖昭慶寺結蓮社集〉及其文獻價值》(《稀見唐宋文獻叢考》,中華書局 ,2009 年,第 129—136 頁)。

㉗ 《鶴林玉露》丙編卷一,第 241 頁。

㉘ 唐圭璋《詞話叢編》,中華書局,2005 年,第 26 頁。《詞話叢編》摘自《歲時廣記》卷三一"借妓歌"引《古今詞話》。從宋代流傳下來的《歲時廣記》主要有四卷本和四十二卷本兩種。《四庫全書》所收爲四卷本,未載此文。四十二卷本收入商務印書館於 1935 年至 1937 年選編的《叢書集成初編》中,其卷三一(第 356 頁)載有此文。

㉙ 徐凌雲、龔德芳《柳永〈望海潮〉非爲孫何而作》,《文學遺産》1983 年第 3 期。

㉚ 《宋史》卷三〇六,第 10100—10101 頁。

㉛ 《杭州府志》卷一〇〇,中國國家圖書館藏民國十一年(1922)排印本。

㉜ 《全宋詩》,第 2 册第 979 頁。

㉝ 同上書,第 979 頁。

㉞ 《宋史》卷三〇六,第 10100 頁。

㉟ 《續資治通鑑長編》卷五六,第 1235、1239 頁。

㊱ 《全宋詩》,第 2 册第 978 頁。

㊲ 《宋會要輯稿》禮三一之三一,第 1169 頁。

㊳ 同上書,禮三七之五〇,第 1344 頁。

㊴ 《續資治通鑑長編》卷五七,第 1262 頁。孫何《請依司天監言權殯明德皇后奏》,《全宋文》,第 9 册第 192 頁。

㊵ 孫何《爲明德皇太后升祔事駁趙安易狀奏》,《全宋文》,第 9 册第 193—195 頁。原文出處亦參此書。

㊶ 《東都事略》卷四七,《文淵閣四庫全書》本。

㊷ 文瑩《湘山野録、續録、玉壺清話》,中華書局,2007 年,第 36 頁。

㊸ 孫錦芳纂修《海鹽孫氏家譜》,不分卷,上海圖書館藏民國二十六年(1937)石印本,1 册,版心題"孫氏支譜"。

㊹ 《全宋詩》,第 2 册第 980 頁。

㊺ 同上書,第 979—980 頁。

㊻ 《宋史》卷三〇六,第 10100 頁。

㊼ 王堯臣、王洙、歐陽修等《崇文總目》卷一一,《文淵閣四庫全書》本。

㊽ 王堯臣等編次、錢東垣等辑释《崇文總目(附補遺)》卷五,《叢書集成初編》本。

㊾ 如《直齋書録解題》卷一八載王居正《西垣集》五卷,即爲其入詞掖後所作制草及繳章(上海古籍出版社,1987 年,第 531 頁)。此外,如倪思《掖垣詞草》二十卷(第 549 頁)、《掖垣繳論》四卷(第 640 頁),亦爲此類著作。

㊿ 《東都事略》卷四七,《文淵閣四庫全書》本。

(51) 《郡齋讀書志校證》卷一九,上海古籍出版社,1990 年,第 971 頁。

(52) 《文獻通考》卷二三四,第 6393 頁。

(53) 《玉海》卷四九,《文淵閣四庫全書》本。

(54) 同上書,卷六二。

(55) 《宋史》卷三〇六,第 10097 頁。

(56) 同上書,卷二〇八,第 5362 頁。

(57) 鄭樵《通志》卷七〇,中華書局,1987 年,第 823 頁。

㉘ 焦竑《國史經籍志》卷五,中國國家圖書館藏明徐象橒刻本,第 5 册第 55 頁。
㉙ 《小畜集》卷一九,《文淵閣四庫全書》本。
㉚ 同上書,卷一八。
㉛ 真德秀《西山讀書記》卷三〇,《文淵閣四庫全書》本。
㉜ 吕祖謙《皇朝文鑒》,《四部叢刊》景宋刊本。
㉝ 沈作喆《寓簡》卷五,《文淵閣四庫全書》本。
㉞ 佚名輯《新刊國朝二百家名賢文粹》,中國國家圖書館藏宋慶元三年(1197)刻本。
㉟ 佚名輯《歷代名賢確論》卷九八,《文淵閣四庫全書》本。
㊱ 潛説友《咸淳臨安志》卷七九,《文淵閣四庫全書》本。
㊲ 《全宋文》,第 9 册第 175—212 頁。
㊳ 李庚原本,林師蒧、林表民等增修《天台續集》卷下,《文淵閣四庫全書》本。
㊴ 錢穀《吴都文粹續集》卷二四,《文淵閣四庫全書》本。
㊵ 《全宋詩》,第 2 册第 978—981 頁。
㊶ 《宋史》卷三〇六,第 10100—10101 頁。
㊷ 魏野《東觀集》卷九,《文淵閣四庫全書》本。
㊸ 《九朝編年備要》卷七,《文淵閣四庫全書》本。
㊹ 《續資治通鑑長編》卷五九,第 1319 頁。
㊺ 脱脱等《遼史》卷一四,第 2 册第 161 頁。
㊻ 《續資治通鑑長編》卷五七,第 1265 頁。
㊼ 同上書,卷五八,第 1287—1288 頁。
㊽ 陳邦瞻《宋史紀事本末》卷二一,中華書局,1977 年,第 135—146 頁。
㊾ 《續資治通鑑長編》卷六四,第 1432 頁。
㊿ 江少虞《事實類苑》卷三八,《文淵閣四庫全書》本。
㉛ 《續資治通鑑長編》卷六五,第 1445 頁。
㉜ 《玉海》卷一四,《文淵閣四庫全書》本。
㉝ 《續資治通鑑長編》卷六五,第 1460 頁。
㉞ 同上書,卷六六,第 1482 頁。
㉟ 《玉海》卷一四,《文淵閣四庫全書》本。
㊱ 《續資治通鑑長編》卷六七,第 1503 頁。
㊲ 曹彦約《經幄管見》卷四,《文淵閣四庫全書》本。
㊳ 《宋史》卷三〇六,第 10101 頁。
㊴ 《陝西通志》卷五一,《文淵閣四庫全書》本。
㊵ 歐陽修《歸田録》卷一,中華書局,1981 年,第 16 頁。
㊶ 曾慥《類説》卷一三,《文淵閣四庫全書》本。
㊷ 阮閱《詩話總龜》卷三七,人民文學出版社,1987 年,第 363 頁。
㊸ 孫逢吉《職官分紀》卷六,《文淵閣四庫全書》本。
㊹ 李光暎《金石文考略》卷一三,《文淵閣四庫全書》本。
㊺ 王昶撰、李慈銘校注《金石萃編》卷一二七,中國國家圖書館藏清嘉慶十年(1805)刻本,第 64 册第 52 頁。
㊻ 《全宋文》,第 13 册第 307 頁。
㊼ 《宋史》卷三〇六,第 10101 頁。

(298) 《續資治通鑑長編》卷七三，第 1674 頁。
(299) 《宋會要輯稿》蕃夷二之四，第 7694 頁。
(300) 《宋史》卷三〇六，第 10101 頁。
(301) 《山西通志》卷九七，《文淵閣四庫全書》本。
(302) 《湘山野録、續録、玉壺清話》，第 81 頁。
(303) 魏野《和長安孫舍人見寄》，《東觀集》卷三，《文淵閣四庫全書》本。案，魏野《東觀集》中多有與孫何、孫僅兄弟唱和的詩歌作品，與孫何唱和之作見於《孫何考》，今附記唱和孫僅篇目如下，并括注《文淵閣四庫全書》卷數、頁碼，以供參考：《和長安孫舍人見寄》（卷三，362）、《謝長安孫舍人寄惠蜀牋并茶二首》（卷三，363）、《和河中孫諫議見送同薛田察院之龍門謁劉燁大著》（卷三，364）、《和孫舍人重過陜下二首》（卷三，365）、《酬和知制誥孫舍人見寄》（卷四，368）、《送紫微孫舍人赴鎮長安》（卷四，369）、《謝孫紫微同郡侯石太尉見訪》（卷四，369）、《寄贈長安孫紫微》（卷五，373）、《謝孫大諫惠茶》（卷六，377）、《寄贈河中孫大諫兼簡劉大著李濆處士》（卷六，378）、《和酬孫大諫見訪之什》（卷六，378）、《送唐肅察院赴闕兼呈府尹孫大諫》（卷七，383）、《送孫推官之闕下》（卷九，393）等，從詩題中的"長安"、"孫舍人"、"諫議"、"大諫"等語可知，多作於孫僅爲知制誥、諫議大夫及開封知府期間，即在大中祥符二年至六年間。另，《酬和知制誥孫舍人見寄》，或爲酬和孫何之作，俟再考。
(304) 王士禎《池北偶談》卷一八，《文淵閣四庫全書》本。
(305) 《經幄管見》卷三，《文淵閣四庫全書》本。
(306) 《宋史》卷八，第 155 頁。
(307) 《續資治通鑑長編》卷八七，第 2006—2007 頁。
(308) 《全宋文》，第 16 册第 276 頁。
(309) 《宋史》卷二八三，第 9571 頁。
(310) 同上書，卷八，第 155 頁。
(311) 《續資治通鑑長編》卷八九，第 2039 頁。
(312) 《山西通志》卷九七，《文淵閣四庫全書》本。
(313) 《續資治通鑑長編》卷一八七，第 4509 頁。
(314) 《東都事略》卷四七，《文淵閣四庫全書》本。
(315) 《宋史》卷三〇六，第 10100—10101 頁。
(316) 《直齋書録解題》卷二〇，第 589 頁。
(317) 《文獻通考》卷二四四，第 6594 頁。
(318) 《宋史》卷二〇八，第 5362 頁。
(319) 《小畜集》卷九，《文淵閣四庫全書》本。
(320) 焦竑《國史經籍志》卷五，中國國家圖書館藏明徐象橒刻本，第 5 册第 55 頁。
(321) 《全宋詩》，第 2 册第 1253—1256 頁。
(322) 《全宋文》，第 13 册第 306 頁。
(323) 蔡正孫《詩林廣記》前集卷二，中華書局，1982 年，第 15 頁。
(324) 胡震亨《唐音癸籤》卷三二，上海古籍出版社，1981 年，第 335 頁。
(325) 《金石萃編》卷一二七，中國國家圖書館藏清嘉慶十年（1805）刻本，第 64 册第 52 頁。
(326) 《宋史》卷三一一，第 10202 頁。
(327) 《小畜集》卷二九，《文淵閣四庫全書》本。
(328) 《全宋詩》，第 2 册第 979 頁。

㉙ 同上書,第 980 頁。
㉚ 《小畜集》卷四,《文淵閣四庫全書》本。《全宋詩》"彼苗見靈茅"作"彼苗見靈芽"(第 2 册第 670 頁)。
㉛ 孫復《孫明復小集》,《文淵閣四庫全書》本。
㉜ 石介《與裴員外書》,《徂徠集》卷一六,《文淵閣四庫全書》本。
㉝ 石介《徂徠集》卷七,《文淵閣四庫全書》本。

# 陸佃年譜

朱剛 張弛

陸佃，字農師，陸游之祖，王安石弟子，《宋史》卷三四三有傳。所著《陶山集》，有四庫館臣輯《永樂大典》本。今人研究述及其生平者有孔凡禮《陸游家世叙録》(《文史》總第31輯，中華書局，1989年)及傅璇琮主編《宋才子傳箋證·北宋後期卷·陸佃傳》(遼海出版社，2011年)。現在二者基礎之上，考諸史籍、詩文等相關材料，進一步梳述其生平出處始末，力求詳盡，以供參考。

**宋仁宗慶曆二年(1042)，生於山陰魯墟故居，小字榮。**

按，佃卒於宋徽宗崇寧元年(1102)，《宋史》本傳記其卒年六十一，當生於本年。陸游《家世舊聞》卷上："楚公生於魯墟故居。太傅曰：'是兒必榮吾家。'遂以榮爲小字。"太傅謂祖父陸軫。

**先世吳郡人，五代時徙山陰魯墟。曾祖陸昭，祖陸軫，父陸珪。**

陸游《渭南文集》卷三五《奉直大夫陸公墓誌銘》："吳郡陸氏，方唐盛時，號四十九枝，太尉枝最盛。唐末，自吳之嘉興，東徙錢塘。吳越王時，又徙山陰魯墟。宋祥符中，贈太傅諱軫，以進士起家，仕至吏部郎中直昭文館。太傅生國子博士贈太尉諱珪，太尉生尚書左丞贈太師楚國公諱佃。"

蘇頌《蘇魏公集》卷五九《國子博士陸君墓誌銘》："國子博士山陰陸君諱珪，字廉叔，尚書吏部郎中直昭文館贈諫議大夫諱軫之子，贈光禄卿諱昭之孫。"

**祖母袁氏，生子陸琪、陸珪，繼祖母吳氏。**

陸佃《陶山集》(以下簡稱《集》)卷一五《仁壽縣太君吳氏墓誌銘》："太君建陽人，吳氏之幼女，陸氏之長婦。父尚書職方員外郎諱植，夫尚書吏部郎中直昭文館贈諫議大夫諱軫。夫人二十爲母，有母道；三十爲姑，有姑道；四十有九而老，八十有六而卒……元祐六年(1091)八月辛卯以疾卒，明年十有一月壬辰葬，其墓在上匭山，望諫議墳百許步。男琪，袁州萬載縣令；珪，國子博士。"按，"二十爲母"、"三十爲姑"之説，明陸琪、陸珪皆非吳氏出(吳氏當生於1006年，而陸珪生於1022年)，則"二十爲母"

當指其嫁於陸軫之年齡。"四十有九而老"不知何謂，頗疑此是陸軫卒年，然則軫卒於宋仁宗至和元年（1054）。陸游《渭南文集》卷二七《先太傅遺像》："先太傅皇祐中以吏部郎中直昭文館，自會稽移守新定，期年，請老，得分司西京以歸。"據《（嘉泰）會稽志》卷二，陸軫康定元年（1040）六月以工部郎中集賢校理知越州，慶曆二年（1042）七月替；《（淳熙）嚴州圖經》卷一："皇祐元年（1049），陸軫以吏部郎中直昭文館知州，未幾請老，以分司西京歸。"游所言"自會稽移守新定"未確，但請老以歸之事當不誤，《續資治通鑑長編》（以下簡稱《長編》）卷一七〇，皇祐三年（1051）四月甲申條錄知諫院吳奎言："近日光祿卿句希仲、吏部郎中直昭文館陸軫等，并以年高，特與分司。"注："二月癸巳，光祿卿句希仲分司西京，吏部郎中直昭文館陸軫分司南京。"可證歸老之事。由此推算，陸軫至和元年（1054）卒，亦合情理。《愛日齋叢鈔》卷二謂軫壽七十七，則軫生於太平興國三年（978）。

秦觀《淮海集》卷三三《虞氏夫人墓誌銘》："夫人姓虞氏，諱麗華，越州山陰人，助教昱之季女。年十九，歸同郡陸氏，爲承議郎知高郵縣事佖之夫人，逾八年而卒，卒後十年葬于山陰縣野人原其舅朝議公所生母袁夫人之兆，實熙寧三年五月某日也。"按虞氏嫁陸佖，佖乃佃兄，"其舅朝議公"當指珪，則"所生母袁夫人"乃軫前妻、珪生母，而佃之祖母也。以此益明吳氏爲繼室。

**軫晚年居魯墟，好辟穀煉丹。**

《（嘉泰）會稽志》卷一一："陸太傅丹井，在法雲寺佛殿前少東。太傅昔以直集賢院守鄉邦，晚謝事居寺東魯墟故廬，辟穀煉丹，專汲此井用之，辟穀十餘年，容鬢氣力皆不衰。丹已八轉，忽變化飛去，太傅乃洗爐鉢水飲之，數日不疾而逝。又以餘水分諸孫，飲者三人：中大佖年八十六，祠部傅年九十，承奉倚年八十三。"《集》卷一一《越州寶林院重修塔記》："越人以儲茲山之粹，固多奇秀，有仙國之餘風，而其陰功著在福庭，煉丹辟穀，幾換金骨，若余大父是也。"

**父陸珪，母邊氏。**

蘇頌《蘇魏公集》卷五九《國子博士陸君墓誌銘》："國子博士山陰陸君諱珪，字廉叔，尚書吏部郎中直昭文館贈諫議大夫諱軫之子，贈光祿卿諱昭之孫，以熙寧九年五月癸酉卒于濠梁之官舍……享年五十五……夫人毗陵邊氏，兵部調之女，號德安縣君。生四男子：長曰佖，尉氏縣丞；次即佃也，審官東院主簿；次曰傅，真定府學教授；季曰倚，舉進士。"據誌，陸珪（1022—1076）字廉叔，始以父任爲太廟齋郎，景祐中補湖州武康尉，再調信州司法參軍，用薦者遷杭州南新令。滿秩，改睦州錄事參軍。考課，擢大理寺丞，知明州奉化、揚州天長二縣。左降監濠州酒稅。

《集》卷一六《邊氏夫人行狀》："夫人楚丘人，兵部郎中樞密直學士贈兵部侍郎邊公諱肅之孫，兵部員外郎贈開府儀同三司諱調之女，吏部郎中直昭文館贈諫議大夫陸公諱軫之婦，國子博士贈正議大夫諱珪之妻……夫人十五而嫁，十六而字子……元祐八年二月八日卒……享年六十有九。"據此，佃母邊氏（1025—1093）於寶元二年（1039）嫁陸珪，而佃兄佖生於康定元年（1040），前引《（嘉泰）會稽志》云佖年八十六，則佖卒於宣和七年（1125）。又，邊氏有秭嫁孫沔，見《集》卷一六《陳留郡夫人邊氏墓誌銘》，有弟邊珣（1024—1095），曾爲越州餘姚縣尉，又爲尉會稽，見卷一四《通直郎邊公墓誌銘》。佃外祖邊調，《宋史》附見其父邊肅傳，外祖母溫氏，見《陳留郡夫人邊氏墓誌銘》。

**兄陸佖妻虞氏，虞氏卒，以吳氏爲繼室。**

秦觀《淮海集》卷三三《虞氏夫人墓誌銘》："夫人姓虞氏，諱麗華，越州山陰人，助教昱之季女。年十九，歸同郡陸氏，爲承議郎知高郵縣事佖之夫人，逾八年而卒，卒後十年葬于山陰縣野人原其舅朝議公所生母袁夫人之兆，實熙寧三年五月某日也。"按，秦誌謂虞氏卒後十年乃熙寧三年（1070），則虞氏卒於嘉祐六年（1061），其嫁陸佖在至和元年（1054），時年十九，推其生年當在景祐三年（1036），長佖四歲，而結婚時佖纔十五歲，似不合理。疑虞氏卒後不當停殯十年，"卒後十年"乃"十日"之誤，如此則虞氏實卒於熙寧三年（1070），推生年在慶曆五年（1045），其嫁陸佖當在嘉祐八年（1063），時佖二十四歲，較爲合理。佖後有妻吳氏，《集》卷一五《會稽縣君吳氏墓誌銘》云："朝奉大夫陸公佖有夫人曰吳氏，龍泉人，殿中丞毂之女，于佃皇考爲冢婦，于佃爲丘嫂……建中靖國元年十月甲子卒……享年六十有四，封君仁和、會稽之邑。子表民，榮州司理參軍，充都大提舉汴河堤岸司勾當公事；長民，太廟齋郎。"據此誌，吳氏（1038—1101）年長於佖，而虞氏卒時吳氏已三十三歲，宜是再嫁，抑或側室扶正。婦人之誌當詳始歸年歲，此誌不叙，蓋因此故。

**弟陸傅、陸倚。妻鄭氏早卒，後續娶其妹，生子陸宦、陸宲、陸㝛、陸宰、陸寀、陸宥、陸邃。陸宰子陸游。**

《集》卷一六《邊氏夫人行狀》："國子博士贈正議大夫諱珪之妻……生四男子：佖，右朝奉郎通判楚州；佃，左朝奉大夫龍圖閣待制知江寧府；傅，左奉議郎僉書鎮東軍節度判官廳公事；倚，杭州餘杭縣尉。孫十有三人：表民、長民、一夔、師稷、師契、師益，舉進士；宦、宲，右承務郎；㝛、宰、寀、宥、邃，尚幼……累封永嘉郡太君。元祐八年二月八日卒……享年六十有九。"按，陸游《家世舊聞》卷上云："三十八伯父（諱宦，字元長），楚公長子。公得子晚，年三十八始生伯父，遂以三十八爲行第。"謂佃年三十八始得長子宦，《渭南文集》卷三二《右朝散大夫陸公墓誌銘》又謂寀乃佃第五子，則《邊氏夫人行狀》所列諸孫中，表民、長民爲佖子（見上引《會稽縣君吳氏墓誌銘》），一夔等四人乃佃弟傅、倚之子，宦以下"宀"部命名者皆佃子，而寀適在第五。

《集》卷一六《朝請大夫鄭公墓表》："公姓鄭氏，名惇忠，字景孚。其先陳留人，今徙潤州丹徒……夫人何氏，尚書職方郎中知止之女……熙寧中，佃娶夫人長女，居公之家久。"據此，佃娶鄭惇忠女。惇忠官止朝請大夫，致仕前知筠州。鄒浩《道鄉集》卷一七

《蔣之奇陸佃追贈妻制》,乃建中靖國元年(1101)七月佃拜尚書右丞時追贈三代制之一。《集》卷三有五言絕句《悼亡二首》、七言絕句《悼亡八首》,《悼亡八首》其七云:"柔質哪堪殞妙齡",可知鄭氏早卒。然佃另有妻"楚國夫人",南宋時仍在世。陸游《老學庵筆記》卷五云:"祖母楚國夫人,大觀庚寅在京師病累月,醫藥莫效,雖名醫如石藏用輩皆謂難治。……祖母是時未六十,復二十餘年,年八十三,乃終。"大觀庚寅謂四年(1110),本年未滿六十,則夫人當生於皇祐三年(1051)後。陸游《家世舊聞》卷上云:"祖母楚國鄭夫人,撫視庶子與己子等。先君與四十二叔父提舉公(注:公諱宷,字元珍)同歲,方懷孕時,祖母作襁褓二副,付侍者,曰:'先產者先用之。'已而八月祖母生先君,九月杜知婆生叔父,相距纔二十餘日也(注云:先世以來,庶母皆稱知婆)。"據此,此"楚國夫人"亦姓鄭,頗疑惇忠長女早卒,故再娶其妹,其子女諸人當爲再娶之鄭夫人所出,故佃以三十八歲方得長子宦。另有妾杜氏,第五子宷(行四十二)乃杜出,而游父宰,則第四子也。

又,《渭南文集》卷三五《奉直大夫陸公墓誌銘》謂佃有子寘,卷三二《右朝散大夫陸公(宷)墓誌銘》又謂陸宷有兄寘,《(寶慶)四明志》卷八亦有陸寘傳,云:"寘嘗爲明州錄事,崇寧中,奉行安濟、居養、漏澤有勞,秩滿就除通判。"考《邊氏夫人行狀》所載佃諸子中,《家世舊聞》謂宦病不能官,字早卒;宰乃游父,宷墓誌見《渭南文集》;宥行第當爲四十三,《渭南文集》卷二九《跋四三叔父文集》云:"先楚公捐館時,叔父未成童。"則宥不能在崇寧中出仕,而邃當更幼。如此,唯第三子"守"當爲"寘"之訛。然則佃七子之名依次爲:宦、字、寘、宰、宷、宥、邃。于北山先生編《陸游年譜》(上海古籍出版社,2017年新版),卷首據《山陰陸氏族譜》等資料列出"山陰陸氏世系簡表",其中佃七子之名,恐未確。又,邊夫人十三孫中,寘第九,《渭南文集》有所謂"九伯父"者,應即其人。餘詳孔凡禮《陸游家世叙録》。

**嘉祐中,在蘇州吳縣,以童子從吕宏學。**

《集》卷一五《長樂郡君賀氏墓誌銘》:"夫人,蘇州吳縣居士賀仿之女……嘉祐中,余以童子從吕宏學,適連居士之牆。"按,據《集》卷一四《通直郎邊公墓誌銘》云:"然壽考康寧,殆五十年,往來吳中,極山水之勝。"邊爲佃母舅,住蘇州,則佃兒時依外家住。

**遊學四方,留高郵最久,從孫覺遊,客傅瓊家。**

《集》卷一六《孫氏夫人墓誌銘》:"嘉祐中,卜鄰而處,在高郵玉女鍊丹井少東數十步。"陸游《家世舊聞》卷上:"楚公未第時,遊四方,留高郵最久,蓋從孫莘老遊,客於處士傅瓊家。傅氏孫興祖,字仲修,實受業。"按,孫覺(1028—1090)字莘老,高郵人,《宋史》有傳。傅瓊見《集》卷一五《傅府君墓誌》。

《宋史》本傳:"陸佃字農師,越州山陰人。居貧苦學,夜無燈,映月光讀書,躡屩從師,不遠千里。"按,《集》卷一五《朱府君墓誌銘》云:"慶曆中,仁宗皇帝以善養天下,開設學校，申敕學者去浮華，而師道盛于東南，士子多吳越之秀。君於是時知改向，而迫迫未遑也，以其長子教之，曰：'學，吾志也。吾方耕且養，日月數矣，二者不得兼。汝戡其成吾志。'戡有懿行，淳淳惟謹，似不能言者，善述君之志，徒步千里，以睎大人君子之游。其淵源蓋遠矣，而與予尤相好也。"見此時風氣如此。

《集》卷一五《壽安縣君王氏墓誌銘》："江淮荊湖兩浙制置發運使少府監廣陵孫君之夫人，壽安縣君太原王氏……嘉祐四年某月某甲子，夫人卒，年五十三。明年某月某甲子，葬揚州之天長縣博陵鄉皇姑之兆。"按，《長編》卷一八八載嘉祐三年任發運使者乃揚州人孫長卿，此王氏爲其妻。但王氏葬時，佃纔十九歲，方爲遊學諸生，孫氏不應求銘於佃。檢此誌又見王安石集中，當爲安石作，誤入佃集。

**蚤以説《詩》得名。**

陸宰《埤雅序》："嘉祐前，《經義》之未作也，先公獨以説《詩》得名。其於鳥獸草木蟲魚，尤所多識。"

## 宋英宗治平三年(1066)，二十五歲

**隨父(知揚州天長縣)在任所，處助教傅瓊之館，與其子傅常同學。間至江寧，就學於王安石。**

《宋史》本傳："躡屩從師，不遠千里。過金陵，受經於王安石。"按，《集》卷一五《傅府君墓誌》："高郵傅明孺，諱常，攝揚州助教瓊之第二子。嘉祐、治平間，與予同硯席，共敝衣服，無憾也。是時明孺尚未冠，予亦年少耳。淮之南，學士大夫宗安定先生之學，予獨疑焉，及得荊公《淮南雜説》與其《洪範傳》，心獨謂然，於是願掃臨川先生之門。後余見公，亦驟見稱獎，語器言道，朝虛而往，暮實而歸，覺平日就師十年，不如從公之一日也。既歸，明孺驚曰：'自今事兄矣，豈曰友之云乎？'然予亦不自讓也，憩其館累月，食客以予故，日嘗數十人，助教禮數益隆，無倦容厭色。"據此知佃處館於揚州傅氏。蘇頌《國子博士陸君墓誌銘》言陸珪曾知揚州天長縣，又云："謂予昔嘗使淮南，表君之治效爲一道令宰之最。"檢《道鄉集》卷三九《故觀文殿大學士蘇公行狀》，蘇頌爲淮南轉運使在治平四年，必此時陸珪在天長縣任也。推計陸佃館揚州日，正是其父任職時。

《集》卷一六《沈君墓表》："治平三年，今大丞相王公守金陵，以緒餘成學者，而某也實并群英之遊。"按，王安石嘉祐八年丁母憂，解官歸江寧；治平二年服除，屢辭赴闕，其受詔知江寧府，實在治平四年閏三月(見《長編》卷二〇九)，陸佃記憶偶誤。但陸氏就學之時間，當始於治平三年，而延至四年。又，似因從學安石，佃未參加治平四年科舉，《永樂大典》卷二四七九載佃《除館職謝丞相荊公啓》："緩三年而爲儒，竊嘗承學。"

《集》卷一四《朝奉大夫陸公墓誌銘》："公諱琮,字寶之,吏部再從子也,幼孤,吏部自教養之……知江寧府上元縣……公在上元時,今王荆公爲州,多任之事。"蓋此時佃族伯父陸琮(1017—1082)亦於江寧府爲官。

### 與安石子雱(字元澤)、沈憑、龔原(字深之)等遊。

《集》卷一三《祭王元澤待制墓文》："念昔此邦,初與公值,曷敢定交,公我所畏,傾蓋相從,期以百歲。今我來思,如復更世,豈無友人,先我而逝,懷舊感今,擲筆掩袂。猶想當年,拍手論議,白下長干,倒屣曳履,遺舟夜壑,求馬唐肆。顧瞻空山,潸焉出涕。"按,元澤名雱,王安石子。此文爲佃元祐七年知江寧府時回憶之作。

《集》卷一六《沈君墓表》："居士諱鋭,字蓄之,其先吳興人,仕錢氏,及俶納土,遂遷桐川,因家焉……子三人:曰某,曰憑,曰某。憑賜同進士出身……憑有文行,吾遊之賢者也。治平三年,今大丞相王公守金陵,以緒餘成學者,而某也實并群英之遊。方是時,初識憑面……其後遂爲同年之友。"據此,沈憑後與佃同登熙寧三年進士第。

《宋史·龔原傳》:"字深之,處州遂昌人,少與陸佃同師王安石。"按,王安石講學於江寧府,受學者甚衆,實"新學"學派形成之漸,參考劉成國《王安石江寧講學考述》(《中華文史論叢》第73輯,上海古籍出版社,2003年)。又,《集》卷一三《江寧府到任謝二府啓》云:"舊遊庠校。"知安石講學、佃等從學,當以府學爲場地。

### 宋神宗熙寧中,娶鄭惇忠(1027—1087)女,居潤州丹徒鄭家久。

《集》卷一六《朝請大夫鄭公墓表》:"熙寧中,佃娶夫人長女,居公之家久……已而宦學往來,鶉居無常處,率五六年一相值。"按,詳其語意,佃娶鄭氏長女,在進士及第之前。

### 熙寧三年(1070),二十九歲
### 入京,見王安石,議及新法。

《宋史》本傳:"熙寧三年,應舉入京。適王安石當國,首問新政。佃曰:'法非不善,但推行不能如初意,還爲擾民,如青苗是也。'安石驚曰:'何爲乃爾?吾與吕惠卿議之,又訪外議。'佃曰:'公樂聞善,古所未有,然外間頗以爲拒諫。'安石笑曰:'吾豈拒諫者?但邪説營營,顧無足聽。'佃曰:'是乃所以致人言也。'明日,安石召謂之曰:'惠卿云,私家取債,亦須一雞半豚。已遣李承之使淮南質究矣。'既而承之還,詭言於民無不便,佃説不行。"按,《陶山集》十六卷文字,於王安石一再推爲"真儒",擬之孔聖(如卷二《依韻和李元中兼寄伯時二首》之二:"平生共學王丞相,更覺荀揚未盡醇。"卷三《易守建業毅夫有詩贈別次韻五首》之一:"北山楷木今成列,獨傍師門想見丘。"卷八《海州謝上表》:"偶受知于神考,嘗承學于真儒。"卷一三《祭丞相荆公文》:"嗚呼哀哉,德喪元老,道亡真儒……回也昔何敢死,賜也今將安仰?"《永樂大典》卷二四七九《除館職謝丞相荆公啓》:"篤生睿主,登用真儒。")終生服膺并發揚"新學",但於青苗、免役、方田、市易諸"新法",則全無涉及,可見理財之法,非佃所長,其志惟在繼述道統。

**應舉,爲省元,殿試擢甲科,授蔡州觀察推官。**

《宋史》本傳:"禮部奏名爲舉首。方廷試賦,遽發策題,士皆愕然,佃從容條對,擢甲科。授蔡州推官。"蘇頌《蘇魏公集》卷五九《國子博士陸君墓誌銘》:"謂予昔嘗使淮南,表君之治效爲一道令宰之最。又嘗主禮部貢舉,奏君之仲子佃爲第一。"據此,佃爲省元。《宋會要輯稿》選舉一之一二,"熙寧三年正月九日,以翰林學士承旨王珪權知貢舉,御史中丞呂公著、知制誥蘇頌、直集賢院同修起居注孫覺并權同知貢舉,合格奏名進士陸佃已下三百人。"陳襄《古靈集》卷七《乞升陸佃優等倡名劄子》:"臣竊見進士謄録卷子,内有佃字一號,初覆考一處,考到等第絶相遼遠。初考定作第三等上,必專取其義理之學而略其文辭,覆考定作第四等下,必以其文辭不工而遺其義理。臣與吴充等,爲見等第未安,已依近降聖旨指揮,酌中詳定,作第三等下。雖立等不爲不優,然已混在稠人之中,不能旌别,以副陛下求人之意。臣竊思陛下特以聲律取人爲患,故於庭試代以策問,是欲斥去虚文,以求博碩之士。似此一號,專以經義條對,學有本末,雖文采若不甚優,觀其致精深固,已出於群雋。伏望陛下取其根本之學,不求詞藻之工,臨軒唱名,特賜省覽。如實有可采,願以優等置之,不惟上稱陛下至誠文士之心,抑足以風勸後學。取進止。"《長編》卷二一〇,熙寧三年夏四月,"丁卯,以新及第進士葉祖洽爲大理評事,上官均、陸佃爲兩使職官,張中、程堯佐爲初等職官,第六人以下爲判司主簿或尉,第三甲并諸科同出身并守選。"《太平治迹統類》卷二七注:"呂公澤、蘇軾編排上官均第一,祖洽二,佃第五。程堯佐奏名第三,以陸佃知新法故,易第二爲第五焉。""易第二"之"二"或爲"三"之訛。《宋史·上官均傳》:"上官均字彦衡,邵武人。神宗熙寧親策進士,擢第二,爲北京留守推官、國子直講。"據此則佃當唱名第三。

《集》卷九《御試策》,即殿試所對。《集》卷一三《及第謝啓》《及第謝二府啓》即及第後所上。《集》卷一六《周氏夫人行狀》:"夫人周氏……享年六十有五,卒于熙寧三年十二月初六日。"此行狀亦今年或稍後所作。

**熙寧四年(1071),三十歲**
**選鄆州教授,鄉人子黄彦、韓羽、朱戩來從學。**

《宋史》本傳:"初置五路學,選爲鄆州教授。"《宋史·神宗紀》熙寧四年二月,"以經義、論、策試進士,置京東西、陝西、河東、河北路學官,使之教導",此即所謂"五路學官"。《長編》卷二二一,熙寧四年三月,"庚寅,詔諸路置學官,州給田十頃,爲學糧。

元有學田，不及者益之，多者聽如故。仍置小學教授。凡在學有職事，以學糧優定請給。又詔中書，五路舉人最多處，惟河南府、青州已置學官，餘州皆選置教授，以蔡州觀察推官陸佃等爲之。"注："選陸佃等在辛卯，今并書。"

《集》卷一四《諸暨黃君墓誌銘》："諸暨爲邑萬戶，能力教子者三家：朱氏諱瑩，子名戬；韓氏諱彥昌，子名羽；黃氏諱舜卿，子名彥。熙寧中，先皇帝以德更化，以道更法，百度修而萬事舉，始詔諸路置學官。方是時，予爲鄆州州學教授，彥等裹糧走汶上。"

**補國子監直講。**

《宋史》本傳："召補國子監直講。安石以佃不附己，專付之經術，不復咨以政。安石子雱用事，好進者坌集其門，至崇以師禮，佃待之如常。"按，《集》卷一三有《祭王元澤待制墓文》，對王雱推崇備至，引爲知己。謂安石"專付之經術"，則就佃之所長，亦合其所志。本傳行文，似佃於師門有間然，乃新黨敗後，爲佃開脫之意。佃之後人在南宋登朝者猶衆，當時國史之傳，必取如此筆調，而爲《宋史》採入。《能改齋漫錄》卷八"陸農師取杜子美詩"條："王荆公父子俱侍經筵，陸農師以詩賀云：'潤色聖猷雙孔子，調燮元化兩周公。'議者爲太過。然不知取杜子美《送薛明府詩》'侍臣雙宋玉，戰策兩穰苴'。"按，《長編》卷二二六，熙寧四年八月己卯，"前旌德縣尉王雱爲太子中允、崇政殿說書"，雱侍經筵始此。另，其時周、孔之喻習見，爭相獻詩者甚夥，又有范鏜獻詩一說，李壁《王荆文公詩箋注》卷二二《題雱祠堂》詩"一日鳳鳥去，千秋梁木摧"句下注云："公父子皆以經術進，當時頌美者多以爲周、孔，或曰孔、孟。范鏜爲太學正，獻詩云：'文章雙孔子，術業兩周公。'公大喜，曰：'此人知我父子。'"按，范鏜及第在熙寧六年。

又，佃補直講，與太學蘇嘉案有關。蘇頌子嘉在太學以對策非議時政，因而一干講官全遭罷免，而新任學官多是從安石學者。《長編》卷二二八，熙寧四年十一月，"戊申，管勾國子監常秩等言：準朝旨，取索直講前後所出策論義題，及所考試卷，看詳優劣，申中書。今定焦千之、王汝翼爲上等，梁師孟、顏復、盧侗爲下等。詔千之等五人并罷職，與堂除合入差遣。學生蘇嘉因試對策，論時政之失，講官考爲上等。直講蘇液以白執政，皆罷之而獨留液，更用陸佃、龔原等爲國子直講。嘉，頌子。原，遂昌人，與佃皆師事王安石云。"注："此段更詳之。選舉志云：上以其宿學，不足教導多士，皆罷之。林希《野史》云：蘇頌子嘉在太學，顏復嘗策問王莽、後周改法事，嘉極論爲非，在優等。蘇液密寫以示曾布，曰：'此輩唱和，非毀時政。'布大怒，責張琥曰：'君爲諫官判監，豈容學官生員非毀時政，而不彈劾？'遂以示介。介大怒，因更制學校事，盡逐諸學官，以李定、常秩同判監，令選用學官，非執政喜者不預。陸佃、黎宗孟、葉濤、曾肇、沈季長。長，介妹婿；濤，其姪婿；佃，門人；肇，布弟也。佃等夜在介齋授口義，旦至學講之，無一語出己者。其設三舍，皆欲引用其黨耳。"

《集》卷九《太學策問》二首,即爲國子監直講時作。
**在太學,《詩講義》盛傳於時。**
　　陸宰《埤雅序》:"熙寧後,始以經術革詞賦,先公《詩講義》遂盛傳於時,學校爭相筆受,如恐不及。"按,此當是佃在太學時事。
**有啓回韓忠彦。**
　　《家世舊聞》卷上:"楚公早貴,而諸父生晚,故少時文章多亡逸。朝循之治爲先誦楚公《回師朴謝入館啓》云:'富貴奕世,而有寒唆之風;文學絶人,而無曖昧之行。'今家集亦亡之矣。"按:韓忠彦(字師朴)子韓治,字循之,此條誤"韓"作"朝"字,而"先"字後脱一"公"字。據《長編》卷二二六,熙寧四年八月癸酉,"開封府判官、太常博士、秘閣校理韓忠彦爲正旦使",則韓忠彦四年已爲秘閣校理,姑繫此。

**熙寧五年(1072),三十一歲**
**在太學,協助王安石作《詩義》。**
　　《長編》卷二二九,熙寧五年春正月,"戊戌,王安石以試中學官等第進呈,且言黎侁、張諤文字佳,第不合經義。上曰:經術今人人乖異,何以一道德,卿有所著,可以頒行,令學者定於一。安石曰:《詩》已令陸佃、沈季長作義。上曰:恐不能發明。安石曰:臣每與商量。季長錢塘人,安石妹婿也。"注:"司馬光熙寧五年正月日記:有旨令曾布撰詔書,付直史館,進從來所解經義,委太學編次,以教後生。"
**從學者上舍生葉適免試授官。**
　　《長編》卷二三七,熙寧五年八月戊戌,"賜太學生葉適進士及第,爲試校書郎、睦州推官、鄆州州學教授。適,處州人。管勾國子監張琥等言適累試優等也。"注:"林希野史云:熙寧四年春,更學校貢舉之法,設外舍、内舍、上舍生,春秋二試,由外舍選陞内舍,由内舍選陞上舍,上舍之尤者直除以官,以錫慶院爲太學……葉適者,處之巨豪,前此斥於廷試,素以交結陸佃,爲之引譽,琥、定遂推第一,欲誘動士心,貪利慕己。於是列奏適之文章行義卓絶,遂賜進士及第、鄆州教授,又留爲直講……是歲國子監薦一百五十人,諸家門生占百三十人,開封薦二百六十人,諸家門生占二百餘人。諸直講揚言曰:自此罷科舉,但用太學春秋兩試所占上等,如葉適直除以官。於是士心惶懼,惟恐不得出諸學官之門也。"
**爲陳沐作《永慕亭記》。**
　　《集》卷一一《永慕亭記》:"熙寧三年,予之同年友衢梁陳君澤民,會葬其親于州南龍塘之原……其後二年,書走京師,屬予記之。"按,澤民名沐。
**作傅瓊墓誌。**
　　《集》卷一五《助教傅君墓誌銘》:"揚州傅君諱瓊,字君寶……熙寧五年正月十三日卒,以三月庚申葬。"

熙寧六年(1073),三十二歲
**仍任國子監直講,差在貢院點檢試卷。**

《宋會要輯稿》選舉一九之一六,熙寧六年正月,"以翰林學士曾布等權知貢舉……國子監直講周諝、龔原、王沇之、孫諤、陸佃……點檢試卷。"

**王昇(1054—1132)來寓門下。**

《集》卷一有《贈王君儀》詩。按,昇字君儀,《泊宅編》卷中載:"明州有僧佯狂,頗言人災福,時號癲僧。睦州王君儀纔弱冠,寓陸農師門下,力學攻文,鋭意應舉,至忘寢食。一日癲僧來托宿,陸公曰:'王秀才雖設榻,不曾睡,可就歇息。'明日僧夙興,見君儀猶挾策窗下,睥睨而言曰:'若要官,須四十九歲。'君儀聞之,頗不懌。其後累應舉,盡不偶,直至四十八歲,又夢癲僧笑而謂曰:'明年做官矣。'是時癲僧遷化已久,而來年又非唱第之年,君儀頗惻然。歲籥一新,陸公入預大政,既對,首薦君儀,遂除湖州教授。君儀嘗謂予云,欲遊四明,求師遺事,爲作傳以報之,而未能也。"昇除湖州學教授在建中靖國元年十二月,參本譜該年紀事。《(淳熙)嚴州圖經》卷一載昇"紹興二年無疾而卒,年七十九",則其"纔弱冠"當在今年。

**佃在太學之弟子尚有:黃特、黃持、朱戩、韓羽、黃彥、李知剛(佃婿)、李知柔、石景舒、石景愈、石景完、石景洙、陳廓、陳度、黃安。**

《集》卷一四《黃君墓誌銘》:"君姓爲黃,名曰頤,字謂之吉老,剡人也……生四子:理中,早卒,特、持、時,盡遣爲學……皆相繼登科,特亦其一也。特、持受學予所言多,時亦在太學。"黃特後登進士科。

《集》卷一四《諸暨黃君墓誌銘》:"諸暨爲邑萬户,能力教子者三家:朱氏諱瑩,子名戩;韓氏諱彥昌,子名羽;黃氏諱舜卿,子名彥。熙寧中,先皇帝以德更化,以道更法,百度修而萬事舉,始詔諸路置學官。方是時,予爲鄆州州學教授,彥等裹糧走汶上。有良質美志,不媿齊魯。自兹從予遊,蓋累年。買鄰太學之東,衡門懸箔,而容貌甚渥。予固知其非長厄者也。後羽登科,彥繼之,戩又繼之。"

《集》卷一四《李司理墓誌銘》:"作乂,吾婿也,名知剛……與兄知柔,在太學久,二李名動京師。作乂元祐五年舉進士,爲別試第一,遂中丙科。"

《集》卷一五《石子倩墓誌銘》:"子倩諱徽之,姓石氏,越州新昌人……再娶陸氏,吾姊也,才且賢,伯父琪惜其爲女子,爲擇佳配,以嫁子倩。子四人:景舒、景愈、景完、景洙。女三人:長適鄉貢進士卜彊本,次適鄉進士傅質,次在室。景舒與諸弟,昔嘗從予在太學,見其粢食不美,夜分寒燈熒然欲減,其光映書,兄弟共之,而寢卧纔半榻,偃息蓋遞焉,刻意堅槁,甚於寒士……然而諸子應舉數奇。"

《集》卷一六《蔣氏夫人墓誌銘》:"金壇蔣氏者,……男四人,孟曰獻臣,次袞,次亢,次京。孫男七人,孟曰廓,次度,次庶,次廣。獻臣早卒,其三孫未名……卒以積日累勞,殖陳氏之宗……廓、度、庶、廣亦舉進士,已而廓、度相躡登科,朱丹其門,實游吾館。廓頗樸茂,度也翹俊可喜。"按,陳廓、陳度皆陳亢子,父子三人有傳見《京口耆舊傳》卷六,廓中熙寧九年進士第,度中元豐二年進士第。佃謂"實遊吾館",當指中第前曾受教於佃,約爲佃任教太學時也。度中第後官於江寧,復受教於王安石。按,以上墓誌大多從弟子所請而作。

《家世舊聞》卷下:"黃安時,名安,其先虔州人。父克俊,仕至尚書膳部員外郎。安時少有聲太學,楚公授《禮》《春秋》。父死,即罷科舉,退居於壽春縣之鳳橋,自號鳳橋耕叟。初,安時妻與弟寬不相得,安時妻早死,遂終身不娶。布衣蔬食,閉門教授。禮之度數、因革,他人累歲不能窮者,安時對客指畫解說,皆粲然可見,如言其室中事也。晚好《易》,尤尊伊川程先生之說。方是時,天下無爲程氏學者,安時不拘世俗如此。"按,佃在太學授業,即爲國子監直講時。《家世舊聞》卷上:"黃安時自言,少時見楚公,以所著《春秋論》爲贄,其間有論董仲舒不合聖人處。楚公從容答曰:'仲舒讀此書,三年不窺園,乘馬不知牝牡,吾子曾如此下工夫乎?'安時言,自聞此語,終身不敢輕立議論。"此亦在太學時事。

**作朱瑩墓誌。**

《集》卷一五《朱府君墓誌銘》:"暨水之陽,有潛德曰朱君者,諱瑩,字文玉……熙寧五年卒於十有二月丁酉,葬以明年九月丙午。"

### 熙寧七年(1074),三十三歲
**改審官東院主簿。**

《集》卷七《鄧州謝上表》有"三年太學,官冷如冰",卷一三《除中書舍人謝二府啓》有"太學三年"之語,知佃爲國子監直講止三年,然未知此後改何差遣,或即審官東院主簿,參考本譜熙寧九年紀事。

**作邵亢祭文**

《集》卷一三《祭邵興宗資政文》。按,邵亢字興宗,《長編》卷二五八,熙寧七年十二月戊子:"亳州言,資政殿學士吏部侍郎知州邵亢卒。"

### 熙寧八年(1075),三十四歲
**與舒亶、彭汝礪等在景德寺考試開封進士。識程天民(1055—1086)。**

《集》卷一六《貴谿縣丞程君天民墓表》:"尚書都官郎中程公諱迪,有子曰天民,字行可,未冠舉進士,中甲科,後二年始應銓格……以疾卒于智亭,實元豐九年正月十三日也,享年三十二……熙寧中,予暨行可嘗試開封進士。是時神考相王文公,作成治法,初以經術造士。其被命考校者,至數十人,稱一時之選。余于其間,愛行可受才俊邁,而造行粹良,竊謂異時當爲國器。"按,天民中第後二年赴吏部銓,則中第時十八歲,當在熙寧六年(1073),其赴選在今年,明年有禮部試,天民與佃"被命考校"者,必今年開封府秋試。《家世舊聞》卷上記佃語："嘗記熙寧中,與舒信道、彭器資同在景德考試。"按,《長編》卷二六八,熙寧八年九月乙酉,"初,以練亨甫、范鐺、彭汝礪爲別試所考試官。"此亦秋試,《文昌雜錄》卷五云："開寶寺試國學進士,景德寺又爲別試所。"

《集》卷三《景德寺考試秋日即事四首》《又景德再考試秋日即事》《試院夜雨思秦叔仲至呈信道》即作於此時。按,此三題皆涉秋試。佃詩題中"信道"乃舒亶字。

**爲沈憑父銳作墓誌。**

《集》卷一六《沈君墓表》："居士諱銳,字蓄之……春秋六十有二,卒于熙寧六年十有二月丙戌,以八年八月乙酉葬。"

**再娶鄭氏女。**

《集》卷一六《朝請大夫鄭公墓表》："熙寧中,佃娶夫人長女,居公之家久……已而宦學往來,鶉居無常處,率五六年一相值。迨今更數十寒暑,蓋再見而無夫人,又一見而無公矣。"佃娶鄭氏長女約在及第前,且明年逢父喪,元豐二年已得長子宦,據"五六年一相值"語,再娶鄭氏女約在本年。

## 熙寧九年(1076),三十五歲

**正月,以審官東院主簿,差貢院點檢試卷。**

《宋會要輯稿》選舉一九之一七,熙寧九年正月,"以翰林學士鄧綰權知貢舉,集賢校理同管勾國子監黃履、國子監直講龔原、彭汝礪、祕書丞周諶參詳……審官東院主簿陸佃……點檢試卷"。

《集》卷一《依韻和彭器資直講》："歲久親談麈,春深集試闈。"按,器資乃彭汝礪字,《名臣碑傳琬琰集》中集卷三一,曾肇《彭待制汝礪墓誌銘》："治平二年,以進士試禮部,擢第一。故事,進士第一人無入吏部選者,公釋褐,歷保信軍節度推官、武安軍節度掌書記,丁外艱,服除,復授潭州軍事推官,在選十年,人以爲淹,而公處之澹如也。丞相王文公得公詩義,善之,留爲國子監直講。"據此,彭汝礪爲直講在治平二年(1065)之十年後,則爲熙寧七年(1074)後。彭今年十月權監察御史裏行(見《長編》卷二七八),其與佃同在試闈,乃今年春。《集》卷一《依韻和彭器資直講二首》其一有："三年清苦下書帷,諸子專門盛一時。"二詩亦作於此時,另同卷《思巖老呈彭器資》有"春遠下樓遲"句,姑繫此。按,佃弟傅字嚴老,《家世舊聞》卷上"東坡先生守錢塘,六叔祖祠部公爲轉運司屬官","六叔祖祠部公"下有注云:"諱傅,字岩老。"彭汝礪弟彭汝霖亦字嚴老,《宋史·彭汝霖傳》:"汝霖字嚴老。"按,陸傅或作陸傳,以字岩老,判斷爲傅。

**二月,姑母卒,後年葬。**

《集》卷一六《壽昌縣君陸氏墓誌銘》:"夫人壽昌縣君,吏部郎中直昭文館陸公諱軫之女,右諫議大夫集賢院學士楊公諱大雅之婦……熙寧九年二月初七日,以疾卒于蘇州,享年五十有一……卜以元豐元年二月十六日,葬于蘇州吳縣長洲鄉官山龍師塢,祔其夫虞部郎中諱沆之墓。"按,《家世舊聞》卷上:"太尉女弟嫁楊虞部沆,蓋文忠夫人之弟。"此"太尉"謂陸珪,"文忠"指歐陽修。蘇轍《欒城後集》卷二三《歐陽文忠公神道碑》:"公初娶胥氏,即翰林學士偃之女;再娶楊氏,集賢院學士大雅之女;後娶薛氏,資政殿學士簡肅公奎之女。"

**三月,坐考校第一甲進士不精,罰銅二十斤。**

《長編》卷二七三,熙寧九年三月辛巳,"詔殿試進士初考官翰林學士陳繹、集賢校理孫洙、王存、崇文院校書練亨甫、范鎧、審官東院主簿陸佃,各罰銅二十斤。覆考官翰林學士楊繪、龍圖閣直學士宋敏求、同修起居注錢藻、秘閣校理陳睦、崇政殿說書沈季長、檢正中書刑房公事王震,各罰銅十斤,并坐考校第一甲進士不當也。"按,今年狀元徐鐸。

**五月,父陸珪卒於濠州,迎棺歸鄉,守制。諸暨人俞方、衢州人鄭褒、鄭云來從學。**

蘇頌《蘇魏公集》卷五九《國子博士陸君墓誌銘》:"以熙寧九年五月癸酉卒於濠梁之官舍。"

《集》卷一五《王氏夫人墓誌銘》:"夫人王氏者,諸暨同里俞君諱擇之室……生堅、稔、碓、磷、砥、磻六子,子又生方、亢、彥、變、充、京、襄、交、袞、永、云、褒十二孫……熙寧九年,先考棄諸孤,尸仙濠上。某也抱鉅創之至痛,迎棺東歸,卜塋寶峰之南,蕭然故廬,寢苦待盡。夫人高吾義,遣方買鄰以居,曰:'是其諫議陰德之後,克紹其門者,又嘗問道真儒,盍往歸焉?'方從予游,爲學知所先後,蓋將求心之解,非若淺丈夫汲汲于外,以晞世利而已。"

同卷《王氏夫人墓誌銘》:"夫人衢州王某之女,鄭君諱某之妻……生七子:襄、卞、亶、褒、袞、云、方。襄嘗預計偕,而褒、云遊吾門,其文行皆可喜。而云從予最久,愛其進學駸駸如,驟有足以起予者。元豐二年,佃承乏資善,招之使遊闕下。"按,佃於元豐二年招鄭云入京,則鄭之從學,約在佃居鄉守制時也。

## 熙寧十年(1077),三十六歲

**葬父於鄉。**

蘇頌《蘇魏公集》卷五九《國子博士陸君墓誌銘》:"以明年九月丙辰葬於會稽縣之表孝鄉趙樂峰之南原。"國子直講龔原爲作行狀,諸孤持以請蘇頌銘。誌稱佃爲"審官東院主簿"。又云:"而諸子皆少年競立,與當時巨公游,聲稱已顯矣。"

**與知越州程師孟唱和。**

《集》卷一《呈越州程給事》《依韻和程給事留題法雲寺方丈》《題適南亭呈程給事二首》、卷三《依韻和程給事贈法雲長老重喜》。程給事謂程師孟,官給事中,據《(嘉泰)會稽志》卷二,"程師孟,熙寧十年十月以給事中充集賢殿修撰知,元豐二年十二月替。"

《集》卷一一《適南亭記》：“熙寧十年，給事中程公出守是邦。”王安石《王荊文公詩箋注》卷三七《寄程給事》一詩與佃詩《呈越州程給事》用同韻，安石詩重出於王珪《華陽集》卷四題作《寄公闢》、鄭獬《鄖溪集》卷二七題作《寄程公闢》、秦觀《淮海後集》卷三題作《寄公闢》。

**元豐元年（1078），三十七歲**
**姑母葬，爲作墓誌。**
　　《集》卷一六《壽昌縣君陸氏墓誌銘》。詳本譜熙寧九年紀事。
**姊夫石子倩卒，作墓誌。**
　　《集》卷一五《石子倩墓誌銘》：“子倩諱徽之，姓石氏，越州新昌人……初娶王氏，早卒。再娶陸氏，吾姊也，才且賢，伯父琪惜其爲女子……春秋五十有五，病革，問日之早晚，曰曛矣，於是即化，實元豐元年五月甲子也。遺言乞銘於予，而諸孤卜以某月某日，葬于豐樂鄉梨塢之原。”按，佃守制當至七八月，石氏卒時，佃在越州。
**傅瑩妾盛氏葬，爲墓銘。**
　　《集》卷一六《盛氏夫人墓誌銘》：“夫人姓盛氏，和州人，生數歲，工部侍郎李公虛己育之，及長，李公季女歸於山陰尚書屯田傅郎中瑩，夫人往媵焉……生二男一女，曰傅師、傅中，女適鎮江軍節度推官王淵。孫男四人，廉卿、溫卿、毅卿、愿卿，孫女一，皆幼。傅師、傅中有文行，應進士，更爲舉首……以熙寧十年七月壬戌卒，以元豐元年七月壬午葬。”
**赴闕，過江寧府省王安石。以光禄寺丞奉旨在資善堂修定《說文》。**
　　《集》卷一三《江寧府祭蔣山神祝文》：“某在元豐之初，以光禄寺丞、資善堂修定說文赴闕，欲自京口輕騎省王丞相于金陵。是時汴流日淺，議舍所乘舟，自先濟江，念未有長子佺可委。夜忽夢神人，金甲仗鉞，自稱蔣山神，迎候渡江無慮。某初不知鍾山有帝之祠也，既至金陵，問知有帝，拜伏祠下，像如夢中，惟冕服異耳。其渡江日，獨得順風，二舟既涉，風色斗轉，他船皆不果濟。”
　　《長編》卷二八九，元豐元年五月，“庚寅，光禄寺丞陸佃修定説文”。注：“三月六日差王子韶，五年六月九日書成。”按，如此則佃守制未畢，即予差遣，可見頗受神宗重視。
　　《長編》卷二八八，元豐元年三月庚辰，“太子中允王子韶知禮院，仍於資善堂置局，修定説文。”注：“五年六月九日，書成。”又，《宋史·職官志二》：“資善堂，自仁宗爲皇子時，爲肄業之所，每皇子出就外傅，選官兼領。”
　　《集》卷二《和嚴老》：“官清自可看奇字，俸薄猶能寫異書。”“奇字”、“異書”或即修《説文》事，姑繫此。按，嚴老是佃弟傅字，參本譜熙寧九年紀事。

**和元絳祈雨詩。**

《集》卷一《依韻和元參政祈雨》。按，元絳熙寧八年十二月拜參知政事，元豐二年五月因太學獄罷。《長編》卷二七一，熙寧八年十二月"壬寅，以翰林學士兼侍讀學士、判太常寺、兼群牧使、工部侍郎元絳參知政事"。《長編》卷二九八，元豐二年五月"甲申，工部侍郎、參知政事元絳知亳州"。又，此詩有自注云："是日得雨，上復常膳，御正殿。"當是還朝後作。《長編》卷二〇九，元豐元年六月"甲寅，命輔臣祈雨"。姑繫此。

**作《越州寶林院重修塔記》。**

《集》卷一一《越州寶林院重修塔記》："熙寧十年八月丙申，其寺與塔俱焚……居無何，廣平侯程公來領州政……且思有以復之，自其塔始……自春迄冬，費幾萬緡。"按：詳語意，"自春迄冬"當指元豐元年。

## 元豐二年(1079)，三十八歲

**正月，兼詳定郊廟禮文官。**

《長編》卷二八七，元豐元年春正月，"戊午，判太常寺樞密直學士陳襄、崇政殿説書同修起居注太子中允集賢校理黃履、太常博士集賢校理李清臣、秘書丞集賢校理王存，詳定郊廟奉祀禮文。太常寺主簿秘書丞楊完、御史臺主簿著作佐郎何洵直、國子監直講密縣令孫諤，充檢討官。先是，手詔：'講求郊廟奉祀禮文訛舛，宜令太常寺置局，仍遣定禮官數員，及許辟除官屬，討論歷代沿革，以考得失。'故命襄等"。注："五年四月十一日成書。"《長編》卷二九六，元豐二年春正月丙子，"光祿寺丞詳定説文陸佃，兼詳定郊廟奉祀禮文"。《宋會要輯稿》禮二八之五四，"自元豐元年詳定郊廟奉祀禮文，命陳襄、王存、李清臣、張璪、黃履、陸佃、何洵直、楊完等討論"。

按，詳定郊廟奉祀禮文所，成立於元豐元年，而陸佃兼其職在二年正月，但恐在元年已參與討論，其意見甚被重視，詳本年八月紀事。

**四月或六月，差考試宗室。**

《宋會要輯稿》選舉一九之一八，元豐二年，"六月十五日，知制誥張璪、光祿寺丞陸佃赴秘書閣考試宗室"。又，選舉三二之四，元豐二年，"四月十四日，知制誥張璪、光祿寺丞陸佃赴祕閣考試宗室"。按，此暫未知孰是，或可能是考兩次。

《集》卷一《呈張邃明舍人》。張璪字邃明，據韋驤《故資政殿大學士右光祿大夫知揚州軍州事兼管內勸農使充淮南東路兵馬鈐轄上柱國馮翊郡開國公食邑三千六百戶食實封九百戶贈右金紫光祿大夫張公行狀》："(元豐)二年五月，除右正言，知制誥。是月知審官東院兼知諫院，判國子監……(三年)二月，同編修諸路學制，尋除翰林學士、知制誥。"詩云"世掌絲綸美，聲名壯紫微……簡在除書密，時清諫疏稀"，璪三年二月已除翰林學士，詩題稱"舍人"，乃元豐二年以右正言知制誥兼知諫院時，佃本年因詳定郊廟禮文與考試宗室，與璪多有交集，姑繫此。

**六月,從光禄寺丞除集賢校理。**

《長編》卷二九八,元豐二年六月癸丑,"光禄寺丞陸佃爲集賢校理"。《宋會要輯稿》選舉三三之一五、一六,元豐二年六月十六日,"光禄寺丞陸佃爲集賢校理。上批:佃資性敏明,學術贍博,故擢之。"

《集》卷四《辭免集賢校理狀》,原注:"元豐二年初,有御批付中書:'陸佃資性明敏,學術贍博,可除集賢校理。'"狀云:"比蒙聖知,拔自孤遠,講求字訓,參議禮文。"

《永樂大典》卷二四七九《除館職謝丞相荆公啓》:"乘槎問漢,敢妄意於英躔;入館登瀛,遽叨名於仙籍……恭以宫使相公先生,道承三聖,德冠群倫……比登詞館,實出師門。緩三年而爲儒,竊嘗承學;烏九寫而成烏,猥預校文……"《宋史·神宗記二》:"元豐元年春正月乙卯,以王安石爲尚書左僕射、舒國公、集禧觀使。"佃稱"宫使"謂此。"緩三年而爲儒"蓋指從學安石事,參本譜治平三年紀事。"猥預校文"乃元豐元年修《説文》事。

《集》卷一一有《鶡冠子序》《鬻子序》,疑在館時作。

**稍後,或兼判武學事。**

陸游《渭南文集》卷一五《聞蟊録序》:"元豐初,置武學,先太師以三館兼判學事,今學制規模多出于公,而策問亦具載家集中。"按,《長編》《宋史》皆未載佃判武學事,游云"以三館兼判學事",當在元豐二年除集賢校理之後。考《集》卷七《謝中書舍人表》云:"方陛下以聖文樂育秀異,而臣濫遊文館;陛下以神武攬御雄俊,而臣濫處武庠。"此述中書舍人前任職,其中"濫遊文館"指任集賢校理,"濫處武庠"則是兼判武學之謂。又,《集》卷九有《武學策問》多首,《集》卷四有《乞立武舉解額劄子》,則佃確曾參與武學、武舉事宜。

《宋史·藝文志》有"陸佃《國子監敕令格式》十九卷",又有"《武學敕令格式》一卷",無作者名,只注"元豐間"三字,或者亦佃之作。

**八月,爲太子中允、崇正殿説書。**

《長編》卷二九九,元豐二年八月丁巳,"光禄寺丞集賢校理陸佃爲太子中允、崇政殿説書"。

《宋史》本傳:"同王子韶修定《説文》。入見,神宗問大裘襲衮,佃考禮以對。神宗悦,用爲詳定郊廟禮文官。時同列皆侍從,佃獨以光禄丞居其間。每有所議,神宗輒曰:'自王、鄭以來,言禮未有如佃者。'加集賢校理、崇正殿説書,進講《周官》,神宗稱善,始命先一夕進稿。"

《四庫全書總目》卷一五四《陶山集》提要云:"惟元豐大裘議,《集》稱佃爲集賢校理,史乃稱'同列皆侍從,佃獨以光禄丞居其間',當爲《宋史》之訛。"檢《集》卷五《元豐大裘議》,館臣注曰:"《宋史》佃本傳:'神宗問大裘襲衮,佃考禮以對。神宗悦,用爲詳定郊廟禮文官。'即此議是也。據史云:'同列皆侍從,佃獨以光禄丞居其間。'今集中載此議,在元豐四年。佃于二年已爲集賢校理,時轉官已久,足證載筆之誤。又'裘'字史訛作'喪',諸本并沿誤。"按,"裘"、"喪"字誤,中華書局點校本《宋史》已改正。然館臣考史文之誤,不確。據《辭免集賢校理狀》"參議禮文"語,佃以光禄丞參議禮文,實在元豐二年除集賢校理之前。上《元豐大裘議》雖在四年,但神宗問大裘襲袞,則可在二年之前,所謂"佃考禮以對",未必"即此議",史文實不誤。又,光禄丞是官(正八品);集賢校理是職。《宋史·輿服志三》:"神宗元豐四年,詳定郊廟奉祀禮文所言……詔重詳定。光禄寺丞、集賢校理陸佃言……"所言即《元豐大裘議》,加集賢校理未必轉官。然上《元豐大裘議》時實官太子中允(元豐二年八月升),《輿服志》亦誤。

佃在詳定郊廟奉祀禮文所,亦曾議及宗廟之制,《宋史·禮志九》"宗廟之制"條云:"元豐元年,詳定郊廟禮文所圖上八廟異宫之制,以始祖居中,分昭穆爲左右,自北而南。僖祖爲始祖,翼祖、太祖、太宗、仁宗爲穆在右,宣祖、真宗、英宗爲昭在左,皆南面北上。陸佃言:'太祖之廟百世不遷,三昭三穆親盡則迭毁。如周以后稷爲太祖,王季爲昭,文王爲穆,武王爲昭,成王爲穆,康王爲昭,昭王爲穆。其後穆王入廟,王季親盡而遷,則文王宜居昭位,武王宜居穆位,成王、昭王宜居昭位,康王、穆王宜居穆位,所謂父昭子穆是也。説者以昭常爲昭,穆常爲穆,則尊卑失序。'復圖上八廟昭穆之制,以翼祖、太祖、太宗、仁宗爲昭在左,宣祖、真宗、英宗爲穆在右,皆南面北上。"

**有詩與王子韶、龔原等。**

《集》卷一《呈王聖美》,注:"公改中允十年矣。"檢《資治通鑑後編》卷七七,熙寧二年八月辛酉,"以秘書省著作佐郎河南程顥、太原王子韶并爲太子中允,權監察御史裏行",王子韶以熙寧二年改太子中允,則至元豐二年陸佃改太子中允時,適爲十年。《集》卷三《寄龔深之、曾子開》:"先生官冷久京華,衣有塵埃飯有沙。"按,龔原熙寧時即與佃同爲國子監直講,至今年,因太學虞蕃案追官勒停,《長編》卷二九九,元豐二年七月癸巳"詔殿中丞、國子監直講龔原追一官勒停,展三期叙",此詩當作於獄事起前。

**招鄭云遊闕下。**

《陶山集》卷一五《王氏夫人墓誌銘》:"夫人衢州王某之女,鄭君諱某之妻……生七子:襄、卞、亶、褒、衮、云、方。……而云從予最久,愛其進學駸駸如,驟有足以起予者。元豐二年,佃承乏資善,招之使遊闕下。"

**是年,長子宧生。**

《家世舊聞》卷上:"三十八伯父諱宧,字元長,楚公長子。公得子晚,年三十八始生伯父,遂以三十八爲行第。"


### 元豐三年(1080),三十九歲
**春,議太皇太后喪禮。**

《家世舊聞》卷上:"元豐中,庚申冬,慈聖光獻太后上仙。明年春,將百日,故事當卒哭。楚公時以集賢校理爲崇政殿説書，因對，言：'禮既葬而虞，虞而後卒哭。古者，士三月而葬，三虞而卒哭，則百日而卒哭者，士禮也。今太皇太后宜俟山陵復土，九虞禮畢，然後行卒哭之禮。且古者初喪哭無時，卒哭則朝夕哭而已。今俚俗初喪纔朝夕哭，卒哭則并朝夕哭亦廢，非禮也。'神祖好禮，悉如公言行之。"按，宋仁宗曹皇后謚慈聖光獻，實卒於元豐二年十月，陸游所記"庚申"是元豐三年，不確，此"明年春"則當是元豐三年。

**在詳定禮文所，議郊祀天地事。**

《長編》卷三〇四，元豐三年五月甲子，"翰林學士兼詳定禮文張璪言：'伏見天地合祭，議者不一……'詔禮院速詳定以聞。先是，詳定禮文所言……詔詳定官具合更改禮文以聞，而陳襄、李清臣、王存、陸佃等各以所見列上"。以下引陳襄言，主分祭天地；李清臣言，主合祭天地；王存言，主分祭；陸佃言："看詳天地合祭，非古也。然古者因郊上帝，別祀地祇，則祀地又不可廢，顧無合祭之禮爾。蓋緣地祀天，以故特祠，則雖祠地祇，亦事天而已。故《中庸》曰，郊社之禮，所以事上帝也。《三正記》曰，郊後必有三望。《春秋》亦書不郊猶三望，其《傳》曰，望，郊之細也。以臣考之，望祭或在郊之明日，或以其日，雖不可知，然要之郊後必有望祭明矣。《書》曰，肆類於上帝，禋于六宗，望於山川。望，地祭也，不言祭地，祭地可知也。今或冬日至親祠昊天上帝，因即圜丘之北，別祠地祇，不崇朝而天地之祠畢舉。考先王之意，度當世之宜，似或可行。議者若謂祭地當在北郊，則此因郊特祠，本非正祭，且春而朝日於東門之外，則與夏至北郊祀地無異。然大報天而主日配以月，皆兆於南郊，則皇地祇因天特祭，自與夏至正祠不同，祠之南郊，禮宜然也。"是主分祭也。注："陸佃以三年正月由光禄寺丞詳定《説文》，兼詳定禮文。此必在三年正月後。"按，佃兼詳定禮文，實在元豐二年正月，注文"三"字有誤，但《長編》正文繼云："佃等議未決，璪又兼詳定，因建此議。"注："張璪以翰林學士兼詳定，在今年正月。"《長編》正文繼又録佃言，仍主分祭，又謂："詔下詳定所，而詳定所以爲佃既稱未有顯據，即於理難以施行。"可見有關討論延至今年，仍未決。

**以詩寄程師孟。**

《集》卷二《依韻和青州程給事見寄》。《宋史·程師孟傳》："復起知越州、青州，遂致仕。"《（嘉泰）會稽志》卷二："程師孟，熙寧十年十月以給事中充集賢殿修撰知，元豐二年十二月替。"師孟離越州後赴青州任，以詩見寄當在元豐三年後。

**同鄉褚珵妻卒，爲撰墓誌。**

《集》卷一五《壽安縣君張氏墓誌銘》："朝請大夫提舉三門白波輦運褚侯之室，壽安縣君者，張諱隱之女也，元豐三年閏九月朔，以疾卒于夫之官舍……大夫名珵，所至有愷悌之政，與予俱越人也。將以其年某月某日，葬夫人某縣某山之原，乃來速銘。"

**俞方祖母王氏卒,爲墓誌。**

《集》卷一五《王氏夫人墓誌銘》:"夫人王氏者,諸暨同里俞君諱擇之室……元豐三年以七月己巳卒,以閏九月壬辰葬。"

**鄭云母王氏卒,爲墓誌。**

《集》卷一五《王氏夫人墓誌銘》:"元豐二年,佃承乏資善,招之使遊闕下……明年三月十有一日,朝步庭下,猶折花引孫爲戲,晝得暴疾……卜以其年九月朔,祔于北郭龍塘西園其夫之墓。"

**陳廓、陳度祖母蔣氏卒,爲撰墓誌。**

《集》卷一六《蔣氏夫人墓誌銘》:"金壇蔣氏者,其父諱郢,春秋七十又五,元豐三年以季夏癸丑卒,以季冬庚申葬,墓在登龍之鄉其夫潁川府君積中之兆。……孫男七人,孟曰廓,次度……廓今爲江寧府句容縣主簿,度試秘書省校書郎,齋戒授書,以狀乞銘于予。"

## 元豐四年(1081),四十歲

**在同修國史兼起居注任,神宗問及余行之事。**

《家世舊聞》卷上:"韓康公尹大名,有余行之者上書,其言狂悖,至勸康公爲伊、霍之舉。康公得其書,未讀,偶門客取讀之,大驚,徑入卧内白康公,即日捕得行之,械送京師。其實病狂,無他也。有司鍛鍊,遂以爲謀逆,請論如律。楚公時侍邇英,神祖眷待方厚,有嫉公者,輒讒公,以爲與行之善。上以問公,公曰:'行之嘗官越州,臣越人,實識之,狂易人也。棄妻、子,出遊二十年不歸,其子長大,聞父客京師,來省之,拒不見,子泣而去。觀此,非狂而何?'上惻然曰:'然則誅及其妻、子,得無濫耶?羈置遠郡足矣。'於是獨誅行之,而妻、子皆得免。"按,《長編》卷三一二,元豐四年四月壬申,"詔前追官勒停人越州山陰縣主簿太原府教授余行之陵遲處死。先是,行之以廢黜怨望,妄造符讖,指斥乘輿,言極切害。定州教授潁州團練推官郭時亮詣闕告之,知定州韓絳即收行之付獄,詔開封府司録參軍路昌衡就邢州鞫之,行之伏誅。以時亮爲通直郎召對,時亮堅辭不受,聽還舊任。行之初繫獄,上以問同修起居注陸佃,對曰:'臣識其人,是常爲山陰主簿,妻、子皆不之顧,何有於陛下?'上曰:'如此則妄人耳。'行之既伏誅,因赦其妻、子。"注:"《九朝通略》云,《陸佃家傳》曰:上初有憂色,既聞佃對,乃喜曰:'廖恩作過,無足多慮。今行之乃搢紳士大夫,而有此謀,故朕甚憂之,深恐朝廷紀綱有可窺覘者。今聞卿言,乃妄人耳。'行之獄具,遂赦其妻、子。蓋王珪密爲上言陸佃與行之甚熟,故上問之。此據陸佃本傳。遣昌衡在二月二十七日,新舊紀并書,山陰縣主簿余行之謀反伏誅。"據此,嫉佃而進讒言者乃王珪。又,《長編》於此始稱佃爲"同修起居注",《宋會要輯稿》載今年事亦稱爲"同修國史兼起居注"。據《宋史》本傳:"加集賢校理、崇政殿説書,進講《周官》,神宗稱善,始命先一夕進槀。同修起居注。"

佃加集賢校理、崇政殿説書在元豐二年,修起居注未詳始何時,五年四月除中書舍人,《集》卷一三有《除中書舍人謝二府啓》云:"始求字訓,旋預禮文。備儒館之校讎,陪書筵之勸講。更從右史,進直西垣。"此"右史"謂同修起居注。

**爲陳木作墓誌。**

《集》卷一四《光禄寺丞陳君墓誌銘》:"光禄寺丞致仕鄱陽陳侯者,少讀書,慕段干木之爲人,自名木,其友李介字之曰子仁……享年七十二,元豐三年六月一日以疾卒於家,明年十有一月甲子葬。"

**六月,姨母邊氏(1017—1081)卒,爲撰墓誌。**

《集》卷一六《陳留郡夫人邊氏墓誌銘》:"故觀文殿學士孫威敏公夫人邊氏者,其先楚丘人,祖諱肅,樞密直學士贈兵部侍郎,考諱調,兵部郎中贈開府儀同三司……夫人,吾從母也……一男之敏,承事郎……三女子:長適朝散郎胡宗堯,次適太子中舍蘇炳,次適河東轉運判官奉議郎莊公岳。其適宗堯、公岳者,皆已亡。夫人春秋六十有五,元豐四年六月六日以疾卒。之敏將以某月某日葬,祔公之墓,乃來速銘。"按,孫威敏公乃孫沔(996—1066),仁宗朝樞密副使,《宋史》有傳。

**有啓回文及甫。**

《集》卷一三《回文及甫謝館職啓》。按,《東都事略》文彦博傳附及甫傳:"及甫字周翰,初爲大理評事,遷直史館,與邢恕同爲館職,頗相善也。遷吏部員外郎……"及甫爲館職(直史館)未知始於何時,但《元豐類稿》卷二二有《文及甫吏部員外郎制》,曾鞏元豐五年四月爲中書舍人,九月丁母憂,制必此期間所草,則及甫爲館職當在此前。啓云:"某初愧續貂,忽諧附驥。"或指同與修史,佃爲同修國史兼起居注約在今年,姑繫此。

**十月,罰銅。**

《長編》卷三一七,元豐四年冬十月戊午,"詔知剡縣承奉郎蘇駧特衝替,同修起居注陸佃罰銅八斤。剡人黄庸,世以貲雄里中,納粟,得試將作監主簿。佃嘗與駧書,言庸鄉親,得托公庇。書至,會庸有訟事,縣累追不至,駧忿,出不意,奄至其家,親捕之。庸妻王,急呼其家僕閻師等十數人,譟叫進躍,奪駧肩輿及蓋,以石擊傷從者,駧僅得免。監司言王等悍惡,請重懲之。王與閻師自千里以次諸州編管,駧坐是以罷,佃以致書爲駧所奏,故罰之"。

**上《元豐大裘議》,十月依奏。**

《集》卷五《元豐大裘議》,題下原注:"時張璪等皆請服無旒之冕,不被裘,且以黑繒爲裘。佃獨上此議。"文後原注:"元豐四年十月二十二日,中書劄子奉聖旨依奏。"文首署銜爲"宣德郎守太子中允、集賢校理,充崇正殿説書,詳定郊廟奉祀禮文臣陸佃"。按:佃明年四月試中書舍人時已爲通直郎,其爲宣德郎在今年。

《集》卷六《廟制議》無署銜,《昭穆議》署銜同《元豐大裘議》,所論相關,亦今年或明年初作。

**爲蓋淑作墓誌。**

《集》卷一四《將作監主簿蓋君墓誌銘》:"君諱淑,字子美……不幸以疾卒,實元豐三年八月八日也,春秋六十有四……諸孤卜以四年十月,葬君太平鄉小康里。"

**次子字約生於本年。**

《家世舊聞》卷上:"三十九伯父(注云:諱字,字元成),文學早成。在蔡州時,猶未二十……伯父果不達早世。"按,佃知蔡州在元符二年(1099),字年未二十,以十九歲計,約生此年或稍後。

**有詩送虞太熙。**

《集》卷二《送虞太熙學士知太平州》。按,王存《宋故揚王荆王府侍講朝散郎虞公墓誌銘》:"擢館閣校勘,充開封府推官,改集賢校理,遷判官,轉太常博士、尚書屯田員外郎。丐補外,知太平州。未幾召還,侍講諸王府……官制行,改朝奉郎。"又,《宋會要輯稿》選舉三三之一六,元豐三年,"十一月十八日,權發遣開封府判官、尚書屯田員外郎、館閣校勘虞太熙爲集賢校理。"其知太平州當在本年,明年行新官制,則已召還矣。

## 元豐五年(1082),四十一歲

**三月,參與試闈,罰銅。**

《長編》卷三二四,元豐五年三月,"乙巳,御集英殿賜進士明經諸科黃裳以下及第出身同出身五百九十三人。裳,南劍州人也"。"戊申,御試初考官大中大夫蘇頌、集賢校理王子韶、王陟臣、承議郎劉奉世、同知禮院楊傑、通直郎蔡京,覆考官龍圖閣直學士安燾、知制誥王存、史館修撰陳睦、曾鞏、集賢校理趙彥若、太學博士張崇,詳定官翰林學士蒲宗孟、寶文閣待制何正臣、集賢校理陸佃,各罰銅三十斤。坐頌等考黃裳等下,上親擢爲第一,故罰之。"

《集》卷一三《回黃裳狀元以下新進士啓》,裳爲此科狀元。

**四月,試中書舍人。**

《宋史·本傳》:"元豐定官制,擢中書舍人、給事中。"

《長編》卷三二五,元豐五年夏四月丙子,"朝散郎史館修撰判太常寺曾鞏、朝散郎集賢校理同修起居注趙彥若、通直郎集賢校理同修起居注陸佃,并試中書舍人"。注:"鞏、彥若、佃集皆有謝表,彥若、佃表首皆載仍改賜章服,獨鞏表不載。"

《集》卷七《謝中書舍人表》云:"除授臣依前通直郎,試中書舍人,兼侍講,仍改賜章服者。"題下原注:"元豐五年四月,時官制初行,佃與曾鞏同命。方具奏辭免,閤門告報,奉聖旨并不許辭,佃與鞏皆就職。"表又云:"屢招繁言,幾致顛殞,陛下曲加辨察,每賜保全。"當指去歲余行之事。

《集》卷一《次韻和曾子固舍人二首》,有自注:"右集英殿春宴,呈諸同舍。""右上已日瑞聖園錫宴,呈諸同舍。"按,曾鞏、陸佃同任中書舍人在元豐五年四月,而九月曾鞏丁母憂,同與春宴,當在五年春。《元豐類稿》卷八有《集賢殿春燕呈諸同舍》《上已日瑞聖園錫燕呈諸同舍》,即佃所和者。

《集》卷一三《除中書舍人謝丞相荆公啓》《除中書舍人謝二府啓》,亦此時作。按,王安石《臨川先生文集》卷七九《回謝舍人啓》或即回啓。又,《除中書舍人謝二府啓》自述經歷云:"長安十載,太學三年。孤進若迷,静思如夢。比從鄉國,再望闕廷。豈云一對于清光,遂爾屢叨于殊奬。始求字訓,旋預禮文。備儒館之校讎,陪書筵之勸講。更從右史,進直西垣。"右史指同修起居注。

《集》卷一〇《翰林學士除節度使制》、《宣徽南院使除河陽三城節度使制》、《宗室除節度使制》、《邊鎮節度使除開府儀同三司制》、《吏部尚書除尚書右僕射制》(按,蔡確)、《樞密院副承旨元宗孟可文思副使制》、《皇太后遇同天節典入内東頭供奉趙諒可文思副使制》(按,皇太后同天節在四月)、《西京左藏副使智誠可文思副使制》、《三班奉職周閎中可右班殿直制》、《堂後官兼提點段繼隆可承議郎、時恢可奉議郎制》、《宣徽院通引官行首解中立可三班借職制》、《奉議郎蕭國鎮可降授宣議郎制》、《步軍都虞候英州刺史林廣可衞州防禦使馬軍都虞候制》(按,《長編》載林廣爲衞州防禦使在四月戊寅)、《東上閤門使王光祖可四方館使、皇城使忠州團練使姚兕可果州防禦使制》(按,《長編》載王光祖爲四方館使在四月戊寅)、《宗室仲峭可贈安化軍節度使制》、《故皇姪右千牛衞將軍可贈右監門衞大將軍制》、《濮安懿王孫右監門衞大將軍仲江左千牛衞將軍、仲郵仲的仲葳各王韶、女封邑號制》(館臣按此制題中有脱誤字)、《宗室仲容所生母王氏可封縣太君制》、《中大夫守尚書右丞王安禮曾祖明贈太師中書令兼尚書令可追封英國公制》、《中大夫守尚書右丞王安禮曾祖母某氏可追封韓國太夫人制》、《中大夫守尚書右丞王安禮祖用之贈太師中書令兼尚書令可追封衞國公制》、《中大夫守尚書右丞王安禮祖母某氏可追封燕國太夫人制》、《中大夫守尚書右丞王安禮父益贈太師中書令兼尚書令可追封楚國公制》、《中大夫守尚書右丞王安禮母某氏可追封魯國太夫人制》、《中大夫守尚書右丞王安禮母某氏可追封魏國太夫人制》、《中大夫守尚書右丞王安禮妻某氏可進封魏郡夫人制》,以上皆爲中書舍人日所草制。

**五月,兼侍講,試給事中。**

《長編》卷三二六,元豐五年五月癸未,"通直郎中書舍人陸佃兼侍講"。《元豐類稿》卷二一有《陸佃兼侍講、蔡卞兼崇政殿説書制》。按,佃四月試中書舍人,《謝中書舍人表》已有"兼侍講"語,不知何故? 或者上謝表已在五月。

又,《元豐類稿》卷三七《回陸佃謝館職啓》,稱佃爲"侍講學士",詳其語意,似是佃謝鞏草制,而鞏作回啓。但佃於元豐二年除集賢校理,早爲館職,此不當云"謝館職",《元豐類稿》擬題有誤。

《集》卷七《辭免給事中表》:"授臣依前通直郎,試給事中,兼侍講者。"題下原注:

"元豐五年五月。"又有《謝給事中表》《謝賜對衣金帶表》。《宋會要輯稿》職官二之七，"元豐五年六月二十五日，給事中陸佃言……"此叙六月事，已稱佃爲給事中。

**薦侯臨。**

《集》卷一六《鮑氏夫人墓誌銘》："夫人溫州永嘉人，出鮑氏，歸侯氏……子需，早亡；臨，右宣德郎、開決二浙積水；浹，蘇州長洲縣丞；觀，舉進士，兩至禮部……臨當官强敏，兼之威惠。嘗爲剡宰，剡人至今思之。又嘗爲信守，信人思之如剡，蓋良吏也。二弟亦佳士。余爲給事中，嘗薦臨宜備朝廷器使。今臨歷任寖顯，名卿巨人雖多知之，然皆莫余先也。"

**六月，重修《説文》成，賜銀絹。**

《長編》卷三二七，元豐五年六月己未，"給事中陸佃、禮部員外郎王子韶上重修《説文》。各賜銀絹百，其書不行。"

《集》卷四有《辭免資善堂修定〈説文〉成書賜銀絹狀》，卷七《謝資善堂修定〈説文〉書成賜銀絹表》。

**嘗與神宗論及物性，進《説魚》《説木》二篇，欲廣爲《物性門類》，即後來所成《埤雅》一書。**

陸宰《埤雅序》："元豐間，預修《説文》，因進書獲對。神宗縱言至於物性，先公敷奏稱旨，德音稱善，且恨古未有著爲書者。先公又奏：'臣嘗試爲之，未成，未敢進也。'天意欣然，便欲見之，因進《説魚》《説木》二篇。自是益加筆削，號《物性門類》。"按，《説文》修成，進書獲對，應在此時。

**建議罷封駁房。**

《長編》卷三二七，元豐五年六月乙亥，"給事中陸佃言：'三省樞密院文字，已讀訖，皆再送，令封駁，慮成重復。'上批：'可勘會差紊重復進呈。'乃詔罷封駁房。先是故事，詔旨皆付銀臺司封駁，官制既行，猶循舊。至是始罷之"。

**九月，駁宋彭年擬太常寺丞。**

《長編》卷三二九，元豐五年九月壬辰，"給事中陸佃言：'讀吏部奏鈔，宋彭年擬太常寺丞。太常典司禮樂，亦宜選稍有學術之士，非彭年所堪。乞令別擬彭年差遣。'從之。"

**十一月，駁吳審禮遷朝奉大夫。**

《長編》卷三三一，元豐五年十一月庚辰，"給事中陸佃言：'讀吏部所上鈔，內朝請郎提舉玉隆觀吳審禮擬遷朝奉大夫。緣審禮以老疾乞宮觀，法不當遷。'詔寢之"。

**景靈宮奉安列聖神御，和章惇詩。**

《集》卷一《依韻和章樞密景靈宮奉安列聖神御》。按，《宋史·神宗紀三》，元豐五年十一月："壬午，景靈宮成，告遷祖宗神御。癸未，初行酌獻禮。乙酉，以奉安神御，赦天下。"王珪《華陽集》卷三亦有《依韻和章樞密景靈宮奉安列聖神御》，與佃詩用韻同，當是同時作。但《長編》卷三三一載"奉安禮儀使：宰臣王珪、蔡確，知樞密院孫固,門下侍郎章惇,中書侍郎張璪,同知樞密院韓縝,尚書左丞蒲宗孟",此時章惇爲門下侍郎,不知何故稱"章樞密"？檢《長編》卷三五六,章惇知樞密院在元豐八年五月戊午,而王珪已卒於此月庚戌日,不能和其詩也。

**有詩送許遵。**

《集》卷二《送許遵少卿知潤州》。按,《(嘉定)鎮江志》卷一四："許遵,朝議大夫,元豐壬戌守潤。"壬戌謂元豐五年,遵官太常少卿,《志》稱朝議大夫,乃新舊官制異名,佃送遵時,或在改官制前。

## 元豐六年(1083),四十二歲

**正月,鄭夫人母何氏卒。**

《集》卷一六《朝請大夫鄭公墓表》："夫人何氏,尚書職方郎中知止之女,亦有賢行,初封孝義縣君,再封仁和……夫人以元豐六年正月丁亥卒,年五十七。"

**正月,看詳御史中丞舒亶論奏尚書省録目事。**

《長編》卷三三二,元豐六年春正月,"癸巳,詔給事中陸佃、中書舍人蔡卞勘詳御史中丞舒亶論奏尚書省録目事,案罪以聞。先是,亶奏尚書省凡有奏鈔,法當置籍,録其事目,尚書省違法,擅不録目,既案奏,而乃以發文書歷爲録目之籍。亶以爲大臣欺妄。而尚書省取御史臺受事簿,亦無録目字,以奏亶爲欺妄。於是詔尚書刑部劾罪,而御史翟思、王桓、楊畏言中丞按尚書省事,不應付其屬曹治曲直,故改命佃等"。

**駁賈種民擬吏部員外郎。**

《長編》卷三三二,元豐六年春正月乙巳,"宣德郎守大理正賈種民爲吏部員外郎。給事中陸佃繳奏,吏部郎官實與選事,非種民刑法之吏所宜冒處,乃改駕部"。

**六月,駁鄧綰試禮部侍郎。**

《長編》三百三十五,元豐六年六月戊午,"知青州龍圖閣待制鄧綰試禮部侍郎。於是給事中陸佃、韓忠彥封駁綰命,言綰奸回頗僻,使典邦禮,恐玷清選。詔罷之"。

**九月,差詳定兵部條貫。**

《長編》卷三三九,元豐六年九月丙寅,"手詔門下、中書外省：見修尚書省六曹條貫,至今多日,未有涯緒。蓋議論官多,人出一意,若不分曹編修,徒占日月,必無成書之期。宜以六曹繁簡相參,每兩曹差詳定、檢詳官各一員,庶人各任責,朝廷有望成就。以詳定官韓忠彥、陸佃領吏、兵部,蔡京、蔡卞領户、禮部,趙彥若、王震領刑、工部。其删定官每兩曹置三員,令門下、中書外省分定具名以聞"。

**友許拯卒,爲墓誌。**

《集》卷一四《許侯墓誌銘》："侯氏許,名拯,字之曰康伯,開封襄邑人……有七子,皆力爲學：安世、安國、安期、安石、安行、安雅、安節……春秋六十九,元豐六年八月甲子以疾卒……安世字少張,吾友之賢者也,舉進士第一。文足以華國,才足以應世,不幸短命,灰晦不光,以即大夜,在侯卒之後四十九日也。其遺言以侯之誌屬予,將以明年十月乙酉,葬侯於廣代鄉龜岡之原。悲予友之不復見也,故爲誌侯之墓。"按,許安世乃治平四年狀元。

**元豐七年(1084),四十三歲**
**上轉對狀。**
　　《集》卷四《元豐轉對狀》:"臣伏睹朝廷所修敕令……欲乞候今編敕書成……"按,《玉海》卷六六"元豐諸司敕式、編敕"條云:"七年三月乙巳,詳定重修編敕書成。"佃轉對上狀,當在此前。
**三月,有詩送文彥博致政。**
　　《集》卷一《瓊林苑御筵奉詔送文太師致政歸西都四首》,原注:"元豐七年三月二日。"
**秋宴,神宗皇帝得疾。**
　　陸游《老學庵筆記》卷七:"元豐七年秋宴,神廟舉御觴示丞相王岐公以下,忽暴得風疾,手弱觴側,餘酒霑污御袍。是時京師方盛歌《側金盞》,皇城司中官以爲不祥,有歌者輒收繫之,由是遂絕。先楚公進裕陵挽詞有云:'輅從元朔朝時破,花是高秋宴後萎。'二句皆當時實事也。"按,玉輅破毀,事在元豐六年正月朔,見《長編》卷三三二。
**蘇頌母陳氏卒,爲作挽詞。**
　　《集》卷一《魏國太夫人陳氏挽歌詞》:"侍郎頭已白,兒慕不勝悲。"蘇頌母,蘇紳妻陳氏,封魏國太夫人,元豐七年寢疾卒,時頌爲吏部侍郎,見《道鄉集》卷三九《故觀文殿大學士蘇公行狀》。集卷三亦有《魏國太夫人陳氏挽歌詞》,乃同題之作,但一爲五律、一爲七律,故館臣分編異卷。
**和王仲修、楊傑謝雪詩。**
　　《集》卷一《門下王相公南郊謝雪,子敏甫學士、監禮楊傑有詩,次其韻》。按,門下王相公,乃王珪,此是改官制後稱呼。其子王仲修字敏甫,楊傑《無爲集》卷一一《回賀王敏甫學士館職啓》:"方挺秀於相門,再假途於儒館。"《長編》卷三五〇,元豐七年十二月庚辰,"分命輔臣謝雪"。
**有詩送陳薦出守。**
　　《集》卷一《資善堂御筵奉詔送陳資政出守邢州》:"平生自與韓公合。"按,陳薦字彥升,邢州人,曾在韓琦幕府,《宋史》本傳:"進資政殿學士,屢求退,以爲本州,命兩省燕餞資善堂,擢其子厚御史臺主簿。未幾,提舉崇福宮,卒,年六十九。"《長編》卷三四八載其卒在元豐七年。
**爲陸琮(1017—1082)墓誌。**
　　《集》卷一四《朝奉大夫陸公墓誌銘》:"佃之皇祖吏部郎公諱軫,越人也……公諱琮,字寶之,吏部再從子也,幼孤,吏部自教養之……春秋六十有六,元豐五年十月八日以疾卒,葬宣州清流鄉義安山之原,其日元豐七年十二月乙酉也。"

**爲趙氏夫人墓誌。**

《集》卷一五《趙氏夫人墓誌銘》:"夫人氏趙,嫁鄭氏,夫曰惇儒,字景真……保其子夷甫、夷行、夷庚……年六十有六,元豐七年二月甲午卒,十月乙酉葬。"按,鄭夫人母何夫人卒於去歲,年五十七。此趙夫人卒年六十六,惇儒或爲惇忠之兄。

**爲程師孟妻賀氏墓誌。**

《集》卷一五《長樂郡君賀氏墓誌銘》:"夫人,蘇州吳縣居士賀仿之子……以歸今正議大夫程公師孟……元豐六年七月辛亥以疾卒……越明年三月壬寅葬,墳在桃花之塢。"

## 元豐八年(1085),四十四歲

**三月,同知貢舉。**

《宋會要輯稿》選舉一之一二,元豐八年"三月二十六日,以兵部侍郎許將、給事中陸佃、秘書少監孫覺并權知貢舉,准詔放合格奏名進士焦蹈已下四百八十五人。(注云:先差尚書户部侍郎李定權知貢舉,給事中兼侍講蔡卞、起居舍人朱服權同知貢舉,以貢舉院火,至是再差也。)"又見《長編》卷三五三,元豐八年三月己未條。

《家世舊聞》卷上:"元豐八年禮部貢院火,試官馬希孟燔死,蔡卞亦幾死。京方知開封,勠力士逾牆入,挾卞以出。遂再引試,楚公知舉,取焦蹈爲第一。故當時諺云:'不因試官火,安得狀元焦。'蓋是歲諒陰,無殿試也。蹈答策有曰:'論經不明,不如無經;論史不達,不如無史。'楚公大愛之,以爲有揚子雲之風。"按,此時神宗皇帝已崩,哲宗即位,在"諒陰"中。

《集》卷四《乞添川浙福建江南等路進士解名劄子》:"臣備員同知貢舉。"題下原注:"元豐八年。"《集》卷九《省試策問》,原注:"元豐八年。"即同知貢舉時作。

**哲宗立,論太廟之禮。**

《宋史》本傳:"哲宗立,太常請復太廟牙盤食。博士吕希純、少卿趙令鑠皆以爲當復。佃言:'太廟用先王之禮,於用俎豆爲稱;景靈宫、原廟用時王之禮,於用牙盤爲稱,不可易也。'卒從佃議。"

**宰相王珪卒,以給事中監護葬事。**

《長編》三百五十七,元豐八年六月丁卯,"賜故左僕射王珪壽昌坊官第,神道碑額曰懿文,遺表恩澤十人。詔給事中陸佃監護葬事。"按,王珪五月卒。

**十月,罷兼侍講。**

《長編》三百六十,元豐八年十月癸未,"龍圖閣待制趙彦若兼侍讀,祕書監傅堯俞兼侍講。先是,侍御史劉摯言:'……伏見兼侍講給事中陸佃、蔡卞,皆新進少年,越次暴起。論德業則未試,語公望則素輕。使在此官,衆謂非宜。伏請罷其兼職,以允公議。仍欲望聖慈於内外兩制以上官内,别選通經術、有行義、忠信孝悌、淳茂老成之人,以充其任……'於是佃、卞皆罷,而彦若、堯俞有是命。"注:"陸佃、蔡卞罷經筵,《實録》并不書,《政目》:十八日垂簾,諭講筵將開,宜得老成端士,趙彦若、傅堯俞二人如何?陸佃、蔡卞年少,代之。"按,此時太皇太后高氏垂簾聽政,以佃爲年少。

**十二月,遷吏部侍郎。**

《長編》卷三六二,元豐八年十二月甲戌,"禮部侍郎李常、給事中陸佃并爲吏部侍郎。"

**此年,與司馬光争論三省法。**

《家世舊聞》卷上:"司馬温公初秉政,一日謂從官曰:'比年法令滋彰太甚,如三省法,乃至數百策。又多繁詞,不切於用。如其間一條云:諸稱省者,謂門下省、中書省、尚書省。豈不可笑邪?'時諸人多與修書者,皆唯唯。楚公獨起,對曰:'三省法所以多,緣并格式在其間。又所謂三百册,乃進本大者,而進表及元降旨揮、目録之類,自占却不少,若作中字,則不過五六十册。比舊日中書條例,所減乃過半,非滋彰也。至如諸稱省謂門下省、中書省、尚書省者,蓋爲内侍省亦稱省,若不明立此條,慮後世閽寺盛,或敢妄自張大故也。'温公改容曰:'甚善。'至崇寧後群閹用事,遂改都知爲知内侍省事、同知内侍省事,押班爲簽書内侍省事,以儹視樞府,則楚公所論,可謂先見遠慮矣。"按,司馬光今年五月爲門下侍郎。

**宋哲宗元祐元年(1086),四十五歲**

**程天民(1055—1086)本年正月卒,八月葬,爲作墓誌。**

《集》卷一六《貴谿縣丞程君天民墓表》:"以疾卒于智亭,實元豐九年正月十三日也,享年三十二,葬以八月二十四日……生男曰俱,今爲假承務郎。"按,元豐止八年,《長編》卷三六四載"元祐元年春正月庚寅朔,改元",則實無"元豐九年正月十三日"。但天民子程俱(1078—1144)《北山小集》附其行狀,謂天民卒時俱纔九歲,則天民確卒於元祐元年(1086)不誤,佃在朝,不當未聞改元詔,其意未曉。

**二月,爲《神宗實録》修撰官。**

《長編》三百六十五,元祐元年二月乙丑,"命宰臣蔡確提舉修《神宗皇帝實録》,以翰林學士兼侍講鄧温伯、吏部侍郎陸佃并爲修撰官,左司郎中兼著作郎林希、右司郎中兼著作郎曾肇并爲檢討官。"

《集》卷一一《神宗皇帝實録叙論》,當爲修撰官時作。

**四月,王安石卒,哭而祭之。**

《宋史》本傳:"安石卒,佃率諸生供佛,哭而祭之,識者嘉其無向背。遷吏部侍郎,以修撰《神宗實録》,徙禮部。數與史官范祖禹、黄庭堅争辨,大要多是安石,爲之晦隱。庭堅曰:'如公言,蓋佞史也。'佃曰:'盡用君意,豈非謗書乎!'"按,佃遷吏部侍郎在上年十二月，安石卒在此年四月，而佃二月已爲《實録》修撰官，七月徙禮部侍郎，《長編》所載時日甚明，本傳敘事顛倒錯亂。黄庭堅爲《實録》檢討官在十月，鄭永曉《黄庭堅年譜新編》（社會科學文獻出版社，1997年）詳考黄、陸争辯事，可參考。《長編》卷二七八，熙寧九年十月丙午條注：「陸佃集有《實録院乞降出吕惠卿元繳進王安石私書劄子》云：'臣等勘會昨來御史彈奏吕惠卿章疏内，稱惠卿繳奏故相王安石私書，有毋使上知，毋使齊年知之語，齊年謂參知政事馮京，且稱安石由是罷政。大臣出處之由，史當具載，欲乞聖慈特賜指揮，降出惠卿元繳安石之書，付實録院照用，所貴筆削詳實。'貼黄：'臺諫自來許風聞言事，所以未敢便行依據。'佃集又自注劄子下云：'黄庭堅欲以御史所言入史，佃固論其不可。庭堅恚曰：如侍郎言，是佞史也。佃答曰：如魯直意，即是謗書。連數日議不決，遂上此奏。後降出安石書，果無此語，止是屬惠卿言練亨甫可用，故惠卿奏之。庭堅乃止。'按，佃集爲安石辨如此，蓋佃嘗從安石學故也。佃稱庭堅乃止，然元祐《實録》雖不於安石罷相時載繳書事，仍於馮京參政時載之。佃稱庭堅乃止，誠耄昏矣。兼疑此劄子實不曾上。佃所稱降出安石書，果無此語，止是屬練亨甫可用。若誠如此，則紹聖史官何以不明著其事乎？且安石與惠卿私書，何但如此，但其一耳。佃集要不可信，姑存之，庶後世有考焉。」此所載佃劄子，不見輯本《陶山集》，然李燾必親見之，而佃編集之時，題下多有自注，今輯本中猶可見也。所謂「御史彈奏吕惠卿章疏」，未知何所指，今存右司諫蘇轍五月十九日進《乞誅竄吕惠卿狀》（見《欒城集》卷三八，《長編》卷三七八引録）云：「惠卿言安石相與爲奸，發其私書，其一曰'無使齊年知'。齊年者馮京也，京、安石皆生於辛酉，故謂之齊年。先帝猶薄其罪，惠卿復發其一，曰'無使上知'，安石由是得罪。」六月吕惠卿被貶，中書舍人蘇軾當制，亦有「發其私書」語（《吕惠卿責授建寧軍節度副使本州安置不得簽書公事》，《蘇軾文集》卷三九）。蓋二蘇以此罪吕惠卿，而黄庭堅欲書入《實録》，則不免累及王安石聲譽，佃因此争議。然此事終闕實據，李燾亦持存以待考之態度。按宋制，臺諫固可以「風聞言事」，但史官須追求實證，佃之所爲允屬正當，《宋史》本傳謂佃爲安石「晦隱」，非是。

《集》卷三《丞相荆公挽歌詞》：「遥瞻舊館知難報，絳帳横經二十秋。」自治平三年（1066）從學金陵，至此二十年。

《集》卷一三《祭丞相荆公文》：「維元祐元年歲次丙寅四月某朔某日某甲子，門生朝奉郎、試尚書吏部侍郎、充實録修撰陸某，謹以清酌庶羞，致祭于故司空、觀文殿大學士、贈太傅、荆國王公先生之靈。」

**同月，詔充天章閣待制。**

《長編》卷三七五，元祐元年四月乙巳，詔「吏部侍郎陸佃充天章閣待制」。

《集》卷七《謝加天章閣待制表》：「論駁瑣闥，乃涉四秋之暮。」館臣按：「佃以元豐五年試給事中，至八年三月哲宗即位時，則已歷四秋矣，此表當上于元祐未改元之前。"今按，若至元豐八年三月，前後已涉四年，但未歷四"秋"，至元祐元年秋前，則可謂四"秋"。佃用字精確，館臣失察。同卷又有《謝太皇太后加天章閣待制表》。

### 爲鮑氏夫人作墓誌。

《集》卷一六《仁壽縣君鮑氏墓誌銘》："夫人姓鮑氏，開封人……歸直翰林醫官院張君昭式……故與爲銘，使概見後世，且祔赤蒼其夫之墓，實元祐元年五月二十八日也。"據誌，夫人子張博古"爲進士，學有根本，屢試禮部，能不以科舉爲意，從余遊蓋久"。

### 六月，議富弼配享。

《蘇軾文集》卷二七《議富弼配享狀》："元祐元年六月□日，朝奉郎試中書舍人蘇軾，同孫永、李常、韓忠彦、王存、鄧溫伯、劉摯、陸佃、傅堯俞、趙瞻、趙彦若、崔台符、王克臣、謝景温、胡宗愈、孫覺、范百祿、鮮于侁、梁燾、顧臨、何洵直、孔文仲、范祖禹、辛公祐、吕希純、周秩、顔復、江公著狀奏……"

### 七月，徙禮部侍郎。

《長編》卷三八二，七月戊辰，"吏部侍郎陸佃爲禮部侍郎"。

《蘇軾文集》卷三九《陸佃禮部侍郎充修實録院修撰官制》："以爾朝奉郎試吏部侍郎陸佃……可特授依前官試禮部侍郎依舊充修實録院修撰官。"

### 上《元祐大裘議》

《集》卷五《元祐大裘議》，署衔"朝奉郎試尚書禮部侍郎，充實録修撰陸佃"。按，此《議》蓋駁"何禮部"者，考《宋史·輿服志三》："哲宗元祐元年，禮部言……下禮部、太常寺共議……獨禮部員外郎何洵直在元豐中嘗預詳定，以陸佃所議有可疑者八……佃復破其説曰……其後詔如洵直議。"則"何禮部"乃何洵直，時在元祐元年。

### 十月，程師孟卒，有挽詞。

《長編》卷三九〇，元祐元年十月戊申，"光禄大夫集賢殿修撰致仕程師孟卒"。

《集》卷三《程給事挽歌詞》："桃花墳塢土新乾。"按，《集》卷一五《長樂郡君賀氏墓誌銘》："元豐六年七月辛亥以疾卒……越明年三月壬寅葬，墳在桃花之塢。"賀氏即程師孟妻。

### 有詩送王柄。

《集》卷一《送王柄教授》。《長編》卷三八〇，元祐元年六月壬寅，載司馬光等大臣舉堪選館職者，其中有同知樞密院事安燾所舉"太學博士王柄"，又注云："王柄，熙六第三甲，開封人。"此後由蘇軾發策試館職，《長編》卷三九三，元祐元年十二月庚寅，録畢仲游等中選者名單，内無王柄，應是落選。佃詩云："場屋論才昔議魁，教庠官冷尚低徊。"明其爲太學博士。又云："一方桃李待栽培。"又云："塞垣錯莫風沙晚，南北相望首重回。"意爲王柄召試落選，改充北方邊州之教授。事當在元年末或二年初。熙寧場屋之魁，固不入東坡法眼也。

**元祐二年(1087),四十六歲**

**正月,喬執中母孫氏卒,爲墓誌。**

《集》卷一六《孫氏夫人墓誌銘》:"夫人孫氏,蓋淮之南賢女子,擇對不嫁,至年二十五,而歸喬氏……子曰執中、師中。執中今爲尚書吏部郎中,師中郊社齋郎。吏部,篤厚君子也,郊社亦良士,乃予布衣時師友……元祐二年正月某日,以壽安縣太君卒于京師。二月某日,其孤泣血徒跣,扶其柩,歸葬于揚州。三月某日,遂祔其夫光禄寺丞諱某之墓。"按,喬執中(1033—1095),《宋史》有傳。

**在禮部,議太皇太后受册禮,三月詔從。**

《集》卷四《乞宣仁聖烈皇后改御崇政殿受册狀》,題下原注:"內批并詔附。元祐二年二月寒食假中,佃入此奏,假開即聞批付三省,又五日遂降詔。"文後原注:"三月二日內批……三月七日詔……"狀中云:"臣職在禮官。"按,依章獻劉后故事,宣仁高后當於文德殿受册,佃以文德殿在外朝,欲改在崇政殿,以"明內外之辨",宣仁從之。

**與劉攽、蘇頌等西省唱和。**

《集》卷二《依韻和呈劉貢父舍人三首》《用前韻呈蘇子容尚書》。和劉攽第三首云:"三家成佛本來西。"自注:"舊謂知制誥爲一佛出世。"劉攽爲中書舍人在元祐元年十二月,見《長編》卷三九三,此前十一月蘇轍、曾肇爲中書舍人,"三家成佛"即指此,但詩作於二年三月十七日後。蘇頌《蘇魏公集》卷一二有《三月十七日三舍人宴集西省劉叔貢作詩貽坐客席上走筆和呈》、《和胡完夫侍郎再次前韻見寄》、《和陸農師侍郎三和前韻》、《和農師四和前韻仍有推獎鄙薄之句再次韻》(自注:"是日農師出揭寫美成殿將相橫卷,令坐客題跋。""坐中農師多談莊語。")、《答胡完夫示及四和前韻》、《胡完夫再示西省唱和詩特記曩遊過有謙屈率爾賡次》、《陸農師又示第五和篇襃借益勤輒復詶答》、《諸公唱和多記經歷之事因感昔游復用元韻凡三首》、《重次前韻奉詶子由子開叔貢三舍人二首》、《鄧聖求承旨疊貽佳句過有襃稱無言不酬雖復牽強以多爲貴固已數窮大雅旁通諒無誚斥》諸詩,皆用此韻。由知佃詩當有五首,《集》闕一首。參與此西省唱和者,劉攽、曾肇、胡宗愈、鄧温伯詩未見,蘇轍詩見《欒城集》卷一五《次韻劉貢父省上示同會二首》,蘇軾亦有和作,見《蘇軾詩集》卷二八《次韻劉貢父省上》。

**四月,與曾肇等從駕景靈宮唱和。**

《集》卷一《依韻和曾子開舍人從駕孟饗景靈宮四首》。《長編》卷三九八:"元祐二年夏四月壬午朔,以景靈宮宣光殿奉安神宗皇帝神御禮畢,上詣宮行酌獻之禮。癸未,太皇太后、皇太后親行酌獻,皇太妃、諸妃、大長公主、公主及六宮內人等,并赴神御前陪位。"佃詩第一首有云:"汎濫從誇雨點勻。"又有自注:"是時有旨別選日。"蓋因四月一日有雨,故太皇太后等二日出行。《庚溪詩話》卷下:"元祐間,東坡與曾子開肇同居兩省,扈從車駕赴宣光殿,子開有詩,其略曰:'鼎湖弓劍仙遊遠,渭水衣冠輦路新。'又曰:'階除翠色迷宮草,殿閣清陰老禁槐。'詩語亦佳。"肇詩只餘此殘句,同時次韻詩尚有《蘇魏公文集》卷一二《次韻諸公從駕景靈宫二首》,《范太史集》卷二《和子開從駕朝謁景靈宫二首》,《蘇軾詩集》卷二八《次韻曾子開從駕二首》《再和二首》,《欒城集》卷一五《次韻曾子開舍人四月一二日扈從二首》《再和》。孔凡禮《蘇軾年譜》《蘇轍年譜》皆繫軾轍詩於元祐二年。

**迎祖母吴氏至京。**

《集》卷一五《王氏夫人墓誌銘》:"君姑吴氏,今爲仁壽縣太君。元祐元年,仁壽之壽八十,夫人七十,婦姑同堂……明年,佃迎仁壽始來京師,耳目聰明,尚能貫針,審聞細語,如平時。"按,佃祖母至京,佃母邊氏想亦同來,《集》卷一六《邊氏夫人行狀》云:"不好出入遊觀,所至官舍,未嘗臨御。窗有池臺花木之勝,雖近不覬。若汝陰所謂西湖、南陽百花洲、金陵小金山,皆天下名園,去州宅纔跬步,子孫强之,爲一至而止。"知佃元祐五年以後出守潁州、鄧州、江寧府,皆奉其母往。

**爲徐鐸母陳氏作墓誌。**

《集》卷一五《長壽縣太君陳氏墓誌銘》:"有子銑、銳、鎰、鐸……熙寧中,天子策多士,鐸遂爲第一,而銳亦登科釋褐……元祐二年正月某日卒於京師,某年某月某日葬於莆陽某山之原。"按,徐鐸熙寧九年狀元。

**六月,鄭夫人父鄭惇忠卒。**

《集》卷一六《朝請大夫鄭公墓表》:"公姓鄭氏,名惇忠,字景孚……公以元祐二年六月乙酉卒,年六十一。"

## 元祐三年(1088),四十七歲

**三月,韓絳卒,爲作挽詩。**

《集》卷三有《韓康公挽歌詞三首》。《能改齋漫録》卷一一"四辰四亥生"條:"韓子華以辰年辰月辰日辰時生,亦異事也。陸農師爲作挽章云:'非關庚子曾占鵬,自是辰年併值龍。'"按,所引詩句見第二首,原注云:"公以辰年辰月辰日辰時薨。"考《長編》卷四〇九,韓絳之卒在元祐三年(戊辰)三月丙辰,則佃所注不誤,《能改齋漫録》誤薨爲生。

**八月,妻鄭氏生第四子宰(1088—1148);九月,妾杜氏生第五子寀(1088—1148)。時居京師麗景門。**

《家世舊聞》卷上:"先君與四十二叔父提舉公(注云:諱寀,字元珍)同歲,方懷孕時,祖母作襁褓二副,付侍者,曰:'先產者先用之。'已而八月祖母生先君,九月杜知婆生叔父,相距財二十餘日也。"按,《渭南文集》卷三二《右朝散大夫陸公墓誌銘》:"公諱寀,字元珍……以紹興十八年(1148)閏八月四日卒,年六十有一。"

又:"先君生於京師,是時楚公爲小宗伯,居麗景門(楚公有詩曰'麗景門東地小偏',蓋記所居也),故以景爲小字。"

**蹇周輔卒,作挽詞。**

《集》卷三《蹇翁待制挽歌詞》:"仕宦聲名四十年,歸心日夜望林泉。文移竟負登山屐,餞記空隨過海船。"原注:"上命儒臣草高麗書,獨用公詞。"按,蹇翁待制即蹇周輔,《宋史》本傳:"字磻翁……進寶文閣待制……元祐初,言者暴其立江西、福建鹽法,掊克欺誕,負公擾民,罷知和州。徙廬州,卒,年六十六。周輔彊學,善屬文,神宗嘗命作答高麗書,屢稱善。"與佃自注合,則詩題之"蹇翁"應爲"蹇磻翁"。《長編》卷四一四,元祐三年九月癸丑,"朝請大夫知廬州蹇周輔卒"。

**十月,議進士殿試用策。**

《長編》卷四一五,元祐三年十月,"是月,吏部侍郎傅堯俞、范百祿,禮部侍郎陸佃,兵部侍郎趙彥若,中書舍人曾肇、劉攽、彭汝礪,天章閣待制劉奉世,國子司業盛僑、豐稷,御史翟思、趙挺之、王彭年言……"主張進士殿試用策。

**遷朝散郎。**

劉攽《彭城集》卷二〇有《朝奉郎試禮部侍郎陸佃可朝散郎制》。按,劉攽元年十二月爲中書舍人,四年三月卒;佃元年試禮部侍郎時爲朝奉郎,五年至潁州後轉左朝請郎,其遷朝散郎約在今年。

**十二月,伯母王氏卒。明年葬,爲撰墓誌。**

《集》卷一五《王氏夫人墓誌銘》:"夫人,越州蕭然山人,三司鹽鐵判官王公諱絲之女,袁州萬載縣令陸公諱琪之妻,於先祖爲冢婦,於先考爲丘嫂。君姑吳氏,今爲仁壽縣太君。元祐元年,仁壽之壽八十,夫人七十,婦姑同堂,爲歲百有五十……明年,佃迎仁壽始來京師……又明年,夫人亦隨子之鹽官官舍。居無何,夫人得疾,十有二月甲子,遂至大故……二男:長曰儼,宿州符離縣主簿;次曰伸,杭州鹽官縣令……又明年甲子,合葬夫人謝野萬載之墓。儼、伸事夫人皆孝謹,而儼不幸早世,今能送終者伸也。"

**元祐四年(1089),四十八歲**

**二月,吕公著卒,爲作挽詞。**

《集》卷三《吕申公挽歌詞》。按,《長編》卷四二二,公著卒於元祐四年二月甲辰。

**此年有蔡確"車蓋亭詩案",事連佃。**

《宋宰輔編年録》卷九,元祐元年,"閏二月庚寅,蔡確罷相,依前官充觀文殿大學士知陳州"條下附云:四年"五月辛巳,詔確責授左中散大夫守光禄卿分司南京,丁亥詔確責授英州別駕新州安置"。又叙其本末:"先是,確罷相,以觀文殿大學士知陳州。頃之,弟軍器少監碩貸用官錢,論法抵死,詔特貸命,除名勒停,送韶州編管。於是御史中丞傅堯俞、給事中顧臨相繼論確,確坐是落職知安州。滿歲,徙鄧州。至是,復觀文殿學士。會知漢陽軍吳處厚箋確安州車蓋亭詩表上,皆涉譏訕……奏至,右司諫吳安詩首聞其事,即彈論之,自後右諫議大夫梁燾、右正言劉安世章疏交上……中書舍人彭汝礪密疏救解,大概以處厚開告訐之路,此風不可長爲言。侍御史盛陶亦騰章,意與汝礪合……奏至,汝礪復救解之。當是時,罪確之論未決,於是梁燾、劉安世連章論之益苦。至是,詔確責授左中散大夫守光禄卿分司南京,汝礪復封還之,奏入即謁告。會王巖叟當制,遂草詞行下……確雖分司,而安世攻之不已,諫議大夫范祖禹亦助……初,燾等之排論確也,又密具確及王安石之親黨姓名以進。其奏曰:臣等竊謂確本出王安石之門,相繼秉政,垂二十年,奸邪群小交結趨附,深根固蒂,牢不可破。謹以王安石、蔡確兩人親黨開具于後。蔡確親黨:安燾、章惇、蒲宗孟、曾布、曾肇、蔡京、蔡卞、黄履、吳居厚、舒亶、王覿、邢恕等四十七人;王安石親黨:蔡確、章惇、吕惠卿、張璪、安燾、蒲宗孟、王安禮、曾布、曾肇、彭汝礪、陸佃、謝景温、黄履、吕嘉問、沈括、舒亶、葉祖洽、趙挺之、張商英等三十人……"按,梁燾等密疏不載《長編》。

**有詩送張頡。**

《集》卷二《送張頡待制帥瀛州》。按,《宋史·張頡傳》:"以寶文閣待制出爲河北都轉運使,徙知瀛州。湖北溪猺畔,朝廷托頡素望,復徙知荆南,至都門暴卒。"檢《長編》,頡爲河北路都轉運使在元祐二年(卷四〇七),元祐五年十月己亥,"寶文閣待制知瀛州張頡知荆南"(卷四四九),其初知瀛州之時日不詳。但《長編》卷四二九,元祐四年六月丁巳載:"龍圖閣待制知瀛州蔡京爲寶文閣直學士知成都府。"癸亥載:"寶文閣待制蔣之奇爲河北路都轉運使、直祕閣。"張頡或代蔡京知瀛州,而蔣之奇代張頡。

**六月,李公麟來訪,爲作《王荆公遊鍾山圖》。**

《集》卷一一《書王荆公遊鍾山圖後》:"元祐四年六月六日,伯時見訪,坐小室,乘興爲予圖之……後此一夕,夢侍荆公如平生……既覺,悵然自失,念昔横經座隅,語至言極,迨今閲二紀,無以異于昨夕之夢。人之生世何如也,伯時能爲我圖之乎? 吳郡陸某農師題。"按,《宋史·李公麟傳》:"李公麟字伯時,舒州人。第進士,歷南康、長垣尉,泗州録事參軍,用陸佃薦爲中書門下後省删定官、御史檢法。"鄧椿《畫繼》卷二載:"公麟,熙寧三年登第,以文學有名於時。"公麟與佃是同年進士。

**十二月,鄭夫人父母合葬黄州。**

《集》卷一六《朝請大夫鄭公墓表》:"合葬黄州黄岡縣永安鄉之原,歲在大荒落,月在丙,日丙辰也。二男子:夷逸,黄州司理參軍;夷道,太廟齋郎。四女子,壻曰瀛州防禦推官周壽、歙州軍事判官沈竦、右班殿直曹彦輔,其一即佃也。"按,今年己巳,歲在大荒落;月在丙,即十二月。其子夷逸爲黄州司理參軍,故葬於黄。時先鄭夫人已卒,故《墓表》未及之。

**反對更太學法。**

《家世舊聞》卷上:"楚公元祐中爲禮部侍郎,時議者欲更太學法制,公獨以爲不可,曰:'若學校專恃法令,則舊法已善;若學校當先風化,則改法愈非。'"按,佃明年出知潁州,此後不在朝,姑繫此。

**元祐五年(1090),四十九歲**
**二月,有詩送文彥博。**
　　《集》卷一《送文太師再致政歸西都二首》,原注:"元祐五年二月。"按《長編》卷四三八,詔太師文彥博再致仕在二月庚戌。
**婿李知剛登科。**
　　《集》卷一四《李司理墓誌》:"作乂,吾婿也,名知剛……元祐五年舉進士,爲別試第一,遂中丙科。"
**吕公孺卒,作挽詞。**
　　《集》卷三《吕尚書挽歌詞》:"禍患相仍涕淚頻,司空墳上草猶新。鵁鶄花蕚空餘子,龍馬圖書併失人。"原注:"孫莘老、李公擇、蔡仲遠、王子難,并公五人,皆以是年卒。"按,司空謂吕公著,元祐四年卒。吕夷簡四子,長子公綽,至和二年卒;次子公弼,熙寧六年卒;次即公著;公孺乃季子,最後卒,《宋史》本傳云:"元祐初,加龍圖閣直學士……擢户部尚書,以病提舉醴泉觀,卒,年七十。"未記卒年,據陸佃自注,則與孫覺、李常、蔡延慶同年卒,則爲元祐五年。由知公孺生於天禧五年(1021),小公著三歲。又,據佃自注,王克臣亦此年卒,《宋史》本傳云:"元祐四年,以龍圖閣直學士、太中大夫卒,年七十六。"《長編》卷四二一,元祐四年正月癸巳載:"龍圖閣直學士大中大夫知鄭州王克臣卒。"與佃所説異,未知孰是。
**六月,改龍圖閣待制出知潁州。八月到任。**
　　《宋史》本傳:"進權禮部尚書。鄭雍論其穿鑿附會,改龍圖閣待制知潁州。佃以歐陽修守潁有遺愛,爲建祠宇。"《長編》卷四三九,元祐五年三月己卯,"兵部侍郎趙彥若爲禮部侍郎,禮部侍郎陸佃加龍圖閣待制爲吏部侍郎,光禄卿范純禮權兵部侍郎。彥若、佃尋復故,純禮改刑部"。卷四四三,元祐五年六月辛丑,"禮部侍郎陸佃權禮部尚書"。同卷,"乙酉,中書舍人鄭雍言,新除禮部侍郎陸佃權禮部尚書。按佃附會穿鑿,苟容偷合。其始進,已爲清議不容。伏望更擇賢才,處之高位。詔佃候《實録》書成日,别取旨。佃乞補外,乃以佃爲龍圖閣待制知潁州"。注:"佃出知潁州在二十八日,今并書。蘇轍言:舍人二人相次封還佃命。此但著鄭雍,不知更一人爲何,當考。"
　　《集》卷四《乞潁州第一劄子》:"臣昨自官制肇新,叨塵侍從,迄今首尾已及九年。"按,自元豐五年下推九年,計其首尾,當是元祐五年也。同卷又有《第二劄子》《第三劄子》。
　　《集》卷七《潁州謝上表》:"伏奉告命,授臣龍圖閣待制知潁州,已于八月二十四日到任訖。"《謝賜元祐六年曆日表》,原注:"潁州。"此當在五年末。
　　《集》卷一三《潁州到任謝二府啓》《潁州到任謝蔡州王左丞啓》。按,王左丞即王存。王存四年罷尚書左丞,出知蔡州。

《集》卷一三《祭醻神祝文》《潁州祈晴祝文》《又》《潁州謝晴祝文》《又》。按,數首皆及秋雨,佃明年閏八月離潁,作於今年之可能性較大。

《集》卷一《依韻和孫勉教授》:"顧予未放雪滿顛,乞得清潁如升仙。"孫勉時任潁州教授,詩云其嘗爲孫覺所稱賞。卷二《依韻和孫勉教授菊花》。

《集》卷二《呈周承議兼簡通判簽判二首》,原注:"今秋陳蔡皆被水,而潁獨豐登如常年。"佃六月知潁州,及見秋成。詩云:"經過況有風騷將。"謂周承議經過潁州,卷三《和周邠朝奉》云"相見還如潁水濱",似周承議即邠,由承議郎升爲朝奉郎。

《集》卷二《依韻和趙令畤三首》之二:"更住一年方五十。"佃今年四十九歲。趙令畤爲潁州簽判。同卷又有《依韻和趙令畤》。

## 元祐六年(1091),五十歲

**正月,蘇轍彈劾及之。**

《長編》卷四五四,元祐六年春正月,"是月御史中丞蘇轍言……陸佃爲禮部侍郎,所部有訟,而其兄子宇乃與訟者酒食交通。獄既具,而有司當宇無罪。此有罪而不誅者一也"。按,宇乃佃伯父陸琪孫、陸伸子,見《集》卷一五《王氏夫人墓誌銘》。

**轉左朝請郎。**

《集》卷四《謝轉左朝請郎表》:"奏課上聞,幸叨于歲比;叙官增峻,誤被于階升……比丐居于藩輔,方勉奉于詔條,尚未報成,復蒙進秩。"詳此文意,轉官在出守潁州後不久,約在六年之初。三月《實錄》成,又遷一官,當爲朝奉大夫。

**三月,《實錄》成書,加龍圖閣直學士,後改遷官。**

《長編》卷四五六,元祐六年三月癸酉,詔"龍圖閣待制知潁州陸佃爲龍圖閣直學士","以《神宗皇帝實錄》書成,賞功也"。丁丑,"中書舍人韓川言,新除陸佃龍圖閣直學士。按佃爲人污下,無以慰天下之望。詔命詞行下。先是,佃及黃庭堅除命下中書,川并封還。是日,呂大防不入,川過都省稟議,劉摯諭以佃爲侍從十餘年,昨乞外任,自當加職,是時方以言者有所及,故降旨候《實錄》成不轉官,加職,今書成,行前旨爾,言者所指,後制獄根究,無罪也。川曉然而去,庭堅方議之"。注:"此據劉摯十八日所記增入。韓川同繳佃及庭堅除目,今先行佃詞,庭堅竟罷,在二十八日丁亥。"乙酉,"給事中朱光庭言,《神宗皇帝實錄》書成,修撰官陸佃除龍圖閣直學士。按祖宗事例,當進官,未當加職。詔依前行下"。卷四五七,四月癸巳,"給事中范祖禹言,陸佃以《實錄》書成,恩除龍圖閣直學士。按故事無例,命下恐致煩言。詔佃遷一官"。黃䰄《山谷年譜》卷二六,元祐六年,"三月,詔爲起居舍人,以韓川有言,行著作佐郎。按《國史》:三月癸酉,詔鄧溫伯、趙彥若、范祖禹、曾肇、林希各遷一官,陸佃爲龍圖閣直學士,黃庭堅爲起居舍人,并以《神宗實錄》書成賞勞也。中書舍人韓川有言,詔黃庭堅行著作佐郎"。按,佃今年徙知鄧州時，官朝奉大夫，當是"遷一官"所得，則此前已爲朝請郎。

**有啓回陳軒。**

《集》卷一三《回陳軒學士啓》："伏審某官，被寵楓宸，刊文芸閣，伏惟慶抃。竊以儒館校讎之職，實惟人材養育之塗……恭以翊善學士，行隆賢業，學造聖真。作客賢王，日奉詩書之樂；爲郎省戶，時推論議之明。果膺殊恩，薦升華貫。"按，陳軒《宋史》有傳，曰："元祐中爲禮部郎中、徐王翊善。"此即啓中"爲郎省戶"、"作客賢王"之謂。《長編》卷四五六，元祐六年三月辛酉，"徐王府翊善陳軒、侍講喬執中并爲秘閣校理。王以例請故也"。佃啓作於此時，故有"刊文芸閣"、"儒館校讎"等語。

**在潁州遊宴。**

《集》卷二《呈幕府諸公》："十年騎馬困京塵，乞得州來潁水濱。苔蘚滿庭無字押，蓮花全幕是詩人。"原注："簽判、節推皆善詩，曾以新集見借。"又《宴西湖用前韻呈諸公》，詩中描寫春光，當在此年。簽判乃趙令時。

**八月，祖母吳氏卒。明年葬。**

《集》卷一五《仁壽縣太君吳氏墓誌銘》："元祐六年八月辛卯以疾卒，明年十有一月壬辰葬……佃爲之銘。"

**此年閏八月，有兩中秋，作芍藥詩以寓意。**

《集》卷二《依韻和再開芍藥十六首》，館臣按語已據第二首原注"今歲閏月兩見中秋"語，考爲元祐六年作。又《依韻和雙頭芍藥十六首》，館臣亦據第十一首"聊伴西湖地主人"之句，考爲潁州作。此二組詩顯有寓意，最末首則明云："曾伴長楊草詔除，信知長合在中書。暫違紫袖雙瞻立，聊伴紅裙一餉居。小子正狂心已醉，老奴猶愛髩方梳。故應此戰今須解，兵法曾教避不如。"

**閏八月二十二日，蘇軾到知潁州任，佃代去，以朝奉大夫徙知鄧州。**

蘇軾到任日期，見孔凡禮《蘇軾年譜》。陸游《渭南文集》卷三一《跋坡谷帖》："先大父左轄，元祐中自小宗伯自請守潁，逾年移南陽，而蘇公自北扉得潁，與大父爲代。此當時往來書也。書三幅，前後二幅藏叔父房，其一幅則從伯父彥遠得之，亡兄次川又得于伯父，此是也。傳授明白，可以不疑，而或者疑其出于摹仿，識真者寡，前輩所歎。嘉定元年十二月乙亥山陰陸某謹識。"按，佃《陶山集》中絕無直接關涉東坡之文字，恍若不戴一天，孰料後裔反以珍藏東坡墨迹自豪？

《集》卷二《答張朝奉二首》《答張朝奉四首》。按，蘇軾有《次韻致政張朝奉仍招晚飲》一首，孔凡禮《蘇軾年譜》繫此詩於元祐六年十一月，蘇軾潁州任上。佃詩有"太公年甲伯夷清，早早休官樂盛明"句（《答張朝奉二首》其一），或爲同一"張朝奉"，此人當致政居潁，而佃詩亦作於潁州任上，姑繫此。

《集》卷七《鄧州謝上表》："伏奉敕命，授臣依前朝奉大夫，充龍圖閣待制，就差知鄧州軍州事，充京西南路安撫使。"知其徙鄧州時官朝奉大夫。卷一三有《鄧州到任謝二府啓》。

《集》卷七《謝賜元祐七年曆日表》，原注："鄧州。"賜曆日當在六年。

**婿李知剛來鄧州相見。**

《集》卷一四《李司理墓誌》："作乂，吾婿也，名知剛……元祐五年舉進士……又明年，見予穣下。"

**十月，哲宗皇帝幸國子監，宰相吕大防等從駕，有詩唱和。**

《集》卷二《依韻和門下吕相公從駕視學》，館臣考爲此年十月幸國子監事，吕相公謂大防，而佃在潁州，不得與，故詩云"侍臣獨恨身千里"。按，佃已徙鄧州，館臣失察。《汴京遺迹志》卷二三録《幸太學倡和》詩，注："篇什繁多，不能盡載，略録七八首耳。"所録有吕大防原詩，及蘇頌、韓忠彦、劉奉世、范純禮、吳安持、豐稷、李格非七人和作，共八首，用韻與佃詩同，即當時唱和篇什。又，劉摯《忠肅集》卷一九《次韻和門下相公從駕幸太學》、蘇轍《欒城後集》卷一《次韻門下吕相公車駕視學》、范祖禹《范太史集》卷三《和門下相公從駕視學》、張耒《柯山集》卷一九《和門下相公從駕幸學》、秦觀《淮海集》卷七《駕幸太學》，皆同韻詩，此外厲鶚《宋詩紀事》卷一九顧臨、卷二二王巖叟、卷二六李之純、梁燾、周商、李師德、李階，皆據《中州題詠集》録其《駕幸太學》詩，用韻均同。以上得一時唱和之作二十餘首。佃詩云："誰知玉尺橫經處，猶是當時舊講堂。"此述佃熙寧間曾在太學爲直講事。

**十一月，郊祀加恩，上表。**

《集》卷七《謝郊祀加恩表》，原注："元祐七年十一月。"表云："而奠玉泰壇，莫預駿奔之多士；稱觴華闕，阻趨法從之清塵。"當在鄧州作。

**序《禮象》。**

《群書考索》卷二三："陸農師《禮象》。元祐六年山陰陸佃序曰：《禮記》《詩》《書》《春秋》，元爲殘缺，縉紳先生罕能言之，而學者抱殘缺不全之經，以求先王制作之方，可謂難也。余嘗本之性情，稽之度數，求讀經之大旨，自孟子始。以余之所能言，與上之所可盡者，爲十五卷，名曰《禮象》，以救舊圖之失，其庶幾乎非耶。"

**與崔子方秀才書。**

《集》卷一二《答崔子方秀才書》："中分百年，余已半。"佃今年五十歲。

**爲黄舜卿作墓誌。**

《集》卷一四《諸暨黄君墓誌銘》："黄氏諱舜卿……字醇翁……元祐六年八月辛亥卒……諸孤卜以十二月庚申，葬范公鄉任氏之野。"

**元祐七年（1092），五十一歲**

**在鄧州，乞知明州。**

《集》卷四《乞明州劄子》："臣昨知潁州，伏蒙聖恩就移今任。"此"今任"當指鄧州。

又云："黽勉從事,迨今已逾半年。"已在七年。

《集》卷二《依韻和田虎通判兼呈吕防簽判四首》之三有原注："南陽多酪而無蟹。"是在鄧州也。《用田倅韻答孫勉教授二首》,"田倅"當即田虎。第一首原注："時方上書乞四明。"孫勉當隨佃,自潁州教授改鄧州教授。據冒廣生《后山詩注補箋》卷首年譜(中華書局,1995年),陳師道元祐六年赴潁州教授任,當代孫勉。《用前韻答謝推官》與前六首同韻,當爲同時作。

《集》卷三《依韻和毅夫即事五首》,第四首云"廬舍昔希三肯顧",第五首云"祇來穰下作穰侯",是亦在鄧州作,"毅夫"當爲孔平仲,《長編》卷四八三記其元祐八年在提點京西南路刑獄任。《陶山集》詩與孔平仲相關者,卷一《依韻和毅夫新栽梅花》《再用前韻呈毅夫》、卷三《依韻和毅夫百花洲新橋》《答毅夫遺橘株之什三首》《和毅夫倒用無字韻春詩四首》《和毅夫病目三首》《依韻和毅夫兒病》《易守建業毅夫有詩贈別次韻五首》等,皆在鄧州作。《集》卷三《新橋》詩,似指百花洲新橋,亦鄧州作。

《集》卷一三《鄧州祈雨祝文》："今冬得雪既薄,尚賴春雨,以相農事。"在今年春。又有《鄧州祈雪祝文》："比緣脩禜,遍走群祠。雨雖獲而尚艱,雪垂成而未下。再傾誠懇,一叩靈明。"似在《祈雨祝文》之後,若然,則佃在鄧州已至冬日。

**移知江寧府。與婿李知剛赴闕,沿汴絕淮,經蘇州,歸越州。**

《集》卷一四《李司理墓誌》："見予穰下……居久之,予自南陽趣闕下,沿汴絕淮,訪吳市之異書,探稽山之勝穴,切磋琢磨,相將以道。"

《宋史》本傳："《實錄》成,加直學士,又爲韓川、朱光庭所議,詔止增秩,徙知鄧州。未幾,知江寧府。甫至,祭安石墓。"

《集》卷四《赴江寧府過闕乞朝見狀》。同卷《赴江寧府乞給假迎侍狀》云："臣弟傳(按,當作傅),昨自鄧州侍偏親先歸。"知陸傅先來鄧州,奉邊夫人先歸山陰。

《集》卷一《依韻和李知剛黃安見示》"因緣乞郡得金印,關吏雖識難誰何。邇來二紀世已換"云云,即指知江寧府。

**鄉人華鎮來書干謁。**

華鎮《雲溪居士集》卷二二《上陸侍郎書》："若某之望先生之門則不然。生同其時,其歲月之先後,無十年之間;居同其邑,其道路之往來,無一里之遠。當先生參貳春官,衡石多士,某復得奏薄技,當藻鑑,遂預門下諸生之選。然而二十年南北東西,竟未嘗叩金玉之玲瓏,被黼黻之藻飾……今某受牒湖外,偶未整裝,幸會台旆,出撫江左,載迁麾節,歸省親庭,和易雍容,交際鄉黨,難得易失,殆謂此時。"館臣注云："《宋史·陸佃傳》:佃字農師,山陰人,哲宗時遷吏部侍郎,鎮書中有'居同其邑'云云,蓋佃與鎮皆山陰人也。"按,鎮書言"出撫江左",正指佃今年知江寧府事。《(寶慶)會稽續志》卷五："華鎮,字安仁。會稽人,登元豐二年進士第,官至朝奉大夫。"《雲溪居士集》卷二五《謝及第啓》,題下原注:"元豐二年時彦榜。"又卷二二《上國子豐祭酒書》:

"某不敏,生也七年而誦書,又七年而學爲文,又七年而應科舉,迨兩塵鄉書,竊取名第,二十有八歲。"鎮元豐二年(1079)登第時二十八歲,則生於皇祐四年(1052),小佃十歲。"又七年而應科舉"當指熙寧六年,佃此年曾任國子監直講,差在貢院點檢試卷,《上陸侍郎書》所謂"参貳春官,衡石多士"蓋指此。此年鎮落第,至元豐二年再試登第,故云"兩塵鄉書"。《雲溪居士集》卷二八《道州録事廳適齋記》:"元祐壬申歲,余來爲營道郡督郵。"壬申歲正謂元祐七年,赴道州即所謂"受牒湖外"。蓋鎮受命返鄉時,佃亦在鄉。

**十月,侯臨母鮑氏卒,爲撰墓誌。**

《集》卷一六《鮑氏夫人墓誌銘》:"夫人温州永嘉人,出鮑氏,歸侯氏。太常少卿諱軻之女,尚書屯田郎中諱正臣之妻……乃卒,實元祐七年十月甲子也。享年六十有九,累封仁壽縣太君。將以明年十月甲子即郎中墓而合葬之……子需,早亡;臨,右宣德郎、開決二浙積水……余爲給事中,嘗薦臨宜備朝廷器使。"

**十一月,葬祖母吴氏(1006—1091),作墓銘。**

《集》卷一五《仁壽縣太君吴氏墓誌銘》。詳本譜元祐六年紀事。

**迎親至江寧府任。**

《集》卷七《江寧府謝上表》:"伏奉敕命,除臣依前朝奉大夫,充龍圖閣待制,就差知江寧軍府事,臣已于今月某日到任訖。規求家便,昧冒國恩,初許覲于闕庭,仍容歸于里閈,併叨寵假,深積兢榮。"見其過闕朝謁、歸鄉迎親之請求,俱獲准也。同卷又有《謝賜元祐八年曆日表》,原注:"江寧府。"知佃於七年末前已至江寧府任上。

《集》卷一三有《江寧府到任謝二府啓》。

《集》卷一三《江寧府祭蔣山神祝文》:"某在元豐之初,以光禄寺丞、資善堂修定《説文》赴闕……竊嘗以謂,異時或守金陵。逮今十五年,受命來守是邦。"自元豐元年(1078)至元祐七年(1092)適爲十五年。

《集》卷一三《江寧府到任祭丞相荆公墓文》:"維元祐七年,歲次壬申,某月朔某日某甲子,門生朝奉大夫、充龍圖閣待制、知江寧軍府事、充江南東路兵馬鈐轄陸某,謹致祭于故司空、觀文殿大學士、贈太傅、荆國王公先生之墓。"同卷《祭王元澤待制墓文》,未署年月,文有"念昔此邦,初與公值"語,必在江寧府,與祭荆公同時。

**在江寧府任内斷命案。**

《家世舊聞》卷上:"楚公爲金陵守,有句容縣民三人同殺一人,皆論死,録囚已引服矣,而囚父詣府稱冤。公受其訴,通判狄咸争以爲既經録問,不當聽。公曰:'姑緩十日,當得之。'即設方略購捕,果以八日得真賊。蓋死人之弟與嫂通,畏事露,因害其兄,一問即服。而三人者,皆平人也,即日破械縱之。"按,此事采入《宋史》本傳。

## 元祐八年(1093),五十二歲
在江寧府。二月八日,母邊氏夫人卒。十月二日歸葬。

《集》卷一六《邊氏夫人行狀》:"國子博士贈正議大夫諱珪之妻……生四男子:佖,右朝奉郎通判楚州;佃,左朝奉大夫龍圖閣待制知江寧府;傅,左奉議郎僉書鎮東軍節度判官廳公事;倚,杭州餘杭縣尉……累封永嘉郡太君。元祐八年二月八日卒……享年六十有九。諸孤卜以十月二日,合葬寶峰山正議之墓原。"按,自二月後,佃必歸鄉守制。

## 紹聖元年(1094),五十三歲
在山陰守制。朝廷追究《神宗實錄》詆誣事,嘗有文字自辯。

《朱子語類》卷一二八:"先生問簹,有山谷陳留對問否?曰無之。曰,聞當時秦少游最争得峻,惜乎亦不見之。陸農師却有當來對問,其間云,嘗與山谷争入王介甫'無使上知'之語,又云,當時史官因論溫公改詩賦不是,某云:'司馬光那得一件是。'皆是自敘與諸公争辯之語。"按,此年政局大變,新黨歸朝,論元祐史官修《神宗實錄》多所詆誣,故詔舊修《實錄》史官范祖禹、趙彦若、黃庭堅等皆赴開封府界居住,"應國史院取會文字",事在紹聖元年六月丁亥,見《長編拾補》卷一〇。據《山谷年譜》,其赴陳留居住,應史院對問,在十一、二月。《宋史·秦觀傳》曰:"紹聖初,坐黨籍,出通判杭州,以御史劉拯論其增損《實錄》,貶監處州酒稅。"佃在鄉守制,無由赴對問,或者曾繳上文字自辯,但陸游《家世舊聞》卷上則云:"楚公紹聖中,坐元祐中修史,奪職守泰州。方在史院時,與諸公不合者實多,至或勸公自辯。公笑不答。"似未嘗自辯,但朱熹則應親見其自辯文字。

## 紹聖二年(1095),五十四歲
二月,以修《神宗實錄》詆誣,落職。

黃䎭《山谷年譜》卷二六,紹聖二年,"先生是歲拜黔州謫命……按《國史》先生本傳,章惇、蔡卞與群奸論《實錄》詆誣,俾前史官分居畿邑以待,摘千餘條示之,謂爲無驗證。繼而院吏考閱,悉有據依,所餘纔三十二事,殊細瑣……又按《國史》,紹聖二年春正月,黃履言,朝廷以趙彦若等修纂先帝《實錄》,厚加誣毁,皆已竄逐,惟監修官吕大防獨得幸免,今訊治大防,親有撰述,筆迹甚明,若不例謫,何以示公?翟思言,吕大防始以典領史特遷兩官,合行追奪。劉拯言,范祖禹、趙彦若、黃庭堅擅敢增損,誣毁先帝,爲臣不忠,罪不可赦。詔:吕大防特追奪兩官,趙彦若、范祖禹、陸佃、曾肇、林希并追奪一官,除林希在職日淺外,曾肇與小郡,陸佃候服闋,與小郡"。

《太平治迹統類》卷二四:"(紹聖二年)二月,三省具陸佃元修《蘇利涉等傳》進呈。乃詔曰:陸佃鄉田諸生,致身禁從,擢御史事,多歷歲時,俯仰順從,媕阿泯默。曲狥群奸之意,苟幸一身之安。爾謂有所建明,固未嘗爭論而去;謂爾同爲譏訕,則於今稿不存。進退之間,風節無取。雖言章沓至,衆弗與容,然罪疑惟輕,古有成訓。姑褫延閣,用厭師言,勉自省循,以稱矜貸。可落龍圖閣待制,依前左朝請郎。"按,《長編》卷三二七元豐五年六月甲寅條注文,卷三三〇元豐五年十月丙辰條注文,皆謂紹聖二年二月四日陸佃坐《神宗實錄》中《蘇利涉傳》被責,可互證。又,此所引制書,亦見《宋朝大詔令集》卷二〇七,作《陸佃落職知河陽制》,注:"紹聖二年二月庚午。"然佃未果知河陽。《能改齋漫錄》卷一四"林希草陸農師曾子開被謫辭"條,謂此制乃林希所草。佃元祐六年以《實錄》成遷一官,爲朝奉大夫,此謂左朝請郎,則因《實錄》而遷之官已削去。

《集》卷七《謝落龍圖閣待制表》,原注:"紹聖二年二月初,有旨降一官。言者不已,遂落職。復有旨還所降一官,仍與小郡。"表云:"今月某日,准越州公文,准都進奏院遞到誥一道,授臣朝請郎,落龍圖閣待制者。"知此時佃猶在鄉。

**三月,婿李知剛卒。**

《集》卷一四《李司理墓誌銘》:"以紹聖二年三月六日卒。"《集》卷一三《祭婿李知剛文》:"聞訃之夕,夢神告予,李掾今在好處,毋甚悼。"

**母舅邊珣卒,爲墓銘。**

《集》卷一四《通直郎邊公墓誌銘》:"公諱珣,字仲寶……紹聖二年三月甲子,以疾卒于姑蘇采蓮涇之私第,享年七十有二……其孤卜十有一月甲子,葬公吳縣蒸山之原。"又,據此誌,邊珣幼女適陸傅,佃弟也。誌又云:"孰謂去越尚新,而公已云亡矣。"此時佃已離鄉。

**夏,知泰州。**

《集》卷一四《傅府君墓誌銘》:"紹聖二年夏,予被命守海陵。"卷七《泰州謝上表》:"伏奉告命,授臣朝請郎,知泰州軍州事,已于今月某日到任訖。"又有《謝賜紹聖三年曆日表》,原注:"泰州。"

《集》卷一三《泰州到任謝宰相啓》。按,《家世舊聞》卷上引此啓,云"議者謂非獨得近臣之體,亦可見儒者氣象也"。

《集》卷三《依韻和徐大夫鳳凰池九首》之四:"若爲長得泰州知。"館臣據此考爲知泰州時作。

**爲卜之先作墓誌。**

《集》卷一五《卜君墓誌銘》:"湖州樊澤卜居士者,名之先,字知幾,自號無知子……享年七十有五,卒時不怛亂,凝然正坐,實紹聖二年六月丁丑也……四男子:謀,亦早死;彊本、端本、復本。彊本從予遊,有志尚,與其弟爲學皆甚力……彊本,吾娣之婿,擢進士第,今爲潭州右司理參軍。越十月,墨縗自吳興趨江陰,涉海,取徑道,走海陵,乞銘于予……葬用十有二月乙酉。"按,"越十月"意謂該年十月以後。若十個月後,則已在紹聖三年,而三年十二月乙酉乃除夕,卜氏不宜擇此日葬親。

**紹聖三年(1096),五十五歲**
**在泰州,爲傅常作墓誌。**
　　《集》卷一三《泰州感應觀音殿祈雨祝文》:"涉冬閔雨,宿麥不滋。"
　　《集》卷一五《傅府君墓誌》:"高郵傅明孺,諱常……予守金陵,過其家,明孺既卒矣,吊其孤而哭焉……明孺以元祐七年四月甲子卒,以紹聖三年四月甲子葬。"
**時編修奏檢。**
　　《渭南文集》卷三一《先楚公奏檢》:"舊有海陵時録白元本,巨編大字,有先左丞親書更定處。今不復存。此本紹興中先少師命筆史傳録者。某識。"

**紹聖四年(1097),五十六歲**
**爲婿李知剛作墓誌**
　　《集》卷一四《李司理墓誌銘》:"以紹聖二年三月六日卒,四年正月三十日葬。"卷一三有《祭婿李知剛文》。
**作黄頤墓誌。**
　　《集》卷一四《黄君墓誌銘》:"君姓爲黄,名曰頤,字謂之吉老……君享年五十有九,紹聖四年七月甲子卒……諸孤筮以十二月甲子葬。"
**知海州約在此年。**
　　《集》卷八《海州謝上表》:"臣某言:伏奉敕命,除臣依前朝請郎就差知海州軍州事,臣已于今月某日到任訖。"卷一三《海州到任謝二府啓》:"謫守海陵,逮麥禾之再熟;恩移朐阜,亦飽燠之一麾。"據此,佃在泰州兩年。
　　《集》卷二《依韻和查應辰朝散雪二首》。此詩亦見於《家世舊聞》卷上:"楚公在海州,和查朝散應辰雪詩云:'無地得施調國手,惟天知有愛民心。'蓋公雖恬於仕進,而志則常在生民如此。"又,卷三有《依韻和查朝散贈新恩先輩》詩云:"怪來瀕海多儒士,龍閣從來是里人。"亦於海州作。
**王子韶約卒於此年,有挽詞。**
　　《集》卷三《王聖美學士挽歌詞》。按,王子韶見於《長編》,最晚在卷四七七,元祐七年九月甲申,"王子韶罷秘書少監。以將命使遼,而御下苛細,致指揮使刃其子,并傷子韶,故罷之"。又注:"八年十二月十六日除集校。"《宋史·王子韶傳》云:"入爲祕書少監,迎伴遼使,御下苛刻,軍吏因被酒刃傷子韶及其子。又出知濟州,建言乞追復先烈,以貽後法。復以太常少卿召進祕書監,拜集賢殿修撰知明州,卒。"《(寶慶)四明志》卷一叙歷代郡守,有王子韶,注"集賢殿修撰,紹聖年"。

### 元符元年(1098),五十七歲
**哲宗皇帝受玉璽,上表。**

《集》卷八《賀受玉璽表》,館臣按:"《哲宗紀》:元符元年,咸陽民段義得玉印一紐,詔蔡京等辨驗。五月戊申朔,御大慶殿受天授傳國受命寶,行朝會禮。"此表文與紀合。

**爲傅珏作墓誌。**

《集》卷一四《傅府君墓誌銘》:"府君諱珏,字仲溫,山陰人……紹聖二年夏,予被命守海陵,府君洒涕與予別……明年十二月甲子,府君果卒……府君之葬,以五年四月甲子。"按,今年六月改元,見《長編》卷四九九。

### 元符二年(1099),五十八歲
**正月,復集賢殿修撰,知蔡州。**

《宋史》本傳:"紹聖初,治《實錄》罪,坐落職知泰州,改海州。朝論灼其情,復集賢殿修撰,移之蔡。"《宋會要輯稿》選舉三三之二〇,元符二年,"正月二十二日,朝請郎知海州陸佃爲集賢殿修撰知蔡州"。《長編》卷五〇五,元符二年春正月,"乙丑,朝散郎知海州陸佃爲集賢殿修撰知蔡州。詔以佃係元祐餘黨,於同時人中情實有異,褫職已久故也"。按,"朝散郎"當作"朝請郎"。

《集》卷四《赴蔡州過闕乞朝見狀》:"今月十三日,伏奉告命,蒙恩授臣集賢殿修撰知蔡州。竊念臣一違省曹,十換年籥。"按,佃以元祐五年離朝,下推十年,正當元符二年。

《集》卷八《謝復集賢殿修撰表》,原注:"元符二年二月。先是,有御批付三省:陸佃復集賢殿修撰,就差知蔡州。"同卷有《蔡州謝上表》。

《集》卷一三《復集賢殿修撰謝二府啓》《蔡州到任謝兩府啓》《回蔡州交代李閱郎中啓》。按,《(寶慶)四明志》卷一歷代郡守有李閱,注:"曾任虞部郎中,元祐年。"

《集》卷一三《蔡州祈雨祝文》:"自夏涉秋,稍愆時雨。"佃明年二月回朝,必今年事。又,同卷有《蔡州謝雨祝文》。

《集》卷八《賀城西安州表》,館臣按:"《宋史哲宗紀》:元符二年五月,建西安州及天都等砦。疑城西安州即在此時。"同卷《賀册皇后表》,館臣按:"《宋史哲宗紀》:元符二年九月,立賢妃劉氏爲皇后。時佃在蔡州,故篇末有限共侯服云云。"《賀收青唐表》,館臣按:"《宋史哲宗紀》:元符二年九月,青唐酋隴拶以城降,詔以青唐爲鄯州。"

**五月,《爾雅新義》成,作序。**

《集》卷一一有《爾雅新義序》,不著年月,而清嘉慶十三年陸氏三間草堂刻本、《宛委別藏》本《爾雅新義》,序文末皆有"元符二年五月,山陰陸佃農師序",可知是書成於本年。《集》卷一有《爾雅新義成查許國以詩見惠依韻答之二首》。另,《家世舊聞》卷上：“楚公自元祐中出守汝陰，歷紹聖、元符，十餘年常補外，嘗賦梅花詩云：‘與春不入都因淡，教雪難如只爲香。’蓋以自况也。”此詩見《集》卷三《依韻和查許國梅花六首》。佃明年還朝，故繋此。又，同卷《依韻和查許國二首》其二有"誰作明堂一柱看，謫官猶註罪中間"語，以上與查許國唱和詩什，或均作於本年，姑附此。

**蔡州教授束長孺母卒，爲撰墓誌。**

《集》卷一五《王氏夫人墓誌銘》：“夫人王其姓，密人也……嫁爲束氏冢婦……夫正卿，今爲朝散郎通判邢州。子長孺、朝孺。朝孺亦有美才，不幸早喪。長孺今爲涇州録事参軍、蔡州州學教授……春秋六十有八，元符二年以九月甲子卒，以十有一月甲子葬。”

## 元符三年(1100)，五十九歲
**正月，在蔡州奉哲宗皇帝遺詔，慟哭。**

《家世舊聞》卷上：“楚公守蔡，一日有赦書，蓋哲宗服藥。赦言‘夙興御朝，數冒寒氣’者，公即日躬往遍禱神祇，仍於廳事建道場祈福，設次於道場之側，晝夜不入私室。數日間，徽宗即位，赦與哲宗遺詔俱至。公啓緘，即慟哭。公婿龍圖楊公彦章趨出，叩之，見遺詔，亦掩面哭而入，家人始知其爲國卹也。有頃，郡官相繼來，公皆號哭見之，乃宣遺詔，凡不食者終日，食粥者三日。”按，《長編》卷五二〇，元符三年正月戊寅，“三省樞密院詣内東門，入問聖體，上坐榻上，神采光澤如常，曰：‘服丹砂數粒，脉猶未生，不冠，勿怪。’惇等擬例肆赦，上可之，遂大赦天下，應合牽復、敘用、量移、移放人，并依赦格，疾速檢舉施行”；己卯，“上崩於福寧殿，壽二十有五”，“徽宗乃即皇帝位”；庚辰，“大赦天下”。

《集》卷八有《賀徽宗皇帝登寶位表》。

**二月，還朝任吏部侍郎。**

《宋史》本傳：“徽宗即位，召爲禮部侍郎。”按，“禮”當作“吏”。《長編》卷五二〇，元符三年春正月丙戌，“上批付三省，以尚書及從官闕，令與樞密院參議，具前執政十人，餘可充從官者二十人姓名進入。章惇、曾布等聚議。以陸佃、曾肇、龔原、郭知章及蔣之奇、葉祖洽、邢恕等名聞奏。布曰：‘葉濤亦當與選。’惇曰：‘如此則王古、范純粹亦當與。’蔡卞初難之，既而曰：‘濤亦不妨，但須并朱服，不可遺爾。’”次日丁亥，“以前執政及從官等姓名面奏……又陸佃、郭知章、龔原、曾肇，上亦曰：‘皆可擢。’衆皆曰：‘肇在神考時已爲館職。’布曰：‘兩曾修史，昨以修《實録》得罪，然實非元祐之黨。’上然之”。乙未上批，“以集賢殿修撰知蔡州陸佃爲吏部侍郎”。

《集》卷四《辭免吏部侍郎劄子》，原注：“元符三年二月。”云：“臣昨在任，準正月二十九日尚書省劄子，已降告命，授臣試尚書吏部侍郎，今依條交割職分公事訖，乘遞馬發來赴闕。臣今已至，祗候朝見。”同卷《蔡州召還上殿劄子二首》，原注：“元符三年二月。"云："而臣逮事神考，元祐補外，殆今一紀，陛下即政之初，首加識拔。"按，自元祐五年離朝，至此時，計首尾十一年。劄子之二又云："竊見神宗皇帝聰明文思，延登真儒，建立法度，布在四方，以幸天下後世。而元祐之際，輒見詆譏，紹聖以還，又皆稱頌。夫事無當否，一切紛更，國有常刑，固在不赦；然理有損益，不無賡續，惟務稱揚，亦已過矣。"此爲佃基本政治態度。

《集》卷八《謝吏部侍郎表》，原注："元符三年二月。"表云："伏蒙聖恩，特授臣依前朝奉大夫，試尚書吏部侍郎，仍賜對衣金帶者。"時佃已復官朝奉大夫。同卷有《謝皇太后表》。

**三月，舉臺諫官。**

《集》卷四《舉臺諫官劄子》，原注："元符三年三月二十五日上，二十八日諤以右司諫召。"此劄所舉三人：王渙之、孫諤、吕益柔。

**有啓回安定郡王趙世雄。**

《集》卷一三《回安定郡王啓》："伏審顯膺帝制，進受王封……又況屬籍承藝祖之華，詔書存神考之意。"按，《宋史·宗室一》："熙寧中，詔封楚康惠王之孫從式爲安定郡王，奉太祖祀。及從式薨，乃以懿王曾孫世準襲封安定郡王……世開襲封……世雄嗣……徽宗即位，以世雄於太祖之宗最爲行尊，拜崇信軍節度使，襲安定郡王，知大宗正事。"檢本紀，世準襲封在元豐七年正月，世開紹聖四年八月，世雄元符三年三月。啓稱"神考"，而紹聖四年佃不在京師，此必世雄。

**五月，議祧廟。**

《集》卷六《元符祧廟議》："準元符三年五月四日敕……"《宋史》卷一〇六《禮志九》"宗廟之制"云："元符三年，禮部太常寺言：'哲宗升祔，宜如晉成帝故事，於太廟殿增一室，候祔廟日，神主祔第九室。'詔下侍從官議，皆如所言。蔡京議：'以哲宗嗣神宗大統，父子相承，自當爲世。今若不祧遠祖，不以哲宗爲世，則三昭四穆與太祖之廟而八，宜深考載籍，遷祔如禮。'陸佃、曾肇等議：'國朝自僖祖而下，始備七廟，故英宗祔廟，則遷順祖，神宗祔廟，則遷翼祖。今哲宗於神宗父子也，如禮官議，則廟中當有八世。況唐文宗即位，則遷肅宗，以敬宗爲一世，故事不遠。哲宗祔廟，當以神宗爲昭，上遷宣祖，以合古三昭三穆之義。'先是，李清臣爲禮部尚書，首建增室之議，侍郎趙挺之等和之。會清臣爲門下侍郎，論者多從其議，惟京、佃等議異。二議既上，清臣辯説甚力，帝迄從焉。六月，禮部請用太廟東夾室奉安哲宗神主……崇寧二年，祧宣祖與昭憲皇后神主藏西夾室。"

《集》卷六《廟祭議》，疑亦同時作。

**六月，權吏部尚書**

《集》卷八《謝權吏部尚書表》，原注："元符三年六月。"表云："伏奉聖恩，授臣依前朝散大夫，權吏部尚書。尋具劄子辭免，奉詔書不允者。"按，佃今年二月已復官朝奉大夫,進一階爲朝散大夫。

**七月,受命報聘於遼。**

《宋史》徽宗紀,元符三年七月癸未,"遣陸佃、李嗣徽報謝于遼"。

《集》卷四《辭免奉使大遼劄子》:"竊念臣犬馬之齡,行將六十。"按佃今年五十九歲,辭免蓋未獲允。

《集》卷三有《寄彦猷閣老。某前歲奉使還,領揚州;今彦猷亦自境外歸,得姑蘇》詩,館臣按:"《宋史》本傳:佃以吏部尚書報聘于遼。據《徽宗紀》,在元符三年七月,逾年拜尚書右丞,未嘗領揚州,前此亦未嘗奉使。此詩與紀傳不合,疑非佃作,或誤以他人詩雜入者,今姑存之。"按,彦猷乃唐詢字,詢於嘉祐元年奉使契丹,二年知蘇州,而前此,劉敞至和二年使契丹,嘉祐元年知揚州,皆具載《長編》,一一可檢。此詩当是劉敞作於嘉祐二年,非佃作。

**夏、秋間,與曾布論豐稷。**

《家世舊聞》卷上:"元符庚辰夏、秋間,豐清敏公爲中丞,楚公權吏部尚書。一日,見曾子宣於西府,色極不樂:'豐相之乃如此不曉事,方幸可回,又壞事矣。近者對,乃論司馬君實、吕晦叔等皆忠賢,豈可因赦叙復,赦但當及有罪耳,無罪何赦也。上問渠:光、公著更改先帝法度,亦無罪邪? 渠輒曰:合改,有何罪。其不婉順如此。上不能平,頗疑朝廷皆假建中爲説,而意實鄉元祐也,奈何?'楚公答曰:'公誤矣。上牽於父子之愛,所謂建中,亦勉從耳。惟間有此等議論到上前,則建中之政可守。但患言路無繼之者耳,不患壞事也。'未幾,清敏竟改尚書,而王明叟爲中丞,故群奸尚有所憚。明叟罷,本欲用鄒忠公,以母老力請去。小人乘間得進,事遂大變,識者皆服楚公之先見也。"

**八月,與同年頓起等迎哲宗神主。**

《集》卷二《依韻和頓起郎中瓊林苑奉迎神主追懷同年兼呈座主蘇丞相》。按,《蘇魏公集》卷一二《吏部頓郎中起、陸尚書佃,與同年因迎哲宗神主,集班西苑,追思昔預聞喜,逮今三十一年,再至感舊,廣唱長言,遠垂寄示。老病讀之,不覺感歎,强次前韻以答嘉貺》,與佃詩韻同。據《宋史·徽宗紀》,哲宗神主祔太廟在元符三年八月,時蘇頌退居京口。

**九月,從徽宗皇帝駕幸龍德宫。**

《集》卷三《從駕幸龍德宫》,館臣考在元符三年九月,時爲吏部尚書。龍德宫乃徽宗爲端王時舊宅。

**冬日赴遼,見遼道宗已病。**

《家世舊聞》卷上:"楚公元符庚辰冬,自權吏部尚書受命,爲回謝北朝國使,與西上閤門使、泰州團練使李嗣徽偕行。(注云:嗣徽字公美,仁廟朝駙馬都尉瑋之子。)北虜遣金紫崇禄大夫檢校太傅左金吾衛將軍耶律成、朝議大夫守太常少卿充史館修撰李儔來迓。儔自言燕人，年四十三，劉霄榜及第，今二十八年矣。行過古北口，數日，置酒會仙石（注云：查道、梅詢嘗飲酒賦詩於此，因得名）。儔忽自言：'兄儼，新入相。'時已十二月中旬。後數日，至其國都，見虜主洪基，則已苦肺喘，不能親宴勞，移宴就館。"又："北虜崇釋氏，故僧寺猥多，一寺千僧者比比皆是。楚公出使時，道中京，耶律成等邀至大鎮國天慶寺燒香，因設素饌。公問成：'亦有禪僧乎？'曰：'有之，頃有寂照大師，深通理性，今亡矣。'公又問：'道觀幾何？'曰：'中京有集仙觀而已。'以知北虜道家者流爲尤寡也。"又："楚公使虜時，館中有小胡，執事甚謹，亦能華言。因食夾子，以食不盡者與之，拜謝而不食。問其故，曰：'將以遺父母。'公喜，更多與之，且問：'識此何物也？'曰：'人言是石榴。'意其言食餡也。又虜人負載隨行物，不用兵夫，但遇道上行者，即驅役之耳。一日將就馬，一擔夫訴曰：'某是燕京進士，不能負擔。'公笑爲言而遣之。"

**佃使遼期間，張舜民照料其家。**

《家世舊聞》卷上："楚公爲吏部尚書，使契丹。張芸叟爲吏部侍郎，每出省，輒至吾家，坐廳事西階，呼入宅老卒，歷問家人安否。又呼卒長，令約束守宿人，乃去。非齋祠、疾病，不廢也。"按，芸叟名舜民。

《集》卷一《寄龔深父給事》。按《宋史·龔原傳》："徽宗初，入爲祕書監，進給事中。"

《集》卷一一《書王文惠公詩後》："元祐庚辰十月二日。"按，元祐無庚辰，或爲"元符"之誤，則當元符三年。文惠公即王隨。

## 宋徽宗建中靖國元年（1101），六十歲

**元旦，自契丹南歸，道聞遼主卒。攜貔狸至京師。有《使遼語錄》一卷。**

《家世舊聞》卷上："明年正月旦南歸，未至幽州，聞洪基卒，孫燕王延禧嗣立。延禧長徽宗七歲，以故事稱兄，號天祚。"

《宋史》本傳："徽宗遂命修《哲宗實錄》。遷吏部尚書，報聘於遼。歸，半道聞遼主洪基喪，送伴者赴臨而返，誚佃曰：'國哀如是，漢使殊無吊唁之儀，何也？'佃徐應曰：'始意君匍匐哭踴，而相見即行吊禮。今偃然如常時，尚何所吊？'伴者不能答。"按，修《哲宗實錄》在今年六月，見下。遼主洪基即遼道宗，據《遼史》，崩於壽隆（昌）七年正月，當宋建中靖國元年。傳文敘事前後顛倒。

《家世舊聞》卷上："楚公使虜歸，攜所得貔狸至京師。先君言：猶記其狀，如大鼠而極肥脂，甚畏日，偶爲隙光所射，輒死。性能糜肉，一鼎之內，以貔一臠投之，旋即糜爛。然虜人亦不以此貴之，但謂珍味耳。"

《渭南文集》卷二七《先左丞使遼語錄》："右先楚公使遼錄一卷，三十八伯父手書。"按，三十八伯父即佃長子陸宦。

**正月，爲向太后山陵禮儀使。**

《宋會要輯稿》禮三三之二二，建中靖國元年正月十六日，以葬太后，命宰相曾布爲山陵使，"吏部尚書陸佃爲禮儀使"。按，神宗欽聖憲肅皇后向氏，此月十三日崩。

《集》卷八《謝充欽聖憲肅皇太后、欽慈皇太后山園陵禮儀使放罪表》，原注："建中靖國元年三月。初，少府監韓粹彥、太常少卿李昭玘奉引木主入黄堂，佃察視之，乃空匣，即按發其事，又自劾失職。有詔放罪。"表云："昨充欽聖憲肅皇太后、欽慈皇太后山園陵禮儀使，爲失點檢禮直官等擡空腰輿行等罪，奉敕特罰銅十斤者。"按，欽慈皇太后乃徽宗皇帝生母陳美人，元祐四年薨，徽宗立，追尊爲皇太后，與向太后同陪葬於神宗永裕陵。《宋會要輯稿》禮三三之三四，建中靖國元年七月一日，"詔吏部尚書陸佃贖銅十斤，起居舍人李昭玘放罷，少府少監韓粹彥降一官。坐欽聖憲肅皇太后山陵奉虞主不恭。佃嘗自言，故薄其罪"。所載事與佃表文及自注同，而時間異。

**五月，試吏部尚書。**

《集》卷八《謝試吏部尚書表》，原注："建中靖國元年五月。"表云："伏奉告命，授臣依前朝散大夫，試吏部尚書。尋具劄子辭免，奉詔書不允，仍賜對衣金帶金魚鬧裝鞁轡馬者。"

**六月，修《哲宗實録》。**

《集》卷四《辭免修〈哲宗皇帝實録〉劄子》："建中靖國元年六月，准閤門告報，伏蒙聖恩，授臣《哲宗皇帝實録》修撰者。"又，《又尋准尚書省劄子》原注："奉聖旨修史事，先朝已自辯明，更不許辭免，翼日兼修《神宗皇帝寶訓》。"

**七月，遷中大夫，拜尚書右丞。**

《宋史·徽宗紀一》，建中靖國元年秋七月，"丁亥，以蔣之奇知樞密院事，吏部尚書陸佃爲尚書右丞"。《宋宰輔編年録》卷一一，建中靖國元年七月丁亥，"陸佃尚書右丞，自試吏部尚書遷中大夫除"。

《道鄉集》卷一七《陸佃除尚書右丞制》："二三執政之臣，朕所委聽，以圖機務者也。休戚所係，夷夏同之，苟非其人，曷敢輕用。具官某，蚤緣道學，被遇神宗，擢寘從班，夙有善譽。雖數更於事變，每自信其誠心。逮予纉服之初，入冠列卿之重，而能銓衡弗紊，獻納居多。眷惟右轄之求，式敷登庸之意，仍遷峻秩，併示殊恩。噫，朕方建用皇極，而世或執偏以自是；朕方懋昭大德，而世或懷利以相傾。推原厥由，宜必有在。爾既見而知之矣，勉思同寅協恭，救此之弊者。毋使衆賢和於朝，則萬物和於野專美於前載。"又有《蔣之奇陸佃章楶贈曾祖制》《蔣之奇陸佃章楶贈曾祖母制》《陸佃追贈祖制》《蔣之奇陸佃章楶追贈祖母制》《蔣之奇陸佃章楶追贈父制》《蔣之奇等追贈母制》《蔣之奇陸佃追贈妻制》。

《集》卷八《辭免尚書右丞表》："伏奉告命，授臣中大夫，守尚書右丞。"同卷《謝尚書右丞表》。卷一三有《除右丞回諸路監司啓》《除右丞上二府免啓》。

**爲執政,持論近恕,欲參用新舊人才,而不爲子弟求官。**

《宋史》本傳:"拜尚書右丞……御史中丞趙挺之以論事不當罰金,佃曰:'中丞不可罰,罰則不可爲中丞。'諫官陳瓘上書曾布,怒其尊私史而壓宗廟。佃曰:'瓘上書雖無取,不必深怒,若不能容,是成其名也。'佃執政與曾布比,而持論多近恕,每欲參用元祐人才,尤惡奔競,嘗曰:'天下多事,須不次用人;苟安寧時,人之才無大相遠,當以資歷序進。少緩之,則士知自重矣。'又曰:'今天下之勢,如人大病向愈,當以藥餌輔養之,須其安平。苟爲輕事改作,是使之騎射也。'轉左丞。"按,《家世舊聞》卷上:"楚公輔政時,嘗謂賓客曰:'今日天下大勢,政如久病羸瘠,氣息僅屬之人,但當以糜粥養之於茵席間耳。若遽使馳騁騎射,豈復有全人哉?'"與本傳所載語相似。

《家世舊聞》卷上:"三十八伯父諱宦……伯父不幸,少抱微疾。故事,執政子弟許陳乞在京厘務差遣。韓師樸數語楚公:'郊社令了無職事,賢郎雖有小疾,拜起書札皆無害,能屈爲之否?'楚公卒辭不可。"按,師樸乃宰相韓忠彥。

**七月末,有祭蘇頌文并挽詞。**

《集》卷一三《祭丞相蘇子容文》:"維建中靖國元年歲次辛巳七月某朔二十七日某甲子,門生中大夫、守尚書右丞、上柱國陸某,謹致祭于故座主觀文殿大學士、太子太保致仕、贈司空蘇公之靈。"卷一《蘇丞相挽歌詞二首》:"年齡九九餘。"按,蘇頌卒於建中靖國元年五月,年八十二。

**郊祀,論禮。**

《宋會要輯稿》禮二八之八四,"徽宗建中靖國元年七月二十九日,以親郊,命宰臣韓忠彥爲大禮使,曾布爲禮儀使,知樞密院事蔣之奇爲儀仗使,門下侍郎李清臣爲鹵簿使,中書侍郎許將爲橋道頓遞使。十月八日,清臣知大名府,以將代,命尚書右丞陸佃爲橋道頓遞使"。

《家世舊聞》卷上:"徽宗初郊,內侍請以黃金爲大裘匣,度所用止數百兩,然議者皆以爲郊費大,不應復於故事外妄費。一日,上謂執政曰:'大裘匣是不可邪?'楚公對曰:'大裘尚質,誠不當加飾。'上忽變色曰:'如此,可便罷之。受不得豐稷煎炒矣。'楚公退,謂韓、曾二公曰:'使如相之者,常在經筵,人主豈復有過舉邪?'豐公是時蓋爲工部尚書,以本職爭論云。"按,論大裘匣事,亦載入《宋史》本傳。本傳又云:"徽宗欲親祀北郊,大臣以爲盛暑不可,徽宗意甚確,朝退皆曰:'上不以爲勞,當遂行之。'李清臣不以爲然,佃曰:'元豐非合祭而是北郊,公之議也。今反以爲不可,何耶?'清臣乃止。"

**於李清臣處觀《江行初雪圖》,有詩。**

《集》卷三《題李門下江行初雪圖》。按,李清臣爲門下侍郎,在元符三年四月,次年十月罷,見《宋史·徽宗紀》、《宋宰輔編年錄》卷一一。又據《石林詩話》卷上:"《江干初雪圖》真跡,藏李邦直家,唐蠟本,世傳爲摩詰所作。末有元豐間王禹玉、蔡持正、韓玉汝、章子厚、王和甫、張邃明、安厚卿七人題詩。建中靖國元年,韓師樸相,邦直、厚卿同在二府,時前七人者,所存惟厚卿而已。持正貶死嶺外,禹玉追貶,子厚方貶,玉汝、和甫、邃明則死久矣。故師樸繼題其後曰:'諸公當日聚嚴廊,半謫南荒半已亡。惟有紫樞黄閣老,再開圖畫看瀟湘。'是時邦直在門下,厚卿在西府,紫樞黄閣,謂二人也。厚卿復題云:'曾遊滄海困驚瀾,晚涉風波路更難。從此江湖無限興,不如祇向畫圖看。'而邦直亦自題云:'此身何補一豪芒,三辱清時政事堂。病骨未爲山下土,尚尋遺墨話存亡。'余家有此模本,并録諸公詩續之,每出慨然。自元豐至建中靖國,幾三十年,諸公之名宦,亦已至矣。然始皆有願爲圖中之遊,而不暇得。故禹玉云:'何日扁舟載風雪,却將蓑笠伴漁人。'玉汝云:'君恩未報身何有,且寄扁舟夢想中。'其後廢謫流竄,有雖死不得免者。而江湖間此景無處不有,皆不得一償,厚卿至爲危詞,蓋有激而云。豈此景真不可得,亦自不能踐其言耳。"陸佃亦當與此會。除葉夢得所録諸詩外,宋孫紹遠《聲畫集》卷三有蔡確《題王維江行初雪畫》:"吴兒龜手網寒川,急雪鳴蓑浪拍船。青戈渡頭曾卧看,令人却憶十年前。"又涵芬樓百卷本《說郛》卷四八宋侯延慶《退齋雅聞録》載:"章子厚題李邦直家江村初雪圖詩云:江頭微雪北風急,憶泊武昌洲尾時。潮來浪打船欲破,擁被醉眠人不知。"王珪《華陽集》卷四載《題李右丞王維畫雪景絶句》:"微生江海一閒身,偶上青雲四十春。何日扁舟載風雪,却將蓑笠伴漁人。"三詩當爲元豐之會時作,據《宋宰輔編年録》卷八,李清臣元豐六年除尚書右丞,元祐元年除尚書左丞,元豐之會當在此間。《宣和畫譜》卷十一載御府藏趙幹《江行初雪圖》一幅,或即此畫。

**十月,嫂吴氏(1038—1101)卒,爲撰墓誌。**

《集》卷一五《會稽縣君吴氏墓誌銘》:"朝奉大夫陸公佖,有夫人曰吴氏,龍泉人,殿中丞轂之女,于佃皇考爲冢婦,于佃爲丘嫂……建中靖國元年十月甲子卒……享年六十有四,封君仁和、會稽之邑。子表民,榮州司理参軍,充都大提舉汴河堤岸司勾當公事;長民,太廟齋郎。三女子,適進士王琪、試太學正吴孝能、承事郎僉書漢陽軍判官廳公事周熊。孫女三人,男一人,紹兒。卜以某年某月某日,葬於某縣某鄉之原。"

**十一月,遷尚書左丞。**

《宋史・徽宗紀一》:"十一月庚申,以陸佃爲尚書左丞。"《宋宰輔編年録》卷一一,十一月丙子,"陸佃尚書左丞,自中大夫守尚書右丞除"。

《集》卷八《辭免尚書左丞表》:"伏奉告命,授臣依前中大夫,守尚書左丞,仍加食邑四百户,食實封一百户。"同卷《謝尚書左丞表》:"謂臣每懷永裕之威神,頗識元豐之政事,遂容冒寵,試與圖成。"卷一三有《除左丞上親王免啓》《除左丞上二府免啓》。

**請證慈寺以爲功德院。**

《(嘉泰)會稽志》卷七:"泰寧寺,在縣東南四十里。周顯德二年建,初號化城院,又改爲證道院。建中靖國元年,太師陸佃既拜尚書左丞,請以爲功德院,改賜名證慈,米芾書額。寺門外築亭,曰顯慶。紹興初,詔卜昭慈聖獻太后欑宫,遂以證慈視陵寺,而議者謂昭慈將歸祔永泰陵,因賜名泰寧禪寺。其後永祐、永思、永阜、永崇四陵修奉,皆在其地,故泰寧益加崇葺云。"

**以女妻江緯。**

王明清《玉照新志》卷三:"江緯字彥文,三衢人。元符中爲太學生,徽宗登極,應詔上書,陳大中至正之道,言頗剴切。上大喜,召對,稱旨,賜進士及第,除太學正。自此聲名籍甚,陸農師爲左丞,以其子妻之。"按,江緯賜進士及第事,亦見《宋會要輯稿》帝系九之二〇,佃爲左丞在今年,姑繫此。

**徽宗皇帝賜生日禮物,上謝表。**

《集》卷八《謝賜生日禮物表》:"侵尋已老,俄甲子之一周。"據此,當爲六十歲生日,在今年。

**冬祀加恩,進封吳郡開國公。上表謝。**

《集》卷八有《辭免冬祀加恩表》《謝冬祀加恩表》,皆云:"伏奉告命,(特)授臣依前中大夫,守尚書左丞,進封吳郡開國公,加食邑七百户,食實封二百户者。"據此,必是今年冬祀。

**舉王昇,十二月昇除湖州州學教授。**

《集》卷四《舉進士王昇狀》,原注:"建中靖國元年。"按,《宋會要輯稿》崇儒二之七,建中靖國元年,"十二月二十三日詔,以睦州進士王昇爲壽州司户參軍,充湖州州學教授,以尚書左丞陸佃薦其孝行文學,故有是命"。王昇(1054—1132)此時得官,其始任當在明年,適爲四十九歲,參本譜熙寧六年紀事。

**有詩和羅畸。**

《集》卷二《依韻和羅畸學録》,自注:"君登科日,佃預考校。"按《(弘治)八閩通志》卷六九,"羅畸,字疇老,沙縣人。從彦之從父兄弟。少有聲太學,熙寧九年第進士,調福州司理,坐忤使者歸,杜門讀書爾十年,再除滁州司法。紹聖初設詞科,畸首中選,除華州教授。召爲太學録,遷太常博士"。畸以熙寧九年登科,時佃以審官東院主簿差貢院點檢試卷,所謂"預考校"也。檢《宋會要輯稿》選舉一二之四:"(紹聖二年三月)二十四日,三省言:試宏詞衡州司法參軍黃符、滁州司法參軍羅畸、開封縣主簿高茂華……考入次等,各循一資。"可證畸詞科中選,同書禮一九之八:"徽宗崇寧三年四月十三日,太常博士羅畸言……"則畸崇寧三年已爲太常博士,召爲太學録當在此前。佃詩有"怪來佳句清人骨,正值溪寒雪滿峰"之句,當是冬月所作,而佃於元符三年二月還朝,冬月赴遼,至建中靖國元年元旦始南歸,崇寧元年五月知亳州,則在京師所歷唯有此冬。

## 崇寧元年(1102),六十一歲

**年初,與查匪躬談及徽宗寵嬖之衆。**

《家世舊聞》卷上:"查匪躬許國,崇寧初見楚公於政府。故事,皇子、皇女初生,輔臣皆有進獻。是日適有之，楚公對匪躬喟然太息。匪躬私念泰陵終無嗣，而上多男子，臣民之所共慶，公乃有憂色，何也？因請其故。楚公又歎曰：'祖宗欲大臣亟知宫中事，故立此制，防微之意深矣。然某備位半年，已三進矣。上春秋富，寵嬖已衆，大臣之責也。顧未有以節之，奈何！'匪躬每歎前輩識慮之遠。"按，據"備位半年"語，當在年初。徽宗子女極多。

**正、二月間，鄧州舊識一武人來訪。**

《家世舊聞》卷上："崇寧元年正、二月間，有一武人調官京師，以相術自名。楚公舊在南陽識之，因其求見，問：'朝士孰再貴？'答曰：'大宗正丞鄭居中極貴，其次太學博士李夔，法當有貴子。'又曰：'今年廟堂當一新，惟温右丞不去，然亦不佳。'温右丞者，益也，是年自韓丞相忠彥以下悉罷，惟益遷中書侍郎，然未幾卒於位。李夔，蓋建炎丞相綱之父也。武人自先君已不能記其名，其術之妙至此，可謂異矣。"

**五月，罷尚書左丞，以中大夫知亳州。**

《宋史》本傳："轉左丞。御史論吕希純、劉安世復職太驟，請加鑱抑，且欲更懲元祐餘黨。佃爲徽宗言不宜窮治，乃下詔申諭，揭之朝堂。讒者用是詆佃，曰：'佃名在黨籍，不欲窮治，正恐自及耳。'遂罷爲中大夫知亳州，數月卒，年六十一。"

《宋史·徽宗紀一》，崇寧元年五月，"己卯，陸佃罷。庚辰，以許將爲門下侍郎，温益爲中書侍郎，翰林學士承旨蔡京爲尚書左丞，吏部尚書趙挺之爲尚書右丞"。

《宋會要輯稿》職官七八之三〇，崇寧元年五月，"二十五日，中大夫尚書左丞陸佃罷，守本官知亳州。制書以佃元符之末遷叙過優，處之安然，殊不引避，故有是命"。

《宋宰輔編年録》卷一一，崇寧元年五月己卯，"陸佃罷尚書左丞，依前太中大夫知亳州。制曰：執政大臣，朕所親信，而是非去就，宜厭服中外，苟異於是，公議難逃。具官陸佃，頃爲史官，以朋黨得罪，名在責籍。元符之末，遷叙過優。朝廷以近嘗降詔，置而不問，再爲執政，始末奉行，處之安然，殊不引避。豈止昧於廉隅，亦無悔過戴恩之意。其罷綱轄，尚假州麾，勉服訓詞，毋忘循省"。

《家世舊聞》卷下："先君言，楚公罷政，吳材章疏也。先是，材及王能甫交章論吕希純、劉安世不當還職，朝廷爲寢二人之命，而材歷詆元祐人不已，公乃請降詔一切不問。詔下，侍御史鄒餘言：'當堅守詔書。'公又請牓其章於朝堂，且進曰：'此詔，臣願以死守之。'材大不快，復求對，力論元祐人不可不痛治。徽宗曰：'已降詔，且大臣力謂不可，姑止，如何？'材乃曰：'請不可者，陸某也，某乃黨人，正恐相及耳。'明日乃上章專論公曰：'位雖丞轄，情實黨魁。'時壬午六月。然章乃不出，但中批謂名在黨籍也。是晚，遂命蔡京代爲左丞。"按，史載佃罷左丞在五月己卯，次日庚辰蔡京代爲左丞，陸游言"六月"未確。

**和蕭惟申詩。**

《集》卷一《依韻和蕭惟申檢法同年》。詩中有"即今將相多同榜"語，按《宋宰輔編年録》卷一一,元符三年"五月乙酉,蔡卞罷尚書左丞","卞自紹聖二年十月除尚書右丞,四年閏二月除尚書左丞,是年五月罷,執政凡六年"。同書卷一二,崇寧元年十月癸亥,"蔡卞知樞密院事"。又,《宋宰輔編年録》卷一二,崇寧元年五月"蔡京尚書左丞","七月戊子,蔡京右僕射",佃罷左丞次日蔡京即代爲尚書左丞,後代曾布爲右僕射,"多同榜"語或指此,蓋蔡京、蔡卞皆佃熙寧三年同榜進士。佃罷知亳州數月後卒,詩又有"病起縱驚秋鬢改"句,故繫此。

**在亳州,注《老子》。**

《集》卷八《亳州謝上表》:"伏奉告命,罷尚書左丞,依前中大夫,知亳州軍州事,仍放謝辭。"同卷《謝賜崇寧二年曆日表》,館臣按:"佃以崇寧元年五月罷,此表當在亳州時上。"

明焦竑《老子翼》卷首"采摭書目"有:"陸農師注,宋中大夫知亳州時造。"按,《家世舊聞》卷上:"楚公少時病羸瘠,骨立。忽夢一老翁曰:'吾爲老聃,與子有緣,當愈子疾。'遂探取腸胃,於流泉中洗滌之,復納腹中。既覺,猶痛甚,自此所苦頓平。晚自政府出守亳社,謁太清宮,始悟夢中之言。"佃或因此而注《老子》。

**十月得疾。**

《集》卷七《謝特許任知州差遣表》:"臣自十月得疾,久在病告。伏准十一月初八日進奏院報,籍記人除陸佃外,并不得任知州差遣者。"按,表中有"久叨法從,濫預政機"語,則已曾擔任執政,而佃罷政後,唯知亳州一任,故"十月得疾",十一月許特任知州,皆亳州事也。所謂"籍記人",蓋指"元祐黨籍",佃編入黨籍,始於此年七月,詳見《長編拾補》卷二〇。佃爲王安石門人,於北宋"新舊黨爭"中實屬"新黨",但崇寧以降,則被蔡京等編入"元祐黨籍",刊入黨籍碑。《墨莊漫録》卷一云:"崇寧初,既立黨籍,臣僚論元祐史官云:初大臣挾其私忿,濟以邪説,力引儇浮,與其厚善,布列史職。或毁訾先烈,或鑿空造語以厚誣,若范祖禹、黄庭堅、張耒、秦觀是也;或隱没盛德而不録,若曾肇是也;或含糊取容而不敢言,若陸佃是也。皆再謫降,時舊史已盡改矣。"據此,佃入黨籍,仍因《神宗實録》故。

**約年末卒,年六十一。**

《宋史》本傳謂佃知亳州,"數月卒,年六十一"。按上條所考,佃尚得十一月初八日進奏院報,則卒時當近年末。

《家世舊聞》卷上:"楚公在亳,屬疾,嘗晝卧,忽見右□數十人列侍,皆古衣冠。初謂平生篤意禮學,且病中恍惚,不以爲意異也。已而數見之,始以語門生子弟。未幾,公殁。"

**大觀二年(1108),出黨籍。**

據《宋會要輯稿》職官七六之二六,大觀二年正月一日受八寶,赦元祐黨人罪輕者,與落罪籍,特與甄收。三月二十八日,三省具到孫固、陸佃等四十五人,編寫成册,詔得出籍。

### 紹興元年(1131),追復資政殿學士。

《宋會要輯稿》職官七六之六四,紹興元年,"三月二十七日,詔陸佃特追復資政殿學士,以佃子宰陳乞未盡職名故也"。按,《宋史》本傳亦僅言"追復資政殿學士",然陸游稱佃爲"太師"、"楚公",不知何時所贈,待考。

### 佃之學術與著作

佃從王安石學,終身奉爲圭臬;而記問廣博,早以説《詩》聞名,長於名物考訂、文字訓詁;亦精於禮學,在朝多議禮。《宋史》本傳云:"佃著書二百四十二卷,於禮家名數之説尤精,如《埤雅》《禮象》《春秋後傳》皆傳於世。"此外見於記載者尚多,略疏於下。

**1,《詩講義》**

按熙寧間佃在太學,其《詩講義》即盛行,參本譜熙寧四年紀事。《後山談叢》卷一云:"王荆公改科舉,暮年乃覺其失,曰:'欲變學究爲秀才,不謂變秀才爲學究也。'蓋舉子專誦王氏章句,而不解義,正如學究誦注疏爾。教坊雜戲,亦曰:'學《詩》於陸農師,學《易》於龔深之。'蓋譏士之寡聞也。"此是舊黨嘲諷之語,可反證佃於新學學派中,專長説《詩》。王安石著《詩經新義》,亦得佃相助。

**2,《二典義》一卷**

陳振孫《直齋書録解題》卷二著録:"尚書左丞山陰陸佃農師撰,爲王氏學,長於考訂。待制游,其孫也。"按,當爲《尚書》中《堯典》《舜典》二篇釋義,書不傳。

**3,《禮象》十五卷等**

陳氏《直齋書録解題》卷二著録,最遲在元祐六年已成書,詳本譜該年紀事。此書圖文相配,故尤袤《遂初堂書目》禮類又稱"陸右丞《禮象圖》"。書已佚,今人張琪有輯考(《北宋陸佃佚書〈禮象〉輯考》,《歷史文獻研究》2019年第2期)。

按,佃擅長禮學,而其書多佚,《宋史·藝文志》所載,有《禮記解》四十卷、《述禮新説》四卷、《儀禮義》十七卷、《大裘議》一卷。除《大裘議》或即今《陶山集》卷五所收《元豐大裘議》《元祐大裘議》二篇外,皆不傳。《文獻通考·經籍考八》著録《禮記新義》,引《宋中興藝文志》云"陸佃撰,亦牽於《字説》。宣和末,其子宰上之",亦不傳。據《家世舊聞》卷上:"楚公精於禮學,每據經以破後世之妄。"然《朱子語類》卷八四則云:"本朝陸農師之徒,大抵説禮都要先求其義。豈知古人所以講明其義者,蓋緣其儀皆在,其具并存,耳聞目見,無非是禮,所謂三千三百者,較然可知,故於此論説其義,皆有據依。若是如今古禮散失,百無一二存者,如何懸空於上面説義? 是説得甚麽義?"卷八五又云:"陸解多杜撰,亦煞有好處。"同書卷八七:"如荆公門人陸農師,自是煞能考禮，渠後來却自不曾用他。"卷八九："陸氏《禮象圖》中多有杜撰處。"《晦庵續集》卷一《答黃直卿》又云："借得黃先之數册陸農師説，初意全是穿鑿，細看亦有以訂鄭注之失者，信開卷之有益。"

《四庫全書總目》卷一五四陸佃《陶山集》提要："佃所著有《禮象》諸書，當時以知禮名，集中若《元豐大裘議》諸篇，大抵宗王而黜鄭，理有可通，不妨各伸其説。惟其中自出新意，穿鑿附會者……則又附和《字説》而爲之，尤無足深詰矣。"又，《總目》卷二二陳祥道《禮書》提要云："蓋祥道與陸佃皆王安石客，安石説經既創造新義，務異先儒，故祥道與陸佃亦皆排斥舊説。佃《禮象》今不傳，惟神宗時詳定郊廟禮文諸議，今尚載《陶山集》中，大抵多生別解，與祥道駁鄭略同。蓋一時風氣所趨，無庸深詰。"

**4,《春秋後傳》二十卷**

陳氏《直齋書録解題》卷三著録，并云其子陸宰爲作《補遺》一卷。書不傳。

**5,《埤雅》二十卷**

《四庫全書總目》卷四〇陸佃《埤雅》提要："其子宰作此書《序》，又稱其有《詩講義》《爾雅注》。今諸書并佚，其《爾雅新義》僅散見《永樂大典》中，文句訛缺，亦不能排纂成帙。傳於世者，惟此書而已……其説諸物，大抵略於形狀而詳於名義，尋究偏旁，比附形聲，務求其得名之所以然，又推而通貫諸經，曲證旁稽，假物理以明其義。中多引王安石《字説》……然其詮釋諸經，頗據古義，其所援引多今所未見之書，其推闡名理亦往往精鑿，謂之駁雜則可，要不能不謂之博奥也。"

按，此書有佃第四子陸宰（陸游父）序，謂元豐間編纂，初名《物性門類》，參考本譜元豐五年紀事。又謂"既注《爾雅》，乃廣此書，號《埤雅》，言爲《爾雅》之輔也"。後流傳甚廣，今存明建文二年林瑜、陳大本刻本，及明清二代翻刻本甚多，今人王敏紅有點校本（浙江大學出版社，2008年）。

**6,《爾雅新義》二十卷**

此書成於元符二年，參本譜該年紀事。陳振孫《直齋書録解題》卷三著録："自序以爲雖使郭璞擁篲清道，跂望塵躅可也。以愚觀之，大率不出王氏之學……頃在南城傳寫，凡十八卷，其曾孫子遹刻於嚴州，爲二十卷。"今存清抄本、刻本數種。曾孫子遹乃陸游子。

**7,《國子監敕令格式》十九卷**

《宋史·藝文志三》著録，書不傳。按，同卷又有《武學敕令格式》一卷，注"元豐間"，或亦佃所編，參考本譜元豐二年紀事。

**8,《使僚語録》一卷**

按，《渭南文集》卷二七有《先左丞使遼語録》，後未見著録，詳本譜紹聖三年、建中靖國元年紀事。

9,《奏檢》

　　按,《渭南文集》卷三一有《先楚公奏檢》,詳本譜紹聖三年紀事。

10,注《老子》二卷

　　《郡齋讀書志》卷一一著錄,當在知亳州時,詳本譜崇寧元年紀事。

11,校《鶡子》十五篇

　　陳氏《直齋書録解題》卷九著録《鶡子》一卷,"今書十五篇,陸佃農師所校"。

12,解《鶡冠子》三卷

　　《四庫總目提要》卷一一七《鶡冠子》提要云:"此本爲陸佃所注,凡十九篇。佃序謂愈但稱十六篇,未睹其全。佃北宋人,其時古本韓文初出,當得其真,今本韓文乃亦作十九篇,殆後來反據此書以改韓集……佃所作《埤雅》盛傳於後,已別著録,此注則當日已不甚顯,惟陳振孫《書録解題》載其名,晁公武《讀書志》則但稱有八卷一本,前三卷全同墨子,後兩卷多引漢以後事,公武削去前後五卷,得十九篇。殆由未見佃注,故不知所注之本先爲十九篇歟。"此書《四部叢刊》收明翻宋本。

13,《陶山集》二十卷

　　按,陳振孫《直齋書録解題》著録佃有《陶山集》二十卷,今存四庫館臣輯大典本《陶山集》十六卷。

14,編王安石文字

　　按,《長編》引王安石奏議,自注屢稱據"陸佃所編安石文字",似佃曾編次王安石奏議成書,而李燾尚能見之,詳情待考。

**佃之詩歌**

　　《四庫全書總目》卷一五四陸佃《陶山集》提要:"方回《瀛奎律髓》稱胡宿與佃詩格相似,宿詩傳者稍多,佃詩則不概見。惟《詩林萬選》載其《送人之潤州》一首,《瀛奎律髓》載其《贈别吴興太守中父學士》一首,《能改齋漫録》載其《韓子華挽詩》一聯而已。今考《永樂大典》所載篇什頗夥,大抵與宿并以七言近體見長,故回云然。厥後佃之孫游,以詩鳴於南宋,與尤袤、楊萬里、范成大并稱,雖得法於茶山曾幾,然亦喜作近體,家學淵源,殆亦有所自來矣。"

　　按,館臣所言《送人之潤州》一詩見於輯本《陶山集》卷二,題爲《送許遵少卿知潤州》;《能改齋漫録》所載挽詩爲《集》卷三《韓康公挽歌詞三首》其二;《瀛奎律髓》載《贈别吴興太守中父學士》一詩,則重出於館臣輯大典本王安禮《王魏公集》卷一,題爲《七言一章贈别吴興太守中父學士兄》。"中父學士"乃王介,其知湖州(所謂"吴興太守")在熙寧五年。考《長編》卷二三六,熙寧五年閏七月"秘閣校理王介上議曰"文後注:"介先以職方員外郎、秘閣校理權發遣户部勾院,八月十四日出知湖州。"

　　又,所謂"胡宿與佃詩格相似"者,見方回《瀛奎律髓》卷四六録胡宿《公子》詩後有評語云:"胡武平筆端高爽,似陸農師。"據方回《桐江續集》卷三三《恢大山西山小稿序》:"別有一派曰崑體,始於李義山,至楊、劉及陸佃絕矣。"蓋方回論詩,甚重西崑體,而以佃爲此體殿軍。後人評胡宿詩,亦有歸入後期西崑派者。今觀《陶山集》所存詩,多爲唱酬而作,故以七律爲主,而精求字訓,錯綜典故,以學問爲詩,與所謂"元祐體"亦相距不遠。

(作者單位:復旦大學中文系)

# 中國宋代文學學會理事會名單
# （2019 年第十一屆）

顧　　問：曾棗莊　陶文鵬　楊海明
名譽會長：王水照
會　　長：莫礪鋒
副 會 長：王兆鵬（常務）　蕭瑞峰　　周裕鍇　鍾振振
　　　　　沈松勤　　　　諸葛憶兵　朱　剛　張　劍
秘 書 長：朱　剛（兼）
副秘書長：徐　濤
理　　事：（按姓氏筆畫排序）
　　　　　王友勝　王利民　王　昊　王德明　文師華　方笑一　呂肖奐
　　　　　李朝軍　李　貴　吳河清　林　巖　胡傳志　侯體健　馬茂軍
　　　　　馬東瑤　夏漢寧　高利華　陳元鋒　孫克強　黃　海　曹辛華
　　　　　張文利　張海鷗　張　鳴　張　毅　張興武　彭國忠　程　傑
　　　　　曾維剛　費君清　楊理論　楊國安　楊慶存　路成文　慈　波
　　　　　趙維江　趙曉嵐　鄭永曉　熊海英　鄧子勉　鞏本棟　歐明俊
　　　　　劉　石　劉成國　劉京臣　劉　培　劉尊明　錢建狀　韓經太
　　　　　譚新紅

# 稿　　約

　　作爲中國宋代文學學會會刊,《新宋學》真誠期待學界同道的支持。本刊并不限於文學領域,其他有關宋代的歷史、哲學、語言、藝術、宗教等專題論文亦在刊登範圍,期待大家的賜稿。兹將相關事宜奉告如下:

　　1. 本刊每年5月1日截稿,9月出版;

　　2. 本刊文章可長可短,字數五萬字以下即可;

　　3. 無論史實考訂還是理論闡述,只要言之有物,均屬盼賜之列;

　　4. 已故學者的遺稿、海外學者的譯稿以及具有學術含量的書評、綜述和學術史資料整理等并所歡迎;

　　5. 文稿請提供Word文檔,用繁體脚注,無需內容摘要、關鍵詞、英文摘要。投稿至郵箱(thenewsong@foxmail.com)即可,不必同時寄送紙本。其他格式參考本書。文稿并請注明真實姓名、所在單位及聯繫方式,如稿件寄達後三個月內未獲錄用函,作者可自行處理;

　　6. 通信地址:上海市邯鄲路220號復旦大學中文系　侯體健　收;郵編:200433;

　　7. 稿件一經采用,略奉薄酬及樣書。

《新宋學》編輯部

2020年7月

　　爲適應我國信息化建設,擴大本刊及作者知識信息交流渠道,本刊已被《中國學術期刊網絡出版總庫》及CNKI系列數據庫收錄,其作者文章著作權使用費與本刊稿酬一次性給付。免費提供作者文章引用統計分析資料。如作者不同意文章被收錄,請在來稿時向本刊聲明,本刊將做適當處理。

**圖書在版編目(CIP)數據**

新宋學. 第九輯/王水照,朱剛主編. —上海:復旦大學出版社,2020.10
ISBN 978-7-309-15244-9

Ⅰ.①新… Ⅱ.①王… ②朱… Ⅲ.①中國文學-古典文學研究-宋代-文集 Ⅳ.①I206.44-53

中國版本圖書館CIP數據核字(2020)第149436號

新宋學. 第九輯
王水照 朱 剛 主編
責任編輯/王汝娟

復旦大學出版社有限公司出版發行
上海市國權路579號　郵編:200433
網址:fupnet@fudanpress.com　http://www.fudanpress.com
門市零售:86-21-65102580　團體訂購:86-21-65104505
外埠郵購:86-21-65642846　出版部電話:86-21-65642845
江蘇鳳凰數碼印務有限公司

開本787×1092　1/16　印張29.25　字數605千
2020年10月第1版第1次印刷

ISBN 978-7-309-15244-9/I·1242
定價:138.00元

如有印裝質量問題,請向復旦大學出版社有限公司出版部調換。
版權所有　侵權必究